CHRISTOPH LODE

Die Bruderschaft des Schwertes

GOLDMANN
Lesen erleben

Christoph Lode

Die Bruderschaft des Schwertes

Roman

GOLDMANN

FSC
www.fsc.org
MIX
Papier aus verantwortungsvollen Quellen
FSC® C014496

Verlagsgruppe Random House FSC-DEU-0100
Das FSC®-zertifizierte Papier *München Super* für dieses Buch
liefert Arctic Paper Mochenwangen GmbH.

1. Auflage
Originalausgabe Mai 2011

Dieses Werk wurde vermittelt durch die Literarische
Agentur Thomas Schlück GmbH, 30827 Garbsen.
Gestaltung von Umschlag und Umschlaginnenseiten:
UNO Werbeagentur München
Motive: © Schlück/Timo Kümmel
Redaktion: Kerstin von Dobschütz
BH · Herstellung: Str.
Satz: DTP Service Apel, Hannover
Druck und Bindung: GGP Media GmbH, Pößneck
Printed in Germany
ISBN: 978-3-442-47376-2

www.goldmann-verlag.de

Für H. T.

PROLOG

Venedig
Anno Domini 1309, Februar

Sterne zwinkerten auf dem schwarzen Wasser, während das Boot über die Lagune glitt.

Volkwin von Segewold kauerte am Bug und fror, obwohl er sich den Mantel um Schultern und Arme geschlungen und die Kapuze tief ins Gesicht gezogen hatte. Tautropfen verfingen sich in seinem Bart, die Feuchtigkeit legte sich klamm auf die grobe Wolle seiner Tunika. Er hätte an die Kälte gewöhnt sein müssen, denn er war in Livland aufgewachsen, zwei Tagesreisen nordöstlich von Riga. Allerdings verbrachte er nun schon sein halbes Leben in Venedig und vermisste das raue Wetter des Baltikums keineswegs. Wenn es einmal kalt wurde in der Lagunenstadt, so wie in dieser unfreundlichen Februarnacht, wurde ihm schmerzlich bewusst, dass er allmählich verweichlichte.

Das, dachte er missmutig, *oder ich werde alt. Alt und müde.*

In drei Monaten wurde er sechsundfünfzig, womit er der älteste Hochmeister sein würde, der je die Bruderschaft angeführt hatte. Sechsundfünfzig, allmächtiger Jesus am Kreuz! Besser, er dachte gar nicht darüber nach.

Von Segewold starrte in die Finsternis. Venedig war bereits zu weit entfernt, als dass man die nächtlichen Geräusche der Pfahlstadt noch hätte hören können. Der einzige Laut in der Stille war das gleichmäßige Platschen der Ruderblätter.

Schiffe stießen nicht bis hierher vor, denn so weit im Norden der Lagune waren die Kanäle nicht tief genug. Dass das Boot nicht auf dem morastigen Grund auflief, war allein dem Mann an den Rudern zu verdanken. Er war ein einfacher Dienender Bruder, zuverlässig und verschwiegen. Er hätte den Weg zum Festland sogar im Schlaf gefunden.

Verfluchte Kälte, dachte von Segewold, doch er widerstand der Versuchung, nach der Decke zu greifen, die zu seinen Füßen lag. Schlimm genug, dass ihm die Witterung so sehr zusetzte; er musste seine Schwäche nicht auch noch vor einem Untergebenen zur Schau stellen.

Zu allem Überfluss kam Nebel auf, als sie sich dem Ufer näherten. Einer Heerschar von Wassergeistern gleich krochen dunstige Schwaden heran, hüllten das Boot ein und drangen durch seinen Umhang, die Tunika und den Kettenpanzer darunter. Sein linker Arm schmerzte wieder – eine alte Wunde, die ihm ein litauischer Krieger vor vielen Jahren zugefügt hatte. Der Arm war steif und der Schmerz nie richtig verschwunden. Manchmal flammte er auf und erinnerte ihn an seine alte Heimat mit ihren heidnischen Stämmen, die den Krieg liebten und die Christen hassten. Er würde bald dorthin zurückkehren, er ahnte es. Er ahnte es seit Wochen.

Schließlich griff er doch zur Decke, nicht, um sich zu wärmen, sondern um das Kästchen darunter freizulegen. Er nahm es auf den Schoß und strich mit den Fingerkuppen über das Zedernholz. Es war schlicht und schmucklos gearbeitet und mit zwei verstärkenden Metallbändern und einem Schloss versehen: ein länglicher Behälter, wie er auch für kostbare Schriftrollen verwendet wurde.

Von Segewold war, als hafte dem Holz noch immer der muffige Geruch von Kellergewölben und feuchtem Mauerwerk an. Jahrzehntelang hatte das Kästchen in den Schatzkammern der Tempelritter gelegen, vergraben unter Staub,

Sarazenengold und Beutegut aus Konstantinopel, vergessen von seinen Besitzern. Es war gefunden worden, als der goldgierige Franzosenkönig den Templerorden zerschlug und sich dessen Reichtümer aneignete. Vier Getreue von Segewolds hatten ihr Leben gelassen, um es den königlichen Plünderern zu stehlen. Noch einmal so viele Männer waren gestorben, damit niemand von dem Diebstahl erfuhr.

Seit seiner Abreise aus Paris hatte der Hochmeister die Schatulle nicht mehr geöffnet. Das, was sie enthielt, weckte Unbehagen in ihm – nein, mehr noch: Abscheu. Er war ein gottesfürchtiger Mann und fragte sich, ob es nicht besser gewesen wäre, wenn man das Kästchen niemals aufgespürt hätte.

Was mochte sein Auftraggeber damit bezwecken?

Hundertfach, tausendfach hatte er sich diese Frage in den letzten Wochen gestellt, ohne eine Antwort zu finden. Denn was wusste er schon über Barzin Ardeshir?

So gut wie nichts.

Der Kaufmann stammte aus den fernen Ländern Persiens – zumindest erzählte man sich das. Er lebte zurückgezogen in Konstantinopel und lenkte ein Handelsimperium, das sich von den Reichen des Abendlandes über Byzanz bis ins Heilige Land und die Mongolei erstreckte. Gerüchte besagten, er sei reicher als mancher König. Daran zweifelte von Segewold nicht mehr, seit er Ardeshirs Anwesen in Konstantinopel gesehen hatte: ein Palast aus Marmor, Gold und Porphyr inmitten üppiger Gärten. Dennoch konnte er nur eines mit Gewissheit sagen: Ardeshir war das geheime Oberhaupt der Bruderschaft – besser gesagt, er hielt die Bruderschaft mit seinem Gold am Leben, was auf dasselbe hinauslief.

Der Nebel lichtete sich, und wenige Ruderschläge später schälte sich der Anlegesteg aus der Nacht. Dahinter eckige Formen verdichteter Dunkelheit: das Bootshaus.

Von Segewold zuckte innerlich zusammen, als das Boot mit dumpfem Schlag gegen einen Pfosten des Stegs prallte. Dabei kam er sich wie ein Narr vor. Es spielte keine Rolle, ob Ardeshir seine Ankunft bemerkte; schließlich wurde er erwartet.

Der Dienende Bruder holte die Ruder ein. Er ergriff einen der wenigen Pfosten, die Halt versprachen, und zog das Boot zum Steg. Bevor von Segewold ausstieg, stellte er mit höchster Vorsicht die Schatulle auf die Stegplanken. Sie dürfe niemals mit Wasser in Berührung kommen, hatte Ardeshir ihm eingeschärft.

»Wünscht Ihr, dass ich Euch begleite, Hochmeister?«, fragte der Dienende Bruder mit leiser Stimme.

Unter dem Gewicht von Segewold knarrte der Steg, der von Jahr zu Jahr tiefer im Marschland versank. Dann klemmte er die Schatulle unter den Arm. Für einen Moment war er versucht, den Mann mitzunehmen. Doch wie würde es auf Ardeshir wirken, wenn er mit Verstärkung käme? »Nein. Du wartest hier, wie immer.«

Er ging den Steg entlang, während der Bruder im Boot zurückblieb, und war erleichtert, als er die tückischen Planken hinter sich ließ und die steinerne Rampe hinaufstieg.

Das Bootshaus bestand aus rotbraunen Ziegelsteinen, wie viele Gebäude der Lagune. Nach dem miserablen Zustand des Mauerwerks und den Löchern im Dach zu urteilen, wurde es schon seit Jahrzehnten nicht mehr benutzt. Hin und wieder kamen Liebespaare hierher – von Segewold hatte in der Vergangenheit unmissverständliche Spuren gefunden: eine leere Weinflasche, Reste von Kerzen, in die Wände geritzte Liebesschwüre. Er hoffte, dass niemand während seines Treffens mit Ardeshir auftauchte. Er würde jeden töten müssen, der die Schatulle zu Gesicht bekam.

Es war ihm ein Rätsel, warum Ardeshir das Bootshaus für

ihre Zusammenkünfte bevorzugte. Es gab in Venedig viele Winkel, wo eine vertrauliche Unterredung möglich gewesen wäre, und weiß Gott angenehmere obendrein. Man erzählte sich jedoch, Ardeshir weigere sich, die Lagunenstadt zu betreten. Vielleicht entsprach das Gerücht der Wahrheit, so ungewöhnlich dies für einen mächtigen Kaufmann auch sein mochte.

Die Tür am Ende der Rampe war so morsch wie der Steg und hing schief in den Angeln. Er musste sie anheben, bevor er sie öffnen konnte. Undurchdringliche Schwärze umfing ihn, als er das Gebäude betrat; die stickige Luft roch wie Bilgewasser: nach faulenden Algen, feuchtem Holz und Moder – erstickend im Sommer, einigermaßen erträglich in kalten Winternächten.

Es war still.

»Ardeshir?«, fragte er in die Dunkelheit.

Es kam keine Antwort, natürlich nicht. Ardeshir pflegte so leise wie ein Schatten aufzutauchen, wenn man am wenigsten damit rechnete. Langsam durchquerte von Segewold den weiten Raum, geleitet vom Mondlicht, das durch das marode Dach fiel.

Ardeshir war nirgends zu sehen.

Der Hochmeister seufzte leise, zog den Kopf unter einem Türsturz ein und betrat den Nachbarraum.

Stille. Nichts als brüchige Wände und Haufen aus Unrat, Schutt und faulendem Holz.

Von Segewold stellte die Schatulle auf den Boden, sodass fahles Licht darauf fiel, und verschränkte die Arme vor der Brust. »Ich bin hier, Ardeshir«, sagte er. »Ich habe etwas für Euch.«

Nichts rührte sich.

Unruhe erfasste ihn. War Ardeshir womöglich aufgehalten worden? Nein, undenkbar. Er hatte deutlich gemacht, wie wichtig dieses Treffen war. Wichtiger als jedes andere in den vergangenen vier Jahren.

Er wird kommen, dachte von Segewold. *Hab Geduld …*

Licht flammte auf, jäh und gleißend wie die Geburt eines Sterns. Er riss den Arm vor die Augen, doch es war bereits zu spät: Vor seinen Augen flimmerte es rot und schwarz – er war geblendet.

Er sprang zurück und zog sein Schwert, lauschte auf die Schritte eines Angreifers.

»Steckt es weg«, sagte Barzin Ardeshir liebenswürdig. »Oder habt Ihr vor, einem alten Freund Gewalt anzutun?«

Der Hochmeister ließ die Klinge sinken und blinzelte. Ardeshir hielt eine Blendlaterne in der erhobenen Hand. Seine Lippen formten ein dünnes Lächeln. *Großartig*, dachte von Segewold verdrießlich. Wieder einmal war es dem Kaufmann gelungen, ihn wie einen Tölpel dastehen zu lassen.

»Ihr kommt spät«, sagte er barsch.

Ardeshir beachtete ihn nicht. Er ging in die Hocke und begutachtete die Schatulle. Von Segewold schob sein Schwert in die Scheide, streifte sich den Lederriemen mit dem Schlüssel über den Kopf und gab ihn Ardeshir, der das Zedernholzkästchen aufschloss.

Er war der schönste Mann, den der Hochmeister jemals gesehen hatte – und schöne Männer gab es in Venedig wahrhaftig viele. Er hatte helle Haut mit leichter Bronzetönung, einen kahl geschorenen Schädel von ebenmäßiger Form, eine gerade, aristokratische Nase, sinnliche, aber nicht wollüstig wirkende Lippen und einen drahtigen, beinahe zierlichen Leib.

Und seine Augen … sie glühten blau wie das Feuer, wenn es am heißesten brennt.

Blau war auch sein Gewand aus byzantinischer Seide. Es floss über Ardeshirs schlanke Gestalt und wurde an der Hüfte von einem schmalen goldenen Gürtel zusammengehalten; die Ärmel klafften an den Handgelenken eine halbe Elle weit auf. Unter dem Saum schauten goldene Schnabelschuhe hervor. Von Segewold hatte den Kaufmann noch nie Schmuck tragen sehen. Die schamlose Zurschaustellung von Reichtum, wie sie in Venedig so beliebt war, entsprach nicht seinem Wesen.

Ardeshir warf einen Blick in das Kästchen und schloss es wieder. Dann griff er nach der Laterne und erhob sich. »Wer weiß von der Schatulle?«

»Niemand. Alle, die sie gesehen haben, sind tot.«

»Ich fürchte, das ist nicht wahr, mein Freund. Auch der Bruder, der Euch herbrachte, hat sie gesehen. Ihr ebenfalls ... und Ihr seid am Leben.«

Von Segewold fühlte sich nicht wohl in seiner Haut. Steif fragte er: »Was soll mit der Schatulle geschehen?«

Der Kaufmann senkte die Lampe, woraufhin die Flamme hinter den blinden Scheiben zitterte und das Kästchen einen riesenhaften Schatten warf. »Ihr werdet sie fortbringen. Gleich morgen.«

»Das ist zu früh. Ich brauche zuerst einen Vorwand, um Venedig zu verlassen.«

»Dann sucht Euch einen. Ihr habt noch drei Stunden Zeit, bevor die Sonne aufgeht.«

»Eure Ungeduld gefährdet meine Tarnung, Ardeshir. Schon dieses Treffen ist überaus riskant. Der Orden könnte –«

»Morgen«, fiel ihm der Kaufmann ins Wort, und von Segewold spürte, dass jeglicher Widerspruch aussichtslos war. Er nickte widerwillig.

»Wohin soll sie gebracht werden?«

»Zur Burg Thorgast. Dort bekommt Ihr weitere Anweisungen.«

Burg Thorgast ... Der Hochmeister war nicht sonderlich

überrascht. Seine Ahnungen täuschten ihn selten. »Werdet Ihr nachkommen?«

»Erst in einigen Monaten. Wartet dort so lange auf mich.«

»Ist Euch klar, was Ihr da verlangt? Der Orden rechnet mit mir. Ich kann Venedig nicht so lange fernbleiben.«

»Natürlich könnt Ihr«, erwiderte Ardeshir. »Ihr seid doch ein kluger und wortgewandter Mann. Erzählt Euren Ordensbrüdern, dass in Riga Euer über alles geliebter Oheim auf dem Totenbett liegt. Oder dass Ihr erst wieder ruhig schlafen könnt, wenn Ihr einige Heiden erschlagen habt. Euch fällt gewiss etwas ein. Hier, der Schlüssel. Ich wünsche Euch eine gute Reise, mein Freund. Und denkt daran: Kein Wasser darf die Schatulle berühren.«

Und damit wandte er sich ab und entfernte sich im schwankenden Licht der Laterne, so lautlos, wie er gekommen war.

Von Segewolds Faust schloss sich um den kleinen Kupferschlüssel. Er war wütend, aber mehr noch als sein Zorn machte ihm eine Frage zu schaffen, die ihn seit Wochen beschäftigte. »Ardeshir.«

Der Kaufmann wandte sich um.

»Das Ding in der Schatulle – welchen Zweck hat es?«

Es erschien von Segewold, als glühten Ardeshirs blaue Augen heller als vorher. »Seid Ihr sicher, dass Ihr das wissen wollt?«

»Ja.«

»Nun gut. Ich will es Euch zeigen.« Ardeshir stellte die Lampe ab und trat zu ihm. Von Segewold hielt ihm den Schlüssel hin. Seine Hand zitterte. Etwas war nicht so, wie es sein sollte. Dieser Ausdruck in Ardeshirs Augen … Etwas war *ganz und gar nicht* so, wie es sein sollte.

Mit einer behutsamen, beinahe zärtlichen Handbewegung nahm der Kaufmann den Schlüssel an sich. Er lächelte von

Segewold an und strich ihm mit seinen feingliedrigen Fingern über den Unterarm – und plötzlich blitzte ein Dolch in seiner anderen Hand auf. Bevor von Segewold begriff, was geschah, schoss heißer Schmerz durch seine Schulter, seinen Brustkorb, seinen Arm. Er schrie auf und taumelte zurück. Ardeshir zog die Klinge zurück, und ein Schwall Blut spritzte aus der Wunde über der rechten Brust.

»Hund!«, keuchte von Segewold. »Verräter!« Endlich, endlich begriff er. Ardeshir konnte ihn nicht am Leben lassen. Niemand durfte von der Schatulle wissen – niemand, auch er nicht.

Er griff nach dem Schwertknauf, doch sein rechter Arm gehorchte ihm nicht mehr. Seine Beine gaben nach. Er brach in die Knie.

Ardeshir blickte auf ihn herab. Seine blauen Augen schimmerten katzengleich im Halbdunkel.

»Worauf wartet Ihr?«, stieß von Segewold hervor. »Bringt es zu Ende. Na los!«

»Ich will Euch nicht töten, Hochmeister«, sagte der Kaufmann sanft. »Nein, ganz und gar nicht.«

Er warf den Dolch fort, ging vor der Schatulle in die Hocke und drehte den Schlüssel im Schloss. Als ein leises Klicken erklang, öffnete er den Deckel.

Von Segewold kippte zur Seite. Mit dem Blut verließ jegliche Kraft seinen Körper. Ardeshir verschwamm vor seinen Augen, das Licht der Laterne schien sich auszudehnen und gleißend in jeden Winkel des Bootshauses zu strahlen.

Er presste die Hand auf die Wunde und begann, flüsternd zu beten.

EINS

Byzantinisches Kleinasien
Drei Monate später

Sie beobachteten die Osmanen seit dem Morgengrauen. Es waren etwa sechzig Mann. Sie lagerten in den kargen Hügeln Bithyniens, keinen halben Tagesritt von Nikomedia entfernt. Ihre Zelte standen in einer staubigen Senke: blaue, purpurfarbene und schmutzig weiße Kegel auf dem sonnenverbrannten Felsboden; dazwischen saßen die Krieger an den Kochfeuern, brieten Hammelfleisch, dösten und wuschen ihre Röcke. Ihre Pferde waren neben dem Lager angepflockt und fraßen die Blätter von den Büschen. Posten standen im Schatten der Schwarzkiefern, auf ihre Reiterlanzen gestützt, und beobachteten die Hügel wachsam. Hin und wieder glitten ihre Blicke über den Felsenkamm, wo sich Raoul und seine Männer versteckten, doch sie bemerkten nichts.

Raoul war durch Zufall auf das Lager gestoßen, während sein *Bandum* durch die menschenleeren Hügel ritt. Schieres Glück hatte sie davor bewahrt, mit den Osmanen zusammenzustoßen. Er hatte vermutet, dass es sich bei dem Trupp um die Vorhut einer größeren Streitmacht handelte, doch inzwischen waren seine Späher zurückgekehrt und hatten gemeldet, dass von Osten keine Heerschar vorrückte.

Beruhigend. Besorgniserregend hingegen war, dass sich die Osmanen noch niemals so nah an Konstantinopel herangewagt hatten.

Raoul wusste, wie die Osmanen Krieg führten – seit er vor fünf Jahren in die Dienste des Kaisers getreten war, hatte er ein halbes Dutzend Mal gegen sie gekämpft. Sie wagten sich nicht aus purer Lust am Abenteuer auf byzantinisches Gebiet vor; und zum Plündern gab es in diesen Hügeln nichts. Dass sich ein Trupp dieser Größe so weit vom Stammesgebiet der Osmanen entfernte, konnte nur bedeuten, dass er die Gegend auskundschaftete. Und das verhieß nichts Gutes.

Raoul lag hinter einem vom ewigen Wind glatt geschliffenen Felsen auf der Hügelkuppe, hoch über dem Lager der Osmanen. Wenn er sich anstrengte, konnte er seine Männer erkennen, die sich ringsum in dem Talkessel verteilt hatten: Hier blitzte ein Panzerhemd in der Sonne auf, da flatterte ein Helmbusch in der Mittagsbrise. Er hatte zwanzig Männer mitgenommen, hauptsächlich Serben und Walachen, seine besten Späher. Die restlichen hundertzweiundsechzig Reiter seines *Bandums* lagerten eine halbe Meile entfernt und warteten auf seine Befehle.

Schritte erklangen, und Raoul sah Narses Ben Jehuda auf sich zulaufen. Der byzantinische Jude zog den Kopf ein, als er sich dem Felsen näherte, und legte sich neben ihn auf den Boden. Wie Raoul trug er einen *Klibanion*, ein Panzerhemd aus Metalllamellen, unter dem sich ansehnliche Muskeln wölbten. Sein Helm rahmte ein Gesicht ein, das für einen Soldaten erstaunlich fein geschnittene Züge aufwies. Ein Bartschatten bedeckte Kinn und Wangen. Mit seinen fünfundzwanzig Jahren hatte Narses es schon zu einem von Raouls Hauptleuten gebracht und befehligte die Griechen des Reitertrupps.

»Auf ein Wort, mein *Comes*«, sagte er leise.

»Nenn mich nicht so.«

Der Byzantiner grinste flüchtig und blickte dann zu den bunten Zelten hinunter. »Die Männer wollen wissen, was du vorhast.«

»Wonach sieht es denn aus?« Sie sprachen Griechisch, das Raoul inzwischen so fließend beherrschte wie Latein.

»Wir braten in der Sonne, bis wir herausgefunden haben, was dieser Haufen auf dem Land unseres geliebten Kaisers verloren hat?«

»Gut geraten.«

Narses hob die Hand und machte eine Bewegung: *liegen bleiben*. Einen Steinwurf entfernt war ein bärtiges Gesicht zwischen den Felsen erschienen. Es war Boril, der zweite Hauptmann. Der Bulgare nickte und verschwand wieder hinter seiner Deckung.

»Sie suchen einen unauffälligen Weg nach Nikomedia«, vermutete Narses. Er setzte seinen Helm ab, wodurch kurze schwarze Locken zum Vorschein kamen. »Bevor der Sommer zu Ende ist, haben wir wieder Krieg.«

Eine Fliege umschwirrte Raouls Kopf. Er fing sie und spürte, wie das Insekt wütend in seiner hohlen Faust summte. Byzanz führte seit achthundert Jahren mehr oder weniger ununterbrochen Krieg: gegen die Goten, die Perser, die Langobarden, die Awaren, die Araber, die Völker des Balkans und der weiten Steppen des Ostens, die Waräger, die Seldschuken – und jetzt gegen die Osmanen. Seit dieser Stamm seine Heimat in den Bergen Kleinasiens verlassen hatte, um in Bithynien einzufallen, dehnte sich das junge Sultanat von Jahr zu Jahr weiter nach Westen aus. Keine byzantinische Siedlung an den Küsten des Schwarzen Meeres und des Marmarameeres war mehr vor ihren Überfällen sicher. Narses hatte recht: Krieg war nur eine Frage der Zeit.

Er ließ die Fliege frei. Sie summte davon und belästigte ihn nicht mehr. »Heute Nacht schnappen wir uns einen ihrer Kundschafter. Dann wissen wir mehr.«

Narses blieb bei ihm, während die Sonne über dem Himmel zu den Hügeln im Westen zog. Es war ein heißer Maitag, und Raoul war dankbar für den Schatten des Felsens, ohne den sie in ihren Rüstungen gekocht worden wären. Die Osmanen verhielten sich ruhig und machten keine Anstalten, das Lager abzubrechen. Hin und wieder wehte der Wind Fetzen ihrer seltsamen Sprache herauf. *Sie warten*, kam es ihm in den Sinn. *Nur auf was? Oder wen?*

»Weißt du, woran mich das erinnert?«, fragte Narses irgendwann. »An eine Geschichte, die Onkel Ismael erlebt hat.«

Narses' jüdische Familie war vermutlich größer und verzweigter als die des Kaisers. Onkel Ismael, ein entfernter Verwandter, lebte in Polen und musste mehr als neunzig Jahre alt sein, falls er noch lebte – besser gesagt, falls er überhaupt *existierte*, was Raoul stark bezweifelte.

Er lächelte. »Dein Onkel Ismael, ja?«

»Es muss sechzig, siebzig Jahre her sein«, sagte Narses. »Er lebte damals in Ungarn. Eines Tages fielen die Mongolen ein, und Onkel Ismael musste mit dem Herzog von Siebenbürgen in die Schlacht ziehen. Er ist alles andere als ein Feigling, aber vor den Mongolen hatte er fürchterliche Angst. Deshalb versteckte er sich unter einem Proviantwagen, als sie auf das feindliche Heer trafen. Er dachte, er könne dort bleiben, bis die Schlacht zu Ende sei – er hatte ja alles, was er brauchte, Brot, Fleisch, Wein und so weiter. Allerdings entdeckte ihn ein Mongolenkrieger. Es war kein gewöhnlicher Krieger; er war vier Ellen groß, wog so viel wie zwei Fässer voller Pökelfleisch und schwang einen riesigen Säbel. Und er hatte es auf meinen Onkel abgesehen. Als Onkel Ismael diesen mongolischen Goliath auf sich zukommen sah, packte ihn die Furcht. Er kroch unter dem Wagen hervor und wollte fliehen – und genau in diesem Augenblick spaltete der Säbel des Riesen den Karren der Länge nach.«

Diese Geschichte kannte Raoul noch nicht. Er lachte leise. »Er spaltete den Karren?«

»Mit einem einzigen Hieb, der Ewige ist mein Zeuge! Aber Onkel Ismael lag glücklicherweise nicht mehr darunter. Er rollte sich auf den Rücken und sah, was den Mongolen in solche Raserei versetzt hat: Sieben Pfeile steckten in seinem Leib, und seine Lederrüstung war aufgeweicht von seinem Blut. Der gewaltige Säbel fuhr ein zweites Mal herab, Onkel Ismael sprang zur Seite, weshalb sich die Klinge tief in die Erde grub. Flucht war aussichtslos, also tat er das einzig Richtige: Er nahm seine Pike, und als der Mongole zum nächsten Hieb ausholte, stieß er sie ihm in den feisten Wanst, sodass sie zwischen den Schulterblättern wieder austrat. Onkel Ismael schwört, dass der Boden bebte, als der Riese umfiel.«

Lachend schüttelte Raoul den Kopf.

»Aber glaub bloß nicht, dass der Kampf damit zu Ende gewesen wäre«, fuhr Narses fort. »Onkel Ismael sank ins Gras und begriff, wie knapp er mit dem Leben davongekommen war. Erleichtert nahm er einen Weinschlauch vom Proviantwagen und leerte ihn in einem Zug. Er hatte schon damals einen gewaltigen Durst. Und gerade als er ihn wegwarf, stand der mongolische Goliath wieder über ihm, mit sieben Pfeilen und seiner Pike im Leib und noch grimmiger als zuvor. Er griff mit seinen mächtigen Pranken nach ihm, doch Onkel Ismael zückte seinen Dolch und trieb ihn seinem Feind ins rechte Auge. Die beiden Hälften des Proviantwagens zerbarsten in tausend Splitter, als der Mongole sie unter sich begrub.«

»Aber er war nicht tot, richtig?«, riet Raoul.

»O nein. Der Mongole war kein anderer als Toguldur, der schrecklichste Krieger der Goldenen Horde. Es war ausgemachtes Pech, dass Onkel Ismael ihm begegnet war, aber das wusste er damals noch nicht. Im Gegenteil, er freute sich über seinen Sieg und leerte einen zweiten Weinschlauch. Beim letzten Schluck erhob sich dieser Berg von einem Krieger, sieben Pfeile und Onkel Ismaels Pike im Leib und den Dolch im Auge, brüllte wie der leibhaftige Leviathan und versuchte, Onkel Ismael zu zertreten wie eine Küchenschabe. Onkel Ismael kroch über das Gras und wich den stampfenden Füßen aus. Er war verzweifelt, denn er hatte keine Waffen mehr. Außerdem war er ziemlich betrunken. Aber vielleicht war das sein Glück, denn während er um sein Leben kroch, fand er den gewaltigen Säbel Toguldurs. Nüchtern hätte er gewiss gar nicht erst versucht, die gewaltige Waffe an sich zu nehmen, aber berauscht, wie er war, hob er sie auf, wankte unter ihrem Gewicht und schwang sie gegen seinen Feind. Sie grub sich Toguldur in die Hüfte und spaltete ihn bis zum Rückgrat, und als der Mongole diesmal fiel, wäre es beinahe mein Onkel gewesen, der zerschmettert worden wäre, hätte er sich nicht mit einem beherzten Sprung gerettet.«

»Und dann trank er einen dritten Weinschlauch«, meinte Raoul.

»Nein, so ein Dummkopf ist Onkel Ismael nicht«, erklärte Narses mit großem Ernst. »Er wusste, dass er diesen Kampf nicht gewinnen konnte. Er ergriff die Flucht und rannte durch halb Siebenbürgen, bis er vor Erschöpfung zusammenbrach. Er schlief sieben Tage. Als er aufwachte, stand der Herzog an seinem Bett und gab ihm einen Beutel voller Gold, weil er den schrecklichen Toguldur erschlagen hatte. Onkel Ismael nahm das Gold, hatte jedoch ein schlechtes Gefühl dabei und brüstete sich nie mit seiner Tat. Und das war gut so. Denn als er dreißig Jahre später auf seinen Reisen nach Samarkand kam, wurde er in einem Badehaus von einem Koloss bedient, der sieben kleine Narben an der Brust hatte, eine größere am Bauch und eine gewaltige, sichelförmige über der Hüfte, und der obendrein eine Augenklappe trug. Onkel Ismael erstarrte in seinem Badezuber vor Furcht und wusste sich nicht anders zu helfen, als dem Koloss den Beutel mit dem Gold des Herzogs zu geben, das er glücklicherweise niemals ausgegeben hatte. Der Koloss lächelte dankbar, sie versöhnten sich und schreiben sich Briefe bis zum heutigen Tag.«

Raoul wischte sich die Lachtränen aus den Augen. Wie hatte er nur all die Jahre ohne Narses überlebt? »An dir ist ein Spielmann verloren gegangen, Narses.«

»Nein«, erwiderte Narses grinsend. »Spielleute erzählen Lügengeschichten. Ich erzähle nichts als die Wahrheit.« Er zog den Pfropfen aus dem Wasserschlauch und trank. Lauwarmes Wasser rann ihm über das Kinn. Dann bot er den Schlauch Raoul an. »Willst du hören, was Onkel Ismael nach der Schlacht gegen die Goldene Horde erlebt hat?«

Raoul legte ihm die Hand auf den Arm und bedeutete ihm zu schweigen. Er hatte eine Staubwolke über den Kronen der Schwarzkiefern im Osten bemerkt. Hufschlag hallte von den Hängen der Schlucht wider, die die Hügel auf der anderen Seite der Senke durchschnitt. Auch die Osmanen hatten die Staubwolke gesehen. Eine ihrer Wachen rannte zum Lager und brüllte etwas, woraufhin Unruhe unter den Kriegern ausbrach. Sie setzten ihre Helme auf, legten ihre ledernen Panzer an und räumten Ausrüstung in die Zelte.

Sie bringen das Lager in Ordnung, dachte Raoul. *Anscheinend kommt hoher Besuch.*

»Boril«, sagte Narses. »Er hat etwas gesehen.«

Raoul blickte zu dem Bulgaren, der den Kopf hinter den Felsen hervorreckte und drei Finger in die Höhe hielt: *drei Reiter*. Raoul nickte ihm zu und wandte sich wieder dem Lager zu.

Die Reiter preschten wenig später in den Talkessel. Sie waren schwerer bewaffnet als die Männer im Lager. Zwei trugen Kettenpanzer, die an der Brust mit einer schimmernden Bronzescheibe verstärkt waren, Helme mit Gesichtsmasken aus Kettengliedern und Rundschilde auf dem Rücken.

An ihren Gürteln hingen der osmanische Säbel und ein Köcher mit Pfeilen für den Reiterbogen. Der dritte, der Reiter an der Spitze, war von massiger Statur. Sein bulliger Leib steckte in einer Rüstung aus Metallplatten, in denen zahllose Schwert- und Axthiebe Scharten hinterlassen hatten. Ein wilder schwarzer Bart bedeckte Kinn und Wangen.

»Sieh mal einer an«, murmelte Narses.

Der Bärtige war Hasan Nazāir, ein Heerführer von Sultan Osman. Raoul kannte ihn; er hatte schon zweimal gegen ihn gekämpft und gelernt, diesen Mann zu fürchten. Nazāir hasste die Byzantiner. Wenn seine Männer eine Siedlung plünderten, begnügten sie sich nicht damit, alles niederzubrennen – Frauen und Kinder verschleppten sie in die Sklaverei, die Männer machten sie nieder und pfählten die Überlebenden.

Was, bei allen Dämonen, hatte er hier zu suchen?

Hasan Nazāir ritt in einer Wolke aus Staub in das Lager, zügelte sein Pferd und erteilte mit seiner dröhnenden Stimme Befehle. Voller Hast begannen die Männer, die Zelte abzubauen und die Ausrüstung zusammenzupacken. Der Anführer des Osmanentrupps, ein Mann mit geöltem Haar und Spitzbart, sprach Nazāir an. Dieser brüllte nur mit der Axt in der Hand, sodass sich der Anführer eingeschüchtert entfernte.

»Sie werden im Osten gebraucht«, übersetzte Narses, der etwas Osmanisch sprach. »Das danach habe ich nicht verstanden – etwas von einer Handelsstraße. Dunkelheit … Ich glaube, sie sollen bei Einbruch der Dunkelheit irgendwo sein.«

Boril kam zu ihnen, ging in die Hocke und hielt sich mit einer Hand am Felsen fest. Er war ein kleiner, stämmiger Mann mit einem bärtigen, narbenbedeckten Soldatengesicht. Von seinem Gürtel baumelte ein Kriegshammer.

»Greifen wir an?«, fragte er. Auch nach so vielen Jahren hatte er seinen slawischen Akzent nicht völlig abgelegt.

Raoul blickte in den Talkessel hinab. Die Hälfte der Zelte war bereits abgebaut. Osmanische Reitertrupps waren sehr beweglich, was sie überaus gefährlich machte.

»Wir lassen sie gehen«, antwortete er.

Narses starrte ihn entgeistert an. »Sie gehen lassen? Während Hasan Nazāir bei ihnen ist? So eine Gelegenheit kommt nie wieder!«

»Wir haben Frieden mit den Osmanen«, erinnerte Raoul ihn.

»Aber vermutlich nicht mehr lange. Und ich kämpfe lieber, wenn ich weiß, dass Nazāir im Kerker verrottet.«

»Sei still. Du verrätst uns noch.«

Narses begann zu flüstern. »Das kannst du nicht tun, Raoul. Hast du Diospolis vergessen? Astacus?«

Er hatte nicht vergessen, was damals geschehen war, weder Narses' Verwundung noch, wie sie mit knapper Not davongekommen waren, während Dutzende ihrer Gefährten tot den Fluss entlangtrieben, erschlagen von Nazāirs Männern. Und genau wie Narses hatte er sich geschworen, sie eines Tages zu rächen. Aber wenn er Nazāir gefangen nähme, stürzte Byzanz in einen Krieg, auf den es nicht vorbereitet war. Es hatte keinen Sinn, das Narses zu erklären. Er war Byzantiner. Er hielt den Kaiser für unfehlbar, für einen Halbgott, und das byzantinische Imperium für unverwundbar. Die Wahrheit wollte er nicht hören.

»Nein«, sagte Raoul. »Aber die Entscheidung, was mit Nazāir geschieht, liegt nicht bei mir. Und erst recht nicht bei dir.«

Narses verstand den Hinweis auf die Rangfolge und schwieg. Raoul wandte sich an Boril.

»Zenon und Mircea sollen den Osmanen folgen. Ich will wissen, wohin sie gehen.«

»Besser Radu als Mircea«, schlug Boril vor.

Radu, einer der zwölf Walachen des *Bandums*, sprach fließend Osmanisch. Raoul war einverstanden. »Sag ihnen, dass sie vorsichtig sein sollen. Ich will sie morgen gesund und munter wiedersehen.«

Geduckt hastete Boril davon.

Die Osmanen hatten inzwischen das Lager aufgelöst. Nun sattelten sie ihre Pferde und beluden sie mit Ausrüstung. Hasan Nazäir trieb sie brüllend zur Eile an.

»Und was tun wir?«, fragte Narses mit leichtem Unmut in der Stimme.

»Wir reiten nach Hause. Ich muss dem Rat Bericht erstatten …« Raoul verstummte, als er auf dem Felsenkamm zu seiner Rechten eine Bewegung wahrnahm. Zenon und Radu erschienen zwischen den Dornsträuchern und liefen, ihre Reiterbögen in den Händen, über den Hügelkamm. »Warum warten diese Narren nicht?«, stieß er hervor und winkte sie zurück. Auch Boril machte ihnen Zeichen, doch die beiden Späher bemerkten weder ihn noch Raoul.

Mit einem Fluch auf den Lippen rollte Raoul sich herum und rutschte die Böschung hinunter. Er musste sie aufhalten. Offenbar wollten sie zu ihren Pferden, und hierzu mussten sie einen Felsengrat überqueren, auf dem sie leicht gesehen werden konnten.

Auch Boril war ihnen gefolgt. Der alte Bulgare rief die Namen der beiden Späher, woraufhin Zenon sich umwandte und verharrte. Raoul atmete erleichtert auf. Doch Radu hatte Boril offenbar nicht gehört, denn er kletterte unbeirrt weiter. Erst als er die Spitze des Felsengrates erreichte, bemerkte er, dass Zenon ihm nicht mehr folgte.

Raoul und Boril winkten ihm, er solle umkehren.

Noch bestand keine Gefahr. Der serbische Krieger kauerte im Schutz eines Buschs, unsichtbar für die Osmanen. Dann endlich machte er sich an den Abstieg.

Raoul lief ihm entgegen. Das würde er Zenon und Radu nicht durchgehen lassen. Dabei waren sie für ihre Besonnenheit bekannt. Was war nur in sie gefahren?

In diesem Moment verlor Radu auf dem Abhang den Halt. Er fing sich wieder, doch sein Stiefel scharrte über das Erdreich, sodass sich Felsbrocken lösten und polternd ins Tal stürzten.

Nein!, durchfuhr es Raoul. *Nein, nein, nein.*

Ein osmanischer Wachposten fing an zu schreien.

ZWEI

Naje saß auf der Turmkuppel und beobachtete, wie sich die Wüste über die Stadt wälzte.

Es begann immer auf die gleiche Weise: Zuerst verdorrten die Wiesen und Felder vor den Mauern, wurden zu toter Erde, bevor sie sich in Wüstensand verwandelten. Da, wo eben noch Bauernhöfe, Gestüte, Wassergräben und von Akazien gesäumte Straßen gewesen waren, erhoben sich wenig später Dünen, die wie lautlose Wellen gegen die Mauern Konstantinopels brandeten. Doch selbst der mächtige Wall konnte die Wüste nicht aufhalten. Sie wanderte weiter, begrub Türme, Wehrgänge und Kastelle unter sich. Sengender Wind kam auf und heulte um Minarette und schimmernde Kuppeldächer, trocknete Zisternen aus, füllte die Münder der Menschen mit Staub. Geblendet irrten die Bewohner der Stadt umher und flehten Gott um Gnade an, doch das Pfeifen der Böen war die einzige Antwort auf ihre Gebete. Bald versanken auch Paläste, Kirchen und Siegessäulen in heißem Sand, bis die Dünen die gesamte Halbinsel bedeckten.

Die Hagia Sophia, der Blachernen-Palast, das Taurus-Forum, das Hippodrom, das Valens-Aquädukt – all das war fort, als wäre es nie da gewesen.

Naje wusste, dass diese Dinge nicht wirklich geschahen. Und dennoch sah sie sie, Tag für Tag, seit mehr als drei Monaten schon.

Sie schloss die Augen, faltete die Hände und begann zu beten, wie ihr Vater es sie gelehrt hatte: *Lieber Gott, halte deine*

Hand über mich. Schick das Böse fort und gib mir Mut, damit ich keine Angst mehr habe …

»Naje!«, erklang ein Ruf.

Sie öffnete die Augen. Alles war wieder so wie vorher. Keine Dünen, die über das Land wanderten. Kein Wind, der glühende Staubschwaden vor sich hertrieb. Die Ebene war grün und fruchtbar, die Stadt in der Ferne so gewaltig, bunt und voller Leben wie jeden Tag.

Ionnes, der alte Diener, hackte im Garten Holz. Es war ein vertrautes Geräusch. Ein beruhigendes Geräusch.

Ihre Mutter kam die Treppe herauf, ärgerlich; Naje hörte es am Klang ihrer Schritte. Sie blieb stehen und strich sich das schwarze Haar aus dem Gesicht, als sie zu ihr aufsah.

»Wie oft habe ich dir gesagt, dass du da nicht hinaufklettern sollst!«

Naje rutschte die Turmkuppel herunter und senkte schuldbewusst den Blick. Sie zitterte noch ein wenig. Ihre Mutter bemerkte es, kniete sich hin und ergriff ihre Hände.

»Ist es schon wieder geschehen?«, fragte sie, sanfter diesmal.

Naje nickte. Ihre Mutter drückte sie an sich und strich ihr über das Haar. »Hab keine Angst«, flüsterte sie. Und wieder: »Hab keine Angst.«

Dabei fürchtete sie sich genauso sehr wie Naje.

Jada brachte Naje ins Bett und blieb bei ihr sitzen, bis sie eingeschlafen war.

Es war still. Das Abendlicht fiel weich und golden durch das Fenster und zeichnete den verästelten Schatten des Orangenbaums an die Wand. Abend für Abend saß Jada hier, manchmal mit Raoul oder allein, wenn er fort war. Sie liebte es, bei ihrer schlafenden Tochter zu sein. Sie liebte den friedlichen, arglosen Ausdruck in ihrem kleinen Gesicht.

Wie schnell sie wächst, dachte sie. *Und wie rasch sie lernt.*

Naje war groß für ihre fünf Jahre. Sie hatte die schwarzen, glatten Haare, die vorspringenden Wangenknochen und das ebenmäßige Gesicht ihrer Mutter und die eisblauen Augen ihres Vaters. Wie viele Fünfjährige war sie lebhaft und unglaublich mager, und ihre Knie und Ellbogen waren stets aufgeschlagen und zerkratzt. Sie war aufgeweckter als ihre Altersgenossen, aber davon abgesehen wirkte sie wie ein ganz gewöhnliches Kind.

Dabei war Naje alles andere als gewöhnlich. Ein Kind wie sie hatte es noch nie gegeben.

Freunde, Nachbarn und Dienstboten hielten Jada für eine Ägypterin; außer Raoul wusste niemand, was sie wirklich war: eine Djinn, die Prinzessin eines Volkes, das bereits auf tausende Jahre Geschichte zurückblickte, bevor die Menschen begonnen hatten, das Zweistromland zu besiedeln. Die Djinn lebten im Innern der großen Wüsten, unbemerkt von den Menschen. Ihre Zahl war gering. Sie waren Gottes Erstgeborene, langlebig, beinahe unsterblich für menschliche Begriffe, erschaffen aus Feuer, gesegnet mit der Gabe des Heilens und des Zweiten Gesichts. Jada hatte diese Gaben verloren, als sie sich in einen menschlichen Mann verliebte und von ihrem Volk verstoßen wurde. Tausend Jahre später wurde die Verbannung aufgehoben; Jada kehrte dennoch nicht zu ihrem Volk zurück. Sie hatte sich abermals in einen Menschen verliebt, in einen jungen Ritter, der gegen den nahenden Tod angekämpft und sich dabei selbst gefunden hatte. Der Ritter war Raoul, und ihre Liebe zu ihm erwies sich als stärker als ihre Sehnsucht nach ihrer verlorenen Heimat, sogar stärker als ihre Furcht vor seiner Sterblichkeit.

Naje war ihre gemeinsame Tochter. In ihren Adern floss sowohl Djinn- als auch Menschenblut. Weder Jada noch Raoul wussten, was das für das Kind bedeutete.

Sie besaß die Gaben, die Jada vor so langer Zeit verloren hatte. Jada hatte immer gedacht, dass sie sich aufgrund von Najes menschlicher Hälfte niemals voll entfalten würden. Inzwischen war sie sich nicht mehr sicher. Diese Tagträume, die Naje heimsuchten ... Sie waren von einer Kraft, Klarheit und Häufigkeit, die selbst bei einem Djinn in der Blüte seiner Jahre ungewöhnlich gewesen wären. Und Naje sah immer dieselben rätselhaften Bilder: ein Meer aus Dünen, das Konstantinopel unter sich begrub und alles Leben erstickte.

Etwas geschah mit ihrer Tochter – etwas, das sie nicht verstand. Und das machte ihr Angst.

Sie küsste Naje behutsam auf die Stirn, strich die Decke glatt und verließ leise die Kammer.

Ihr Haus stand auf einer von Olivenbäumen gesäumten Anhöhe, eine knappe Wegstunde zu Fuß von den Stadttoren entfernt. Raoul hatte sich ihrem Wunsch gefügt, außerhalb der Stadt zu wohnen. Von beinahe jedem Haus in Konstantinopel aus sah man das Meer – das ertrug Jada nicht. Wie alle Djinn fürchtete sie das Wasser. In großen Mengen konnte es sie verletzen, sogar töten.

Das Anwesen war mittelgroß – angemessen für einen *Comes* des Kaisers. Das Haupthaus bestand wie der kleine Kuppelturm und das einstöckige Nebengebäude aus rotbraunen Ziegelsteinen. Es hatte ein abgeflachtes Giebeldach und Rundbogenfenster, die viel Licht ins Innere ließen. Die drei Gebäude bildeten eine verwinkelte Einheit, an die sich ein Garten mit Orangen- und Tulpenbäumen, duftenden Rosenhecken und einem Pavillon aus Zedernholz anschloss. Eine niedrige Mauer umgab den Garten; hinter dem Rundbogentor begann ein Pfad, der zur Handelsstraße führte.

Jada war mehr als eintausendvierhundert Jahre alt und hatte in vielen Ländern gelebt. Aber es gab nur wenige Orte, an denen sie so glücklich gewesen war wie hier.

Der Saum ihres hellen Seidengewands strich leise über den Steinboden, als sie den Eingangsraum durchquerte. Die Tür stand offen und ließ Blütenduft aus dem Garten herein.

Ionnes erschien, Hände und Kittel schmutzig von Erde. Der alte Byzantiner mit dem zerknitterten Gesicht und den schlohweißen Haaren war einer von drei Dienern, die auf dem Anwesen wohnten und es bewirtschafteten.

»Herrin«, sagte er. »Ein Bote war hier. Er hat eine Nachricht abgegeben.«

»Von meinem Gemahl?«, fragte sie.

»Von einem gewissen Barzin Ardeshir. Sie liegt drinnen auf dem Tisch.«

Barzin Ardeshir?, dachte sie verwundert, während sie zur benachbarten Kammer ging. Sie hatte von ihm gehört. Er lebte zurückgezogen in seinem Palast im Blachernenviertel, und es hieß, er sei einer der reichsten Männer des Byzantinischen Reichs. Begegnet war sie ihm nie.

Warum schickte er ihr eine Nachricht?

Sie fand den Brief auf dem Tisch, brach das Siegel und faltete das Pergament auf. Zeilen in einer seltsam geschwungenen Schrift bedeckten das Blatt; in der Anrede gebrauchte der Schreiber ihren alten Namen, den sie vor fünf Jahren abgelegt hatte: Jada bint-Ghassan.

Barzin Ardeshir bat darum, sie bei Einbruch der Nacht besuchen zu dürfen. Ihr Einverständnis sollte sie kundtun, indem sie seinen Boten benachrichtigte, der bei der alten Zollstation wartete.

Ein wenig ratlos las sie den Brief abermals. Er war ausgesprochen höflich; Erklärungen, warum Ardeshir sie sehen wollte, erhielt er jedoch nicht.

Ihr kam ein absurder Gedanke: Wollte er ihr etwa den Hof machen? Nein, unmöglich; jeder in Konstantinopel wusste, dass sie mit *Comes* Raoul von Bazerat verheiratet war. Allerdings wäre Ardeshir nicht der Erste, der sich davon nicht abschrecken ließ.

Sie legte das Pergament auf den Tisch und setzte sich. Nachdenklich blickte sie aus dem Fenster, zu Konstantinopel in der Ferne, dessen Kuppeln und Turmspitzen sich schwarz vor dem Abendhimmel abzeichneten.

Jada bint-Ghassan ... Außer Raoul kannte niemand in dieser Stadt den Namen.

Sie holte Feder und Tinte, schrieb auf die Rückseite von Ardeshirs Brief ihre Antwort und rief nach Ionnes.

DREI

»Zu den Pferden!«, brüllte Raoul.

Er zog den Kopf ein, als ein Pfeil über ihn hinwegschwirrte, und kauerte sich wieder hinter den Felsen. Im Talkessel war heilloses Durcheinander ausgebrochen. Viele Osmanen schwangen sich in die Sättel, ehe sie begriffen, dass sie ihre Gegner zu Pferd nicht erreichen konnten. Andere suchten Deckung, in Erwartung eines Angriffs. Einzig Hasan Nazāir schien die Lage zu überblicken. Brüllend befahl er einige Bogenschützen zu sich, die daraufhin begannen, die Felsen auf dem Hügelkamm zu beschießen.

Raouls Späher hatten den Ruf gehört. Überall rings um den Talkessel, hinter Sträuchern und Felsen, setzten sie sich in Bewegung. Nun bereute er, dass er sich entschlossen hatte, sie so weiträumig zu positionieren. Es würde lange dauern, bis sie alle bei den Pferden waren. Und wenn sie es nicht schafften zu fliehen, mussten sie kämpfen – gegen eine dreifache Übermacht.

Narses stieß ins Horn, und ein lang gezogenes *Aaa-uuuuuuu* erscholl. Die restlichen Männer des *Bandums* würden es hören, aber sie waren zu weit weg, um rechtzeitig hier zu sein, sollte es zur Schlacht kommen.

Wie immer, wenn Gefahr drohte, wurde Raoul von einem Rausch aus Angst und gleichzeitiger Erregung erfasst: Sein Herzschlag beschleunigte sich, er atmete schneller, er nahm seine Umgebung mit messerscharfer Klarheit wahr. Geduckt rannte er hinter den Felsen entlang zu einer Schwarzkiefer, von der aus er das Tal besser überblicken konnte. Hinter dem aufgeworfenen Wurzelwerk ging er in Deckung.

Die Osmanen taten genau das, was er an ihrer Stelle auch getan hätte: Während die Bogenschützen weiter die Felsen beschossen und Raouls Männer damit in die Deckung zwangen, rückte ein Trupp unter Nazäirs Führung gegen den Hügelkamm vor. Im Schutz ihrer Schilde und mit blankgezogenen Säbeln in den Händen erklommen sie den Hang.

Boril unternahm das einzig Richtige: Er versammelte sämtliche Soldaten in seiner Nähe um sich, und sie beschossen die vorrückenden Krieger mit ihren Bögen. Ihre Pfeile prallten an den mandelförmigen Schilden und Panzerhemden der Osmanen ab, aber sie bewirkten immerhin, dass Nazäirs Männer vorsichtiger wurden und langsamer vorankamen. Wie schon so oft war Raoul heilfroh, Boril dabeizuhaben. Der alte Bulgare hatte bereits in so vielen Schlachten gekämpft, dass er stets einen kühlen Kopf bewahrte.

Die ersten Späher kamen angerannt und liefen weiter zum Felsengrat, hinter dem sich die Pferde befanden. Die Hälfte fehlte jedoch noch. »Macht schneller«, murmelte Raoul und duckte sich abermals. Pochend bohrte sich ein Pfeil in das Wurzelholz.

Narses warf sich neben ihm in Deckung. »Was jetzt?«, fragte er atemlos.

»Geh voraus. Macht die Pferde bereit.«

Mit dem Horn in der Hand rutschte Narses die Böschung hinunter und setzte den Männern nach, die gerade den Felsengrat erklommen.

Der Grat führte über eine tiefe Schlucht und war der einzige Weg zu ihren Pferden. Er war zwar nur kurz, doch da er alles andere überragte, bot er keinerlei Deckung. Wenn Raoul nichts unternahm, waren seine Männer dort oben den Pfeilen der Osmanen hilflos ausgeliefert.

Er ließ sich ebenfalls die Böschung hinuntergleiten und rannte zu Boril und seinen Männern.

Die fünf Soldaten hatten sich hinter den Felsen verteilt, zogen Pfeil um Pfeil aus ihren Köchern und schossen ins Tal. Zwei osmanische Krieger lagen reglos auf dem Hang, ihr Blut tränkte den staubigen Boden. Hasan Nazâir hatte begriffen, dass er die Hügelkuppe nur unter großen Verlusten würde erreichen können, also hatte er sich mit seinen Männern in den Schutz mehrerer Felsen zurückgezogen. Raoul vermutete jedoch, dass diese Atempause nur kurz sein würde. Nazâir musste inzwischen erkannt haben, dass sein Gegner zahlenmäßig unterlegen war. Und erfahren, wie er war, würde er sich dies zunutze machen.

»Schießt auf die Bogenschützen«, befahl Raoul.

»Und was ist mit Nazâir?«, fragte Boril.

»Um ihn kümmern wir uns später. Zuerst müssen wir Narses helfen.«

Boril und seine Männer begannen, die feindlichen Bogenschützen zu beschießen und sie damit in Deckung zu zwingen. Das verschaffte Narses genug Zeit, um mit seinen Männern gefahrlos den Grat zu überqueren.

Als Nazâir begriff, dass für ihn vorläufig keine Gefahr drohte, kam er mit seinen Kriegern hinter den Felsen hervor und kämpfte sich weiter den steilen Hang hinauf. Raoul starrte angespannt zur anderen Seite des Talkessels. Wo blieb nur der Rest seiner Späher?

Da! Im Laufschritt kamen sie um die Biegung. Fieberhaft zählte er die Männer. Neun – damit waren sie vollzählig.

»Beeilt euch!«, brüllte er ihnen entgegen. Pfeile flogen heran, aber nur vereinzelt, denn Boril hielt die osmanischen Bogenschützen so gut er konnte in Schach.

Nazâir und seine Krieger waren inzwischen gefährlich nah – nur noch wenige Schritte trennte sie von Raoul, Boril und den anderen. Nazāir war kein Feldherr, der das Getümmel der Schlacht scheute. Mit dem Rundschild und seiner goldglänzenden Axt in den Händen kletterte er an der Spitze der Gruppe voran, die Augen im Schatten des Helmreifs zu wachsamen Schlitzen verengt.

Die Späher rannten wie der Teufel zum Felsengrat. Als Raoul aufsprang, um ihnen zu folgen, schien Nazāir ihn zu erkennen. Sein Gesicht verzerrte sich vor Hass. Brüllend reckte er die Axt in die Höhe, und seine Krieger schwärmten unter Kampfgeschrei über den Kamm.

Pfeile sirrten durch die Luft. Sie verursachten ein widerwärtiges, kaum hörbares Pfeifen, und Raoul rechnete jeden Augenblick damit, getroffen zu werden, während er den schmalen Grat entlanghastete. Zwar hatte sein *Klibanion* schon so manchen Pfeil abgehalten, doch die Rüstung würde ihn nicht davor bewahren, von der Wucht eines Treffers in den Abgrund der Schlucht gestoßen zu werden.

Hinter ihm stöhnte ein Mann vor Schmerz auf. Es war Basarab, einer der Walachen; ein gefiederter Schaft ragte aus seinem Oberarm. Boril fing ihn auf, als er taumelte. Raoul half ihm, und gemeinsam brachten sie Basarab zur anderen Seite.

Diesseits der Schlucht konnten die osmanischen Bogenschützen sie nicht mehr sehen; ein paar ungezielte Pfeile flogen an ihnen vorbei. Aber Raoul und seine Männer waren keineswegs außer Gefahr, denn gerade, als sie die Pferde erreichten, erschienen die ersten Osmanen auf dem Felsendamm.

Narses hatte die Tiere bereits losgemacht. Raoul half Basarab beim Aufsteigen.

»Kannst du reiten?«

»Es geht schon, *Comes*«, sagte der Walache mit zusammengebissenen Zähnen. Er presste seine Hand auf die Wunde, aus der ein schwacher Blutstrom floss.

Die übrigen Männer saßen bereits in den Sätteln. Einige schossen Pfeile in Richtung des Grats, sodass Nazāir sich nicht hinüberwagte.

Raoul stieg auf, gab seinem Pferd die Sporen und preschte an der Spitze des kleinen Trupps los, während hinter ihm Nazāir die Axt schüttelte und Verwünschungen brüllte, die im Donnern der Hufe ungehört verklangen.

VIER

Barzin Ardeshir ließ nicht lange auf sich warten. Keine Stunde, nachdem Ionnes zur alten Zollstation gegangen war, näherte sich eine rote Sänfte dem Anwesen. Vorhänge aus goldenem Tuch verhüllten die Fenster.

Die Sklaven trugen die Sänfte durch das Tor und setzten sie auf dem gepflasterten Weg ab. Eine Hand schob den Vorhang zur Seite, und ein mittelgroßer Mann in purpurnen Schnabelschuhen und einem Seidengewand in der gleichen Farbe stieg aus. Er kam den Weg entlang und bewegte sich dabei mit der Eleganz eines Mannes, der jeden Muskel seines Körpers beherrschte.

Jada verschränkte die Arme. Irgendetwas an diesem Mann weckte leises Unbehagen in ihr – nein, mehr eine Art *Erinnerung*, die sie nicht zu fassen vermochte.

»Jada«, sagte er mit angenehmer Stimme. »Ich danke Euch, dass Ihr mich empfangen habt. Mein Name ist Barzin Ardeshir.«

Er neigte respektvoll den Kopf, bevor er sie wieder anblickte. Solche Augen hatte sie noch nie gesehen. Sie schienen blau zu leuchten, selbst im Dämmerlicht.

Barzin Ardeshir – ein alter persischer Name. Jada konnte etwas Persisch. *Barzin* bedeutete Feuer.

Die Gastfreundlichkeit gebot ihr, ihn hereinzubitten, doch etwas in ihr sträubte sich dagegen. »Ich gebe zu, dass mich Eure Nachricht überrascht hat. Sind wir uns schon einmal begegnet?«

»Nein. Und doch verbindet uns viel. Vielleicht mehr, als Ihr für möglich haltet.«

»Ihr habt einen Namen gebraucht, den ich nicht mehr trage.«

Ardeshir lächelte. Es war ein feines, ein elegantes Lächeln. »Namen bedeuten nichts. Niemand weiß das besser als Ihr, nicht wahr?«

Das war eine Anspielung auf die zahllosen Namen, die sie im Lauf ihres langen Lebens getragen hatte. Wie konnte er davon wissen? Und wenn er *das* wusste – was wusste er noch? »Ich nehme an, Ihr besucht mich nicht ohne Grund«, sagte sie kühl.

Das Lächeln verschwand. »Ich muss mit Euch sprechen. Über einen … Vorfall von weitreichender Bedeutung.«

»Einen Vorfall?«

»Gibt es hier einen Ort, wo wir ungestört sind?«

»Der Pavillon.« Sie zog die Haustür zu und ging den Weg entlang. Ardeshir folgte ihr.

Ionnes war noch im Garten und schnitt die Rosenhecke. Jada war froh über seine Anwesenheit. Sie wollte nicht allein mit Ardeshir sein. Sie forderte Ionnes auf, ihnen Wein zu bringen, woraufhin der alte Diener das Messer in die Tasche seiner Schürze schob und ins Haus lief.

»Wo ist Euer Gemahl?«, fragte Ardeshir, während sie dem Pfad zwischen den Orangenbäumen folgten.

»In der Stadt«, log Jada. »Er wird bald zurück sein.«

»Tatsächlich? Ich hörte, er sei mit seinem *Bandum* in Bithynien.«

Genauso gut hätte er sagen können: *Ich weiß, dass du allein bist.* Sie beschloss, dieses seltsame Treffen zu beenden, sowie sie erfahren hatte, was er wollte. »Ihr irrt Euch. Er ist beim *Megas Domestikos*. Der Rat ist wegen der Osmanen zusammengetreten.«

»Gewiss«, sagte Ardeshir lächelnd.

Sie betraten den Pavillon und setzten sich. Wilder Wein rankte sich an den Zedernholzbalken empor. In die dünnen Verkleidungen waren kunstvolle Muster eingekerbt – Bäume, Wildtiere, verschlungene Linien und Formen –, durch die das vergehende Tageslicht fiel.

Jada schwieg, bis Ionnes mit dem Wein kam. Er stellte zwei Kelche auf den kleinen steinernen Tisch und füllte sie mit der kupfernen Karaffe. Er entzündete die Öllampe, die unter dem Dach hing, und entfernte sich wieder, um seine Arbeit an der Hecke fortzusetzen.

Jada musterte ihren Gast. Ihre Gefühle verwirrten sie. Ihr war, als würde sie ihn schon eine Ewigkeit kennen. Er war ein außergewöhnlich gut aussehender Mann, und trotz der Abneigung, die sie für ihn empfand, fühlte sie sich zu ihm hingezogen.

Er rührte seinen Wein nicht an. »Ich bin wegen Eurer Tochter hier. Naje.«

»Woher kennt Ihr ihren Namen?«, fragte sie harscher als beabsichtigt.

»Es war nicht gerade schwierig, ihn herauszufinden. Euer Gemahl ist ein bekannter Mann in Konstantinopel.«

»Was wollt Ihr von ihr?«

»Ich weiß, dass Ihr Euch um sie sorgt.« Er machte eine Pause, in der er sie über den Tisch hinweg anblickte. »Und ich kenne auch den Grund dafür.«

Ein eiskalter Hauch schien über ihren Nacken zu streichen, und es kostete Jada beträchtliche Mühe, ruhig zu bleiben. »Jede Mutter sorgt sich um ihr Kind. Das ist ganz natürlich.«

»Allerdings werden Kinder für gewöhnlich nicht von Visionen heimgesucht«, erwiderte Ardeshir freundlich.

Jada griff nach dem Kelch, um das Zittern ihrer Hand zu

verbergen. Sie gab vor, daran zu nippen, trank jedoch keinen Tropfen. Sie trank niemals. »Ich weiß nicht, wovon Ihr sprecht.«

Ardeshir lehnte sich zurück. Die Lampe über ihren Köpfen drehte sich, und die Schatten auf seinem Gesicht befanden sich in ständiger Bewegung. »Naje sieht, wie Konstantinopel in einer endlosen Wüste versinkt. Sie sieht den Untergang ihrer Heimat. Und Euch quält seit Wochen die Frage, was all das bedeuten könnte. Aber trotz Eures gewaltigen Wissens findet Ihr keine Antwort.«

Jada spürte, dass nicht mehr nur ihre Hand zitterte. Schauder durchliefen ihren Leib. »Wie habt Ihr davon erfahren?«, fragte sie leise.

»Wie ich schon sagte: Uns verbindet viel.« Der Kaufmann griff nach seinem Kelch und drehte ihn langsam. »Ich habe die Antworten, die Ihr sucht – und noch mehr als das. Ich kann Naje helfen.«

Sie stellte den Kelch auf den Tisch und legte die Hände in den Schoß. Ardeshir spielte ein Spiel, und sie war dabei, sich darauf einzulassen. Das durfte sie nicht tun. Unwillkürlich blickte sie zu dem Fenster, hinter dem Naje schlief, und die Sorge um ihre Tochter übermannte sie schier. »Was geschieht mit ihr?«

»Sie ist kein gewöhnliches Kind. Sie trägt eine große Bürde. Ohne meine Hilfe wird sie daran zerbrechen.«

»Und worin besteht Eure Hilfe?«

Ardeshirs Stimme klang sanft, besorgt. »Ich möchte, dass Ihr und Naje mich auf einer Reise begleitet. Konstantinopel ist nicht der richtige Ort für Eure Tochter. Hier wird sie früher oder später zugrunde gehen.«

»Warum sollte ich Euch vertrauen?«

»Weil Ihr keine Wahl habt. Euer Gemahl kann Naje nicht helfen. Niemand kann ihr helfen. Ihr wisst das.«

»Aber Ihr könnt es«, sagte Jada.

Er nickte schweigend.

»Wieso?«

»Ich glaube, die Antwort darauf kennt Ihr bereits«, erwiderte Ardeshir leise.

Ja, dachte sie und spürte, wie die Dunkelheit jenseits der dünnen Holzwände näher rückte, das schwache Lampenlicht bedrängte und sich erstickend um sie legte. Diese Augen … Im Grunde hatte sie es schon gewusst, als er aus der Sänfte gestiegen war. Aber alles in ihr hatte sich geweigert, es zu glauben.

Ihre Stimme zitterte – ganz wenig nur, aber doch genug, dass er es bemerken musste. »Was versprecht Ihr Euch davon?«

»Ich brauche Naje … so wie sie mich braucht.«

»Wofür?«

»Das werdet Ihr zu gegebener Zeit erfahren. Aber es ist alles zu ihrem Besten. Ihr habt mein Wort.«

Er log. Jada spürte es deutlich, so wie sie mit einem Mal die unbegreifliche Gefahr wahrnahm, die von diesem Mann ausging. Sie stand auf. »Ich möchte, dass Ihr geht.«

Ardeshir blickte aus den Schatten zu ihr auf. »Ihr braucht Bedenkzeit. Gut. Wir müssen nichts –«

»Nein«, fiel sie ihm ins Wort. »Ihr sollt verschwinden. Ich will Euch hier nicht mehr sehen.«

Er schwieg und blieb reglos sitzen. Schließlich stand er auf. Ihr erschien es, als glühten seine Augen heller. »Das ist nicht klug, Jada. Ihr setzt das Wohlergehen Eurer Tochter aufs Spiel.«

»Ihr seid ein Lügner, Ardeshir. Jetzt geht endlich, oder ich werfe Euch eigenhändig hinaus.«

Er nickte. »Wie Ihr wollt.«

Leise strich der Saum seiner Robe über den Boden, als er

den Pavillon verließ. Bei der Sänfte wandte er sich noch einmal zu ihr um, und in seinem Blick lag etwas, das Bedauern sein mochte. Schließlich stieg er ein. Der goldene Vorhang schloss sich hinter ihm, und die vier Sklaven trugen die Sänfte durch das Tor den Hügel hinunter, wo sie kurz darauf in der Dunkelheit verschwand.

Jada stand noch lange danach auf den Stufen des Pavillons und rieb sich die Arme. Es war eine laue Nacht, dennoch fröstelte sie.

Sie war so sicher gewesen, dass er ein Angehöriger ihres Volkes war, ein Djinn.

Aber was, wenn sie sich irrte?

Wenn er stattdessen das war, was sie befürchtete?

FÜNF

Das Marmarameer gleißte im Licht der Abendsonne wie poliertes Silber. Ein lauer Wind wehte von Westen und trug den Geruch von Algen, Salz, Fisch, Muscheln und Langusten zu den Hügeln; leise schlug die Brandung gegen das Ufer. Es waren nur wenige Schiffe zu sehen, hauptsächlich Fischerboote und der eine oder andere Küstenfahrer. Eine venezianische Galeere holte die Segel ein und fuhr die Ruder aus, während sie sich der Landzunge von Konstantinopel näherte.

Gemächlich ritt Raouls *Bandum* die Straße entlang, die an der Küste verlief, in einer losen Formation aus Dreier- und Viererreihen. Es war ein langer Tag gewesen, und die Männer schonten sich und die Pferde. Etwa die Hälfte der hundertzweiundachtzig Reiter waren byzantinische Griechen mit *Klibanions*, spitzen Helmen, Lanzen und mandelförmigen Schilden. Der Rest war so vielfältig wie die Völker von Byzanz: Ungarn waren darunter, Serben, Walachen, Bulgaren, Georgier, und so verschieden wie ihre Herkunft war auch ihre Bewaffnung. Es waren allesamt Söldner, auch die Griechen. Kaiser Andronikos II. unterhielt aus Geldmangel nur noch ein kleines stehendes Heer; der Hauptteil seiner Streitkräfte bestand aus angeworbenen Kriegern unter der Führung vereidigter Hauptleute wie Raoul.

Bald kam die Festung in Sicht. Sie thronte auf einer felsigen Kuppe am Ostufer des Bosporus, gegenüber von Konstantinopel auf der anderen Seite der Meerenge. Sie bestand zum größten Teil aus Kalkstein, der im Sonnenlicht blendend hell erstrahlte. Verstärkende Reihen aus Ziegelsteinen waren in die Wehrmauern und die Wände des achteckigen Turms eingefügt. Rotbraune Bögen verliefen über den Fensterschlitzen, und Giebel in der gleichen Farbe krönten die breiten Zinnen. Das Bollwerk war noch gut eine halbe Meile entfernt, dennoch sah Raoul bereits die Wachposten auf den Wehrgängen: Ihre Helme und Lanzenspitzen glühten förmlich und blitzten bei jeder Bewegung auf.

Er und Narses zügelten ihre Pferde am Straßenrand, während die Männer weiterritten. Auf der Hügelkuppe, weit hinter den letzten Reitern des *Bandums*, erschienen zwei Gestalten, Radu und Zenon. Mit letzter Kraft schleppten sie sich die Straße entlang. Statt ihrer Waffenröcke trugen sie schmutzige Kittel. Ihre Gesichter waren zerschunden von Stockhieben.

»Ich hätte nicht gedacht, dass sie es schaffen«, sagte Narses.

Raoul war sicher gewesen, dass sie durchhielten. Andernfalls hätte er eine mildere Strafe gewählt; schließlich wollte er ihnen eine Lektion erteilen, nicht sie zu Tode quälen. Er bestrafte seine Männer nicht gern, aber in diesem Fall war es nötig gewesen. Mit ihrem Leichtsinn hatten sie den gesamten Spähtrupp in Gefahr gebracht, und es war reines Glück gewesen, dass lediglich zwei Männer verwundet worden waren. Radu und Zenon, aber auch der Rest des *Bandums*, mussten begreifen, dass er ein solches Verhalten nicht duldete.

»Du schuldest mir einen Silberling«, erwiderte er.

Missmutig nestelte Narses an seiner Börse herum. »*Trachi*«, murrte er. »Es heißt *Trachi*. Wann lernst du es endlich?«

Grinsend nahm Raoul die Münze entgegen. »Für heute ist es genug. Gib ihnen ihre Pferde.«

Er trieb sein Pferd an und preschte zur Spitze des *Bandums*.

Die Festung war groß genug, um den Reitertrupp und die zwei Dutzend Lanzenträger und Bogenschützen der dauerhaften Besatzung aufzunehmen; dennoch herrschte auf dem schattigen Innenhof ein lärmendes Durcheinander aus Pferden und Männern, nachdem sie in Zweierreihen das Tor durchquert hatten. Knechte eilten herbei und halfen den Reitern mit den Tieren. Raoul sorgte dafür, dass die Verletzten zum Wundarzt gebracht wurden. Dank Borils Heilkunst hatten sie den Ritt überstanden, doch beide waren geschwächt vom Blutverlust, und die Pfeilspitzen mussten aus den Wunden entfernt werden.

Anschließend stieg er die Treppe zu seiner Kammer hoch. Sie befand sich im Turm und nahm die Hälfte des mittleren Geschosses ein, wodurch sie die Form eines halben Achtecks hatte. Ein Teil der Wand war schwarz von altem Ruß – Spuren eines Feuers, das hier vor ewigen Zeiten gewütet hatte. Sie war schlicht eingerichtet und enthielt lediglich ein Bett, mehrere Truhen für Kleidung und seine Aufzeichnungen und einen Tisch mit zwei Stühlen. Ein schmales Fenster wies auf den Bosporus und Galata, die genuesische Siedlung auf der Nordseite des Goldenen Horns. Segelboote zogen unter dem Felsen auf den stahlgrauen Wellen dahin. Wenn der Wind richtig stand, konnte Raoul die fröhlichen Grüße hören, die sich die Fischer gegenseitig zuriefen.

Er zog die Stiefel aus, warf seinen Helm und den Schwertgürtel aufs Bett, löste die Lederriemen des *Klibanions* und ließ den Panzer zu Boden gleiten. Er streckte sich und trat zum Fenster, barfuß und nur in seinem Waffenrock. Die Festung war zu seinem zweiten Zuhause geworden, seit er vor drei Jahren zum *Comes* ernannt worden war und den Befehl über das *Bandum* bekommen hatte. Er liebte und hasste sie zugleich. Dabei hatte er es noch gut getroffen: Andere Soldaten, deren Frauen und Kinder in Konstantinopel lebten, dienten dem Kaiser in entlegenen Grenzfestungen in Kleinasien oder auf dem Balkan und sahen ihre Familien nur zweimal im Jahr.

Er war nur vier Tage fort gewesen. Dennoch vermisste er Jada und Naje, als wäre seit seinem Abschied von ihnen ein Monat vergangen.

An Tagen wie diesen, wenn er gerade erst dem Tod entronnen war, fragte er sich, wie lange er noch so weitermachen wollte. Wollte er wie Boril und die anderen Männer werden, die vierzig Jahre oder mehr zählten und auf ein Leben voller Kampf zurückblickten? Manchmal beneidete er Narses, der dem Kaiser dienen würde, bis er dreißig oder zweiunddreißig wäre und dann bei einem Mitglied seiner riesigen Familie eine Anstellung als Kaufmann oder Leiter eines Badehauses bekommen würde. Raoul bezweifelte, dass es ihm gelingen würde, eine vergleichbare Laufbahn einzuschlagen. Er war jetzt vierunddreißig, und er konnte nichts anderes als kämpfen.

Und er wusste nicht, ob er überhaupt etwas anderes tun *wollte*. Er brauchte die Schlacht. Zwar liebte er das Töten nicht, dafür die Gefahr umso mehr. Wenn der Feind brüllend heranstürmte, die Hufe donnerten und Klingen und Helme blitzten, wenn sein Herz bis zum Hals schlug und das Blut in seinen Ohren rauschte, wenn er nicht wusste, ob er den Augenblick überlebte – dann fühlte er sich lebendig. Um nichts in der Welt wollte er darauf verzichten.

Er fürchtete, er war für ein geruhsames Leben als Händler oder Handwerker einfach nicht geschaffen.

Außerdem war er *gut*. In den vergangenen Jahren hatte er Fähigkeiten an sich entdeckt, die er damals, als er todkrank und verzweifelt zu seiner schicksalhaften Pilgerfahrt aufgebrochen war, niemals für möglich gehalten hätte. Männer hörten auf ihn. Sie folgten ihm und vertrauten ihm ihr Leben an – zu Recht, denn wer an seiner Seite in die Schlacht zog, kam nicht selten siegreich zurück. Das war nicht ohne Folgen geblieben. Nur wenige Soldaten wurden schon nach zwei Jahren zum *Comes* ernannt. Noch weniger führten den Befehl über einen Reitertrupp *und* eine Festung.

Seufzend kehrte er dem Fenster den Rücken zu und schlüpfte in seine Sandalen. Er brauchte dringend ein Bad. Der Staub der bithynischen Hügel schien überall zu sitzen, im Haar, zwischen den Zehen, im Rachen …

Es klopfte, und Narses trat herein.

»Hast du schon gehört? Jovians Weib hat ein Kind bekommen.«

»Schon wieder?« Es müsste das siebte sein, wenn Raoul richtig gezählt hatte. Dabei war Jovian gerade einmal dreiundzwanzig.

»Ja. Einen Sohn. Er platzt vor Stolz und will mit uns feiern. Er hat dich, mich, Boril und ein paar andere eingeladen.«

»Wann?«

»Heute Abend. In seinem Haus.« Narses grinste. »Seine Schwester wird auch da sein. Du weißt schon – die Rothaarige mit den prächtigen –«

»Lass die Hände von ihr. Jovian wird dich sonst umbringen.«

»Er wird so betrunken sein, dass er es gar nicht merkt.«

Raoul öffnete eine Truhe und holte ein breites Wolltuch, frische Hosen und ein sauberes Wams heraus. »Sag ihm, dass ich nicht kommen kann. Richte ihm und Nereida meine Segenswünsche aus.«

»Was soll das heißen, du kannst nicht?«, fragte Narses enttäuscht.

»Ich muss zu Maxentios. Er muss erfahren, was geschehen ist.«

»Hat das nicht bis morgen Zeit?«

»Und was soll ich ihm morgen sagen? Dass ich erst jetzt komme, weil ich lieber feiern wollte?«

»Dann komm anschließend. Du willst doch nicht die ganze Nacht im Palast bleiben, oder?«

»Anschließend gehe ich zu Jada und Naje.«

Narses seufzte. »Allmählich mache ich mir Sorgen um dich. Du feierst nicht. Du gehst nicht ins Hurenhaus. Meine hundertjährige Urgroßmutter hat ein aufregenderes Leben als du.«

Raoul lachte. »Mein Leben ist aufregend genug, Narses. Auch ohne Hurenhäuser.« Mit der frischen Kleidung über dem Arm öffnete er die Tür, und sie gingen die Stufen hinunter.

»Aber wirst du Jada nie überdrüssig? Ich meine, jeden Tag die gleiche Frau, jahrelang … Wie erträgst du das nur?«

»Warte, bis du so alt bist wie ich. Dann verstehst du es.«

»Der Ewige bewahre mich davor! Es genügt, wenn einer von uns beiden ein Langweiler ist.« Kopfschüttelnd stapfte der Byzantiner über den Hof davon.

Raoul lächelte in sich hinein. Es war noch nicht lange her, da hätte er Narses in allem recht gegeben. Aber dann hatte er Jada getroffen, war beinahe gestorben und nur durch ein Wunder gerettet worden. Und heute musste er sich von fünfundzwanzigjährigen Jungspunden Langweiler nennen lassen. So änderten sich die Dinge.

Er schlenderte zur Zisterne und freute sich auf das Bad.

Raoul setzte mit der Fähre nach Konstantinopel über und ging am Bukoleon-Hafen an Land. Er hatte seine Paraderüstung an, die er noch nie im Kampf getragen hatte, weshalb sie makellos schimmerte wie am ersten Tag. Sein Pferd trug lediglich Sattel und Zaumzeug. Um das Tier zu schonen, hatte er den schweren Pferdepanzer in der Festung gelassen.

Er stieg auf und ritt gemächlich die Straße unter dem alten Hippodrom entlang. Es wurde allmählich dunkel. Der Himmel über der Halbinsel war dunkelblau und färbte sich im Westen violett, rot und orange. Fackeln brannten an den Toren der Tavernen am Konstantinforum; Öllampen erhellten die Fenster der Wohnhäuser. Die meisten Läden und Handwerksstuben hatten bereits geschlossen. Auf den Treppen unter der gewaltigen Säule saßen Greise, Seeleute, Jünglinge mit ihren Mädchen, Händler und Handwerker, die über die Ereignisse des Tages redeten. Sie alle genossen den lauen Abend.

Konstantinopel lag auf einer etwa drei Meilen langen Landzunge, die im Süden vom Marmarameer und im Norden vom Goldenen Horn, einer schmalen Bucht, begrenzt wurde. An der Spitze der Landzunge begann der Bosporus, jene Meerenge, die das Marmarameer mit dem Schwarzen Meer verband. Im Westen, zum Festland hin, verlief die Theodosianische Landmauer, die gewaltigste Festung, die jemals von Menschenhand geschaffen worden war. Wie viele Menschen innerhalb der Mauern Konstantinopels lebten, wusste niemand genau – vielleicht Hunderttausend, vielleicht noch mehr. Es war die gewaltigste Stadt der Christenheit – größer als Rom, Paris und London.

Doch bei aller Größe und Pracht war der schleichende Verfall nicht zu übersehen. Vor über hundert Jahren hatten Venezianer und Kreuzfahrer Konstantinopel geplündert und gebrandschatzt, wovon sich die Stadt niemals erholt hatte. Seitdem standen ganze Straßenzüge leer und verfielen. Das Hippodrom war eine Ruine und die glorreiche Zeit der Wagenrennen mit Zehntausenden von Zuschauern schon lange vorbei. Der Große Palast, bis vor fünfzig Jahren die Residenz der byzantinischen Kaiser, zerbröckelte zu Trümmern, auf denen dornige Büsche und Flechten wucherten. Seine Zisternen versandeten, in seinen Kammern und Fluren hausten Bettler, Huren und Gesetzlose. Lediglich die Hagia Sophia, die größte Kirche der Welt, kündete noch vom Glanz vergangener Tage: Ihre majestätische Kuppel überragte alle anderen Gebäude auf dem felsigen Hügel an der Spitze der Landzunge, meilenweit zu sehen, ob man nun mit dem Schiff über den Bosporus oder das Marmarameer kam oder zu Pferd von Thrakien.

Und der Niedergang hörte nicht auf. Kein Jahrzehnt verging, in dem Byzanz keine Provinzen in Kleinasien an Eroberer wie die Osmanen verlor. Vasallenvölker auf dem Balkan sagten sich vom Kaiser los, gründeten eigene Reiche und begannen, byzantinische Städte an der Ägäis und in Makedonien zu überfallen. Söldnerführer wie der berüchtigte Katalane Roger de Flor rebellierten und zogen plündernd und mordend durch das Land. Und was unternahm der Kaiser? Nichts, denn er hatte kein Geld. Und die *Dynatoi*, die herrschenden Familien der Stadt, zogen es vor, sich ausschließlich um den Erhalt der eigenen Macht zu kümmern.

Die Byzantiner wollten von alldem nichts hören. Für sie war Konstantinopel der Mittelpunkt der Welt, ihre Traditionen waren heilig, der Kaiser war unantastbar. Niemand hielt Veränderungen für notwendig, denn Byzanz war ewig, unbesiegbar, unvergänglich, auch wenn der Lauf der Welt jenseits der Häfen und Stadttore Konstantinopels tagtäglich das Gegenteil bewies. Es gab Tage, an denen Raoul all dies kaum ertrug, und er ahnte, dass dieser Tag ein solcher werden könnte. Denn er musste Hermongenes Maxentios und dem Hohen Rat gegenübertreten.

Die Nacht brach herein, als er schließlich Blachernae erreichte, das Palastviertel im äußersten Norden der Stadt. Er stieg ab und ließ sein Pferd in einem bewachten Stall. Den Rest des Weges ging er zu Fuß.

Er folgte einer gepflasterten Straße, die von Kirchen und Verwaltungsgebäuden gesäumt wurde; dazwischen lagen kleine gepflegte Gärten mit Springbrunnen und duftenden Tulpenbäumen. In Blachernae wohnten ausschließlich Angehörige des kaiserlichen Hofs, und bei den wenigen Menschen, denen er begegnete, handelte es sich um Hofbeamte in weißen Togen, Sklaven, Edelleute und *Domestikoi*, Soldaten der kaiserlichen Leibwache.

Bei der kaiserlichen Residenz handelte es sich um einen verwinkelten Komplex aus Marmor- und Ziegelsteinen. Raoul betrat den Komnenen-Palast und erkundigte sich bei einem *Domestikos* nach Hermongenes Maxentios. Der Wächter schickte ihn zur Ratskammer.

Raoul hatte damit gerechnet, den Oberbefehlshaber des Heers hier anzutreffen. Der Hohe Rat trat häufig erst nach Einbruch der Dunkelheit zusammen. Die Ratsherren zogen es vor, den Tag auf ihren Ländereien auf dem Festland, bei ihren Konkubinen oder in den Badehäusern am Taurus-Forum zu verbringen.

Er klemmte seinen Helm unter den Arm und durchquerte die Eingangshalle und den Thronsaal.

Der geradezu obszöne Reichtum des Kaiserpalasts raubte ihm jedes Mal aufs Neue den Atem. Der Boden bestand aus purpurfarbenem Porphyr, in dem sich die kunstvollen Deckenornamente spiegelten. Goldene Löwen und Greifen, Mäuler und Schnäbel brüllend aufgerissen, flankierten Portale und Treppenaufgänge; Alabasterlampen verströmten warmes Licht. Mosaike stellten üppige Gärten dar, in denen tausend Jahre alte Kaiser Hirsche und Fasane jagten. Und dann der Thron: Er stand an der Stirnseite des Saales auf einem Marmorpodest, ein Kunstwerk aus Gold und Ebenholz. Raoul hatte einmal erlebt, wie er unter den Augen von Hunderten Menschen von einer verborgenen Apparatur in die Höhe gehoben wurde, während eine Orgelhymne erklang. Wie jede andere Einzelheit dieses Palasts hatte auch der Thron einzig und allein den Zweck, Besucher an die gottgleiche Macht des Kaisers zu erinnern – und diese Wirkung erzielten sie sogar bei den Hofbeamten, die sich Tag für Tag in diesen Hallen aufhielten. Raoul sah zwei Männer in weißen Gewändern, die sich flüsternd unterhielten, als fürchteten sie, die Erhabenheit dieses Ortes mit dem Klang ihrer Stimmen zu stören.

Er verließ den Thronsaal und gelangte in einen kleinen, von Öllampen beleuchteten Raum. Vor dem Portal zur Ratskammer standen zwei *Domestikoi* mit Rundschilden und Lanzen. Raoul brachte sein Anliegen vor, woraufhin einer der Soldaten in der Ratskammer verschwand und ihn meldete.

»Man wird Euch gleich empfangen, *Comes*«, sagte der *Domestikos*, als er zurückkam. »Bitte wartet hier.«

Raoul machte sich auf eine längere Wartezeit gefasst. Die Zusammenarbeit des Hohen Rats mit dem Kaiser gestaltete sich meist so: Der Hohe Rat fasste Beschlüsse zu allen Belangen des Reiches, die der Kaiser ignorierte. Deshalb mussten die Ratsherren ihre Wichtigkeit auf andere Weise demonstrieren.

Durch das Holz der Tür hörte er leise Stimmen. Er legte sich seine Worte zurecht, während er wartete. Er war nur ein einfacher *Comes* – der Rat würde sich nicht viel Zeit für ihn nehmen.

Nach einer halben Stunde öffnete sich die Tür, und ein Diener forderte ihn auf einzutreten.

Die Ratskammer war quadratisch und recht klein. Um ein nach Rosen duftendes Wasserbassin, in dem sich die Flammen mehrerer Lampen spiegelten, standen vier Männer: Gordian Phoebammon, der Vorsteher der Diplomatie; Jovian Syagricos, der Schatzkanzler; Basiliakos Opilio, der *Parakoimomenos*, der Hüter des kaiserlichen Schlafgemachs; und Hermongenes Maxentios, der Oberbefehlshaber des Heers.

Kaiser Andronikos war nicht anwesend. Der Purpurgeborene ließ sich nur selten herab, die Ratszusammenkünfte mit seiner Anwesenheit zu beehren.

Raoul verbeugte sich demütig, wie es das Zeremoniell verlangte. »Ich danke dem Hohen Rat für diese Ehre.«

»Erhebt Euch, *Comes*«, sagte Maxentios. Er war ein bulliger Mann mit speckigem Hals, der vergeblich versuchte, seinen gewaltigen Leibesumfang unter wallenden Gewändern zu verbergen. Die freundliche Stimme und die schläfrigen Augen über dem Vollbart täuschten Raoul schon lange nicht mehr. Maxentios war verschlagen wie kein Zweiter. Seinen Posten verdankte er nicht etwa seinem militärischen Geschick – Raoul bezweifelte, dass er ein Schwert je auch nur angefasst hatte –, sondern einer entfernten Verwandtschaft zum Kaiser und jahrelangen Intrigen.

Raoul stand gerade und richtete seinen Blick auf einen Punkt neben Maxentios' Gesicht. Der Rosenduft des Wassers war so durchdringend, dass er fürchtete, Kopfschmerzen davon zu bekommen.

Opilio gesellte sich zu Maxentios. Wie viele Eunuchen hatte er einen aufgedunsenen Leib und Arme, die auf groteske Weise zu lang waren. Sein Schädel war vollkommen haarlos, und in seinen geröteten Augen lag ein grausamer Ausdruck. »Ihr seid in Konstantinopel, *Comes*?«, fragte er. »Solltet Ihr nicht in Bithynien sein?«

Opilio war zweifellos der gefährlichste und unberechenbarste der vier Männer, und Raoul war stets auf der Hut, wenn er mit ihm sprach. Es hieß, Opilio beschäftige eine Schar ausgebildeter Mörder, und in den Kellern seines Palastes quäle er jede Nacht zu seinem Vergnügen einen Sklaven zu Tode. »Ja, *Parakoimomenos*. Aber gewisse Umstände haben mich gezwungen, so schnell wie möglich nach Konstantinopel zurückzukehren.«

»Seid Ihr deswegen heute Abend hier?«, erkundigte sich Maxentios.

»Ja, Herr. Ich muss dem Hohen Rat von einem besorgniserregenden Vorfall berichten.«

Maxentios bedeutete ihm mit einer freundlichen Geste fortzufahren.

»Bei einem Erkundungsritt stießen meine Kundschafter auf einen Trupp Osmanen. Reiter, schwer bewaffnet, etwa sechzig Mann. Sie lagerten in einem Tal keine zwanzig Meilen von Nikomedia entfernt.«

»Es ist nicht ungewöhnlich, in Bithynien auf Osmanen zu treffen«, sagte Opilio mit einem Anflug von Ungeduld in der Stimme.

»Gewiss, Herr«, erwiderte Raoul. »Doch es handelte sich nicht um gewöhnliche Räuber, sondern um Krieger des Sultans. Offenbar ein Spähtrupp.«

»Was habt Ihr unternommen?«, fragte Maxentios.

»Wir beobachteten sie. Ich wollte herausfinden, was sie vorhaben. Am späten Nachmittag trafen weitere Reiter ein. Unter ihnen war Hasan Nazäir.«

Nun erwachte auch das Interesse der beiden anderen Männer. Sie waren harmlos, soweit Raoul dies beurteilen konnte. Der schlaksige Phoebammon mit dem länglichen, pferdeartigen Gesicht interessierte sich hauptsächlich für Theater und Dichtkunst. Syagricos war ein mittelgroßer Mann von solcher Durchschnittlichkeit, dass er ebenso ein gewöhnlicher Diener hätte sein können. Von Geld verstand er nichts, aber das hatte den Kaiser nicht daran gehindert, ihn zum Schatzkanzler zu ernennen.

»*Der* Hasan Nazäir?«, fragte Syagricos.

»Ja«, antwortete Raoul.

»Das ist in der Tat besorgniserregend.«

Opilio bedachte Syagricos mit einem Blick, der seine Verachtung für den Schatzkanzler zum Ausdruck brachte. Ein widerwärtiger Geruch ging von dem bleichen Eunuchen aus: der käsige Geruch von Schweiß und Hautfalten, die aneinanderrieben. Vielleicht befand sich deshalb so viel Duftwasser im Bassin. »Seid Ihr sicher, dass es Nazāir gewesen ist, *Comes*?«

»Jeder Zweifel ist ausgeschlossen.«

Maxentios blickte Raoul an. »Konntet Ihr in Erfahrung bringen, was er dort getan hat?«

»Offenbar brauchte er den Reitertrupp und wollte ihn nach Osten führen, zu einer Handelsstraße.«

»Was heißt ›offenbar‹?«, hakte der Oberbefehlshaber nach. »Wisst Ihr es nicht genau?«

»Leider nein, Herr. Die Osmanen bemerkten uns, bevor wir mehr erfahren konnten. Wir mussten fliehen.« Er hatte beschlossen, dem Rat die genauen Hintergründe ihrer Flucht zu verschweigen. Alles andere hätte nur Schwierigkeiten für ihn und seine Männer bedeutet.

»Das ist alles, *Comes*?«, fragte Opilio.

»Ja.«

Die Augen des Eunuchen verengten sich. »Und deswegen behelligt Ihr den Hohen Rat? Wegen ein paar Osmanen, die obendrein wieder verschwunden sind?«

Raoul wählte seine nächsten Worte mit Bedacht. »Noch nie hat sich ein Reitertrupp des Sultans so weit nach Westen vorgewagt, *Parakoimomenos*. Das verheißt nichts Gutes.«

»Aber Nazāir hat sie doch von Konstantinopel weggeführt.«

»Vielleicht ziehen sie in den Bergen Truppen zusammen.«

»Um was zu tun?«, fragte Maxentios.

Der Rosenduft schien immer stärker zu werden. Raoul vermied es, durch die Nase zu atmen. Hinter seinen Schläfen begann es zu pochen. »Das kann ich nicht beurteilen, Herr. Möglicherweise bereitet der Sultan einen Angriff auf Nikomedia vor.«

Der Oberbefehlshaber lächelte nachsichtig. »Überschätzt Ihr die Osmanen nicht ein wenig? Nikomedia ist bestens befestigt. Ich glaube kaum, dass ein … Bergstamm in der Lage wäre, es mit einer Stadt dieser Größe aufzunehmen.«

»Bei allem Respekt, Herr, aber das dachten wir auch bei Diospolis.«

»Diospolis war ein Unglück; Osman war siegreich, weil er uns überrumpelt hat. Das wird sich nicht wiederholen.«

Raoul war in Diospolis gewesen, als es fiel. Sultan Osman hatte die Stadt einnehmen können, weil der Befehlshaber der Besatzung – ein Edler, der sich mehr für ansehnliche Knaben als für Strategie interessierte – es nicht verstanden hatte, seine Übermacht in einen Sieg zu verwandeln. Doch er hütete sich, dies auszusprechen. Maxentios hätte es als Kritik an der gängigen Vorgehensweise bei der Vergabe militärischer Ämter verstehen können, und Raoul war nicht darauf erpicht, seinen Kopf zu verlieren.

»Gewiss, Herr«, sagte er nur.

Maxentios rieb sich das feiste Kinn. Die Ringe an seinen Fingern wirkten wie Bänder, die pralle Würste abschnürten. »Ich kenne Euch, *Comes*. Ein fähiger Mann wie Ihr hat doch gewiss einen Vorschlag, wie in dieser Angelegenheit weiter vorzugehen wäre.«

»Das ist richtig.«

»Nun, dann lasst ihn uns hören.«

Raoul atmete innerlich auf. Er hatte nicht erwartet, dass er so weit kommen würde. »Lasst mich mit meinem *Bandum* nach Bithynien zurückkehren. Ich werde Nazāir folgen und herausfinden, was er plant.«

»Ist es dafür nicht ein wenig spät?«, fragte Opilio schneidend. »Nazāir dürfte längst über alle Berge sein.«

»Nicht, wenn er es auf eine unserer Städte in Bithynien abgesehen hat«, erwiderte Raoul. »Solange er sich in den Bergen aufhält, finden wir ihn. Meine Männer kennen jeden Schlupfwinkel der Osmanen.«

Ein seltsames Glitzern erschien in den Augen des Eunuchen, und er nestelte mit seinen unnatürlich langen Fingern am Saum seines Ärmels herum. »Ihr scheint regelrecht besessen von diesem Volk zu sein.«

Selten war es Raoul schwerer gefallen, seine Abneigung gegen diesen Mann zu verbergen. Steif sagte er: »Ich halte sie für gefährlich, *Parakoimomenos*.«

»Ja«, murmelte Opilio leise, beinahe flüsternd. »Das ist offensichtlich.«

»Wie dem auch sei«, sagte Maxentios. »Ihr könnt nicht nach Bithynien, *Comes*. Ich habe andere Pläne mit Euch.«

Andere Pläne? Raoul bekam so gut wie nie einen unmittelbaren Befehl von Maxentios. Meist entschied er selbst, was zu tun war, und holte lediglich die Zustimmung des Befehlshabers ein. Er wartete schweigend.

Maxentios wandte ihm den Rücken zu und schlurfte zu den Fenstern. »In der vergangenen Woche wurden drei unserer Handelsschiffe vor der thrakischen Küste überfallen«, sagte er. »Die Überlebenden berichteten, dass es sich bei den Piraten um Männer der Katalanischen Kompanie handelte.«

»Die Katalanische Kompanie?«, wiederholte Raoul. »Seid Ihr sicher?«

Der Oberbefehlshaber warf ihm einen säuerlichen Blick zu. »Natürlich. Wir haben die Angaben der Männer genau überprüft.« Er drehte sich um, sodass er mit dem Rücken zum Fenster stand. Vielleicht ertrug er Opilios Geruch nicht mehr. »Der Purpurgeborene ist deswegen sehr verärgert. Er hat befohlen, die Piraten umgehend gefangen zu nehmen und hinzurichten.«

Es fiel Raoul schwer zu glauben, was Maxentios erzählte. Die rebellischen katalanischen Söldner waren vor zwei Jahren aus dem Umland Konstantinopels vertrieben worden und hielten sich seitdem in Griechenland auf. Man war ihrer nie richtig Herr geworden, aber sie hatten sich seit ihrer Niederlage ausgesprochen ruhig verhalten. Und für Piraterie war die Katalanische Kompanie nicht bekannt. Bisher hatten sich ihre Raubzüge auf das Festland beschränkt.

»Die Genuesen haben sich bereit erklärt, uns Kriegsgaleeren zur Verfügung zu stellen«, fuhr Maxentios fort. »Sie sind genau wie wir daran interessiert, die Piraten zu vernichten. Ihr werdet morgen mit Euren Männern an Bord der Galeeren gehen und Euch dieser unerfreulichen Angelegenheit annehmen.«

Raoul war sich nicht sicher, ob er richtig gehört hatte. »Herr, meine Männer sind Reiter, keine Seeleute«, begann er zögernd. »Ich weiß nicht, ob wir die Richtigen für diesen Auftrag sind.«

»Ihr habt doch jahrelang gegen die Katalanen gekämpft, oder irre ich mich? Ihr habt Erfahrung mit ihnen.«

»Gewiss. Allerdings beschränkt sich meine Erfahrung auf Feldzüge auf dem Festland. Wenn die Genuesen schon ihre Schiffe zur Verfügung stellen, wieso dann nicht gleich auch –«

»*Comes*«, fiel Maxentios ihm ungehalten ins Wort. »Ich habe Euch soeben einen Befehl gegeben – einen Befehl des Purpurgeborenen, wohlgemerkt. Er wünscht, dass er umgehend ausgeführt wird. Wenn ich auf Eure Meinung Wert lege, lasse ich es Euch wissen.«

Raoul hatte schon so manchen unsinnigen Auftrag bekommen, seit er in den Diensten des Kaisers stand. Dieser war bei

Weitem der unsinnigste, aber dagegen zu protestieren hatte keinen Zweck. Nicht, wenn er sein *Bandum* und seinen Titel behalten wollte. Er verneigte sich. »Ja, Herr.«

»Gut. Ihr werdet morgen mit einem Genuesen namens Andrea Cataneo zusammentreffen. Er erwartet Euch bei Sonnenaufgang am Julians-Hafen. Ihr dürft Euch zurückziehen, *Comes*.«

Trotz der deutlichen Rüge, die er erhalten hatte, war Raoul nicht bereit, die Sache, deretwegen er hergekommen war, einfach auf sich beruhen zu lassen. »Erlaubt Ihr mir eine Frage, Herr?«

Maxentios musterte ihn missmutig. »Na schön. Aber fasst Euch kurz.«

»Was geschieht nun wegen Nazāir?«

»Was soll seinetwegen geschehen?«, fragte der Oberbefehlshaber unwirsch.

»Mein Vorschlag – werdet Ihr einen Spähtrupp nach Bithynien schicken?«

»Warum sollte ich das tun?«

Während der letzten Minuten hatte Raoul seinen Unmut unterdrückt. Nun stieg er abermals in ihm auf, und diesmal war er machtlos dagegen. »Herr«, sagte er gedehnt. »Hasan Nazāir ist ein äußerst gefährlicher Mann. Ich empfehle Euch dringend, ihn beobachten zu lassen.«

»Nazāir ist ein Barbar wie alle Osmanen«, erwiderte Maxentios. »Und Barbaren wird es immer geben. Sie kommen und gehen, aber Byzanz überdauert sie alle. Ich werde wegen einer Horde Schafhirten keinen einzigen Soldaten aus Konstantinopel abziehen.«

Barbaren – ja, das waren die Osmanen in den Augen überheblicher *Dynatoi* wie Maxentios. Wie zuvor die Mongolen, die Seldschuken, die Araber. Armselige, unterentwickelte Völker, die nichts als Verachtung verdienten. Niemand nahm sie ernst, und deswegen schrumpfte Byzanz Jahr um Jahr. »Dieser *Barbar* hat Diospolis eingenommen«, erwiderte Raoul lauter, als es sich an diesem Ort geziemte. »Ich war dabei. Ich habe gesehen, wozu er fähig ist.«

Zorn blitzte in Maxentios' Augen auf. »Ich warne Euch, *Comes*. Hütet Eure Zunge.«

»Ihr müsst etwas unternehmen. Oder wollt Ihr warten, bis die Osmanen vor den Toren Konstantinopels stehen?«

»Was fällt Euch ein?«, ächzte der Oberbefehlshaber. »Für diese Unverschämtheit sollte ich Euch züchtigen lassen!«

»Es reicht jetzt, *Comes*«, kam ihm Opilio zu Hilfe. »Ihr habt den Rat lange genug aufgehalten.«

Es hatte keinen Sinn; Vernunft war an diese Männer verschwendet. Und mit jedem weiteren Wort riskierte er eine empfindliche Strafe. Raoul beugte das Knie. »Hoher Rat, *Parakoimomenos*, es war mir eine Ehre.« Dann stülpte er seinen Helm über, wandte sich um und ging.

Diese Ignoranz! Diese Blindheit! Und dafür setzte er Tag für Tag sein Leben aufs Spiel. Sollte diese verkommene Stadt doch mitsamt ihrer Überheblichkeit untergehen, was kümmerte es ihn?

Seine Schritte hallten in der Leere des Thronsaals wider. Kein Diener oder Sklave war zu sehen; er war allein. Die Stille lastete schwer auf ihm, und plötzlich kam er sich vor wie in einer gewaltigen Gruft. Denn genau das, so dachte er, war der Blachernen-Palast: ein Mausoleum aus Marmor und Porphyr, ein Friedhof für neue Ideen und unverbrauchte Gedanken. Zwar wohnten und arbeiteten Menschen in diesen Hallen, doch das, was sie taten, hatte schon lange nichts mehr mit Leben zu tun. Tagein, tagaus verrichteten sie die geistlosen Rituale einer tausend Jahre alten Tradition, bevor sie mit dem wohligen Gefühl zu Bett gingen, Teil eines ruhmreichen, unsterblichen Gefüges zu sein, gleichgültig, dass nur wenige

Tagesritte entfernt ein Dutzend Völker darauf warteten, ihre Heimat ein für alle Mal auszulöschen.

Raoul hatte es satt. So satt.

Er verließ das Gebäude und machte sich auf den Rückweg. Er war müde und wollte nach Hause.

Es war bereits nach Mitternacht, als er endlich durch das Tor seines Anwesens ritt. In einem Fenster brannte Licht. Jada war noch wach. Er dachte daran, dass er schon in wenigen Stunden wieder am Hafen sein musste, und zügelte mit einem Fluch auf den Lippen sein Pferd.

Schritte knirschten, und eine Gestalt mit einer flackernden Öllampe in der Hand kam den Pfad entlang.

»Wir haben Euch nicht so bald zurückerwartet, Herr«, sagte Ionnes.

Raoul stieg ab. »Kümmere dich um das Pferd«, wies er ihn an. »Bei Sonnenaufgang muss ich wieder fort. Sieh zu, dass es gesattelt bereitsteht.«

Der alte Diener führte das Pferd zum Stall. Raoul ging zum Haus.

Jada erwartete ihn an der Tür. »Raoul.« Sie lächelte, legte ihre Hände auf seine Wangen und küsste ihn. Er umarmte sie und strich ihr über das Haar.

»Wieso bist du schon wieder zurück?«, fragte sie, während sie hineingingen.

»Es gab Schwierigkeiten in Bithynien. Ich musste dem Rat Bericht erstatten.«

Jada fragte nicht nach, worin die Schwierigkeiten bestanden hatten. Zwischen ihnen gab es die unausgesprochene Übereinkunft, dass er ihr nicht erzählte, was er bei seinen Streifwachen im Grenzland erlebte, und sie sein Schweigen respektierte. Andernfalls hätte ihr die Sorge um ihn den Schlaf geraubt.

Sie stiegen die Treppe zu ihrem Gemach hinauf.

Wie immer, wenn er Jada einige Tage nicht gesehen hatte, wurde ihm aufs Neue bewusst, wie schön sie war. Sie bewegte sich so anmutig, dass er sich neben ihr manchmal plump vorkam. Ihr Haar, schwarz wie die Leere zwischen den Sternen, fiel ihr lang und glatt über die Schulterblätter. Ihr Gesicht war ebenmäßig, makellos, vollkommen, ihre Augen waren grün wie zwei feurige Smaragde. Trotz ihres unfassbaren Alters sah sie aus wie eine Frau von nicht mehr als dreißig Jahren. Seit ihrer ersten Begegnung schien sie keinen Tag gealtert zu sein.

Ganz im Gegensatz zu ihm. Wie alle Männer der Familie Bazerat war er mittelgroß, hatte ein schlankes, fast hageres Gesicht und trug das schwarze Haar und den Kinnbart kurz geschnitten. Doch die letzten sechs Jahre waren nicht spurlos an ihm vorübergegangen. Immer öfter entdeckte er ein graues Haar an der Schläfe. An seinen Augen hatten sich Krähenfüße gebildet. Von körperlichen Anstrengungen erholte er sich nicht mehr ganz so schnell wie noch vor zehn Jahren. All das waren nur kleine Veränderungen, jede für sich genommen fast unsichtbar, aber nichtsdestotrotz erinnerten sie ihn daran, dass er älter wurde, während für Jada die Zeit stillzustehen schien. Irgendwann würde der Tag kommen, an dem er alt und gebrechlich wäre und sie immer noch jung und schön. Das war der Preis, den sie für ihre Liebe zahlten. Sie sprachen nie darüber, denn allein der Gedanke daran war zu schmerzlich.

»Wie geht es Naje?«, fragte er.

Mit der Lampe in der Hand öffnete Jada die Tür. Besorgnis flackerte in ihren Augen auf. »Sie hatte wieder Visionen.«

»Wieder dieselben?«

»Ja. Es wird immer schlimmer.«

Ihr Schlafgemach war eine schlichte Kammer, die lediglich das Bett und zwei Kleidertruhen enthielt. Ein Fenster in der Ziegelsteinwand wies auf den Garten. Raoul löste die Lederriemen seines *Klibanions*. Der Geruch des Rosenwassers schien immer noch an der Rüstung zu haften, an seinem Rock, überall. Er fühlte sich schmutziger als vor seinem Bad.

»Wir müssen etwas tun«, sagte Jada.

Ratlos setzte er sich aufs Bett. »Und was?«

»Ich weiß es nicht. Irgendetwas. Es macht ihr Angst.«

Auch Raoul beunruhigte die Veränderung, die Naje durchmachte. Und im Gegensatz zu Jada verstand er nicht das Geringste von diesen Dingen. »Wie hast du gelernt, mit dieser Gabe umzugehen? Wie lernen es andere Djinn?«

»Es entwickelt sich einfach. Am Anfang ist es schwach. Wenn wir älter werden, wird es stärker – es wächst mit uns. Aber bei Naje geht es viel zu schnell.«

»So schnell, dass es ihr schadet?«

Sie wusste darauf so wenig eine Antwort wie er – und es gab niemanden, den sie um Rat fragen konnten. Denn welchen Rat hätte ihnen selbst der klügste Arzt und der weiseste Gelehrte geben können? Auch von Jadas Volk konnten sie keine Hilfe erwarten. Die Djinn verachteten die Menschen, die sie »Gottes Zweitgeborene« nannten. Naje, das Kind einer Djinnfrau und eines menschlichen Mannes, hätte von ihnen nichts als Feindseligkeit erfahren.

»Naje ist stark«, sagte er und war sich nicht sicher, ob er sich nicht nur etwas einredete. »Sie wird damit zurechtkommen.«

Jada setzte sich neben ihn. Da war noch etwas anderes, das sie bedrückte; er spürte es.

»Es war jemand hier, der zu wissen vorgibt, was mit Naje geschieht«, sagte sie. »Barzin Ardeshir.«

»Der Kaufmann?«

»Er hat mich gestern besucht. Er wusste von Najes Visionen. Er sagte, er könne uns helfen.«

»Aber er kann davon nichts wissen. Niemand weiß davon. Oder hast du mit jemandem darüber gesprochen?«

Statt einer Antwort sagte sie: »Ich glaube, er ist ein Djinn.«

Von plötzlicher Sorge erfüllt stand Raoul auf und ging im Zimmer umher. Genau davor hatten sie sich all die Jahre gefürchtet: dass eines Tages jemand auftauchen könnte, der wusste, wer Jada wirklich war. Jemand, der nichts Gutes im Schilde führte. »Was heißt das, ›du glaubst‹?«, fragte er. »Hat er sich dir zu erkennen gegeben?«

»Ja. In gewisser Weise.«

»Und wie will er Naje helfen?«

»Das hat er nicht gesagt. Er will, dass wir mit ihm nach Norden reisen.«

»Wir? Du, Naje und ich?«

»Nur Naje und ich.«

Je mehr Raoul hörte, desto weniger gefiel es ihm. »Was hast du getan?«

»Ihn fortgeschickt.« Jada zögerte, bevor sie hinzufügte: »Ardeshir ist gefährlich, Raoul. Ich glaube, er will Naje benutzen.«

»Hat er euch bedroht?«

»Du weißt, dass ich das nicht zulassen würde«, erwiderte sie kühl, dennoch meinte er, Furcht in ihren Augen zu sehen.

Raoul versuchte, seine Gedanken zu ordnen, was ihm aufgrund seiner wachsenden Beunruhigung nicht gerade leichtfiel. »Meinst du, er wird wiederkommen?«

»Er wird jedenfalls nicht so leicht aufgeben. Nicht, wenn ihm Naje so viel bedeutet, wie er sagt.«

Er rieb sich den Nacken. »Und ausgerechnet jetzt muss ich fort«, murmelte er.

»Was meinst du damit?«, fragte sie gedehnt.

»Ich muss die Stadt für eine Weile verlassen. Ein Auftrag.«

»Und das ist so wichtig, dass es sich nicht verschieben lässt?«

Wie sollte er ihr erklären, dass die Order vollkommen unsinnig und gleichzeitig unausweichlich war? »Befehl des Kaisers«, sagte er. »Wenn ich ihm nicht gehorche, bin ich die längste Zeit *Comes* gewesen.«

Er wusste, dass Jada sehr gut ohne ihn zurechtkam. Und sollte Ardeshir in irgendeiner Weise zudringlich werden, wäre sie dem vermutlich besser gewachsen als er. Dennoch war sie nicht glücklich damit, dass er fortmusste. Was sie jedoch niemals zugeben würde.

»Wann wirst du zurück sein?«, fragte sie.

»In ein paar Tagen, spätestens ...« Und wenn es ihm nicht gelang, die Piraten aufzuspüren? Wenn er sie über das ganze Marmarameer jagen musste? *Zur Hölle mit dem Kaiser!*, dachte er. »Hör zu. Ich sage Maxentios, dass er sich einen anderen suchen soll. Wenn ihm das nicht gefällt, bin ich eben kein *Comes* mehr.«

»Das ist doch Unsinn«, erwiderte Jada.

»Eure Sicherheit ist wichtiger als dieser verdammte Auftrag.«

»Ich werde schon mit Ardeshir fertig. Falls er sich überhaupt noch einmal blicken lässt.«

Raoul blickte sie schweigend an. »Bist du sicher?«, fragte er schließlich.

»Ja.«

Warum konnte sie ihn nicht einfach um Hilfe bitten? Warum war sie nur so verflucht stolz? »Dann lass mich wenigstens einige Männer zu eurem Schutz abstellen. Boril und ein halbes Dutzend zuverlässige Leute, die auf euch aufpassen, solange ich fort bin.«

»Du weißt doch, dass ich es nicht mag, wenn Fremde im Haus sind.«

»Bitte, Jada«, insistierte er. »Außerdem ist Boril kein Fremder. Du kennst ihn. Er würde Naje mit seinem Leben beschützen, wenn es sein muss.«

»Na schön«, sagte sie widerwillig. »Wenn du glaubst, dass das nötig ist.«

»Es ist zu eurem Besten.« Er setzte sich wieder auf das Bett und nahm sie in den Arm.

Noch nie war ihm sein Soldatendasein so zuwider gewesen wie in diesem Moment.

Zwei Stunden später war Raoul noch wach. Er lag im Bett und starrte gegen die Kammerdecke. Er musste erst in einer Stunde aufbrechen, aber er konnte nicht schlafen.

Jada lag neben ihm und atmete gleichmäßig und ruhig. Sie hatten sich geliebt, und er spürte noch immer ihre Berührung auf seiner Haut. Sie war so leidenschaftlich wie stets gewesen, doch er ahnte, dass sie ihn nur geliebt hatte, um ihre Angst zu vergessen, wenigstens für kurze Zeit.

Jada und er hatten sich in Konstantinopel niedergelassen, weil sie glaubten, hier einen Ort gefunden zu haben, an dem ihre Tochter behütet aufwachsen konnte. Die ersten Jahre war er glücklich gewesen. Er liebte sein Leben mit Jada und Naje, er liebte ihr Haus und die brodelnde Lebendigkeit der nahen Stadt. Aber inzwischen kannte er Byzanz und seine Bewohner besser. Was er anfangs für Stärke gehalten hatte, war nichts als ein letztes Aufbäumen, all der Prunk lediglich eine Hülle für den Niedergang, all die Lebendigkeit nur die verzweifelte Fröhlichkeit eines Volkes, das sein Ende nahen sah.

Und nun auch noch diese Sache mit Ardeshir. Konstantinopel war kein guter Ort mehr für seine Familie. Es wurde Zeit, dass sie fortgingen.

Behutsam stand er auf und verließ die dunkle Kammer. Er stieg die Treppe hinab, ging zu einer Tür und öffnete sie leise.

Naje lag in ihrem Bett und schlief.

Vorsichtig nahm er einen Hocker und setzte sich neben sie. Wie hübsch sie war. Er zweifelte nicht daran, dass sie einmal so schön wie Jada sein würde, und er fragte sich, ob Jada auch so ausgesehen hatte, als sie ein Kind gewesen war – so wild und gleichzeitig so zerbrechlich.

Najes Schlaf war ruhig, ihr kleines Gesicht friedlich und entspannt. Falls ihre Ängste sie auch in ihren Träumen heimsuchten, sah man es ihr nicht an.

Sie war ein ernstes Kind. Immerzu stellte sie Fragen – kluge Fragen, die manchmal nicht einmal Jada, die so viel gesehen hatte, beantworten konnte. Wenn Raoul ihr in die Augen blickte, sah er darin eine Weisheit, die er sich nicht erklären konnte. Und dann fühlte er sich unwissend und jung. Manchmal war ihm seine eigene Tochter ein Rätsel.

Er blieb an Najes Bett sitzen, bis der Morgen graute. Sie flüsterte etwas im Schlaf und drehte sich auf den Rücken, woraufhin er sie auf die Stirn küsste und sich leise davonstahl.

SECHS

Die Flotte von Byzanz hatte mehr als ein halbes Jahrtausend die Meere beherrscht. Kaiserliche *Dromone* hatten in der Ägäis, im Bosporus und im Schwarzen Meer gekreuzt, Handelswege geschützt, Reichtümer zum Goldenen Horn gebracht und Soldaten und Nachrichten in jeden entlegenen Winkel des Reichs befördert. Sie waren wendiger und schneller als die Schiffe anderer Völker. Ihre Rammsporne und ihr Griechisches Feuer lehrten die Feinde Byzanz' das Fürchten, und so mancher Angriff auf Konstantinopel konnte nur dank ihrer Kampfkraft zurückgeschlagen werden. Die byzantinische Flotte stellte eine Macht dar, von der jeder Herrscher träumte, was die Kaiser der letzten zwei Jahrhunderte jedoch nicht daran gehindert hatte, sie zu vernachlässigen, bis sie schließlich nur noch aus wurmzerfressenen Kähnen bestand. Wie Griechisches Feuer hergestellt wurde, wusste schon lange niemand mehr, und die Galeeren der italienischen Seerepubliken waren den *Dromonen* längst überlegen. Andronikos II. hatte schließlich in seiner Weisheit die vollständige Auflösung der Flotte verfügt, was seine Schatzkammern für ein paar Jahre gefüllt hatte. Inzwischen waren sie wieder so leer wie zuvor, aber Byzanz besaß kein einziges Kriegsschiff mehr.

Deshalb musste sich Raoul die Schiffe eines genuesischen Kaufmannes ausleihen, wenn er im Auftrag seines Kaisers Jagd auf Piraten machen wollte.

»Hier sind sie«, sagte Andrea Cataneo. »Die *Santa Isabel*, die *Hyacinth* und die *Nero*.«

Es war früh am Morgen, und sie standen am Kai des Julians-Hafens, Raoul, Narses und der Genuese. Raoul machte die durchwachte Nacht zu schaffen; er war müde und übler Laune. Narses hätte eigentlich in noch schlechterem Zustand sein müssen, schließlich hatte er bis vor einer Stunde mit Jovian gefeiert. Allerdings gehörte er zu jenen beneidenswerten Geschöpfen, die die ganze Nacht zechen konnten und am folgenden Morgen dennoch taufrisch waren.

Raoul begutachtete Cataneos Galeeren. Sie waren an benachbarten Anlegestegen festgemacht: drei schlanke Zweimaster mit jeweils zwei Ruderreihen, einem tödlich aussehenden Rammsporn am Vordersteven und Deckkastellen an Bug und Heck. Die *Nero* war etwas größer als ihre Schwestern und hatte als Einzige eines der neuartigen Heckruder. Raoul erkor sie zu seinem Flaggschiff.

Der Wind wehte landeinwärts und trug den beißenden Geruch von Schweiß, Kot, Urin, Erbrochenem und offenen Wunden mit sich. Der Gestank kam aus dem Innern der Galeeren.

»Wer rudert sie?«, fragte Raoul.

»Kriegsgefangene.« Cataneo strich über die Goldringe an seiner Rechten und fügte hinzu: »Venezianer.«

Cataneo war ein übellauniger alter Mann, der Raoul um Haupteslänge überragt hätte, wenn sein dürrer Leib nicht wie der eines Aasgeiers gekrümmt gewesen wäre. Die Haare, die er nicht mehr auf dem Kopf hatte, wuchsen ihm in Büscheln aus den Ohren; das Gold an seinen Fingern, das Seidengewand und den Palast am Taurus-Forum verdankte er einem florierenden Sklavenhandel mit den Fürstentümern des Schwarzen Meeres.

»Wo sind die Mannschaften?«

Cataneo bedachte ihn mit einem misstrauischen Blick. »Wieso ist das von Belang?«

»Weil wir sie brauchen. Meine Männer sind Soldaten, keine Matrosen.«

»Davon hat Maxentios nichts gesagt.«

»Ohne sie können wir nicht auslaufen. Lasst sie holen.«

Die blassgrauen Augen des Genuesen verengten sich zu Schlitzen. »Das verdoppelt den vereinbarten Preis.«

Raoul war nicht gewillt, mit diesem Mann zu feilschen. »Nein. Maxentios zahlt Euch schon jetzt mehr als genug. Entweder Ihr überlasst uns die Mannschaften ohne Aufpreis, oder wir suchen uns einen anderen Schiffseigner.«

Das war eine leere Drohung, schließlich konnte er schwerlich Tage mit Verhandlungen vergeuden, während der Kaiser Ergebnisse erwartete. Aber das wusste Cataneo nicht.

»Das war das letzte Mal, dass ich mit dem Blachernen-Palast Geschäfte gemacht habe!«, schnarrte der Kaufmann. »Ihr Byzantiner seid allesamt Diebe und Halsabschneider!«

Dann gab er einem seiner Diener, die bei seiner Sänfte warteten, einen Wink, woraufhin der Jüngling davonspurtete.

Raoul schlenderte mit Narses den Anlegesteg entlang und betrachtete die *Nero* und die *Hyacinth* aus der Nähe. Durch die Ruderöffnungen konnte er die schmutzigen Gesichter der armen Teufel sehen, die auf zwei Ebenen auf den Ruderbänken kauerten.

»Wir sollten etwas gegen den Gestank unternehmen«, sagte Narses verdrießlich.

Der Gestank war in der Tat unerträglich, aber Raoul hatte andere Sorgen. Jede der Galeeren verfügte nach Cataneos Angaben über zweihundertdreißig Ruderer und konnte zusätzlich sechzig Mann aufnehmen. Da er die Mannschaften mitnehmen musste, wenigstens Teile davon, blieb auf jedem Schiff Platz für höchstens fünfzig Männer. Ein Teil des *Bandums* musste somit an Land bleiben.

Er betrachtete die Deckkastelle an Bug und Heck der Galeeren – kleine quadratische Holzfestungen – und versuchte sich vorzustellen, dass sich darin jeweils fünfundzwanzig Männer drängten, schlafend, kämpfend, im Sturm um Halt ringend. Zwar waren die Kastelle genau dafür gemacht, dennoch schauderte ihn bei dem Gedanken an das Gedränge. Seine Männer hatten keine Erfahrung damit. Es konnte leicht zur Todesfalle für sie werden.

Dieser verdammte, wahnwitzige, törichte Auftrag!

»Hol die Männer«, befahl er Narses. »Ich will, dass wir spätestens zur Mittagsstunde auslaufen.«

Der Rest des Morgens war ein einziges Durcheinander. Es dauerte zwei Stunden, bis die drei Kapitäne mit ihren Mannschaften auftauchten, und als sie endlich da waren, stellte sich heraus, dass sich die Hälfte der Männer in den vergangenen Nächten in Tavernen und Hurenhäusern herumgetrieben hatte, in der Annahme, Landurlaub zu haben. Ein Teil von ihnen war so betrunken, dass sie selbst nach drakonischen Ausnüchterungsmaßnahmen nicht fähig waren, ihren Pflichten auf Deck nachzukommen. Also waren die Kapitäne gezwungen, aus dem Rest der Seeleute notdürftige Mannschaften zusammenzustellen.

Währenddessen traf das *Bandum* ein. Raoul beauftragte Narses und Boril damit, die Männer auf die Schiffe zu verteilen. Dreißig Mann mussten an Land bleiben. Raoul wählte davon die sechs Zuverlässigsten aus und schickte sie mit Boril zu Jada und Naje, um auf sie aufzupassen, bis er zurück war.

Zu allem Überfluss erschien irgendwann ein Bote von Maxentios. Er überreichte Raoul eine Nachricht mit weiteren Anweisungen des Oberbefehlshabers, besah sich das Durcheinander an den Anlegestegen und gab ihm die Schuld daran, dass sie nicht längst bereit zum Auslaufen waren. Raoul versuchte, ihm zu erklären, was geschehen war, doch der Bote hörte ihm nicht zu und beschrieb ihm stattdessen, was ihm bevorstand, sollte er versagen. Schließlich brüllte Raoul ihn an und drohte, ihn ins Hafenbecken zu werfen, sodass der Mann wutschnaubend von dannen zog.

Als die drei Galeeren endlich ausliefen, war der Nachmittag bereits weit fortgeschritten. Der Himmel hatte sich verdunkelt, und es begann zu schütten, als stünde eine zweite Sintflut bevor.

Es regnete zwei volle Tage. Mal goss es in Strömen, sodass man auf Deck keine zehn Schritte weit sehen konnte; mal nieselte es nur. Doch sowie Raoul zu hoffen wagte, das Wetter könnte endlich umschlagen, schüttete es kurz darauf umso heftiger.

Sie ankerten vor der thrakischen Küste, im Schutz einer felsigen Landzunge, an der sich die Brandung gischtschäumend brach. Auf der anderen Seite der Klippen befand sich eine Bucht, in der Maxentios den Schlupfwinkel der Katalanen vermutete. Sie hatten den Küstenabschnitt gründlich abgesucht, jedoch keine Piraten gefunden. Raoul vermutete, dass sie sich auf dem offenen Meer herumtrieben, auf der Suche nach Beute. Sein Plan sah vor, hier zu warten und ihnen bei ihrer Rückkehr aufzulauern. Zu diesem Zweck versteckten sich auf den Klippen drei seiner Männer, die den ganzen Tag nach Schiffen Ausschau hielten, so gut das bei diesem Unwetter eben möglich war.

In seinen Mantel gehüllt und mit tief ins Gesicht gezogener Kapuze überquerte er das Deck. Die Galeere wiegte sich leicht im Wellengang. Die Planken waren dunkel vor Nässe, die gerefften Segel hingen schwer an den Spieren. Seine Männer kauerten unter aufgespannten Segelplanen auf den Deckkastellen. Die Tücher waren längst durchgeweicht und die Soldaten nass bis auf die Haut, weshalb sie trotz der frühsommerlichen Wärme froren. Er spürte ihre Gereiztheit. Auch im unwirtlichen, von Stammesfehden zerrissenen Bithynien, wo sie üblicherweise ihren Dienst versahen, war das Soldatenleben hart. Dennoch wünschten sie alle sich gerade dorthin zurück.

Er fand Kapitän Allio am Bug, wo er mit dem Schiffszimmermann redete. Allio war ein kleiner Mann mit kurzem schwarzem Vollbart. In den vergangenen Tagen hatte Raoul seine Besonnenheit und Erfahrung zu schätzen gelernt. Der Kapitän schickte den Zimmermann fort, und sie besprachen die Verpflegung der Soldaten. Dank Allios Sachverstand waren die Schwierigkeiten, die hierbei aufgetreten waren, bald aus der Welt geschafft, und Raoul konnte in seine Unterkunft unter dem Achternkastell zurückkehren.

Leise fluchend streifte er seinen durchnässten Mantel ab und ließ sich auf das Lager fallen. Die erzwungene Untätigkeit und das Wetter machten ihn schläfrig. Da es ohnehin nichts zu tun gab, streckte er sich aus und begann zu dösen.

Irgendwann wurde die Tür aufgerissen, und einer seiner Männer stürzte herein. »Ihr müsst sofort kommen, *Comes*!«

Müde stand Raoul auf. »Was ist denn los?«

»Eine Messerstecherei. Auf dem Bugkastell.«

Er schlüpfte in seinen Mantel, während er nach draußen ging, und bemerkte erst nach einigen Schritten, dass er den Umhang gar nicht brauchte. Es hatte tatsächlich aufgehört zu regnen.

Allerdings braute sich auf dem Schiff gerade ein Gewitter anderer Art zusammen: Tumult herrschte auf dem Bugkastell. Die Männer bildeten dicht gedrängt einen Kreis und krakeelten anfeuernd.

Manche Soldaten machten Raoul bereitwillig Platz, als er

zum Kastell hinaufstieg, andere stieß er zur Seite. Schließlich erblickte er zwei Männer, die sich unter dem Gebrüll der Menge mit gezückten Messern umkreisten. Allio versuchte, sie zur Ordnung zu rufen, doch niemand schenkte ihm Gehör.

Raoul packte einen der Streithähne von hinten und versetzte ihm einen Faustschlag, der ihn auf die Planken beförderte. Der Mann wollte sich aufrappeln und griff mit gebleckten Zähnen nach seinem Messer, ließ die Klinge jedoch sinken, als er begriff, wen er vor sich hatte.

Plötzlich herrschte Totenstille. Die Menge beobachtete sie gespannt.

»Weg mit dem Messer!«, befahl Raoul dem anderen Mann.

Dessen Gesicht glühte vor Zorn. »Es ist seine Schuld! Der Hund hat in meinen Sachen rumgewühlt. Karol kann's bezeugen –«

Er verstummte, als Raoul ihm das Messer aus der Hand schlug und ihm eine Ohrfeige versetzte.

»Schaff sie nach unten«, wies Raoul einen seiner Gruppenführer an. »Zehn Stockhiebe für jeden.«

»Ja, *Comes*«, erwiderte der Mann und rief vier Soldaten zu sich, die die beiden Messerstecher abführten.

Die übrigen Männer waren enttäuscht, dass Raoul sie um das Vergnügen eines Kampfes gebracht hatte. Doch niemand wagte, etwas zu sagen, und sie beeilten sich, ihm aus dem Weg zu gehen, als er das Kastell überquerte.

Allio machte der Vorfall sichtlich zu schaffen. »Ich danke Euch«, sagte er. »Ich habe versucht, sie zu trennen, aber es war zwecklos. Sie sind aufeinander losgegangen wie zwei tollwütige Hunde.«

»Das Wetter setzt den Männern zu«, erwiderte Raoul. »Und die Enge. Das sind sie nicht gewöhnt.«

»Das habe ich gemerkt«, meinte der Kapitän düster. »Ich

frage mich, welcher Narr dafür verantwortlich ist, Soldaten eines Reitertrupps auf Piratenjagd zu schicken.«

Raoul wollte ihm gerade erklären, dass dieser Narr Maxentios hieß, als abermals Unruhe unter den Männern ausbrach.

»*Comes*, da oben!«, rief jemand.

Er blickte zu den Klippen, wo einer der drei Späher erschienen war. Der Mann schwenkte den Arm und reckte dann zweimal seine Lanze in die Höhe: *zwei Schiffe*.

Endlich!, durchfuhr es Raoul. Er trat an die Reling und versuchte, die Zeichen des Postens zu deuten.

Zwei Schiffe von Süden. Galeeren. Nähern sich der Bucht.

Allio gab den Befehl, den Anker zu lichten. Zwei Seeleute betätigten die Ankerwinde, ein weiterer kletterte am Tauwerk des Großmastes zum Krähennest hinauf. Die Aufseher im Unterdeck begannen zu brüllen, woraufhin die Rudersklaven die Riemen durch die Klappen in den Rumpfwänden schoben. Raoul blieb auf dem Bugkastell und befahl seinen Männern, sich bereit zu machen. Sie stöhnten und fluchten, während sie ihre Rüstungen anlegten und nach Schilden und Waffen griffen. Doch insgeheim, wusste er, waren sie froh, dass die Zeit der Untätigkeit endlich ein Ende hatte.

Auch die zwei anderen Galeeren erwachten zum Leben. Die Soldaten auf der *Santa Isabel* befehligte Narses, jene auf der *Hyacinth* ein Ungar namens Jánozs. Jánozs war nur ein einfacher Soldat, der jedoch im Gegensatz zu den übrigen Männern des *Bandums* über Erfahrung mit Seegefechten verfügte. Raoul hatte ihn deshalb für die Zeit von Borils Abwesenheit zum Hauptmann ernannt.

Den Zeichen des Postens auf den Klippen nach zu schließen, bestand kein Zweifel mehr daran, dass es sich bei den Schiffen um die Katalanen handelte. Raoul wartete, bis ihm der Mann signalisierte, dass die Piraten in die Bucht einliefen; dann gab er den Befehl zum Angriff.

Die Riemen der *Nero* tauchten in die patinagrünen Wellen und begannen, sich zum Dröhnen der Trommel zu bewegen. Die Galeere beschrieb eine Kurve, setzte sich an die Spitze der kleinen Flotte und umrundete den Klippenvorsprung.

In einer pfeilförmigen Formation segelten die drei Schiffe zur Bucht.

Ausgewaschene Sandsteinklippen bildeten turmhohe Wände. Zwischen den Felsen befanden sich Kiesstrände, die man wegen der zahllosen Riffe nur mit kleinen Booten oder nicht einmal damit erreichen konnte.

Die Piraten waren bereits weit in die Bucht vorgestoßen, als sie die Angreifer bemerkten. Sie wendeten, setzten die Segel und versuchten, aufs offene Meer zu fliehen. Doch dafür war es bereits zu spät. Die *Nero*, die *Santa Isabel* und die *Hyacinth* fächerten auf und versperrten ihnen den Weg.

Allio gab dem Sklavenaufseher im offenen Unterdeck den Befehl, die Schlagzahl zu erhöhen. Das Dröhnen der Trommel beschleunigte sich, Peitschen knallten, zweihundertdreißig Leiber beugten sich nach vorne und zogen im Gleichtakt die Ruder durch.

Salzige Gischt spritzte zu Raoul auf, während die *Nero* Fahrt aufnahm und durch die Wellen pflügte. Die Piraten hatten ihren aussichtslosen Fluchtversuch aufgegeben und bereiteten sich auf den Angriff vor. Er sah Männer auf den Achternkastellen, aber noch waren sie zu weit weg, als dass er Einzelheiten erkennen konnte.

Er teilte seine Männer in zwei Gruppen ein und postierte die Bogen- und Armbrustschützen auf dem Bugkastell, während sich die übrigen mit Schwertern, Äxten, Streitkolben und Lanzen auf dem Deck bereithielten. Vier Soldaten bemannten das Katapult. Sie spannten es und beluden die Kelle am Ende des Wurfarms mit versiegelten Krügen voller Öl.

Auch die Piratengaleeren waren mit Katapulten ausgestattet. Sie schossen zuerst. Ihre Reichweite war jedoch zu gering; beide Schleudersteine, Brocken vom Gewicht eines Mühlrades, fielen klatschend ins Wasser.

Dann schoss die *Nero*. Einer der beiden Männer trat gegen den Bolzen, der die Winde hielt, woraufhin der Wurfarm nach vorne schnellte und einen Hagelschauer aus Krügen über das Bugkastell in Richtung der Feinde sandte. Die meisten Krüge verfehlten das vordere Schiff, doch einige zerplatzten auf dem Deck und bespritzten die Planken mit Öl. Sofort waren die Bogenschützen zur Stelle und schossen Brandpfeile hinüber. Der Bug der Galeere ging in Flammen auf. Geschrei ertönte. Ein brennender Mann sprang über die Reling ins Meer.

Allio ließ die Ruder einholen, sodass die *Nero* an Fahrt verlor. Die *Santa Isabel* und die *Hyacinth* begannen, ihr Flaggschiff in einem weiten Bogen Backbord und Steuerbord zu überholen, während die feindlichen Galeeren näher kamen und erneut schossen. Der erste Stein war schlecht gezielt und verfehlte sie, doch der zweite flog so niedrig über das Kastell, dass Raoul und seine Männer die Köpfe einzogen. Krachend barst Holz, und einige Rudersklaven und Soldaten auf dem Deck schrien. Das Geschoss hatte einen Teil der Reling und der Rumpfwand weggerissen, aber, soweit Raoul sehen konnte, niemanden verletzt.

Er ließ seine Bogenschützen auf die Piraten schießen, die das Feuer zu löschen versuchten, und hastete die Treppe hinunter. Seine Männer hatten das Katapult wieder gespannt.

»Kein Öl!«, brüllte er. »Stein!«

Mit vereinten Kräften wuchteten die vier Soldaten eine Steinkugel in die Kelle, die der Wurfarm kurz darauf in einem weiten Bogen durch die Luft schleuderte. Raoul stürzte zur Reling, um den Einschlag zu beobachten. Die Kugel verfehlte das Deck, riss jedoch fünf oder sechs Ruder ab, ehe sie im Meer versank.

Inzwischen brannte das Bugkastell der feindlichen Galeere. Die Katalanen versuchten nicht mehr, das Feuer zu löschen; offenbar hatten sie vor, die *Nero* zu rammen, damit die Flammen auf das gegnerische Schiff übergriffen. Allio hatte die Gefahr erkannt. Trommelschläge und Peitschenhiebe trieben die Rudersklaven an. Die *Nero* bewegte sich wieder, wich nach Backbord aus. Die Piraten passten daraufhin ihren Kurs an und steuerten längsseits auf die *Nero* zu.

Raoul ließ das Katapult nicht nachladen. Es war unbeweglich auf dem Deck befestigt und konnte bei ihrem jetzigen Kurs nichts ausrichten. Pfeile schwirrten durch die Luft. Einer seiner Bogenschützen wurde in die Brust getroffen, stürzte mit schmerzverzerrtem Gesicht die Treppe hinunter und blieb reglos auf dem Deck liegen.

In diesem Moment wurde die brennende Galeere seitlich von der *Santa Isabel* gerammt. Ruder splitterten. Der Rammsporn bohrte sich in den Rumpf, stieß ein klaffendes Loch hinein, und durch die Wucht des Aufpralls neigte sich das in Flammen stehende Schiff so stark zur Seite, dass ein Großteil der Mannschaft ins Meer stürzte.

Brennende Lachen aus Öl und gesplitterte Planken trieben auf dem schwarzen Wasser. Es war windstill; auf der ruhigen See glitzerten die Sterne.

Die *Nero*, die *Santa Isabel* und die *Hyacinth* ankerten in der Bucht und waren miteinander vertäut. Die brennende Galeere war schon vor Stunden gesunken und hatte hundertzwanzig Rudersklaven mit in die Tiefe gerissen. Die andere Piratengaleere lag neben der *Nero*; eine Enterbrücke verband die beiden Schiffe miteinander. Vierzig Katalanen kauerten auf dem Deck, mit müden, stumpfen Gesichtern, aneinandergekettet und bewacht von Raouls Soldaten. Bei den Gefangenen handelte es sich hauptsächlich um Besatzungsmitglieder

der zweiten Galeere, die sich ergeben hatten, nachdem Jánozs' Entertrupp viele ihrer Gefährten erschlagen hatte. Von der Mannschaft des gesunkenen Schiffs hatten nur wenige überlebt. Die meisten waren ertrunken, verbrannt oder den Bogenschützen zum Opfer gefallen.

Raoul ging über das Deck der *Nero* zu Narses, der ihn vor dem Achternkastell erwartete. Sein *Klibanion* schien doppelt so viel zu wiegen wie heute Morgen; seine Glieder schmerzten. Der Siegestaumel war nur von kurzer Dauer gewesen, und bleierne Erschöpfung ergriff Besitz von ihm – wie nach jeder Schlacht.

Auch Narses war müde. Er hatte sich seinen Helm unter den Arm geklemmt.

»Wie viele?«, fragte Raoul.

»Neun.«

Raoul atmete innerlich auf. Er hatte diese Frage schon oft gestellt, fürchtete sich aber jedes Mal aufs Neue vor der Antwort. Neun waren nicht viel. Er hatte schon Schlachten erlebt, bei denen er dreißig, vierzig Männer verloren hatte. Und doch, neun Gefallene bedeuteten neun Familien, die er benachrichtigen musste. Neunmal Trauer, neunmal Schmerz, Verzweiflung und Fassungslosigkeit. Und das Schlimmste war, dass man sich sogar *daran* gewöhnte.

»Habt ihr alle gefunden?«

»Nur sieben. Sándor und Euphratas nicht. Wir glauben, dass sie beim Entern ertrunken sind. Aber gesehen hat es niemand.«

Narses machte ihm Platz, sodass er einen Blick auf die Gefallenen werfen konnte, die vor dem Achternkastell lagen. Die Männer waren wie immer bemüht gewesen, ihren toten Gefährten ein würdevolles Totenbett zu bereiten, doch derartige Bestrebungen waren oftmals zum Scheitern verurteilt. Der Tod in der Schlacht ließ nicht viel Platz für Würde. Die meisten der Männer waren grausam zugerichtet, und in zwei Fällen konnte Raoul kaum erkennen, um wen es sich handelte.

Sieben Gefallene. Manche kannte er erst seit wenigen Monaten und wusste von ihnen nicht viel mehr als den Namen; mit anderen hatte er jahrelang Seite an Seite gekämpft und verband unzählige Geschichten und Erlebnisse mit ihnen.

Unter den Toten war auch Jovian. Ausgerechnet Jovian, der erst vor wenigen Tagen zum siebten Mal Vater geworden war. Dreiundzwanzig Jahre alt. Und nun lag er hier – und wofür? Raoul verbannte diesen Gedanken. Andernfalls würde ihn wieder die Wut packen, dieser sengende, hilflose Zorn, wie so oft in den letzten Tagen.

Er zwang sich, ein stilles Gebet für seine toten Gefährten zu sprechen, obwohl es ihm so schwerfiel wie noch nie.

»Lass die Männer Abschied nehmen; dann übergebt sie dem Meer«, wies er Narses an, wandte sich ab und ging Richtung Bug. Er musste mit den Kapitänen besprechen, was mit der geenterten Galeere geschehen sollte. Am besten wäre es, sie nach Konstantinopel mitzunehmen. Vielleicht war Cataneo einverstanden, für das Schiff auf einen Teil der Pacht zu verzichten.

Auf der Enterbrücke kam ihm Jánozs entgegen.

»*Comes*, wir haben den Anführer ausfindig gemacht.«

»Wo ist er?«

»Bei den Gefangenen. Er wollte sich als einfacher Söldner ausgeben. Aber einer seiner Leute hat ihn verraten.«

Die Unterredung mit den Kapitänen konnte warten. Raoul ging mit Jánozs über die Enterbrücke.

»Mir hat gefallen, wie du die Männer geführt hast«, teilte er dem Ungarn mit. »Du warst umsichtig und entschlossen. Die Galeere zu entern war ein kluger Zug. Ich werde mich dafür einsetzen, dass man dich zum Hauptmann ernennt.«

Jánozs war ein ernster junger Mann, der nicht viel sprach

und sich selten anmerken ließ, was in ihm vorging. Jetzt aber schien er um mehrere Fingerbreit zu wachsen. »Ich danke Euch, *Comes*.«

Sie erreichten das Deck der Piratengaleere.

Die gefesselten Katalanen blickten ängstlich oder hasserfüllt zu ihm auf. Einer von ihnen schrie vor Schmerz, als zwei von Raouls Soldaten einen Pfeil aus seiner Schulter zogen. Raoul hatte den Befehl gegeben, die Verletzungen der Gefangenen zu versorgen, aber er konnte von seinen Männern nicht verlangen, sonderlich sanft mit den Piraten umzuspringen.

Jánozs führte ihn zum Bugkastell, das beim Angriff der *Hyacinth* leicht beschädigt worden war: Die Brustwehr war eingedrückt und ein Teil der Bodenplanken gesplittert. Vor der Treppe kniete ein Mann mit auf dem Rücken gefesselten Händen. Er war ungewöhnlich blass, trug einen zerfetzten blauen Rock und hatte einen eleganten Kinnbart. Das kurze schwarze Haar klebte ihm schweißnass in der Stirn. Zwei Männer bewachten ihn.

»Das ist er«, erklärte Jánozs. »Er sagt, sein Name sei Velasco.«

»Danke, Jánozs.« Raoul wandte sich an die Soldaten. »Bringt ihn nach drinnen.«

Die Männer zerrten den Katalanen auf die Füße und führten ihn in eine verwüstete Unterkunft. Eine Wand war aufgerissen; Kleidung, Waffen und Pergamentblätter bedeckten den Boden. Über dem Bett hing eine brennende Öllampe. Raoul schloss die Tür hinter sich, während seine Männer Velasco wieder auf die Knie zwangen.

»Was geschieht jetzt mit mir?«, brachte der Katalane mit belegter Stimme hervor. Sein Griechisch hatte einen leichten Akzent.

Raoul setzte sich auf eine Seekiste. Er mochte Verhöre nicht. Sie glichen einem Katz-und-Maus-Spiel, das sich ewig hinziehen konnte. »Das, was mit allen Piraten geschieht: Man wird dich auf dem Taurus-Forum hängen.«

Velascos Adamsapfel bewegte sich. Sein bleiches Gesicht war schweißbedeckt. »Wenn … wenn man mir Gnade gewährt, sage ich Euch alles, was ich weiß.«

Das immerhin klang vielversprechend. »Ich werde sehen, was ich tun kann.« Raoul beugte sich nach vorne. »Ich höre.«

»Zuerst will ich Euer Wort, dass mein Leben geschont wird.«

»Ich kann dir mein Wort nicht geben. Die Entscheidung über deine Strafe trifft der Kaiser.«

»Dann setzt Euch bei ihm für mich ein, ich … ich bitte Euch.«

»Ich versuche es – wenn das, was du zu sagen hast, es wert ist.«

Der Katalane glaubte ihm nicht, schien sich jedoch darüber im Klaren zu sein, dass er keine Wahl hatte. Er befeuchtete seine spröden Lippen und sagte: »Wir sind Krieger der Katalanischen Kompanie. Der Hauptteil unserer Streitmacht hält sich in Griechenland auf, in den Bergen im Landesinneren –«

»Das wissen wir schon«, unterbrach Raoul ihn. »Üblicherweise kämpft ihr nicht zur See. Habt ihr noch mehr Schiffe?«

»Nein. Die *Osara* und die *Muño* sind die Einzigen.«

»Ist das die *Muño*?«

»Nein, die *Osara*.«

»Was steckt hinter euren Überfällen?«

»Gar nichts. Wir waren auf Gold aus.«

Raoul glaubte ihm. Zwei Schiffe waren bei Weitem zu wenig für kriegerische Handlungen. »Woher habt ihr die Galeeren?«

»Von einem Kaufmann.«

»Habt ihr sie ihm gestohlen?«

»Er hat sie uns überlassen«, sagte Velasco.

»Wofür?«

»Wir sollten Schiffe überfallen. Er hat uns dafür bezahlt.«

Mit so etwas hatte Raoul gerechnet. Viele große Kaufherren des Marmarameeres waren sich untereinander spinnefeind und bekämpften sich mit allen Mitteln; seit die Genuesen in Konstantinopel Fuß gefasst hatten, war es noch schlimmer geworden. Es geschah nicht zum ersten Mal, dass sich ein Kaufmann mit Piraten einließ, um seinen Rivalen zu schaden. Und die Katalanische Kompanie arbeitete für jeden, solange er nur gut genug zahlte. »Welche Schiffe solltet ihr überfallen?«

»Jedes, das unseren Weg kreuzt.«

Das wiederum war ungewöhnlich. Welchem Kaufmann konnte an wahllosen Überfällen gelegen sein? »Wie heißt euer Auftraggeber?«

»Ardeshir«, sagte Velasco. »Barzin Ardeshir.«

Raoul lehnte sich zurück. Das ergab durchaus Sinn. Ardeshirs Handelsimperium erstreckte sich von Byzanz über Kleinasien und Persien bis in die Mongolei und kam fast ohne Schiffe aus, da er seine Waren von Karawanen über die Seidenstraße befördern ließ. Was Piraten im Marmarameer anrichteten, kümmerte ihn nicht. Aber hatte es ein unermesslich reicher Mann wie Ardeshir wirklich nötig, mit solch plumpen Mitteln gegen seine Gegner vorzugehen?

Seltsam war außerdem dieser Zufall. All die Jahre hatte er kaum etwas von Ardeshir gehört. Und nun stattete der Kaufmann erst Jada einen Besuch ab, und wenige Tage später kämpfte Raoul gegen seine Handlanger.

Aber was, wenn es *kein* Zufall war? Wenn Ardeshir mithilfe

der Katalanen dafür gesorgt hatte, dass Raoul die Stadt verließ, damit er freie Hand mit Jada und Naje hatte?

Fesseln aus Eis legten sich um sein Herz.

Er packte den Katalanen mit beiden Händen am Kragen. »Was hat Ardeshir noch zu euch gesagt?«

Velascos Augen weiteten sich vor Entsetzen. »Gar nichts! Ich weiß nicht, was Ihr meint!«

»Ist mein Name gefallen – Raoul von Bazerat?«

»Ich ... erinnere mich nicht!«

Raoul stieß ihn von sich, riss die Tür auf und stürzte aus der Kajüte.

Unmöglich!, dachte er, *das kann nicht sein* ... Aber im Grunde wusste er es besser. Mit seinem Gold konnte Ardeshir beinahe alles bewirken, und er war einflussreich genug, um selbst mächtige Männer wie Maxentios dazu zu bringen, das zu tun, was er wollte. Zuerst hatte er die Überfälle angezettelt, dann hatte er veranlasst, dass Raoul damit beauftragt wurde, den Piraten das Handwerk zu legen.

Ja, so musste es gewesen sein. Das *konnte* einfach kein Zufall sein.

Er brauchte Gewissheit. Er musste so schnell wie möglich nach Hause – wenn es nicht schon zu spät war.

»Allio!«, brüllte er, während er über die Enterbrücke hastete. »Lichtet die Anker!«

Es gefiel Jada nicht, dass Fremde in ihrem Haus waren.

Zwar kannte sie Boril und die anderen Krieger – allesamt langjährige Kampfgefährten von Raoul – schon eine Weile, doch sie brauchte stets viel Zeit, bis sie zu Menschen Vertrauen fasste. In den vergangenen tausend Jahren hatte sie vielleicht ein Dutzend Menschen gekannt, die sie als Freunde bezeichnete. Boril und seine Männer gehörten nicht dazu.

Dabei gab es an ihrem Benehmen nicht das Geringste auszusetzen. Nachts schliefen sie in den Gästekammern und wechselten sich damit ab, das Anwesen zu bewachen. Tagsüber hielten sie sich im Garten auf, behielten unauffällig die wenigen Besucher im Auge und standen weder ihr noch den Dienern im Weg. Sie verhielten sich so unscheinbar, dass sie hin und wieder für Stunden keinen Einzigen von ihnen zu Gesicht bekam.

Aber sie vergaß nie, dass sie da waren, und das störte sie.

Selbst die besten, klügsten, sanftesten Menschen blieben letztlich – Menschen. Wie alle Djinn hatte Jada als Kind gelernt, sich von ihnen fernzuhalten. Die Djinn fürchteten die Menschen nicht, dennoch hatten sie gute Gründe, sie zu meiden. Die Beduinen ahnten, dass es Leben im Innern der großen Wüsten gab, und sie erzählten sich schauerliche Geschichten über die Djinn, die sie für fluchbeladene Geister hielten, die es zu töten galt, sowie man sie erblickte. Niemand wusste besser als Jada, was dieser Hass bewirken konnte: Ihre Mutter war kurz nach ihrer Geburt von Beduinen erschlagen worden.

Ihre Vorsicht war auch nach tausend Jahren, die sie inzwischen unter den Menschen lebte, nicht ganz verschwunden. An Ionnes und die anderen Diener hatte sie sich inzwischen gewöhnt. Boril und seine Männer jedoch weckten in ihr die alte Furcht, es könnte ans Licht kommen, was sie wirklich war. Deshalb ging sie ihnen nach Möglichkeit aus dem Weg, was wiederum bewirkte, dass sie sich allmählich in ihrem eigenen Haus wie ein Eindringling fühlte. Und die Soldaten waren noch nicht einmal drei Tage hier. Jada graute vor dem Gedanken, dass Raoul möglicherweise mehrere Wochen fortblieb.

Wenigstens Naje war glücklich. Die Männer waren in die Tochter ihres *Comes* vernarrt und nutzten die langen und oft ereignislosen Stunden des Tages, um mit ihr zu spielen, sehr zu Najes Begeisterung. Zwar hatte Jada den Verdacht, dass die Soldaten ihr dabei Dinge erzählten, die eine Fünfjährige nicht hören sollte, doch sie hatte beschlossen, vorerst nicht einzuschreiten. Die Aufmerksamkeit so vieler Erwachsener schien ihrer Tochter gutzutun. Zumindest hatte sie in den vergangenen Tagen keine Visionen mehr gehabt.

Trotz der Anwesenheit der Soldaten ließ Jada Naje in ihrer Kammer schlafen. Ihr war wohler zumute, sie in ihrer Nähe zu wissen, solange Raoul fort war.

Auch die Albträume waren weniger geworden. Als Jada leise die Tür öffnete, die Lampe hob und einen Blick in die dunkle Kammer warf, schlief Naje ruhig und friedlich. Kein Hin- und Herwälzen, kein Flüstern im Schlaf. Beruhigt schloss sie die Tür wieder. Es war fast Mitternacht, doch Jada war noch nicht müde. Sie wollte in den Garten gehen und die Sterne betrachten, wie sie es oft tat, wenn sie allein war.

In der Eingangshalle saßen zwei Soldaten, Levente und Timotheos. Jada hatte den Männern einen Tisch und Stühle aufstellen lassen, damit sie die Nacht nicht stehend verbringen mussten. Die beiden Krieger spielten ein Brettspiel mit markierten Schafsknöcheln, waren jedoch nicht so darin vertieft, dass sie sie nicht bemerkten. Sie hoben die Köpfe und nickten ihr freundlich zu.

Jada erwiderte den wortlosen Gruß, ging nach draußen und spürte die Blicke der beiden im Rücken. Wie sie das hasste!

Im Garten roch es nach feuchter Erde. Sie dankte ihrem Schöpfer, dass es endlich aufgehört hatte zu regnen. In den vergangenen zwei Tagen waren immer wieder heftige Schauer über der Halbinsel niedergegangen, was sie gezwungen hatte, im Haus zu bleiben. Regen war zwar nicht gefährlich für sie, aber unangenehm – etwa so wie sengendes Sonnenlicht für einen Menschen. Es hatte lange gedauert, bis Raoul das begriffen hatte. »Und wie wäschst du dich?«, hatte er sie einmal gefragt. Jada hatte ihn ausgelacht. Anders als menschliche

Leiber sonderten Djinnkörper nicht unablässig Schmutz und üble Gerüche ab. Djinn mussten sich nicht waschen, zumindest nicht so oft wie ihre menschlichen Vettern.

Sie schob die Hände in die Ärmel ihres Gewands und ging den Pfad entlang. Es hatte abgekühlt, und ein sanfter Wind strich über den Hügel. Der Himmel war klar und wolkenlos; die Sterne glitzerten in rätselhaften Mustern.

Sie stieg eine kleine Anhöhe hinauf. Das Gras unter ihren Füßen bedeckte die Trümmer eines Gebäudes, das hier vor ewigen Zeiten gestanden hatte. Unter ihr neigten die Orangenbäume ihre Kronen über die niedrige Mauer, hinter der der Hang sanft in die Ebene auslief. Sie liebte Nächte wie diese. Sie blickte zu den Sternen auf und dachte an ihre Kindheit in der ägyptischen Wüste. Damals war ihr der Sternenhimmel über den Dünen so unfassbar weit vorgekommen, und sie hatte Nächte damit zugebracht, begreifen zu wollen, was Unendlichkeit bedeutete.

Heute war sie dazu nicht mehr fähig. Ihre Gedanken stießen nicht mehr über eine bestimmte Grenze vor. Irgendwann in den letzten tausend Jahren musste sie verlernt haben, über die Unendlichkeit nachzudenken. Seltsam.

Sie wandte sich um, als sie leise Geräusche vom Nebengebäude hörte: Schritte, das Knacken eines Zweigs. Waren die Diener etwa noch auf?

Das Haus war dunkel.

»Ionnes?«, rief sie leise in die Finsternis.

Keine Antwort. Jada griff in eine Falte ihres Gewands. Ihre Finger schlossen sich um den Dolchknauf.

Zwischen den Orangenbäumen erschienen Gestalten – erst zwei, dann noch eine und noch eine: Männer in grauen Kitteln mit bärtigen, grimmigen Gesichtern.

Mit einem metallischen Schleifen glitten Schwerter aus den Scheiden.

SIEBEN

Möwen umkreisten kreischend die Masten der *Nero*, während die Galeere in den Julians-Hafen einlief.

Ihr folgten die *Santa Isabel*, die *Hyacinth* und zu guter Letzt die *Osara*, die gekaperte Galeere der Piraten. Die vierzig gefangenen Katalanen saßen im Unterdeck auf den Ruderbänken und ersetzten die Sklaven, die bei der Seeschlacht verwundet oder getötet worden waren. Die Soldaten auf den Türmen der Hafenmauer schlugen mit ihren Lanzenschäften gegen die Schilde, um ihren siegreichen Waffenbrüdern Respekt zu zollen. Die Männer auf den Deckkastellen antworten mit übermütigen Rufen.

Es war ein ungewöhnlich heißer, schwüler Tag. Aus dem Hafenbecken stieg der Gestank von Abwässern, fauligem Fisch und verrottenden Algen auf. Der Himmel über dem Bosporus erstrahlte in makellosem Blau. Die vergoldete Kuppel der Hagia Sophia gleißte über den Dächern der Paläste, vor den schmutzig weißen Wehrmauern flirrte die Luft.

Raoul bemerkte weder die Hitze, noch hatte er ein Auge für die sonnendurchflutete Schönheit der Stadt. Er stand an der Brustwehr des Achternkastells, die Unterarme auf einer Zinne, und starrte die Anlegestege an, die unendlich langsam nahten. Kapitän Allio hatte ihm untersagt, das Kastell zu verlassen, bis sie angelegt hatten. In den vergangenen anderthalb Tagen hatte es ständig Streit zwischen ihnen gegeben, immer aus dem gleichen Grund: Was Allio auch befahl und entschied, es ging Raoul nicht schnell genug. Schließlich hatte ihm der Genuese angedroht, die Fahrt nicht fortzusetzen, wenn er ihn nicht endlich seine Arbeit tun ließ. Raoul war nichts anderes übrig geblieben, als sich zusammenzureißen und die quälend langen Stunden bis zu ihrer Ankunft zu zählen.

Jada und Naje waren möglicherweise in Gefahr, und er konnte nichts tun. Diese Ungewissheit hatte ihn um den Schlaf gebracht, er war müde und gereizt und fürchtete, wenn er seine Familie nicht bald zu sehen bekam, würde er jemandem Gewalt antun.

Obwohl sie die Hafeneinfahrt längst hinter sich gelassen hatten, dauerte es noch eine halbe Stunde, bis sie anlegen konnten. Der Hafen war überfüllt, und sie mussten warten, bis zwei venezianische Küstenfahrer ausgelaufen waren, die sich reichlich Zeit damit ließen. Und selbst als die *Nero* endlich vertäut war, konnte er nicht sofort aufbrechen. Zuerst musste er Narses den Befehl über die Männer übertragen und ihm einige Anweisungen geben. Allerdings befand sich Narses nach wie vor an Bord der *Santa Isabel*, die sich erst mühsam einen Weg durch den Wald aus Masten und Tauwerk suchen musste, bevor sie ihren Anlegeplatz erreichte.

Raoul wartete nicht, bis der Jude zu ihm kam. Er schritt den Anlegesteg entlang, vorbei an seinen Soldaten, die den Seeleuten halfen, die Galeere zu entladen. Er fand Narses auf der heruntergelassenen Enterbrücke, wo er mit dem Kapitän der *Santa Isabel* redete.

»Bist du noch bei Sinnen, uns so anzutreiben?«, fuhr der Byzantiner ihn an. »Es hätte nicht viel gefehlt, dass die Aufseher die Sklaven zu Tode gepeitscht hätten.«

Narses wusste nichts von den Gründen für die Eile. Seit der vorletzten Nacht hatten sie nicht miteinander gesprochen.

»Hör zu, Narses. Du versammelst die Männer und schickst

sie zur Festung. Außerdem regelst du alles mit Cataneo und erstattest Maxentios Bericht. Sag ihm, dass ich fortmusste.«

»Fort? Wohin denn?«

Raoul gab keine Antwort. Er wandte sich ab und stapfte die Enterbrücke hinunter.

»Warte.« Narses lief ihm nach. »Die Familien der Gefallenen – du musst mit ihnen reden.«

»Rede du mit ihnen.«

Der Jude blieb stehen und hielt ihn am Arm fest. »Vielleicht sagst du mir zuerst, was überhaupt los ist.«

»Nicht jetzt, Narses …« Er drehte den Kopf, als er über dem Gedränge der Soldaten und den aufgestapelten Kisten und Fässern zwei rote Helmbüsche bemerkte, die näher kamen. Er fluchte in sich hinein. *Domestikoi.*

»*Comes!*«, übertönte einer von ihnen das Gebrüll auf dem Anlegesteg.

Raoul ging ihnen entgegen. Es waren keine einfachen Palastwachen: Die goldenen Aufsätze auf ihren Brustpanzern, die Säbel an den Gürteln und die purpurfarbenen Mäntel wiesen sie als Leibwachen des Kaisers aus.

»Der Purpurgeborene erwartet Euren Bericht, *Comes*«, sagte der Höherrangige der beiden. »Wir bitten Euch, uns zu folgen.«

Nein. Nicht auch das noch! »Es ehrt mich, dass der Purpurgeborene meine Taten so aufmerksam verfolgt. Bestellt ihm, dass ich mich glücklich schätze, ihm dienen zu dürfen. Hauptmann Ben Jehuda wird Euch begleiten und ihm von unserem Sieg in seinem Namen berichten.«

Der Soldat ließ sich nicht darauf ein. »Ich glaube, Ihr habt mich nicht verstanden, *Comes*«, entgegnete er ungehalten. »Der Purpurgeborene wünscht ausdrücklich, *Euch* zu sehen.«

Das war unmissverständlich. Raoul wandte sich zu Narses

um. »Jánozs soll hier alles regeln. Du reitest auf dem schnellsten Weg zu Jada. Ich will wissen, ob es ihr und Naje gut geht. Später treffen wir uns in Blachernae.«

»Warum sollte es ihnen nicht gut gehen?«, fragte Narses. »Boril ist doch bei ihr.«

»Tu einfach, was ich sage«, erwiderte Raoul barsch, bevor er den beiden *Domestikoi* folgte.

Am Kai stand ein gesatteltes Pferd für ihn bereit. Beim Aufsteigen fragte er: »Wie hat der Purpurgeborene so schnell von meiner Rückkehr erfahren?«

Der Wortführer der Leibwache warf ihm einen missbilligenden Blick zu. »Er weiß stets über alles Bescheid, was in seinem Reich geschieht.« Er gab seinem Pferd die Sporen und ritt die Straße entlang.

Das war eine jener einstudierten Antworten, die man von Untergebenen des Kaisers immer zu hören bekam. In Wahrheit wusste Andronikos nichts über die Welt außerhalb Konstantinopels – weil sie ihn nicht interessierte. Seine ungewöhnliche Anteilnahme an dem Feldzug gegen die Piraten lag in seinem persönlichen Groll gegen die Katalanische Kompanie begründet. Vermutlich hatte er den Hafen Tag und Nacht beobachten lassen. Raoul seufzte, trieb sein Pferd an und folgte den *Domestikoi*.

Viele Leute waren vor der Mittagshitze in ihre Häuser geflohen. Die wenigen Menschen auf den Straßen machten bereitwillig Platz, sobald sie die beiden kaiserlichen Wachen erblickten, sodass die drei Reiter nach einem kurzen Ritt Blachernae erreichten. Vor dem Komnenen-Palast stiegen sie ab. Die Leibwachen geleiteten Raoul in die Gärten, wo der Kaiser ihn erwartete.

An der Rückseite des Palasts fiel der Hang in großzügigen Terrassen zum Goldenen Horn hin ab. Orangen-, Zitronen- und Ölbäume standen dort in Reih und Glied und beschatteten mit ihren ausladenden Kronen die Treppen und gepflasterten Wege. Duftende Kletterrosen rankten sich an den Stützmauern aus verwittertem Kalkstein empor. Uralte Wasserleitungen speisten Brunnen und moosig grüne Zisternen.

Den Rest des Weges ging Raoul allein. Er musste nur den Flötenklängen folgen, um den Kaiser zu finden.

Der Pfad endete an einem fünfeckigen Pavillon. Unter dem Dach aus Zedernholz saß Kaiser Andronikos II. und lauschte einer jungen Frau mit geflochtenem blondem Haar und weißer Toga, die auf einer Syrinx eine melancholische Melodie spielte. Ein Eunuch mit nackter Brust und Lendenschurz schwenkte einen Fächer über seinem Haupt. Ein Schreiber hinter einem Tisch voller Schriftstücke legte ihm hin und wieder ein Dokument zur Unterschrift vor, wobei sich der Mann jedes Mal verbeugte, wenn er vor den hölzernen Thron trat, mit dem Gesicht zur Erde gewandt wartete, bis der Kaiser fertig war, aufstand, das Pergament entgegennahm, sich abermals verbeugte und hinter seinen Tisch zurückkehrte.

Vor dem Pavillon verstellten Raoul zwei *Domestikoi* den Weg. Er erklärte, wer er sei, woraufhin man ihn passieren ließ. An der Treppe des Pavillons blieb er stehen und verneigte sich. Der Kaiser forderte ihn mit einer Handbewegung auf, näher zu treten. Raoul stieg die Treppe hinauf, ging vor dem Thron auf die Knie und beugte sich nach vorne, bis seine Stirn den Boden berührte. Dann hob er den Kopf und küsste Zeige- und Ringfinger des Kaisers, wie es das Zeremoniell vorschrieb. »Mein Gebieter.«

Mit einer weiteren Geste gab ihm der Kaiser zu verstehen, dass er sich erheben dürfe.

Andronikos II. Palaiologos war ein Mann von fünfzig Jahren. Sein schmales Gesicht mit dem sauber gestutzten Bart an Kinn und Wangen wäre markant und anziehend gewesen, hätte es weniger bleich und verhärmt ausgesehen. Das nach alter römischer Tradition kurz geschnittene Haupthaar war schwarz, von silbergrauen Strähnen durchsetzt und immer noch recht voll. Über dem zerbrechlich wirkenden Leib trug er ein graues Seidengewand mit goldenen und kupferfarbenen Rankenmustern, eng anliegenden Ärmeln und einer Kordel, die es an der Hüfte zusammenhielt. Auf seinem Kopf saß ein dünner, rubinbesetzter Goldreif. Er wurde »der Purpurgeborene« genannt, denn wie alle seine Vorgänger hatte er in der Porphyra, einem ganz mit purpurnem Stein ausgekleideten Saal des Großen Palasts, das Licht der Welt erblickt.

Der tragbare Thron war so beschaffen, dass der Kaiser Besucher auch im Sitzen überragte. Mit dem Helm unter dem Arm wartete Raoul, dass Andronikos das Wort an ihn richtete.

Allerdings ließ sich dieser Zeit damit. Es verging eine Weile, bis er schließlich sagte: »Wir denken, wir werden ihn ›Styx‹ nennen.«

Raoul wartete auf weitere Erklärungen. Als diese ausblieben, räusperte er sich und sagte: »Mein Gebieter?«

»Ja, Styx passt vorzüglich. Er ist nachtschwarz und unbändig wie ein Sandsturm. Ein Geschenk von Emir al-Mansur. Du solltest ihn sehen, Freund Pachymeres. Ein Prachtexemplar.«

Namen waren nicht Andronikos' Stärke. Und da es völlig undenkbar war, den Kaiser zu berichtigen, versuchte Raoul, sich mit dem Gedanken anzufreunden, für die Dauer dieser Begegnung Pachymeres zu sein.

»Wahrhaftig«, fuhr der Purpurgeborene fort. »Ein Vollblüter, wie man ihn nur in den Gestüten von Damaskus findet. Wild, schnell und feurig. Ein Wirbelwind. Der Traum eines jeden Reiters. Styx.«

Raoul bemerkte die glasigen Augen des Kaisers und den

scharfen Geruch, der ihn umgab, und da war ihm alles klar: Theriak. Andronikos' Leibärzte hatten ihm die regelmäßige Einnahme des Mittels verordnet, um Giftanschlägen vorzubeugen. Dagegen wäre nichts einzuwenden gewesen, wenn sich der Purpurgeborene an die verordnete Dosis gehalten hätte. Bald jedoch hatte er die berauschende Wirkung von Theriak – der nicht ohne Grund auch »Himmelsarznei« genannt wurde – zu schätzen gelernt. Raoul begann zu ahnen, dass seine Geduld auf eine harte Probe gestellt werden würde.

»Wir werden ihn heute Abend zureiten. Es wäre uns eine Freude, wenn du uns dabei Gesellschaft leisten würdest, Pachymeres.«

»Ich bin wegen der Katalanischen Kompanie hier, mein Gebieter«, sagte Raoul.

Der Kaiser saß reglos auf dem Stuhl, die Hände auf den Armlehnen. »Die Katalanische Kompanie?«, echote er.

Der Schreiber kam hinter seinem Tisch hervor und flüsterte ihm etwas ins Ohr. Andronikos' stumpfer Blick ruhte auf Raoul. Der Schreiber blieb neben dem Thron stehen und wirkte peinlich berührt.

»Du bist nicht Pachymeres«, stellte der Purpurgeborene fest.

»Ich bin Raoul von Bazerat. *Comes* in Euren Diensten.«

»Bazerat«, wiederholte Andronikos. »Der Bazerat, der unsere Soldaten in Thyatira zum Sieg geführt hat?«

Das war drei Jahre her. Es erstaunte Raoul, dass sich der Kaiser daran erinnerte. »Ja.«

Andronikos dachte nach. »Na los, Conon«, sagte er schließlich. »Hol unserem siegreichen Feldherrn einen Becher Wein.«

Der Schreiber eilte zu einem kleinen Tisch, füllte einen Kelch und brachte ihn Raoul. Raoul nippte höflich daran.

Andronikos lächelte zufrieden. »Worauf wartest du noch, Bazerat? Erzähl uns, wie es dir gelungen ist, die Osmanen zu zerschmettern.«

Die Erwähnung der Schlacht von Thyatira hatte den Kaiser offenbar in der Zeit zurückversetzt, denn im glücklichen Land des Theriak gab es keinen nennenswerten Unterschied zwischen Vergangenheit und Gegenwart. »Nicht die Osmanen, Herr«, half Raoul ihm behutsam auf die Sprünge. »Die Katalanische Kompanie.«

»Was redest du da? Wir haben die Katalanische Kompanie schon vor Jahren aus unserem Reich vertrieben.«

»Gewiss. Aber einige von ihnen sind zurückgekehrt und haben im Marmarameer Handelsschiffe überfallen.«

»Was?«, brauste der Kaiser auf. »Diese Katalanischen Hunde überfallen unsere Schiffe? Wie lange schon?«

»Etwa seit zwei oder drei Wochen.«

»Und weshalb hat man uns nicht benachrichtigt?«

Raoul rang mühsam um Beherrschung. Er holte tief Luft. »Es besteht kein Grund zur Sorge, mein Gebieter. Ich habe sie bei den Dardanellen zum Kampf gestellt und besiegt. Nun warten sie auf Euer Urteil.«

Der Kaiser beugte sich nach vorne und musterte ihn argwöhnisch, so weit das mit solch trüben Augen möglich war. »Sie besiegt? Bist du ganz sicher?«

»Vollkommen, mein Gebieter.«

Andronikos lehnte sich wieder zurück. Schließlich lächelte er. »Du bist ein guter Mann, Pachymeres. Ein guter Mann. Hast du auch ihren Anführer erwischt? Diesen schurkischen Roger de Flor?«

»De Flor wurde bereits vor vier Jahren erschlagen«, erinnerte Raoul ihn. »Von Eurem Sohn.«

Andronikos verfiel in Schweigen. »Ja«, sagte er, »richtig. Er war ein Teufel, dieser de Flor. Ein Judas. Hat uns nach

Strich und Faden betrogen. Hat den Tod mehr als verdient, nicht wahr?«

»Ja, mein Gebieter.«

»Schön. Schön, schön. Du hast sie also vernichtet. Ich will alles wissen, Pachymeres. Von Anfang an.«

»Bazerat«, sagte Raoul.

Die Augen des Kaisers verengten sich. »Wer soll das sein?«, fragte er misstrauisch.

»Mein Name ist Bazerat. Nicht Pachymeres.«

»Gewiss. Bazerat. Noch Wein? Es soll nicht heißen, wir seien undankbar. Na los, erzähle!« Der Purpurgeborene klopfte mit der Hand auf die Armlehne. »Erzähl uns, wie du diesen Bastarden den Garaus gemacht hast.«

Als Raoul eine Stunde später den Palast verließ, hatte er Kopfschmerzen. Dem Kaiser von seinem Kampf gegen die Katalanen zu berichten, war so aussichtslos gewesen wie das Unterfangen, einer Schar tapsiger Welpen ein kompliziertes Kunststück beizubringen. Als er zum Ende seines Berichts gekommen war, hatte sich Andronikos schon nicht mehr an den Anfang erinnert. Glücklicherweise war er kurz darauf auf seinem Thron eingeschlafen, benebelt von der Himmelsarznei, sodass es Raoul erspart blieb, von vorne anzufangen. Ein Diener hatte ihn schließlich gebeten, morgen wiederzukommen, gepaart mit dem taktvollen Hinweis, dass »die Auffassungsgabe des Purpurgeborenen dann gewiss wieder von gewohnter Schärfe« sein werde.

Vor dem Blachernen-Palast stellte Raoul fest, dass Narses noch nicht da war. Da er die Geduld nicht aufbrachte, auf seinen Gefährten zu warten, lieh er sich in den Stallungen der *Domestikoi* ein Pferd, preschte durch das Charisios-Tor und galoppierte über die Felder und Wiesen jenseits der Stadtmauern.

Er versuchte nach Kräften, sich nicht von seinen Befürchtungen überwältigen zu lassen. *Jada kann auf sich aufpassen*, dachte er. *Sie hat schon weit Schlimmeres überstanden. Falls Ardeshir wirklich aufgetaucht ist, wird sie ihn zum Teufel gejagt haben. Außerdem sind Boril und die anderen bei ihr.*

Doch würde das einen Mann aufhalten, der vermutlich eine Piratenhorde ausgeschickt und den Hohen Rat bestochen hatte, nur um ihn von der Stadt fernzuhalten? Die Antwort darauf schien ihm ebenso klar wie beängstigend. Raoul trieb sein Pferd noch mehr an, bis er mit halsbrecherischer Geschwindigkeit die Straße entlangjagte.

Unterwegs kam ihm Narses entgegen. Mit einem wilden Glühen in den Augen zügelte der Byzantiner sein Pferd. »Da bist du ja endlich«, stieß er hervor. »Dein Haus ist ein einziges Schlachtfeld! Boril und die anderen sind tot. Deine Diener auch.«

»Was ist mit Jada und Naje?«, fragte Raoul.

»Sie sind fort, alle beide.«

Seine Familie fort, Boril tot … Ihm war, als werde sein Herz zu Eis. »Wann ist das geschehen?«

»Heute Nacht vielleicht«, sagte Narses. »Bei der Gnade des Ewigen, Raoul, wer tut dir so etwas an?«

Anstelle einer Antwort gab Raoul seinem Pferd die Sporen und galoppierte den Hügel hinauf.

Er hatte es geahnt! Als Velasco den Namen »Ardeshir« ausgesprochen hatte, hatte er geahnt, was passieren würde. Was war er doch für ein Narr! Er hatte sich aus der Stadt fortlocken lassen wie ein einfältiger Tölpel.

Er ritt durch das Tor und schwang sich aus dem Sattel, bevor sein Pferd stehen geblieben war. Die Tür des Haupthauses stand offen. Das war ungewöhnlich; auf den ersten Blick deutete jedoch nichts darauf hin, dass etwas Schreckliches vorgefallen war.

Doch – die Stille. Kein Kinderlachen, keine Geräusche der Diener, die im Nebengebäude oder im Garten arbeiteten.

Als er den Weg entlanglief, fiel sein Blick auf einen Körper neben dem grasbewachsenen Schutthaufen. Es war die Leiche eines bärtigen Mannes, der mit einem Schwert in den steifen Fingern auf dem Rücken lag und mit toten Augen zum Himmel starrte. Blut tränkte seine Kutte an der Nierengegend. Im Gras lag ein Dolch. Raoul hob die Klinge auf. Jadas Waffe. Offenbar hatte sie den Bärtigen niedergestochen und war entwaffnet worden oder hatte den Dolch fallen gelassen. Neben der Leiche war das Gras zertrampelt. Die Spuren gaben jedoch keinen Hinweis darauf, was anschließend geschehen war.

Er betrat das Haus. Schwerer Blutgeruch raubte ihm den Atem. Der Eingangsraum war verwüstet. Tisch und Stühle waren umgeworfen. Überall lagen reglose Körper.

Timotheos hatte ein Schwerthieb das Schlüsselbein gespaltet; die Wunde wimmelte von schwarzen Fliegen. Daneben lag Levente mit zerschmettertem Schädel ... und weiter hinten Boril. Der Veteran kauerte in einer Ecke des Raums, als ruhte er sich nur aus. Er war mit seinem Schwert und einem kurzen Beil in den Händen gestorben. Er musste den Eindringlingen einen harten Kampf geliefert haben, denn auf dem Boden lagen auch die Leichen zweier weiterer bärtiger Männer in grauen Kutten.

Raoul wusste nicht, wie lange er dagestanden und seinen alten Gefährten angestarrt hatte, als von der Tür Narses' Stimme erklang: »Die anderen liegen vor Najes Kammer.«

Wie von fremden Kräften gelenkt, ging Raoul zur Stube seiner Tochter. Dort bot sich ihm das gleiche Bild wie im Eingangsraum: umgeworfene Möbel, Durcheinander, Zerstörung und Tod. Zwei seiner Männer lagen im Flur, zwei weitere vor dem zerwühlten Kinderbett.

Ruckartig fuhr er herum, hastete durch den Eingangsraum, die Treppe hinauf, von Kammer zu Kammer. Nirgendwo ein Lebenszeichen von Jada und Naje, nirgendwo eine Spur, wohin sie verschwunden waren.

Auf einen Schlag überwältigte ihn lähmende Erschöpfung, und er musste sich auf die Treppe setzen. Er versuchte nachzudenken, doch es gelang ihm nicht, auch nur einen klaren Gedanken zu fassen.

»Ich habe Damianos und Cyra gefunden. Sie liegen im Nebengebäude.«

Raoul hob den Kopf und sah Narses vor sich stehen. Damianos und Cyra waren zwei ehemalige Sklaven, die seit Jahren in ihren Diensten standen. Sie hatten vorgehabt zu heiraten, sowie Damianos genug Geld gespart hatte. »Und Ionnes?«, brachte er hervor.

»Ich habe ihn nirgends gesehen.«

Raoul zwang sich aufzustehen. Er musste Ionnes finden. Wenn der alte Diener noch lebte, konnte er vielleicht erklären, was geschehen war.

Im Eingangsraum drehte er einen der toten Eindringlinge auf den Rücken. Blut klebte im Bart des Mannes; das Gesicht war fahl und teigig. Es war kein griechisches Gesicht – zu kantig, zu grobschlächtig. »Was sind das für Männer?«

»Sie sehen wie Krieger aus«, antwortete Narses.

Ja, Krieger. Die Fremden hatten allesamt breite Schultern und muskulöse, vernarbte Arme. Doch das war auch schon alles, was man mit einiger Sicherheit über sie sagen konnte. Ihre einfachen Kutten und schmucklosen Schwerter gaben keinen Hinweis auf ihre Herkunft.

Als Raoul nach draußen gehen wollte, bemerkte er im Garten eine Bewegung – einen huschenden Schatten. Narses hatte es auch gesehen. Sie zogen ihre Schwerter und setzten der Gestalt nach.

Raoul rannte den Pfad zwischen den Orangenbäumen entlang und sah, wie ein Mann im Nebengebäude verschwand.

»He! Ionnes!«

Der alte Diener – falls er es wirklich gewesen war – zeigte sich nicht. Raoul riss die angelehnte Tür auf und hörte polternde Geräusche aus einem angrenzenden Raum. Er schob den Vorhang zur Seite und erblickte einen bleichen Ionnes, der eine kleine Truhe in den Armen hielt.

»Was machst du da?«, herrschte er den Alten an.

Der Diener fuhr erschrocken herum und ließ die Truhe fallen. Schmuck und Kupfergeschirr verteilten sich auf dem Boden. Er hastete zu einem Fenster, aber Raoul hielt ihn fest und zwang Ionnes, ihn anzusehen.

»Hast du dich vor uns versteckt? Wolltest du mit dem Schmuck da verschwinden?«

Ionnes' Augen glühten fiebrig. Das weiße Haar stand ihm wirr vom Kopf ab.

»Rede!«

Der Alte gab seine Gegenwehr auf, und sein ganzer Leib erschlaffte. »Er hat mich gezwungen«, wimmerte er. »Ich konnte ja nicht ahnen, dass er –«

»Wer? Ardeshir?«

»Ja.«

»Was solltest du für ihn tun?«

»Euch beobachten.« Ionnes' Adamsapfel hüpfte auf und ab. »Vor allem … Naje.«

Raoul packte Ionnes am Kragen seines Hemds und drückte ihn gegen die Wand. Der Alte war klapperdürr und wog nicht viel mehr als ein Kind. »Was hat er mit Jada und Naje gemacht?«

Der Diener antwortete nicht sofort. Raoul war kurz davor, ihn zu schlagen. »Seine Leute haben sie mitgenommen«, ächzte er schließlich.

»Wohin?«

»Ich weiß es nicht.«

»Ich warne dich, Ionnes!«, flüsterte Raoul.

»Ich weiß es wirklich nicht!«, kreischte der Alte. »Ich schwöre es bei meiner Seele!«

Raoul stieß ihn von sich, sodass der Diener wimmernd zu Boden sank.

Denk nach!, befahl er sich. Ardeshir hatte davon gesprochen, Jada und Naje mit nach Norden zu nehmen. Aber das genügte nicht, um sie zu finden. Er musste mehr wissen.

Seine Verwirrung und Niedergeschlagenheit waren wie weggeblasen. Er fühlte nur noch Zorn – heißen, unerbittlichen Zorn.

Er wandte sich zu Narses um, der im Durchgang stand. »Wo liegt Ardeshirs Palast?«

»Am Rande von Blachernae. Willst du dort etwa hingehen?«

»Hol zwanzig Männer. Ich warte am Charisios-Tor auf dich.«

Irgendwie war es Narses gelungen, in kürzester Zeit ihren Reittrupp aufzutreiben. Raoul hielt sich jedoch nicht mit Fragen auf, als die Männer am Torhaus ihre Pferde zügelten. Er setzte seinen Helm auf und stieg in den Sattel.

»Ardeshir ist ein mächtiger Mann«, gab Narses zu bedenken. »In seinen Palast einzudringen, könnte gefährlich werden.«

»Ich erwarte nicht, dass du mir hilfst. Es steht dir frei zu gehen.«

»Hältst du mich für einen Feigling?«, erwiderte der Byzantiner leicht gekränkt. »Ich sage nur, dass es Schwierigkeiten geben könnte, weiter nichts.«

Raoul wandte sich seinen Soldaten zu, die im Schatten der

Mauer auf seine Befehle warteten. »Ich werde dem Kaufmann Barzin Ardeshir einen Besuch abstatten. Euch brauche ich für den Fall, dass man mich nicht zu ihm vorlässt. Sein Palast ist vermutlich bewacht. Es genügt, die Wachen einzuschüchtern. Greift nur dann zum Schwert, wenn man euch keine Wahl lässt.«

Er hatte keine Ahnung, was Narses den Männern erzählt hatte. Doch die Entschlossenheit in ihren Gesichtern deutete darauf hin, dass sie wussten, was man ihm angetan hatte. Nun zahlte sich aus, dass er sie immer gut behandelt hatte. Sie würden alles für ihn tun.

Er riss sein Pferd herum und galoppierte los, gefolgt von der zwanzigköpfigen Schar.

Donnernd hallte der Hufschlag von den Häuserfassaden wider, als der schwer bewaffnete Trupp durch die Straßen ritt. Gesichter in den Fenstern blickten ihnen neugierig nach, Fußgänger brachten sich ängstlich in Sicherheit. Ardeshirs Palast lag keine halbe Meile vom Charisios-Tor entfernt, am südlichen Rand von Blachernae, in einem Viertel, das aus breiten Zypressenalleen und weitläufigen Gärten bestand, die prächtige Anwesen aus weißem Kalkstein oder rotbraunen Ziegeln umgaben. Ardeshirs Wohnsitz war mit Abstand das größte und auffälligste Gebäude der Gegend. Es stand an einem quadratischen Platz mit einer der zahllosen Siegessäulen Konstantinopels, ein Palast aus Marmor mit mehreren verwinkelten Flügeln und Kuppelbauten inmitten eines Gartens, der größer war als jener des Komnenen-Palasts.

Der Trupp hielt am einzigen Zugang, einem Tor aus kalkweißen Pfeilern, auf denen brüllende Steinlöwen saßen. Zwei Wachposten standen dort, bulgarische Söldner. Sichtlich angespannt beobachteten sie die fremden Reiter.

Raoul ließ die Männer absteigen und ging mit Narses und acht Soldaten zum Tor.

Die Bulgaren verstellten ihm den Weg.

»Wer seid Ihr?«

»Ich will mit Eurem Herrn sprechen«, erwiderte Raoul.

»Er ist nicht da«, sagte der Söldner und verlagerte sein Gewicht von einem Bein auf das andere.

»Dann will ich mit jemandem sprechen, der weiß, wo er ist.«

Der Söldner warf seinem Gefährten einen Hilfe suchenden Blick zu, ehe er sich wieder Raoul zuwandte. »Wir haben den Befehl, niemanden einzulassen.«

Raoul machte seinen Männern ein Handzeichen, woraufhin sie ihre Schwerter zogen und in einem Halbkreis auf die Bulgaren zugingen. Eingeschüchtert wichen die beiden Söldner zurück und ließen bereitwillig ihre Lanzen fallen.

Raoul ließ vier Männer am Tor zurück, um auf die Pferde aufzupassen und um die Wachposten in Schach zu halten. Mit den übrigen betrat er den Garten.

Ein gepflasterter Weg führte zum Hauptflügel, gesäumt von weiteren Statuen: Panther, Chimären, Greife. Jenseits des Weges wuchsen Bäume verschiedenster Arten, blühende Büsche und Hecken. Zwischen den sorgfältig angelegten Blumenbeeten verliefen kleine Bewässerungsrinnen. Vor dem Palastportal hatte sich eine Menge eingefunden, die Raoul und seine Männer beobachtete – Diener und Sklaven, die offenbar mitbekommen hatten, was am Tor geschehen war. Als Raoul näher kam, liefen sie aufgeregt auseinander.

Er gab zwei Männern den Befehl, einen flüchtenden Diener festzuhalten. Die Soldaten ergriffen den Mann, bevor er die Tür eines flachen Nebengebäudes erreichte, und zerrten ihn her. Der Mann, ein junger Bursche mit kahl rasiertem Schädel, war völlig verängstigt.

»Wo ist dein Herr?«, fragte Raoul.

Der Diener zitterte so sehr, dass die Knie unter ihm nachgaben. Die Soldaten mussten ihn festhalten, damit er nicht umfiel. »Ich weiß nicht … fort.«

Der Jüngling hatte viel zu viel Angst, um zu lügen. Außerdem war Raoul von vornherein davon ausgegangen, dass Ardeshir gleich nach der Entführung von Jada und Naje die Stadt verlassen hatte. »Wer hat hier das Sagen, wenn dein Herr nicht da ist?«

»Symeon.«

»Wo finde ich ihn?«

»Ich glaube, er ist ins Hauptgebäude gegangen.«

»Wie sieht er aus?«

»Alt … grauhaarig«, stammelte der Diener. »Geht auf Krücken.«

Raoul befahl den Männern, den Jüngling loszulassen, der daraufhin wie der Blitz davonrannte.

Das Portal des Palasts stand offen; weit und breit war keine Menschenseele zu sehen. Raoul ließ seine Männer in Zweiergruppen nach Symeon suchen und wartete mit Narses in der Eingangshalle. Sie war erstaunlich schlicht. Marmorsäulen trugen eine weiße Decke mit einem kreisrunden Loch, durch das das abendliche Sonnenlicht fiel. Im Boden befand sich ein Mosaik, das eine Stadt inmitten endloser Dünen darstellte. Raoul erinnerte sich an Jadas Vermutung: dass Ardeshir in Wahrheit ein Djinn sei.

Dann fiel ihm auf, dass das Bild erstaunliche Ähnlichkeit mit Najes Visionen hatte, und die Angst um seine Tochter flammte von Neuem in ihm auf, heftiger als je zuvor.

Es dauerte nicht lange, bis man ihm Symeon brachte. Es war offenbar nicht nötig gewesen, dem alten Diener Zwang anzutun. In jeder Hand einen Gehstock und mit missmutiger Miene durchquerte er den Saal, gefolgt von zwei Soldaten. Er baute sich vor Raoul auf. Seine Augen waren so grau wie Klingenstahl.

»Seit wann benehmen sich die Soldaten des Kaisers wie mordlustige Barbaren?«, fauchte er.

»Wenn du meine Fragen beantwortest, geschieht niemandem etwas«, erwiderte Raoul.

Symeon starrte ihn zornig an.

»Wo ist dein Herr?«

»Er ist gestern in aller Früh nach Siebenbürgen aufgebrochen, zu seinem Handelsposten in Hermannstadt.«

»Was hat er dort vor?«

»Woher soll ich das wissen?«, erwiderte Symeon mürrisch. »Er pflegt seinen Dienern nicht zu erklären, warum er dies und jenes tut.«

»Hatte er eine Frau bei sich? Und ein fünfjähriges Mädchen?«

»Er verließ den Palast allein, in seiner Sänfte.«

Was der Alte sagte, klang glaubwürdig. Es wäre zu auffällig gewesen, Jada und Naje in die Stadt zu bringen. Wenn Ardeshir wirklich nach Siebenbürgen wollte, musste er ohnehin der Handelsstraße nach Westen folgen. Vermutlich hatte er Jada und Naje und ihre Entführer einfach an seinem Haus abgeholt.

Wenn er nach Siebenbürgen wollte. Es war nicht ausgeschlossen, dass Ardeshir vorausgesehen hatte, dass Raoul in seinen Palast eindringen würde. Vielleicht hatte er für diesen Fall vorgesorgt und den Dienern absichtlich ein falsches Reiseziel genannt.

»Führe mich zu seinen Gemächern«, forderte er Symeon auf.

»Ihr habt kein Recht, sie zu betreten!«

»Dein Herr hatte auch kein Recht, meine Frau und meine Tochter zu entführen.«

»Ich werde mich beim Hohen Rat über Euch beschweren!«

»Zu Ardeshirs Gemächern«, sagte Raoul. »Na los!«

Leise vor sich hin schimpfend führte Symeon ihn durch den Palast. In einem Kuppelanbau stiegen sie eine Wendeltreppe hinauf, die an einer Tür aus Zedernholz mit kunstvollen Bronzebeschlägen endete. Symeon schloss sie auf, und Raoul trat in einen großen Raum.

Er war rund; die Kuppeldecke befand sich mehr als drei Mannslängen über seinem Kopf. Dort, wo die Kuppel in die Wände überging, waren Fenster ins Mauerwerk eingelassen worden; sie wiesen auf den azurblauen Himmel.

Die Mauern aus ockerfarbenen Steinblöcken waren nackt, und seine Schritte hallten, als er den Raum durchmaß. Er war nur mit einem Tisch aus Zedernholz, zwei Stühlen und mehreren Truhen an den Wänden ausgestattet. Wie ein Mann sich in solch einem kathedralenartigen Saal wohlfühlen konnte, war Raoul ein Rätsel. Er ging zum Tisch, der mit zahllosen Schriftstücken bedeckt war, und nahm eines in die Hand. Es war mit Buchstaben einer Sprache versehen, die er nicht kannte; möglicherweise Persisch.

»Wo bewahrt er seine Briefe auf?«, fragte er Symeon, der in der Tür wartete. Seine Stimme echote.

Der Diener machte ein missbilligendes Gesicht. »Ich wiederhole, dass Ihr dazu kein Recht habt.«

»Wo?«, fragte Raoul schärfer.

»Dort. In der Truhe.«

Er versuchte, sie zu öffnen, doch sie war verschlossen. »Wo ist der Schlüssel?«

»Das weiß ich nicht.«

Raoul zog seinen Dolch und stieß ihn in die Spalte, wo der Deckel auflag.

»Nein, nicht!«, protestierte Symeon, aber es war bereits zu spät. Raoul trieb die schmale Klinge so weit hinein, wie er konnte, und trat dann auf den Griff. Splitternd brach die

Verriegelung aus dem Holz. Er klappte den Deckel auf und betrachtete die Schriftstücke. Sie waren in zwei Stapeln geordnet.

Er nahm den linken Stapel und blätterte darin. Ardeshir war überaus gewissenhaft. Sämtliche Briefe waren mit Datum versehen und von alt nach neu geordnet. Der Kaufmann schien einige Sprachen zu beherrschen; allein diese Briefe waren in sechs verschiedenen geschrieben, die meisten jedoch auf Griechisch.

Raoul fand nichts Aufschlussreiches und warf den Stapel auf den Boden, was Symeon zu einem erstickten Ächzen veranlasste. Dann nahm er sich den anderen Stapel vor – und wurde auf Anhieb fündig. Die obersten drei Briefe waren keine zwei Monate alt und stammten von einem gewissen Bence Zápolya aus Hermannstadt. Er schrieb auf Griechisch, allerdings so unleserlich, dass Raoul nicht alles entziffern konnte. Aus dem Zusammenhang erschloss sich ihm jedoch, dass Ardeshir angekündigt hatte, im Sommer nach Hermannstadt zu kommen. Zápolya berichtete, er werde rechtzeitig alles für seine Ankunft vorbereiten, und erkundigte sich in seiner jüngsten Nachricht, ob Ardeshir wie immer ein Treffen mit dem Bischof und dem Stadtherrn wünsche.

Raoul behielt die drei Briefe und warf den Stapel in die Truhe. Alles deutete darauf hin, dass Ardeshir tatsächlich nach Hermannstadt gereist war, wie Symeon erzählt hatte. Natürlich konnte er nicht ausschließen, dass die Briefe gefälscht waren, um ihn in die Irre zu führen. Aber das erschien ihm nicht sehr wahrscheinlich.

Er faltete die Papiere zusammen und schob sie sich hinter den Gürtel.

»Was macht Ihr da?«, schnarrte Symeon. »Ihr könnt sie nicht mitnehmen!«

Raoul trat auf ihn zu. »Ich warne dich, Symeon. Wenn ich

herausfinde, dass du mich belogen hast, werde ich wiederkommen.«

Die Augen des Alten glitzerten gefährlich. »Ich empfehle Euch, das nicht zu tun. Beim nächsten Mal wird Euch eine Hundertschaft Bulgaren am Tor erwarten.«

Raoul ließ ihn stehen und ging die Treppe hinunter.

Inzwischen waren seine Männer zurückgekommen. Sie warteten in der Säulenhalle und machten sich über die Diener und Sklaven lustig, die sich in den Durchgängen drängten und sie ängstlich beäugten.

»Hat der Alte die Wahrheit gesagt?«, fragte Narses, als Raoul auf ihn zukam.

»Es sieht so aus.« Er nahm den Juden beiseite, damit die Männer nicht jedes Wort mitbekamen. »Hör zu, Narses. Ich verlasse Konstantinopel. Du übernimmst den Befehl über die Männer. Sage Maxentios, dass ich dem Kaiser nicht länger diene.«

Narses war nicht überrascht. »Du willst Ardeshir verfolgen.«

Raoul nickte.

»Das ist Eidbruch. Du weißt, welche Strafe darauf steht.«

»Ich habe nicht vor, nach Konstantinopel zurückzukehren.«

Auch das schien Narses nicht sonderlich zu verwundern. Nachdenklich rieb er sich die Nase. »Warst du schon einmal in Siebenbürgen?«

»Nein.«

»Es ist ein seltsames Land, voller seltsamer Menschen. Du wirst jemanden brauchen, der dir hilft.«

Raoul begriff, worauf sein Freund hinauswollte. »Nein, Narses. Das kannst du nicht tun.«

»Du sprichst nicht einmal deren Sprache.«

»Du auch nicht.«

»Ich spreche Hebräisch. Das ist im Norden mehr wert als Griechisch und Latein.«

»Bei dir ist es genauso Eidbruch wie bei mir. Bist du so versessen auf den Galgen?«

»So schnell bringt man einen Ben Jehuda nicht an den Galgen«, erwiderte Narses. »Meine Familie ist gut mit dem Purpurgeborenen bekannt. Maxentios würde es nicht einmal wagen, mir meinen Posten wegzunehmen, wenn ich seine Tochter schwängerte.«

Narses überschätzte den Einfluss seiner Familie, so groß und vermögend sie auch sein mochte. Eidbruch war ein ernstes Verbrechen. Er war jung und ihm stand eine vielversprechende Laufbahn bevor; Raoul durfte nicht zulassen, dass er all das fortwarf, nur weil ihm der Sinn nach Heldentaten stand. »Ich weiß das zu schätzen, Narses«, begann er. »Aber du darfst nicht –«

Der Jude ließ ihn nicht ausreden. »Jada und du, ihr seid meine Freunde«, sagte er mit einem Anflug von Ärger. »Naje habe ich schon im Arm gehalten, als sie noch keine zwei Stunden alt war. Verlang nicht von mir, tatenlos zuzusehen, wie man euch ins Unglück stürzt.«

Als Raoul schwieg, fügte er hinzu: »Was würdest du an meiner Stelle tun?«

Darauf wusste Raoul nichts zu erwidern. Narses hatte recht; er brauchte Hilfe. Er brauchte sie so sehr wie vor sechs Jahren, als er zu einer anderen Reise aufgebrochen war. Damals war er allein gewesen und manches Mal schier an der Ungewissheit verzweifelt. Er wäre ein Narr, Narses' Angebot auszuschlagen.

Er nickte. »Wenn du dich von deinen Leuten verabschieden willst, tu es jetzt. Ich will so bald wie möglich aufbrechen.«

Symeon stand vor dem Hauptflügel und beobachtete, wie die Eindringlinge durch das Tor marschierten und ihre Pferde bestiegen. Als sie endlich fort waren, ging er auf seine Krücken gestützt zum Portal zurück, wo gut die Hälfte der Dienerschaft die Hälse reckte und aufgeregt über den Vorfall debattierte.

»Was glotzt ihr so?«, fuhr er sie an. »Habt ihr nichts zu tun?«

Er war ein alter Mann und ein Krüppel obendrein, aber seine Stimme war immer noch voller Autorität. Augenblicklich zerstreuten sich seine Untergebenen, um die Arbeit fortzusetzen, der sie nachgegangen waren, bevor dieser unverschämte *Comes* aufgetaucht war.

Symeon dachte an das heillose Durcheinander, das Bazerat in den Gemächern des Herrn verursacht hatte, und sein Ärger flammte von Neuem auf. Es würde Stunden dauern, die Briefe zu ordnen. Außerdem musste er sich überlegen, wie er dem Herrn erklärte, dass drei Briefe gestohlen worden waren. Der Herr würde darüber nicht erfreut sein. Und wie immer bei solchen Anlässen würde sein Unmut Symeon treffen.

Doch das hatte Zeit. Jetzt gab es Wichtigeres zu tun.

Er hielt Menas an, einen jungen Diener, der gerade an ihm vorbeilaufen wollte. »Bring mir eine Taube«, wies er ihn an. »Eine von den gelben.«

Menas nickte und eilte davon.

Es war ein guter Tag gewesen, bevor diese Horde von Barbaren gekommen war, ein Tag ohne Schmerzen. Aber dieser ganze Ärger hatte sie aufgeweckt, und nun tat sein Rücken so weh, dass jeder Schritt eine Qual war. Symeon verfluchte diesen Bazerat und alle ausländischen Barbaren, während er zu seiner Kammer schlurfte.

Wenigstens war der *Comes* nicht auf die Idee gekommen, hier zu suchen. In seiner Kammer bewahrte Symeon sämtliche Bücher des Palasts auf. Es wäre eine Katastrophe, wenn sie durcheinandergerieten.

Er hielt sich an der Lehne seines Stuhls fest, stellte die Krücken ab und setzte sich ächzend. Der Rückenschmerz trieb ihm die Tränen in die Augen. Er atmete tief ein und aus, bis es ihm besser ging, dann öffnete er ein Tintenfass, tauchte den Federkiel hinein und entrollte ein Pergament.

Es war winzig, kleiner noch als sein Handteller, und obendrein so dünn, dass das Holz des Tischs hindurchschimmerte.

Er schrieb:

Herr,
Bazerat war hier, einen Tag nach Eurer Abreise. Er kennt Euer Ziel und wird Euch folgen.
S

Platz für mehr bot das Pergament nicht. Er blies auf die Tinte, bis sie trocken war, und rollte die Nachricht zusammen.

Kurz darauf kam Menas herein, in den Händen eine Taube.

Behutsam nahm Symeon ihm das Tier ab. Der Herr besaß mehr als hundert Tauben, die darauf abgerichtet waren, Botschaften zu überbringen. Die besten Vögel legten Entfernungen bis zu sechshundert Meilen in wenigen Tagen zurück. Anhand farbiger Ringe an den Krallen konnte man erkennen, auf welches Ziel die Tauben abgerichtet waren.

Gelb stand für Hermannstadt.

Symeon steckte die Botschaft in ein winziges Lederfutteral, das er mit Menas' Hilfe am Ring der Taube befestigte.

Die Taube gurrte, als er ihr mit dem Daumen sanft über den Kopf strich. Er trug sie zum Fenster und ließ sie frei.

Die Taube flatterte aufgeregt vor dem Fenster umher, bevor sie davonflog und zwischen den Türmen und Dächern der Stadt verschwand.

Sie hüllten die Toten in weiße Tücher und legten sie nebeneinander auf den Wagen. Es war eine traurige Arbeit, die sie schweigend verrichteten. Raoul hatte zwei seiner Männer, Jánozs und einen Byzantiner namens Anatol, gebeten, ihn zu seinem Haus zu begleiten und ihm zu helfen. Die Gesichter der beiden jungen Soldaten waren grau vor Trauer. Boril, Levente, Timotheos und die anderen waren beliebt gewesen, und ihr unerwarteter, sinnloser Tod hatte das *Bandum* erschüttert. Besonders Borils Tod traf die Männer tief. Der alte Bulgare hatte vielen von ihnen das Leben gerettet, hatte so viele Schlachten überstanden, dass niemand glauben konnte, dass er nicht mehr am Leben war.

Als die Arbeit getan war, kletterte Anatol auf den Kutschbock und ergriff die Zügel.

»Sagt ihren Familien, dass wir mit ihnen trauern«, sagte Raoul zu Jánozs. »Und gebt ihnen das. Verteilt es gerecht.«

Der junge Soldat nahm die Geldkatze entgegen und hängte sie sich über die Schulter. Sie war prallvoll mit Münzen. Die sieben Männer hatten ihr Leben für seine Familie gegeben, und wenn er schon nichts anderes für ihre Hinterbliebenen tun konnte, wollte er wenigstens dafür sorgen, dass ihr Tod sie nicht ins Elend stürzte.

Statt zu Anatol auf den Kutschbock zu steigen, blickte Jánozs ihn an. Er suchte nach Worten und sagte schließlich: »Darf ich Euch etwas fragen, *Comes*?«

Raoul nickte.

»Ist es wahr, dass Ihr uns verlassen wollt?«

Also hatte es sich schon herumgesprochen. Um Schwierigkeiten zu vermeiden, hatte er gehen wollen, ohne jemandem etwas davon zu sagen. Doch jetzt wurde ihm klar, dass er das nicht tun konnte. Nach so vielen Jahren schuldete er den Männern eine Erklärung. »Ja, Jánozs, es ist wahr.«

Der Ungar nickte, blickte verlegen zu Boden und hob dann wieder den Kopf. »Ihr wollt Eure Frau finden, nicht wahr? Und Euer Kind.«

»Ja.«

»Ich soll Euch von den anderen ausrichten, dass sie Euch … Ihr wisst schon – Glück wünschen.«

Jánozs' Unbeholfenheit berührte ihn mehr, als es jede geschliffene Abschiedsrede gekonnte hätte. »Danke, Jánozs«, erwiderte er leise.

Der junge Soldat nickte, dann stieg er auf den Karren, und Anatol ließ die Zügel knallen.

Raoul blickte ihnen nach, bis sie den Fuß des Hügels erreichten. Er ließ nicht zu, dass die Wehmut ihn überwältigte. Er hatte seine Entscheidung getroffen. Er musste fort, auch wenn das das Ende seines *Bandums* bedeutete.

Er ging zurück zum Haus. Das Feuer neben dem Eingang war fast niedergebrannt, von den verkohlten Resten stieg dünner Rauch auf. Hier hatten sie die Leichen der namenlosen Fremden verbrannt, die durch die Schwerter von Boril und den anderen gefallen waren. Daneben befand sich ein Hügel aus frischer Erde. Raoul hatte sich entschieden, Cyra und Damianos auf dem Anwesen zu begraben. Hier hatten sie gelebt, seit er sie freigekauft hatte. Es war ihre Heimat gewesen, mehr als jeder andere Ort auf der Welt.

Was aus Ionnes geworden war, wusste er nicht. Vermutlich hatte er das Weite gesucht. Raoul hegte keinen Zorn gegen ihn. Was der alte Diener getan hatte, würde für immer auf seinem Gewissen lasten. Das war Strafe genug.

Narses ließ sich Zeit. Raoul betrat das Haus und begann, ziellos durch Kammern und Flure zu streifen, Dinge zu berühren, sich in Vergangenem zu verlieren.

Fast sechs Jahre hatte er hier gelebt. In ihrer Kammer hatten Jada und er sich geliebt, gestritten, nächtelang geredet. In ihrem Bett war Naje zur Welt gekommen. Da, auf dem kurzen Gang, hatte sie ihre ersten Schritte getan. Dort, in der Küche, hatte sie ihre ersten Worte gesprochen.

Es war ein gutes Haus. In jedem Winkel wohnten Erinnerungen, glückliche und traurige. Aber viel mehr glückliche.

Es fiel ihm nicht leicht zu gehen.

Er hörte Hufschlag und trat ans Fenster. Narses, endlich. Er legte seinen *Klibanion* an, zog die Riemen straff, griff nach seinem Schwert und gürtete es sich um, während er die Treppe hinunterstieg. Anstelle des Waffenrocks der kaiserlichen Truppen trug er seinen alten blauen Rock mit dem silbernen Hirschen der Familie Bazerat. Er war kein *Comes* von Byzanz mehr. Er war wieder ein einfacher fahrender Ritter, ohne Herrn und ohne Heimat.

Narses saß auf seinem Schlachtross, eine imposante Erscheinung mit seinem schimmernden Panzer, dem mandelförmigen Schild auf dem Rücken, dem gefiederten Helm. Er grinste. »Mach schon, wir sind spät dran. Bis Siebenbürgen ist es ein weiter Weg.«

Raoul setzte seinen Helm auf und stieg in den Sattel. Langsam trabte er den Pfad entlang, durch das Tor.

Es wurde allmählich Abend. Feine Wolken hingen über Konstantinopel in der Ferne, violette und orangefarbene Schlieren, unter denen die Kuppel der Hagia Sophia glühte wie schmelzender Stahl.

Raoul blickte sich noch einmal nach seinem Haus um, dann gab er seinem Pferd die Sporen und preschte den Hügel hinab.

ACHT

In der Dunkelheit ihres Kerkers sang Svajonē leise ein Gebet.

Sie glaubte nicht an den Christengott, von dem die Mönche aus Danzig und Krakau erzählten, die im Sommer durch die Länder an der Memel wanderten. Was war das für ein schwacher Gott, der freiwillig sein Leben hingab und von Menschenhand gestorben war? Die Götter ihres Volkes waren mächtig, voller Kraft und Leben, und Sterbliche, die sie herausforderten, bestraften sie hart. Sie betete zu Perkunas, dem Herrn der himmlischen Wasser, dessen Axt aus Stein die Lügner und Verruchten zerschmetterte. Zu Dievas, dem Reiter über dem Himmelsberg, zu Siaurys, dem Herrn des Nordwinds, und zu Giltine, der Todesbotin, die in weißen Gewändern vor die Kranken und Sterbenden trat und sie erwürgte, um ihr Leid zu verkürzen.

Ja, Litauens Götter waren grausam und mächtig. Aber waren sie auch mächtig genug, ihr zu helfen? Svajonē glaubte nicht mehr daran. Von diesem Ort gab es keine Rettung. Es war ein Ort der Schmerzen und der Qual, unendlich weit entfernt von Perkunas und seinen himmlischen Gefährten, mochte ihre Macht noch so groß sein.

Es war das Reich des Christengottes. Er gab sich milde und mitleidig mit den Schwachen, doch in Wahrheit war er herrschsüchtig und grausamer noch als der verderbte Pikuolis, der Herr der Unterwelt. Denn er duldete keine anderen Götter neben sich.

Fünf mal fünf Schritte maß das Loch, in dem sie kauerte, eingezwängt zwischen feuchtem Stein. Kein Lichtstrahl gelangte jemals hierher, es sei denn, die Öffnung hoch über ihrem Kopf tat sich auf und einer der Christen stieg mit der Fackel in der Hand die Leiter hinab. Anfangs hatte sie sich das Verlies mit drei Männern und zwei Frauen ihres Volkes geteilt, Fremde. Doch sie waren längst tot. Die Christen hatten ihre Leiber fortgeschafft, und Svajonē erinnerte sich nicht einmal mehr an ihre Namen.

Seitdem war es still in der ewigen Finsternis. Tief unter dem Felsenboden rauschte Wasser dahin; sie konnte es hören, wenn sie den Deckel von dem Loch nahm, in dem sie ihre Notdurft verrichtete. Manchmal vernahm sie auch ferne Schreie und erkannte die Stimme eines Mannes oder einer Frau aus ihrem Dorf, und dann wusste sie: Ihre Freunde, ihre Nachbarn und Verwandten litten so sehr wie sie.

Sie betete, Giltine möge vor sie treten und ihre bleichen Hände um ihren Hals legen, damit sie endlich ins Land der Zugvögel entfliehen konnte, wo die Toten wohnten.

Aber die Christen waren nicht mehr so nachlässig. Sie würden nicht zulassen, dass sie starb wie die anderen. Sie brauchten sie noch.

Svajonē wusste nicht, wie lange sie schon in der Dunkelheit saß – Wochen, vielleicht Monate. Ohne den Wechsel von Tag und Nacht konnte sie nicht abschätzen, wie viel Zeit verstrichen war, seit man sie geholt hatte. Wenn sie schlief, wurde sie von wirren, fiebrigen Träumen heimgesucht. Wenn sie wachte, dämmerte sie vor sich hin, aß von dem steinharten Brot, das man zu ihr hinunterwarf, dachte an ihre Familie oder sang ein Gebet, wie jetzt.

Ihre beiden Brüder, Juozas und Aras, waren bereits im Land der Zugvögel jenseits der Sterne. Sie waren gestorben, als die christlichen Ritter das Dorf überfielen. Svajonē hatte an der Seite ihrer Brüder gekämpft, denn wie alle Frauen ihres Volkes verstand sie sich auf den Umgang mit Axt und Kriegskeule. Die Ritter waren am helllichten Tag gekommen, während des Salzopferfestes, als das ganze Dorf im heiligen Hain feierte. Die Hufe ihrer Schlachtrösser zerstampften das Gras der geweihten Wiese, ihr Gebrüll drang dröhnend aus den Helmvisieren, ihre Schwerter blitzten im Sonnenlicht. Aras erschlug einen, bevor er unter die Hufe eines anderen geriet. Juozas wurde von einer Lanze durchbohrt, als er sich schützend vor ihre Mutter stellte. Svajonē, ihr Vater und viele andere kämpften erbittert, doch die Übermacht war zu groß. Man schlug sie nieder, und als sie die Augen wieder aufschlug, befand sie sich hier.

Auch ihre Eltern waren tot. Sie hatte nicht gesehen, wie sie gestorben waren, aber sie hatte ihre Schreie in der Finsternis gehört.

Nie zuvor hatte sie das Dorf verlassen. Ihr Vater war ein Kaufmann gewesen, dem ein befestigter Handelsposten gehörte, der einzige südlich der Memel. Händler von der Küste hatten in seinem Haus Bernstein, Fisch und Vieh an polnische Händler verkauft oder ihre Güter gegen Pergament, Salz und Silber aus dem Deutsch-Römischen Reich getauscht und ihren Vater gut für Unterkunft und Nachrichten bezahlt. Er beherrschte die Sprachen der fremden Kaufleute wie die Sprache seiner Väter und lehrte sie Svajonē. Vor ihrem sechzehnten Namenstag konnte sie Polnisch, Deutsch und Latein, denn sie sollte einmal den Handelsposten übernehmen, damit Juozas und Aras als Krieger dem Großfürsten dienen konnten.

Ihr Vater war krank; er verlor sein Augenlicht und wollte sich von den Geschäften zurückziehen, sowie Svajonē vermählt war. Sie war Gintaras versprochen, einem jungen Mann aus dem Dorf. Sie kannte Gintaras, seit sie ein Kind war, und empfand keine Liebe für ihn. Aber er war ein gütiger, kluger Mann, und sie blickte einem zufriedenen Leben entgegen.

Als die Christen kamen, kämpfte Gintaras so mutig wie die anderen. Mit dem Bogen war er zielsicher wie kein zweiter, und zwei Ritter fielen durch seine Pfeile. Dann wurde auch er erschlagen, und die gepanzerten Schlachtrösser zertrampelten seinen Leib. Svajonē träumte oft von ihm. In ihren Träumen lebte er in einer Eiche im heiligen Hain weiter, wo er die Verstorbenen in Empfang nahm und ihnen den Weg zum Land der Zugvögel wies. Er selbst fand keine Ruhe, denn er sehnte sich nach Svajonē – Svajonē, die er mehr geliebt hatte als sein eigenes Leben.

Wenn du mich sehen könntest, würdest du mich nicht wiedererkennen, dachte sie und lächelte. Sie war eine Schönheit gewesen mit ihren achtzehn Sommern. Ihr Haar fiel ihr wie gesponnenes Gold über den Rücken. Ihre Gestalt war knabenhaft, ihre Brüste waren klein, ihre Augen braun und warm. Jeden Abend vor dem Einschlafen hatte sie sich ausgemalt, wie schön sie aussehen würde bei ihrer Vermählung am Sonnwendfest. Das weiße Kleid mit den feinen blauen Mustern wollte sie tragen, dazu ihre Armreifen aus byzantinischem Silber und die Halskette mit dem funkelnden Saphir.

Und wie elend musste sie jetzt aussehen. Ihr Haar war schmutzig und verfilzt, ihre Fingernägel waren gesplittert, sie stank, war abgemagert bis auf die Knochen und immerzu müde.

Müde … Sosehr sie auch ausruhte, sooft sie auch schlief, die Müdigkeit verschwand nie ganz. Es war eine Erschöpfung, die zuerst ihren Körper ausgelaugt und dann auch ihre Seele erfasst hatte. Sie machte sie niedergeschlagen, mutlos und verzweifelt.

Das Zepter zehrte von ihrer Kraft. Jedes Mal nahm es ein Stückchen mehr, ließ sie noch erschöpfter zurück, machte sie noch durchlässiger für all das Grauen und den Schmerz. Bald würde sie nicht einmal mehr aufstehen und zu dem Loch kriechen können, um sich zu erleichtern. Dann würde sie hier liegen, in ihrem eigenen Dreck, und auf den Tod warten.

Sie war zweimal eingeschlafen, seit die Christen das letzte Mal zu ihr gekommen waren. Dazwischen hatte sie Schreie gehört und dem Rauschen des Flusses in der Tiefe gelauscht. Es konnte nicht mehr lange dauern, bis sie zurückkehrten. Die Schreie wurden seltener. Ihnen gingen die Gefangenen aus. Das machte die verbliebenen wertvoller.

Sie musste abermals eingeschlafen sein, denn als sie das Knarren vernahm, lag sie mit der Wange auf dem kalten Felsboden. Mit schmerzenden Gliedern setzte sie sich auf. Die Falltür in der Decke öffnete sich. Fackellicht fiel durch die quadratische Öffnung.

Die Erschöpfung tötete jede Empfindung ab, nur nicht Schmerz und Furcht. Keuchend kroch sie in einen Winkel des Lochs und wusste doch, dass alles, was sie tat, sinnlos war. Sie konnte weder fliehen noch sich zur Wehr setzen. Sie konnte das, was ihr bevorstand, nur erdulden.

Was würde es diesmal sein? Wieder eine scharfe Klinge, die ihr die Seite aufschlitzte? Ein eisenbeschlagener Stiefel, der ihr die Nase brach? Oder warfen sie erneut einen mit Geschwüren übersäten Leichnam in ihre Zelle und ließen ihn so lange liegen, bis ihr Leib vor Fieber glühte?

Eine Leiter wurde in die Öffnung geschoben. Ein Mann mit einer Fackel stieg die Sprossen herab, gefolgt von einem zweiten. Sie trugen Reiterstiefel und rote Waffenröcke mit dem Siegelemblem ihres Ordens, ein Schwert unter dem weißen Tatzenkreuz. Sie waren Brüder der Ritterschaft Christi von Livland – Männer des Schwertbrüderordens. Sie hassten Svajonēs Volk mehr als alles andere auf der Welt.

Der zweite Ritter hielt das Zepter in seinen Händen.

Es war so lang wie sein Unterarm, ganz aus Gold gefertigt und mit Schriftzeichen versehen, die Svajonē nicht kannte. Der Stab endete in einem kronenähnlichen Kopf, der mit Edelsteinen besetzt war – sieben geschliffene Rubine, die im Fackellicht glühten, als bestünden sie aus steingewordenem Feuer. Svajonē hätte seine Schönheit bewundert, wenn sie nicht gewusst hätte, welche dunklen Kräfte in dem Zepter wohnten.

»Komm her«, befahl der Mann barsch.

Svajonē zwängte sich in den Winkel. Ihre Schultern bebten. Sie kämpfte gegen die Tränen an. Die beiden Männer sollten wenigstens ihre Verzweiflung nicht sehen, wenn sie sonst schon nichts tun konnte.

»Hol das Weib«, sagte der Ritter, woraufhin der Fackelträger sie an den Haaren packte und mit sich zerrte. Sie wollte sich wehren, ihn schlagen, wie ihre Brüder es ihr beigebracht hatten, aber sie war zu schwach. Alles, was sie zustande brachte, war ein schwaches Wimmern, als der Mann sie zu Boden schleuderte. Nun konnte sie die Tränen nicht mehr zurückhalten. Sie weinte lautlos und hasste sich dafür.

Der Fackelträger zog eine kurzstielige Axt hinter seinem Gürtel hervor. Er gab ihr einen Tritt in die Seite, sodass sie auf den Rücken rollte, und schlug zu. Die Axtklinge grub sich in ihre Schulter, durchtrennte Fleisch und Knochen. Blut spritzte, Svajonē schrie – schrie, bis ihre Stimme versagte.

Mit dem Blut strömte auch der letzte Rest von Kraft aus ihrem Körper. Sie blieb reglos auf dem Rücken liegen und atmete flach. Die Luft reichte nicht aus, um ihre Lungen zu füllen. Schatten näherten sich von allen Seiten. Die beiden Männer über ihr wurden zu Schemen.

Der Mann mit dem Zepter trat vor. Kühles Metall berührte ihre Schulter, und ein Gefühl wohliger Wärme durchströmte sie, als das Zepter durchtrennte Sehnen und zerschmetterte Knochen zusammenfügte und ihr Fleisch heilte. Sie wusste, was der Preis dafür sein würde, und doch musste sie lächeln. Es tat so gut. Für einen Augenblick war sogar die Erschöpfung verschwunden, nur um im nächsten Moment umso heftiger nach ihr zu greifen. Dunkelheit überschwemmte sie, und bald darauf schlief sie ein und träumte von Gintaras in seiner heiligen Eiche, die über den uralten Götterhain und den Pfad zum Reich der Toten wachte.

Mein Herr und Hochmeister, schrieb Volkwin von Segewold.

Zwanzig Tage sind seit meiner Ankunft in Livland vergangen, doch erst jetzt finde ich die Ruhe, Euch vom Ergebnis meiner Reise zu berichten. Ich muss Euch mitteilen, dass meine schlimmsten Befürchtungen noch übertroffen wurden. Denn die Nachricht, die ich in Venedig erhielt, hat sich aufs Abscheulichste bewahrheitet: Die Heiden sind nicht nur in meine Ländereien eingedrungen, sie haben meine Güter geplündert, Haus und Hof niedergebrannt, das Vieh geraubt und zwei meiner liebsten Getreuen erschlagen. Möge der Herr ihre gottlosen Namen verfluchen! Nachdem ich vier meiner Männer unterwiesen hatte, für Ordnung zu sorgen, ließ ich für meine gemordeten Gefolgsleute eine Messe lesen; anschließend kehrte ich nach Riga zurück. Dort versammelte ich achtzig Ritter und Dienende Brüder, mit denen ich das Gebiet der Semgallen durchquerte, um die Heiden zu verfolgen. Ihre Spur führte südwärts, zur Memel, wo wir sie zwei Wochen später zum Kampf stellten. Feige, wie es die Natur dieser litauischen Teufel ist, flohen sie, nachdem wir ein Dutzend erschlagen hatten. Nun verstecken sie sich in Wäldern und Mooren, doch ich vertraue darauf, dass wir sie mit Gottes Hilfe finden werden.

Ich kann nicht eher ruhen, bis die räuberischen Heiden samt und sonders erschlagen und alle Christenmenschen, die durch ihre Hand starben, gerächt sind. Deshalb wird es mir nicht möglich sein, vor

Ende des Sommers nach Venedig zurückzukehren, wie es meine Absicht gewesen ist.

Lebt wohl in Christo. Geschrieben am 2. Juni im Jahre des Herrn 1309.

Von Segewold legte die Feder beiseite und rieb sich die schmerzenden Augen. Er verzichtete darauf, den Brief noch einmal zu lesen, wie er es üblicherweise tat, bevor er die Tinte mit Löschkalk trocknete und das Pergament versiegelte; denn er wusste, er würde es nicht ertragen. Was er soeben niedergeschrieben hatte, waren Lügen, nichts als Lügen, von der ersten bis zur letzten Zeile.

Von Segewold war der Hochmeister einer Bruderschaft, die nicht mehr existierte; zumindest *glaubte* man das in den Fürstenhäusern des Abendlandes. Nachdem der Schwertbrüderorden vor siebzig Jahren von den Litauern in der Schlacht von Saule vernichtend geschlagen worden war, hatte ein päpstlicher Schiedsspruch die wenigen überlebenden Ritter gezwungen, sich in den weitaus mächtigeren Deutschen Orden einzugliedern. Anfangs hatte sich die Bruderschaft eine gewisse Eigenständigkeit erhalten, die ihr jedoch im Lauf der Jahre Stück für Stück genommen worden war, bis die Bruderschaft schließlich völlig im Gefüge des Deutschen Ordens aufging. Im Verborgenen bestand sie jedoch weiter, ein Schattenbund, von dessen Existenz weder Kaiser noch Papst etwas ahnten.

Als Hochmeister oblag von Segewold die Pflicht, das Geheimnis der Bruderschaft zu wahren. Er nahm diese Aufgabe sehr ernst, denn er wusste, dass der Deutsche Orden keine heimlichen Machenschaften in den eigenen Reihen dulden würde. Allerdings widerstrebte es ihm zutiefst, dafür einen Lügner aus sich zu machen.

Ardeshir hatte ihm jedoch keine Wahl gelassen. Mit seiner Aufforderung, von Segewold solle umgehend nach Litauen aufbrechen, hatte der Kaufmann die sorgfältige Tarnung der Bruderschaft in Gefahr gebracht. Denn im Deutschen Orden war von Segewold nur ein Ritter mittleren Ranges, der die Erlaubnis seiner Oberen benötigte, wenn er das Haupthaus in Venedig für längere Zeit verlassen wollte. Deshalb die Mär vom Raubzug heidnischer Krieger. Deshalb dieser Brief voller schäbiger Lügen.

Dabei war dieser Auftrag schon schwierig genug, auch ohne dass er die Aufmerksamkeit des Ordens auf sich zog.

Zum Teufel mit Ardeshir, dachte er mürrisch und schob den Brief in den Ärmel seines Gewands. *Zum Teufel mit dieser ganzen Geschichte.*

Er verließ seine Gemächer, rief einen Dienenden Bruder zu sich und machte sich auf den Weg zu den Verliesen.

Keine andere christliche Festung befand sich so weit im Gebiet der Heiden wie Burg Thorgast, weshalb kaum jemand von ihr wusste, nicht einmal die Herren des Deutschen Ordens. Wuchtig und bedrohlich stand sie auf einem felsigen Hügel mit gerodeten Hängen. Ein Graben umlief die Anhöhe, gespeist von einem Wasserlauf, der tief in der Erde entsprang und in die Memel mündete. Ihre Lage und ihr Zweck ließen keine Wohnlichkeit zu, und es gab Gangfluchten, in die sich nie ein Sonnenstrahl verirrte.

Durch solche Tunnel schritt von Segewold nun, und während er dem Fackelträger eine Treppe hinabfolgte, unterdrückte er die Beklemmung, die er jedes Mal empfand, wenn er diesen Weg nahm. Er verabscheute den Kerker mit seinen feuchten Stollen, seinem Gestank und dem Elend, das sich seinem Auge darbot. Es erinnerte ihn allzu deutlich daran, dass er in gewisser Weise selbst ein Gefangener war. Ein Gefangener der zahllosen Verpflichtungen, Notwendigkeiten und Zwänge, die ihm sein Amt auferlegte.

Die Stufen mündeten in einen niedrigen Gang. Der Dienende Bruder hob die Fackel und ließ ihn vorausgehen. Die kalte Luft roch nach Moder, Exkrementen, Krankheit und Tod. Von Segewold hätte sich am liebsten ein Tuch auf Mund und Nase gepresst.

Zwei Männer, Ragnit und Siegmund, kletterten gerade aus einem der Zellenlöcher, als er den Tunnel betrat. Sie waren Ordensritter, adlige Krieger, die ihr Leben Gott geweiht und in den Dienst der Bruderschaft gestellt hatten.

Sie zogen die Leiter aus der Öffnung, verschlossen die Luke und legten den Riegel vor. Ragnit hielt das Zepter in der Hand. Er wirkte sichtlich erschöpft. Als er und Siegmund von Segewold bemerkten, verbeugten sie sich.

»Weitermachen«, befahl von Segewold. Er verschränkte die Arme und schaute zu, wie die beiden Ritter die nächste Luke öffneten und mithilfe der Leiter in das stinkende Loch hinabkletterten.

Zwei Litauer kauerten auf dem Boden des Schachts: schmutzige, erbarmungswürdige Gestalten, ein Mann und eine Frau. Siegmund zerrte den Mann aus seiner Ecke und hieb mit der Axt auf ihn ein. Die Frau fing an zu wimmern und flehte Ragnit um Gnade an, während sie sich an seinem Waffenrock festklammerte. Der Ordensritter gab ihr einen Tritt und leuchtete seinem Gefährten mit der Fackel.

Der Litauer lag blutüberströmt auf dem Boden. Von Segewolds Mund wurde trocken, als Ragnit den Mann mit dem Zepter berührte. Der reglose Körper begann zu zucken, die Wunden schlossen sich, und der Litauer erschlaffte, als ihn ein todesähnlicher Schlaf überkam.

Es war nicht das erste Mal, dass von Segewold Zeuge dieser Prozedur wurde; dennoch setzte ihm der Anblick jedes Mal aufs Neue zu. War es ein Wunder – oder Hexenwerk? Er wusste es nicht, obwohl er die Macht des Zepters am eigenen Leib erfahren hatte. Was in Venedig geschehen war, kurz vor seiner Abreise nach Litauen, machte ihm immer noch zu schaffen. Manchmal träumte er davon, wie er auf dem Boden des alten Bootshauses lag, dem Tode nah und Ardeshir ausgeliefert, der ihm den Dolch in die Schulter gestoßen hatte. Er war sicher gewesen, sterben zu müssen, aber Ardeshir hatte niemals vorgehabt, ihn zu töten. Schaudernd dachte er daran, wie der Stab aus Gold und Rubinen seine Schulter berührte, er dachte an die wohlige Wärme, die sich in seinem Körper ausbreitete, während das Zepter die Wunde schloss. Und nicht nur diese Verletzung hatte es geheilt. Unwillkürlich berührte von Segewold seinen linken Arm, der zwanzig Jahre lang steif gewesen war und den er seitdem wieder bewegen konnte.

Die Frau begann zu schreien, als Siegmund sie an den Haaren packte und die Axt hob. Von Segewold wandte sich ab. Obwohl er die Litauer hasste, überkam ihn Mitleid angesichts der Qualen, die sie in ihren Zellenlöchern erleiden mussten. Niemand hatte solch ein Schicksal verdient, mochte er noch so gottlos und sündhaft sein.

Kurz darauf verstummten die Schreie. Die Ritter kletterten aus dem Loch und verschlossen es. Ragnit war bleich und hatte Mühe, sich auf den Beinen zu halten, wagte in der Gegenwart seines Hochmeisters jedoch nicht, eine Pause einzulegen. Mit schleppenden Bewegungen schlurfte er zur nächsten Luke.

»Genug für heute«, sagte von Segewold. »Geh dich ausruhen.«

»Ich danke Euch, Herr«, murmelte Ragnit, übergab das Zepter seinem Gefährten und stieg mit schweren Schritten die Treppe hinauf.

Von Segewold wandte sich an Siegmund. »Werden meine Anweisungen umgesetzt?«

»Wir verletzen die Gefangenen nach Möglichkeit nur

noch an den Gliedmaßen«, antwortete der Ritter. »Das hat sich als weniger gefährlich erwiesen.«

»Wie kommt es dann, dass wir jeden Tag Gefangene verlieren?«

»Das Zepter, Hochmeister. Es laugt sie aus. Ein oder zwei Heilungen übersteht ein Mann. Aber keine fünfzehn.«

Von Segewold erinnerte sich noch gut daran, wie erschöpft er gewesen war, nachdem Ardeshir ihn im Bootshaus zurückgelassen hatte – nach nur *einer* Heilung. »Wie viele Gefangene haben wir noch?«

»Heute Morgen waren es dreiundvierzig.«

»Der Plan sieht mindestens fünfzig vor. Und jeder soll einmal täglich geheilt werden, zwei Monate lang.«

»Unmöglich«, sagte Siegmund. »Wenn wir daran festhalten, sind sämtliche Gefangenen in zwei Wochen tot – und, wenn Ihr mir diesen Einwand erlaubt, auch einige unserer Brüder.«

Von Segewold nickte düster. Dass das Zepter auch von den Kräften jener zehrte, die es benutzten, hatte sich von Anfang an als Hindernis erwiesen. Er ließ seine Brüder deshalb in Schichten arbeiten, um zu verhindern, dass zu viele auf einen Schlag wegen Erschöpfung ausfielen – zu dem Preis, dass sie langsamer vorankamen, als es Ardeshirs Befehl vorschrieb.

Und nun auch noch die Sache mit den Gefangenen ... Er musste darüber nachdenken. Schlimmstenfalls arbeiteten sie eben langsamer. Wenn Ardeshir deswegen tobte, würde er ihn fragen, warum er all diese Schwierigkeiten nicht bedacht hatte, *bevor* er von Segewold nach Litauen geschickt hatte.

Er befahl seinem Fackelträger, für den erschöpften Ragnit einzuspringen. Als er gerade gehen wollte, bemerkte er, dass Siegmund etwas auf dem Herzen hatte. »Was denn noch?«, fragte er barsch.

»Die Brüder sind unzufrieden, Hochmeister«, sagte der

Ordensritter. »Sie fragen sich, wozu wir uns die ganze Mühe machen … Warum wir die Heiden nicht einfach aufknüpfen?«

»Ihr habt Gehorsam geschworen, Siegmund. Fragen stehen euch nicht zu.«

Doch so einfach ließ sich Siegmund nicht einschüchtern. »Ist es wahr, dass uns Barzin Ardeshir diesen Auftrag gegeben hat?«

»Wer sagt das?«

»Man hört so manches«, antwortete Siegmund ausweichend.

Ardeshir legte großen Wert darauf, sich nur mit von Segewold zu treffen, wenn er mit der Bruderschaft in Verbindung treten wollte. Dass er einen gewichtigen Einfluss auf die Bruderschaft ausübte, weil sie auf sein Geld angewiesen war, wussten nur ein halbes Dutzend Männer. Deshalb erfüllte es von Segewold mit Besorgnis, dass derartige Gerüchte unter den einfachen Rittern die Runde machten.

»Was hast du noch gehört?«, fragte er schneidend.

Der junge Ordensritter blickte ihn herausfordernd an. »Dass Ardeshirs Wort großes Gewicht in der Bruderschaft besitzt … und dass er nicht das ist, was er zu sein scheint.«

»Was soll das heißen?«

»Die älteren Brüder erzählen sich, dass Ihr nicht der erste Hochmeister seid, der Ardeshirs Rat vertraut. Schon Gunther von Elbing soll ihn aufgesucht haben.«

»Von Elbing starb vor sechzig Jahren!«

»Ihr wolltet wissen, was ich gehört habe«, erwiderte Siegmund ruhig.

»Derartiges Gerede ist Ketzerei. Wenn dir wieder solch ein Unsinn zu Ohren kommt, meldest du es, hast du verstanden?«

Als das Wort Ketzerei fiel, begriff Siegmund, dass er zu

weit gegangen war. »Ja, Hochmeister.« Er verbeugte sich. »Verzeiht meine Anmaßung.«

»Dir ist verziehen. Aber das war das letzte Mal, Siegmund.«

Von Segewold ließ den jungen Mann stehen, der nicht wagte, sich zu erheben. Siegmund war ein guter Ritter, doch seine Aufsässigkeit konnte sich noch als gefährlich erweisen. Eine weitere Verfehlung würde er ihm nicht durchgehen lassen.

In Gedanken versunken verließ er den Kerker. Die Auseinandersetzung beschäftigte ihn mehr, als ihm lieb war. Er erinnerte sich an die Nacht seiner Wahl zum Hochmeister, in der man ihn ans Sterbebett seines Vorgängers gerufen hatte. Der alte Ritter nutzte die letzten Stunden seines Lebens, um ihn in die Geheimnisse der Bruderschaft einzuweihen. Dabei sagte er ähnliche Dinge wie Siegmund: Ardeshir sei das erste Mal vor sechzig Jahren in Erscheinung getreten und seitdem keinen Tag gealtert. Damals hatte von Segewold dies als das wirre Gerede eines Sterbenden abgetan; schließlich war Ardeshir nach seiner Einschätzung keine fünfundvierzig Jahre alt.

Inzwischen war er sich nicht mehr so sicher. Seit er Ardeshir kannte, war zu viel geschehen, das er nicht erklären konnte.

Es steht dir nicht zu, darüber zu urteilen, dachte er. *Der Herr bedient sich manchmal seltsamer Werkzeuge.*

Und ein Werkzeug war Ardeshir zweifellos.

Wenn er sich nur hätte sicher sein können, dass es wirklich Gott gewesen war, der ihn geschickt hatte.

NEUN

Am Waldrand, gut versteckt zwischen stacheligen Büschen und moosigen Steinen, fand Naje ein Mäusenest. Sie hätte es niemals entdeckt, wenn eine der Mäuse sie nicht hergeführt hätte. Das Nagetier hatte sich bis an ihr Lager vorgewagt und den Inhalt der Körbe und Säcke bei den Pferden ausgekundschaftet und war geflohen, als Naje es entdeckte. Sie war der Maus durch das Strauchwerk am Waldrand bis zu ihrem Bau gefolgt, wo sie mit Entzücken feststellte, dass dort eine ganze Großfamilie hauste.

Sie ging in die Hocke und verhielt sich ruhig. Tiere hatten keine Angst vor ihr, und es dauerte nicht lange, bis sich die Mäuse wieder aus ihren Löchern im lehmigen Erdreich unter den Buschwurzeln hervorwagten. Sie hatten ein dunkleres Fell und waren größer als die Mäuse, die zu Hause durch die Flure und Kammern huschten, aber nicht so dreist. Zuerst musterten sie Naje misstrauisch mit ihren schwarzen Knopfaugen, doch bald schon hatten sie sich an ihre Anwesenheit gewöhnt und liefen ihr zwischen den Füßen herum. Eine ließ sich sogar auf die Hand nehmen, wenngleich ihr sichtlich unwohl dabei war. Naje spürte, wie das Herz des kleinen Tieres wild pochte, und setzte es behutsam wieder auf den Boden.

Sie blickte zu den Kiefern, die sich turmhoch vor ihr erhoben. Seit sie Konstantinopel verlassen hatten – für Naje das erste Mal im Leben –, wurde die Gegend, durch die sie kamen, von Tag zu Tag seltsamer. Die Küste war schon seit vielen Tagen nicht mehr zu sehen; dafür wurde der Wald immer undurchdringlicher. Naje hatte noch nie so viele Bäume gesehen. Dicht an dicht wuchsen sie auf Hügeln und in Tälern, und manche Wälder waren so groß, dass man sie nicht an einem Tag durchqueren konnte. Städte gab es nur wenige, und alle waren sie viel kleiner als Konstantinopel. Die meisten Menschen dieser Gegend wohnten in befestigten Höfen oder kleinen Dörfern am Wegesrand, die von Wällen aus Holz und Erde umgeben waren, und sie machten feindselige Gesichter, wenn sie die fremden Reiter erblickten. Naje konnte die Leute gut verstehen – sie mochte Ardeshir und seine Männer auch nicht. Sie waren böse und führten nichts Gutes mit ihnen im Schilde – das zumindest hatte ihre Mutter gesagt, und Naje zweifelte keinen Augenblick daran, dass sie recht hatte.

Sie hatte tief und fest geschlafen, als die Männer gekommen waren und sie und ihre Mutter geholt hatten. Beim Aufwachen hatte sie dann überrascht festgestellt, dass sie nicht mehr in ihrem Bett lag, sondern auf einer gepolsterten Pritsche in einem überdachten Pferdewagen, der die Straße entlangrumpelte. Ein fremder Mann, der sich ihr als Barzin Ardeshir vorstellte, hatte mit ihr und ihrer Mutter im Wagen gesessen. Er war stets freundlich zu ihr, aber sie spürte von Anfang an, dass er ihr nur etwas vormachte.

Ihr Vater war nicht bei ihnen gewesen. Ihre Mutter hatte gesagt, er sei bereits auf dem Weg, um sie zu holen. Doch das war schon vor einigen Tagen gewesen, und Naje wartete immer noch. Sie vermisste ihn mit jeder Stunde mehr.

Und schlimmer noch, ihre Mutter hatte Angst. Sie versuchte zwar, es vor ihr zu verbergen, aber Naje bemerkte es trotzdem. Dass sich ihre Mutter vor etwas fürchtete, kam sehr selten vor, und es machte alles noch beunruhigender und bedrohlicher.

Wenigstens hatte sie die Mäuse gefunden. Die Mäuse waren das Erfreulichste, was seit Langem geschehen war.

Sie wollte sich wieder den Tieren widmen, als sie von hinten das Knacken von Zweigen hörte. Es war Albrecht, einer von Ardeshirs Männern. Der hünenhafte Krieger blieb am Rand des Buschwerks stehen und beobachtete sie mit stumpfem Blick. Albrecht war von Ardeshir zu ihrem Aufpasser bestimmt worden, und er folgte ihr auf Schritt und Tritt. Sie konnte ihn noch weniger leiden als die anderen. Er war grob und dumm und stank. Außerdem sprach er nur ein einziges Wort Griechisch – »Nein« –, das er bei jeder Gelegenheit grunzte.

Sie lehnte sich beim Fahren aus dem Fenster des Wagens:

»Nein.«

Sie entfernte sich ein paar Schritte vom Nachtlager:

»Nein.«

Sie fragte ihre Mutter, ob sie eine Eidechse behalten durfte, die sie am Wegesrand gefunden hatte:

»Nein.«

Manchmal sagte er es auch einfach so, obwohl sie gar nichts getan hatte, was ein »Nein« erforderlich gemacht hätte.

Sie schnitt ihm eine Grimasse und beobachtete erneut die Mäuse.

Mäuse waren seltsame Tiere. Gott hatte sie mit zwei Eigenschaften ausgestattet, die ganz und gar nicht zusammenpassten: Keckheit und Furchtsamkeit. Sie hatte schon Mäuse gesehen, die todesmutig viele, viele Mäuselängen über dem Boden an der Schnur entlangkletterten, um an den zum Trocknen aufgehängten Schinken zu gelangen. Dieselben Mäuse verschwanden später fluchtartig in Löchern und Spalten, wenn man nur den Raum betrat.

Was machte sie mal dreist, mal feige?

Die Mäuse unter dem Busch schienen allesamt eher furchtsam zu sein. Beim kleinsten Geräusch erstarrten sie und blickten sie erschrocken an. Naje erklärte ihnen, dass sie keine Angst vor ihr haben mussten, aber das schien die Mäuse nicht sonderlich zu beruhigen. Schließlich beschloss sie, die Tiere vorerst in Ruhe zu lassen und vielleicht morgen früh noch einmal herzukommen – wenn Ardeshir nicht wieder darauf bestand, vor Sonnenaufgang aufzubrechen, wie an den ersten Tagen ihrer Reise.

Gerade als sie gehen wollte, fiel ihr auf, dass sich eine der Mäuse merkwürdig bewegte – langsam und ungleichmäßig. Sie sah sich das Tier genauer an. Tatsächlich, mit einer Hinterpfote trat es nicht richtig auf und auf dem Fell war Blut. Vielleicht ein Raubvogel, der es verletzt hatte, mutmaßte Naje und beschloss, etwas zu unternehmen.

Vorsichtig nahm sie das Tier auf die Hand. Gleichzeitig hörte sie, dass jemand herantrat, und drehte sich um. Das winzige Herz der Maus klopfte so heftig, dass es jeden Moment zu zerspringen schien.

Albrecht stand vor ihr. Seine buschigen Augenbrauen waren drohend zusammengerückt, sein Mund inmitten des verfilzten Barts öffnete sich und entließ grollende Laute in einer Sprache, die Naje nicht kannte. Alle Männer Ardeshirs sprachen sie, und verglichen mit Griechisch klang sie rau, abgehackt und hässlich. Es sei Deutsch, hatte ihre Mutter erklärt. Auch ihr Vater spreche es. Naje konnte sich jedoch nur schwer vorstellen, dass er solche Laute zustande brachte.

Sie stellte sich schützend vor das Mäusenest. Albrecht war es zuzutrauen, dass er die Tiere aus reiner Dummheit und Achtlosigkeit zertrampelte. Er wollte, dass sie zum Lager zurückging. Sie dachte nicht daran, ihm zu gehorchen.

Sanft strich sie der verletzten Maus über den Kopf. »Hab keine Angst«, flüsterte sie dem Tier ins Ohr. »Du wirst wieder gesund.«

Albrecht ragte wie ein Turm aus Bart, Muskeln und Leder vor ihr auf. Wie er stank! Lauter und schärfer wiederholte er, was er gesagt hatte, aber Naje hatte keine Angst vor ihm. Ardeshir hatte den Männern verboten, Hand an sie zu legen. Außerdem war es ganz einfach, ihn einzuschüchtern.

Trotzig blickte sie zu ihm auf, bevor sie wieder den Blick senkte. Was sie tun wollte, war nicht leicht. Aber sie übte, so oft sie konnte, und wurde immer besser.

Sie strich der Maus über das Fell, erspürte ihren flatternden Herzschlag, den Schmerz der Wunde, die Steifheit des kleinen Beins, bis sie alles um sich herum vergaß. Ihre Hand schloss sich um das Tier und schuf ihm eine behagliche Höhle. Es fühlte sich an wie Hitze, die aus jeder Faser ihres Körpers in die Hand floss, sich dort sammelte und auf das andere Lebewesen überging.

Als sie die Hand wieder öffnete, war die Maus gesund.

Sie setzte das Tier auf den Boden. So flink, als wäre nie etwas gewesen, huschte es ins Unterholz.

Natürlich hatte sie darauf geachtet, dass Albrecht alles genau mitbekam. Er war verstummt, und sie blickte in ein bleiches Gesicht mit geweiteten Augen. Ohne ein weiteres Wort wandte sich der Hüne um und stapfte davon.

Naje verzog verächtlich den Mund. Sie hatte doch nur eine Maus geheilt; es gab nicht den kleinsten Grund, deswegen Angst zu haben.

Er war wirklich *sehr* dumm.

Jada atmete erleichtert auf, als Albrecht kehrtmachte und zum Lager zurückstapfte. Immer wenn der Hüne Naje zu nahe kam, fürchtete sie, er könne ihrer Tochter etwas antun. Er war roh und gewalttätig. Vor einigen Tagen hatte er in Tarnowo einem Betrunkenen die Nase gebrochen, nur weil der Mann ihm nicht aus dem Weg gehen wollte. Er verkörperte alles, was viele Djinn an den Menschen hassten, und dass Ardeshir ausgerechnet ihn mit der Aufgabe betraut hatte, auf Naje aufzupassen, war gewiss kein Zufall. Jada sollte sich nicht sicher fühlen. Sie sollte wissen, dass Ardeshir nicht vor Gewalt zurückschrecken würde, wenn sie sich ihm widersetzte.

Sie hatte sich geschworen, Albrecht zu töten, sollte er Naje auch nur das kleinste Leid zufügen.

»Habt Ihr gesehen, was Eure Tochter getan hat? Ihre Kräfte nehmen von Tag zu Tag zu. Wirklich bemerkenswert.«

Jada war so in ihrer Sorge um Naje gefangen gewesen, dass sie Ardeshir gar nicht bemerkt hatte. Er war zu ihr getreten und beobachtete Naje auf der anderen Seite der Lichtung. Jada verschränkte die Arme und würdigte ihn keines Blickes.

»Und wie stark sie bereits ausgeprägt sind. Wie alt wart Ihr, als Ihr zum ersten Mal ein kleines Tier heilen konntet? Zwanzig? Dreißig? Ich war achtundzwanzig, wenn ich mich recht erinnere.«

»Was wollt Ihr?«, fragte Jada unwirsch.

»Mit Euch plaudern«, erwiderte er. »Ich langweile mich.«

»Dann plaudert mit Euren Männern.«

»Mit diesen Dummköpfen? Nein, ich ziehe Eure Gesellschaft vor.«

Jada hatte inzwischen herausgefunden, dass es sich bei Ardeshirs Männern um Ritter und Kriegsknechte des Schwertbrüderordens handelte, eine Bruderschaft, von der sie noch nie zuvor gehört hatte. Ein livländischer Ritter namens Marcoul von Culm führte die fünfzehnköpfige Schar an. Es war nicht das erste Mal, dass Ardeshir voller Verachtung von ihnen sprach. Er hasste sie wie alle Menschen.

Natürlich tut er das, dachte sie. *Vergiss nicht, was er ist.*

Sie unterdrückte ein Schaudern. Niemals hätte sie für möglich gehalten, dass sie einmal einem von *ihnen* begegnen würde.

Sie blickte ihn feindselig an. »Ihr wollt also reden. Na schön. Dann fangen wir doch damit an, dass Ihr mir endlich sagt, wohin Ihr uns bringt.«

»Das habe ich bereits«, erwiderte er sanft. »Zur Burg dieser ehrenwerten Männer.«

Sie hieß Burg Thorgast. Auch davon hatte sie noch nie etwas gehört. »Und wo liegt sie?«

»Im Norden.«

»Was habt Ihr dort mit Naje vor?«

»Nichts, das ihr schaden könnte.«

Diese Unterhaltung hatten sie schon oft geführt; Jada war ihrer schon lange überdrüssig. »Ihr seid ein Lügner, Ardeshir.« Sie wandte sich ab und ließ ihn stehen.

Die Sonne war schon vor einer Weile hinter den Baumkronen versunken, und die Männer bereiteten auf der Lichtung am Straßenrand ein Lager für die Nacht vor. Sie machten Feuer, verteilten Decken und regelten die Reihenfolge der Wachen. Ihre Blicke entgingen Jada nicht, während sie ihre Decken aus dem Wagen holte; sie begleiteten sie seit dem ersten Tag. Manche waren unverhohlen lüstern, doch die meisten voller Abscheu. Die Männer gaben ihr die Schuld daran, dass eine Handvoll ihrer Gefährten beim Angriff auf das Haus erschlagen worden war. Außerdem war sie die Mutter des »Hexenkindes«, wie sie Naje insgeheim nannten. Sie hatten Angst vor dem Mädchen, das Dinge sah und tat, die sie nicht verstanden. Jada sah ihnen an, dass sie Naje am liebsten töten würden – und vermutlich hätten sie es längst getan, wenn Ardeshir ihnen nicht verboten hätte, ihr und Jada Gewalt anzutun.

Sie wünschte, Raoul wäre hier.

Sie hatte Naje erzählt, er sei bereits auf dem Weg zu ihnen, obwohl sie selbst nicht recht daran glaubte. Vermutlich kam er früher oder später darauf, dass Ardeshir hinter ihrer Entführung steckte. Wie aber sollte er herausfinden, wohin man sie brachte?

Besser, sie fand sich damit ab, dass sie auf sich allein gestellt war.

Sie waren seit fünfzehn Tagen unterwegs. Ardeshir und seine Männer hatten sie zuerst nach Adrianopel gebracht, der großen Stadt im Norden von Byzanz, wo sie sich ausgeruhte Pferde besorgten. Von dort aus durchquerten sie in einem mehrtägigen Gewaltritt das Bulgarenreich, bis sie schließlich jenes wilde Land erreichten, durch das sie seit zwei Tagen ritten: die Walachei, ein unwirtliches Fürstentum mit endlosen Wäldern, mückenverseuchten Sümpfen und kriegerischen Menschen.

Fünfzehn Tage ohne die kleinste Möglichkeit zur Flucht. Sie hatte Dutzende von Plänen geschmiedet und wieder verworfen. Die Schwertbrüder waren keine Straßenräuber und blindwütigen Raufbolde, auch wenn sie sich manchmal so benahmen – sie waren ausgebildete und erfahrene Krieger, die sie und Naje niemals aus den Augen ließen.

Doch Jada gab die Hoffnung nicht auf. Die Aufmerksamkeit selbst des wachsamsten Mannes ließ irgendwann nach. Und dass sie sich zwei Wochen lang ruhig verhalten hatte, begann sich allmählich auszuzahlen. Die Männer erlaubten ihr inzwischen sogar, dass sie allein zu Ardeshirs Wagen am Rand der Lichtung ging. Noch vor zwei Tagen waren sie ihr auf Schritt und Tritt gefolgt.

Irgendwann bekam sie ihre Gelegenheit. Wenn nicht heute, dann morgen. Sie konnte warten. Wenn sie in ihrem langen Leben eines gelernt hatte, dann das.

Gerade als sie die Tür des Pferdewagens zuschlagen wollte,

traf ein Regentropfen ihre Hand. Hastig wischte sie die Hand an ihrem Gewand ab. Sie schauderte und blickte zum Himmel auf. Dunkle Wolken ballten sich zusammen. Mit einem Fluch auf den Lippen warf sie die Decken wieder in den Wagen, stieg hinein und rief nach Naje.

Ihrer Tochter war der beginnende Regen nicht entgangen. Sie kam bereits aus dem Gebüsch gelaufen und schlüpfte zu ihr in den Wagen.

Jada mochte nicht wissen, wie sich das menschliche Blut auf Najes Djinnkräfte auswirkte. Eines jedoch konnte sie mit Bestimmtheit sagen: Naje hasste Wasser so sehr wie jeder normale Djinn.

Sie nahm ihre Tochter auf den Schoß. Naje schmiegte sich an sie und blickte mit einer Mischung aus Bedauern und Abscheu nach draußen, wo dicke Regentropfen auf das Lager niederprasselten. Fluchend beeilten sich die Männer, ihre Zelte aufzubauen. Ardeshir stand unter einem tragbaren Baldachin, den zwei seiner Diener hielten, und sprach mit Marcoul von Culm.

»Ich habe eine Maus geheilt«, sagte Naje stolz.

Jada strich ihr eine widerspenstige Haarsträhne aus dem Gesicht und küsste sie auf die Stirn. »Das hast du gut gemacht.«

»Müssen die Mäuse jetzt ertrinken?«

»Ich bin sicher, sie haben einen Ort, wo sie sich vor dem Regen verstecken können.«

Naje nickte nachdenklich und spielte mit Jadas Zopf.

Aber wo verstecken wir uns?, kam es ihr in den Sinn. Dieser Regen machte ihr keine Sorgen; es war nur ein kurzer, ungefährlicher Schauer, wie schon so oft in den letzten Tagen. Doch ihre Reise ging stetig nach Norden. Was, wenn sie irgendwann Gegenden erreichten, wo es nicht mehr so warm und trocken war wie hier? Lang andauernder Regen und hartnäckige Kälte konnten ihr und Naje so zusetzen, dass sie krank wurden.

Aber nicht nur Naje und ihr – auch Ardeshir. Beruhigend war diese Erkenntnis jedoch nicht. Ardeshir hatte seinen Wagen, er hatte Diener, die für sein Wohl sorgten, und Handelsposten wie in Adrianopel, wo er unterwegs Zuflucht suchen konnte.

Sie dagegen hatte gar nichts. Und je länger sie wartete, desto weiter gelangten sie nach Norden, desto gefährlicher wurde eine Flucht.

Sie drückte Naje an sich, strich ihr über den Kopf und sang ein Lied.

Ardeshir hatte angeordnet, dass Jada und Naje in seinem Wagen mitfuhren. Bei dem Gefährt handelte es sich um einen Vierspänner mit einem kleinen Fenster in jeder Seitenwand. Das Innere war so geräumig, wie ein Pferdewagen nur sein konnte, und mit allerlei Annehmlichkeiten ausgestattet: Lederpolster auf den Sitzbänken, eine Truhe mit Büchern, eine Halterung mit einer Öllampe, Samtverkleidungen an den Holzwänden. Dennoch war das Reisen damit alles andere als bequem. Ardeshirs Wagenlenker fuhr so schnell, dass man selbst auf den gut ausgebauten Straßen von Byzanz und Bulgarien jedes noch so kleine Schlagloch durch Mark und Bein spürte. In der Walachei, wo selbst wichtige Handelswege kaum mehr als schlammige Furchen waren, wurde die Fahrt bald zur Qual, sodass Ardeshir dem gesamten Reitertrupp schließlich befehlen musste, die Geschwindigkeit zu verringern. Das machte das Holpern und Rumpeln des Wagens einigermaßen erträglich. Jadas Gesäß und ihre Glieder schmerzten trotzdem jeden Abend.

Ihrer Tochter dagegen machten das Schaukeln und die ständigen Erschütterungen nichts aus. Ausgestreckt auf der

Sitzbank und den Kopf auf Jadas Schoß, schlief sie tief und fest.

»Wo sind wir?«, fragte Jada mit Blick auf die zerklüfteten, baumbestandenen Berghänge, die vor dem Fenster vorbeizogen. Die regenschweren Gewitterwolken waren schon am vergangenen Abend nach Osten weitergezogen, sodass der Himmel makellos blau war.

Ardeshir blickte von dem Buch auf, in dem er seit einigen Stunden las – die Abhandlung eines deutschen Alchimisten, über dessen Unwissenheit er sich, wie er sagte, prächtig amüsierte. »In den Südkarpaten. Heute Abend erreichen wir Hermannstadt.«

Sie durchreisten einen Teil der Welt, in dem Jada nie zuvor gewesen war. Über Hermannstadt wusste sie lediglich, dass es die Hauptstadt des Herzogtums Siebenbürgen war. »Liegt dort Eure Burg?«

Ardeshir lächelte dünn. »Ich fürchte, Ihr müsst Euch noch ein wenig länger gedulden. Wir haben noch nicht einmal die Hälfte des Weges zurückgelegt.«

Sie blickte wieder aus dem Fenster. Alles an diesem Mann war ihr zuwider, aber am meisten verabscheute sie, wie er seine Überlegenheit auskostete. Irgendwann würde sie ihm all die kleinen Demütigungen heimzahlen, jede einzelne davon.

Ardeshir klappte sein Buch zu. »Erzählt mir von Antonius' Zepter«, sagte er.

Sie hatte sich inzwischen damit abgefunden, dass er Dinge über sie wusste, die außer Raoul und ihr niemand wissen konnte. Dennoch überraschte sie die Aufforderung – mehr noch, sie erschreckte sie. Beinahe alle, die vor sechs Jahren die Ereignisse um das Zepter miterlebt hatten, waren tot. Und die Überlebenden hatten gute Gründe, niemals über das zu sprechen, was damals geschehen war.

»Ich kenne dieses Zepter nicht«, sagte sie schroff.

Wieder lächelte Ardeshir. »Eigenartig. Wo Ihr doch dabei wart, als es vernichtet wurde.«

Jada schwieg.

»Was ist damals in der syrischen Wüstenfestung geschehen?«, fragte der Kaufmann.

»Wieso wollt Ihr das wissen?«

Er legte die Hände in den Schoß, wo das goldfarbene Tuch seines Gewandes glänzende Falten warf. »Das Zepter war eines der größten Wunderwerke unseres Volkes. Es hätte nicht zerstört werden dürfen.«

»Was wisst Ihr schon von unserem Volk?«, erwiderte sie barsch.

»Genug, um mich niemals mit Menschen einzulassen.« Er lehnte sich zurück. Selbst im Halbdunkel des Wageninneren leuchteten seine Augen blau wie überirdische Kristalle. »Was findet Ihr an ihnen? Was macht sie so interessant, dass Ihr sogar das Bett mit ihnen teilt?«

»Ihr könntet das niemals verstehen.«

»Richtig. Ich verstehe es nicht. Sie sind unwissend. Sie sind laut und plump und anfällig für widerwärtige Krankheiten. Sie leben ein paar kurze, unglückliche Jahre und sterben einen meist unschönen Tod. Beinahe jedes Tier verfügt über mehr Anmut. Wie gelingt es Euch, Euren Ekel vor ihnen zu überwinden?«

»Ihr seid es, der mich anekelt!«, fauchte sie.

Ardeshir lachte leise. »Sehr gut. Ihr seid genauso heißblütig und scharfzüngig, wie man sich erzählt.«

Jada setzte zu einer schneidenden Erwiderung an, als ein heftiger Ruck den Wagen erschütterte. Ein tiefes Schlagloch. Der Wagenlenker fluchte so laut, dass er das Donnern der Hufe und das Rumpeln der Wagenräder übertönte.

Naje regte sich auf ihrem Schoß und murmelte einige unverständliche Silben. Ihre Hand fand Jadas Rechte und schloss sich darum. Die Berührung war so voller Unschuld, dass ihr Zorn augenblicklich verschwand. Gerne hätte sie Naje geküsst, aber da Ardeshir zusah, begnügte sie sich damit, ihr über das Haar zu streichen.

Ardeshir betrachtete das schlafende Kind. Der Spott in seinen Augen war ehrlicher Neugier gewichen. »Erzählt mir, was sie in den vergangenen Tagen gesehen hat.«

Najes Visionen hatten nicht aufgehört, nachdem sie Konstantinopel verlassen hatten, aber sie veränderten sich. Die Bilder, die sie sah, waren noch verwirrender, noch rätselhafter als zuvor: eine Siedlung umgeben von weiten Wäldern und Mooren, brüllende Krieger mit eisernen Masken – und Blut. Ströme von Blut, die das Wasser eines Flusses rot färbten. Die Bilder ängstigten sie, und natürlich war Ardeshir nicht verborgen geblieben, was geschah. Er hegte für das, was Naje sah, ein auffallendes Interesse, obwohl die rohen, ungeformten Visionen eines Djinnkindes, wie jeder erwachsene Djinn wusste, nicht unbedingt etwas bedeuten mussten.

»Das geht Euch nichts an«, sagte Jada.

»Seid Ihr Euch da so sicher? Könnte es nicht sein, dass es unser Volk in seiner Gesamtheit betrifft?«

»›Unser Volk‹ gibt es nicht. Es gibt nur *mein* Volk. Ihr gehört nicht dazu.«

Ardeshir lächelte wieder und entblößte dabei makellos weiße Zähne. »Ihr wisst nicht das Geringste über mich, nicht wahr?«

»Ich weiß genug«, sagte sie und schwieg den Rest der Fahrt.

Am frühen Abend erreichten sie Hermannstadt. Die Ansiedlung lag am Rand der Südkarpaten, auf einem Hügel über dem Fluss Zibin, und war anders beschaffen als die Städte des Südens, die Jada kannte: Ein Großteil der Häuser bestand aus

Holz, nur die Kirchen, die Festung und die Anwesen einiger Kaufherren verfügten über Steinmauern. Auffällig waren die Wehranlagen. Schiefergrau und bedrohlich umliefen sie den Hügel und die Unterstadt im Flusstal in drei Ringen, ausgestattet mit zahlreichen Türmen. Jada vermutete, dass die gewaltigen Befestigungen eine Folge des Mongolensturms waren, der vor siebzig Jahren das östliche Abendland verheert hatte.

Hermannstadt war eines der wichtigsten Handelszentren nördlich von Byzanz, und die Geschäfte mit dem Deutsch-Römischen Reich, Böhmen und Masowien, mit den Polen, Bulgaren, Walachen und den Großfürstentümern des Ostens hatten die Bewohner wohlhabend gemacht. Sie stellten ihren Reichtum zur Schau, indem sie kostbare, farbenfrohe Gewänder und Silberschmuck aus fernen Ländern trugen, sich mit Scharen von Dienern umgaben, Zuchthengste ritten und wie die Byzantiner in Badehäusern ein- und ausgingen. In der Unterstadt säumten die Holzhäuser der Handwerker und Kleinkrämer die engen Gassen, die meisten einstöckig und beschaffen wie Blockhäuser, doch manche auch zwei- oder dreistöckig und mit steilen Dachgiebeln, mit einem Laden oder einer Handwerksstube im ersten Stock und Wohnräumen in den darüberliegenden Geschossen. Es war ein heißer Tag gewesen. Staub stieg von der festgestampften Erde der Straßen auf. Der Unrat in den Abwasserrinnen stank wie eine Kloake.

Als Ardeshirs Wagen durch das Gewühl aus Fußvolk, Reitern, Karren und Vieh den Hang zum zweiten Mauerring hinauffuhr, stellte Jada fest, dass die Menschen auf der Straße eine Sprache sprachen, die sie bisher nur aus Raouls Mund gehört hatte: Deutsch. Dunkel erinnerte sie sich, dass es sich bei den Bewohnern Siebenbürgens um die Nachfahren deutscher Siedler handelte, die vor einem oder zwei Jahrhunderten eingewandert waren. Als ihr einmal mehr klar wurde, wie wenig sie über dieses Land wusste, sank ihr der Mut. Wie sollte ihre Flucht unter diesen Umständen gelingen?

Ardeshirs Handelsposten befand sich innerhalb des dritten Mauerrings, auf dem Hügel in der Oberstadt. Jada, die Ardeshirs Palast in Konstantinopel vor Augen hatte, war erstaunt über die Schlichtheit des Gebäudes: Ein Steinhaus und ein halbes Dutzend Lagerschuppen standen auf einem quadratischen Gelände, das von einer Mauer umgeben war. Pferdeknechte kümmerten sich um die Reittiere der Schwertbrüder, Bedienstete boten den erschöpften Männern Krüge mit Brunnenwasser an. Ardeshir sprach auf Griechisch mit einem feisten, gehetzt wirkenden Ungarn namens Bence Zápolya, der sich unentwegt den Schweiß von der Stirn tupfte und nichts anderes als »Ja, Herr, sehr wohl, Herr« sagte.

Albrecht führte sie und Naje in das Steinhaus, wo ein Mann mit hochrotem Kopf abwechselnd auf einen riesigen Stapel Tuchballen in der Eingangshalle und die Männer im Hof deutete und dabei drei verschüchterte Arbeiter anschrie. Wie schon bei den anderen Stationen ihrer unfreiwilligen Reise war auch diesmal für Naje alles neu und faszinierend, und sie starrte den brüllenden Mann mit großen Augen an, während Albrecht ihnen mit Gesten und Brummlauten zu verstehen gab, eine Treppe hinaufzusteigen.

Ihre Unterkunft für die Nacht – besser gesagt: ihr Gefängnis – befand sich am Ende eines halbdunklen Ganges mit Kisten voller muffig und alt riechender Pergamentrollen. Es handelte sich um eine enge Kammer mit fleckigen Wänden, zwei Schlaflagern aus immerhin sauberen Decken, einem winzigen runden Fenster und einer dicken Holztür, die sich mit einem dumpfen Schlag hinter ihnen schloss, nachdem sie eingetreten waren. Albrecht legte von außen den Riegel vor, und das Ausbleiben von Schritten deutete darauf hin, dass er vor der

Tür stehen geblieben war: ein ausdauernder Wächter, der viel zu dumm und fantasielos war, um sich von seiner Aufgabe ablenken zu lassen. Jada nahm Naje auf den Arm, betrachtete durch das Fenster das Treiben auf dem Hof und gab jegliche Hoffnung auf baldige Flucht auf.

Als es dunkel wurde, brachte sie Naje zu Bett und erzählte ihr ihre Lieblingsgeschichte, die Legende von der Stadt aus Obsidian. Sie wurde von Albrecht unterbrochen, der hereinkam und ihnen einen Holznapf mit etwas Brot und dunkel gebratenem Fleisch hinwarf. Jada roch an einem Brotstück. Es war nach Djinnart zubereitet: scharf gebacken, mit wenig Wasser und viel Salz. Wie aufmerksam von Ardeshir.

Wortlos machte Albrecht kehrt und zog den Kopf ein, als er durch den niedrigen Durchgang trat. Im gleichen Augenblick erklang Gelächter von der Treppe. Albrecht schnaubte unwillig. Zwei Männer kamen den kurzen Gang herauf. Jada erkannte Wickbert und Gregor, zwei Dienende Brüder wie Albrecht – und dessen Erzfeinde. Die beiden Männer ließen keine Gelegenheit aus, ihn für seine Einfalt zu verhöhnen, obwohl sie nur unwesentlich klüger waren als er.

Sie waren offensichtlich betrunken. Albrechts Haltung veränderte sich, wurde wachsam und angespannt, als erwarte er einen Angriff.

Dabei vergaß er, die Tür hinter sich zu schließen.

Vielleicht war das die Gelegenheit, die sie herbeigesehnt hatte. Sie legte einen Finger auf die Lippen und bedeutete Naje damit, still zu sein, dann stand sie auf. Albrecht ging den beiden Betrunkenen entgegen und knurrte etwas auf Deutsch. Wickbert und Gregor, rotgesichtig und streitlustig, lachten ihn aus. Wickbert machte eine anstößige Geste, woraufhin Albrecht eine Beleidigung bellte und den Mann von sich stieß.

Jada spähte durch die halb offene Tür. Auf dem Gang stand

ein Hocker, auf dem Albrecht gesessen hatte; auf dem Boden lag ein geschälter Apfel – und daneben ein Dolch.

Die drei Männer fingen lautstark an zu streiten und achteten nicht auf sie. Sie ging in die Hocke, ergriff blitzschnell den Dolch und verschwand wieder in der Kammer. Schwer lag die scharf geschliffene Klinge in ihrer Hand.

Als Albrecht gerade zu einem Fausthieb gegen Wickbert ausholte, ertönte eine barsche Stimme von der Treppe. Marcoul von Culm, der Anführer des Trupps, stand dort und rief die Männer zur Ordnung. Albrecht ließ die Faust sinken, schnaubte eine letzte Drohung und wandte sich ab, während seine Widersacher von Culm folgten.

Jada verbarg den Dolch unter ihrer Decke und tat, als kümmere sie sich um Naje. Albrecht bedachte sie mit einem finsteren Blick, ehe er die Tür zuzog.

»Du musst jetzt mutig sein«, sagte sie leise zu Naje. »Mada versucht, uns zu retten. Versteck dich unter deiner Decke. Was auch geschieht, du bleibst darunter, bis ich dich hole. Hast du verstanden?«

Naje nickte und zog sich die Decke über den Kopf.

Jada ergriff den Dolch und presste sich mit dem Rücken an die Wand neben der Tür.

Albrecht brauchte erstaunlich lange, um das Fehlen seines Dolchs zu bemerken. Irgendwann riss er die Tür auf und kam fluchend und mit seinem Breitschwert in der Hand herein.

Jadas Hand schnellte vor, der Dolch grub sich in seinen Hals, bis er auf knöchernen Widerstand stieß. Eine Blutfontäne schoss ihr entgegen, und voller Abscheu zog sie die Klinge von einer Seite der Kehle zur anderen durch. Albrecht ließ sein Schwert fallen, prallte taumelnd gegen den Türpfosten und brach zusammen. Für einen Moment staunte sie darüber, dass ein einzelner Körper so viel Blut enthalten konnte. Es quoll in unglaublichen Mengen aus der Wunde und bedeckte den Boden. Neuer Ekel erfüllte sie. Sie hatte schon früher getötet und bedauerte nicht im Geringsten, was sie getan hatte – eine Welt ohne Albrecht war eine bessere Welt. Doch der Anblick war widerwärtig.

Sie vergewisserte sich, dass Naje nichts gesehen hatte, und breitete eine Decke über der Leiche aus. Sie versuchte gar nicht erst, den massigen Körper in die Kammer zu ziehen; sie wusste, dass sie es nicht geschafft hätte.

Aus dem nächtlichen Hof erklangen murmelnde Stimmen zum Fenster herauf. Nichts deutete darauf hin, dass jemand bemerkt hatte, was geschehen war.

Sie wischte den Dolch an Albrechts Hose ab, schob ihn sich hinter den Gürtel und schlug Najes Decke zurück. Das Kind setzte sich auf und betrachtete aus großen Augen den reglosen Körper unter der Decke. Jada wusste, dass ihre Tochter begriff, was sich soeben abgespielt hatte. Sie war ein aufgewecktes Kind, dem so leicht nichts entging. Aber Naje war mutig; sie schrie nicht und sagte kein Wort.

»Du musst jetzt leise wie eine Maus sein. Schaffst du das?«

Naje nickte eifrig.

Jada ergriff ihre Hand und führte sie aus der Kammer, darauf bedacht, dass weder Naje noch sie in die Blutlache traten.

Das Haus durch die Eingangshalle zu verlassen kam nicht in Frage. Sie hatte gehört, wie Ardeshir zu Zápolya gesagt hatte, dass die Männer im ersten Stock untergebracht werden sollten; die Gefahr, einem von ihnen über den Weg zu laufen, war zu groß. Sie musste einen anderen Fluchtweg finden und darauf hoffen, dass sich Ardeshir und von Culm so weit auf Albrecht verließen, dass sie im Hof keine zusätzlichen Wachen aufgestellt hatten.

Sie folgten dem Gang mit Türen auf der einen und Fenstern auf der anderen Seite. Fackeln im Hof zeichneten schwach leuchtende Trapeze an die Decke.

Jada öffnete die erste Tür einen Spalt und lugte hinein: ein Raum mit Schreibpulten, Truhen und einem Tisch voller Schriftstücke. Offenbar arbeiteten in diesem Flur tagsüber Zápolyas Buchhalter. Also war die Wahrscheinlichkeit hoch, dass die Räume bei Nacht verlassen waren.

Plötzlich hörte sie Schritte aus dem Hof und spähte vorsichtig aus einem der Fenster. Marcoul von Culm trat gerade aus dem Dunkel des Hofs in den Fackelschein und ging weiter Richtung Hauseingang. Er war ein gedrungener Mann mit kurzen Beinen, trommelförmigem Bauch, kahlem Schädel und Bart und hatte selbst in kalten Nächten Schweißflecken unter den Achseln. Trotz der grotesken Figur, die er machte, wenn er Helm und Kettenpanzer trug, würde Jada ihn nie unterschätzen. Sie hatte auf der Reise gesehen, wie er sich mit seinen Brüdern im Schwertkampf übte. Er konnte es mühelos mit zwei jüngeren Männern aufnehmen. Er war alles andere als ein Dummkopf, aber vollkommen humorlos und unempfänglich für Ironie. Ardeshir machte sich hin und wieder einen Spaß daraus, ihn mit grausamem Spott aufzuziehen.

Sie wartete, bis von Culm verschwunden war, dann schlichen sie und Naje zum Ende des Ganges. Dort befand sich ein Fenster, das auf den Hof hinter dem Haus wies, wo Kisten, Fässer, die Reste eines beschädigten Pferdewagens, mit Segeltuch bedeckte Stoffballen und andere Dinge herumstanden, die sie in der Dunkelheit nicht genau erkennen konnte.

Das Fenster war groß genug, um hindurchzuschlüpfen.

Sie ging vor ihrer Tochter in die Hocke. Falls Naje Angst hatte, so zeigte sie es nicht. Für ihre Tapferkeit hätte Jada sie am liebsten gedrückt.

»Mada klettert jetzt hinaus. Du wartest am Fenster, bis ich unten bin. Wenn ich es sage, springst du.«

Naje nickte wieder. Jada strich ihr über die Wange, bevor sie aus dem Fenster stieg, das etwa anderthalb Mannslängen über dem Boden lag. Sie landete mit einem leisen Knirschen und federte den Aufprall ab, indem sie in die Knie ging. Rasch richtete sie sich auf und wandte sich zum Fenster um, in dem Najes Kopf als dunkler Umriss zu sehen war.

»Spring!«, rief sie leise.

Wie oft hatte sie ihre Tochter ermahnt, sie solle nicht auf die Turmkuppel klettern. Doch jetzt war sie froh, dass Naje nicht auf sie gehört hatte, denn dadurch jagten ihrer Tochter Höhen keine Schrecken mehr ein. Flink gelangte sie auf den Fenstersims, setzte sich darauf und stieß sich ohne Zögern ab.

Naje wog wahrhaftig nicht viel; dennoch ächzte Jada, als sie in ihren Armen landete. Sie taumelte zurück und prallte mit dem Rücken gegen die Hofmauer.

»Hast du dir wehgetan?«, fragte sie, während sie Naje absetzte.

Naje schüttelte den Kopf. Still wie ein Mäuschen. Sie hielt sich daran.

Am besten, sie kletterten hier über die Mauer, wo keine Fackeln brannten und niemand Wache hielt. Den ziehenden Schmerz in ihren Armen ignorierend, hob sie ihre Tochter hoch und half ihr, auf die Mauerkrone zu gelangen. Naje saß mit gespreizten Beinen auf der Mauer und wartete, während Jada nach einem Fass suchte, das sie als Trittleiter benutzen konnte.

Sie zog eine Segeltuchplane von dem Gerümpel. Im gleichen Moment drang aus dem Haus ein Ruf.

Sie fuhr zusammen. Andere Rufe antworteten. Schritte dröhnten schwer auf hölzernen Stufen.

Man hatte Albrecht gefunden.

»Bleib, wo du bist!«, rief sie ihrer Tochter zu, befreite eine Kiste aus einem Gewirr aus zerfaserten Seilen und lief damit zur Mauer.

Binnen weniger Augenblicke stand der gesamte Handelsposten Kopf. Rufe ertönten von überall her; die Dunkelheit des Hofs erwachte zum Leben, als Männer ausschwärmten. Jada stieg auf die Kiste, die unter ihrem Gewicht knarrte, und zog sich an der Mauerkante hoch. Gleich! Gleich hatte sie es geschafft. Wenn sie erst den Handelsposten verlassen hatten, würde Ardeshir sie so leicht nicht mehr finden.

Sie nahm Naje in die Arme, schwang ihre Beine auf die andere Seite der Mauer – und stellte plötzlich fest, dass sie den Boden nicht sehen konnte.

An der Rückseite des Handelspostens verlief die Mauer entlang eines steilen Hanges. Mehrere Mannslängen fiel er fast senkrecht ab – viel zu hoch, um zu springen. Ob es ihr gefiel oder nicht, sie musste ein Stück in Richtung Tor, wo die Böschung flacher war.

Mit Naje auf dem Arm ging sie auf der Mauerkrone entlang, vorsichtig, um nicht in die Tiefe zu stürzen. Inzwischen wimmelte es im Hof von Männern. Sie trugen Fackeln und suchten jeden Winkel ab. Einer der Schwertbrüder kam ihr für einen Augenblick so nahe, dass sie seinen Kopf hätte berühren können. Er entdeckte sie nur deshalb nicht, weil er nicht nach oben sah, in der Annahme, sie könnte sich im Schatten zwischen den Lagerschuppen versteckt haben.

Sie war dankbar für die Dunkelheit und verfluchte sie zugleich; denn wegen der Finsternis jenseits der Mauer war es schwer abzuschätzen, wo eine geeignete Stelle war, um hinunterzuspringen. In der Nähe des Tors beschloss sie, es zu wagen. Von der Mauer des Handelspostens war es nicht weit bis zu den Gassen der Oberstadt, wo sie mit Sicherheit ein

Versteck finden würde. Die Entfernung konnte sie zur Not auch mit verstauchtem Knöchel überwinden.

»Halt!«, brüllte jemand.

Ein Mann lief auf sie zu. Sie wollte ihm keine Beachtung schenken, als sie plötzlich bemerkte, dass er eine gespannte Armbrust auf sie richtete.

Es war dunkel, er war noch gut zehn Schritte entfernt – mit einiger Wahrscheinlichkeit würde er vorbeischießen. Doch in ihrer Angst, er könne Naje verletzen, zögerte sie, und das wurde ihr zum Verhängnis. Binnen weniger Herzschläge gesellten sich zu dem Mann drei oder vier andere Schwertbrüder, von denen zwei ebenfalls mit Armbrüsten bewaffnet waren. Sie richteten die Schusswaffen auf sie und kamen näher.

»Runterkommen«, befahl der erste Mann.

Naje versteifte sich in ihren Armen. Jetzt hatte sie Angst.

»Schon gut, mein Schatz«, flüsterte Jada. »Sie werden uns nichts tun.«

Nur mit Mühe gelang es ihr, ihre eigene Angst vor Naje zu verbergen.

Schärfer wiederholte der Waffenknecht seinen Befehl, woraufhin sie ihre Tochter auf der Mauer absetzte, hinuntersprang und dann Naje zum Erdboden hob. Einer der Männer wollte nach dem Dolch hinter ihrem Gürtel greifen. »Lass deine Hände weg!«, fauchte sie ihn an, und der Krieger, der mit einer eingeschüchterten Frau gerechnet hatte, wich tatsächlich zurück. Sie warf ihm den Dolch vor die Füße.

»Wir haben sie!«, rief ein anderer, und kurz darauf sah sich Jada einem Halbkreis aus Männern mit Äxten, Schwertern und Streitkolben in den Fäusten gegenüber. Fackelschein lag auf grimmigen Gesichtern und hob den Hass darin hervor. Einer der ihren war durch ihre Hand gestorben – durch die Hand eines Weibs. Das würden sie nicht so bald vergessen.

Sie schob Naje hinter sich. Das Kind klammerte sich an ihrem Bein fest und beobachtete die Männer mit einer Mischung aus Entsetzen und Faszination.

Der Halbkreis teilte sich, und Ardeshir trat vor. Er wirkte mürrisch wie ein Mann, der gerade durch eine lästige Belanglosigkeit von einer angenehmen Beschäftigung abgehalten wurde. Er musterte Jada schweigend, dann wandte er sich an Marcoul von Culm und sagte: »Ergreift das Kind.«

Von Culm bedeutete zwei Männern mit einer Handbewegung, ihm zu folgen, und kam auf sie zu.

»Nein«, sagte Jada. »Nicht Naje. Bestraft mich. Es war meine Idee.«

Die beiden Waffenknechte packten sie, während von Culm nach ihrer Tochter griff.

»Naje, lauf!«, schrie sie und schlug einem der Männer ins Gesicht. Seine Augen verengten sich zu Schlitzen, er bleckte die Zähne und schlug zurück. Unter anderen Umständen wäre sie dem Schlag mühelos ausgewichen, doch der andere Mann hielt sie fest, sodass der Fausthieb sie mit voller Wucht am Kiefer traf. Eine heiße Woge der Pein rollte von ihrem Kopf durch den Nacken, das Rückgrat hinab. Ihre Beine gaben unter ihr nach, sie brach in die Knie. Ihr wurde übel.

Eine Hand riss ihren Kopf an den Haaren zurück und zwang sie mitanzusehen, wie von Culm eine strampelnde und schreiende Naje in den Armen hielt. Seine Helfer packten Jada an den Armen und schleiften sie zum Haupthaus, wo zwei andere Schwertbrüder ein großes Fass aus einer offenen Tür wuchteten.

Voller Grauen erkannte sie, dass es randvoll mit Wasser war.

»Nein!«, schrie sie, »nicht! Nicht das –«

Ein heftiger Schlag ins Gesicht ließ sie verstummen.

Von Culm hielt Naje so, dass er sie mit einer Bewegung

kopfüber in das Wasser tauchen konnte. Das Kind starrte Jada an, Todesangst in den Augen.

Mit einem dünnen Lächeln auf den Lippen stand Ardeshir daneben.

»Habt Ihr schon einmal gesehen, wie ein Djinn um sein Leben kämpft, während das Wasser seinen Körper zerstört? Ein überaus interessanter Anblick.«

Jada zitterte am ganzen Leib. »Lasst sie los«, flüsterte sie. »Bitte …«

Ardeshir gab von Culm einen Wink, woraufhin der Ritter Najes Kopf nach unten drückte. Naje schluchzte auf. Einen Fingerbreit über dem Wasser ließ von Culm sie los.

Ardeshirs Lächeln war verschwunden, seine Augen schimmerten eisig. Er brachte seine Lippen nah an Jadas Ohr und flüsterte: »Ich schwöre Euch, wenn ich Euer Balg nicht noch brauchte, würde ich es jetzt und hier ersäufen.«

Jadas Stimme versagte. Sie war so schwach, dass sie ohne die beiden Männer, die sie festhielten, zusammengebrochen wäre.

Ardeshir wandte sich ab. Er winkte mit Zeige- und Mittelfinger, woraufhin von Culm ihm folgte. Der Ritter zerrte Naje hinter sich her, und der Blick des Kindes – ein Blick voller Entsetzen, Ohnmacht und Verlorenheit – verfolgte Jada bis in den Schlaf.

Nachdem er sich davon überzeugt hatte, dass das Kind und seine Mutter ausbruchssicher – und getrennt voneinander – untergebracht worden waren, kehrte Barzin Ardeshir zu seiner Unterkunft zurück.

Jada bint-Ghassan … Ihm war von Anfang an klar gewesen, dass sie ihm Schwierigkeiten machen würde, wo sie nur konnte; deshalb hatte ihn der Fluchtversuch nicht sonderlich überrascht. Ärgerlich war der Vorfall trotzdem, und er nahm sich vor, in den nächsten Tagen zu entscheiden, wie er weiter mit ihr verfahren wollte.

Im Grunde brauchte er nur das Kind. Das Weib hatte er nur aus Sorge mitgenommen, dass Naje ohne ihre Mutter zugrunde gehen könnte. Aber die Reise hatte gezeigt, dass Naje stärker war, als er angenommen hatte. Vielleicht konnte er Jada loswerden, sowie sich eine elegante Möglichkeit dazu ergab.

Zuerst aber musste er über die *andere* Sache nachdenken.

Er öffnete die Tür und betrat den Raum. Eine brennende Öllampe legte einen warmen Schein über Truhen, Wandbehänge, Teppiche, das Bett. Es handelte sich um Zápolyas Kammer, die der Ungar ihm höchst widerwillig überlassen hatte. Ardeshir empfand leisen Ekel bei der Vorstellung, dass Zápolyas schmieriges Wesen jedem Gegenstand darin anhaftete. Er hatte alles mit seinen verschwitzten Händen berührt, seine Ausdünstungen waren in Wände und Boden eingesickert – abstoßend. Eine angenehmere Unterkunft hatte dieser schäbige Handelsposten jedoch nicht zu bieten und war auch nirgendwo in der Stadt zu finden. Wohl oder übel musste er sich damit begnügen. Die Nacht in Zápolyas Bett zu verbringen, brachte er jedoch nicht über sich. Lieber ruhte er auf dem Boden, auf einer dünnen, aber wenigstens sauberen Decke.

Menschen, dachte er. *Nichts als Säcke aus Haut, gefüllt mit übel riechendem Fleisch, Unvernunft und tierhaften Trieben. Ein Missgriff der Schöpfung. Ekelerregend.*

Er setzte sich an den Tisch und nahm die winzige Nachricht in die Hand.

Herr,
Bazerat war hier, einen Tag nach Eurer Abreise. Er kennt Euer Ziel und wird Euch folgen.
S

Bazerat war in seinen Palast eingedrungen. So viel Mut und Dreistigkeit hatte er diesem Menschen nicht zugetraut. Und wenn er ihre Spur nicht unterwegs verloren hatte, war er höchstens noch zwei Tage von Hermannstadt entfernt. Die Nachricht war vor fast zehn Tagen eingetroffen, also musste Symeon sie kurz nach seiner Abreise aus Konstantinopel abgeschickt haben, und Ardeshir zweifelte nicht daran, dass Bazerat gleich nach dem Vorfall im Palast die Verfolgung aufgenommen hatte.

Er legte die Nachricht auf den Tisch und dachte nach.

In Hermannstadt konnte er nicht viel tun. Er besaß hier lediglich diesen Handelsposten und eine Handvoll Leute, die obendrein allesamt Dummköpfe waren. Im Norden, in Kassa, war es auch nicht besser, denn je weiter er sich von Konstantinopel entfernte, desto mehr ließ sein Einfluss nach.

Allerdings hatte er in Kassa das, was man wohl einen Verbündeten nannte.

Er lächelte. Amadeus Aba. Bei den alten Göttern, er hätte nie gedacht, dass der Mann ihm noch einmal von Nutzen sein könnte. Dabei war er wie geschaffen für Aufträge wie diesen.

Und ganz gewiss fand er Gefallen an Jada.

ZEHN

Unter einem fremden Himmel, in einem wilden, von Gott verlassenen Ödland, träumte Raoul einen vergessen geglaubten Traum.

Er war wieder in Bazerat, dem Landgut seiner Väter in Oberlothringen. Auf dem nächtlichen Hof ging ein Fest zu Ende, und die letzten Feiernden grölten trunkene Lieder, während sie nach Hause torkelten. Er lag wach in seinem Bett. Neben ihm schlief ein Mädchen, schön, namenlos, unbedeutend. Sie hatten sich geliebt, aber die Lust, die Freude am Abenteuer waren längst vergangen. Er hüllte sich in seinen Umhang und ging zur Kapelle, kniete sich vor den Altar. Er wollte beten, doch kaum brachte er das erste Wort über die Lippen, begann er zu husten, bis wenig später Blut auf dem kalten Stein glitzerte …

Als er aufwachte, hustete er immer noch. Von jähem Schrecken erfüllt hob er die Hand zum Mund. Auf seinen Fingern war kein Blut zu sehen.

Natürlich nicht. Ihm fiel wieder ein, wo er war. Eine Lichtung irgendwo im Wald. Fichtennadeln bedeckten den Boden, in einer Grube brannte ein Feuer. Haushohe Bäume umgaben das Lager wie ein Rundwall aus verdichteter Dunkelheit.

»Allmächtiger, du hörst dich ja an wie ein Bergmann. Erkältet?«

Auf der anderen Seite des Feuers saß Narses. Sein *Klibanion* glühte im orangeroten Schein, als käme der Stahl frisch aus der Esse.

Endlich verging der Hustenreiz. »Nur ein Traum«, sagte Raoul mit belegter Stimme.

»Aber kein schöner, wie?«

Raoul schwitzte am ganzen Körper. Es war sechs Jahre her, dass ihn dieser Traum heimgesucht hatte. Damals, als er sich auf den Tod vorbereitete, hatte er ihn jede Woche geträumt. Offenbar hatte seine Sorge um Jada und Naje alte Ängste aufgeweckt: die Furcht, einen unerbittlichen Wettlauf gegen die Zeit zu verlieren, zu versagen. Wenngleich diesmal nicht sein eigenes Leben auf dem Spiel stand.

Er streifte die Decke ab, griff nach dem Wasserschlauch und trank von dem schalen Wasser.

»Leg dich wieder hin«, sagte Narses. »Es dauert noch gut eine Stunde, bis es hell wird.«

»Ich bin nicht mehr müde.«

»Was? Du hast gerade einmal zwei Stunden geschlafen.«

Raoul schlang sich die Decke um die Schultern und setzte sich ans Feuer. Er würde keine Ruhe finden, solange er nicht wusste, wo Jada und Naje waren. »Wie weit ist es noch bis Hermannstadt?«

Der Byzantiner seufzte. »Einen Tagesritt. Es wird nicht weniger, wenn du mich ständig fragst.«

Bedrückt starrte Raoul in die Flammen. Wenn er wenigstens sicher sein könnte, dass sie auf dem richtigen Weg waren … Sie verfolgten Ardeshir seit zwei Wochen. Obwohl sie schneller vorankamen als der Kaufmann mit seinem schwerfälligen Pferdewagen, holten sie ihn nicht ein. Ardeshir verfügte in fast jeder größeren Stadt über einen Handelsposten, in dem er ausgeruhte Pferde bekam, während sie ihre Reittiere schonen mussten, da ihr Geld nicht für neue Pferde reichte.

Aber weitaus schlimmere Sorgen bereitete Raoul die Tatsache, dass sie Ardeshirs Spur verloren hatten. Bis Tarnowo im Bulgarenreich war es ein Leichtes gewesen, ihm zu folgen. Das Land war dicht besiedelt, und alle zwei oder drei Wegstunden traf man jemanden, der sich an einen fünfzehnköpfigen Reitertrupp mit einem Vierspänner erinnerte, denn Ardeshirs Vorsprung betrug gerade einmal anderthalb Tage. Das hatte sich nördlich von Tarnowo geändert. Menschliche Ansiedlungen waren dort rar, und es wurde immer schwieriger, jemanden zu finden, mit dem sie sich verständigen konnten. Narses war eine große Hilfe, aber auf dem Land kam man auch mit Hebräisch nicht weit. Raoul verfluchte sich dafür, dass er bei ihrem überstürzten Aufbruch nicht daran gedacht hatte, einen seiner Männer, der die Sprachen Ungarns und Bulgariens beherrschte, mitzunehmen.

Das letzte Mal hatten sie vor vier Tagen etwas von Ardeshir gehört, in einem winzigen Nest im Marschland der Walachei. Seitdem war er wie vom Erdboden verschluckt, sodass ihnen nichts anderes übrig blieb, als weiter nach Hermannstadt zu reiten, in der Hoffnung, dass er in Ardeshirs Palast nicht getäuscht worden war.

Aber was, wenn Ardeshir niemals nach Siebenbürgen wollte?, fragte er sich. *Wenn er schon längst über alle Berge ist, Hunderte von Meilen entfernt?*

Er schüttelte den Kopf. Es hatte keinen Sinn, so zu denken.

Narses blickte ihn über die Flammen hinweg an. »Wir finden sie in Hermannstadt. Hab Vertrauen.«

»Ja«, sagte Raoul und trank noch einen Schluck.

Der Byzantiner verlangte den Schlauch und legte ihn neben sich, nachdem er ihn ausgetrunken hatte. Er zog einen Handschuh aus und rieb sich nachdenklich die Nase. »Vielleicht könnte ich mehr für dich tun, wenn ich wüsste, was eigentlich los ist«, sagte er schließlich.

Er wusste weder von Jadas Treffen mit Ardeshir kurz vor

ihrer Entführung noch von Najes Visionen und Ardeshirs Interesse an seiner Tochter. Raoul war allen seinen Fragen ausgewichen, denn wenn er eine beantwortete, würde das neue aufwerfen, und irgendwann würde er Narses erklären müssen, wer Jada *wirklich* war. Er hatte ihr jedoch sein Wort gegeben, mit niemandem darüber zu sprechen. Nicht einmal mit seinem engsten Freund.

»Wir müssen Ardeshir finden, bevor er Jada und Naje etwas antun kann. Mehr gibt es nicht zu wissen.«

»Es muss doch einen Grund geben, warum er sie entführt hat.«

»Sicher«, sagte Raoul ausweichend.

»Erpresst er dich? Hat der Rat dir etwas anvertraut, das er erfahren will?«

»Weder noch.«

»Was ist es dann? Hast du wenigstens einen Verdacht?«

Raoul hatte vergessen, wie hartnäckig Narses sein konnte. »Was spielt es für eine Rolle, was Ardeshir will?«, erwiderte er unwirsch. »Wichtig ist allein, dass wir ihn aufhalten.«

Damit gab sich der Byzantiner nicht zufrieden. »Du verlangst viel von mir, Raoul. Ich helfe dir gern. Aber wenn ich meine Soldatenlaufbahn und vielleicht sogar mein Leben aufs Spiel setze, möchte ich wissen, weswegen.«

Es wäre so einfach, ihm eine erfundene Geschichte aufzutischen, die all seine Fragen beantwortete. Aber nach allem, was Narses für ihn getan hatte, brachte Raoul es nicht über sich, ihn zu belügen.

Der Schweiß auf seiner Haut war getrocknet. Er begann zu frösteln und rückte näher ans Feuer. »Kurz vor der Entführung hat Ardeshir Jada einen Besuch abgestattet. Er hat sich sehr für Naje interessiert und wollte Jada überreden, mit ihm nach Norden zu reisen.«

»Wieso? Was will er von Naje?«

»Sie wird seit einer Weile von Visionen heimgesucht«, erklärte Raoul zögernd, denn er hätte dies lieber für sich behalten. »Ardeshir glaubt zu wissen, was es damit auf sich hat.«

»Visionen?«, wiederholte Narses mit dem Anflug eines Grinsens. »So wie Moshe und die alten Propheten? Schon gut, war nur ein Scherz«, fügte er hinzu, als er Raouls bösen Blick bemerkte.

»Jada vermutet, dass er Naje für irgendetwas benutzen will«, fuhr Raoul fort. »Wofür, wissen wir nicht.«

»Was sieht sie? In den Visionen, meine ich.«

»Schreckliche Dinge. Den Untergang Konstantinopels.«

Narses schüttelte den Kopf. »Allmächtiger. Und ich dachte immer, Naje sei ein ganz gewöhnliches Kind.«

»Wenn sie eines nicht ist, dann das.«

»Wann hat es angefangen?«

»Vor einigen Monaten.«

»Und du glaubst, das, was sie sieht, ist die Zukunft?«

Raoul hatte schon mehr verraten, als ihm lieb war. Aber wenn Narses dachte, Najes Visionen seien das ganze Geheimnis, hörte er vielleicht auf, Fragen zu stellen. »Möglich. Jada und ich sind keine Wahrsager.«

»Der Untergang Konstantinopels«, murmelte der Byzantiner sichtlich bedrückt. »Nicht auszudenken …«

»Vielleicht doch.«

»Und wenn Najes Visionen etwas ganz anderes bedeuten? Wenn sie sich sogar irrt? Schließlich ist sie trotz allem nur ein Kind.«

»Ich hoffe, dass uns Ardeshir darauf eine Antwort geben kann.«

»Das hoffe ich auch«, sagte Narses düster, und damit war das Verhör zu Raouls Erleichterung beendet.

»Was meinst du, wie viele Einwohner hat dieses Nest?«, fragte Narses am folgenden Abend, als sie durch das Tor des zweiten Mauerrings von Hermannstadt ritten, inmitten von mürrischen Händlern, blökendem Vieh und hochnäsigen Edelleuten in ihren Sänften.

»Es ist kein Nest«, sagte Raoul. »Es ist eine Hauptstadt.«

»Verglichen mit Konstantinopel ist es ein Nest. Hier wohnen doch höchstens fünftausend Seelen.«

Raoul hörte dem Byzantiner nur mit einem Ohr zu. Zu seiner Überraschung hatte er festgestellt, dass viele der Leute hier Deutsch sprachen. Somit würden sie erst einmal keine Verständigungsschwierigkeiten mehr haben. Von den Wachen des ersten Mauerrings hatte er erfahren, dass sich Ardeshirs Handelsposten in der Oberstadt auf der Hügelkuppe befand. Wider alle Vernunft hoffte er nun, irgendwo in dem Gewühl Jada und Naje zu entdecken.

»Dennoch, fünftausend Menschen«, fuhr Narses missmutig fort. »Man sollte meinen, dass eine Stadt dieser Größe wenigstens *eine* schöne Frau hervorbringt. Das ist doch nicht zu viel verlangt. Stattdessen an jeder Straßenecke fette oder zahnlose Weiber, bei deren Anblick man beinahe vom Pferd fällt …«

Für einen winzigen Augenblick glaubte Raoul, Jada zu sehen: Vor dem offenen Tor eines heruntergekommenen Gebäudes stand eine schlanke Frau mit langem, schwarzem Haar, die Brot an eine Schar ärmlicher Gestalten verteilte. Aber als sie sich umdrehte, erkannte er, dass sie, abgesehen von den Haaren, keinerlei Ähnlichkeit mit Jada hatte, und empfand eine törichte Enttäuschung.

Auch Narses hatte die Fremde entdeckt. »Ich nehme alles zurück«, hauchte er beinahe andächtig. »Hermannstadt ist soeben zum herrlichsten Ort unter dem Himmel geworden.«

Die Frau war in der Tat überaus schön. Sie trug ein Gewand aus blauer Seide mit weiten Ärmeln und silbernen Säumen, das Kleid einer Edlen. Ihr Gesicht war blass und anmutig geschnitten, ihre Lippen waren sinnlich, die dunklen Augen voller Wärme. Ein Silberreif hielt ihr Haar zurück. Ihre Hände steckten in vornehmen Handschuhen.

Als sie sich dem Gebäude näherten, stellte Raoul fest, dass es sich um ein Siechenhaus handelte. Ein streng dreinblickender Mönch beaufsichtigte die Männer und Frauen, die von der Edlen Brot bekommen hatten. Im Befehlston erinnerte er sie daran, sich nicht zu lange auf der Straße herumzutreiben. Hustend schlurften die vom Schwund und anderen Leiden gezeichneten Gestalten durch das Tor. Ekel stieg in Raoul auf, als er den Gestank von Fieberschweiß, Fäulnis, schwärenden Wunden und Tod roch, der aus den Fensterschlitzen drang – Ekel … und Furcht. Er hatte nicht vergessen, wie es sich anfühlte, unaufhaltsam von einer Krankheit aufgezehrt zu werden.

Narses hingegen hatte nur Augen für die Edle, die ihren Brotbeutel zuschnürte und ihnen entgegenkam. »Frag den Kerl da, wer sie ist«, forderte er Raoul auf.

Raoul wollte das Siechenhaus so schnell wie möglich hinter sich lassen. »Wir haben keine Zeit, Narses.«

Der Byzantiner ließ sich jedoch nicht beirren. Er zügelte sein Pferd und wandte sich an einen Stadtbüttel, der im Schatten an einer Hauswand lehnte und einen Apfel aß. »He, du da. Sprichst du Griechisch? Latein? Hebräisch?«

»Griechisch. Wenig«, antwortete der Mann und biss in den Apfel.

»Wer ist die Frau da?«

Der Büttel blickte in die Richtung, in die Narses wies, schluckte den Bissen hinunter und blickte grinsend zu ihm auf. »Frau schön, ja? Krisztina Báthory. Tochter Nikolaus Báthory.«

»Báthory? Ist das hier eine bedeutende Familie?«

»Ja. Wichtig Familie. Und …« Der Büttel rieb Daumen und Zeigefinger aneinander, was in allen Ländern dieser Welt dasselbe bedeutete: viel Geld.

Narses lächelte selig. »Schön *und* reich, und ein gutes Herz hat sie auch noch. Ich muss mich ihr vorstellen.«

»Narses«, sagte Raoul ungeduldig, doch der Byzantiner ritt bereits auf Krisztina Báthory zu. Er stieg ab, hielt sein Pferd am Zügel und verneigte sich vor ihr.

»Meine Verehrung, hohe Frau Báthory. Mein Name ist Narses Ben Jehuda. Mein Gefährte und ich sind gerade angekommen, und ich habe mich gefragt, ob Ihr –«

»Schert Euch zum Teufel«, fuhr sie ihn in makellosem Griechisch an, drängte sich an ihm vorbei und eilte davon.

Narses war nicht gerade daran gewöhnt, dass Frauen ihn abwiesen. Er drehte sich zu Raoul um und breitete ratlos die Arme aus.

»Jetzt komm endlich!«, sagte Raoul.

Ardeshirs Handelsposten wurde bewacht. Bewaffnete mit Piken und Armbrüsten standen am Tor und auf dem Dach des Haupthauses, insgesamt acht Männer. Zu viele für einen Handelsposten dieser Größe.

»Sieht ganz danach aus, als erwarte man uns«, sagte Narses.

Sie hatten ihre Pferde in einer Herberge zurückgelassen und ihre Rüstungen und Waffenröcke gegen unauffällige Kleidung getauscht. Von einer Garküche aus, wo eine aufgedunsene Frau mit fleckiger Schürze gekochten Gerstenbrei an Arbeiter und Lastenträger verteilte, beobachteten sie das Gebäude hinter der Mauer.

Raoul nippte an einem hölzernen Becher mit saurem Wein und dachte nach. Es gab ein Dutzend Erklärungen dafür, wie

Ardeshir von ihnen erfahren haben könnte: Einer seiner Handlanger im Bulgarenreich oder der Walachei konnte sie gesehen haben und Ardeshir mit einem schnellen Pferd gefolgt sein. Symeon konnte ihm eine Nachricht geschickt haben. Ein Mann wie Ardeshir verfügte über genügend Möglichkeiten, und letztlich spielte es keine Rolle.

Sie kamen in den Handelsposten nicht hinein. Außerdem hatte Raoul den Verdacht, dass sich Jada und Naje nicht mehr darin aufhielten. Die Bewaffneten schienen Einheimische zu sein. Wäre Ardeshir noch hier, hätten vermutlich die Männer, die ihn begleiteten, das Gebäude bewacht.

Er musste mehr wissen. Er musste wissen, wer sich in dem Handelsposten aufhielt und wohin Ardeshir Jada und Naje gebracht hatte, falls sie wirklich nicht mehr hier waren.

Die Arbeiter vor der Garküche unterhielten sich auf Deutsch. Er ging zu einem der Fässer, die hochkant aufgestellt als Tische dienten, legte einen Silberpfennig darauf und behielt die Hand auf der Münze. »Der Handelsposten da drüben«, sagte er. »Ist hier in den letzten Tagen ein Mann namens Barzin Ardeshir aufgetaucht? Bei ihm sind etwa fünfzehn Männer, Berittene, und eine Frau und ein Kind.«

Die schmutzigen Gesichter blickten ihn ratlos an. Einer der Arbeiter jedoch sagte: »Von einem Mann mit diesem Namen weiß ich nichts. Aber vor zwei oder drei Tagen kam ein größerer Reitertrupp an, ja.«

»Hast du auch die Frau gesehen? Und das Kind?«

»Nein. Nur die Reiter. Und einen Pferdewagen.«

»Sind sie noch da?«

»Sie haben den Handelsposten vorgestern verlassen.«

»Wo sind sie hin?«

»Das kann ich dir nicht sagen.«

Raoul nahm die Hand von der Münze, woraufhin der Arbeiter sie mit einem freudigen Grinsen an sich nahm.

»Wo finde ich Bence Zápolya, den Leiter des Postens?«

»Zápolya?«, sagte ein anderer Arbeiter. »Er wohnt auf dem Gelände. Aber er hat sich seit Tagen nicht blicken lassen.«

Raoul dankte den Männern und berichtete Narses, was er erfahren hatte.

»Wenn Ardeshir wusste, dass wir kommen, hat er Zápolya vielleicht befohlen, den Handelsposten vorerst nicht zu verlassen«, sagte der Byzantiner.

Das war auch Raouls Vermutung. Zápolya wusste möglicherweise, wohin Jada und Naje gebracht worden waren, und Ardeshir wollte vermeiden, dass Raoul ihn zwang, es preiszugeben.

Narses blickte zum Handelsposten und kniff die Augen gegen die tief stehende Sonne zusammen. »Und was machen wir jetzt?«

»Wir suchen uns ein gemütliches Plätzchen mit guter Aussicht.«

Neben der Garküche, gegenüber dem Handelsposten, befand sich eine Weinschenke. Trotz des Gedränges in dem verrauchten Schankraum gelang es ihnen, einen Sitzplatz am Fenster zu ergattern. Sie setzten sich zu zwei jüdischen Fernhändlern an den Tisch und bestellten einen Krug mit Wein, den sie allmählich leerten, während sie den Handelsposten beobachteten.

Dort tat sich nicht viel. Bei Einbruch der Dunkelheit wurden Fackeln am Tor und im Hof entzündet, kurz darauf fand ein Wachwechsel statt. Im Obergeschoss des Haupthauses brannte in zwei Fenstern Licht, in dem hin und wieder eine Gestalt zu sehen war. Raoul fragte sich, ob es sich um Zápolya handelte.

Die beiden Juden waren schon lange gegangen, und der Schankraum hatte sich merklich geleert, als sich eine kleine Tür öffnete, die in einen Torflügel des Handelspostens eingelassen war. Ein Mann in schlichter Kleidung trat hindurch, schloss die Tür hinter sich und ging gemächlich die nächtliche Straße entlang.

Raoul legte einige Münzen auf den Tisch, griff seinen Schwertgürtel und eilte nach draußen. Narses trat hinter ihm auf die Straße und gürtete sich im Gehen seine Klinge um. Leise folgten sie dem Mann.

Er ging nach Osten, in Richtung der Tore zur Unterstadt. Die Gassen waren menschenleer, und nach kurzer Zeit bemerkte er, dass er verfolgt wurde. Raoul und Narses setzten ihm nach, als er losrannte und in eine Seitengasse einbog. Narses war schneller und holte ihn ein. In der Dunkelheit konnte Raoul nicht erkennen, was geschah. Er hörte einen leisen Schrei und ein metallisches Klirren; dann war er bei Narses, der dem Mann das Schwert an den Hals hielt. Der Mann hielt die Hände erhoben und stand mit dem Rücken an einer Hauswand. Er zitterte.

»Was wollt ihr?«, stieß er hervor. »Ich habe Silber! Ihr könnt es haben.«

»Behalt dein Geld«, sagte Raoul. Er schob sein Schwert in die Scheide. »Ich will nur wissen, wo Barzin Ardeshir ist. Und wohin er die Frau und das Kind gebracht hat, die bei ihm sind.«

»Du bist der Kerl, vor dem er uns gewarnt hat!«

»Wo sind sie?«, wiederholte Raoul.

»Ich weiß es nicht! Nicht einmal Zápolya weiß es. Ardeshir hat die Stadt verlassen. Vor zwei Tagen. Er hat kein Wort darüber verloren, wohin er wollte.«

Narses packte ihn am Ohr und presste ihm die Schwertschneide an den Kehlkopf. »Ich warne dich, Freundchen.«

Der Mann ächzte vor Schmerz. »Das ist die Wahrheit! Ich lüge nicht! Ardeshir hat gewusst, dass das geschehen würde. Deshalb hat er keinen von uns eingeweiht.«

»Soll ich ihm wehtun?«, erkundigte sich Narses.

»Nein«, sagte Raoul. »Lass ihn laufen.«

Narses ließ den Mann los, der davonstürzte und in der Nacht verschwand.

Um Ärger mit Zápolya und seinen Leuten zu vermeiden, holten sie ihre Pferde und suchten sich eine Herberge in der Unterstadt. Raoul konnte nicht schlafen und setzte sich in den Schankraum. Narses leistete ihm Gesellschaft. Obwohl es schon nach Mitternacht war, waren sie bei Weitem nicht die einzigen Gäste. Eine Schar polnischer oder ungarischer Händler feierte den Abschluss eines lukrativen Geschäfts, indem sie sich betranken und zu dem Pfeifenspiel eines jungen Burschen grölten.

»Zápolya kann sich nicht ewig verstecken«, sagte Narses. »Irgendwann greifen wir ihn uns.«

»Der Wächter hat die Wahrheit gesagt. Zápolya weiß nichts.«

Der Byzantiner umfasste seinen Becher und drehte ihn langsam. Etwas Wein schwappte heraus, als einer der betrunkenen Händler bei einer Tanzeinlage gegen ihren Tisch stieß. Narses warf dem Mann einen ärgerlichen Blick zu und wandte sich wieder an Raoul. »Hast du einen besseren Vorschlag?«

Nein, hatte er nicht. In Hermannstadt liefen gut und gerne ein halbes Dutzend Handelsrouten zusammen; Ardeshir konnte nach Westen weitergereist sein, zum Deutsch-Römischen Reich, nach Norden oder nach Osten, wo die Goldene Horde herrschte. Eine Richtung war so wahrscheinlich wie jede andere.

Raoul griff nach seinem Becher und trank. Es war billiger, dünner Wein, und er würde lange brauchen, um davon so betrunken zu werden, wie er es sich wünschte.

Irgendwann stellte jemand einen neuen Weinkrug auf den Tisch. Er hob den Kopf und erwartete, den Wirt oder eines der Schankmädchen zu sehen. Doch es war ein Fremder, der den Krug gebracht hatte, ein Mann mit bleichem, hagerem Gesicht und langen schwarzen Haaren, die in fettigen Strähnen bis zu den Schultern fielen. Er setzte sich zu ihnen.

»Wir wollen nicht gestört werden«, sagte Raoul barsch.

Der Mann füllte ihre Becher mit Wein. »Ihr sucht Barzin Ardeshir«, sagte er in gebrochenem Griechisch.

Raoul lehnte sich zurück und betrachtete den Fremden genauer. Ein frisch verheilter Schnitt verunzierte seine Wange. An seinem linken Ringfinger fehlten die oberen beiden Glieder. Er roch nach saurem Bier; der Geruch ging jedoch nicht von seinem Atem aus, sondern von seinen Kleidern. »Wer seid Ihr?«

»Mein Herr kann euch helfen, Ardeshir zu finden – wenn ihr bereit seid, etwas für ihn zu tun.«

»Wer ist dein Herr?«

»Der edle György Bakócz.«

Raoul blickte zu Narses, der ratlos die Lippen schürzte. »Was verlangt er für seine Hilfe?«

Der Fremde stand auf. »Kommt morgen bei Sonnenuntergang zum Tor der Vier Heiligen.«

Raoul hielt ihn am Arm fest. »Warte. Wie heißt du?«

»Morgen Abend«, sagte der Mann mit Nachdruck, streifte Raouls Hand ab und ging.

Rotgoldenes Abendlicht lag auf den Holzdächern. Der Abwassergestank des nahen Flusses vermengte sich mit den Unratgerüchen der Stadt. Huren mit bemalten Gesichtern und viel Kupferschmuck auf nackter Haut riefen lockend. Ein Edelmann steckte den Kopf aus seiner Sänfte und schimpfte, weil seine Träger in der überfüllten Gasse nicht vorwärtskamen.

Raoul und Narses schoben sich durch das Gedränge, das entstanden war, weil sich zwei Ochsenwagen ineinander verkeilt hatten. Während sich die Fahrer gegenseitig anbrüllten, nutzten einige Kinder die Gelegenheit, um von der Pritsche des einen Wagens Äpfel zu stehlen.

»Ich habe mich bei den Arbeitern umgehört«, sagte Raoul. »Bakócz besitzt eine Bierbrauerei. Außerdem ist er ein Szekler.«

»Szekler?«, fragte Narses.

»Ein Volk in Siebenbürgen, soweit ich weiß.«

»Wieso sollte uns ein Bierbrauer helfen können?«

»Er scheint großen Einfluss hier zu haben.«

»Wie meinst du das?«

Raoul verschwieg ihm, dass die Arbeiter, die er befragt hatte, plötzlich sehr wortkarg geworden waren, als er mehr über Bakócz wissen wollte. »Wir hören uns nur an, was er zu sagen hat.«

Sie ließen die Menschenmenge und die brüllenden Fuhrmänner hinter sich und bogen in eine ruhigere Straße ein, die im Schatten der Wehrmauer verlief.

»Und wenn Ardeshir Bakócz angeheuert hat?«, gab Narses zu bedenken. »Wenn das eine Falle ist?«

»Dann sollten wir wachsam sein.«

Das Vier-Heiligen-Tor war ein kleines, wenig benutztes Stadttor im zweiten Mauerring, durch das man in das Viertel am Flussufer gelangte. Es wurde nicht bewacht. Im Schatten des Torhauses saß ein Greis, der mit dünner Stimme die überreifen Birnen vor sich auf dem Tisch anpries.

An einem Mauervorsprung lehnte der Mann, der sie in der gestrigen Nacht in der Schenke angesprochen hatte. Als er sie entdeckte, löste er sich mit mürrischer Miene von der Mauer.

»Folgt mir«, sagte er nur und ging durch das Tor.

Der Biergeruch umgab ihn wie eine Wolke. Der Schnitt im Gesicht hatte sich über Nacht entzündet, und er hatte Salbe daraufgeschmiert.

»Wohin führst du uns?«, fragte Raoul.

»Das wirst du schon sehen.«

»Sag mir deinen Namen.«

Wie in der Nacht gab der Mann auch jetzt keine Antwort, und sie folgten ihm schweigend durch das Viertel. Es schien sich um den ärmsten Teil Hermannstadts zu handeln: Sie kamen an keinem einzigen Steingebäude vorbei. Die einstöckigen Holzhütten wurden von zu vielen Menschen bewohnt. Magere Kinder in ärmlichen Kitteln spielten mit Fischabfällen in der Abwasserrinne. Der Mann führte sie zu einer Straße, wo sich die Häuser dicht an dicht am Flussufer drängten und teilweise waghalsig über das träge dahinfließende Wasser ragten. Lastkähne voller Feuerholz trieben dahin, Flussfischer machten ihre Boote unter den Häusern fest und luden die Körbe mit dem Tagesfang auf die Anlegestege.

Der Mann steuerte ein Gebäude an, das anders als die Häuser in der Nachbarschaft teilweise aus Stein bestand. Es verfügte über ein steiles Giebeldach aus Holzbalken und setzte sich aus verschachtelten Flügeln und Anbauten zusammen, die bis zum Fluss reichten, wo schmutzig braune Wellen gegen die Grundmauern schlugen. Schwarzer Rauch quoll aus mehreren Schornsteinen, und der Geruch von Bier und Malz war so stark, dass er den Gestank der Stadt vollständig überlagerte.

Sie traten durch eine Wageneinfahrt in einen engen Hof mit hohen hölzernen Wänden, in dem genauso viel Lärm und Gedränge herrschten wie vorhin in der Gasse. Männer rückten in einer Schlange zu einem kleinen Tisch vor, an dem ein bulliger Hüne mit vernarbtem Schädel saß, der jedem eine abgezählte Anzahl von Kupferpfennigen aushändigte. Andere Männer drängten sich um den Ochsenkarren eines Salzhändlers, schnitten die Säcke auf der Wagenpritsche mit langen Messern auf und durchwühlten das herausrieselnde Salz, alles unter dem Wehgeschrei des Händlers, den zwei finster dreinblickende Kerle in Schach hielten.

Raoul, Narses und ihr Führer traten an den Tisch, woraufhin der Hüne die Auszahlung unterbrach, die Neuankömmlinge misstrauisch musterte und einige Worte auf Ungarisch mit dem Führer wechselte, von denen Raoul nur ein einziges verstand: Bakócz. Schließlich wandte sich der Hüne wieder ihnen zu und sagte: »Eure Waffen.«

Narses legte die Hand auf den Schwertknauf. »Nein.«

»Mit Waffen kommt ihr nicht hinein.«

Raoul seufzte und öffnete seinen Schwertgürtel. »Tu, was er sagt, Narses.«

»Das ist töricht«, erwiderte der Byzantiner, doch dann löste auch er seinen Gürtel und legte ihn mitsamt dem Schwert neben Raouls Klinge auf den Tisch.

Der Hüne warf die Waffen in eine Kiste zu seinen Füßen. Als ihr Führer Anstalten machte, Narses abzutasten, fuhr dieser ihn an: »Wag es ja nicht!«

Der Mann sah Hilfe suchend zu dem Hünen mit dem kahlen Schädel, der wieder etwas auf Ungarisch von sich gab. Immerhin ließ ihr Führer von Narses ab. »Kommt«, sagte er verdrießlich und öffnete eine Tür.

Raoul verbarg seine Erleichterung. Genau wie Narses hatte auch er einen Dolch bei sich, versteckt in seinem Wams.

Sie durchquerten einige verrauchte Räume, in denen Öllampen für schummriges Licht sorgten. Männer mit schmutzigen Gesichtern lungerten darin herum, dösten, würfelten um Kupfermünzen und vergnügten sich mit einer sehr jungen Hure, die bei einem auf dem Schoß saß.

Ihr Führer nahm eine Wandfackel an sich, und sie stiegen

eine gewundene Treppe mit knarrenden Stufen nach unten, die in einem großen Gewölbe endete. Es roch nach Rauch und Malz. Feuer brannten unter mehreren Kupferkesseln. Frauen rührten die Maische darin, während eine Kinderschar Malzbrocken in eine von einem Esel betriebene Schrotmühle warf und die Körbe mit dem zerkleinerten Malz zu zweit und zu dritt zu den Kesseln schleppten.

An einem Tisch in einer geräumigen Nische saßen zwei Männer. Der eine war höchstens zwanzig Jahre alt, blass, schwarzhaarig und wirkte übernächtigt. Er beschrieb Pergamente und bekam hin und wieder von dem anderen Anweisungen.

Der zweite Mann sah überaus seltsam aus, und für einen Herzschlag fragte Raoul sich, ob er überhaupt einen Menschen vor sich hatte – oder aber ein Geschöpf aus der Unterwelt.

Die Haut des Mannes war so weiß wie ein Leichentuch. Sie spannte sich über ein hageres Gesicht mit Hakennase, kantigen Wangenknochen und hoher Stirn. Feuerrote Haare wuchsen auf dem Schädel und standen nach hinten ab, als käme dem Mann ein scharfer Wind entgegen. Schlanke Hände mit unnatürlich langen Fingern lagen auf den Armlehnen, der Adamsapfel stand so weit hervor, dass der lange Hals wie geknickt aussah. Der magere Leib steckte in einem eng anliegenden schwarzen Gewand, was die weiße Haut noch betonte.

»Allmächtiger!«, flüsterte Narses. »Was ist mit seinem Gesicht?«

In der Halle war es nicht gerade leise, dennoch schien der Mann Narses gehört zu haben. Er hob den Kopf und sah sie an – oder *hätte* sie angesehen, wenn seine Augen nicht tot und blind gewesen wären.

Er fragte ihren Führer etwas, mit einer Stimme, die wie

das Schleifen eines Wetzsteines auf Klingenstahl klang. Ihr Begleiter nickte und trat zur Seite.

György Bakóczs bleiche Lippen formten ein füchsiges Lächeln, und er sagte auf Griechisch: »Ihr seid also die beiden byzantinischen Narren, die hinter Ardeshir her sind.«

Angesichts der Beleidigung blitzte in Narses' Augen der Zorn auf. Raoul gab ihm mit einem Seitenblick zu verstehen, ruhig zu bleiben. Dann sagte er zu Bakócz: »Schon möglich.«

»Beschreib mir, wie sie aussehen«, befahl Bakócz dem jungen Mann an seiner Seite. Dieser beugte sich zu ihm und flüsterte ihm etwas ins Ohr.

»Zwei gut aussehende Männer. Soso. Wie heißt ihr?«

»Das geht Euch nichts an«, erwiderte Raoul. »Euer Mann sagt, Ihr könnt uns helfen. Wie?«

»Ich helfe niemandem. Wenn ihr Ardeshir finden wollt, werdet ihr im Gegenzug etwas für mich tun. So sind die Regeln in meinem Haus: Eine Hand wäscht die andere. Es ist ganz einfach.«

»Woher wisst Ihr, dass wir Ardeshir suchen?«, fragte Narses.

Die Lippen des bleichen Mannes zuckten. »Nichts, was innerhalb der Mauern von Hermannstadt geschieht, bleibt György Bakócz verborgen.«

Raoul war nicht entgangen, dass einige der Männer aus den oberen Räumen die Treppe heruntergekommen waren. Sie warteten im Zwielicht einer Nische, bereit einzugreifen, falls Narses und er etwas Unvorhersehbares taten. »Wo ist Ardeshir jetzt?«

»Ihr seid zu schnell, mein Freund. Zuerst unser Handel. Ihr wollt wissen, wohin Ardeshir verschwunden ist. Das hat einen Preis. Einen hohen Preis, denn Ardeshir ist ein mächtiger Mann, der seine Spuren zu verwischen weiß.«

»Dann nennt Euren Teil des Handels.«

»Ich will einen Kopf«, sagte György Bakócz. »Den Kopf einer Frau.«

Der junge Mann neben ihm hatte teilnahmslos auf die Tischplatte gestarrt. Jetzt blickte er auf und sagte müde: »Vater, was soll das –«

Bakócz schlug ihm gegen den Hinterkopf. »Nichts da!«, schrie er. »Sie hat dich abgewiesen! Niemand weist György Bakóczs Sohn ab. Schon gar nicht dieses Luder aus der Oberstadt mit ihren Mildtätigkeitsflausen! Dafür wird sie bezahlen, damit endlich die ganze verfluchte Stadt begreift, was mit Weibern geschieht, die uns zum Narren halten wollen!«

Der Jüngling sank wieder in sich zusammen und bot ein noch jämmerlicheres Bild als zuvor.

Eine ungute Ahnung stieg in Raoul auf. »Wer ist diese Frau?«

»Krisztina Báthory!«, keifte Bakócz. »Die Tochter des alten Báthory! Ach so jung und ach so hübsch und hält sich für zu gut für meinen Vata. Bringt mir ihren Kopf!«

Narses trat an den Tisch und stützte sich darauf ab, woraufhin die Männer in der Nische zu ihren Messern griffen. »Wir sollen Krisztina Báthory umbringen? Das ist Euer Preis?«

»Du bist ein ganz Schlauer, was? Ja, Herrgott noch mal! Stecht das Weib ab und schafft den Kadaver her, bevor er kalt wird.«

»Und dann erfahren wir, wo Ardeshir ist«, sagte Raoul.

Bakócz schlug mit seiner pfotenhaften Hand auf den Tisch. »Ja, bei allen hundsköpfigen Dämonen der Unterwelt! Ist das so schwer zu verstehen?«

Narses blickte Raoul abwartend an. Bakócz lehnte sich zurück und trommelte mit den Fingern auf die Armlehne. Sein Sohn nahm von dem Gespräch keine Notiz; er schien ganz in seinem persönlichen Elend versunken zu sein.

»Der Handel gilt«, sagte Raoul.

»Nein!«, fuhr Narses auf. »Das kannst du nicht tun, das ist einfach –«

Raoul packte ihn am Arm und drückte schmerzhaft fest zu, sodass sein Gefährte verstummte. »Der Handel gilt, Bakócz«, wiederholte er.

Die weißen Geisterhände schlossen sich um die Lehnen, und Bakóczs Mund verzog sich abermals zu einem ganz und gar nicht schönen Lächeln. »Gut«, sagte er, »gut, gut. Ich wusste, Ihr würdet vernünftig sein. Darauf Eure Hand, mein Freund.«

Narses sah fassungslos zu, wie Raoul vortrat und dem bleichen Mann die Hand reichte. Bakóczs Rechte war nicht so zerbrechlich, wie sie aussah, sondern knochig, kraftvoll, klauenhaft, und die Berührung verursachte Raoul Unbehagen.

»Ist dir klar, was du gerade getan hast?«, brachte Narses mit erstickter Stimme hervor, als Raoul vom Tisch zurückgetreten war.

»Natürlich.«

»Aber … du bist kein Mörder. Das ist doch verrückt.«

»Halt den Mund«, sagte Raoul ruhig.

Zufrieden mit sich rieb sich Bakócz die Hände. »Wann bringt Ihr mir das Weib? Ich rate Euch, nicht zu lange zu warten, sonst ist Ardeshir über alle Berge.«

»Morgen Nacht.«

»Fein. Bringt sie zum Anlegesteg unten am Haus. Vata und ich erwarten Euch dort eine Stunde vor Sonnenaufgang. Nicht wahr, Vata? Endlich wird unser Name reingewaschen. Das wird ein großer Tag.«

»Ja, Vater«, sagte Vata bekümmert.

Bakócz kicherte und klopfte ihm auf den Rücken.

Narses schwieg, bis sie ihre Waffen eingesammelt und das Haus verlassen hatten. Draußen auf der Straße, einen Steinwurf von der Wageneinfahrt entfernt, blieb er schließlich stehen und sagte: »Gut. Bakócz hast du getäuscht. Aber mich nicht. Was hast du vor?«

»Das hast du doch eben gehört.«

Narses lachte auf und fuhr sich mit der Hand durchs Haar. »Das kann doch nicht dein Ernst sein! Ich weiß, Jada und Naje … Aber der Preis ist zu hoch. Du kannst Krisztina Báthory nicht töten!«

»Ich kann«, sagte Raoul. »Und du wirst mir dabei helfen.«

Regen peitschte gegen Dächer und Turmmauern, Türen und Fensterläden, verwandelte den Straßenstaub zu Schlamm und machte aus den Abwasserrinnen reißende Bäche, die den Unrat und den Schmutz der Stadt in den Fluss spülten. Was als milder Sommerregen begonnen hatte, war im Lauf der Nacht zu einem stürmischen Unwetter geworden. Eisige Tropfen klatschten Narses ins Gesicht, während er sein Pferd durch die menschenleere Unterstadt trieb, und trotz seines ledernen Kapuzenmantels war er bis auf die Haut durchnässt, als er beim Stadttor ankam.

Ohne aus dem Sattel zu steigen, trommelte er gegen das Fenster des Wachhauses, bis sich ein verschlafenes Gesicht zeigte. Er brüllte den Büttel an, ihm das Tor zu öffnen, woraufhin sich die Tür auftat und ein grauer Schemen durch die stürmische Nacht huschte. Als der Torflügel knarrte, gab Narses seinem Pferd die Sporen, bespritzte den fluchenden Wächter mit Schlamm und jagte durch das Tor und über die Brücke, die den angeschwollenen Fluss überspannte.

Regenschleier verhüllten Mond, Sterne, die ganze Welt. Narses sah nichts als die vagen Konturen der Steine, die die Straße markierten, hie und da die verästelte Dunkelheit eines Baumes, die Mauern eines Hofs. Er preschte nach Nordosten, fort von Hermannstadt, die Hügelflanke am Rand des

Flusstals hinauf, wo die Straße in engen Windungen verlief. Man hatte ihm einen Weg genannt, der auf der Hügelkuppe begann und zwischen Kirschbäumen verlief, und als er den fraglichen Pfad entdeckte, folgte er ihm mit unverminderter Eile.

Bald schon erhoben sich dunkle Mauern über den Baumkronen, und er zügelte sein Pferd vor einem Tor, das in den Zaun eingelassen war. Auf einem Turm aus Holzbalken erschien ein behelmter Kopf und rief etwas zu ihm herunter. Es war Deutsch oder Ungarisch, doch auch wenn es Griechisch gewesen wäre, hätte er es nicht verstanden, so laut rauschten Wind und Regen in den Wipfeln.

»Mach das Tor auf!«, schrie Narses. »Ich muss zu Krisztina Báthory.«

»Krisztina Báthory?«, echote der Mann auf dem Turm.

»Sie ist in Gefahr. *Gefahr*, verstehst du?«, rief er und wiederholte das Wort in allen Sprachen, die er kannte.

Wenigstens das verstand der Soldat. Er zog den Kopf ein, und kurz darauf öffnete sich knirschend das Tor.

Raoul begegnete keiner Menschenseele, während er sein Pferd vom Vier-Heiligen-Tor zum Flussufer führte. Schmatzend versanken seine Stiefel im Schlamm. Regen trommelte auf seine Kapuze, Tropfen rannen an ihrem Saum entlang in seinen Kragen. Er blickte nach Osten, wo ein schwacher Lichtstreif über den Zinnen der Wehrmauer hätte sein sollen, das erste Licht des Tages. Doch er sah nichts. Keine Sterne, keinen Mond, nicht einmal die Dächer am Ende der Straße. Nur Schwärze, die unaufhörlich Regen von sich gab.

Er hoffte, dass es nur hier regnete, und nicht dort, wo Jada und Naje waren.

Sogar seine Hände waren nass, obwohl sie in Lederhandschuhen steckten. Er führte sein Pferd an Bakóczs Haus vorbei, das ebenso still und dunkel wie der Rest der Gasse war. Der Regen hatte den allgegenwärtigen Biergeruch abgeschwächt. In der Dunkelheit jenseits der Häuser rauschte der Fluss.

An einem Pfosten vor der Wageneinfahrt band er das Tier an und löste die Schnüre, die das Bündel auf dem Sattel hielten. Das Regenwasser hatte die Seile aufquellen lassen, und er musste die Handschuhe ausziehen, um die Knoten zu öffnen.

Das Bündel rutschte vom Rücken des Pferdes und fiel in den Schlamm.

Leise fluchend stopfte Raoul eine Strähne schwarzen Haares zurück unter das Leintuch und warf sich das Bündel über die Schulter, wobei er sich fragte, warum tote Menschen so viel schwerer waren als lebendige.

Vorsichtig stieg er die Treppe in der Uferböschung hinab.

Die Stufen bestanden aus Holzbalken, die so rutschig waren, dass er unter seiner Last mehr als einmal fast das Gleichgewicht verlor. Unten angekommen, legte er das Bündel auf den Anlegesteg, unter dessen Planken der angeschwollene Fluss dahinfloss. Er hatte dafür gesorgt, dass die Tote kein Blut verlor; dennoch wischte er sich die Hände an der Hose ab, dem unwillkürlichen Wunsch folgend, den Ekel abzuschütteln, den die Berührung mit totem Fleisch mit sich brachte.

Dann hob er den Kopf und blickte zu den beiden Gestalten auf dem Steg.

Regen prasselte auf zwei Kapuzen, perlte am Leder ab und floss in dünnen Rinnsalen an den Mänteln herunter. Eine Gestalt machte einen Schritt nach vorne, und im Dunkel der Kapuze erschien ein weißes Geistergesicht.

»Ihr seid spät«, sagte György Bakócz missmutig.

»Ich habe meinen Teil des Handels eingelöst«, sagte Raoul. »Jetzt seid Ihr an der Reihe.«

»Ihr seid wieder zu schnell, mein Freund. Kein Handel ohne Kontrolle der Ware. Schau sie dir an«, befahl Bakócz der zweiten Gestalt.

Vata Bakócz schlurfte über den Steg und blieb unschlüssig neben dem Bündel stehen.

»Na mach schon!«, fuhr ihn sein Vater an, woraufhin der junge Mann in die Hocke ging und an dem Leintuch herumnestelte. Er schien gegen Übelkeit anzukämpfen, denn er war fast so bleich wie sein Vater.

Er legte das Gesicht der Leiche frei.

»Ist sie es?«

Vata murmelte etwas und bedeckte das Gesicht wieder. Raoul erwartete, dass er sich jeden Moment übergeben würde. Dabei war der Anblick so schrecklich nicht. Er hatte Sorge getragen, dass das Gesicht nicht zu Schaden kam, um den Handel nicht zu gefährden.

»Was?«, fauchte Bakócz.

»Ja«, brachte Vata hervor und wandte sich ab.

»Dann schlag ihr den Kopf ab.«

»Vater –«

»Schlag ihn ab!«

Trotz der Finsternis konnte Raoul erkennen, wie Vatas Hand zitterte, als er zu der Axt griff, die an einem Pfosten lehnte. Raoul half ihm, den Kopf der Toten auszupacken.

Vata befingerte nervös den Axtschaft. Schließlich holte er aus und schlug zu. Er traf zu weit oben. Das Ergebnis war nicht schön anzuschauen. Er begann zu würgen.

»Was ist geschehen?«, wollte Bakócz wissen.

»Ich habe … danebengeschlagen«, antwortete Vata mit schwacher Stimme.

»Du dämlicher Idiot!« Bakócz schlug ihm gegen den Hinterkopf. »Gib mir die Axt!«

»Aber Vater. Du bist –«

»Blind. Ja, ich weiß. Aber selbst wenn ich außerdem zwei verkrüppelte Hände hätte, bekäme ich es besser hin als du!« Er bekam die Axt zu fassen, riss sie seinem Sohn aus der Hand und brachte sich in Position.

»Stehe ich richtig?«

»Ein wenig weiter links«, sagte Raoul bereitwillig.

»So?«

»Fast. Einen halben Schritt nach vorne – ja, jetzt.«

Der bleiche Mann schlug zu.

»Siehst du? So wird es gemacht. Jetzt nimm den Kopf, du von allen guten Geistern verlassener Tölpel.«

»Nimm du ihn«, sagte Vata.

»Warum hat Gott mich nur mit so einer Memme von Sohn gestraft?«, schnaubte Bakócz, warf die Axt in den Uferschlamm und tastete nach dem abgetrennten Kopf. Er bekam das Haar zu fassen und legte ihn neben sich. Die Leiche rollte er vom Steg. Sie versank im Wasser und trieb davon. »Komm«, befahl er Vata, und die beiden Kapuzengestalten stiegen vom Steg und stapften durch den Schlamm zu einer Tür in den Grundmauern des Hauses.

»Bakócz«, sagte Raoul. »Was ist mit Eurem Teil des Handels?«

Mit dem Kopf in der Hand blieb Bakócz in der offenen Tür stehen und wandte ihm sein Geistergesicht zu. »Ardeshir ist nach Kassa geritten. Dort hat er einen Handelsposten.«

»Sind meine Frau und meine Tochter bei ihm?«

»Ja.«

»Wer garantiert mir, dass das die Wahrheit ist?«

Bakócz kicherte. »Reitet nach Kassa und prüft es nach. Aber wenn Ihr ihn einholen wollt, solltet Ihr Euch beeilen.«

Zum Abschied hielt er den abgeschlagenen Kopf hoch, der Raoul aus stumpfen Augen anstarrte. Dann schloss sich die Tür, und Raoul blieb allein im strömenden Regen zurück.

ELF

Außer Naje hatte niemand bemerkt, was mit der Pflanze geschah.

Die Erwachsenen waren wie immer viel zu beschäftigt. Ihre Mutter war gleich nach ihrer Ankunft mit Marcoul von Culm im Innern der Pilgerherberge verschwunden, denn seit sie versucht hatten zu fliehen, erlaubte Ardeshir ihr nicht mehr, in Najes Nähe zu sein. Die Männer standen im Hof herum, tränkten die Pferde und wuschen sich am Brunnen den Staub von der Reise ab. Ardeshir sprach mit einem dicklichen Mann mit grauem Vollbart und brauner Kutte, einer der Mönche, denen die Herberge gehörte. Anfangs erhob der Alte aufgebracht die Stimme, wies abwechselnd auf die Männer, ihre Pferde und das Schlafhaus der Herberge und warf die Hände in die Luft. Als Ardeshir ihm einige Silbermünzen gab, wurde er plötzlich freundlich und geleitete Ardeshir zum Haus.

Wickbert schließlich – Najes neuer Aufpasser, seit Albrecht tot war – hatte ihr befohlen, auf der Bank neben dem Kräuterbeet sitzen zu bleiben, während er zum Brunnen ging und seinen Wasserschlauch auffüllte. Sie mochte Wickbert noch weniger als Albrecht, denn er war verschlagen und gemein, und es machte ihm Freude, grob zu ihr zu sein. Wenigstens hatte er diesmal darauf verzichtet, sie anzubinden. Das tat er, wenn er Angst hatte, sie könnte weglaufen. Dann holte er sein Seil, band es ihr um die Brust – meistens viel fester, als nötig war – und machte das andere Ende an einem Baum fest, sodass sie sich wie ein Hund vorkam. Ihre Mutter war sehr wütend geworden, als sie gesehen hatte, wie Wickbert sie behandelte. Doch alles, was Ardeshir deswegen unternommen hatte, war, sie wieder in die Kutsche zu sperren, wie jede Nacht, wenn sie nicht in einer Herberge wie dieser rasteten.

Damit Wickbert gar nicht erst auf die Idee kam, sein Seil zu holen, blieb Naje gehorsam auf der Bank sitzen, ließ die Beine baumeln und betrachtete die Pflanze.

Die Mönche hatten viele Pflanzen. Sie wuchsen in der Mitte des Hofs, in einem Beet mit der Form eines vierblättrigen Kleeblatts. Naje kannte einige der Kräuter: Hier wuchs Lavendel und Salbei, da etwas Goldrute. Die meisten Gewächse jedoch waren ihr unbekannt, denn sie fand Tiere interessanter als Pflanzen.

Auch den Namen der besonderen Pflanze kannte sie nicht.

Sie war klein, wuchs am Rand des Beets und hatte farnähnliche Blätter. Und war ganz plötzlich vor ihren Augen verwelkt.

Was auch immer mit der kleinen Blume geschah, es hörte nicht auf. Inzwischen waren Blätter und Stängel so vertrocknet, dass sie zu zerbröckeln begannen. Sie konnte förmlich dabei zusehen. Nicht mehr lange, und von der Pflanze würde nichts mehr übrig sein.

Sie musste dieser Sache auf den Grund gehen. Als sie von der Bank sprang und neben dem Beet in die Hocke gehen wollte, schloss sich eine Hand schmerzhaft fest um ihre Schulter.

Naje sah zu Wickberts wütendem Gesicht auf und wand sich in seinem Griff. »Das tut weh!«, beschwerte sie sich. Doch statt sie loszulassen, knurrte er nur etwas und zerrte sie über den Hof.

Vor sich hin schimpfend brachte er sie zu einer kleinen Kammer mit hölzernen Dachschrägen, rissigen Wänden und einem stinkenden Schlaflager und schlug die Tür hinter ihr zu. Naje war so wütend, dass sie aufstampfte und so fest gegen die Tür trat, dass ihr Fuß wehtat. Dann setzte sie sich auf das Bett, schaute aus dem kleinen Fenster und sehnte sich nach ihrer Mutter.

Außerdem hatte sie Hunger. Zu Wickberts Aufgaben gehörte es, ihr zu essen zu geben. Meist brachte er ihr scharf gebackenes Brot, wie sie es auch zu Hause bekam. Heute hatte er nichts gebracht. Vielleicht war das die Strafe dafür, dass sie nicht auf der Bank sitzen geblieben war. Vielleicht hatte er es auch einfach nur vergessen. Das, was angenehm für sie war, vergaß er oft.

Wenigstens bot das Fenster eine gute Aussicht auf die Umgebung jenseits der Herbergsmauern. Das Land, durch das sie seit ein paar Tagen zogen, war noch seltsamer als die endlosen Wälder am Anfang der Reise. Es war flach wie ein Brotfladen, ein Meer aus verbranntem, wogendem Gras, so weit das Auge reichte. Kaum Menschen schienen darin zu wohnen; nur vereinzelt hatte Naje einen einsamen Hof gesehen. Ardeshir hatte ihr gesagt, wie das Land hieß, aber sie hatte es wieder vergessen.

Die Herberge der kahlköpfigen Mönche lag neben der sandigen Straße. Kühe weideten in der Nähe, und es gab einen Ziehbrunnen von der Art, wie sie sie in den letzten Tagen oft gesehen hatte. Einer der Mönche zog gerade den Eimer heraus und schüttete Wasser in eine Tränke, was die Rinder anlockte. Die anderen Mönche arbeiteten im Hof der Herberge, fegten, gossen die Kräuter, fütterten die Pferde. Es war noch nicht Abend. Ardeshir hatte nur deshalb an der Herberge Halt gemacht, weil mit einem Rad seines Wagens etwas nicht stimmte. Die Sonne näherte sich zwar bereits dem Horizont, doch sie brannte immer noch so heiß wie schon den ganzen Tag und auch die Tage zuvor.

Naje vertrieb sich die Zeit damit, kleine Mörtelbröckchen aus der Wand zu pulen und aus dem Fenster zu werfen. Sie versuchte, einen Eimer zu treffen, den ein Mönch neben dem Kräuterbeet abgestellt hatte.

Es war ein langweiliges Spiel, das keinen Spaß machte.

Die Tür knarrte, und Marcoul von Culm kam herein.

Der untersetzte Ritter war einer der wenigen Männer, die ihre Sprache sprachen, und der Einzige, der keine Angst vor ihr hatte. Naje war sich sicher gewesen, dass von Culm sie mochte – bis zu der Sache mit dem Wasserfass. Seitdem war sie auf der Hut, wann immer er in ihre Nähe kam.

»Du darfst nach draußen auf den Hof, bis es dunkel wird«, sagte er.

Was sollte sie davon halten? Sie blickte ihn misstrauisch an, doch als er nur geduldig wartete, rutschte sie von ihrem Schlaflager und schlüpfte an ihm vorbei.

»Aber keinen Unsinn anstellen!«, rief der Ritter ihr hinterher.

Im nächsten Augenblick hatte sie ihr Misstrauen schon vergessen. Auf der Holztreppe zu trampeln, machte Spaß, denn es dröhnte durch das ganze Gebäude. Sie rannte immer noch, als sie schon auf dem Hof war, denn nach all den Stunden auf Wickberts Pferd und der Enge der Kammer war sie ganz kribbelig in den Beinen.

Zu ihrem Verdruss stellte sie fest, dass Wickbert auf einer Bank im Schatten saß und sie missmutig beobachtete. Wo die anderen Männer und Ardeshir steckten, wusste sie nicht; vermutlich drinnen. Bis auf ein paar Mönche, die sie nicht beachteten, war der Hof leer. Sie hüpfte von einer Seite des Haupthauses zur anderen, schaute dabei zu den Fenstern im ersten Stock auf und fragte sich, hinter welchem ihre Mutter saß und ob sie ihr gerade zusah. Sie traute sich nicht, nach ihr zu rufen, denn das hätte gewiss Ärger mit Wickbert gegeben.

Sie beschloss, sich ein wenig im Hof umzusehen, und entdeckte eine Katze, die auf der Herbergsmauer in der Sonne döste. Doch offenbar war sie nicht zum Spielen aufgelegt, denn als Naje zu ihr ging, sprang sie von der Mauer und verschwand im Gebüsch. Enttäuscht scharrte Naje mit dem Fuß über den staubigen Boden.

Ihr fiel die Pflanze wieder ein.

Sie lief zu dem Kräuterbeet und ging in die Hocke. Von der Pflanze war nicht mehr viel übrig. Die Blätter waren zu winzigen Flocken zerbröckelt. Der Stängel war dünn und vertrocknet, und als sie ihn aufhob, zerbröckelte auch er.

War die Hitze der vergangenen Tage schuld daran, dass die Blume verwelkt war? Aber warum war es so schnell gegangen? Und wieso war nur diese eine Pflanze betroffen, während die Kräuter ringsherum grün und gesund waren?

Nein, ganz gesund waren die Pflanzen in der Nachbarschaft nicht. Naje fand an ihren Blättern trockene Stellen. Stängel krümmten sich schlaff. Blüten hingen kraftlos herunter. Nichts, wovon sie sich nicht wieder erholen würden. Aber was die eine Blume zum Verwelken gebracht hatte, setzte auch ihnen zu.

»Ich habe mich schon gefragt, wann es dir endlich auffällt.«

Naje erschrak so sehr, dass sie herumfuhr. Vor sich sah sie Schnabelschuhe, ein goldenes Gewand aus fließendem Tuch, feingliedrige Hände, die aus weit geschnittenen Ärmeln ragten, und einen haarlosen Schädel mit strahlend blauen Augen.

Ardeshir ging neben ihr in die Hocke. »Es ist schon öfter geschehen, seit wir von Konstantinopel aufgebrochen sind. Wir bewirken das. Deine Mada, du und ich.« Er hob ein vertrocknetes Blatt auf und zerrieb es zwischen den Fingern zu Staub.

Sie ließ sich von seiner Freundlichkeit nicht täuschen. Schließlich war er es gewesen, der von Culm befohlen hatte, sie in das Wasserfass zu stecken.

»Die Wüste folgt uns«, fuhr er fort. »Die Mönche können von Glück sagen, dass wir nur zu dritt sind. Wären hundert von unserem Volk hergekommen, hätte keine Pflanze weit und breit überlebt. Hat dir deine Mutter nie etwas davon erzählt?«

Naje hielt es für das Klügste, nicht mit ihm zu sprechen. Sie schüttelte den Kopf.

Ardeshir seufzte und ließ sich auf der Bank nieder. »Setz dich zu mir«, forderte er sie sanft auf.

Ihm nicht zu gehorchen, würde gewiss üble Folgen haben. Also setzte sie sich neben ihn und fühlte sich ganz und gar nicht wohl in ihrer Haut.

»Was weißt du über unser Volk?«

Naje schwieg und überlegte, was er wohl von ihr erwartete.

»Wir sind Gottes Erstgeborene«, sagte er, als sie nicht antwortete. »Weißt du, was das bedeutet?«

Unbehaglich fragte sie sich, wie sie sich davonmachen könnte, ohne ihn zu verärgern.

»Wir sind älter als die Menschen. Wir bauten bereits Städte, als die Menschen noch in Höhlen lebten. Hast du schon von der Obsidianstadt gehört?«

Die Legende von der Stadt aus Obsidian war eine ihrer Lieblingsgeschichten; Mutter erzählte sie oft. Aber sie hatte schon von der Obsidianstadt gewusst, lange bevor Mutter sie das erste Mal erwähnt hatte. Sie wusste viele Dinge über die Djinn, ohne dass jemand sie ihr erzählt hatte. Dieses Wissen war einfach in ihr.

Ihr Schweigen machte Ardeshir glauben, sie wisse nichts über die Obsidianstadt. »Sie wurde vor vielen tausend Jahren erbaut, vor so langer Zeit, dass sich nicht einmal die ältesten Männer und Frauen unseres Volkes daran erinnern können. Niemand weiß heute mehr, wo sie liegt. Es war unsere erste Stadt, unsere größte und schönste. Alle Djinn kommen von dort.«

»Ich muss jetzt gehen«, sagte Naje leise. Doch als sie von der Bank rutschen wollte, legte ihr Ardeshir die Hand auf den Hinterkopf und strich ihr über das Haar. Es war wie ein Befehl zu bleiben.

»Von der Obsidianstadt aus besiedelte unser Volk die Erde«, erzählte er weiter. »Unsere Vorfahren gründeten neue Städte, die Wüste folgte ihnen und breitete sich bis zu den Küsten der Meere aus. Es war ein Zeitalter des Friedens und des Wohlstands, in dem unsere Künstler und Baumeister Werke von unfassbarer Schönheit schufen und der Schöpfer und die alten Götter voller Stolz auf uns herabblickten.«

All das hatte Naje schon hundertmal gehört. So, wie Ardeshir es erzählte, gefiel es ihr nicht. Aber sie wagte keinen weiteren Versuch zu gehen.

Seine Hand streichelte ihren Kopf. »Ja, ein Zeitalter des Friedens. Es würde bis heute andauern, wenn nicht einige unserer Ältesten der Torheit verfallen wären, unser Wissen an die Menschen weiterzugeben. Gewiss fragst du dich, warum unsere Ältesten dies taten. Ja, auch ich habe mich das oft gefragt, aber keine Antwort gefunden. Die Menschen waren zufrieden damit, in ihren Höhlen zu hausen und zu jagen. Erst als wir kamen und ihnen Schrift, Schmiedekunst und Viehzucht brachten, strebten sie nach mehr. Sie verließen ihre Höhlen und begannen, eigene Städte zu bauen. Es waren primitive, schmutzige Städte voller Gestank und Krankheiten, nur ein jämmerlicher Abglanz der unseren. Aber sie waren groß und wuchsen von Jahr zu Jahr, denn die Menschen vermehrten sich schneller als Ratten und breiteten sich über die ganze Erde aus. Als sie in den Ländern unseres Volkes siedelten, begriffen unsere Ältesten endlich ihren Fehler, aber da war es bereits zu spät. Mit Schwert, Lanze und Streitwagen töteten die Menschen unsere Vorfahren und trieben sie ins Innere der großen Wüsten zurück, unsere Städte begannen zu verfallen und verschwanden vom Angesicht der Welt, und weißt du, warum? Weil die Menschen selbst eine Krankheit sind. Sie sind eine Pestilenz, gegen die es kein Heilmittel gibt. Eines Tages wird ihre Zahl so gewaltig sein, dass die Erde ersticken wird, und mit ihnen alle Menschen. Dann wird der Gestank ihrer verwesenden Leiber zum Himmel aufsteigen, und der Schöpfer wird sich fragen, welche Narrheit ihn dazu getrieben hat, ihnen Leben einzuhauchen.«

Naje zitterte. Was hatte Ardeshir mit ihrer Lieblingsgeschichte gemacht? Wenn Mutter sie erzählte, war niemals die Rede von Schwertern und getöteten Djinn. Und erst recht nicht von verwesenden Leibern.

»Die Geschichte macht dir Angst, nicht wahr?«, sagte er mit seiner sanften, freundlichen Stimme. »Das kann ich gut verstehen. Es ist ja auch eine traurige Geschichte.«

Und seine Hand schloss sich so fest um ihren Nacken, dass sie vor Schmerz schrie.

ZWÖLF

Mit einem Fluch auf den Lippen verließ Raoul den Stall des Pferdehändlers.

»Überlegt es Euch noch einmal«, rief ihm der Mann nach. »So ein Angebot bekommt Ihr so schnell nicht wieder. Ich nehme auch Euren Panzer in Zahlung, falls Ihr nicht genug Silber bei Euch habt.«

Raoul trat auf die Straße und schlug die Tür hinter sich zu. Sechzig Silberpfennige hatte dieser Halsabschneider verlangt! Für ein gewöhnliches Reitpferd! In Konstantinopel bekam man dafür ein ausgebildetes Schlachtross und obendrein Sattel und Zaumzeug. Und damit war der Kerl noch vergleichsweise preiswert gewesen. Ein anderer Händler hatte siebzig verlangt, ein dritter sogar fünfundsiebzig. Zwar hatten sie ihm alle auch billigere Pferde angeboten, doch waren es ausnahmslos Klepper gewesen, die vermutlich lange vor der Grenze Siebenbürgens unter ihm zusammengebrochen wären. Die Händler von Hermannstadt waren gerissen. Ein Wort von ihm genügte, und sie bemerkten seine Ungeduld und verdoppelten den Preis.

Raoul fluchte erneut, aber diesmal galt die Verwünschung dem Kerl, dem er diese Notlage zu verdanken hatte.

Wenn alles nach Plan verlaufen wäre, hätte er die Stadt schon vor Stunden verlassen. Doch als er im Morgengrauen zur Herberge zurückgekehrt war, hatte ihm dort einer der Männer aufgelauert, die ihm in der vergangenen Nacht geholfen hatten. Er war betrunken gewesen und hatte mehr

Geld verlangt, und als Raoul es ihm nicht gab, ging er mit einem rostigen Messer auf sein Pferd los. Raoul hatte ihm mit einem Fausthieb den Kiefer gebrochen, was seinem Pferd jedoch nichts mehr half. Es war so schwer verletzt gewesen, dass er es töten musste.

Und seitdem suchte er ein neues Pferd. Er war bereits bei vier Händlern gewesen, vier von fünf, die es in Hermannstadt gab. Der letzte befand sich in einem Viertel außerhalb der Stadtmauern und hatte einen schlechten Ruf, doch inzwischen war er bereit, sich auf beinahe alles einzulassen, wenn er nur endlich ein neues Pferd bekam.

Wenigstens regnete es nicht mehr. Im Lauf des Morgens war es heiß geworden, eine Dunstglocke lag über der Stadt, und Raoul schwitzte in seinem *Klibanion*. Der Schlamm in den Straßen trocknete, und bald stank es schlimmer als vor dem Regen. Müde und gereizt ging er über die Brücke. Der Fluss war braun und voller Treibholz, und es fehlte nicht mehr viel, dass er über die Ufer trat. Raoul rechnete sein Geld zusammen. Er besaß noch vierundsiebzig Silberstücke. Wenn der Händler so unverschämt wie die anderen war, blieb ihm kaum noch etwas für die weitere Reise. Wenn er seinen *Klibanion* in Zahlung gab, konnte er Geld sparen – doch war es klug, ohne Rüstung durch fremdes Land zu reiten? Allerdings war alles besser, als noch mehr Zeit zu verlieren. Zeit, in der Jada und Naje alles Mögliche zustoßen konnte.

Er war so in Gedanken versunken, dass er die Männer erst bemerkte, als sie vor ihm standen. Es waren Waffenknechte, auf deren rostroten Steppwämsern die geflügelte Drachenschlange der Familie Báthory prangte.

»Das ist der Kerl«, sagte ein vierschrötiger Mann mit einem Säbel am Gürtel.

Im gleichen Moment packten Raoul von hinten zwei Männer an den Armen.

»Was wollt ihr? Wer hat euch geschickt?«

Der Säbelträger trat vor und hieb ihm die Faust in die Magengrube. »Für Krisztina, du Hund!«

Raoul krümmte sich im Griff der beiden Waffenknechte. Er hustete. »Ist das nicht ein wenig … übereifrig?«

Der zweite Schlag lehrte ihn, dass es klüger war, den Mund zu halten.

Die Männer zerrten ihn an den gaffenden Leuten vorbei zum anderen Flussufer, wo ihre Pferde standen. Dort zwang man ihn aufzusteigen. Ein Soldat band ihm die Hände und stieg hinter ihm in den Sattel, woraufhin sich der fünfköpfige Reitertrupp in Bewegung setzte.

Der Tag hatte schlecht angefangen und wurde offenbar nicht besser.

Sie verließen die Stadt und ritten durch die Hügel. Etwa fünf oder sechs Meilen von Hermannstadt entfernt kamen sie zu einem Herrenhof inmitten einer Pflanzung von Kirschbäumen. Das Anwesen erinnerte ihn an den Sitz seiner Familie in Oberlothringen: Ein Zaun aus schiefen Balken umgab eine Reihe von Gebäuden, Stallungen, eine kleine Kapelle, eine Küche, aus deren Kamin dünner Rauch aufstieg, und das zweistöckige Wohnhaus aus Stein. Ein Turm aus aufeinandergeschichteten Balken überragte die Kirschbäume und wachte über den Weg. Der Herrenhof war jedoch wesentlich größer als Bazerat, was darauf schließen ließ, dass die Familie Báthory über einigen Wohlstand verfügte.

Vom Haupthaus kam ihnen ein Waffenknecht entgegen, dem das schweißnasse Haar im Gesicht klebte.

»Hol den Herrn«, befahl der Säbelträger. »Sag ihm, wir haben den Kerl.«

Der Mann eilte davon.

»Ihr könnt mir die Fesseln jetzt abnehmen«, sagte Raoul. »Ich laufe euch schon nicht davon.«

»Die Fesseln bleiben«, blaffte der Säbelträger.

Mit gebundenen Händen benötigte Raoul die Hilfe eines Soldaten, um aus dem Sattel zu steigen. Vor dem Haupthaus und der Küche strömten Knechte, Mägde und andere Waffenknechte zusammen und glotzten ihn an. Ihm wurde bewusst, dass er wie der Strauchdieb aussehen musste, für den sie ihn vermutlich hielten: Wegen der Schwierigkeiten mit dem Pferd war er nicht dazu gekommen, sich zu waschen und die Kleider zu wechseln, weshalb er unrasiert, verschwitzt und mit schlammverkrusteter Kleidung auf dem Hof stand.

Ein Mann von etwa fünfzig Jahren trat aus dem Haupthaus. Er trug vornehme schwarze Kleidung und hatte schulterlanges silbergraues Haar, das ein wettergegerbtes Gesicht mit Kinnbart und vorspringender Nase einrahmte. »Was glotzt ihr so?«, fuhr er die Knechte an. »Geht wieder an die Arbeit.«

Widerwillig zerstreute sich die Schar, und der Mann durchquerte den Hof. »Ihr sollt ihn herbringen, habe ich gesagt«, schnarrte er. »Von fesseln war nicht die Rede.«

Der Säbelträger versteifte sich. »Herr, Ihr habt gesagt, er ist –«

»Nimm ihm die Fesseln ab, Herrgott noch mal.«

Einer der Soldaten löste den Knoten. Raoul rieb sich die schmerzenden Handgelenke und blickte den Grauhaarigen an. »Nikolaus Báthory?«, fragte er.

Der Edle nickte. »Verzeiht meinen Männern. Sie sind Dummköpfe, die nicht zuhören. Euer Freund sagte, Ihr kommt bei Anbruch des Tages. Deshalb ließ ich Euch suchen.«

»Ich wurde aufgehalten.«

»Gehen wir in den Garten. Ich will mit Euch reden.«

Báthory befahl zwei Waffenknechten, ihm zu folgen. Der Garten befand sich hinter dem Haupthaus und beanspruchte den größten Teil der Hügelkuppe. Der Zaun verschwand teilweise hinter wild wuchernden Rhododendren. Dank der Schatten spendenden Bäume war es hier nicht ganz so heiß wie auf dem Hof, und nach dem Gestank der Stadt wusste Raoul die Vielfalt der Düfte, die auf ihn einströmten, zu schätzen: Mal roch es nach Rosmarin, Lavendel, Salbei und Kamille, mal nach Flieder, Kirschblüten und Magnolien. Eine leichte Sommerbrise strich über die Baumkronen. Sahnefarbene Blütenblätter schwebten von den Zweigen und ließen sich auf seinen Schultern nieder.

Auf dem gepflasterten Pfad kam ihnen Narses entgegen. »Da bist du ja!«, rief er. »Wo warst du so lange?«

Bei ihm war Krisztina Báthory.

»Ist das der Mann, der mich ermorden will?«, fragte sie.

»Geh ins Haus, Krisztina«, sagte Nikolaus Báthory unwirsch.

»Nein, Vater. Ich habe ein Recht darauf zu erfahren, was hier vor sich geht.«

Báthory brummte nur und ließ sie gewähren.

»Wie du aussiehst«, sagte Narses, während sie Báthory und seiner Tochter folgten. »Was war denn los?«

»Ein Betrunkener hat mein Pferd abgestochen«, antwortete Raoul.

»Warum hast du mir keine Nachricht geschickt?«

»Hätte das etwas geändert?«

»Ja«, erwiderte Narses säuerlich. »Ich hätte nicht wie ein Lügner dagestanden.«

Raoul hatte ohnehin nicht damit gerechnet, dass Nikolaus Báthory ihnen glauben würde. Auch jetzt war der Edle noch überaus misstrauisch, was die beiden Waffenknechte bewiesen, die ihnen folgten. Als sie den hinteren Teil des Gartens erreichten und in einer Rotunde mit Blick auf das Flusstal Platz nahmen, befahl er den Männern, in der Nähe zu bleiben.

»Euer Gefährte hat mir von Eurem Handel mit György Bakócz erzählt«, begann Báthory, der wie seine Tochter fließend Griechisch sprach.

Raoul spürte Krisztinas Blick auf sich ruhen. Anders als ihr Vater schien sie keine Angst vor ihm zu haben. »Es gibt keinen Handel«, erwiderte er.

»Aber Bakócz hat Euch ein Angebot gemacht. Er wollte Euch verraten, wohin man Eure Familie gebracht hat, wenn Ihr meine Tochter ermordet.«

»Ja.«

»Ihr habt abgelehnt?«

»Ich habe zum Schein angenommen und Bakócz getäuscht. Ich hatte nie vor, Eurer Tochter ein Leid zuzufügen.« Raoul sah Krisztina an. Ihre dunklen Augen hielten dem Blick stand. Sie schien ihm zu glauben, ganz im Gegensatz zu ihrem Vater.

»Bakócz ist gerissener als ein Straßenköter«, sagte Nikolaus Báthory. »Man kann ihn nicht so einfach täuschen.«

»Mir ist es gelungen.«

»Wie?«

»Ich habe mein Wort gegeben, nicht darüber zu sprechen.« Zwar hätte Raoul nach der Sache mit dem Pferd allen Grund gehabt, sich nicht mehr an sein Wort gebunden zu fühlen. Aber ein Versprechen war nun einmal ein Versprechen.

»Ihr verheimlicht mir etwas und erwartet dennoch, dass ich Euch diese haarsträubende Geschichte glaube?«, erwiderte Báthory scharf.

»Bakócz trachtet Eurer Tochter nach dem Leben«, sagte Raoul. »Das ist alles, was Ihr wissen müsst.«

»Wer sagt mir, dass das keine Falle Bakóczs ist?«

»Warum hätten wir Euch eine Warnung zukommen lassen, wenn wir die Absicht hätten, Eurer Tochter etwas anzutun?«

Der Edle dachte nach und trommelte dabei mit den Fingern auf der Tischplatte.

»Sie sagen die Wahrheit, Vater«, meldete sich Krisztina zu Wort. »Alles andere ergibt doch keinen Sinn.«

Báthory schlug mit der flachen Hand auf den Tisch. »Ich weiß nicht, was einen Sinn ergibt! Ergibt es einen Sinn, dass du Bakóczs Bastard schöne Augen gemacht hast?«

Sein Zorn beeindruckte Krisztina nicht. »Ich habe ihm keine schönen Augen gemacht. Mein Fehler bestand allein darin, ihm zu begegnen.«

Mit finsterer Miene wandte Báthory sich an Raoul und Narses. »Wir waren zum Ball des Grafen von Kronstadt eingeladen«, erklärte er. »Dort hat Vata Bakócz meine Tochter zum ersten Mal gesehen. Er fing an, ihr Lieder zu schreiben und Geschenke zu schicken, dieser ganze Unfug. Von Tag zu Tag wurde er aufdringlicher.«

»Vata Bakócz wird zu Bällen eingeladen?«, fragte Narses erstaunt.

»Sein Vater ist ein Freund des Grafen. Bakócz hat viele Freunde in den hohen Häusern Siebenbürgens, weshalb er ungestraft Hermannstadt tyrannisieren kann. Außerdem hat er sich in den Kopf gesetzt, seinen Sohn mit einem Edelfräulein zu verheiraten, damit er endlich den Adelstitel bekommt, nach dem es ihn schon lange verlangt. Als Krisztina Vata abwies, soll er so wütend geworden sein, dass er einen seiner Handlanger halb totschlug. Damals schwor er Rache.«

»Bakócz ist ein Narr, wenn er glaubt, ich würde seinen Sohn heiraten«, sagte Krisztina.

»Ja, ein Narr«, schnaubte Báthory. »Aber leider ein gefährlicher Narr.«

Raoul kam zu dem Schluss, dass ihn das alles nichts anging. Außerdem drängte die Zeit. »Ihr habt gehört, was ich zu sagen habe. Wenn Ihr erlaubt, werden mein Freund und ich Euch jetzt verlassen.«

Narses hatte das Gespräch damit verbracht, Krisztina zu

beobachten. Als er hörte, dass Raoul gehen wollte, sah er nicht glücklich aus. Aber er widersprach ihm nicht.

»Ihr werdet hierbleiben«, sagte Nikolaus Báthory.

Raoul sank zurück auf den Stuhl. »Was soll das heißen?«

»Ihr werdet in meinem Haus bleiben, bis ich herausgefunden habe, wie groß die Gefahr für meine Tochter wirklich ist.«

Raoul musste sich beherrschen, um nicht die Geduld zu verlieren. »Ich sagte Euch bereits, dass wir nicht das Geringste mit Bakóczs Racheplänen zu tun haben.«

»Ich kenne Euch nicht. Ich weiß nicht, was Euer Wort wert ist. Deshalb werdet Ihr hier warten.« Báthory erhob sich.

Krisztina fragte: »Was hast du vor, Vater?«

»Ich habe Bakóczs Launen endgültig satt. Ich lasse ihn von den Männern aus seinem Bau holen und stelle ihn morgen vor das Gericht des Herzogs.«

Nun stand auch seine Tochter auf. »Und was ist mit dem Grafen von Kronstadt? Und Bakóczs anderen Freunden? Willst du dir ihre Feindschaft zuziehen?«

»Sie sollen allesamt zum Teufel fahren.« Mit einer energischen Geste befahl Báthory die beiden Waffenknechte zu sich. »Geleitet unsere Gäste ins Haus und richtet ihnen eine Kammer her. Ich wünsche, dass sie sie vor morgen früh nicht verlassen.«

»Das kannst du nicht tun! So behandelt man keine Gäste. Und erst recht niemanden, der uns geholfen hat.«

»Bringt auch meine Tochter ins Haus«, wies Báthory die Soldaten an. »Sie scheint vergessen zu haben, dass all das nur zu ihrem Schutz geschieht.«

Krisztina protestierte lautstark, als einer der Männer sie am Arm wegführte. Der andere Soldat nahm seine Pike in beide Hände und forderte Raoul und Narses auf mitzukommen.

»Ist das Euer Dank?«, brüllte Raoul dem Edelmann hinterher, der sich in Richtung Hof entfernte. Doch Báthory wandte sich nicht um.

Schäumend vor Wut ließ sich Raoul mit Narses zu einer Kammer im oberen Stock des Hauses führen. Eine Magd stellte ihnen Brot, kaltes Rindfleisch und zwei Krüge mit Wein auf den Tisch und entzündete eine Kerze, dann schloss der Waffenknecht die Tür und legte von außen den Riegel vor. Eine Verwünschung zischend fegte Raoul das Essen und den Wein vom Tisch. Klirrend zerbarsten die Krüge auf dem Boden und hinterließen eine rote Pfütze.

»Das bringt uns auch nicht hier raus«, bemerkte Narses.

»Dann sag mir, was uns herausbringt!«, fuhr Raoul ihn an.

Der Byzantiner zuckte mit den Schultern, hob das Brot und ein Stück Fleisch auf, setzte sich auf einen Hocker und begann zu essen.

»Warum sind wir nicht einfach heute Morgen verschwunden? Was scheren uns dieser Báthory und seine Tochter? *Hexenblut!*« Raoul wanderte unruhig in der engen Kammer umher, bis sich sein Zorn ein wenig abkühlte. Dann setzte er sich an den Tisch unter dem Fensterschlitz, der auf den Hof wies. Báthory hatte seine Ankündigung, Bakócz zu holen, offenbar ernst gemeint. Im Schatten der Bäume legten etwa zwei Dutzend Waffenknechte Kettenhemden und nietenverstärkte Lederwämser an und schärften ihre Waffen, während der breitschultrige Kerl mit dem Säbel am Gürtel vor ihnen auf und ab stolzierte und Anweisungen erteilte.

»Hast du aus Bakócz wenigstens herausbekommen, wohin Ardeshir Jada und Naje bringt?«, fragte Narses.

Raoul nickte. »Ardeshir will nach Norden. Nach Kassa.«

»Dieses Dreckloch? Was will er denn dort?«

»Woher soll ich das wissen?«

»Wie hast du ihn dazu gebracht, dass er es dir sagt?«

Narses wusste nichts von seinem Plan und was sich in der Nacht abgespielt hatte, da er sofort zu den Báthorys geritten war, als das Unwetter losbrach. »Später. Denk lieber darüber nach, wie wir hier herauskommen. Außerdem brauche ich ein Pferd.«

Wehmütig betrachtete Narses die Weinpfütze. »Vielleicht schenkt Báthory uns morgen eines. Als Entschädigung, wenn er seinen Fehler eingesehen hat.«

»Ich warte nicht bis morgen. Sowie die Soldaten weg sind, brechen wir aus.«

»Dann wird Báthory uns erst recht für Verschwörer halten.«

»Es kümmert mich einen Dreck, wofür er mich hält.« Raoul prüfte die Tür. Báthory hatte darauf verzichtet, davor eine Wache aufzustellen, denn so, wie sie beschaffen war, waren weitere Vorsichtsmaßnahmen überflüssig: Sie bestand aus dicken, vom Alter steinhart gewordenen Bohlen. Mit reiner Muskelkraft konnte man sie unmöglich aufbrechen, und in der Kammer gab es nichts, was sich als Ramme verwenden ließ. Auch das Fenster bot keine Möglichkeit zur Flucht, denn es wäre selbst für ein Kind zu schmal gewesen.

Raoul setzte sich wieder, beobachtete die Soldaten und dachte nach. Ardeshir musste inzwischen einen Vorsprung von drei oder vier Tagen haben. Wenn Báthory sie morgen gehen ließ, wuchs er auf fünf Tage an. *Wenn* Báthory sie gehen ließ. Es war nicht gesagt, dass sich durch Bakóczs Verhaftung alles aufklärte, im Gegenteil. Wenn Bakócz erfuhr, wer ihn in diese Lage gebracht hatte, mochte er auf Rache sinnen und alles daran setzen, ihn mit in den Abgrund zu reißen.

Und dann wären Jada und Naje verloren.

Raoul rieb sich die Stirn. Seine Augen brannten, seine

Schläfen pochten. Er hatte eine volle Nacht nicht geschlafen, und das Denken fiel ihm zunehmend schwer. Warum hatte er sich nur mit Bakócz eingelassen? Es wäre einfacher gewesen, ihn zu zwingen, sein Wissen preiszugeben, und ihn anschließend zu töten.

»Es ist ein verdammtes Unglück, dass wir nicht mehr Zeit haben«, sagte Narses. »Krisztina hat Gefallen an mir gefunden. Noch zwei oder drei Tage, und sie wäre mein.«

»Und wie wolltest du das anstellen?«, brummte Raoul. »Wir sind nicht gerade Freunde der Familie.«

Der Byzantiner hörte ihm gar nicht zu. Er lehnte sich mit dem Rücken gegen die Wand und schlug die Beine übereinander. »Sie ist wunderbar. Nicht nur schön, sondern auch klug und dickköpfig. Sie hat mir erzählt, dass sie Laute spielt und eine Ballade schreibt. Ich liebe Frauen, die etwas von Musik verstehen. Und dickköpfige Frauen liebe ich auch.«

»Vorgestern hat sie dich noch zum Teufel geschickt.«

»Das war, bevor ich sie vor Bakócz warnte. Inzwischen kennt sie mein edles Wesen und hat ihre Meinung geändert.«

»Solange ihr Vater dein edles Wesen nicht erkennt, hilft uns das überhaupt nichts.«

»Hab Geduld, Raoul. Es wird sich alles aufklären. Morgen wird Báthory uns gehen lassen, und in ein paar Tagen finden wir Jada und Naje. Auf dem Rückweg werde ich hier zu Ende bringen, was ich angefangen habe. Das wird meine Belohnung für all die Mühen sein.«

»Du willst Krisztina in dein Bett holen.«

Narses lachte. »Natürlich. Was denn sonst?«

So war Narses: Selbst in einer Lage wie dieser dachte er nur an sein Vergnügen. Er kannte keine Schwierigkeiten, kein Leid, keine Sorgen. Seine Welt bestand aus Sonne, schönen Frauen, Wein und seiner lauten und immerzu fröhlichen Familie. Auch Raoul war einmal so gewesen, aber dann hatte er die Liebe kennengelernt, und mit all dem Glück hatte auch der Schmerz Einzug in sein Leben gehalten. Schmerz und die Angst, jene die er liebte, zu verlieren; so wie jetzt.

Als die Soldaten bereit waren, stiegen sie in die Sättel. Nikolaus Báthory führte sie an. Er gab den Befehl zum Aufbruch und jagte durch das Tor, gefolgt von der bewaffneten Schar.

Nachdem das Donnern der Hufe verklungen war, legte sich Stille über das Anwesen. Der Abend brach herein, und bald verstummten die Stimmen der Knechte und Mägde im Hof. Raoul machte es sich so bequem, wie es der Hocker zuließ, und schloss die Augen. Trotz seiner Erschöpfung fand er keinen Schlaf. Zu groß war seine Unruhe, zu quälend seine Sorge um Jada und Naje.

Es wurde dunkel. Ihre Kerze brannte herunter und verlosch, und da sie keine neue hatten, füllte Finsternis die Kammer. Raoul hatte sich nicht damit abgefunden, bis Báthorys Rückkehr tatenlos herumzusitzen. Er stand auf und zog den kleinen Tisch in die Mitte des Raums.

»Was machst du?«, fragte Narses, der ebenfalls nicht schlief.

»Die Decke. Vielleicht ist sie nicht so fest, wie sie aussieht.«

Er stieg auf den Tisch und streckte die Arme aus. Gerade so erreichte er die Decke der Kammer. Wie die Tür bestand sie aus alten Bohlen, die nicht nachgaben, als er dagegendrückte. Er sprang herunter und wollte den Tisch verschieben, um eine andere Stelle abzusuchen, als draußen auf dem Gang Schritte zu hören waren.

Jemand entfernte den Riegel und öffnete die Tür. Es war Krisztina Báthory. Der unruhige Schein einer Öllampe lag auf ihrem blassen Gesicht.

»Kommt«, sagte sie leise. »Ihr müsst verschwinden, bevor mein Vater zurück ist.«

Narses sprang auf. »Hat er Euch nicht eingesperrt?«

»Ja. Aber meine Zofe hat mir geholfen. Sie würde es nicht wagen, sich mir zu widersetzen. Hier, Eure Waffen.« Sie reichte Raoul einen Beutel, dem er seine Schwerter und Dolche entnahm. »Folgt mir. Und seid leise.«

Raoul gürtete sich sein Schwert um, während er Krisztina hinterherhastete.

»Ihr müsst meinem Vater verzeihen«, flüsterte sie. »Ich bin sein Ein und Alles, seit mein Bruder tot ist. Wenn er mich in Gefahr glaubt, schreckt er vor nichts zurück.«

»Wird er es schaffen, Bakócz in den Kerker zu bringen?«, fragte Raoul.

»Das haben schon viele versucht. Beim letzten Mal hat Bakócz einen Bischof zu Hilfe gerufen, der ihn wieder herausgeholt hat. Es gibt kaum einen Edlen oder Kirchenfürsten in Hermannstadt, den er nicht auf die eine oder andere Weise in der Hand hat. Er ist reich. Und wen er nicht bestechen kann, den … *still!*«

Sie blieb an einer Treppe zum Erdgeschoss stehen und blies die Lampe aus. Unten durchquerte jemand leise pfeifend den Raum. Sowie das Pfeifen verklungen war, führte Krisztina sie die Stufen hinab. Raoul entging nicht, dass sie dabei Narses' Hand hielt.

»Was Ihr tut, wird Eurem Vater nicht gefallen«, sagte er und ließ offen, was genau er damit meinte.

»Ihm gefällt so manches nicht, was ich tue«, erwiderte sie störrisch.

Er begann, Narses zu verstehen. Krisztinas Wesen war … interessant.

»Ich brauche ein Pferd.«

»Dafür habe ich gesorgt. Hier entlang.«

Sie schlichen durch einen weiteren Gang. Von irgendwoher ertönten leise Stimmen und Gelächter, aber ihnen begegnete niemand. Kurz darauf umfing sie warme, nach Heu riechende Luft. In der Dunkelheit schnaubte ein Pferd.

Krisztina führte sie zum Stallabteil mit Narses' Pferd. Daneben stand ein mächtiger Hengst.

»Vaters zweites Schlachtross. Nehmt es. Es wird Euch gute Dienste leisten.«

Raoul verstand einiges von Pferden, und so weit er in der Dunkelheit beurteilen konnte, musste das Tier ein Vermögen wert sein. Es zu stehlen, wäre eine angemessene Entschädigung für die Unannehmlichkeiten, die Báthory ihm bereitet hatte. Und streng genommen war es auch kein Diebstahl, sondern ein Geschenk. »Ich danke Euch«, sagte er lächelnd, doch Krisztina beachtete ihn nicht. Narses flüsterte ihr etwas ins Ohr, woraufhin sie leise kicherte und ihm auf den Arm schlug.

Sie half ihnen, den Pferden Sättel und Zaumzeug anzulegen, und wenig später führten sie die Tiere auf den Hof, wo sie aufstiegen.

»Nehmt die Straße nach Norden«, riet Krisztina. »Richtung Hermannstadt lauft Ihr Gefahr, meinem Vater zu begegnen.«

»Wir müssen ohnehin nach Norden«, sagte Raoul. »Habt Dank für alles.«

Narses beugte sich im Sattel herunter, führte Krisztinas Hand zum Mund und küsste sie. »Bald komme ich wieder«, versprach er.

Im Haus regte sich etwas, und sie schüttelte seine Hand ab. »Viel Glück«, sagte sie, wandte sich ab und lief zurück.

Raoul und Narses gaben den Pferden die Sporen und preschten aus dem Tor, den Pfad zwischen den Kirschbäumen entlang, über die Straße durch die Hügel. Niemand hielt sie auf, niemand begegnete ihnen, aber sie ritten erst langsamer, als das Anwesen der Báthorys einige Meilen entfernt war. Turmhohe Fichten wuchsen auf den Hängen unter dem sternklaren Himmel; die Dunkelheit zwischen ihren Stämmen war dicht und geheimnisvoll. Die laue Luft roch nach Harz, Humus, Pilzen und Beerensträuchern. Gemächlich trabten sie nebeneinander.

»Es ist wirklich ein Jammer«, sagte Narses nach einer Weile.

»In zwei, drei Wochen siehst du sie ja wieder«, entgegnete Raoul. *Wenn du dann noch Interesse an ihr hast*, fügte er im Stillen hinzu.

»Drei Wochen? So lange kann ich nicht warten. Ich vergehe schon jetzt vor Sehnsucht nach ihr.«

Raoul lachte. »Das ist keine Sehnsucht. Das ist die Lust.«

»Gibt es da einen Unterschied?«

»Vielleicht lernst du ihn eines Tages.«

»Um zu einem Langweiler wie du zu werden? Danke, nein.«

Der Einschnitt zwischen den Hügeln verengte sich. Strauchwerk und Felsen flankierten den Weg, eine Straße aus alten Pflastersteinen. Die Fichten standen geneigt auf den Hängen, sodass sich die Äste hoch über dem Weg fast berührten. Raoul ritt voraus, dicht gefolgt von Narses.

»Also«, sagte dieser, »wie hast du es angestellt? Das mit Bakócz, meine ich.«

Raoul lächelte in sich hinein. »Was vermutest du?«

»Ich vermute gar nichts.«

»Du hast doch gehört, was ich Báthory gesagt habe. Ich habe mein Wort gegeben …«

»… nicht darüber zu sprechen, ich weiß. Aber ich bin nicht Báthory.«

»Ein Wort ist ein Wort, Narses.«

»Na schön«, sagte der Byzantiner. »Du willst also wissen, was ich vermute, ja? Ich glaube, du warst noch einmal bei Bakócz und hast ihm einen anderen Handel vorgeschlagen. Irgendwann nachts, während ich bei den Báthorys war.«

»Nein. Falsch.«

»Dann hast du ihn bedroht. Du hast ihm aufgelauert, ihm den Dolch an die Kehle gehalten und ihn gezwungen zu reden.«

»Wenn ich das versucht hätte, würde ich jetzt im Fluss treiben.«

Das brachte Narses zum Grübeln. »Ich weiß es! Der Kerl ist blind. Statt Krisztinas Kopf hast du ihm eine Rübe gegeben.«

»Mach dich nicht lächerlich, Narses. Außerdem war Bakóczs Sohn dabei. Und er ist nicht blind.«

Wieder schwieg der Byzantiner nachdenklich. »Gut«, sagte er schließlich. »Ich gebe auf. Sag es mir.«

»Nein«, erwiderte Raoul lächelnd. »Und wenn du noch hundertmal fragst.«

»Du bist ein stinkender, hinterhältiger, verlauster Christenhund, weißt du das?«

Eine Weile folgten sie schweigend der Straße. Als das Tal breiter wurde, schloss Narses zu ihm auf, sodass sie wieder nebeneinanderritten.

»Als wir gestern bei Bakócz waren«, brach der Byzantiner das Schweigen, »dachte ich für einen Augenblick, du wolltest Krisztina wirklich töten.«

»So«, sagte Raoul.

Narses musste nicht wissen, dass das in jenem Moment tatsächlich seine Absicht gewesen war.

DREIZEHN

Von allen menschlichen Städten hasste Ardeshir Kassa am meisten.

Sie lag am nördlichsten Rand der ungarischen Steppe, in der Nähe der Hohen Tatra, dem höchsten Teil der Karpaten, und wenn es nicht gerade Hochsommer war wie jetzt, konnte die Stadt jederzeit von Eis und Schnee heimgesucht werden. Die Steingebäude konnte man an zwei Händen abzählen; der Rest von Kassa bestand aus Holz, das dank des wechselhaften Wetters so schnell verfaulte, dass man förmlich dabei zuschauen konnte. Die Straßen stanken, die Bewohner waren Tölpel, die gerade erst seit ein paar Jahrzehnten ihrem Bauerndasein entflohen waren, und der Fluss Hornád bestand zum größten Teil aus Gülle, Schlamm und Abfall.

Kassa war das Reich von Amadeus Aba.

Aba war der Herr der Provinz Nordostungarn und ein Palatin, ein königlicher Stellvertreter und Hoher Richter. Seit der König von Ungarn ihm Kassa vor zwei Jahren abgetreten hatte, herrschten er und seine beiden Brüder mit eiserner Hand über die Stadt. Beim letzten seiner seltenen Besuche hatte Ardeshir Aba getroffen und mit ihm ausgehandelt, dass sie sich gegenseitig nicht behelligten. Aba hielt sich an die Abmachung, schließlich war er nicht daran interessiert, sich einen der mächtigsten Kaufleute zwischen Byzanz und der Ostsee zum Feind zu machen. Im Gegenzug ließ Ardeshir den Palatin gewähren, denn es kümmerte ihn nicht, was in der Stadt geschah, solange es seine Geschäfte nicht beeinträchtigte. Zum beiderseitigen Nutzen waren sie sich zwei Jahre aus dem Weg gegangen. Nun aber brauchte er Abas Hilfe.

Seit seinem letzten Besuch hatte sich Kassa nicht zu seinem Vorteil verändert. Die Stadt fasste mehr Menschen, die innerhalb der Festungsanlagen kaum noch Platz fanden. Holzhäuser, eines schäbiger als das andere, drängten sich aneinander. Die Hufe ihrer Pferde und die Räder des Wagens versanken im Unrat. Der Fluss stank wie eine Jauchegrube. Das Geschrei der Händler, die an jeder Ecke ihre Waren feilboten, ließ seine Ohren schmerzen. Und überall standen Kriegsknechte herum und sorgten wenig zimperlich dafür, dass die Bürger Abas harte Gesetze achteten und die horrenden Steuern zahlten.

Ardeshir wies Marcoul von Culm an, den Trupp zur Zitadelle zu führen. Dann zog er den Vorhang vor das Fenster des Wagens und hielt sich ein Säckchen mit Nelken unter die Nase.

»Der Gestank ist unerträglich, nicht wahr?«, sagte er zu Jada. »Lasst es mich wissen, wenn Ihr auch ein Duftsäckchen wollt.«

»Wieso fahren wir zur Zitadelle?« Sie saß ihm mit maskenhaftem Gesicht gegenüber. Es war das erste Mal seit zwei Tagen, dass sie mit ihm sprach.

Er lächelte. »Wir treffen dort einen Freund.«

»Ich will meine Tochter sehen.«

»Das werdet Ihr.«

»Wann?«

»Bald.«

Das war gelogen, und sie wusste es, dennoch verfiel sie wieder in Schweigen. Sie öffnete den Vorhang und betrachtete das Treiben auf der Straße.

Sie war schön, schöner als die meisten Frauen, denen er

in seinem langen Leben begegnet war, und nicht zum ersten Mal erwog er, sie für sich zu behalten. Anfangs würde sie sich sträuben und an ihrer lächerlichen Liebe zu diesem Menschen festhalten, doch irgendwann würde sie sich ihm fügen. Er hatte alle Zeit der Welt, um ihren Willen zu brechen. Die Vorstellung war verlockend, dennoch schlug er sie sich aus dem Kopf. Es war nicht die richtige Zeit für Vergnügungen. Und als Geschenk für Amadeus Aba war sie ihm mehr von Nutzen.

Der Wagen hielt im Hof der Zitadelle. Ardeshir sprach mit dem Hauptmann der Wache. Während ein untergebener Soldat davoneilte, um den Gast zu melden, gab Ardeshir seinen Männern Anweisungen, was mit Jada und dem Kind zu geschehen habe, bevor er von Culm befahl, ihm zu folgen.

Die Zitadelle war, wie alles in Kassa, überaus hässlich. Obwohl erst lange nach dem Mongolensturm 1241 erbaut, erweckte sie den Eindruck, seit Jahrhunderten auf der Anhöhe über dem Fluss zu stehen, so dunkel und verwittert waren Mauern und Türme. Außer zur Mittagsstunde herrschte in dem engen Hof stets schattiges Zwielicht. Rote Wimpel mit dem weißen Drachen der Familie Aba und dem Doppelkreuz Ungarns hingen schlaff auf den Dächern. Die Waffenknechte trugen mit Panzerplatten verstärkte Kettenhemden, ausladende Topfhelme, schwere Äxte und Piken mit breitem Blatt, als rechneten sie jeden Augenblick mit einem Angriff. Ganz unbegründet war diese Furcht nicht; die Bürger Kassas hatten sich schon zweimal gegen die hohen Steuern aufgelehnt und den Stadtherrn tagelang in der Zitadelle belagert.

Ein Soldat brachte Ardeshir und von Culm in einen düsteren Saal und kündigte sie mit fester Stimme an.

Aba saß am Kopfende eines Tisches und aß mit bloßen Fingern einen gebratenen Kapaun. Fett troff in seinen schwarzen

Bart. Er wischte sich den Mund mit dem Ärmel ab, blies die Backen auf und rülpste.

»Ardeshir, du alter Eunuch«, knurrte er. »Was treibst du hier?«

Ardeshir lächelte dünn und deutete eine Verneigung an. »Ich grüße Euch, ehrwürdiger Palatin«, erwiderte er auf Ungarisch. »Es erfreut mein Herz, Euch wohlauf zu sehen.«

Aba grunzte. »Wer ist der Kerl da?«

»Marcoul von Culm. Ein Ritter in meinen Diensten.«

Von Culm verbeugte sich steif.

»Ein Ritter, soso. Sieht mir eher aus wie ein Bauerntölpel. Diener!«, brüllte Aba. »Zwei Kapaune. Und mehr Wein, Herrgott noch mal!«

Amadeus Aba war kein schöner Mann. Seine Nase war ein knorpeliges Gebilde in einem Gesicht, das vor lauter Haaren kaum zu sehen war. Die massigen Arme waren vernarbt; sein breiter Oberkörper steckte in einem speckigen, ärmellosen Lederwams. Er stank nach altem Schweiß und ranziger Butter.

Ardeshir setzte sich auf die Bank. Ihm gegenüber saßen zwei junge Männer mit sauber geschnittenem Haar, sorgfältig gestutzten Bärten und Röcken aus teurem Tuch. Es waren Zwillinge.

»František und Ladislas, meine Brüder«, stellte Aba sie vor. »Sie haben ein paar Jahre in Konstantinopel gelebt. Früher waren sie richtige Männer. Jetzt sind sie byzantinische Tunten wie du.«

Ardeshir hatte von den Zwillingen gehört. In Konstantinopel hatten sie sich nicht nur eine Vorliebe für byzantinische Mode angeeignet, sondern auch für die grausamen Gebräuche der oströmischen Oberschicht. František hantierte gerne mit Feuer, während sein Bruder, wenn man dem Gerede glaubte, Folterwerkzeuge sammelte.

»Ihr müsst unserem Bruder verzeihen, dass er so übellaunig ist«, sagte Ladislas mit samtweicher Stimme. »Eine Frau hat ihn enttäuscht.«

»Frau!«, schnaubte Aba. »Sie war eine verdammte Hure! Und schlau obendrein. Es bringt nur Unheil, wenn eine Frau schlau ist.«

»Sie hat ihn bestohlen«, erläuterte František, der wie sein Bruder grausame Augen hatte.

»Sie hat es *versucht*«, berichtigte Aba. »Ich habe ihr beide Hände abgeschlagen.«

»Das hat ihm beinahe das Herz gebrochen«, sagte František. »Sie hat zwei Jahre sein Bett geteilt. Und sie war schön.«

Abas Pranke umschloss den Weinbecher und zerdrückte ihn schier. »Sie hatte kleine Titten. Außerdem hat sie gestunken wie ein Iltis.«

Der Diener brachte zwei gebratene Kapaune, Becher und eine irdene Karaffe. Ardeshir goss sich etwas Wein ein und nippte zum Schein daran.

»Erzählt mir von Eurer Stadt. Was hat sich seit meinem letzten Besuch getan?«

»Kassa ist immer noch das gleiche Dreckloch. Überall Lügner und Halsabschneider. Die Juden vermehren sich wie die Karnickel und werden immer unverschämter. Die Gerber streiken seit Wochen. Ich sollte ihnen allen die Köpfe einschlagen.« Der Palatin starrte Ardeshir aus seinen kleinen Augen argwöhnisch an. »Was willst du, Ardeshir? Bist du gekommen, um mir Scherereien zu machen?«

»Ich will Euch ein Geschäft vorschlagen.«

»Ich mache keine Geschäfte mit byzantinischen Strauchdieben.«

»Dieses wird Euch interessieren. Ich biete Euch eine Frau.«

»Du kannst sie behalten. Ich habe ein für alle Mal genug von Weibern.«

»Schaut sie Euch an«, sagte Ardeshir, »und ich bin sicher, Ihr werdet Eure Meinung ändern.«

Er gab Marcoul von Culm ein Zeichen, woraufhin der Ritter zum Eingang des Saals stolzierte. Er kam mit einem Ordensbruder zurück, der Jada hereinführte.

Ardeshir wusste inzwischen, wie unberechenbar sie war, deshalb hatte er ihr die Hände fesseln lassen. Ihr Haar war offen und fiel ihr in wilden Strähnen über die Schultern. Die Verachtung in ihren glühenden Augen galt jedem im Raum.

Ihr Anblick verfehlte seine Wirkung nicht. Aba sank mit knarzendem Lederwams in seinen Lehnstuhl zurück und glotzte sie mit offenem Mund an.

»Ist sie das?«, fragte er.

»Ja. Sie gehört Euch – wenn Ihr Euch bereit erklärt, etwas für mich zu tun.«

»Nennt Euren Preis«, sagte der Palatin, und da wusste Ardeshir, dass er alles von ihm verlangen konnte. Aba wurde von Jahr zu Jahr schlimmer von fleischlichen Begierden gequält. Eine Frau wie Jada musste ihn zwangsläufig um den Verstand bringen.

»Zwei Männer machen mir Schwierigkeiten. Ihre Namen sind Narses Ben Jehuda und Raoul von Bazerat.« Ardeshir beobachtete Jada. Sie hatte sich vollkommen in der Gewalt. Bei der Nennung des Namens ihres Liebsten zuckte sie nicht einmal zusammen. »Sie verfolgen mich und werden in den kommenden Tagen in Kassa eintreffen. Ich will ihren Tod.«

Aba mochte noch so gebannt von Jada sein, sein übliches Misstrauen hatte er nicht verloren. »Das ist alles?«

»Das ist alles.«

»Ist der eine Kerl ein Jude?«

»Ja.«

Aba schnaubte missmutig. Er hasste alle Juden, denn er glaubte, dass sie sich gegen ihn verschworen hatten. »Wenn ich sie umbringen soll, muss ich wissen, wie sie aussehen.«

Ardeshir zog ein gerolltes Pergament aus dem Ärmel seines Gewands. »Hier drin steht alles, was Ihr über sie wissen müsst.«

Aba winkte einem Diener, damit dieser die Rolle an sich nahm. Er selbst konnte nicht lesen. »Her mit dem Weib!«, sagte er dann.

»Also nehmt Ihr den Handel an?«, fragte Ardeshir.

»Was soll das heißen? Gibt es irgendwo einen Haken?«

»Nein. Tötet Ben Jehuda und Bazerat. Das ist alles, was ich will.«

»Ich warne dich. Wenn das Geschäft einen Haken hat, lernst du mich kennen.«

Ardeshir verneigte sich und gab dem Schwertbruder ein Zeichen. Als der Mann Jada an ihm vorbeiführte, raunte er ihr zu: »Weshalb so abweisend, meine Liebe? Aba ist ein Mensch wie Euer Raoul. Es gefällt Euch doch, für Menschen die Beine zu spreizen.«

Sie gab mit keiner Regung zu verstehen, dass sie das gehört hatte.

»Nimm ihr die Fesseln ab«, befahl Aba dem Dienenden Bruder.

»Ich muss Euch warnen«, sagte Ardeshir. »Sie ist wild wie eine Raubkatze. Ohne Fesseln könnte sie Euch verletzen.«

»Das wird sie nicht. Sie wird vor Wonne schnurren, wenn sie erst in meinem Bett liegt. Nicht wahr, meine Schöne?« Aba strich ihr mit seinen fettigen Fingern über die Wange, während der Schwertbruder die Fesseln löste. Jada ließ es stumm über sich ergehen, auch, als er sie auf seinen Schoß zog.

»Verschwindet!«, herrschte Aba seine Brüder an. »Ich gebe

hier keine Vorstellung. Ihr auch!«, schnarrte er und meinte die Diener, Ardeshir und alle anderen im Raum.

»Ich wünsche Euch viel Vergnügen, ehrwürdiger Palatin. Und vergesst Euren Teil des Handels nicht.« Nach einer weiteren Verbeugung verließ Ardeshir mit von Culm und dem Dienenden Bruder den Saal.

Von dort kam ihnen im Laufschritt ein schwer bewaffneter Kriegsknecht entgegen. Der Mann schulterte eine Lanze und hatte ein schweißnasses Gesicht.

»Herr!«, rief er. »Ihr müsst kommen! Die Gerber! Sie haben den Turm an der Brücke angezündet.«

Aba sprang auf und stieß Jada zu Boden. »Was sagst du da?«

»Der Turm steht in Flammen, Herr!«, erklärte der Soldat atemlos. »Unsere Männer wurden an der Brücke aufgeknüpft. Die Gerber drohen, das ganze Viertel anzuzünden.«

Abas Gesicht lief vor Zorn rot an. »Sie wagen es, mir zu drohen? Ich werde jeden Einzelnen dieser Hurenböcke auf einen Pfahl stecken! Diener! Meine Rüstung! Und schafft das Weib in meine Kammer!«

Vor Ardeshirs Augen verwandelte sich der Saal in ein Tollhaus. Aba brüllte und hackte mit seiner Axt auf den Tisch ein. Diener und Soldaten rannten umher und versuchten, ihm gleichzeitig zu Willen zu sein und ihm aus dem Weg zu gehen.

»Kommt«, sagte Ardeshir zu Marcoul von Culm. »Es wird höchste Zeit, Kassa zu verlassen.«

Abas Gemach war düster und schäbig und stank nach den Ausdünstungen seines Bewohners. Nachdem der Soldat die Tür zugeworfen und den Schlüssel im Schloss gedreht hatte, setzte Jada sich in die Nische vor dem einzigen Fenster und starrte hinaus auf den Hof.

Sie verschränkte die Hände, damit sie aufhörten zu zittern. Sie spürte Amadeus Abas Berührung immer noch auf ihrer Wange. Wenn ihre Lage nicht so aussichtslos gewesen wäre, hätte sie in der Halle versucht, ihn und Ardeshir zu töten.

Aber sie musste an Naje denken. An Naje, nach der sie eine solche Sehnsucht verspürte, dass es schmerzte. Wenn sie ihre Tochter jemals wiedersehen wollte, durfte sie sich von ihren Gefühlen nicht überwältigen lassen. Sie musste ihren Hass und ihre Verzweiflung tief in sich einschließen, musste warten, bis sich eine Gelegenheit ergab zu handeln.

Der Hof füllte sich mit Reitern. Inmitten des Dickichts aus Lanzen und Schwertern saß Aba auf seinem Schlachtross, schwang brüllend seine Streitaxt über dem Kopf und preschte durch das Tor, woraufhin ihm der Trupp mit donnernden Hufen folgte. Als sie fort waren, fuhr Ardeshirs Wagen vor. Ardeshir hielt Naje an der Hand, führte sie über den Hof und öffnete die Wagentür. Bevor Naje einstieg, sah sie sich um, suchte den Hof mit den Augen nach ihrer Mutter ab, und ihr Blick streifte Jadas Fenster. Es konnte nur Zufall gewesen sein, dennoch war Jada, als habe Naje sie gesehen, bevor Ardeshir sie in den Wagen schob und die Tür schloss.

Als der Fahrer die Peitsche knallen ließ und sich der Wagen in Bewegung setzte, schloss Jada die Augen und begann zu beten, zum ersten Mal seit unendlich langer Zeit.

»Treibt sie auf der Brücke zusammen«, brüllte Amadeus Aba über das Geschrei der Männer und das Wehklagen der Gefangenen hinweg. »Wenn einer zu fliehen versucht, schlachtet ihn ab!«

Der Wehrturm am Flussufer war, ausgehöhlt von den Flammen, in sich zusammengefallen; Rauch drang dicht und schwarz aus den Trümmern und zog über das Wasser. Seine Männer hatten die Aufrührer am schlammigen Ufer zum

Kampf gestellt. Die vom Hunger verhärmten Gerber mit ihren behelfsmäßigen Waffen waren keine Gegner für die berittenen und schwer bewaffneten Kriegsknechte gewesen, und es hatte nicht lange gedauert, bis eine Hälfte von ihnen tot oder sterbend im Schlamm lag und sich die andere Hälfte ergab. Es verlangte Aba danach, sie alle zu töten, um dem Pöbel Kassas zu zeigen, was mit Brandstiftern geschah. Aber dann hätte die Stadt keine Gerber mehr, die Händler konnten kein Leder mehr nach Polen und Siebenbürgen verkaufen, und er würde weniger Steuern einnehmen. Also musste er wohl oder übel einige am Leben lassen.

Er trieb sein Pferd durch die Menschenmenge auf der Brücke. Einer der Gerber klammerte sich an seinem Bein fest und wimmerte um Gnade. Aba rammte ihm das Schild ins Gesicht, sodass der Mann zwischen den gedrängt stehenden Leibern zu Boden ging.

Er fand seinen Hauptmann am Ufer.

»Zählt die Hunde durch«, befahl Aba. »Jeder Dritte kommt auf einen Pfahl. Ich will, dass die Pfähle die Hauptstraße vom Fluss bis zur Zitadelle säumen.«

Er riss sein Pferd herum und ritt abermals über die Brücke, wo seine Männer mit dem Durchzählen begannen. Die Gerber, auf die die Wahl fiel, wurden von der Gruppe getrennt und zu dem Karren mit den Pfählen gezerrt.

Durch den Kampf hatte sich seine Laune gebessert. Kassa war ein Rattennest voller Betrüger und hinterlistiger Messerstecher, und es war höchste Zeit gewesen, diesem Pack zu zeigen, wer der Herr war. Es war ein Glücksfall, dass der Kampf an der Brücke stattgefunden hatte, wo die halbe Stadt es mitbekam. Vermutlich würde es in den nächsten Monaten niemand mehr wagen, ihm Steuern zu stehlen. Vielleicht sollte er mehrmals im Jahr auf diese Weise durchgreifen. Dann würde endlich Ruhe in der Stadt herrschen.

Noch ein Gutes hatte der Kampf: Durch das Blutvergießen fühlte er sich männlich. Nach einem siegreichen Gefecht gab es nichts Besseres, als eine Frau zu nehmen. Und dank Ardeshir besaß er die schönste Frau von ganz Ungarn.

Er galoppierte zur Zitadelle zurück und malte sich aus, wie er das Weib ausziehen und auf sein Bett werfen würde. Er hatte gesehen, dass ihr Gewand zwei schöne feste Brüste verhüllte. In seiner Vorstellung hörte er schon ihr Stöhnen, wenn er ihr in die Brustwarzen kniff.

Sein Glied wurde hart. Er trieb sein Pferd an und jagte den Hügel hinauf.

Im Hof schwang er sich aus dem Sattel und öffnete die Verschlüsse des Brustpanzers, während er die Treppe zu seinem Gemach hinaufstampfte. Sein Atem ging schwer. Seit zwei Tagen hatte er nicht mehr bei einer Frau gelegen. Zwei Tage! Kein Wunder, dass er vor Lust schier den Verstand verlor.

Verdammte Weiber, dachte er. Sie machten nichts als Ärger. Aber ohne sie konnte er nicht leben. Es war zum Verrücktwerden.

Vor seinem Gemach trat eine Gestalt aus dem Halbdunkel. František.

»Was willst du?«, fuhr Aba ihn an.

»Dich warnen«, sagte František mit seiner weibischen Stimme. Hinter ihm erschien Ladislas.

»Das Wohl unseres Bruders geht uns über alles«, ergänzte dieser mit feinem Lächeln.

Wenn Aba in diesem Moment eines nicht brauchte, dann das Geschwätz seiner Brüder. »Geht mir aus dem Weg.«

»Ardeshirs Weibstück wird dir Scherereien machen«, sagte František. »Hast du nicht den Ausdruck in ihren Augen gesehen? Sie hasst dich. Sie wartet nur auf eine Gelegenheit, um dir die Kehle durchzuschneiden.«

Aba grunzte unwillig, schob František zur Seite, betrat sein

Gemach und warf die Tür hinter sich zu. Seine Brüder waren Narren. Von Frauen verstanden sie nichts. Er hatte sich einmal von einer Gespielin hintergehen lassen; ein zweites Mal würde das nicht geschehen.

Das Weib saß reglos in der Fensternische und blickte hinaus. Wie schön sie war … Abas Blick glitt über ihr seidiges Haar, die makellose Haut ihres Nackens, die Rundungen, die sich unter dem Gewand abzeichneten, und sein Glied begann zu pochen.

»Sieh mich an«, befahl er.

Sie drehte sich um.

Aba ließ seinen Panzer zu Boden fallen und durchquerte langsam den Raum. »Wie heißt du?«

Sie gab keine Antwort. Verachtung lag in ihrem Blick.

Er hob ihr Kinn mit Zeige- und Mittelfinger an, damit sie zu ihm aufsah. Abscheu blitzte in ihren smaragdgrünen Augen auf, und sie schlug seine Hand zur Seite. Er lachte.

»Ardeshir hatte recht. Du bist eine Raubkatze. Es wird Zeit, dass ein Mann dich zähmt.«

Er packte sie an den Haaren und riss ihren Kopf nach hinten. »Du gehörst jetzt mir. Ich bin dein Herr und Meister. Du wirst tun, was immer ich verlange, hast du verstanden?«

Sie keuchte vor Schmerz auf, zeigte jedoch keine Furcht. Nun, sie würde bald lernen, ihn zu fürchten.

Er ließ sie los. »Zieh dich aus.«

Sie starrte ihn nur an, mit grünem Feuer in den Augen, und flüsterte etwas in ihrer Sprache. Zweifellos ein Fluch, der ihm galt.

Aba riss an ihrem Gewand und erhaschte dabei einen Blick auf den Ansatz ihres Busens, was ihn noch mehr erregte. Seine Rechte schloss sich um ihre Brust. Er knetete das weiche Fleisch, wollte spüren, wie die Brustwarze unter seiner Berührung hart wurde …

Die Klinge bemerkte er erst, als sie ihm über den Arm schrammte.

Aba schrie vor Zorn und stieß das Weib von sich. Blut quoll aus einem fingerlangen Schnitt. Er schlug nach ihr, doch sie tauchte unter dem Hieb weg und stieß den Dolch nach seiner Brust. Und sie hätte ihn abermals verletzt, diesmal sogar schwer, hätte er nicht ihr Handgelenk zu fassen bekommen. Er verdrehte ihr den Arm, sodass sie aufschrie und den Dolch fallen ließ – *seinen* Dolch, wie er feststellte. Sie hatte ihn unbemerkt aus der Scheide an seinem Gürtel gezogen.

Mit einem Tritt beförderte er die Klinge in eine Ecke der Kammer. Dann schlug er dem Weib ins Gesicht. Sie prallte gegen das Bett und fiel zu Boden.

Aba presste die Hand auf die Wunde und atmete schwer durch die zusammengebissenen Zähne. Noch nie hatte eine Frau es gewagt, ihn mit einer Waffe anzugreifen. Ardeshir hatte ihn hereingelegt. Sie war keine Raubkatze, sie war ein Teufel.

Und noch immer zeigte sie keine Furcht. Sie kauerte vor dem Schlaflager, ihre Brust hob und senkte sich, Haarsträhnen klebten ihr im Gesicht. In ihrem Blick las er das Versprechen, dass sie ihn töten würde, sollte er sie abermals anrühren.

Er stieß sie aufs Bett und hielt sie an den Haaren fest, während er seinen Gürtel öffnete. Sie trat nach ihm, woraufhin er sich auf ihre Beine kniete.

»Du wirst mich fürchten«, knurrte er. »Und dann wirst du mich lieben.«

Sie kratzte nach seinem Gesicht, ihre Fingernägel rissen seine Wange auf. Er schlug sie erneut, härter als zuvor, und endlich gab sie die Gegenwehr auf. Aba spürte, dass er gesiegt hatte, und mit dem Gefühl des Triumphes kehrte die Erregung zurück. Er ließ seine Hose herunter und schob ihr das Gewand samt Unterkleidern über die Hüfte.

Beim Anblick ihrer Scham wurde sein Mund trocken. Langsam rieb er sein Glied.

Wie sie ihn ansah … Sie schloss weder die Augen, noch starrte sie ins Nichts, wie es Frauen taten, denen Gewalt angetan wurde. Sie blickte ihm geradewegs ins Gesicht, voller Verachtung, voller Hass.

Sein Glied wurde schlaff.

Er wich zurück. »Was hast du mit mir gemacht?«, flüsterte er.

Keine Antwort. Nur dieser Blick.

Jetzt war es Aba, in dem die Furcht aufstieg. »Was hast du mir angetan? Rede mit mir, Weib!«

Er packte sie, hob sie vom Bett und schleuderte sie gegen die Wand.

Schweigend starrte sie ihn an.

Aba ließ sie los, taumelte rückwärts, stolperte über seine Hosen und fiel zu Boden. »*Was* bist du?«, brachte er hervor.

Die Tür öffnete sich, und František trat ein. Er blickte von dem Weib, das an der Wand kauerte, zu seinem Bruder, und ein dünnes Lächeln umspielte seine Lippen. »Haben wir dich nicht gewarnt, dass sie gefährlich ist?«

»Das Weib ist verflucht!«, schrie Aba. »Schafft sie fort!«

»Gewiss, mein geliebter Bruder«, sagte František samtweich und lächelte wieder. »Gewiss.«

Während Aba wie ein wild gewordener Ochse brüllte und einen Hocker an der Wand zertrümmerte, erschien ein Waffenknecht und zerrte Jada aus dem Gemach. Ein zweiter Soldat fesselte ihre Hände mit einem Strick.

Die Zwillingsbrüder beobachteten sie aus dem Halbdunkel jenseits des Fackelscheins. Einer der Brüder gab den Waffenknechten einen Befehl, woraufhin ein Soldat davonging und der andere ihren Arm ergriff und sie die Treppe hinabführte.

Die Zwillinge gingen dicht hinter ihr; sie konnte ihre Blicke spüren. Es lag keine Lüsternheit darin wie bei Aba, sondern etwas anderes … Gier. Ihr lief ein Schauder über den Rücken. Aba mochte ein Rohling und Mörder sein, doch letztlich war er ein Dummkopf, und mit Dummköpfen wurde sie fertig. Die Zwillinge jedoch waren aus anderem Holz geschnitzt. Obwohl ihre Augen stumpf vor Langeweile und Lebensüberdruss waren, hatte Jada die boshafte Intelligenz darin gesehen. Und die Grausamkeit.

Ihre Verachtung für Aba hatte es ihr leicht gemacht, ihre Furcht zu verbergen. Das Entsetzen, das nun in ihr aufkeimte, konnte sie nur mit Mühe unterdrücken.

Die Treppe endete, und der Soldat führte sie durch ein fensterloses Gewölbe, in dem es nach Moder, verbranntem Pech und feuchtem Mauerwerk roch. Einer der Zwillinge nahm eine Wandfackel an sich und ging neben ihr. Er unterschied sich von seinem Bruder nur durch eine winzige Narbe an der Oberlippe.

»Ihr habt unserem Bruder Furcht eingeflößt«, sagte er auf Griechisch. »Das gelingt nur wenigen.«

»Wohin gehen wir?«, fragte Jada.

»Zu einem Ort, wo Ihr Amadeus nicht schaden könnt.« Der Mann lächelte.

»Ich kann ihm nicht schaden. Wenn er das glaubt, ist er ein Narr.«

»Amadeus *ist* ein Narr. Aber ein mächtiger Narr. Ihr hättet ihm gefügig sein sollen. Was Ihr getan habt, war … unklug.«

Sie folgten einem Gang bis zu einer Tür. Der Soldat hielt Jada am Arm fest, während einer der Zwillinge die Pforte aufschloss. Der Waffenknecht führte Jada in einen Kellerraum und zwang sie, sich auf einen Stuhl zu setzen.

In einer eisernen Kohlenpfanne brannte ein Feuer; der

Rauch zog durch eine schwarze Öffnung ab. Auf einem Tisch lagen Zangen, Peitschen, gezackte Klingen, Dornendrähte.

Beim Anblick der Werkzeuge spürte Jada Eiseskälte in sich aufsteigen.

Der Soldat löste den Strick um ihre Handgelenke, nur um ihre Arme hinter der Stuhllehne zu fesseln.

»Amadeus hat Euch unterschätzt«, sagte der Zwilling mit der Narbe liebenswürdig. »Ladislas und ich tun das nicht.«

Jada riss an den Fesseln, doch der Knoten gab nicht nach. Ihre Schultern ruckten schmerzhaft nach hinten, und ihre Arme wurden gegen die Lehne gepresst, als der Soldat den Strick festzog. Sie konnte sich kaum noch bewegen. Sie war den Brüdern ausgeliefert.

Der Zwilling mit der Narbe nahm einen Draht und begutachtete die Widerhaken, bevor er ihn wieder hinlegte und nach einem Messer mit langer, dünner Klinge griff.

»Manchmal überlässt uns Amadeus Gefangene, von denen er sich Informationen erhofft«, sagte er. »Ladislas und ich sind Meister darin, widerspenstige Zungen zu lösen und selbst dem verschwiegensten Mann Geheimnisse zu entlocken. Dennoch erfüllt uns diese Arbeit nicht, dient sie doch einem allzu simplen Zweck. Manchmal jedoch besucht uns jemand wie Ihr. Ihr hütet keine Geheimnisse, keine verborgenen Pläne, nichts. Was für ein seltenes Glück. Dank Euch darf sich unsere Kunst einzig und allein im Dienst unseres Vergnügens entfalten.«

Jada griff zur erstbesten Lüge, die ihr einfiel. Ihre Stimme zitterte, als sie sprach. »Wenn Ardeshir davon erfährt, wird er Euch zur Rechenschaft ziehen.«

Der Zwilling lächelte. »Ardeshir? Ich bitte Euch. Er schert sich so wenig um Euch wie um uns.«

»Er wollte, dass ich Eurem Bruder gehöre, nicht meinen Tod.«

»Oh, Ihr werdet nicht sterben. Zumindest nicht so bald.«

Es gab keinen Ausweg, keine Aussicht auf Flucht, nichts, das sie tun konnte. Verzweifelt begann sie, mit dem Stuhl zu schaukeln. Vielleicht konnte sie etwas Zeit gewinnen, vielleicht sogar die Fesseln abstreifen, wenn sie zu Boden stürzte. Alles war besser, als dazusitzen und abzuwarten, gelähmt vor Grauen …

Der Soldat hielt sie fest. Jada stemmte sich gegen die Fesseln, doch sie erreichte damit nur, dass der Strick in ihr Fleisch schnitt und ihr den Atem abschnürte.

»Wir lassen Euch die Wahl«, sagte der Zwilling. »Ihr entscheidet, wer beginnen darf: Ladislas oder ich.«

Sie gab die Gegenwehr auf. Reglos saß sie auf dem Stuhl und starrte den Mann an, legte all ihre Verachtung in den Blick.

»Ihr könnt Euch nicht entscheiden? Nun gut. Dann soll mein Bruder den Vortritt bekommen. Er ist ungeduldiger als ich. Nicht wahr, Ladislas?«

Der andere Zwilling griff nach einem Messer und berührte ihre Wange mit der Schneide. Der Stahl war kühl, trotz des nahen Feuers. Ladislas' Atem strich ihr über das Gesicht; er roch nach Minze. Seine Augen verengten sich, und wieder sah sie Gier darin, Verlangen und unersättlichen Hunger.

Die Klinge war so scharf, dass Jada den Schnitt kaum spürte. Blut troff auf ihr Gewand, und jeder Tropfen glitzerte im Feuerschein wie ein winziger Rubin.

VIERZEHN

Kniehohes Gras wiegte sich im Wind und verbrannte in der Sonne. Es war ein Meer aus gelbgrünen Halmen, das sich bis zum Horizont erstreckte, wohin man auch blickte. Hügel waren selten, Bäche und Seen noch seltener. Siedlungen gab es so gut wie gar nicht. Seit Tagen schon ritten sie durch diese Ebene, und an diesem Morgen fragte sich Raoul, ob sie jemals ein Ende nehmen würde.

Puszta nannten die Hirtenreiter das Meer aus Gras, was »Ödland« bedeutete. Die Bewohner der Puszta waren kleine Menschen mit wettergegerbten Gesichtern und schwarzen Haaren, die Jacken aus Lammwolle trugen und gerne lachten. Sie ritten auf gedrungenen Pferden, die Raoul an die Reittiere der Mongolen erinnerten, und man begegnete ihnen nicht oft. Wenn man sie traf, dann an einem der vielen Ziehbrunnen, wo sie ihre Schafe und Rinder weiden ließen. Die Einsamkeit dieses Landes machte sie dankbar für jede Gesellschaft, und sie ließen sich keine Gelegenheit für ein Tauschgeschäft entgehen.

Raoul stand vor der Ruine, in der sie die Nacht verbracht hatten, und blickte über die Ebene. Von der Straße, die das Land von Süden nach Norden durchschnitt, war nicht mehr viel übrig. In der Nähe der wenigen Siedlungen bestand sie aus fest gefügten Steinplatten, allerdings wurde sie schon wenige Meilen weiter von Flechten und Unkraut überwuchert, bis sie schließlich ganz im Gras verschwand, um irgendwann aus dem Nichts wiederaufzutauchen. Sie führe nach Kassa, hatte man ihnen gesagt, doch wie weit dieser Ort entfernt war, das wusste niemand. Wenn Narses ihm nicht versichert hätte, dass es diese Stadt tatsächlich gab, hätte Raoul längst an ihrer Existenz gezweifelt.

Nicht nur Entfernungen verloren in diesem Land ihre Bedeutung, auch die Zeit wurde immer weniger greifbar. Seit ihrem Aufbruch von Konstantinopel waren etwa drei Wochen vergangen, doch es hätten genauso sechs oder zwölf sein können. Unter dem immergleichen wolkenlosen Himmel dehnten sich Stunden und Tage endlos, während die gleichförmige Landschaft dahinzog. Nur eines vergaß Raoul nicht: In Hermannstadt hatte Ardeshir etwa drei Tage Vorsprung gehabt. Da er mit seinem Wagen und seiner Kriegerschar unmöglich so schnell sein konnte wie zwei einzelne Reiter, musste es inzwischen weniger sein.

Er durchquerte die Ruine. Grasbüschel wuchsen zwischen den gesplitterten Bodenplatten, vom Dach war altes Holz herabgefallen. Was sie nicht gestern Nacht verbrannt hatten, türmte sich in einer Ecke.

Narses kniete an der Feuerstelle und betete. Auf Kopf und Schultern trug er einen weißen Schal mit Quasten an den Ecken. Um den linken Arm hatte er sich einen Lederriemen geschlungen; ein zweiter Riemen lag um seinen Kopf und hielt einen kleinen Lederbehälter an der Stirn. In den Händen hielt er eine winzige Schriftrolle. Narses trug diese Gegenstände immer bei sich, und sie erinnerten daran, dass er bei all seiner Lebenslust einer Familie strenggläubiger Juden entstammte.

Er nahm sein morgendliches Gebet sehr ernst. Mit geschlossenen Augen sprach er lautlose Verse und Psalmen. Als er fertig war, nahm er den Schal ab, faltete ihn zusammen und löste den Riemen von seiner Stirn.

Raoul deutete auf das Lederkästchen. »Wofür ist das?«

»Das sind die *Tefillin.*« Narses verstaute die beiden Riemen vorsichtig in seiner Satteltasche. »Sie enthalten Schriften aus der Tora.«

»Warum bindest du sie dir um den Kopf?«

»Damit eine Verbindung zwischen meiner Seele und dem Allmächtigen geschaffen wird.«

Raoul kannte viele Juden und wusste, dass ihr Glaube dem seinen ähnlich war. Dennoch blieb er ihm rätselhaft. »Und der Riemen um deine Linke?«

Narses lächelte. »Du hast mich doch schon tausendmal beten gesehen. Wieso interessiert dich das plötzlich?«

Raoul wusste die Antwort selbst nicht.

»Er legt meinem Egoismus Fesseln an«, erklärte der Byzantiner, verstaute die Schriftrolle in einem hölzernen Behälter und tat diesen mit dem Gebetsschal in seine Tasche. »Damit meine rechtschaffene Seele zum Ewigen aufsteigen kann, wenn meine Zeit gekommen ist.«

»Denkst du oft an den Tod?«

»Nein. Niemals.«

Raoul dachte täglich daran. Seit seiner Krankheit war der Gedanke an sein Ende zu einem ständigen Begleiter geworden. Der Tod schreckte ihn nicht. Aber er hatte gelernt, dass es ein Leben wertvoller machte, wenn man sich stets darüber im Klaren war, dass es morgen zu Ende sein konnte. »Was würdest du tun, wenn du wüsstest, dass heute dein letzter Tag wäre?«

»Was ist denn heute Morgen mit dir los?«, fragte Narses verwundert.

»Was würdest du tun?«, beharrte Raoul.

Der Byzantiner lachte. »Vermutlich wie der Teufel zurück nach Hermannstadt reiten und Krisztina Báthory in mein Bett holen.«

Raoul lächelte flüchtig. »Bist du sicher?«

»Du bist ganz schön hartnäckig, was?« Narses behielt die Satteltasche auf dem Schoß und wurde nachdenklich. »Ich weiß es nicht ... Ich glaube, ich wollte bei meiner Familie sein. Bei meinen Eltern, Großeltern und Geschwistern. Einige meiner Brüder habe ich schon Monate nicht mehr gesehen. Wenn ich könnte – ich meine, wenn ich nicht todsterbenskrank wäre –, würde ich mit ihnen feiern. Ja, ich würde meinen Abschied feiern, mit Wein, Tanz, fröhlichen Liedern und so weiter. Ich würde meinen Großvater bitten, meinen Brüdern und mir Geschichten zu erzählen, wie früher, als wir Kinder waren. Ich glaube, das könnte mir gefallen ...« Er verstummte. Mit einem Ruck zog er den Riemen der Satteltasche fest und warf Raoul einen ärgerlichen Blick zu. »Du und deine Fragen! Wie wäre es, wenn wir endlich aufbrechen?«

Sie sattelten die Pferde und folgten der Straße, die nur als Furche im Gras zu erkennen war. Seit dem Unwetter in Hermannstadt war kein einziger Tropfen Regen mehr gefallen, und obwohl die Sonne erst vor zwei Stunden aufgegangen war, war es bald so heiß, dass ihnen der Schweiß in Bächen über Gesicht und Arme strömte. Alle fünf oder sechs Meilen befand sich ein Ziehbrunnen am Straßenrand, wo sie ihre Schläuche mit frischem Wasser füllten und den Hirten getrocknetes Fleisch, mit Honig gesüßten Brei und gesäuertes Brot abkauften.

Weiter im Norden änderte sich die Landschaft geringfügig. Sandige Hügel erhoben sich aus dem Grasmeer, manche gekrönt von befestigten Höfen und wehrhaften Kirchen, und am Horizont erschien ein dunstiger Gebirgszug, den Narses die Karpaten nannte.

Die Sonne brannte auch am nächsten Tag erbarmungslos, als sie bei einer Furt die Theiß überquerten, einen Fluss im Norden des Königreichs Ungarn. Jenseits der Theiß wurden die Hügel höher und rauer. Das endlose Gras wich immergrünem Strauchwerk und Kiefern, die sich mit gewaltigen Wurzeln am kargen Boden festklammerten. Straßen gab es keine mehr, nur noch Hirtenpfade, die sich zwischen Büschen und Felsen durch die Täler schlängelten. Tags darauf stießen sie auf eine andere Straße, und sie passierten einen Wegstein mit den eingekerbten Buchstaben *K-A-S-S-A*, woraufhin Raoul die Geschwindigkeit so sehr anzog, dass die Pferde zusammenzubrechen drohten.

»... und dann rief Onkel Ismael, sie sollen sich zum Teufel scheren«, erzählte Narses später am Tag, während sich die Tiere einen steilen Berg hinaufquälten. »Aber die Räuber lachten ihn nur aus, und ihr Anführer, ein wieselartiger, verschlagener Kerl, zückte seinen schartigen Säbel und griff mit seiner brüllenden Meute an. Sie waren noch zweihundert Schritte entfernt, und Onkel Ismael hätte mühelos fliehen können, aber dann hätten die walachischen Hunde seinen Wagen mit all seinen Sachen in die Hände bekommen. Also nahm er seine einzige Waffe, einen mongolischen Bogen, und legte auf die Räuber an. Er war schon damals ein lausiger Schütze, und wäre ihm nicht sein unverschämtes Glück zu Hilfe gekommen, hätten die Walachen ihn umzingelt, ohne dass er auch nur einen von ihnen getroffen hätte. Doch das Lampenöl in seinem Karren rettete ihn. Als er sich mit dem gespannten Bogen in der Hand auf dem Karren aufstellte, stieß er einen Krug um, und das Öl lief über die Pritsche. Onkel Ismael rutschte darauf aus, der Pfeil flog von der Sehne, schoss den Hügel hinauf, traf den Helmschlitz des Räuberanführers auf hundertfünfzig Schritt und durchbohrte sein rechtes Auge. Tot fiel er zu Boden. Die Walachen dachten, sie hätten es mit einem Meisterschützen zu tun, sodass sie schreiend flohen. Dabei verloren sie ihre Waffen und Rüstungen, die Onkel Ismael einsammelte und in Kronstadt verkaufte, was ihn über Nacht zum reichsten Juden der Stadt machte …«

Sie erreichten die Hügelkuppe, wo Raoul seinen Hengst zügelte, um ihm eine Verschnaufpause zu gönnen. Er trug lediglich sein Wams. Der *Klibanion* hing an den Satteltaschen, denn es war viel zu heiß für eine Rüstung. Er wischte sich den Schweiß vom Gesicht, trank aus seinem Schlauch und reichte ihn Narses.

Ein Tal erstreckte sich unter ihnen. Zwischen Wiesen, Äckern und Fichtenwäldchen strömte ein Fluss dahin, gespeist von Bächen aus den Hügeln. Eine Stadt, beherrscht von einer düsteren Zitadelle, erhob sich in einigen Meilen Entfernung.

»Kassa«, sagte Narses. »Wurde auch Zeit.«

Die Luft im Tal flirrte in der Hitze. Gerade als Raoul den Wasserschlauch wegpackte, erschien vor der Stadt ein gewaltiger Wagenzug aus dem Nichts. Flimmernde Karren, Pferde und Esel zogen über die Straße, flankiert von durchscheinenden Lanzenträgern, die über dem Erdboden schwebend marschierten. Die Bauern auf den Feldern in der Nähe ergriffen die Flucht und rannten Hals über Kopf zu ihren Hütten. Auch Narses keuchte vor Entsetzen angesichts der Erscheinung.

Raoul lachte ihn aus. »Hast du noch nie eine Fata Morgana gesehen?«

»Eine Fata Morgana? Hier? Willst du mich auf den Arm nehmen?«

Anstelle einer Antwort schlug Raoul seinem Pferd die Fersen in die Flanken, woraufhin der Hengst wiehernd auf die Hinterbeine stieg und den Hügel hinabjagte.

Seit so vielen Tagen ohne die kleinste Spur von Jada und Ardeshir quälte ihn pausenlos die Frage, ob sie noch auf dem richtigen Weg waren, ob Bakócz ihn nicht vielleicht getäuscht hatte. Aber die Erscheinung löschte all seine Zweifel mit einem Schlag aus. So weit im Norden gab es keine Fata Morganen, es sei denn, ein Djinn war in der Nähe. »Die Träume der Djinn« nannten die Beduinen der arabischen Wüsten solche Luftspiegelungen, und sie waren ein untrügliches Zeichen für die Anwesenheit des alten Volkes.

Jada war in Kassa. Jada oder Ardeshir. Oder beide. Raoul trieb sein Pferd an, bis das Fell des Hengstes nass glänzte.

Der geisterhafte Wagenzug löste sich so schnell auf, wie er erschienen war. Als Raoul die Talsohle erreichte, verschwand der letzte Reiter, als hätte ihn ein unsichtbares Tor verschluckt. Furchtsam und Kreuzzeichen schlagend wagten sich die Bauern wieder aus ihren Verstecken hervor.

Bald, Jada, dachte Raoul, während er über die Straße galoppierte. *Bald, bald.*

Amadeus Aba saß gerade in der großen Halle, wo die Hitze einigermaßen erträglich war, und kühlte seine Füße in einem Bottich mit Brunnenwasser, als einer seiner Soldaten hereinkam. Der Mann durchmaß den Saal, beugte vor Aba das Knie und neigte den Kopf.

»Herr«, sagte er. »Der Hauptmann schickt mich. Er lässt melden, dass die beiden Männer in der Stadt sind.«

»Welche Männer?«, knurrte Aba.

»Bazerat und der Jude. Wir haben sie am Flusstor gesehen.«

Aba schnaubte unwillig. Er hatte seinen Teil der Abmachung schon fast vergessen, denn seit dem Vorfall mit dem Weib fühlte er sich nicht mehr an seinen Handel mit Ardeshir gebunden. Schließlich hatte der ihn betrogen und ihm einen Dämon in Frauengestalt ins Haus gebracht. Es war pures Glück, dass er durch die böse Macht des Weibs keinen bleibenden Schaden davongetragen hatte. Seitdem hatte er jede

Nacht bei einer anderen Hure gelegen, und niemals hatte ihn seine Männlichkeit im Stich gelassen.

»Wo sind sie jetzt?«

»Sie reiten die Hauptstraße herauf, Herr.«

Es wäre Aba am liebsten gewesen, sie einfach laufen zu lassen. Er wollte nichts mehr mit dieser Geschichte zu tun haben. Doch er konnte es sich nicht erlauben, sich Ardeshir zum Feind zu machen. Wenn er seinen Teil des Handels nicht einhielt, würde Ardeshir davon erfahren. Und eines Tages würde er zurückkommen und eine Erklärung verlangen.

»Ergreift sie und schafft sie her«, befahl er.

Der Mann neigte abermals den Kopf, bevor er mit klirrender Rüstung davoneilte.

Narses hatte Kassa ein Dreckloch genannt, und genau das war es, dachte Raoul, während sie über die Brücke ritten, die den Hornád überspannte. Schäbige Hütten drängten sich am Flussufer zusammen. Verhärmte Menschen mit schmutzigen Gesichtern wollten ihnen angefaultes Gemüse verkaufen. Die Gassen waren eng, laut und stickig, und auf einem Hügel hockte die unansehnliche Zitadelle wie ein schläfriges Untier aus der Vorzeit.

Am schlimmsten aber war der Verwesungsgestank. Süßlich und widerwärtig lag er über dem Fluss, und als sie das andere Ufer erreichten, sah Raoul endlich, woher er kam: Pfähle mit zugerichteten Leichen steckten links und rechts der Hauptstraße, Dutzende, bis zum Tor der Zitadelle hinauf. Die Körper waren schwarz und aufgedunsen, Fäulnisgase rumorten in ihnen, Fliegen umschwärmten sie in dunklen Wolken. Die Menschen, die an den Gepfählten vorübergingen, zogen ängstlich die Köpfe ein, als fürchteten sie, bald ihr Schicksal zu teilen.

»Wer herrscht über Kassa?«, wandte sich Raoul an Narses.

»Der königliche Statthalter. Ein Kerl namens Amadeus Aba.«

»Was weißt du über ihn?«

»Nicht viel. Er soll kein milder Herrscher sein.«

»Das sehe ich.«

Bei ihrem Weg durch die Stadt hatte Raoul gehört, dass sich manche Bewohner auf Deutsch unterhielten, offenbar deutschstämmige Menschen wie in Siebenbürgen. Er zügelte sein Pferd am Straßenrand und erkundigte sich bei einem Händler, was hier geschehen sei. Der Mann erzählte von einem Gerberaufstand, den Aba vor einigen Tagen blutig niedergeschlagen habe, und dabei bekreuzigte er sich mehrmals, als sei Aba ein böser Geist, vor dem man sich schützen müsse.

Sie ritten weiter die Straße zwischen den gepfählten Leichen entlang. Die Pferde schnaubten nervös. Raoul hatte schon so manches Schlachtfeld gesehen und war einiges gewohnt, doch der Gestank und der Anblick der entstellten Toten waren mehr, als er ertragen konnte. Was für ein Narr musste man sein, um Aufständische innerhalb der Stadtmauern zu pfählen? Wollte Aba eine Seuche heraufbeschwören?

Sie beschlossen, sich eine Herberge möglichst weit entfernt von der Hauptstraße zu suchen, wo sie die Pferde unterstellen und in Ruhe beraten konnten, wie sie weiter vorgehen sollten. Nicht nur der überwältigende Leichengestank hatte Raouls Zuversicht gedämpft. Selbst in einer kleinen Stadt wie Kassa würde es schwierig sein, jemanden zu finden, der nicht gefunden werden wollte – wie Ardeshir – oder der an einem geheimen Ort festgehalten wurde – wie Jada und Naje.

Es war drückend heiß und vollkommen windstill, sodass der Gestank auch noch einige Gassen weiter in der Luft hing. Raoul sehnte einen Nelkenbeutel herbei, wie ihn sich die Edlen von Konstantinopel unter die Nase hielten, wenn sie in ihren Sänften durch das Hafenviertel getragen wurden. Am Ende einer kurzen Gasse entdeckten sie eine Herberge. Sie sah wenig einladend aus, doch Raoul wollte keine Zeit mit der Suche nach einer besseren Unterkunft vergeuden.

Nachdem sie abgestiegen waren, näherte sich donnernder Hufschlag. Ein gepanzerter Reiter galoppierte in die Gasse und schwang brüllend einen Morgenstern über dem Kopf.

»Narses!«, rief Raoul warnend, doch der Byzantiner hatte die Gefahr bereits bemerkt. Mit einer fließenden Bewegung schwang er sich in den Sattel, packte seinen Schild und hob ihn im letzten Moment über den Kopf. Dröhnend schmetterte die Dornenkugel auf das Eisen.

Auch Raoul stieg wieder auf. Vom Eingang der Gasse drängten weitere Reiter heran. Er ergriff Schwert und Schild und gab seinem Pferd die Sporen.

Die Männer trugen allesamt schwere Kettenpanzer, Sturmhauben, Schwerter und Streitäxte, und auf ihren Wämsern leuchtete weiß ein steigendes Pferd, das Wappen eines hohen Hauses. War das Ardeshirs Werk? Hatte er Aba gegen sie aufgehetzt?

Raoul hatte keine Zeit, über diese Fragen nachzugrübeln, denn schon im nächsten Moment krachte eine Streitaxt auf seinen Schild, und er wehrte das Schwert eines zweiten Reiters mit seiner Klinge ab. Flüchtig zählte er mindestens sieben Männer. Glücklicherweise war die Gasse so schmal, dass ihn nur diese beiden angreifen konnten.

Schon nach wenigen Herzschlägen wusste er, dass er es mit geübten Kämpfern zu tun hatte. Seine Gegner schwangen ihre Waffen geschickt und kraftvoll, und er hatte Mühe, sich die Klingen vom Leib zu halten. Als er einem Krieger die Axt aus der Hand schlug und ihm das Schwert in die Achselhöhle stieß, drängte sofort der nächste herbei und nahm den Platz des Gefallenen ein.

Die Enge machte aus dem Kampf ein tödliches, unübersichtliches Gerangel, in dem Verteidigung kaum noch möglich war. Die Pferde gerieten in Panik und gehorchten nicht mehr, die Soldaten brüllten, wer aus dem Sattel fiel, geriet unter die stampfenden Hufe. Raoul schlug einem Mann den Unterarm ab, die Wucht seines eigenen Hiebes riss ihm das Schwert aus der Hand, und nur durch Glück gelang es ihm, den Streithammer eines verletzten Feindes zu ergreifen. Schon nach wenigen Augenblicken blutete er aus einem halben Dutzend kleiner Schnitte, und es grenzte an ein Wunder, dass er in diesem Durcheinander aus zuckenden Waffen noch keine ernste Verletzung erlitten hatte.

Es gelang seinen Feinden, ihn zurückzudrängen, auf den kleinen Platz vor der Herberge, wo sie ihre Übermacht wirkungsvoll einsetzen konnten. Er hieb einem Mann die Spitze des Streithammers in den Helm, woraufhin der Soldat erschlaffte und aus dem Sattel rutschte. Schon im nächsten Moment sah er sich drei Kriegern gegenüber, die ihm hart mit Schwert, Kriegskeule und Pike zusetzten. Er presste seine Unterschenkel in die Flanken seines schnaubenden Pferdes und brachte es dazu, sich so zu drehen, dass er keinen Gegner im Rücken hatte. Da, wo Narses hätte sein müssen, lag dessen sterbendes Pferd. Der Byzantiner duckte sich zwischen zwei Reitern, die mit ihren Streitäxten auf seinen Schild einhieben.

Raoul schwang den Streithammer herum, um einen Hieb abzufangen, der seinem Arm galt. Er war jedoch zu langsam, sodass ihn das Schwert mit der flachen Seite am Ellbogen traf. Er keuchte vor Schmerz, der Hammer entglitt seiner kraftlosen Hand. Zwei seiner Gegner packten ihn und zogen ihn aus dem Sattel. Raoul schmetterte einem den Schild gegen den Kopf, doch schon waren andere Männer zur Stelle und griffen nach ihm. Im nächsten Moment fand er sich auf dem Rücken liegend wieder, umringt von Soldaten, die ihre Piken auf ihn richteten.

Von Narses war keine Hilfe zu erwarten. Raoul sah, dass man den Byzantiner in eine Ecke des Hofs gedrängt hatte, wo er brüllend das Schwert schwang, um sich die Reiter vom Leib zu halten. Als zwei Fußknechte aus der Gasse gerannt kamen und ihre Armbrüste auf ihn richteten, warf er sein Schwert fort und ergab sich.

Mutlos ließ Raoul den Kopf auf den Boden sinken. Hände drehten ihn auf die Seite, zwangen seine Arme auf den Rücken und banden sie mit einem Lederriemen.

Jada dachte an ein Ereignis aus ihrer Kindheit: Sie ging mit ihrer Mutter durch die Wüste, war nicht viel älter als Naje, sechs, vielleicht sieben Jahre. Ihre Mutter führte sie an der Hand, während sie einem Pfad durch die kargen Hügel folgten. Die Sonne stand tief; ein glühender Streifen lag über dem Horizont, und die roten Felsen warfen lange Schatten. Es war das erste Mal, dass sie das Dorf ihrer Familie verlassen hatte. Jada konnte sich nicht mehr an den Anlass erinnern. Aber sie wusste noch genau, was sie angesichts der Wüste und ihrer unvorstellbaren Weite empfunden hatte: Ehrfurcht. Klein kam sie sich vor, klein und unbedeutend, und sie wagte nicht, die Hand ihrer Mutter loszulassen.

Jada lag auf dem Boden ihrer Zelle und starrte an die Wand, während sie sich in ihren Erinnerungen verlor. Stroh bedeckte die Steinplatten. Es stank nach den Ausscheidungen früherer Gefangener. Durch ein winziges Gitterfenster unterhalb der Decke fiel etwas Licht.

Es war eine belanglose Erinnerung, eine von Millionen, die in den Tiefen ihrer Seele schlummerten. Dennoch dachte sie ständig daran, seit man sie in dieser Zelle gefangen hielt.

Damals war sie glücklich gewesen.

Damals hatte sie noch nicht gewusst, dass es Menschen gab.

Sie bewegte sich kaum, lag nur auf dem Boden. Aß nichts, schlief nicht, war nicht müde, aber auch nicht richtig wach. Wenn sie nicht an Naje dachte, versuchte sie sich Raouls Gesicht vorzustellen, doch es gelang ihr nicht.

Er war ein Mensch. Vielleicht gelang es ihr deshalb nicht.

Geräusche drangen durch das Gitterfenster: Hufschlag, Gebrüll, das Klirren von Rüstungen. Sie waren ihr lästig, denn sie störten ihre Erinnerungen. Jada wartete darauf, dass es wieder still wurde, aber der Lärm hielt an. Sie hörte Amadeus Abas Stimme. Er brüllte etwas auf Ungarisch, dennoch verstand sie eines der Worte: Bazerat.

Sie war so erschöpft, ihre Glieder waren so schwer, dass es ihr kaum gelang aufzustehen. Mit unsicheren Schritten ging sie zum Fenster, stieg auf die Pritsche, umfasste die Gitterstäbe und blickte hinaus.

Reiter und Fußknechte drängten sich im Hof der Festung. Vor Aba, der sich am Bauch kratzte, während er mit einem Soldaten sprach, knieten zwei Männer.

Narses und Raoul.

Ihre Hände waren gefesselt, ihre Kleider schmutzig, ihre Gesichter verschrammt. Die Soldaten zwangen sie aufzustehen, und führten sie zu einem Tor. Wenig später waren sie im Innern der Festung verschwunden.

Jada stieg von der Pritsche und setzte sich. Ihre Hände zitterten. Ihr Gesicht schmerzte wieder.

Sie berührte die linke Wange, starrte gegen die Tür und wartete.

FÜNFZEHN

Zwei Tage später hörte Jada Schritte, die sich ihrer Zelle näherten. Sie wusste, dass es die Zwillinge waren, noch bevor sich die Tür öffnete. Sie hatten gesagt, sie würden wiederkommen, wann immer ihnen danach wäre.

Jada setzte sich auf.

Sie verspürte keine Furcht, als das Knirschen des Riegels erklang, obwohl ihr bewusst war, dass sie allen Grund dafür hatte. Etwas in ihr war abgestorben, als man sie, halb ohnmächtig, in diese Zelle geworfen hatte. Und seitdem fühlte sie gar nichts mehr.

Die Angeln quietschten, und ein Waffenknecht kam herein, derselbe wie beim ersten Mal. Er befahl ihr aufzustehen, ergriff ihren Arm und führte sie nach draußen, wo die Brüder warteten.

»Ich sehe, Ihr habt Euch erholt«, sagte der Zwilling mit der Narbe an der Lippe freundlich. »Wir haben uns Sorgen gemacht, weil Ihr nichts essen wolltet.«

Sie gingen den Tunnel entlang, vorbei an Zellentüren und dunklen Abzweigungen. In der freien Hand hielt der Waffenknecht eine Fackel, von der gelegentlich zischendes Pech tropfte.

»Gewiss habt Ihr Euch gefragt, warum wir tagelang auf uns warten ließen«, fuhr der Zwilling fort.

Jada blickte auf ihre nackten, schmutzigen Füße und sagte nichts.

»Es ist uns nicht leichtgefallen, unseren nächsten Besuch

so lange hinauszuzögern. Aber unsere Kunst gleicht in dieser Hinsicht einer köstlichen Mahlzeit: Zu viel auf einmal vermindert den Genuss.« Er lächelte sie an. »Außerdem ist Maßlosigkeit eine Todsünde, nicht wahr?«

Jadas Verstand arbeitete schwerfällig. Deshalb bemerkte sie erst jetzt, dass etwas anders war als bei ihrem ersten Gang zum Keller der Brüder: Der Waffenknecht hatte darauf verzichtet, sie zu fesseln. Offenbar bot sie einen solch jämmerlichen Anblick, dass sich die Brüder in ihrer Gegenwart sicher fühlten – trotz ihres Vorsatzes, nicht so leichtsinnig zu sein wie Aba.

Sie ließ den Kopf hängen und schlurfte neben dem Soldaten her. Nur nicht zu schnell, mit kleinen Schritten. Man sollte sie ruhig für schwach und eingeschüchtert halten.

»Ihr müsst eine bemerkenswerte Konstitution haben«, sagte der gesprächige Zwilling, während sein wortkarger Bruder ihnen schweigend folgte. »Ich habe schon zähe Krieger gesehen, die an solchen Verletzungen gestorben sind. Meist ist es der Wundbrand. Eine tückische Sache. Vielleicht sollte unser Leibarzt später nach Euch sehen. Es wäre doch ein Jammer, Euch zu verlieren.«

Sie kamen zu einer Tür, die Jada nur zu gut kannte. Sie empfand noch immer keine Furcht, trotzdem begann sie, am ganzen Leib zu zittern. Ihr Körper spielte ihr einen Streich. Offenbar *erinnerte* er sich.

Die Zwillinge schlossen auf, und der Waffenknecht führte sie in das Gewölbe.

Es war alles wie beim ersten Mal: ein Stuhl, eine brennende Kohlenpfanne, ein Tisch mit Werkzeugen.

Jada bedachte die Instrumente mit einem flüchtigen Blick und sah das Messer.

Das Messer.

Die Zwillinge schlossen die Tür ab und traten zum Tisch.

Die Gier in ihren Augen erwachte. Der Waffenknecht langte nach dem Strick, der zusammengerollt über der Stuhllehne hing.

Während er den Arm ausstreckte, ergriff Jada das Messer, wirbelte herum und stieß es dem Soldaten in den Hals, in einer einzigen, blitzschnellen Bewegung.

Sie riss die Klinge zurück. Der Mann presste die Hände auf den klaffenden Schnitt. Seine Augen weiteten sich, er wollte schreien, doch aus seinem Mund kam nur Blut.

Die Zwillinge glotzten sie an.

Mit zwei Schritten war Jada bei ihnen, packte einen der Brüder, indem sie ihm, als er herumfuhr und fliehen wollte, den Arm um den Hals legte. Er wehrte sich, erstarrte jedoch, als er die Messerklinge an seiner Kehle spürte.

Der andere Zwilling, der mit der Narbe, hatte seinen Dolch gezogen.

»Fallen lassen«, sagte Jada.

Der Dolch landete klirrend auf dem Boden.

Sie warf einen Seitenblick auf den Soldaten, von dem keine Gefahr mehr ausging: Er lag sterbend in seinem Blut. Dann wandte sie sich wieder dem Zwilling zu. »Vor zwei Tagen wurden zwei Männer zur Festung gebracht. Raoul von Bazerat und Narses Ben Jehuda. Wo sind sie?«

Der Mann war bleich geworden. Er starrte sie an.

»Willst du, dass dein Bruder stirbt?«, fragte Jada.

Der Zwilling ließ die Arme hängen, ballte die Hände zu Fäusten und öffnete sie wieder. »Sie sind im Kerker«, antwortete er schließlich.

»Was habt ihr mit ihnen vor?«

»Amadeus will sie hinrichten lassen. Am Vorabend von Sankt Georg, auf dem Marktplatz.«

Aba war so klug, sie nicht in seiner Burg zu töten. Wenn er Ardeshir später glaubhaft versichern wollte, dass sie nicht mehr am Leben waren, brauchte er Zeugen. Möglichst viele Zeugen.

Das war ihr Glück.

»Kannst du mich zu ihnen führen?«

Er nickte.

»Gibt es unterwegs Wachen?«

»Zwei.«

»Schick sie weg.«

»Und Ladislas?«

»Er bleibt bei mir. Wenn du Hilfe holst oder zu lange fortbleibst, stirbt er.«

Der Zwilling zögerte, dann ging er zur Tür und schloss sie auf. Er warf seinem Bruder einen ratlosen Blick zu, bevor er mit der Fackel in der Hand im Tunnel verschwand.

Sie führte Ladislas zum Stuhl, ohne die Klinge von seinem Hals zu nehmen. Er setzte sich.

»Ihr seid eine Närrin«, sagte er. »Wie wollt Ihr die Burg verlassen? Amadeus hat Dutzende von Soldaten. Er hat –«

»Halt den Mund«, befahl Jada.

Der andere Zwilling kehrte nach wenigen Minuten zurück.

»Sind die Wachen fort?«

Er nickte wieder.

»Hast du um Hilfe gerufen?«

»Nein … Ihr habt mein Wort.«

Jada glaubte ihm. Er liebte seinen Bruder. Er würde niemals etwas tun, das ihn in Gefahr brachte.

Sie befahl Ladislas aufzustehen, hielt ihn am Wams fest und presste ihm die Messerspitze in die Nierengegend. »Führ mich zur Zelle«, befahl sie dem anderen.

Raoul saß auf dem kalten Felsboden, die Arme auf den Knien, und lauschte dem Scharren der Ratten im Gemäuer.

Nicht der kleinste Lichtstrahl fiel in die Zelle, sodass er

nichts als Schwärze sah, obwohl sich seine Augen längst an die Finsternis gewöhnt hatten. Der Kerkerraum maß etwa drei auf drei Schritte und war mannshoch. Der Teil links der Tür gehörte Narses, der Teil auf der rechten Seite Raoul. Sie wechselten sich mit dem Schlafen ab, um nicht überrascht zu werden, sollte etwas geschehen – was jedoch nicht der Fall war. Die Tür öffnete sich nie; lediglich die kleine Klappe über dem Boden ging alle paar Stunden auf, und der Kerkermeister schob einen steinharten Laib Brot und zwei Näpfe mit Wasser hindurch. Ihre Notdurft verrichteten sie über einem morschen Eimer in der Ecke, der, so hatte es den Anschein, erst geleert werden würde, wenn er überlief.

Raoul wusste nicht, wie lange sie schon eingesperrt waren. Er hatte dreimal geschlafen, aber was hieß das schon? Mal war sein Schlaf unruhig, voller wirrer Träume und kurz, mal tief und einer Ohnmacht ähnlich, und hinterher konnte Narses ihm nicht sagen, wie lange er geschlafen hatte.

Wenn sie beide wach waren, redeten sie, um die Stille zu vertreiben. Narses erzählte von seiner Familie, die vor vielen Jahrzehnten Frankreich verlassen und sich in Konstantinopel und den Königreichen des Ostens niedergelassen hatte. Während Raoul ihm zuhörte, spürte er, wie sehr ihm seine eigene Familie fehlte, sein Bruder Jacques, dessen Frau Lysanne und ihre Söhne, die er vor sechs Jahren in Oberlothringen zurückgelassen hatte.

Von ihnen erzählte er Narses, und er sprach von seinem Leben in Bazerat, seiner Krankheit und seiner Pilgerfahrt nach Rom, die ihn unversehens nach Jerusalem und bis ans Ende der Welt geführt hatte. Er wollte ihm auch von Jada erzählen, von Jada und Naje, doch immer, wenn er es versuchte, spürte er, dass er es nicht konnte. Wenn er ihre Namen aussprach, schnürte sich seine Kehle zusammen, und die Angst um sie drohte ihn zu übermannen, weshalb er schwieg.

In den endlosen Stunden in der Dunkelheit dachte er pausenlos an sie. Er dachte an seine erste Begegnung mit Jada in den Gassen von Jerusalem und an Najes Geburt in einer stürmischen Sommernacht. Nun war es fast einen Monat her, dass er sie das letzte Mal gesehen hatte. Noch nie zuvor war er so lange von ihnen getrennt gewesen. Er wusste nicht einmal, ob sie noch lebten. Manchmal war er deswegen so verzweifelt, dass er weinte.

Irgendwann war jede Geschichte erzählt, und sie saßen nur da und schwiegen. Als Raoul die Stille nicht mehr ertrug, fragte er: »Willst du wissen, wie ich Bakócz hereingelegt habe?«

Narses regte sich scharrend. »Ich dachte, du hast dein Wort gegeben, nicht darüber zu sprechen.«

»Wir werden sterben, Narses. Es spielt keine Rolle mehr. Willst du es nun hören oder nicht?«

»Nun erzähl es schon.«

Raoul streckte ein Bein aus und drehte einen Strohhalm zwischen den Fingern. »Ich habe mit Bakóczs Sohn gesprochen. In der Nacht, während du bei den Báthorys warst.«

»Vata Bakócz?«, fragte Narses ungläubig. »Hat er dir etwa geholfen?«

»Du hast ihn doch gesehen. Er mag krank vor Liebeskummer gewesen sein, aber was er ganz gewiss nicht wollte, war Krisztinas Tod. Ich habe mit ihm vereinbart, dass ich ihm eine Leiche bringe und er seinem Vater bestätigt, dass es sich um Krisztina handelt.«

»Und er hat sich bereit erklärt mitzumachen?«

»Er liebt sie. Er wollte um jeden Preis verhindern, dass ihr etwas zustößt.«

»Dieser arme Narr kann einem fast leidtun. Woher hattest du die Leiche?«

»Aus dem Siechenhaus, vor dem wir Krisztina begegnet

sind. Es war nicht schwer, zwei Wärter zu finden, die mir eine frische Frauenleiche verkauften.«

Narses schnaubte. »Ein verrückter Plan. Und ziemlich gefährlich, wenn du mich fragst. Was hättest du getan, wenn Vata dich verraten hätte? Oder wenn Bakócz einen seiner Handlanger dabeigehabt hätte, der die Täuschung durchschaut hätte?«

»Das musste ich riskieren«, sagte Raoul.

»Wieso hast du das Krisztinas Vater nicht einfach erklärt? Das hätte uns eine Menge Ärger erspart.«

»Ich musste den Wärtern mein Wort geben, mit niemandem darüber zu sprechen, was sie für mich getan haben. Auf Leichenschändung steht in Hermannstadt der Galgen.«

Narses begann, leise zu lachen. »Beim Allmächtigen, Raoul, das ist eine Geschichte, wie sie Onkel Ismael hätte passiert sein können ...«

Er verstummte, als draußen auf dem Gang Schritte hallten. Der Kerkermeister konnte es nicht sein, denn er hatte ihnen gerade Wasser und Essen gebracht und würde erst in ein paar Stunden wiederkommen. Außerdem klang es, als handle es sich um mehrere Personen.

Raoul stand auf und machte sich bereit zu kämpfen, falls es nötig sein sollte.

Er hörte eine Stimme, die jedoch kaum die massive Tür durchdrang, sodass er keine Einzelheiten verstehen konnte. Dann wurde der Riegel zurückgezogen, die Tür öffnete sich, und Fackelschein fiel in die Zelle. Raoul war kein Licht mehr gewöhnt. Er wurde geblendet und hob den Arm vor die Augen.

»Wer ist da?«, fragte er scharf.

»Nimm die Fackel herunter«, sagte jemand.

Jada? Konnte das wirklich sein?

Das Licht wurde schwächer, und Raoul senkte den Arm.

Lichtblitze tanzten vor seinen Augen. Verschwommen nahm er eine Gestalt auf dem Gang wahr. Ein Mann.

»Halt ihn fest«, forderte ihn die Stimme auf.

Es war Jada, zweifellos. Raoul trat auf den Gang und blickte zur Seite. Dort stand sie im Halbdunkel und hielt einen zweiten Mann mit dem Messer in Schach.

»Jada, bei allen Heiligen, was –« Seine Stimme versagte.

»Halt ihn fest«, wiederholte sie.

Raoul bemerkte, dass die beiden Männer Zwillinge waren. Er hatte sie nie zuvor gesehen. Er beschloss zu tun, was Jada sagte, und packte den Mann, der die Tür geöffnet hatte, am Arm. Narses verließ ebenfalls die Zelle und nahm die Fackel an sich.

Raoul versuchte, einen klaren Gedanken zu fassen. Er war überglücklich, Jada zu sehen, und dennoch … etwas stimmte nicht. Warum kam sie nicht näher?

»Wer sind diese Männer?«

Statt einer Antwort stieß Jada dem Mann das Messer in die Seite. Blut schoss aus der Wunde. Mit einem Keuchen auf den Lippen wirbelte er zu ihr herum, dann taumelte er gegen die Wand und brach zusammen.

Der andere Mann stieß einen Schrei aus und stürzte nach vorne. Narses war geistesgegenwärtig genug, ihm die Faust ins Gesicht zu hämmern und ihn in den Schwitzkasten zu nehmen, als er zu Boden stürzte. Er wehrte sich, war Narses jedoch nicht gewachsen.

Raoul hob die heruntergefallene Fackel auf und hastete zu Jada. »Bei allen Dämonen, warum hast du den Kerl abgestochen? Hätte es nicht gereicht, ihn –«

Und dann sah er ihr Gesicht.

Die linke Hälfte, vom Wangenknochen bis zum Halsansatz, vom Nasenflügel bis zum Ohr, war eine einzige Wunde … nein, es waren *viele* Wunden, zahllose frisch verschorfte

Schnitte, die ihr jemand mit entsetzlicher Genauigkeit und Akribie beigebracht hatte.

Reglos stand er da, unfähig, einen Schritt zu tun oder auch nur zu sprechen.

Geh zu ihr, sagte er sich. *Geh zu ihr und nimm sie in den Arm, streich ihr über das Haar, tu all das, wonach du dich so lange gesehnt hast …*

Doch er konnte sie nur anstarren – sie und ihr Gesicht.

Ihr Gesicht, mein Gott …

Mit dem Messer in der Hand ging Jada an ihm vorbei.

Der andere Mann rang ächzend nach Luft und versuchte vergeblich, sich aus der Umklammerung zu befreien. Narses' Augen weiteten sich, als das Fackellicht für einen Moment auf Jadas Gesicht fiel.

»Bei allen Namen des Ewigen und der Gnade des Himmels«, flüsterte er.

Sie blieb vor ihm stehen und sah zu dem Zwilling.

»Hat er das getan?«, fragte der Byzantiner leise. »Er und sein Bruder?«

»Lass ihn los«, sagte Jada.

Narses gehorchte. Der Mann fiel auf Knie und Hände und ließ den Kopf hängen, während er so heftig Luft holte, dass er husten musste.

Raouls Stimme klang belegt und fremd, als er sie endlich wiederfand. »Was hast du vor?«

Sie wandte sich nicht zu ihm um, hatte ihn vielleicht gar nicht gehört.

»Sieh mich an«, befahl sie dem Mann.

Der hob den Kopf, schien erst jetzt zu bemerken, dass sie vor ihm stand. Er atmete schwer, während er sie ohne jede Regung anblickte.

Er wehrte sich nicht, als sie ihn an den Haaren packte und ihm die Messerspitze an die Wange setzte, genau da, wo sich ihre Verletzungen befanden. Dort blieb die Klinge, ohne dass Jada sie bewegte.

Raoul ahnte, was sich hier abspielte, dennoch stieß es ihn ab. Es war nicht das erste Mal, dass er gesehen hatte, wie sie tötete. Doch niemals war es so kaltblütig geschehen wie gerade eben. Und was er nun mit ansehen musste … das war nicht die Jada, die er kannte.

»Mach es kurz«, sagte er.

Sie blickte ihn an, und er glaubte, Hass in ihren Augen aufblitzen zu sehen, bevor sie sich wieder dem knienden Mann zuwandte.

Sie brachte ihm einen winzigen Schnitt an der Wange bei … und dann nahm sie das Messer fort. Ihre Hand zitterte.

»Nein«, sagte sie. »Ich bin nicht wie ihr.«

Sie schlug ihm ins Gesicht und schnitt ihm die Kehle durch.

Sie hasteten durch die Tunnel unter der Zitadelle, vorbei an Kerkerzellen, Treppenfluchten und halb eingestürzten Gängen, bis sie zu einer Wachkammer kamen. Eine Wandfackel tauchte einen Tisch mit zwei Stühlen in flackerndes Licht.

»Wieso sind nirgendwo Wachen?«, fragte Narses. »Sie müssen doch den Schrei des Kerls gehört haben.«

»Hier unten ist niemand«, sagte Jada. Angewidert warf sie das Messer fort, ging zu einem Gestell mit Waffen und wählte einen Dolch, den sie sich hinter den Gürtel ihres Gewands schob.

»Was ist mit Naje?«, fragte Raoul.

»Sie ist nicht hier. Ardeshir hat sie fortgebracht.«

»Wohin?«

»Zu einem Ort im Norden. Burg Thorgast. Falls er nicht gelogen hat.«

Raoul und Narses hängten sich Schwerter über den Rücken und bewaffneten sich mit Armbrüsten, die sie an Ort und Stelle spannten und luden. Raoul war froh, dass es etwas zu tun gab. Er wollte fliehen und kämpfen, wenn es sein musste. Alles war besser als darüber nachzudenken, was man Jada angetan hatte oder was in diesem Augenblick mit Naje geschah.

Jada führte sie zu einer Treppe, die sich durch Fels und Mauerwerk nach oben wand. Nach einigen Stufen kamen sie an einem Fenster vorbei, das auf die Stadt wies. Es herrschte tiefste Nacht; nur vereinzelte Lichter waren zu sehen.

Raoul öffnete die erste Tür, an der die Treppe vorbeiführte. Dahinter erstreckte sich ein dunkler Raum, in dem es nach Stärke und feuchter Wäsche roch. Schwaches Licht und leise Stimmen drangen durch zwei Fensterschlitze.

Er trat ein und blickte vorsichtig durch eine der Öffnungen. Sie befanden sich im unteren Stockwerk der Zitadelle. Vor ihm lag der Innenhof. Woher die Stimmen kamen, konnte er nicht ausmachen.

Für ihre Flucht brauchten sie Pferde. Raoul entdeckte die Stallungen auf der anderen Seite des Hofs und machte Jada und Narses darauf aufmerksam. Den Innenhof zu überqueren, war zu gefährlich, denn wenn es irgendwo Wachen gab, dann ganz sicher dort. Deshalb beschlossen sie, vom nächsten Stockwerk aus zu den Ställen zu gelangen.

Dort öffnete sich eine Tür in einen langen Flur, der in die richtige Richtung führte. Die Räume, durch die sie anschließend kamen, waren so menschenleer wie der Keller; offenbar schliefen sämtliche Bediensteten und die meisten Soldaten schon. Aba bewahrte darin Jagd- und Kriegstrophäen auf: Geweihe, Tierschädel, Wappenschilde, erbeutete Banner und kostbare Waffen hingen an den Wänden.

Raoul lief zu einer Tür, bis er bemerkte, dass Jada stehen geblieben war. Sie hatte eine Truhe geöffnet und wühlte darin.

»Was machst du da?«, rief er leise.

Sie öffnete die nächste Truhe. »Ohne Geld kommen wir nicht weit. Helft mir!«

Gemeinsam durchsuchten sie sämtliche Truhen im Raum. Geld fanden sie keines, aber dafür zwei edelsteinverzierte Pokale, mehrere Kupferteller und ein silbernes Kruzifix. Narses riss ein Banner von der Wand, das er zu einem handlichen Beutel für die Wertgegenstände verknotete. Jada nahm ihn an sich, bevor sie den Raum verließen.

Kurz darauf kamen sie zu einer Treppe, die nach unten führte. Nach Raouls Einschätzung waren sie ganz in der Nähe des Tors, wo sich auch die Stallungen befanden. Vorsichtig stiegen sie die Stufen hinab.

Sie gelangten in den großen Saal der Zitadelle. In einem Winkel brannte eine einsame Fackel. Es roch nach Kohl und menschlichen Ausdünstungen. Schnarchen erfüllte die Dunkelheit.

Auf dem Boden verteilt lagen Männer und Frauen, Soldaten, Knechte und Mägde und schliefen. Gelegentlich gab jemand ein Seufzen oder Flüstern von sich, aber niemand schien wach zu sein.

Darauf bedacht, keinem Schlafenden zu nahe zu kommen, stahlen sie sich zum Ausgang der Halle. Ein Flügel des Portals stand offen, um frische Nachtluft hereinzulassen. Als Raoul hinausspähte, entdeckte er den Ursprung der Stimmen, die er in der Wäscherei gehört hatte: In einer Ecke des Hofs standen drei Waffenknechte und unterhielten sich, während sie sich Wein aus einer Ziegenblase teilten.

Zwei Fackeln brannten: eine am Tor und eine in der Nähe der Soldaten. Davon abgesehen war der Hof dunkel.

Bis zu den Ställen waren es nur wenige Schritte.

Raoul schlich voraus, Jada und Narses folgten ihm. Sie hielten sich nahe an den Gebäuden, wo die Dunkelheit sie vor den Blicken der drei Männer verbarg. Nacheinander schlüpften sie durch das offene Stalltor.

Drinnen atmete Raoul auf. Der erste Schritt war getan. Er versuchte, sich in der Finsternis zurechtzufinden. Die warme Luft roch nach Heu und Mist. Die Pferde der Soldaten befanden sich in hölzernen Abteilen links und rechts eines Gewölbeganges. Die Tiere reagierten auf die drei Eindringlinge mit leisem Schnauben.

Er fand ihre Pferde in den beiden hintersten Stallabteilen … und stolperte beinahe über eine Gestalt, die an einen Pfosten gelehnt auf dem strohbedeckten Boden saß und schlief. Der Pferdeknecht. Als Raoul zurückschrak und dabei einen Eimer umstieß, bewegte sich der Mann und gab ein Grunzen von sich. Raoul hieb ihm den Kolben der Armbrust gegen die Stirn. Der Knecht fiel auf die Seite und rührte sich nicht mehr.

Jada und Narses eilten zu ihm.

»Holt Sättel und Zaumzeug«, befahl Raoul und öffnete die Türen der Stallabteile, während seine Gefährten wieder in der Dunkelheit verschwanden.

Durch die überraschende Begegnung mit dem Pferdeknecht war Raoul noch angespannter als zuvor. So leise wie möglich führte er die beiden Pferde in den vorderen Teil des Stalls, wo sie ihnen Sättel und Zaumzeug anlegten. Jada sattelte für sich eines der anderen Tiere. Sie hielt sich nicht damit auf, ein bestimmtes auszuwählen. Sie war eine ausgezeichnete Reiterin und kam mit jedem Pferd zurecht.

Als die Reittiere bereit waren, hastete Raoul zur Toranlage, die aus einem wehrhaften Turm und einem Tunnel bestand, der breit genug für zwei Fuhrwerke war. Kerzenlicht fiel aus einem Durchgang auf die Stufen einer kurzen Treppe. Das Tor war verschlossen, verriegelt von einem mächtigen Balken.

Er legte die Armbrust auf den Boden und stemmte sich mit Schultern und Armen gegen den Balken, schob mit aller Kraft, bis der Riegel aus der Halterung rutschte und polternd zu Boden fiel. Ein Ruf erklang aus dem erleuchteten Durchgang. Raoul hob die Armbrust auf und schoss auf den Soldaten, der auf der Treppe erschien. Der Mann brach zusammen, doch hinter ihm tauchte ein zweiter auf, der etwas brüllte und sein Schwert zog.

Hufschlag ertönte, und Raoul sah Jada und Narses, die aus dem Stall geritten kamen, bevor er sein Schwert aus der Scheide riss und sich den Angriffen des Waffenknechts erwehrte. Er parierte einen Hieb, trat dem Mann in den Bauch und schmetterte seinem taumelnden Gegner das Schwert gegen den Helm, woraufhin der Soldat gegen die Mauer prallte und benommen zu Boden sank.

Geschrei und das Rasseln von Panzerhemden hallten von den Wänden des Innenhofs wider. Seine Gefährten erreichten die Toranlage und ritten durch den Tunnel zum Tor; Narses führte Raouls Pferd an den Zügeln. Drei Soldaten kamen mit gezückten Waffen über den Hof gerannt, weitere Männer strömten aus dem großen Saal.

Es waren viel zu viele, als dass er sie hätte aufhalten können. Er entdeckte eine Winde außerhalb der Toranlage, von der eine straff gespannte Kette zur Decke des Tunnels verlief. Ohne zu zögern, hastete er zu der Vorrichtung und trat den Keil weg, der die Winde blockierte. Rasselnd rollte sich die Kette ab, und ein Fallgitter rauschte vor dem Tunnel herab. Raoul rollte sich darunter hindurch, bevor es dröhnend auf dem Boden aufschlug und den Soldaten den Weg versperrte.

Die Männer drängten sich um die Winde und machten sich sofort daran, das Gitter hochzuziehen, was selbst mit vereinten Kräften nur langsam voranging. Raoul rannte unterdessen zum Tor und stemmte sich dagegen. Er hörte ein Sirren, und ein Armbrustbolzen bohrte sich neben seinem Arm ins Holz. Knarrend gab der Torflügel nach und öffnete sich. Er sprang zur Seite und machte Jada und Narses Platz, die ihre Pferde antrieben und nach draußen ritten.

Ein halbes Dutzend Soldaten kroch unter dem Fallgitter hindurch; zwei weitere spannten ihre Armbrüste. Raoul schwang sich in den Sattel, griff nach den Zügeln und jagte durch das Tor, bevor die Schützen auf ihn anlegen konnten.

Am Fuß des Burghügels holte er seine Gefährten ein. Sie galoppierten die Hauptstraße hinunter, vorbei an den Gepfählten, auf denen die Krähen hockten. Drückende Hitze lag über der Stadt, der Fluss stank nach Fäulnis und Unrat, die nächtlichen Straßen waren verlassen und still. Kaum jemand begegnete ihnen, niemand versuchte, sie aufzuhalten, bis sie zum Südtor kamen. Als Raoul und Jada das Tor öffneten, rannten zwei Soldaten aus dem Wehrturm. Narses ritt ihnen entgegen, schwang brüllend sein Schwert und schlug sie in die Flucht.

Und dann galoppierten sie durch die Hügel, fort von Kassa, den Bergen entgegen, die schwarz in der Ferne aufragten. Raoul duldete keine Rast und ritt, bis er betäubt vor Erschöpfung war, denn er wusste, wenn er zur Ruhe käme, konnte er dem Leid und Entsetzen, das über ihn hereingebrochen war, nicht mehr entkommen.

SECHZEHN

Die Männer kamen, während Svajonē schlief. Ihre Stimmen weckten sie, Hände drehten sie grob auf den Rücken. Sie wehrte sich nicht. Sie wollte nur noch schlafen, vergessen, dem Schmerz entfliehen.

Doch es gab kein Entkommen. Stahl zerschmetterte ihre Glieder, während die Hände sie festhielten. Svajonē konnte nicht einmal schreien, sogar dafür war sie zu schwach. Man ließ sie los, und sie sah zu, wie ihr Blut in den Bodenspalten versickerte.

Gold und Rubine glitzerten im Fackelschein. Sie spürte kühles Metall an ihrer Halsbeuge. Die Berührung war vertraut, vertraut und gefürchtet. *Nicht*, wollte sie rufen. *Lasst mich gehen. Bitte …*

Wohlige Hitze strömte durch ihren Körper, und Dunkelheit legte sich auf ihre Gedanken, tiefer und schwärzer als jemals zuvor.

Man brachte Svajonē zu einer Felsenkammer tief unter den Grundmauern der Burg. Zwei Christen, grobschlächtige Kerle mit schmutzigen Gesichtern und speckigen Lederwämsern, warfen sie auf den feuchten Steinboden, wo bereits andere Leichen lagen: Angehörige ihres Volkes mit wächsernen Gesichtern, starren Augen, verkrümmten Gliedern.

Fackelschein trieb die Dunkelheit in Winkel und Nischen zurück. Quellwasser floss einen Graben entlang und verschwand gurgelnd in einem schwarzen Tunnel.

Svajonē stand auf. Wie gut es tat, diesen Körper zu verlassen, Hunger, Schmerz und Erschöpfung einfach abzustreifen wie ein lästiges Kleidungsstück. Sie betrachtete ihren Leib. Schmutzig war er, ausgemergelt und bleich; sie erkannte sich kaum wieder. Man hielt sie für tot. Doch es war noch Leben in ihr, ein winziger Funken, der unbemerkt, aber hartnäckig glühte.

Einer der Christen runzelte die Stirn, schaute sich argwöhnisch um. Hatte er etwas bemerkt? Doch sein Blick glitt über sie hinweg. Verwirrt schüttelte er den Kopf und half seinem Gefährten, die Leichen in den Graben zu werfen. Das Wasser spülte die Körper in den Tunnel, wo sie in der Schwärze verschwanden.

Svajonē wartete, bis sie an die Reihe kam.

Gestalten traten aus den Wänden, so still und schattengleich wie sie, Bauern, Krieger, Stammesführer, Priester, und blickten sie aus fahlen Augen an.

Geh nicht, flüsterten sie.

Meine Zeit ist gekommen, erwiderte Svajonē. *Meine Vorfahren erwarten mich.*

Dein Platz ist hier, sagten die Schatten. *Vor dir liegen Aufgaben.*

Ich kann nicht. Ich bin müde.

Du widersetzt dich dem Willen der Götter, deinem Schicksal.

Traurigkeit erfasste Svajonē, denn sie erkannte, dass die Schatten die Wahrheit sprachen: Sie war noch nicht bereit für die lange Wanderung zum Land der Zugvögel.

Die beiden Christen hoben ihren Leib hoch, schwangen ihn an Armen und Beinen über dem Grabenrand. Ihr blieb nicht mehr viel Zeit. Doch ihr Widerwille war groß. Leid erwartete sie in ihrem Körper, Furcht, Müdigkeit, Ungewissheit. Warum sollte sie all das auf sich nehmen? Sie musste nur warten, bis ihr Leib im Wasser versank. Dann konnte sie endlich ins Reich der Ahnen einziehen, wonach sie sich schon so lange sehnte.

Wie feige, sagte sie sich. *Wie schwach …*

Die Männer warfen sie in den unterirdischen Fluss. Als das eisige Wasser über ihr zusammenschlug, kehrte sie in ihren Körper zurück.

Sie sank tiefer, aber sie konnte sich nicht bewegen, denn ihre Glieder waren unendlich schwer. Ihre Gedanken, eben noch klar und hell, überschlugen sich vor Entsetzen. Das Wasser trug sie in die Dunkelheit. Der Druck in ihrer Brust wurde übermächtig, und sie ruderte panisch mit Armen und Beinen. Ihr Kopf durchstieß die Wasseroberfläche, sie keuchte und holte gierig Luft.

Der Fluss spülte sie durch Tunnel und Grotten, bis er sie schließlich am Fuß des Hügels ausspie. Für einen Herzschlag sah sie den Mond über den schwarzen Burgmauern, dann rauschte sie einen Abhang hinunter, schrammte mit Armen und Beinen über scharfkantige Steine, bevor die Wasserwirbel sie abermals in die Tiefe zogen. Sie kämpfte sich nach oben, rang um Atem und machte einige Schwimmzüge. Wenig später wurde die Strömung ruhiger, das Gewässer wärmer und tiefer.

Sie hatte keine Kraft mehr. Ihr Brustkorb schien jeden Moment zu zerspringen, so sehr schmerzte er. Sie drehte sich auf den Rücken und ließ sich treiben. Gewaltige Baumwipfel erhoben sich vor dem Nachthimmel. Sie atmete ruhig und sah zu dem Blätterdach auf, in dem hin und wieder ein Stern aufblitzte.

Bäume. Sterne. Wie lange war es her, dass sie diese Dinge gesehen hatte?

Irgendwann stieß sie gegen ein Hindernis: Äste, die sich im Flusslauf verkeilt hatten. Blindlings fasste sie nach dem brüchigen Holz und zog sich ans Ufer, wo sie im schlammigen Gras liegen blieb. Das Haar klebte ihr im Gesicht. Mücken schwirrten in der Dunkelheit. Es roch nach Baumrinde, Brennnesseln, Schilf, Blütennektar, Fischlaich – nach Leben.

Sie hatte einen weiten Weg vor sich. Aber sie war müde, so müde. Sie schloss die Augen und schlief.

Die Schatten warteten stumm unter den Bäumen und wachten über sie.

SIEBZEHN

Raoul saß an einen Baumstamm gelehnt und döste in der Sonne. Als er Schritte hörte, schreckte er auf.

Narses stieg die Böschung herauf, auf den Schultern einen toten Frischling. Er warf die Armbrust ins Gras und legte das Tier ab, bevor er sich zu Raoul und Jada setzte. »Wir haben Glück«, sagte er. »In dem Wäldchen da hinten wimmelt es nur so von Wildschweinen.«

Raoul rieb sich die Augen. Seit ihrer Flucht aus Kassa waren sie die ganze Nacht und den Morgen durchgeritten, bis sie sich einigermaßen sicher vor Amadeus Aba gefühlt hatten. Er war so erschöpft, dass er immer wieder einnickte, sosehr er auch versuchte, wach zu bleiben.

Zwei ihrer Pferde grasten auf der Wiese, das dritte trank aus dem Bach, der neben der Straße floss. Raoul und Narses saßen im Schatten zweier Birken, Jada kauerte mit untergeschlagenen Beinen in der Sonne und zerkleinerte Holz für das Feuer. Sie gab Narses ihren Dolch, und der Byzantiner fing an, dem Frischling das Fell abzuziehen.

Raoul stand auf. Seine Glieder schmerzten, und er war so durstig, dass sein Kopf schmerzte. Er ging zum Bach, wusch sich das Gesicht und trank. Als er sich wieder setzte, fühlte er sich ein wenig besser.

»Wir brauchen Waffen und Rüstungen«, sagte er. »Und frische Kleider und Schuhe für Jada.«

»Ich habe einen fahrenden Händler getroffen«, sagte Narses. »Einen Juden. Er kam zufällig die Straße entlang.

Er sagt, ein paar Meilen von hier ist eine größere Ortschaft. Dort finden wir alles, was wir brauchen: Läden, einen Waffenschmied und einen Platz zum Ausruhen.«

»Wir rasten erst, wenn wir wissen, wo Ardeshir ist«, erwiderte Jada.

Sie trug ihren Umhang mit der Kapuze, die sie sich tief ins Gesicht gezogen hatte, denn sie ertrug es nicht, dass man sie anstarrte. Dennoch konnte Raoul die verschorften Wunden erkennen. Als sie bemerkte, dass er sie ansah, senkte sie den Blick. Es war nicht das erste Mal, dass sie ihm auf diese Weise auswich. Seit ihrer Flucht aus Kassa spürte er eine Kluft zwischen ihnen. *Was hat man dir nur angetan, Jada?* Er musste mit ihr reden, bald.

»Was weißt du über diese Burg, von der Ardeshir gesprochen hat?«, fragte er.

»Burg Thorgast«, sagte Jada aus dem Schatten ihrer Kapuze.

»Liegt sie hier in der Nähe?«

»Sie liegt weit im Norden. Ich weiß nicht, wo.«

Auch Jada musste wissen, dass es unter diesen Umständen nahezu unmöglich war, Ardeshir zu finden. Sie fand sich jedoch nicht damit ab, obwohl sie so erschöpft war wie er. Ihre Angst um Naje war stärker.

»Wir haben viel Zeit verloren«, sagte Raoul. »Selbst wenn wir wüssten, wohin Ardeshir gegangen ist, dürfte es schwer werden, ihn einzuholen.«

»Er hat einmal von Krakau gesprochen«, erwiderte Jada. »Dort scheint sich sein nördlichster Handelsposten zu befinden.«

Raoul hatte von dieser Stadt gehört. »Wo liegt das?«

»Im Königreich Polen«, erklärte Narses. »Auf der anderen Seite der Karpaten. Vier, fünf Tagesritte von hier, wenn mich nicht alles täuscht.«

»Lohnt es sich, dort nach ihm zu suchen?«

»Ich habe Familie in Krakau«, sagte der Byzantiner. »Sie sind Fernhändler und haben Verbindungen ins ganze Königreich. Wenn uns jemand helfen kann, dann sie.«

Ein Handelsposten und Narses' Familie, dachte Raoul bitter. *Ardeshir, nimm dich in Acht. Du bist schon so gut wie gefunden.*

Er half seinem Freund, den Frischling auszunehmen, und wenig später briet das Tier über dem Feuer. Jada aß nichts von dem Fleisch. Sie saß reglos auf der Wiese und blickte zu den dunklen Berggipfeln am Horizont. Als Raoul ihr Schweigen nicht mehr ertrug, bat er sie, von ihrer unfreiwilligen Reise von Konstantinopel nach Kassa zu erzählen.

»Es gibt nichts zu erzählen«, sagte sie. »Ardeshir ist ein Bastard, seine Männer sind schlimmer als Tiere. Er hat mich an Aba verkauft, weil er mich loswerden wollte. Er ist nur an Naje interessiert.«

»Geht es ihr gut?«

»Er wollte sie in ein Wasserfass stecken.«

Trotz der Mittagshitze wurde Raoul kalt. Er verspürte keinen Hunger mehr und warf seinen Knochen mit dem restlichen Fleisch ins Feuer. »Was hat er mit ihr vor?«

»Ich weiß es nicht.«

»Ist Ardeshir, wofür du ihn hältst?«

Jada gab keine Antwort. Raoul vermutete, dass sie wegen Narses schwieg. Sie kannte den Byzantiner seit Jahren und schätzte ihn als Freund, doch was in den letzten Wochen geschehen war, berührte Dinge, über die sie vor ihm nicht sprechen wollte.

Schließlich nahm sie ihren Dolch, schob ihn hinter den Gürtel und sagte: »Beeilt euch, damit wir aufbrechen können.«

Am frühen Nachmittag fanden sie den Ort, von dem der fahrende Händler gesprochen hatte. Dort tauschten sie das Kruzifix und die anderen Dinge aus Abas Burg gegen Silber ein und besorgten sich Ausrüstung, Kleider und Vorräte. Beim Waffenschmied kauften Raoul und Narses Kettenhemden, Helme, Schilde und weitere Waffen.

Von der kleinen Stadt führte eine Passstraße über die Karpaten. Wolkenschatten zogen über die Buchen- und Kastanienwälder auf den Bergflanken. Riesenhafte Felsen ragten zwischen den Wipfeln empor, Geröllhalden türmten sich links und rechts des Weges auf, bewachsen von Heidegräsern und Rhododendren. In den Senken zwischen den Hügelkämmen tummelten sich Murmeltiere, die beim Klappern der Pferdehufe in ihren Löchern verschwanden. Gämsen sprangen behände über die verkarsteten Hänge, Steinadler kreisten über den Tälern, in denen Seen aus Schmelzwasser glitzerten. Weit im Osten erhob sich eine Reihe von Gipfeln, die bedeutend höher als die Berge in der Umgebung der Passstraße waren. Hohe Tatra nannte Narses den Höhenzug, der Ungarn wie ein gewaltiger, eisbedeckter Felsenwall vom Königreich Polen trennte.

Gegen Abend kühlte es ab, und sie mussten Feuer machen, nachdem sie das Nachtlager aufgeschlagen hatten. Narses war so müde, dass er sich gleich nach dem Essen hinlegte. Raoul kroch zu Jada unter die Decke, wie er es immer getan hatte. Doch als er den Arm um sie legte, spürte er ihren Widerwillen. Schließlich stand sie auf und verschwand in der Schwärze jenseits des Feuerscheins.

Raoul drehte sich auf den Rücken und blickte zum Sternenhimmel auf. Was machte er falsch? Sosehr er auch darüber nachgrübelte, er fand keine Antwort.

Er streifte die Decke ab und folgte ihr.

Sie stand am Rand der kleinen Lichtung, wo sie ihr Lager aufgeschlagen hatten, und blickte in die Dunkelheit über den Tälern. Vor ihr fiel der Hang steil ab. Scharfkantige Felsen türmten sich zwischen verwachsenen Kiefern. Die Arme hatte sie vor der Brust verschränkt.

»Hier, du musst frieren«, sagte Raoul und reichte ihr die Decke.

Jada legte sie sich um die Schultern.

Er vergewisserte sich, dass Narses tief und fest schlief, bevor er fragte: »Warum meidest du mich?«

»Ich will dir nicht zur Last fallen.«

Die Antwort verblüffte Raoul. Er hatte mit allem gerechnet, nur nicht damit. »Das tust du nicht.«

»Bist du sicher?«

»Natürlich. Herrgott, Jada, du bist meine Frau. Ich liebe dich. Glaubst du, was man dir angetan hat, ändert etwas daran?«

»Warum ekelt es dich dann vor mir?«, fragte sie, ohne ihn anzusehen.

»Warum sagst du so etwas?«

»Ich habe es gesehen«, erwiderte sie leise. »In Abas Kerker. Als du aus der Zelle gekommen bist.«

Was er beim Anblick ihres Gesichtes empfunden hatte, war kein Ekel gewesen, sondern Grauen. Grauen darüber, was sie erlitten haben musste. Und doch trafen ihn ihre Worte, denn sie besaßen einen winzigen wahren Kern. Irgendwann während ihrer Flucht hatte er sich bei dem Gedanken ertappt: *Einst hast du sie für ihre Schönheit geliebt. Und nun ist ihre Schönheit zerstört. Kannst du sie immer noch lieben?*

Er *konnte*, das wusste er inzwischen. Jada jedoch hatte gespürt, dass er, wenn auch nur für einen Augenblick, an seiner Liebe zu ihr gezweifelt hatte – und das in einem Moment, in dem sie ihn dringender gebraucht hatte als jemals zuvor.

»Ich war verwirrt und hatte Angst«, sagte er. »Du hast vor meinen Augen einen Mann getötet. Und als ich dich sah, bin ich erschrocken. Wer wäre das nicht, an meiner Stelle?«

Sie wandte ihm ihr Gesicht zu. »Erschreckt es dich jetzt immer noch, wenn du mich ansiehst?«

»Nein.«

Sie musterte ihn schweigend, dann blickte sie wieder über das nächtliche Tal.

»Was kann ich tun, dass du mir glaubst?«, fragte er.

»Ich glaube dir bereits.«

»Warum weist du mich dann zurück?«

Sie zog die Decke enger um die Schultern. »Weil du ein Mensch bist.«

»Ein Mensch? Was meinst du damit?«

»Ich hatte immer Achtung vor euch, obwohl euch mein Volk für dumm, grausam und gewalttätig hält. Ich wollte das Gute in euch sehen. Das, was ihr sein *könntet*, wenn es euch gelingen würde, eure törichte Selbstsucht zu überwinden. Aber nun weiß ich, dass ich blind war. Aba und seine Brüder haben mir die Wahrheit gezeigt. Sie haben mich gelehrt, wie ihr wirklich seid.«

»Das ist nicht gerecht, Jada. Nicht alle Menschen sind wie Abas Brüder.«

»Aber ihr tragt diese Möglichkeit in euch … auch du.«

Raoul schwieg lange, ehe er antwortete. »Du vergleichst mich mit diesen Ungeheuern?«

»Vielleicht bist du ihnen ähnlicher, als du glaubst. Hast du noch nie Vergnügen dabei empfunden, jemanden zu töten?«

»Nein«, sagte er. »Erleichterung, ja. Auch Genugtuung. Aber kein Vergnügen.«

»Und der Rausch der Schlacht, von dem du mir erzählt hast – was ist damit?«

»Es ist genau das: ein Rausch. Das hat nichts mit Lust zu tun. Sondern mit Todesangst.«

Sie schnaubte verächtlich und verfiel in Schweigen.

Raoul konnte verstehen, dass sie so über die Menschen dachte. Was man ihr angetan hatte, war schlimmer als alles, was sie je an Schrecklichem erlebt hatte. Doch was konnte er gegen solches Leid ausrichten? Wie sollte er gegen ihre Abscheu und Verachtung ankommen? Das, was sie einmal füreinander empfunden hatten, erschien ihm angesichts dessen lächerlich unbedeutend.

»Was wird jetzt aus uns?«, fragte er nach einer Weile.

»Das weiß ich noch nicht.«

»Bleibst du bei mir?«

»Ich sagte, ich *weiß* es nicht«, wiederholte sie unwirsch.

Raoul ballte die Hand zur Faust. Er war so hilflos, so ohnmächtig. »All das, was wir haben – das willst du einfach wegwerfen?«

»Vielleicht war es von vornherein falsch.«

Er lachte freudlos auf. »Sechs gemeinsame Jahre«, sagte er bitter. »Und du nennst es ›falsch‹.«

»Ich gehöre nicht in deine Welt. Und du nicht in meine.«

»Und Naje? In welche Welt gehört sie?«

Darauf wusste Jada keine Antwort.

»Sie braucht uns beide«, sagte Raoul. »Jetzt mehr als jemals zuvor.«

»Glaubst du, ich habe das vergessen?«

»Ich weiß nicht, was ich glauben soll. Ich erkenne dich nicht mehr.«

»Ich erkenne mich selbst nicht mehr«, sagte sie so leise, dass er sie kaum verstand. Und während ihre Fingerkuppen die Wunden auf ihrer Wange berührten, schien sie zu vergessen, dass er neben ihr stand.

Narses behielt recht mit seiner Schätzung, dass es fünf Tagesritte bis nach Krakau waren. Nach drei Tagen im Gebirge wichen die schroffen, spärlich bewachsenen Felsgrate zusehends sanfteren Hügeln; ihr Weg führte bergab durch Täler voller Wiesen. Es wurde wärmer, anstelle von Kiefern, Fichten und Tannen säumten Rotbuchen, Linden und Eichen die schmale Straße. Schließlich gaben die Hügel den Blick auf das grüne Tal der Weichsel mit ihren zahlreichen Nebenflüssen frei, und bald darauf erhob sich in der Ferne die Festungsstadt Krakau, die Hauptstadt des Königreichs Polen.

Krakau war vor siebzig Jahren wie viele Städte des Ostens von den Mongolen verwüstet worden. Danach hatten die Bewohner ihre Stadt nach einem ausgeklügelten Plan neu aufgebaut: Die Straßen durchliefen den Stadtkern um den riesigen Marktplatz wie ein Gitternetz, die Häuser standen in quadratischen und rechteckigen Vierungen beisammen und ließen so genug Platz für die Karren, Wagen und Packtiere der Kaufleute, die mit ihren Waren aus einem halben Dutzend Ländern nach Krakau strömten. Der Fernhandel und der Salzabbau in den Hügeln hatten der Stadt zu Wohlstand verholfen: Die Mehrzahl der Gebäude bestand aus Stein, und eine mächtige Stadtmauer mit zahlreichen Türmen und Bastionen schreckte Angreifer ab.

Im Süden der Stadt, in einer Schleife der Weichsel, erhob sich ein karstiger Kalkhügel, gekrönt von einer weitläufigen Festungsanlage mit der Burg der polnischen Könige. Im Schatten dieses Hügels, dem Wawel, ritten sie zu einem Viertel außerhalb der Stadtmauern. Mehrstöckige Steinhäuser, die vom Reichtum ihrer Bewohner zeugten, umstanden einen Platz, auf dem bärtige Männer in der Abendsonne saßen, Wein tranken und die Ereignisse des Tages erörterten. Die Leute dieses Viertels unterschieden sich in Kleidung und Benehmen nicht von den anderen Bewohnern Krakaus; Raoul erkannte sie nur deshalb als Juden, weil an jeder Straßenecke Hebräisch gesprochen wurde.

»Es ist ein paar Jahre her, dass ich das letzte Mal hier war«, sagte Narses, während sie den Platz überquerten. »Das Viertel ist seitdem ganz schön gewachsen.«

Sie näherten sich einer Gasse zwischen der Synagoge und dem kuppelförmigen Badehaus, als plötzlich jemand Narses' Namen rief. Narses schwang sich aus dem Sattel und lief lachend einem Mädchen von dreizehn oder vierzehn Jahren entgegen, das auf ihn zugerannt kam. Er nahm das Mädchen in die Arme, wirbelte mit ihr herum und zerzauste ihr schwarzes Haar. Ihr mageres Gesicht strahlte vor Freude, als er sie wieder absetzte, und sie redete atemlos auf ihn ein.

»Das ist Chaya, meine Base«, stellte Narses das Mädchen vor. »Sie spricht leider nur Hebräisch.«

Chaya stieg zu Narses in den Sattel, und während sie durch die Gassen ritten, plauderten die beiden lebhaft. Zwar verstand Raoul kein einziges Wort der Unterhaltung, doch der Anblick von Chayas glänzenden Augen genügte ihm, um zu wissen, dass sie unsterblich in ihren älteren Vetter verliebt war.

Irgendwie musste sich die Neuigkeit von Narses' Ankunft herumgesprochen haben, denn als sie das Haus seiner Familie erreichten, ein großes Gebäude am Flussufer, erwartete sie dort eine lärmende Menschenmenge, die Narses umringte, sowie er um die Ecke bog. Kinder sprangen aufgeregt umher, Männer umarmten ihn und klopften ihm auf die Schulter, Frauen, junge und alte, überschütteten ihn mit Küssen und wollten ihn gar nicht mehr loslassen. Narses lachte glücklich und hätte sie am liebsten alle gleichzeitig in die Arme geschlossen. Als aus dem Haus eine weitere Gestalt trat, brüllte er plötzlich »Onkel Ismael!« und kämpfte sich durch die Menge seiner Basen, Vettern und Tanten.

»Onkel Ismael?«, fragte Raoul. »Es gibt ihn wirklich?«

»Natürlich«, meinte Narses leicht gekränkt. »Was hast du denn gedacht?«

Noch nie zuvor hatte Raoul einen solch alten Mann gesehen. Onkel Ismael war klein und mager, seine Haut ledrig und von Altersflecken übersät. Von seinem knochigen Schädel standen ein paar vereinzelte weiße Haare ab, und er ging krumm und gebückt. Er stützte sich mit jeder Hand auf einen Stock, aber er schien in keiner Weise gebrechlich zu sein, denn er kam überaus flink die Straße entlang. Seine blauen Augen strahlten, und er lachte, als Narses ihn an seine Brust drückte. Narses hatte ihn noch nicht richtig losgelassen, da reckte er einen seiner Stöcke in die Luft und rief etwas, woraufhin die dreißigköpfige Schar in begeistertes Gebrüll ausbrach und zum Haus strömte.

Im Hof begannen augenblicklich die Vorbereitungen für ein Fest. Verwirrt und überwältigt stand Raoul inmitten von fröhlichen Menschen, die Holz für ein Feuer aufschichteten, Weinfässer ins Freie trugen und Bänke und Tische aufbauten. Während die Alten um Onkel Ismael Narses umringten und mit Fragen bestürmten, rief eine stämmige Tante namens Ruth mit befehlsgewohnter Stimme sämtliche Frauen und Mädchen zu sich und führte sie wie eine Feldherrin in die Küche, wo sie ein Drittel ihrer Schar Brot backen und Gemüse schneiden, das zweite Drittel Hasen, Gänse und Hühner schlachten und das letzte Drittel die Tiere rupfen und ausnehmen ließ. Als der Abend hereinbrach, loderten zwei Feuer im Hof. Geflügel und Fleischspieße mit Zwiebeln brieten zischend und fetttriefend über den Flammen. Dunkelbier und blutroter Wein flossen in Strömen. Ruths Helferinnen trugen Körbe voll mit dampfendem Fladenbrot aus der Küche. Ein riesiges Käserad wurde aufgeschnitten, auf den Tischen türmten sich Äpfel, Birnen, Melonen, Zuckergebäck, Fleischpasteten mit Pfeffer und getrockneten Trauben. Zwei von Narses' Vettern spielten auf Fiedel und Pfeife ein Lied nach dem anderen, bis ihnen der Schweiß auf der Stirn stand.

Narses hatte Raoul und Jada mit jedem Einzelnen seiner Verwandten bekannt gemacht, doch als er beim Letzten angelangt war, hatte Raoul die Namen der Ersten schon wieder vergessen. Es gab mehrere Ruths, den einen oder anderen Jakob und Josef, drei bis vier Sarahs und eine vergleichbare Anzahl Judiths sowie einige Daniels. Viele sprachen nur Hebräisch oder Polnisch, doch so mancher, besonders unter den Älteren, beherrschte außerdem Griechisch, Latein und Französisch, denn die Familie war erst vor wenigen Jahrzehnten aus Frankreich eingewandert. Die Männer waren allesamt Kaufleute, die mit Salz, Bernstein, Tuchen, Wolle, Waffen, Erz und Kupfer handelten, und obwohl das meiste, was Raoul im Lauf des Abends hörte, Prahlerei sein mochte, schien Narses' Familie doch zu den reichsten des Judenviertels zu gehören. Während des Essens wurde Raoul von einem jungen Mann namens Jonas in Beschlag genommen, ein Vetter von Narses, der aus unerfindlichen Gründen wusste, dass er schon einmal in Jerusalem gewesen war. Er bat Raoul, ihm von der Stadt seiner Väter zu erzählen, lauschte ihm ehrfürchtig und rief den Allmächtigen an, wenn ihn eine Einzelheit besonders beeindruckte.

Die Familie feierte das Wiedersehen mit Narses mit einer Ausgelassenheit, die Raoul selten erlebt hatte. Die Männer aßen mit gewaltigem Appetit, Ruth und ihre Schar sorgten dafür, dass Fleisch und Brot niemals ausgingen. Die beiden Jünglinge beackerten ihre Fiedel und Pfeife unermüdlich, und bald tanzten die Ersten auf den Tischen. Raoul nippte an seinem Weinbecher, hörte mit einem Ohr Jonas zu und wünschte, er hätte Grund, auch so fröhlich und ausgelassen zu sein. Als er Jada gerade vorschlagen wollte zu gehen, kam ein wütender Onkel Ismael auf ihn zu, gefolgt von Narses und einem halben Dutzend alter Männer, die sich offenbar auf ein unterhaltsames Schauspiel freuten.

Onkel Ismael stützte sich auf einem Stock ab und fuchtelte ihm mit dem anderen vor dem Gesicht herum. »Du glaubst also nicht, dass ich gegen Toguldur gekämpft habe, was?«, keifte er. »Und das mit den walachischen Räubern, das glaubst du wohl auch nicht!«

»Toguldur?« Raoul blinzelte. Er sah Narses an. »Wovon redet er?«

Narses grinste breit. »Weißt du nicht mehr? Der riesige mongolische Krieger, den Onkel Ismael dreimal niedergestreckt hat.«

Jetzt erinnerte er sich. »Habt Ihr das wirklich getan?«, fragte er den Alten.

»Ob ich das wirklich getan habe?«, brauste Onkel Ismael auf. »Jetzt hör mal gut zu, Freundchen. Ich habe schon gegen die Mongolen gekämpft, da hast du noch mit den Englein gesungen. Ich war dabei, als diese Hunde Hermannstadt dem Erdboden gleichgemacht haben, und der Ewige allein weiß, warum ich als Einziger von vierzigtausend Mann mit heilem Hintern davonkam.« Er balancierte auf einem Stock, krempelte sein Hosenbein hoch und zeigte Raoul eine Narbe. »Da, sieh dir das an. Das ist von der Belagerung von Krakau. Und das da, das habe ich einem Mongolenpfeil zu verdanken, der meinen Arm gestreift hat. Vor Kronstadt war das, zwölfeinundvierzig. Und an der linken Arschbacke habe ich eine Narbe vom Kampf mit den Walachen, warte mal …«

»Lass gut sein, Onkel«, sagte Narses lachend, als der Alte sich anschickte, seine Hose herunterzulassen.

»Er hat mich beleidigt«, schnarrte Onkel Ismael. »Wenn ich fünfzig Jahre jünger wäre, würde ich mein Schwert holen und ihm Manieren beibringen.«

Raoul lachte. Er mochte diesen Alten. »Und ich bin sicher, Ihr würdet mich niederstrecken, bevor ich auch nur den ersten Schlag führen könnte.«

Onkel Ismael kniff ein Auge zusammen. »Machst du dich über mich lustig?«

»Keineswegs. Man muss ein zäher Krieger sein, um so alt zu werden wie Ihr, äh …« Wie sollte er den Alten anreden? Er konnte kaum Onkel Ismael zu ihm sagen.

»Nenn ihn Onkel Ismael«, sagte Narses. »Jeder nennt ihn so.«

»Ein zäher Krieger, allerdings«, sagte Onkel Ismael, den Raouls Worte besänftigt hatten. »Ich bin jetzt hundertvier. Vielleicht auch hundertfünf, ich verzähle mich immer. Zwischen der Ostsee und den Karpaten gibt es niemanden, der älter ist. Die Leute erzählen sich, der Allmächtige habe mich übersehen. Ich habe neunzehn Päpste überlebt, und ich kann euch sagen, die meisten davon waren ganz schöne Bastarde.« Ächzend ließ er sich neben Raoul auf der Bank nieder und nahm seine Stöcke zwischen die Knie. »Bringt dem Burschen noch Wein! Ich will, dass er mit mir trinkt.«

Nachdem einer von Narses' Vettern Raouls Becher gefüllt und er mit Onkel Ismael angestoßen hatte, sagte der Alte: »Narses hat erzählt, dass ihr in Schwierigkeiten seid, du und dein Weib.«

»Wir suchen unsere Tochter.«

»Ist es wahr, dass sie entführt wurde?«

»Ja.«

»Dieser Teufel Ardeshir steckt dahinter, richtig?«

Sämtliche männlichen Verwandten von Narses hatten sich inzwischen um den Tisch versammelt. Ihre Gesichter verfinsterten sich bei der Erwähnung dieses Namens.

»Ihr kennt ihn?«, fragte Raoul mit neu erwachtem Interesse.

»Ardeshir ist ein Hund«, knurrte Onkel Ismael. »Ein Dämon von einem Mann. Verschlagen wie eine Natter und boshaft wie ein ausgehungerter Schakal.«

Die anderen raunten zustimmend.

»Ihr scheint ihn nicht gerade zu mögen«, sagte Raoul.

Jonas erklärte: »Seit Ardeshir sich in unserer Stadt niedergelassen hat, versucht er, alle anderen Kaufleute zu vertreiben. Er ließ unsere Lagerhäuser niederbrennen und unsere Arbeiter zusammenschlagen. Wir haben uns deshalb mit den Christen zusammengetan, denen es genauso erging. Seitdem verhält er sich ruhig. Aber aufgegeben hat er sicher nicht.«

»Er gibt erst auf, wenn wir ihm den Schädel eingeschlagen haben«, rief jemand aus der Menge, und die anderen nickten düster.

»Wieso hat er eure Tochter entführt?«, fragte Onkel Ismael.

»Das wissen wir nicht«, antwortete Jada. »Er bringt sie nach Norden, zu einem Ort namens Burg Thorgast.«

Sie hatte die ganze Zeit am Tisch gesessen, in ihren Umhang gehüllt, und schweigend die verstohlenen Blicke der Juden ertragen. Es war das erste Mal heute Abend, dass sie sprach. Onkel Ismael musterte sie, und beim Anblick ihres Gesichts erschien tiefes Mitgefühl in seinen blauen Augen.

»Hat Ardeshir dir das angetan, mein Kind?«, fragte er behutsam.

»Seine Leute«, erwiderte sie.

»Dieser Bastard«, murmelte der Alte voller Zorn. »Was können wir tun, um euch zu helfen?«

Raoul spürte die Entschlossenheit der Männer. Er zweifelte nicht daran, dass jeder von ihnen bereit wäre, alles für Jada und ihn zu tun, wenn Onkel Ismael sie dazu aufforderte. »Wir müssen wissen, ob Ardeshir in den vergangenen Tagen in Krakau war.«

»Er war hier«, sagte Jonas. »Ich habe ihn gesehen. Eine Gruppe von bewaffneten Reitern hat ihn zu seinem Handelsposten begleitet.«

»Wann war das?«

»Vor einer knappen Woche, schätze ich.«

»Ist er noch da?«

Jonas schüttelte den Kopf. »Er blieb nicht lange. Er hat die Stadt schon am nächsten Morgen wieder verlassen.«

»Woher weißt du das so genau?«

»Wir lassen sein Schlupfloch beobachten«, erklärte Onkel Ismael. »Um gewarnt zu sein, wenn er wieder etwas im Schilde führt.«

Raoul tauschte einen Blick mit Jada. Zum ersten Mal seit ihrer Flucht aus Kassa sah er so etwas wie Hoffnung in ihren Augen: *Ardeshir war hier. Wir haben uns nicht geirrt.*

»Wohin ist er gegangen?«, fragte sie.

»Wir sind ihm nicht gefolgt«, antwortete Jonas.

Ihre Stimme wurde leise, beinahe flehend. »War ein Kind bei ihm? Ein Mädchen?«

»Möglich wäre es. Er saß in seinem Wagen. Aber gesehen habe ich nichts.«

»Burg Thorgast«, sagte Raoul in die Runde. »Weiß jemand, wo das ist?«

Die Männer machten ratlose Gesichter, einschließlich Onkel Ismael. »Ich bin schon viel herumgekommen, mein Junge«, sagte der Alte, »aber von so einer Burg habe ich noch nie gehört.«

Raoul hatte nicht sonderlich viel Hoffnung, dass die Männer, die in Krakau für Ardeshir arbeiteten, wussten, wohin ihr Herr aufgebrochen war. Ardeshir war zu vorsichtig und weihte niemanden in seine Pläne ein. Aber ihnen blieb nichts anderes übrig, als jeder Spur zu folgen, und war sie noch so klein. »Bringt mich zu dem Handelsposten.«

»Was willst du dort?«, fragte Onkel Ismael.

»Mehr über diese Burg herausfinden.«

»Das wird dir nicht gelingen. Ohne Ardeshirs Erlaubnis

kommt da niemand hinein. Und ich würde dir nicht raten, mit Gewalt einzudringen. Ardeshir hat einige üble Gesellen in seinen Diensten, die nicht zögern, dir alle Knochen zu brechen.«

»Einer allein schafft es vielleicht nicht«, knurrte einer der Juden. »Aber warum gehen wir nicht alle?«

»Ja!«, sagte ein anderer. »Zünden wir dieses Schlangennest an! Räuchern wir Ardeshirs Bande aus!«

Viele Männer waren betrunken, und der Vorschlag fand Anklang. Onkel Ismael rief die Menge jedoch zur Ordnung.

»Ihr seid Narren«, sagte er. »Habt ihr vergessen, wie der Kasten aussieht? Es gibt hohe Mauern, Türme, ein festes Tor. Man braucht mehr als ein paar betrunkene Dummköpfe, um ihn zu stürmen.«

Die Männer murrten unzufrieden, doch niemand widersprach.

»Lasst euch von einem alten Recken sagen, was wir tun werden«, fuhr Onkel Ismael fort. »Wir brauchen Topór. Geht er noch in dieses Hurenhaus am Fluss?«

»Mindestens zweimal die Woche«, sagte Jonas.

»Wer ist das?«, fragte Raoul.

»Topór führt die Geschäfte für Ardeshir«, sagte Onkel Ismael. »Wenn einer weiß, wo Ardeshir ist, dann er. Beobachtet das Bordell«, wies er Jonas an. »Sobald er dort auftaucht, greift ihr ihn euch.«

Die Idee klang vernünftig; dennoch war Raoul nicht restlos überzeugt. »Wie lange wird das dauern?«

»Du hast Jonas gehört. Zwei Tage, höchstens drei. Könnt ihr so lange warten?«

»Haben wir eine andere Wahl?«

ACHTZEHN

Narses galoppierte am Flussufer entlang, tief über den Hals seines Pferdes gebeugt. Als er den Weg verließ und über die vom Regen aufgeweichte Wiese ritt, wurde er langsamer. Raoul gab seinem Pferd die Sporen und holte auf, bis er nur noch ein paar Längen von seinem Freund entfernt war. Schlamm und Gras flogen von den Hufen, das Fell der Tiere schimmerte feucht. »Schneller«, flüsterte Raoul, »das schaffen wir!« Doch kaum wurde der Erdboden wieder fester, vergrößerte sich auch Narses' Vorsprung. Er jagte die Hügelflanke hinauf und zügelte sein Pferd auf der Anhöhe.

»Gib auf!«, rief er lachend. »Ich bin besser als du.«

Fluchend folgte Raoul ihm, jedoch deutlich langsamer als vorher. »Nicht besser«, sagte er, als er die Hügelkuppe erreichte. »Höchstens jünger.«

»Läuft das nicht auf dasselbe hinaus?«

Raouls Pferd war von dem wilden Galopp so aufgeregt, dass es nicht stehen bleiben wollte. Er zog hart an den Zügeln und klopfte dem Tier beruhigend auf den Hals, als es endlich gehorchte.

Dann blickte er über das Weichseltal, das sich unter blauem Himmel vor ihnen ausbreitete. Wenige Meilen entfernt lag Krakau, umgeben von Äckern, Wiesen und kleinen Waldstücken. Zahlreiche Bäche, die in den Bergen entsprangen, durchschnitten das grüne Land und mündeten in die Weichsel.

Es hatte gutgetan, mit Narses auszureiten. Zum ersten Mal

seit Tagen quälte ihn nicht die Unruhe. Das tatenlose Herumsitzen hatte ihn schier verrückt gemacht.

»Du solltest auf Jada aufpassen«, sagte Narses unvermittelt.

Verwundert blickte Raoul seinen Freund an. »Was meinst du damit?«

»Ich glaube, sie heckt etwas aus.«

Natürlich war Narses nicht verborgen geblieben, dass Jada sich verändert hatte, dass sie mit kaum jemandem sprach, nicht einmal mit Raoul. Zwar kümmerten sich Ruth und die anderen Frauen liebevoll um sie, an ihrer Verschlossenheit änderte das jedoch nichts. »Sie braucht einfach Zeit. Außerdem hat sie Angst um Naje.«

»Nein, das meine ich nicht. Es arbeitet in ihr; ich kann es ihr ansehen. Sie hat irgendetwas vor.«

Narses verfügte über eine ausgezeichnete Beobachtungsgabe, und es wäre nicht das erste Mal, dass ihm Dinge auffielen, die Raoul entgangen waren. Plötzlich kehrte die Unruhe zurück und setzte ihm schlimmer zu als in den Tagen zuvor.

»Reiten wir zurück«, sagte er, riss sein Pferd herum und trieb es den Hang hinunter.

Es war bereits Abend, als sie zum Haus der Familie zurückkehrten. Im Hof herrschte wie immer rege Betriebsamkeit. Zwei von Narses' Vettern hatten eine größere Wolllieferung bekommen und stritten mit dem Schäfer über die Qualität der Ware. Vor der Küche saßen die Frauen und bereiteten das Essen vor. Onkel Ismael bestand darauf, dass Narses und Raoul einen Becher Wein mit ihm tranken. Sie setzten sich auf eine Bank vor dem Wagenschuppen, und der Alte begann augenblicklich mit einer seiner Geschichten. Raoul hörte ihm kaum zu. Er beobachtete Jada, die den Frauen half, Gemüse zu schneiden. Sie hatte die Kapuze tief ins Gesicht gezogen und beteiligte sich nicht an dem fröhlichen Geplapper, sondern nickte lediglich höflich, wenn jemand sie ansprach.

Seit ihrer Auseinandersetzung in den Bergen hatten sie nur noch das Nötigste miteinander gesprochen. Raoul hatte seitdem so manche Nacht wach gelegen und versucht, sie zu verstehen.

Was ging nur in ihr vor?

Und konnte er etwas begreifen, dass sie vielleicht nicht einmal selbst verstand?

Bei Einbruch der Dunkelheit trugen die Frauen das Essen auf, und die Familie strömte zu den Tischen und Bänken. Jada setzte sich nicht dazu. Sie stieg die Treppe zum Obergeschoss des Hauses hinauf.

Raoul entschuldigte sich bei Narses und Onkel Ismael und ging ihr nach.

Im Gang zu ihrer Kammer hörte sie seine Schritte und drehte sich um.

»Warum isst du nicht mit den anderen?«, fragte er.

»Ich will allein sein.«

»Diese Leute versuchen, dir zu helfen. Ist das dein Dank?«

»Mir kann niemand helfen«, sagte sie schroff und wollte die Tür öffnen, doch er hielt sie am Arm fest.

»Wenn du schon nicht mit ihnen reden willst, rede wenigstens mit mir.«

»Ich habe dir alles gesagt, was ich zu sagen hatte.« Sie riss sich los und betrat die Kammer. Er folgte ihr, bevor sie die Tür zuschlagen konnte.

»Du machst es dir sehr einfach«, sagte Raoul.

»Ja. Vielleicht.«

»Was willst du jetzt tun? Mich für den Rest meines Lebens ignorieren?«

Sie setzte zu einer scharfen Erwiderung an, doch im gleichen Augenblick erklangen von draußen aufgebrachte Stimmen. Raoul trat zum Fenster und sah im Fackellicht Jonas und drei andere Juden, die einen schimpfenden Mann aus einem Pferdewagen zerrten.

»Sie haben Topór«, sagte er und stürzte zur Treppe.

Die Familie hatte aufgehört zu essen und bildete einen Kreis um die Neuankömmlinge. Jemand rief etwas, und die Menge lachte höhnisch.

Die Juden machten Raoul und Jada Platz, und Raoul sah einen großen Mann, den zwei von Narses' Vettern festhielten. Er trug weder Gewand noch Schuhe, nur ein dünnes Unterkleid, das seinen mageren Leib bis zu den Knöcheln bedeckte. Raoul konnte sich denken, was er im Begriff gewesen war zu tun, als Jonas und die anderen ihn überfallen hatten.

Topór hatte aufgehört zu schimpfen und starrte die Menge mit einer Mischung aus Zorn und Furcht an.

»Der Kerl spricht nur Polnisch«, sagte Onkel Ismael. »Ich werde ihn für euch verhören.«

»Fragt ihn, ob unsere Tochter bei Ardeshir gewesen ist«, sagte Raoul.

Der Alte sprach Topór an. Dieser antwortete widerwillig.

»Ardeshir hatte ein Mädchen bei sich«, übersetzte Onkel Ismael. »Vielleicht fünf oder sechs Jahre alt.«

Raouls Mund wurde trocken vor Anspannung. »Wohin hat er sie gebracht?«

»Das weiß er nicht«, erwiderte der Alte, nachdem er mit Topór geredet hatte.

Raoul stellte noch weitere Fragen, aber rasch stellte sich heraus, dass es so war, wie er befürchtet hatte: Ardeshir hatte den Polen nicht in seine Pläne eingeweiht. Auch Burg Thorgast kannte Topór nicht. Als kein Zweifel mehr daran bestand, dass Ardeshirs Gehilfe ihnen nicht weiterhelfen konnte, beendeten sie das Verhör. Jonas warf Topór einen zerschlissenen Mantel zu, den dieser überstreifte, während er, Beschimpfungen und Drohungen ausstoßend, barfuß davonstolzierte.

Nach und nach schlurften die Juden zurück zu den Tischen. Die fröhliche Stimmung war dahin.

»Drei Tage Zeit verschwendet, für nichts und wieder nichts«, murmelte Raoul. Von plötzlichem Zorn gepackt, trat er gegen einen Futtereimer, der gegen den Pferdewagen flog und klappernd zu Boden fiel. Als er die mitleidigen Blicke von Narses, Jonas und Onkel Ismael nicht mehr ertrug, wandte er sich ab und ging über den Hof, die Stufen hinunter, die zum Flussufer führten. Auf dem Anlegesteg blieb er stehen und starrte in die Dunkelheit jenseits des Wassers, in der die Grillen zirpten. Plötzlich sehnte er sich nach Bazerat, nach der kleinen, überschaubaren Welt des Tales in Oberlothringen, und wünschte, er hätte das Land seiner Väter niemals verlassen.

Irgendwann kam Onkel Ismael die Stufen herunter, gefolgt von Jonas, Narses und Jada.

»Gib nicht auf, mein Junge«, sagte er. »Ich war in meinem Leben oft in Schwierigkeiten, aber stets fand sich ein Ausweg. Wir finden deine Tochter.«

»Wie?«, fragte Raoul barsch.

Der Alte blieb ihm die Antwort schuldig.

Nach einer Weile des Schweigens sagte Jonas: »Vielleicht kann die Hohe Hüterin helfen.«

Onkel Ismaels kahler Schädel ruckte herum. »Jonas!«, sagte er scharf.

»Die Hohe Hüterin – wer ist das?«, fragte Raoul.

»Niemand«, erwiderte der Alte unwirsch.

Jonas beachtete ihn nicht. »Sie hat Jochebeds Eid geschworen und den alten Bund erneuert. Wenn sie nicht weiß, wo das Kind ist, dann weiß es niemand.«

»Es gibt keine Hohe Hüterin und auch keinen alten Bund!«, schnarrte Onkel Ismael. »Lass unsere Gäste mit diesem Unfug in Ruhe.«

»Onkel«, sagte Jonas geduldig. »Wenn wir Narses' Freunden helfen wollen, dürfen wir nicht –«

»Schluss jetzt!«, fiel ihm der Alte ins Wort. »Ich will nichts mehr davon hören!«

Leise vor sich hin schimpfend stieg er die Stufen hinauf.

Raoul blickte ihm verwirrt nach und wandte sich dann an Narses. »Kannst du mir das erklären?«

Sein Freund fühlte sich sichtlich unwohl. »Ich weiß nicht viel darüber«, antwortete er ausweichend. »Die Hohe Hüterin ist eine weise Frau. Eine Art Wahrsagerin.« Er zuckte mit den Schultern.

»Keine Wahrsagerin«, sagte Jonas. »Sie ist eine *Kossemet*. Die mächtigste Seherin unseres Volkes.«

Raoul hatte vergessen, dass der junge Jude Griechisch sprach und seine kurze Unterhaltung mit Narses verstanden hatte. »Wieso sagt dein Onkel, dass es sie nicht gibt?«

»Der Bund, dem sie angehört, ist geheim. Nur wenige Juden wissen davon. Und keine Christen.«

»Wie heißt dieser Bund?« Zu Raouls Überraschung war es Jada, die diese Frage stellte.

»Habe ich euer Wort, dass ihr mit niemandem darüber sprecht?«

»Ja«, sagte Raoul, und Jada nickte.

»Man nennt ihn den Bund von En Dor.«

Raoul hatte diesen Namen noch nie zuvor gehört – im Gegensatz zu Jada.

»Ich dachte, er sei untergegangen«, sagte sie leise.

»Das war er«, antwortete Jonas. »Doch die Hohe Hüterin hat ihn erneuert. Nun ist er wieder so mächtig wie vor den Kreuzzügen.«

Jada nickte. »Das ist gut«, murmelte sie.

»Woher weißt du davon?«, fragte Raoul.

Schweigend stand sie da, das Gesicht verborgen im Schatten ihrer Kapuze. Sie gab keine Antwort. Er wusste nicht einmal, ob sie seine Frage überhaupt gehört hatte.

»Kannst du uns zu ihr führen?«, fragte sie Jonas.

»Onkel Ismael würde das nicht erlauben«, entgegnete der junge Jude vorsichtig.

»Ich frage dich, nicht ihn.«

»Ja«, sagte Jonas nach einem Moment des Zögerns. »Ja, ich könnte euch zu ihr führen. Aber wir müssten noch heute Nacht gehen. Bei Tag ist es zu gefährlich.«

»Dann lass uns aufbrechen, sowie die anderen schlafen.«

Jada, Jonas und vielleicht sogar Narses mochten an die Macht dieser Hohen Hüterin glauben, Raoul dagegen hielt nichts von Wahrsagern. »Glaubst du wirklich, eine Seherin kann uns helfen?«

»Du verstehst nichts von diesen Dingen«, erwiderte Jada, und das war das Letzte, was sie in dieser Nacht zu ihm sagte.

Später in der Nacht klopfte es leise an der Tür ihrer Kammer. Raoul öffnete und stellte fest, dass Jonas allein auf dem dunklen Gang stand.

»Wo ist Narses?«

»Er kommt nicht mit.«

»Wieso nicht?«

Jonas legte den Zeigefinger an die Lippen und warf einen wachsamen Blick den Flur entlang. »Wir reden gleich. Kommt jetzt.«

Leise folgten Raoul und Jada ihm in den nächtlichen Innenhof. Es war vollkommen still. Das Feuer und sämtliche Lampen und Fackeln waren längst erloschen, der Geruch von Bratfett und schwerem Wein hing in der lauen Nachtluft. Jonas führte sie nicht zum Tor des Hauses, sondern zu einer kleinen Pforte in den Ställen, durch die sie in eine enge Gasse gelangten. Jonas sprach erst, als sie einen fünfeckigen Platz erreichten und von dort aus einer der tunnelähnlichen Passagen folgten, die unter den mehrstöckigen Steinhäusern verliefen. Er hatte keine Laterne bei sich, nicht einmal eine Kerze, und Raoul erahnte seine Begleiter mehr, als dass er sie sah.

»Narses wollte zu Hause bleiben«, flüsterte Jonas. »Ich glaube, er hat Angst.«

»Vor der Hohen Hüterin?«

»Ja.«

»Muss man sie fürchten?«

»Das wäre klug.«

Kurz darauf befanden sie sich auf einer breiteren Straße, die von den eindrucksvollen Anwesen der jüdischen Kaufleute gesäumt wurde. Über den steilen Giebeldächern sah Raoul die schwarzen Türme der Königsburg vor dem Sternenhimmel. Es war so still wie in Onkel Ismaels Haus.

»Wohin führst du uns?«

»Zu Isaak Ben Joshua«, antwortete Jonas, »dem Gefährten der Hohen Hüterin. Er wird uns zu ihr bringen.«

»Mitten in der Nacht? Schläft sie nicht?«

»Die Hohe Hüterin schläft niemals.«

Vor einem zweistöckigen Haus in einer Seitengasse blieb Jonas stehen. In den Fenstern war kein Licht zu sehen, doch Jonas' Klopfen war kaum verklungen, da öffnete ein älterer Mann mit einer Kerze in der Hand die Tür. Er war mittelgroß und von gedrungener, kräftiger Gestalt, trug Hosen und ein weißes Leinenhemd und sah nicht aus, als habe er eben noch geschlafen. Graues Haar wuchs in wilden Wirbeln auf seinem Kopf. Zahllose Falten durchzogen das sonnengebräunte Gesicht, das einen milden und sanftmütigen Eindruck machte, wenngleich der Mann Jonas mit leichtem Ärger in der Stimme begrüßte.

Es kam zu einer längeren Auseinandersetzung, in der es Jonas offenbar gelang, den älteren Juden davon abzubringen, sie wieder wegzuschicken. Schließlich wandte sich Isaak an Raoul und Jada und sprach sie auf Latein an.

»Wie heißt Ihr?«

Raoul nannte ihre Namen. »Wir sind Freunde von Narses Ben Jehuda und seiner Familie.«

»Sind sie verschwiegen? Vertrauenswürdig?«, wollte Isaak von Jonas wissen.

Jonas nickte, und Raoul fügte hinzu: »Euer Geheimnis ist bei uns sicher. Ihr habt mein Wort.«

»Geheimnis!«, wiederholte der Grauhaarige missmutig. »Wenn Jonas so weitermacht, weiß es bald die ganze Stadt. Jetzt kommt schon herein«, schnarrte er und ging mit der Kerze in der Hand voraus.

Sie gelangten in einen schlicht eingerichteten Wohnraum mit einem Herd in der Mitte. Isaak stellte die Kerze auf den Tisch. »Ihr wollt also mit Rahel sprechen.«

»Mit der Hohen Hüterin«, erwiderte Raoul.

»Die Hohe Hüterin, so. Ich sehe, Jonas hat Euch bereits bestens aufgeklärt.«

Der jüngere Jude blickte zu Boden. Sein Gesicht glühte vor Scham.

»Unsere Tochter ist verschwunden«, fuhr Raoul fort. »Wir hoffen, dass Rahel uns helfen kann, sie zu finden.«

»Ich fürchte, das übersteigt ihre Fähigkeiten.«

Jonas blickte den älteren Juden entgeistert an. »Wie kannst du so etwas sagen? Sie ist eine *Kossemet*. Es gibt nichts, das sie nicht tun kann!«

Isaak seufzte. »Natürlich gibt es das. Sie ist weder allmächtig noch allwissend.«

»Aber sie kann uns einen Blick in den Schrein von En Dor gewähren«, sagte Jada.

Isaak antwortete nicht. Abermals blickte er Jonas an, und diesmal war es kein Ärger, der in seinen Augen aufblitzte, sondern kalter Zorn. »Du verdammter Narr! Hast du den Verstand verloren? Willst du, dass man uns wegen Ketzerei in den Kerker wirft?«

»Ich habe ihr kein Wort vom Schrein gesagt!«, beteuerte Jonas verdattert. »Keine Ahnung, warum sie plötzlich davon anfängt! Von mir hat sie es nicht. Und auch nicht von Narses und Onkel Ismael.«

»Er sagt die Wahrheit«, erklärte Jada. »Dass ich davon weiß, hat andere Gründe.«

Isaak schien weder Jonas noch ihr zu glauben. Seine Kiefer mahlten, und er schwieg, bis er sich wieder einigermaßen gefasst hatte. »Wie auch immer«, sagte er schließlich. »Es spielt ohnehin keine Rolle. Der Schrein ist nicht hier.«

»Das ist nicht wahr«, erwiderte Jada leise. »Ich kann ihn spüren.«

Isaaks anfängliche Sanftheit war längst verschwunden, und Raoul konnte spüren, dass er vor Anspannung schier bebte. Es hätte ihn nicht überrascht, würde der Jude zu dem Dolch an seinem Gürtel greifen.

»Wärt Ihr kein Gast von Jonas' Familie, würde ich Euch auf der Stelle für dieses Wissen töten«, sagte Isaak mit mühsam beherrschter Stimme.

»Ja«, bestätigte Jada. »Und das wäre klug von Euch.«

Raoul hatte schweigend zugehört, in der Hoffnung, es würde sich ihm erschließen, wovon die anderen sprachen. Nun verlor er allmählich die Geduld. »Was ist das für ein Schrein?«

»Schön, dass es noch jemanden gibt, der es nicht weiß«, bemerkte Isaak mürrisch.

Raoul blickte von ihm zu Jonas und Jada, doch niemand schien gewillt, seine Frage zu beantworten. »Dürfen wir wenigstens mit der Hohen Hüterin sprechen?«

»Erst wenn ich weiß, ob ich Euch trauen kann.« Der Blick des Juden fand Jada. »Und wer Ihr *wirklich* seid.«

»Ihr würdet mir nicht glauben«, sagte Jada.

»Das werden wir sehen«, meinte Isaak ungeduldig.

»Einst nannte man mich Ribkāh, Judiths Gefährtin aus dem Negev.«

»Judith, die siebzehnte Hohe Hüterin von Damaskus? Sie starb vor über sechshundert Jahren.«

»Ja. In einer milden Nacht wie dieser. Ich erinnere mich genau.«

Es gab so vieles, das Jada ihm nicht über ihre Vergangenheit erzählt hatte. Auch diese Geschichte hatte Raoul noch nie gehört. Isaak jedoch schien sie zu kennen.

»Ihr wagt es, mir eine solch unverschämte Lüge aufzutischen.«

Raoul war, als lächle Jada. »Ich sagte doch, Ihr würdet mir nicht glauben.«

»Was Ihr da behauptet, ist einfach lächerlich. Nennt mir einen guten Grund, Euch nicht auf der Stelle hinauszuwerfen.«

»Erinnert Euch an das, was man sich über Ribkāh erzählt«, erwiderte Jada mit ruhiger Stimme.

»Ich kenne die ganzen alten Geschichten«, erwiderte Isaak unwirsch.

»Ribkāh blieb jung, während Judith und ihre Gefährten von Jahr zu Jahr älter wurden«, berichtete sie unbeirrt. »Das Alter hatte keine Macht über sie. In der Nacht von Judiths Tod war sie immer noch so jung und schön wie zwanzig Jahre zuvor, als sie die Hohe Hüterin das erste Mal getroffen hatte.«

»Was beweist das schon!«

»Es gibt noch eine andere Geschichte … Als die Krieger des Kalifen das *Miflat* niederbrannten, rettete Ribkāh Judith aus dem Feuer … und die Flammen konnten ihr nichts anhaben.«

Während sie sprach, ging Jada zum Herd und griff in die Glut. Jonas keuchte vor Schreck und wollte zu ihr laufen, doch Raoul hielt ihn zurück. Ihr Arm war unversehrt, als sie sich zu ihnen umdrehte. Auf ihrer Hand lag ein glühender Brocken Holz. Flammen züngelten daran empor, als habe Jadas Berührung dem Feuer neue Kraft geschenkt.

Schweigend betrachtete Isaak das brennende Holzstück, das Jada weder verletzte noch ihr Schmerzen bereitete. »Hokuspokus«, sagte er schließlich. »Jeder Jahrmarktzauberer könnte das besser als Ihr.«

Doch es war ein Zittern in seiner Stimme, das verriet, dass er sich seiner Sache nicht mehr so sicher war.

»Sagt der Hohen Hüterin, wer ich bin. Sie wird wissen, dass ich nicht lüge.«

Der Jude schwieg. Dann sagte er: »Wartet hier auf mich«, wandte sich ab und verschwand hinter einem Vorhang.

Nachdem seine Schritte verklungen waren, sagte Raoul: »Warum hast du mir nie davon erzählt … Ribkāh?«

»Es hätte dir nur Angst eingeflößt«, erwiderte Jada.

Er verspürte einen Stich, denn was sie sagte, war nur allzu wahr: Wenn er darüber nachdachte, wie unvorstellbar lange sie bereits lebte, befürchtete er stets, in ihren Augen nicht mehr als ein unerfahrener Jüngling zu sein … weshalb er im Grunde gar nicht wissen wollte, was sie in ihrer Vergangenheit erlebt hatte.

Sie warteten schweigend, bis Isaak zurückkam.

»Sie will Euch sehen«, sagte er.

Als Raoul erleichtert aufseufzte, fügte der Jude hinzu: »Von Euch war nicht die Rede.«

»Was soll das heißen?«

»Nur Ribkāh darf zu ihr … oder wer immer sie ist.«

»Nein«, sagte Raoul. »Wir gehen beide. Naje ist auch mein Kind.«

»Ribkāh oder niemand«, beharrte Isaak.

Raoul ballte die Faust. Er hätte diesen Mann am liebsten an den Schultern gepackt und die Sturheit aus ihm herausgeschüttelt. »Sag ihm, dass du nur mit mir gehst«, wandte er sich an Jada.

Statt ihm zu helfen, erwiderte sie nur: »Sie ist die Hohe Hüterin. Du solltest tun, was sie befiehlt.«

»So viel Unterstützung ist herzerwärmend, Jada.«

Isaak teilte den Vorhang und ließ sie hindurchgehen. Bevor er ihr folgte, wandte er sich noch einmal um. »Jonas, du passt auf ihn auf. Wehe dir, wenn er Unsinn anstellt.«

Das Haus war größer und verwinkelter, als es von außen den Anschein hatte. In einer Nische schob Isaak einen weiteren Vorhang zur Seite und forderte Jada auf, die Steinstufen dahinter hinabzusteigen. Er folgte ihr mit der Kerze in der Hand und schloss am Treppenende eine Tür mit Bronzebeschlägen auf, hinter der sich ein fackelbeleuchteter Gang auftat. Er war ins Erdreich getrieben worden. Holzbalken stützten die lehmigen Wände und die niedrige Decke.

»Ihr tragt kein *Kami'ah*«, bemerkte Jada, während sie den Tunnel entlanggingen. Sie sprach Hebräisch, das sie einst von Judith gelernt hatte.

»Ich gehöre nicht dem Bund an«, sagte Isaak.

»Wie viele Bundleute gibt es?«

»In Krakau? Rahel ist die Einzige. Die Übrigen leben anderswo in Polen oder in den benachbarten Reichen.«

Ein *Miflat*, eine Zuflucht des Bundes, mit nur einer Bewohnerin … Jada verspürte leise Traurigkeit bei Isaaks Worten, und die Stille in dem Erdtunnel bedrückte sie plötzlich. Wie lebendig es einst im *Miflat* von Damaskus zugegangen war! Keine Woche war verstrichen, ohne dass Bundleute aus dem ganzen Kalifat Judith besucht hatten, um unter Anleitung der Hohen Hüterin das alte Wissen zu studieren. Stets war das Haus voller Schüler gewesen, die mit Eifer lernten und nach geistigem Wachstum strebten, selbst dann noch, als der Kalif das *Miflat* bereits argwöhnisch beobachten ließ. Doch was hatte sie erwartet? Nicht nur, dass die Blütezeit des Bundes lange vorbei war; gestern noch hatte sie geglaubt, er sei vor vielen Jahren untergegangen, vernichtet von Fanatikern, die alles zerstörten, was sie nicht verstanden. Sie konnte sich glücklich schätzen, dass sie überhaupt noch einmal ein *Miflat* besuchen durfte, mochte es sich dabei auch um eines handeln, das klein, still und verlassen wirkte, verglichen mit den Bundhäusern der alten Zeit.

Sie stellte Isaak weitere Fragen, doch er gab einsilbige Antworten, sodass sie schließlich schwieg. Sie spürte, dass er große Ehrfurcht vor ihr empfand, obwohl er eben noch beteuert hatte, er glaube ihr nicht.

Der Gang verlief nicht gerade, sondern schlängelte sich in Windungen durch das Erdreich unter dem Viertel. Sie kamen an mindestens einem Dutzend Abzweigungen vorbei, doch der Haupttunnel war stets gut von den Nebengängen zu unterscheiden. Dunkelheit herrschte in den niedrigen Durchlässen und Öffnungen. Einmal glaubte Jada ein flüchtiges Aufflackern von Licht am fernen Ende einer Abzweigung zu sehen und meinte wenig später leisen Gesang zu hören, der jedoch schon im nächsten Moment verstummte.

»Sind wir wirklich allein?«, fragte sie.

»Ich sagte, außer Rahel gibt es keine Bundleute in Krakau«, erwiderte Isaak leise. »Nicht, dass wir allein sind.«

Ein Durchgang, halb von einem Vorgang verschlossen, öffnete sich in eine Kammer. Auf einem steinernen Block lag ein längliches Gebilde. Als Isaaks Kerzenschein darüberstrich, erahnte Jada eine ruhende menschliche Gestalt, deren Haut braun und rau beschaffen zu sein schien. *Ein Golem*, dachte sie, und ein Schauder lief ihr über den Rücken, als sie sich daran erinnerte, dass der Bund nicht nur Wissen bewahrte, sondern auch über dunkle, zerstörerische Kräfte gebot. Rahel musste wahrhaftig mächtig sein, wenn sie in der Lage war, ein solches Geschöpf zu erschaffen und zu beherrschen.

Isaak bog unvermittelt in einen Durchgang ein und öffnete eine Tür, die ähnlich wie jene im Keller seines Hauses mit Bronze beschlagen war. Jada folgte ihm die engen Stufen dahinter hinauf.

»Rahel hat nicht viel Zeit«, sagte Isaak über die Schulter. »Eine Zusammenkunft des Bundes steht bevor. Haltet sie deshalb nicht länger auf als nötig.«

Sie kamen in einen großen Raum mit Steinwänden und einer Balkendecke. Es gab keine Fenster, doch ihr Gefühl sagte Jada, dass sie sich nicht länger unter der Erde befand. Öllampen sorgten für warmes Licht. Eine der vier Wände bestand nicht wie die übrigen aus verwitterten Ziegelsteinen, sondern aus aufeinandergestapelten Holzkisten. Jada vermutete, dass die Kammer Teil eines Speichers oder Lagerhauses war, durch die Kisten abgetrennt vom Rest des Raumes.

Wie wenig dieser Ort mit dem *Miflat* in Damaskus gemein hatte … Es gab keine lichtdurchfluteten Säle, keine Gärten, keine Tafel aus Zedernholz, an der die Bundleute zusammenkamen. Stattdessen war alles von einer Schlichtheit, die Jada schmerzlich bewusst machte, wie bedeutungslos der Bund geworden war. Allein das gewaltige Mosaik auf dem Boden erinnerte an vergangene Schönheit. Es bestand aus roten und goldenen Steinen, die ein Gebilde aus Linien, Kreisen und hebräischen Schriftzeichen formten: ein Lebensbaum, das uralte Symbol für Weisheit, das Streben nach Wissen und die Kräfte des Universums.

Dahinter saß, mit untergeschlagenen Beinen und umgeben von Schriftrollen, die Hohe Hüterin.

Sie war eine schöne Frau mit schlankem Körper, den eine einfache Robe aus grobem Tuch verhüllte. Das *Kami'ah*, ein dreieckiges Kupferamulett, hing an einer Lederschnur um ihren Hals. Sie trug keine Schuhe, und ihre Füße waren schmutzig vom erdigen Boden der Tunnel. Kurze schwarze Locken, von silbrigen Strähnen durchsetzt, bedeckten ihren Kopf. Ihr Gesicht war schmal und anmutig, ihre Haut dunkel wie die der Menschen Syriens und Palästinas. Sie mochte so alt wie Isaak sein. Falten umgaben ihre Augen, die von einer Weisheit erfüllt waren, wie sie nur wenige Menschen besaßen.

Sie wirkte müde und erschöpft. *Die Hohe Hüterin schläft niemals*, erinnerte sich Jada an Jonas' Worte. *Genau wie Judith.* Dies war der Preis des Wissens, den jede Hohe Hüterin zahlte.

Rahel musterte sie … und ihr Blick reichte tief, tiefer als gewöhnliche Augen es vermochten. Jada spürte, wie eine fremde Kraft behutsam, aber zielstrebig in ihren Geist eindrang und durch ihre Gedanken tastete. Sie empfand keinen Schmerz oder körperliches Unbehagen, wohl aber das unangenehme Gefühl, nackt und schutzlos vor dieser fremden Frau zu stehen und ihr die geheimsten Dinge preisgeben zu müssen. Jada kannte die Wirkung des *Wahren Blicks*, den jeder Seher besaß, und ließ sie über sich ergehen, obwohl sie die Kraft hätte aufbringen können, sich dagegen zu wehren. Sie wollte jedoch, dass Rahel die Wahrheit über sie erfuhr.

»Setz dich zu mir«, sagte die Hohe Hüterin schließlich.

Jada durchquerte den Raum, während Isaak an der Treppe wartete, und ließ sich auf der anderen Seite des Mosaiks nieder, sodass sich die goldenen Linien und Kreise zwischen ihr und Rahel befanden.

»Zeig mir dein Gesicht.«

Sie schlug die Kapuze zurück.

»Isaak sagt, du seist Ribkāh.«

»Er sagt die Wahrheit«, erwiderte Jada.

»Isaak ist bisweilen recht leichtgläubig«, bemerkte Rahel und warf ihrem Gefährten einen spöttischen Blick zu. »Mich hast du noch nicht überzeugt.«

»Was hat der *Wahre Blick* Euch gezeigt?«

»Ein langes Leben. Und viel Schmerz.«

Es gab einiges, das Jada lieber vor Rahel verborgen hätte. Doch wer sich dem *Wahren Blick* öffnete, musste alles preisgeben, ohne Ausnahme. »Ihr habt auch Erinnerungen gesehen. An Judith und die Gemeinschaft in Damaskus. An die Nacht ihres Todes.«

Rahel nickte. »Ja, das habe ich gesehen. Erzähl mir von ihr.«

Es war lange her, dass Jada das letzte Mal an ihre Gefährtin gedacht hatte. Und doch erinnerte sie sich augenblicklich an ihre Jahre in Damaskus, als läge die Zeit mit Judith erst wenige Monate zurück. »Sie besaß die Gabe, den Menschen in die Seele zu blicken, auch ohne Zauberei. Sie sprach nicht viel, denn sie zog es vor, zuzuhören und zu beobachten. Ihr Wissen und ihre Macht waren gewaltig, wenngleich sie es nicht zeigte. Nicht einmal, um ihre Feinde einzuschüchtern. Sie lachte mich aus, wenn ich sie dazu aufforderte. Sie sagte, wenn ich Magie sehen wolle, solle ich mir die Schlangenbeschwörer auf dem Marktplatz anschauen.«

»Sie muss dir sehr viel bedeutet haben.«

»Sie war meine Seelengefährtin«, sagte Jada leise, als immer mehr Erinnerungen zurückkehrten. »Und es gibt nicht viele Menschen, die ich so nenne.«

»Wusste sie, wer du bist?«

»Wir haben nie darüber gesprochen. Aber ich glaube, sie hat es geahnt.«

Rahels Hand fand das *Kami'ah*, und sie strich über das Kupfer. »Warum bist du nach ihrem Tod fortgegangen? Du hättest eine *Kossemet* werden können so wie sie. Vielleicht noch sehr viel mächtiger.«

»Macht bedeutet mir so wenig wie Judith.«

»Aber Freundschaft bedeutet dir etwas. Viele von Judiths Gefährten waren deine Freunde.«

»Manche, ja. Andere nicht. Ihr kennt doch die Geschichte. Die neue Hohe Hüterin fürchtete mich. Und sie glaubte, ich kenne das Geheimnis der Ewigen Jugend. Irgendwann ertrug ich ihre Machtbesessenheit nicht mehr.«

»Nicht jede Hohe Hüterin in der Geschichte des Bundes war so weise wie Judith.«

»Nein«, sagte Jada. »Wahrhaftig nicht.«

Rahel nahm die Hand von dem Amulett und legte sie auf den Oberschenkel. Sie schwieg eine Weile; dann sagte sie: »Ich bin froh, dass du zurückgekehrt bist, Ribkāh.«

Ribkāh ... Es gefiel Jada, so genannt zu werden. Es erinnerte sie daran, dass es einst einen Ort gegeben hatte, an den sie *gehörte*. Solche Orte kannte sie nicht viele. »Also glaubt Ihr mir.«

»Natürlich. Dass du Ribkāh bist, wusste ich von dem Moment an, als ich dich hereinkommen sah.«

»Warum dann die Fragen?«

Rahel lächelte. »Darf eine Hohe Hüterin nichts zum Vergnügen tun?«

Zögernd erwiderte Jada das Lächeln. Sie mochte Rahel. Sie war ganz anders als Judith und ihr doch ähnlich: dieselbe Weisheit, dieselbe Neugierde. »Ich bin jedoch nicht zurückgekehrt, um mich wieder dem Bund anzuschließen.«

Die Hohe Hüterin nickte. »Isaak sagte, du brauchst Hilfe.«

»Ich suche mein Kind.«

»Du weißt, dass ich es nicht für dich finden kann. Meinen Kräften sind Grenzen gesetzt.«

»Den Kräften des Schreins nicht.«

»Du bittest mich, ihn öffnen zu dürfen?«

»Ja.«

»Du kennst Jochebeds Gesetz«, sagte Rahel. »Nur die Höchsten des Bundes dürfen sich dem Schrein nähern. Und nur dann, wenn die Umstände es erfordern.«

»Das Gesetz erlaubt Ausnahmen.«

»Wenn der Bund in Gefahr ist, ja. Aber das ist er nicht.«

»Vielleicht doch. Der Mann, der meine Tochter entführt hat, ist Barzin Ardeshir. Er ist –«

»Ich weiß«, unterbrach Rahel sie. »Ich kenne ihn. Und ich weiß auch, wofür du ihn hältst.«

»Er ist gefährlich«, sagte Jada. »Nicht nur für Naje und mich. Auch für Euch. Für den Bund. Vielleicht für die ganze Menschheit.«

»Du sorgst dich sehr um uns Menschen … dafür, dass du so voller Groll auf uns bist.«

Jada überging den freundlichen Spott. »Bitte«, sagte sie. »Der Freundschaft wegen, die mich mit Judith verband.«

Rahel blickte sie lange an, und Jada glaubte, Sorge und Mitgefühl in den dunklen Augen zu sehen. »Das Licht des Schreins ist gefährlich. Du weißt, was es anrichten kann.«

Während ihrer Jahre in Damaskus hatte Jada zweimal erlebt, dass der Schrein geöffnet worden war. Beide Male hatte sein Licht großes Leid gebracht, denn wer es erblickte, sah die unerbittliche Wahrheit – und das war mehr, als die meisten Menschen ertragen konnten. »Ich bin stark.«

»Ja, das bist du. Aber bist du stark genug?«

»Das werde ich erst wissen, wenn ich das Licht gesehen habe.« Jada schwieg, bevor sie fragte: »Also habe ich Eure Erlaubnis?«

»Ich sollte es dir verbieten«, erwiderte Rahel. »Und bei der Allmacht des Ewigen, das Gesetz des Bundes gäbe mir zehnfach das Recht dazu. Aber wie kann ich Ribkāh etwas verbieten? Ribkāh, die so viel älter ist als ich und die den Bund besser kennt, als es mir jemals möglich sein wird?«

»Ich danke Euch, Hohe Hüterin«, sagte Jada.

»Danke mir, wenn du das Licht gesehen hast und immer noch bei klarem Verstand bist.« Mit einer Geschmeidigkeit, die Jada einer Frau ihres Alters nicht zugetraut hätte, erhob Rahel sich und zog einen purpurfarbenen Vorhang zur Seite. Dahinter kam eine Tür zum Vorschein.

Isaak, der zu ihr gegangen war, sagte mit einem sorgenvollen Blick in Jadas Richtung: »Das ist nicht klug, Rahel.«

»Klugheit ist nicht alles. Als wir damals den Schrein öffneten, waren wir dumm wie Bohnenstroh und wussten nicht im Geringsten, was wir da taten. Aber hätten wir es nicht getan, gäbe es heute keinen Bund. Und uns beide gäbe es auch nicht.« Rahel gab ihm einen besänftigenden Kuss auf die Wange, schloss die Tür auf und sagte zu Jada: »Diese Treppe führt zum Schrein. Du musst sie allein hinabsteigen.«

Jada war aufgestanden und blickte in die Dunkelheit, in der die Stufen verschwanden. »Ohne Euch?«

»Ich habe das Licht zweimal gesehen. Auf ein drittes Mal kann ich verzichten.«

Jada nahm die Kerze, die Isaak ihr reichte, und begann, die Treppe hinabzusteigen.

»Ribkāh.«

Sie wandte sich um.

»Du willst das wirklich tun?«, fragte Rahel.

»Ja.«

»Pass auf dich auf.« Und mit diesen Worten schloss die Hohe Hüterin die Tür.

Jada machte sich an den Abstieg der Treppe. Sie war anders beschaffen als die Tunnel und die Kammer mit ihren Ziegelsteinwänden und den gestapelten Kisten, so als habe sie einst zu einem anderen Gebäude gehört. Dunkle Steinquader bildeten einen runden, engen Schacht, in dem sich die Stufen nach unten wanden.

Jada musste sich bereits mehrere Mannslängen unter der Kammer befinden, als sich plötzlich ein Gewölbe vor ihr erstreckte. Mauervorsprünge gingen in steinerne Rippen über, die die tonnenförmige Decke trugen. Leichter Moder- und Schimmelgeruch lag in der Luft, und die Flamme der Kerze spiegelte sich auf feuchtem Stein. Vier Durchgänge zwischen den Mauervorsprüngen und Halbsäulen waren mit Ziegelsteinen zugemauert worden. Der Raum war nicht sehr groß und leer, abgesehen von einer hölzernen Tragevorrichtung mit vier Holmen.

Darauf stand der Schrein.

Es war sechshundert Jahre her, dass Jada den Schrein gesehen hatte, doch sie hatte nie vergessen, wie er aussah: Er glich einer kleinen Truhe von etwas mehr als einer Elle Länge und bestand aus schwarz schimmerndem Obsidian. Die Seitenwände waren mit Engeln mit ausgebreiteten Schwingen versehen, deren Spitzen sich berührten; der Deckel bildete einen steilen Giebel. Falls der Schrein nicht aus einem Obsidianstück herausgeschnitten worden war, wie es den Anschein erweckte, mussten die einzelnen Teile so geschickt zusammengefügt worden sein, dass keinerlei Fugen oder Spalten zu sehen waren.

Die Ahnung von unfassbarer Macht, die Jada in den Erdtunneln gespürt hatte, verdichtete sich in dieser Kammer. Trotz Rahels Erlaubnis fühlte sie sich plötzlich wie ein unerwünschter Eindringling, und es kostete sie beträchtliche Willenskraft, einen Schritt vor den nächsten zu setzen und sich dem Schrein zu nähern.

Sie streckte die Hand aus und berührte das Obsidian. Kühl fühlte es sich an, kühl und … vollkommen. Ihre Angst ließ ein wenig nach, und sie dachte an die Geschichten, die sich um den Schrein rankten: Er enthalte einen Funken ungeschaffener göttlicher Macht, erzählte man sich, eingefangen auf dem Berg Tabor in Kanaan, wo der Ewige sich offenbart habe, und wer ihn erblicke, trete dem Schöpfer gegenüber.

Wenn sie den Schrein öffnete, gab es kein Zurück mehr.

Sie schloss die Augen und dachte an Naje, rief sich ihr Gesicht in Erinnerung, ihr Lachen, den Klang ihrer Stimme, bis sie ihre Tochter so deutlich sah, als stünde sie vor ihr.

Dann stellte sie die Kerze auf den Boden, setzte einen Fuß auf die Tragevorrichtung und stemmte beide Hände gegen die Deckelplatte des Schreins.

Er bewegte sich und glitt erstaunlich leicht zurück. Als der Spalt so breit wie eine Handspanne war, hörte sie auf zu schieben und blickte hinein.

Der Schrein enthielt nichts, kein Licht, nicht einmal ein Staubkorn, nur Dunkelheit. Er war vollkommen leer.

Obwohl Jada wusste, dass dies nichts bedeutete, kamen ihr Zweifel. Hatte sie etwas falsch gemacht? Es war bekannt, dass sich das Licht nicht immer zeigte. Manche Gelehrte des Bundes glaubten, es erscheine nur denen, die für seine Wahrheit empfänglich seien. Wer so in seine eigenen Zwänge und innere Zerrissenheit verstrickt sei, dass er sich vom Schöpfer entfernt hatte, könne nicht darauf hoffen, es zu sehen.

Traf das auf sie zu? War sie so voller Schmerz, Hass und Furcht, dass sie nicht mehr in der Lage war, das Licht herbeizurufen?

Entmutigt schob sie den Deckel weiter auf. Vielleicht hatte sie etwas übersehen und musste den Schrein gründlicher untersuchen. Gleichzeitig wusste sie, wie töricht dieser Gedanke war.

Gerade als sie die Kerze holen wollte, geschah etwas. Angestrengt starrte sie in das Innere der Obsidiantruhe. Ein Funke glomm im Halbdunkel auf. Spielte das Zwielicht ihren Augen einen Streich? Nein, der Funke war tatsächlich da … und wurde größer, wuchs wie ein winziger Stern, der vor ihren Augen geboren wurde.

Lichtstrahlen schossen aus dem Schrein, trafen ihr Gesicht, ihre Augen mit gleißender, schmerzhafter Helligkeit, durchfluteten die Kammer. Sie spürte noch, wie die Beine unter ihr nachgaben, bevor sie in einem Ozean aus Licht versank.

Jada blinzelte und öffnete die Augen. Sie lag auf dem Boden der Kammer, neben dem Tragegestell mit dem Schrein.

Ihre Kerze flackerte.

Sie fühlte sich leicht, wie nach tiefem, erholsamem Schlaf. Ihr Verstand war so klar wie schon lange nicht mehr.

Was ist geschehen?

Sie setzte sich auf. Langsam kehrten die Erinnerungen zurück.

Licht. Ein gewaltiger, schimmernder Ozean, in dem sie dahingetrieben war, umgeben von unermesslicher Weisheit. Sie hatte sich verloren gefühlt, bloßgestellt, nackt, als das Licht Schicht um Schicht ihres Wesens abtrug, um ihre Seele freizulegen. Sie hatte dagegen angekämpft, hatte sich gewehrt, geschrien, bis ihre Kräfte nachgaben und sie es schließlich geschehen ließ.

Sie war zur Ruhe gekommen. Dann hatte sie gefragt: Wo ist Naje?

Und das Licht hatte ihr geantwortet.

Bilder waren auf sie eingestürmt, Geräusche, Gerüche, Gefühle, ein Durcheinander aus Empfindungen, das fast so schwer zu ertragen war wie zuvor das Licht. Sie spürte Najes Furcht und ihre Sehnsucht nach Raoul und ihr. Voller Angst saß sie mit Ardeshir in einem Vierspänner, der durch Wälder und Moore jagte, begleitet von grimmigen Reitern. Ihre Fahrt war wie die wilde Hatz in einem Albtraum, bei dem man lief und lief und lief und doch niemals ankam, denn als der Wagen sein Ziel erreichte, verschwand er einfach im Nichts, als sei das Licht nicht fähig, Jada den Ort zu zeigen, zu dem Ardeshir wollte.

Und dann sah sie einen Hügel im Moor.

Regenschwere Wolken rauschten am Himmel dahin, Sturmböen pflügten durch das sonnenverbrannte Gras und bogen die Bäume. Verwitterte Pfähle mit den Fratzen fremder Götter ragten aus der Hügelkuppe, dazwischen stand eine Frau, deren Haar im Wind flatterte wie ein Kriegsbanner. Sie reckte die Arme empor und rief die Namen der Pfahlgötzen zum Himmel hinauf. Jada hatte sie nie zuvor gesehen, und doch wusste sie, dass sie sie finden musste, wenn sie Naje wiedersehen wollte. Stimmen im Wind raunten den Namen der Frau, dann erlosch das Licht, und Jada fand sich in der Kammer tief unter dem Judenviertel wieder.

»Svajonē«, wiederholte sie leise den Namen der Fremden; und noch einmal: »Svajonē.« Der Name war ungewohnt, fremd. Sie durfte ihn niemals vergessen.

Jada empfand etwas, das sie nicht mehr für möglich gehalten hatte: Hoffnung. Aber sie war auch aufgewühlt, verletzlich und voller Traurigkeit. Sie spürte, dass das Licht ihr noch mehr gezeigt hatte. Und als sie in ihrem Innern dem Ursprung dieser verwirrenden Gefühle nachforschte, kehrte Stück für Stück die Erinnerung daran zurück.

Sie hatte Raoul gesehen und ihre Jahre mit ihm. Das Licht

hatte ihr vor Augen geführt, was sie für ihn empfand – wahrhaftig, schonungslos und schmerzhaft.

Sie begann zu zittern. Nein. Sie hatte einen Entschluss gefasst. Und nichts würde sie davon abbringen. Nicht das Licht, nicht die Magie des Schreins.

Plötzlich fühlte sie sich kraftlos und ausgelaugt, und trotz allem, was sie über Naje und Ardeshir erfahren hatte, kam es ihr falsch vor, dass sie den Schrein geöffnet hatte. Sie hätte Rahel nicht darum bitten dürfen. Alles, was zuvor einfach und eindeutig gewesen war, war nun schwierig und verworren.

Langsam stand sie auf. Sie drehte sich um und sah Rahel im Eingang der Kammer stehen.

»Wie geht es dir?«, fragte die Hohe Hüterin besorgt.

»Gut«, antwortete Jada schwach. »Ich bin nur …« Sie suchte nach passenden Worten und fand keine.

Rahel trat näher und strich ihr sanft über die Wange. »Du musst dich nicht für deine Schwäche schämen, Ribkāh. Das Licht kann grausam sein. Es hat schon Stärkere zugrunde gerichtet.«

Die Berührung tat ihr gut und war ihr gleichzeitig zuwider. Sie drehte den Kopf zur Seite. Rahel nahm die Hand fort.

»Ich muss eine Frau finden. Sie heißt Svajonē.«

»Das ist ein litauischer Name.«

»Ja. Litauen. Dort ist Naje.«

»Litauen ist groß«, sagte die Hohe Hüterin. »Du wirst sie nicht so einfach finden.«

»Das Licht hat mir den Weg gezeigt«, erwiderte Jada.

»Du solltest jetzt zu Raoul gehen. Er sehnt sich ebenso nach eurer Tochter wie du.«

Ihre Worte taten weh, mehr noch als Jada es für möglich gehalten hätte. »Ich werde ohne ihn nach Naje suchen.«

Rahel blickte sie nachdenklich an. »Ist es das, was dir das Licht gezeigt hat?«

»Ja.« Es war nur eine einzige Silbe, doch Jada brachte sie kaum über die Lippen.

»Du solltest noch einmal darüber nachdenken. Was das Licht uns zeigt, ist manchmal rätselhaft und nicht leicht zu verstehen.«

»Ich habe meinen Entschluss gefasst«, erwiderte Jada schroffer, als es ihre Absicht gewesen war.

Rahel schwieg, und Jada konnte ihre Traurigkeit spüren. Schließlich nickte die Hohe Hüterin. »Wann willst du aufbrechen?«

»Sofort.«

»Isaak wird dir ein Pferd geben. Soll er dich nach draußen geleiten, ohne dass Raoul dich sieht?«

Es war feige und erbärmlich, so zu handeln. Doch es war besser so. Einen Abschied von Raoul würde sie nicht ertragen. »Ja.«

Rahel versuchte nicht, sie umzustimmen. Sie schien zu wissen, dass es zwecklos gewesen wäre. »Der Bund wird dich immer willkommen heißen, Ribkāh. Komm zu uns, wenn du Naje gefunden hast.«

Jada sagte nichts, versprach nichts, denn wenn sie es getan hätte, wäre es nur eine weitere Lüge gewesen.

Raoul saß auf einem Stuhl neben dem Herd. Als er nicht mehr sitzen konnte, begann er, in der Küche umherzugehen.

»Warum dauert das so lange?«, fragte er unwirsch.

Jonas zuckte nur mit den Schultern. Er saß am Tisch und schien aus tiefstem Herzen zu bereuen, dass er Raoul und Jada hergebracht hatte.

»Erzähl mir von diesem Bund«, forderte Raoul ihn auf.

»Ich sollte darüber nicht sprechen.«

»Meinst du, darauf kommt es jetzt noch an?«

Jonas umfasste einen Tonkrug und drehte ihn langsam in

seiner Hand. Offenbar wünschte er sich weit, weit weg. »Er wurde in der alten Zeit im Land unserer Väter gegründet«, erklärte er widerwillig. »Wer ihm angehört, schwört bei seiner Seele, das heilige Wissen zu hüten, wie es im *Sepher Jezirah* und den anderen Schriften niedergelegt ist.«

»Und der Schrein? Was hat es damit auf sich?«

»Er ist der größte Schatz des Bundes. Jochebeds Vermächtnis.«

Die Antwort stellte Raoul nicht zufrieden, doch er wusste, dass er keine bessere bekommen würde. »Es reicht«, sagte er. »Ich gehe Jada suchen.«

Jonas sprang auf und lief ihm nach, als er zu dem Vorhang ging, durch den Jada und Isaak verschwunden waren. »Nicht, Raoul! Das kannst du nicht tun! Isaak wird mich umbringen ...«

Raoul teilte den Vorhang und trat auf einen Gang. Er hatte gesehen, dass Jada und Isaak dem Flur gefolgt waren. Dann war das Kerzenlicht verschwunden, und der Klang ihrer Schritte hatte sich verändert. Möglicherweise waren sie eine Treppe hinabgestiegen.

»Raoul!«, flehte Jonas. »Du musst auch an mich denken! Was glaubst du, was mit uns geschieht, wenn die Hohe Hüterin uns ertappt? Sie kann schreckliche Dinge mit uns anstellen. Sie kann –«

»Halt den Mund«, sagte Raoul. »Du verrätst uns noch.«

Er kam zu einem weiteren Vorhang, der zur Seite geschoben war. Dahinter verliefen Steinstufen. »Hol uns Licht«, befahl er Jonas und stieg die Treppe hinunter.

Sie endete an einer abgeschlossenen Tür. Raoul betrachtete das Schloss und zog seinen Dolch.

»Bei der Gnade des Ewigen!«, ächzte Jonas. »Nicht. Bitte.«

Als Raoul gerade die Klinge ins Holz stoßen wollte, um das Schloss herauszuhebeln, wurde die Tür geöffnet. Vor ihm standen Isaak und eine schlanke Frau mit dunkler Haut und kurzen, von grauen Strähnen durchsetzten Locken: die Hohe Hüterin, wenn ihn nicht alles täuschte.

»Was machst du da?«, fuhr sie ihn an.

»Wo ist Jada?«

Isaak schob sich an der Frau vorbei und zog mit finsterer Miene seinen Dolch. Raoul wich langsam vor dem Juden zurück und ging rückwärts die Treppe hinauf. »*Wo ist Jada?*«, wiederholte er schärfer.

»Ich habe versucht, ihn zurückzuhalten«, stammelte Jonas. »Aber er wollte nicht hören …«

»Sie ist fort«, sagte die Hohe Hüterin barsch. Als sie hinter Isaak auf den Gang oberhalb der Treppe trat, legte sie ihm die Hand auf den Arm. Der Grauhaarige schob den Dolch in die Lederhülle, jedoch nicht ohne Raoul weiterhin grimmig anzustarren.

»Fort? Was soll das heißen?«

»Sie hat beschlossen, allein aufzubrechen«, antwortete Rahel.

»Wann?«

»Gerade eben.«

»Wohin ist sie gegangen?«

»Das weiß ich nicht.«

Raoul fluchte leise. Was war nur in sie gefahren? Allerdings konnte sie noch nicht weit sein. Wenn er sich beeilte, konnte er sie vielleicht …

»Spar dir die Mühe«, sagte Rahel, die zu wissen schien, was in ihm vorging. »Du wirst sie nicht finden.«

Verwirrt ließ er den Dolch sinken. Narses hatte ihn gewarnt, er solle auf sie aufpassen. Doch niemals hätte er damit gerechnet, dass sie ihn einfach sitzen lassen würde. Sie brauchte ihn. *Naje* brauchte ihn! Plötzlich packte ihn heftiger Zorn. Er stampfte in die Küche und schleuderte den Dolch gegen die Wand. »Habt Ihr ihr das eingeredet?«, herrschte er Rahel an.

»Sie hat es aus freien Stücken entschieden. Nachdem sie das Licht gesehen hat.«

»Welches verdammte Licht?«

»Das Licht des Schreins.«

Raoul griff nach dem Tisch und warf ihn um. Krüge und Schüsseln zerbrachen auf dem Boden.

»Das bringt sie auch nicht zurück«, sagte Rahel ruhig.

Er fuhr zu ihr herum. Er bebte vor Wut. »Das Licht hat ihr also gezeigt, wohin sie gehen soll, ja?«

»Ja.«

»Wo ist dieser Schrein?«

»Warum willst du das wissen?«

»Ich will hineinsehen. So wie Jada.«

»Nein.«

Er ging auf sie zu. Tonsplitter knirschten unter seinen Sohlen. »Ich habe das gleiche Recht darauf wie sie! Das könnt Ihr mir nicht verweigern.«

»Ich tue das nur zu deinem eigenen Schutz«, sagte sie schroff. »Das Licht würde deinen schwachen Verstand einfach hinwegfegen. Es würde dich vernichten, bevor du auch nur begriffen hast, wie dir geschieht.«

»Mein Verstand ist nicht schwach.«

Rahels Finger schlossen sich blitzschnell um sein Handgelenk. Ihr Griff war überaus kräftig, so kräftig, dass es schmerzte, und ihre von Schatten unterlegten Augen blickten stechend zu ihm auf. »Seit man Ribkāh Gewalt angetan hat, bist du so voller Zweifel und Furcht, dass du keinen klaren Gedanken mehr fassen kannst. In deiner Hilflosigkeit weißt du nicht, was du tun sollst, und verletzt sie nur noch mehr. Du *bist* schwach. Das Licht würde dich auslöschen wie Sturmböen eine Kerzenflamme.«

Raoul riss sich los und taumelte zurück. Was hatte sie mit ihm gemacht? Sie war *in* ihm gewesen, hatte in ihn hineingesehen; er hatte die tastenden Finger ihres Geistes in seinen Gedanken gespürt.

»Geh jetzt«, sagte sie. »Es gibt hier nichts mehr für dich zu tun.«

Er starrte sie an, unfähig, zu sprechen, sich auch nur zu bewegen. Schließlich gelang es ihm irgendwie, sich abzuwenden. Während er zur Tür wankte, sagte die Hohe Hüterin: »Ich weiß, dass du darüber nachdenkst zurückzukommen. Ich warne dich davor. Der Schrein wird bewacht – von Mächten, die du dir nicht einmal vorstellen kannst. Wenn dir dein Leben und dein Seelenheil etwas bedeuten, solltest du vergessen, dass du jemals hier warst.«

Rahel stellte die Feder in das Tintenfass und betrachtete das Pergament auf dem Tisch. Die Schrift verschwamm vor ihren Augen, löste sich zu wässrigen, unlesbaren Linien auf. Sie murmelte einen stummen Fluch. Sie zählte beinahe sechzig Sommer, und ihre Augen wurden nicht besser. Dabei war sie einst mühelos in der Lage gewesen, den Flug von fünf Jonglierkugeln zu verfolgen und die Art eines Vogels hoch oben am Himmel zu bestimmen. Aber beides gelang ihr schon Jahre nicht mehr, wie so vieles.

Die ständige Müdigkeit machte es nicht besser. Seufzend verstreute sie Löschkalk auf dem Pergament, stand auf und schlurfte durch die Kammer. Sie ging barfuß, wie immer. Vor dem Bottich kniete sie sich hin und schüttete sich Wasser ins Gesicht, trocknete es mit dem Ärmel ab. Das half etwas. Im Viertel sagte man ihr nach, sie brauche keinen Schlaf. Rahel wünschte, es wäre so. Nacht für Nacht schlief sie höchstens eine Stunde; zwei, wenn sie Glück hatte. In dieser Nacht jedoch und in vielen anderen Nächten fand sie gar keinen

Schlaf, obwohl sie immerzu müde war. Das war der Preis für ihre Macht. Und sie besaß mehr Macht und Wissen als jede andere Hohe Hüterin des Bundes seit der alten Zeit.

Sie setzte sich wieder, schüttelte den Kalk von dem Brief und nahm ein weiteres Pergament vom Stapel. Bevor sie zu schreiben anfing, entzündete sie eine neue Kerze an der Flamme der alten und presste sie auf den heruntergebrannten Stummel, sodass das Wachs aus der Halterung quoll und zu einem Wulst erstarrte. Warme Helligkeit vertrieb das schummrige Zwielicht.

Der Raum war nicht groß. An den Wänden stapelten sich Truhen bis unter die Decke, Kisten voller Bücher und Schriftrollen, manche so alt, dass eine unbedachte Berührung genügte, sie zu Staub zerfallen zu lassen. Die Kammer befand sich im hintersten Winkel eines Gewölbes tief unter dem Viertel. Außer Isaak und ihr wusste niemand von diesem Ort und den unzähligen Schriften, die darin aufbewahrt wurden. Die Aufzeichnungen waren das Gedächtnis des Bundes, sein Vermächtnis. Sie wären verloren gegangen, wenn Rahel sie nicht vor langer Zeit in der letzten Zuflucht des Bundes tief in den Alpen gefunden hätte, und seitdem war es ihre Pflicht, sie vor dem Vergessen zu bewahren. Sie enthielten verlorenes Wissen und uralte Geheimnisse, von denen nicht einmal die größten Gelehrten des Orients ahnten, dass sie existierten. Ein einzelner Mensch war nicht in der Lage, sie alle zu studieren, nicht einmal Rahel. Ein Menschenleben reichte hierfür nicht aus, selbst wenn man wie sie Tag und Nacht nichts anderes tat.

Sie begann den nächsten Brief, den letzten, bevor Isaak die Nachrichten an ihre Boten verteilte und sie anwies, sie nach Ungarn, Frankreich und ins Deutsch-Römische Reich zu bringen. Fast vier Dutzend Briefe hatte Rahel in den vergangenen Nächten geschrieben – vier Dutzend Botschaften für ebenso viele Häuser des Bundes. Eine Zusammenkunft aller Bundleute stand bevor, die größte Versammlung seit über zweihundert Jahren.

Es war allein ihr Verdienst, dass der Bund von En Dor wieder so mächtig wie vor den Kreuzzügen war – dass er überhaupt noch existierte. Die Judenpogrome der letzten zwei Jahrhunderte hatten ihn an den Rand der Vernichtung gebracht, und nach den Massakern an den Juden in Frankreich, bei denen auch ihre Mutter ums Leben gekommen war, hatten die letzten Bundleute das Abendland verlassen. Als Rahel von dem Bund erfahren hatte, war sie eine Gauklerin gewesen und so unbedarft, wie eine Zwanzigjährige nur sein konnte. Sie fand den Schrein und begriff, dass ihr die Aufgabe zugedacht war, dem Bund seine Macht zurückzugeben.

Sie hatte damals nicht an das Schicksal geglaubt, und sie tat es jetzt nicht. Nichts und niemand hatte sie gezwungen, diese Aufgabe anzunehmen. Doch sie hatte sich verantwortlich gefühlt, verantwortlich ihrer Mutter gegenüber, der letzten Hohen Hüterin des Bundes, bevor er aus Frankreich verschwunden war. Also brachte sie den Schrein zu einem Versteck in den menschenleeren Wäldern und Bergen des Languedoc, wo er vor Entdeckung sicher war, und machte sich auf die Suche nach den letzten Bundleuten, reiste nach Navarra und Nordafrika, wohin die Gefährten ihrer Mutter geflohen waren, als die Judenviertel Frankreichs in Flammen aufgingen. Oft verzweifelte sie an ihrer selbst gestellten Aufgabe, denn sie war nur eine Fahrende, die jonglieren und tanzen konnte, aber nichts von den Lehren und Geheimnissen des Bundes verstand. Nur dank Isaak gab sie nicht auf, Isaak, der mit seinem Vater das Vermächtnis des Bundes gehütet hatte und dessen Liebe ihr die Kraft gab, die sie in diesen Tagen so dringend brauchte.

Ihre Reisen führten sie bis nach Ägypten und die geheimnisvollen Länder des Südens, durch Städte, die im Wüstensand versanken, durch alte Tempel voller Wunder und Schrecken. Als sie Jahre später nach Frankreich zurückkehrte, war sie eine Seherin und Totenbeschwörerin wie ihre Mutter geworden, sie hatte die Lehren des Bundes studiert und von den Männern und Frauen gelernt, die sie begleiteten. Sie hatte Jochebeds Eid geschworen, der sie dem Gesetz der Gemeinschaft unterwarf und ihr die Pflicht auferlegte, das alte Wissen zu hüten, so wie es der Bund seit über zweitausend Jahren tat.

Mit ihren Gefährten gründete sie im Languedoc ein *Miflat*, eine geheime Zuflucht, und in den Jahren, die folgten, schlossen sich ihnen weitere Bundleute an, die gehört hatten, dass Jochebeds Gemeinschaft ins Abendland zurückgekehrt war. Sie begannen, Schüler auszubilden und überall in Frankreich Bundhäuser aufzubauen, bis es zwanzig Jahre, nachdem Rahel den Schrein im Berg Thabor gefunden hatte, wieder in jeder großen Stadt zwischen Atlantik und Alpen Versammlungsorte gab, dem Schutz des geheimen Wissens verpflichtet. Bald darauf fasste der Bund auch im Deutsch-Römischen Reich Fuß, wo er schon lange vor den Pogromen in Frankreich seine Macht verloren hatte, und Rahel reiste persönlich nach Rom, um dort ein *Miflat* zu gründen, unbemerkt von Papst und Kaiser.

Doch mochte der Bund auch wachsen und aufblühen, den einfachen Juden des Abendlandes erging es nach wie vor schlecht. Erst drei Jahre war es her, dass Frankreichs König alle Juden des Landes einkerkern und ihr Vermögen beschlagnahmen ließ und sie anschließend zwang, sein Reich zu verlassen. Rahel und ihre Gefährten versteckten sich, so gut sie konnten, aber schon bald kamen die Handlanger des goldgierigen Königs den Verstecken des Bundes gefährlich nahe. Rahel fürchtete um die Sicherheit des Schreins, und wie viele Angehörige ihres Volkes gingen Isaak und sie nach Polen, dessen König die Juden Frankreichs herzlich aufnahm. Sie brachten den Schrein nach Krakau, wo es seit Jahren ein *Miflat* gab, und hier lebte sie nun und lenkte die Geschicke des Bundes, in der Hoffnung, dass die Christen eines Tages ihren Hass ablegen würden und ihr Volk endlich ein Leben frei von Gewalt, Angst und Flucht führen konnte.

In letzter Zeit dachte sie oft an die Vergangenheit – vermutlich ein Zeichen dafür, dass sie alt wurde. Seufzend beendete sie den Brief und legte ihn zu den anderen auf den Stapel, dann verließ sie die unterirdische Kammer und ging durch die geheimen Tunnel zum Haus.

Draußen dämmerte bereits der Morgen. Isaak hatte sich vor einigen Stunden schlafen gelegt. Rahel sehnte sich danach, zu ihm ins Bett zu schlüpfen. Doch obwohl sie zu Tode erschöpft war, wusste sie, dass sie wieder keinen Schlaf finden würde. Die Begegnung mit Ribkāh hatte sie zu sehr aufgewühlt.

Sie betrat den kleinen Innenhof und setzte sich auf eine Bank. Wasser plätscherte aus einem steinernen Fischmaul und sammelte sich in einer Vogeltränke. Efeu rankte sich an den Mauern empor, die Kräuterbeete waren unter dem vielen Unkraut kaum noch zu sehen. Sie hatte sich lange nicht mehr darum gekümmert; immer gab es Wichtigeres zu tun. Dort, wo sich die Pfade kreuzten, befand sich das Mosaik eines Lebensbaumes. Rahel hatte es gleich nach ihrer Ankunft in Krakau anlegen lassen. Es erinnerte sie an das Haus ihrer Mutter in Rouen, in dem sie zur Welt gekommen war.

Sie blickte zu dem quadratischen Ausschnitt des Himmels hinauf und dachte über Ribkāh nach.

Hatte sie einen Fehler begangen? Hätte sie Ribkāh aufhalten müssen?

Nein. Sie wusste, was Ribkāh und ihre Gefährten nach

Krakau geführt hatte; sie wusste auch von der Gefahr, die von Ardeshir ausging. Doch es war nicht ihre Aufgabe, etwas dagegen zu unternehmen. Ihr Platz war hier, im *Miflat* des Bundes, während die Zusammenkunft bevorstand. Ribkāh war auf sich allein gestellt, wie schon so oft in ihrem Leben. Sie würde zurechtkommen.

Und ihr Gefährte, Raoul? Es war richtig gewesen, ihm den Zutritt zum Schrein zu verwehren. Sie hatte seine Verlorenheit gespürt, seinen Schmerz, seine Zweifel. Er wäre an der Macht des Lichts zugrunde gegangen, denn er besaß nicht die Stärke von Ribkāh. Er war nur ein Mensch.

Ja, sie hatte richtig gehandelt. Es gab nichts, das sie sich vorwerfen musste. Und dennoch ... was, wenn Ribkāh ihren Gefährten brauchte? Wenn sie ohne ihn verloren war? Und mit ihr das Kind?

Nicht deine Aufgabe!, schalt sie sich. *Die Hohe Hüterin mischt sich nicht ein!*

Aber sosehr sie sich auch auf ihre Pflichten besann, die Zweifel blieben.

Bei Sonnenuntergang kehrte der letzte von Narses' Vettern zurück. Narses lief zum Tor und redete mit dem jungen Mann, während dieser vom Pferd stieg. Raoul wusste, was der Reiter gesagt hatte, noch bevor Narses es übersetzt hatte. Er sah es seinem Freund am Gesicht an.

»Er hat sie nicht gefunden«, erklärte der Byzantiner niedergeschlagen. »Sie ist auf und davon. Ohne die kleinste Spur.«

Raoul nickte nur. Er war zu müde, um noch Zorn zu empfinden. Und nach einer langen Serie von Enttäuschungen kam es auf eine weitere nicht mehr an.

Den ganzen Tag hatten sie nach Jada gesucht. Alle Männer der Familie hatten mitgeholfen, waren zu den Toren geritten, hatten sich bei Stadtbütteln und den Bauern auf den Feldern erkundigt, doch niemand wollte sie gesehen haben. Als hätte der Erdboden sie verschluckt.

»Ich hab's ja gleich gesagt«, schnarrte Onkel Ismael. »Wer sich mit der Hohen Hüterin einlässt, handelt sich nichts als Ärger ein. Aber ihr wolltet ja nicht hören!«

»Lass gut sein, Onkel«, sagte Narses müde.

Raoul stand auf und schlurfte zum Haus.

»Wohin gehst du?«

»Nachdenken.«

Er betrat seine Kammer, setzte sich aufs Bett und blickte aus dem Fenster, zur Sonne, die hinter den Dächern des Viertels versank. Sein Kopf schmerzte, sein Körper lechzte nach Schlaf, aber er zwang sich, wach zu bleiben und nachzudenken, welche Möglichkeiten ihm jetzt noch blieben.

Es waren nicht viele. Wenn Jada nicht gefunden werden wollte, hatte es keinen Sinn, nach ihr zu suchen – sie war zu geschickt darin, ihre Spur zu verwischen und sich zu verbergen. Wenn es wenigstens einen kleinen Hinweis gegeben hätte, wohin sie gegangen sein könnte … Doch niemand in ganz Krakau hatte je von Burg Thorgast gehört. Sie konnte überall sein.

Blieb noch der Schrein. Wenn er hineinblickte, wenn er sah, was Jada gesehen hatte, konnte er sich vielleicht einen Reim darauf machen, was sie vorhatte. Wohin sie wollte.

Doch Rahel hatte ihn mehr als deutlich gewarnt. Und er hatte am eigenen Leib erfahren, wie groß ihre Macht war. Er zweifelte nicht daran, dass der Schrein so gut geschützt wurde, wie sie angedeutet hatte.

Und wenn schon. Was hatte er jetzt noch zu verlieren?

Er streckte sich auf dem Bett aus, schloss die Augen und rief sich das Haus – das *Miflat* – in Erinnerung. Heimlich einzudringen würde ihm nicht schwerfallen; auch mit Isaak wurde er fertig. Und wenn er erst im Innern des Hauses war, musste er nur noch das Versteck des Schreins finden.

Wenn dir dein Leben und dein Seelenheil etwas bedeuten, solltest du vergessen, dass du jemals hier warst …

Er verscheuchte Rahels Stimme aus seinen Gedanken. Wenn er sein Leben aufs Spiel setzen musste, um zum Schrein zu gelangen, würde er es tun. Was war schon ein Leben ohne Jada und Naje?

Heute Nacht, dachte er. *Heute Nacht …*

Er musste eingenickt sein, denn plötzlich riss ihn ein Klopfen aus dem Schlaf. Er fuhr auf und sah Jonas die Kammer betreten.

Bei ihm war Rahel.

»Ihr«, sagte er schläfrig und verwirrt.

»Lass uns allein«, bat sie Jonas.

Raoul stand auf, während der Jude die Tür hinter sich schloss. Rahel ging barfuß und trug dasselbe schlichte Gewand wie in der Nacht. Die Müdigkeit hatte tiefe Linien in ihr Gesicht gegraben.

»Ich muss mit dir reden, Raoul.«

»Ich dachte, es sei alles gesagt«, erwiderte er schroff.

»Du bist zornig auf mich.«

»Überrascht Euch das?«

Sie setzte sich. »Ich habe versucht, dich zu schützen. Auch wenn das für dich schwer zu verstehen ist.«

»Ihr habt … in mich *hineingesehen*. Mich aus Eurem Haus verjagt. Mir jede Möglichkeit genommen, meine Tochter zu finden. Mich wie einen Narren –«

»Ich kann dir helfen, Ribkāh zu finden«, unterbrach sie ihn gelassen.

Er war in der Kammer auf und ab gegangen. Jetzt blieb er stehen und sah sie an. »So heißt sie nicht«, sagte er barsch. »Ihr Name ist Jada.«

Rahel hob besänftigend die Hände und legte sie auf die Schenkel. »Such nach einer Frau namens Svajonē. Sie wird dich zu ihr führen.«

Raoul verstand nicht, was sich hier abspielte. Er setzte sich auf die Bettkante. »Svajonē?«, wiederholte er misstrauisch.

»Eine Litauerin. Ribkāh … Jada hat sie im Licht gesehen.«

»Und das ist alles?«

Die Hohe Hüterin nickte.

»Wie finde ich sie?«

»Du musst die Weichsel überqueren und dann immer nach Osten reiten. Bis zu ihrem Dorf.«

»Nicht gerade ein eindeutiger Hinweis«, murmelte er.

»Das ist alles, was ich für dich tun kann.«

Er schwieg. Ihre Hand berührte das Amulett an ihrem Hals, strich darüber. Das Kupfer glitzerte im Sonnenlicht.

»Warum helft Ihr mir?«, fragte er schließlich.

Sie ließ das Amulett los und legte die Hand wieder auf ihr Knie. »Weil ich glaube, dass sie dabei ist, einen Fehler zu begehen.«

Sie stand auf und ging zur Tür.

»Hohe Hüterin?«

Sie wandte sich zu ihm um.

»Ich danke Euch«, sagte er leise.

NEUNZEHN

Seit ihre Mutter fort war, hatte Naje kein Wort mehr gesprochen. Sie war noch nie allein gewesen. Immer hatten sich ihre Mutter oder ihr Vater um sie gekümmert, oder wenigstens Ionnes, der alte Diener. Nun hatte sie niemanden mehr. Die Welt war von einem Augenblick zum nächsten ein bedrohlicher Ort geworden, in dem sie sich klein und verloren fühlte.

»Du brauchst keine Angst zu haben«, sagte Ardeshir sanft. »Bald siehst du deine Mada wieder.«

Er log, Naje wusste es. Sie starrte auf ihre Zehen.

»Sie kommt nach, sowie Amadeus Aba es ihr gestattet. Du musst dich nur ein paar Tage gedulden. Soll ich dir einstweilen eine Geschichte erzählen?«

Ihr grauste immer noch, wenn sie daran dachte, wie scheußlich er die Legende von der Obsidianstadt erzählt hatte. Ganz gewiss wollte sie keine weitere Geschichte von ihm hören, deshalb schüttelte sie den Kopf.

»Nun, ganz wie du willst. Lass es mich wissen, falls du es dir anders überlegst.«

Naje wollte ihn nicht ansehen, also blickte sie aus dem Fenster. Staubschwaden zogen vorbei, während der Wagen durch das karge Land rumpelte, gefolgt von den Männern auf ihren Pferden. Es war ein heißer Tag. Die Sonne brannte auf die Hügel herab, wie so oft in den letzten Wochen, und Wiesen und Felder vertrockneten in der Hitze.

Es gab ein Bild, das sie immer vor sich sah, wenn sie an

ihre Eltern dachte: Ihr Vater kam durch das Tor geritten, eine prachtvolle Erscheinung in seinem schimmernden *Klibanion*, schwang sich aus dem Sattel und überließ Ionnes das Pferd. Er umarmte ihre Mutter, die ihn bereits erwartete. Arm in Arm gingen sie zum Haus zurück, lachten und neckten einander, und Naje, die sie von ihrem verbotenen Versteck hinter der Turmbrüstung beobachtete, freute sich schon auf die Abenteuer, von denen er ihr erzählen würde, während er seinen *Klibanion* ablegte. Sie stürmte die Treppe hinunter, nahm immer mehrere Stufen auf einmal und rief »Abu! Abu!«, bis er sie lachend in die Arme schloss, hochhob und herumwirbelte, sodass sie glaubte, sie könne fliegen wie ein Engel.

Naje schloss die Augen, bis sie das Rumpeln der Kutsche vergaß und alles ganz deutlich vor sich sah: die Orangenbäume, die den Pfad zum Haus säumten; Ionnes' schlohweißes Haar; das Abendlicht in den Zimmern und das rätselhafte Gewirr der Schatten in den Hausfluren – und besonders die Gesichter ihrer Eltern, die sie sich in allen Einzelheiten vorstellte.

Abu, formten ihre Lippen stumm. *Mada.* Und wieder: *Abu. Mada.* So lange, bis sie sich nicht mehr ganz so einsam fühlte.

Als sie die Augen öffnete, standen Gestalten in der flirrenden Luft jenseits der Straße, geisterhafte Männer und Frauen, unbeständig wie ein Spiegelbild auf unruhigem Wasser. Ihre Eltern waren darunter und sahen genau so aus wie in ihrer Vorstellung. Sie winkten ihr zu und lächelten, als wollten sie sagen: *Hab keine Angst, wir sind immer bei dir.*

Mit einem Ruck kam der Wagen zum Stehen, und erst in diesem Moment hörte sie, dass Ardeshirs Männer aufgeregt durcheinanderriefen. Ihre Eltern und die anderen Gestalten verschwanden so plötzlich, wie sie gekommen waren, als hätte das Geschrei sie verscheucht. Naje rollte mit den Augen. Hatten die Männer noch nie eine Fata Morgana gesehen? Auch Ardeshir war nicht erfreut darüber, dass sie angehalten hatten. Er streckte den Kopf aus dem Fenster und sagte ungehalten: »Was soll das, du Narr? Weiterfahren, sofort!«

Der Mann auf dem Kutschbock stammelte etwas, dann setzte sich der Wagen wieder in Bewegung.

Ardeshir lächelte anerkennend. »Ist das deine erste Fata Morgana?«

Natürlich war es das nicht. Warum stellte er ihr immerzu diese Fragen?

»Sie erscheinen dort, wo die Djinn sind, wenn es heiß und trocken genug ist. Eines Tages wirst du lernen, sie zu beherrschen. Dann kannst du sie verschwinden lassen oder dafür sorgen, dass sie gar nicht erst auftauchen, wenn du kein Aufsehen erregen willst. Wenn du magst, zeige ich dir, wie man es macht.«

All das wusste Naje längst. Es gehörte zu den vielen Dingen, die sie instinktiv verstand, ohne dass man ihr je davon erzählt hatte.

Und wie man die Trugbilder wieder verschwinden ließ, hatte sie bereits selbst herausgefunden. Wenn sie sich ein wenig anstrengte, konnte sie die Erscheinungen sogar verändern, bis sie so aussahen, wie sie es sich wünschte. Nur wie man eine Fata Morgana aus dem Nichts erschuf, wusste sie noch nicht. Ihre Mutter sagte, das sei nicht möglich; die Trugbilder würden kommen, wie es ihnen gefiel. Naje glaubte, dass sie sich irrte. Manchmal, wenn die Hitze über den Hügeln flirrte, spürte sie geradezu, dass die Erscheinungen und geisterhaften Gestalten nur darauf warteten, dass sie sie rief.

Höchste Zeit, es auszuprobieren.

Am nächsten Tag rasteten sie in einem kleinen Gehöft inmitten staubiger Äcker. Wie an den Tagen zuvor zeigte sich nicht die kleinste Wolke am Himmel, und dank der Mittagshitze waren ihre Aufpasser träge und nicht so aufmerksam wie sonst. Naje nutzte die Gelegenheit, schlüpfte durch einen Spalt in der Mauer des Bauernhofs und versteckte sich in den Büschen. Vor ihr lag ein Acker, der sich bis zu einem grasbewachsenen Hügel erstreckte. Zwei Bauern trugen Eimer herbei und gossen Wasser in die Rinnen zwischen den kümmerlichen Feldfrüchten.

Naje wollte nichts mehr als die Hagia Sophia sehen, mit ihren schimmernden Kuppeln und anmutigen Türmen über den Dächern Konstantinopels – ihrem Zuhause, das sie so sehr vermisste wie ihre Eltern. Sie blickte angestrengt zu dem Hügel und malte sich aus, wie er sich in eine prachtvolle Kirche verwandelte, deren Turmspitzen in der Sonne gleißten.

Wie leicht es ihr fiel … Kaum sah sie die Hagia Sophia vor sich, erschien sie auch schon über dem Hügel, genauso gewaltig und schön wie in ihrer Erinnerung. Sie begann, hier einen Turm hinzuzufügen, dort eine Mauer fester und ein Fenster schöner zu machen, bis sich das Trugbild nicht mehr von der echten Kirche unterschied. Es bereitete ihr nicht die geringste Mühe. Wie konnte ihre Mutter nur behaupten, es sei nicht möglich?

Das Geschrei der Bauern riss sie aus ihrer Versunkenheit. Die beiden Männer warfen die Eimer weg, rissen die Arme in die Luft und liefen zum Gehöft.

Naje runzelte missbilligend die Stirn. Warum mussten immer alle Angst haben? Was sie tat, war ganz natürlich und gewiss nichts, wovor man sich fürchten musste.

Sie brachte das Trugbild zum Verschwinden, sodass der langweilige Hügel zurückkehrte.

Im gleichen Moment packte jemand sie an den Schultern und zog sie aus der Hecke.

Es war Wickbert, ihr Aufpasser. Er knurrte etwas in seiner hässlichen Sprache und zerrte sie über den Hof.

»Es war doch nur eine Fata Morgana. Lass mich los! Pfui, du stinkst!«

Doch sosehr sie auch murrte und zappelte, Wickberts Griff blieb unnachgiebig, und er zwang sie, sich neben ihn in den Schatten des Stalls zu setzen und still zu sein. Sie zog die Beine an die Brust und umschlang sie mit den Armen, und als sie gerade anfing darüber nachzudenken, wie sie ihn ärgern könnte, kam die Vision.

Wo eben noch das Gehöft und die Äcker gewesen waren, erstreckte sich nun ein weites Moor mit brackigen Tümpeln, verwachsenen Bäumen und Hütten, die sich kaum von den Ansammlungen aus totem Holz zwischen den Baumstämmen unterschieden. Die Sonne verschwand hinter schwefligen Wolken. Ein Sturm wütete über den Hügeln. Naje saß allein am Fuß eines Hügels, Böen zerrten an ihrem Überwurf und zerzausten ihr Haar. Sie bekam Angst.

Auf dem Hügel stand eine Gestalt, eine Frau in groben Gewändern und mit windgepeitschtem Haar. Sie reckte die Arme zu schwarzen Pfählen empor, von denen grausige Fratzen mit Hörnern und aufgerissenen Mäulern auf sie herabstarrten, Gesichter aus uraltem Holz vor einem brodelnden Himmel.

Plötzlich war Naje von Männern umgeben, die aus dem Moor zu dem Hügel strömten. Sie kannte diese Männer aus einer früheren Vision, sie waren grimmig und trugen furchterregende Eisenmasken, aus denen Kriegsgebrüll drang. Äxte schwangen sie, Schwerter, Speere und Keulen. Ihre Reihen öffneten sich, und sie stießen einen Gefangenen mit gebundenen Händen zu einem Tümpel. Fratzenpfähle wie auf dem Hügel ragten aus dem schwarzen Wasser, und Naje glaubte, in den hölzernen Augen Boshaftigkeit und Gier zu erkennen. Zwei Männer zerrten den Gefangenen einen Steg entlang und warfen ihn unter dem Gebrüll der anderen in den

Pfuhl. Er wand sich, als der Morast an ihm saugte, doch bald ließen seine Kräfte nach. Bevor er versank, hob er ein letztes Mal den Kopf, und Naje erkannte ihren Vater. Sie schrie auf und rannte durch die Horde, rannte so schnell sie konnte zum Tümpel. Niemand bemerkte sie, niemand hielt sie auf, doch als sie das Ufer erreichte, hatte das Wasser ihren Vater längst verschluckt, und die Fratzen an den Pfählen glotzten satt.

Dann waren das Moor und die grimmige Horde fort, sie rannte über den glühend heißen Hof und rief nach ihrem Vater, bevor Wickbert sie festhielt, schüttelte und so lange anbrüllte, bis sie verstummte.

Ardeshir schlenderte gerade über den Hof, als jenseits des Ackers das schimmernde Trugbild der Hagia Sophia erschien. Er blieb stehen und betrachtete mit gelindem Erstaunen die Türme und Kuppeln, die mehr und mehr an Festigkeit gewannen, bis sich kurz darauf ein vollkommenes Abbild des Kirchenbaus über den Hügeln erhob.

Seit einer Weile schon hatte er den Verdacht, dass Naje herausgefunden hatte, wie sie die Erscheinungen verändern konnte. Das war eine Gabe, über die nur wenige Djinn verfügten – erwachsene Djinn, wohlgemerkt, die sich Jahrhunderte darin geübt hatten. Er hatte noch nie von einem Kind gehört, das dazu in der Lage gewesen wäre.

Und jetzt war es ihr sogar gelungen, eine Fata Morgana aus dem Nichts zu erschaffen. Die letzten Meister dieser Kunst hatten lange vor den Menschen gelebt, als die Djinn noch mächtig gewesen waren. *Bemerkenswert*, dachte er zufrieden. Je stärker Najes Kräfte wurden, desto besser für ihn.

Allerdings wollte er lieber unauffällig reisen, und hierfür waren Prachtbauten, die weithin sichtbar im Nirgendwo erschienen, nicht gerade zuträglich. Er ging zu Wickbert, stieß den dösenden Mann mit dem Fuß an und befahl ihm, besser auf das Kind aufzupassen.

Anschließend kehrte er zu seinen Männern zurück, die im Schatten unter den Bäumen herumlungerten. Marcoul von Culm hatte ihn darauf hingewiesen, dass die Pferde geschont werden mussten, denn hier im Osten Polens, weit entfernt von jeder Stadt, hatten sie keine Möglichkeit, neue zu beschaffen, sollten die Tiere in der stechenden Sonne zusammenbrechen. Also hatte Ardeshir widerwillig zugestimmt, in diesem einsamen Gehöft das Ende der Mittagshitze abzuwarten.

Er wünschte, er wäre bereits am Ziel. Die Reise schien kein Ende zu nehmen, dabei stand ihm der mühsamste Abschnitt noch bevor: das wilde Grenzland zwischen Polen und Litauen mit seinen Wäldern und Sümpfen. Dort gab es keine befestigten Straßen und keine Handelsposten, wo sie sich ausruhen und frische Vorräte aufnehmen konnten, denn Krakau war der nördlichste Stützpunkt seines Handelsimperiums; und von früheren Reisen wusste er, wie sehr ihm die feuchte Luft in den Mooren und das unberechenbare Wetter zu schaffen machten.

Außerdem war er der Männer, der stumpfsinnigen Gesichter und der geistlosen Gespräche schon lange überdrüssig. Die ständige Gegenwart von Menschen machte ihn krank, und die kriecherische Unterwürfigkeit der Bauern, so angemessen er sie auch fand, trug nicht dazu bei, seine Laune zu heben. Sie hielten ihn für einen Edelmann und empfanden es als Ehre, dass er mit seinem Gefolge auf ihrem Hof rastete, weshalb sie sich bemüßigt fühlten, ständig um ihn herumzuschleichen und ihm, dem hohen Herrn, ihr stinkendes Essen aufzudrängen.

Menschen liebten Hierarchien. Vordergründig rebellierten sie dagegen und schimpften auf die Herrschenden, doch in

Wahrheit brauchten sie fein abgestufte Rangfolgen so dringend wie Wasser und Luft. Hierarchien ordneten eine Welt, die keine Ordnung kannte, und, wichtiger noch, sie gaben den Menschen die Gewissheit, dass da immer jemand war, der unter ihnen stand und auf den sie herabschauen konnten.

Die Beschaffenheit der menschlichen Gesellschaft übte seit jeher eine seltsame Faszination auf Ardeshir aus, besonders der Umstand, dass sie sich seit Jahrtausenden nicht weiterentwickelt hatte. Menschliche Denker bestritten das, was nur bewies, dass sie nicht fähig oder willens waren, die Wahrheit zu erkennen. Der Herrscher an der Spitze mochte König, Kaiser, Sultan, Papst, Pharao oder Hohepriester heißen, letztlich gab es immer einen Mann, dem alles gehörte, und der Rest der Menschen verteilte sich auf verschiedene Stufen der Wertlosigkeit. Das ging so lange, bis irgendjemand die Verhältnisse nicht mehr ertrug, dann gab es Krieg, nach dem der Sieger versprach, alles zu ändern, was stets dazu führte, dass die vorherigen Bedingungen wiederhergestellt wurden, nur unter anderem Namen.

Dagegen die Djinn: Sie kannten keine Könige, keine Päpste, keine Obrigkeit, keine Rangordnung – weil sie nichts davon brauchten. Sie lebten in kleinen Dörfern nach Gesetzen so alt wie die Zeit und hörten auf den Rat ihrer Ältesten, die sich regelmäßig versammelten, um über die Angelegenheiten des gesamten Volkes zu entscheiden. Die wenigen Edlen, die es gab, besaßen keine Rechte, über die nicht auch die anderen Djinn verfügten; edel bezeichnete lediglich einen Djinn, der einer der alten Familien aus der Obsidianstadt entstammte. Es gab weder Kriege noch Aufstände, denn selbst der unzufriedenste Djinn war weise genug zu erkennen, dass es keine bessere Art des Zusammenlebens gab.

Die Menschen wollten Hierarchien? Es gab nur diese eine: Die Menschen standen unten, die Djinn oben. So hatten es der Schöpfer und die alten Götter vorgesehen, weshalb sie den Djinn Langlebigkeit, Weisheit und Macht schenkten und den Menschen nicht. Dennoch hatten es die Menschen gewagt, sich gegen diese Ordnung aufzulehnen und die Herrschaft über die Erde an sich zu reißen, während sich die Djinn wie Schakale in den Wüsten versteckten. Wenn Ardeshir darüber nachdachte, regte sich Zorn in ihm, ein Zorn, der unendlich alt war, der seit Jahrhunderten an ihm fraß, der niemals zur Ruhe kommen würde.

Und genau in diesem Augenblick kam ein töricht grinsender Bauer mit einem Krug in den Händen daher, stolperte über seine eigenen Füße und schüttete ihm einen Schwall Wasser über den Arm.

Wasser: flüssiges Gift, das zersetzte, das tötete. Ardeshir schrie vor Entsetzen, sprang auf und riss den Ärmel zurück. Seine Haut wurde rot und warf Blasen. Wie das brannte. Wie das schmerzte.

Der Bauer wurde bleich und stammelte eine Bitte um Vergebung. Ardeshir schlug ihm ins Gesicht, aber das Wimmern des Mannes stachelte seinen Zorn an, statt ihn zu besänftigen. Er zückte seinen Dolch und stieß ihn dem Bauer in die Kehle.

Blut quoll dem Kerl aus Mund und Nase, und als Ardeshir die Klinge zurückriss, schoss eine rote Fontäne aus der Wunde. Der Bauer brach zusammen, zuckte und blieb reglos liegen.

Die anderen Bauern kamen über den Hof gerannt. Eine dicke Frau schrie auf, warf sich neben den Toten auf den Boden und heulte so laut, dass er befürchtete, taub zu werden. Von Culm und die anderen Männer waren aufgesprungen und starrten ratlos den toten Bauer an.

»Was glotzt ihr so?«, schrie Ardeshir. »Schlachtet diese Tiere ab!«

»Herr«, begann Marcoul von Culm zögernd. »Es war doch nur Wasser. Ich verstehe nicht –«

Ardeshir wirbelte zu ihm herum, und ein sengender Blick traf den Ritter, ein Blick, aus dem jahrhundertealter Hass sprach. Vom Culm verstummte, sein Adamsapfel hob und senkte sich, er wandte sich ruckartig zu seinen Männern um und schnarrte: »Na los, ihr habt gehört, was der Herr befohlen hat.«

Gregor war der Erste, der sich in Bewegung setzte. Er trat zu der Frau, die sich weinend über den Toten beugte, und schlug ihr die Axt in den Rücken. Sein Gesicht zeigte dabei keine nennenswerte Regung, höchstens die Konzentration eines Mannes, der eine mühsame Arbeit verrichtete.

Endlich gehorchten auch die anderen. Träge griffen sie nach ihren Waffen und erhoben sich schwerfällig. Das halbe Dutzend Bauern auf dem Vorhof floh schreiend, doch es hatten längst nicht alle Bewohner des Gehöfts mitbekommen, was geschehen war. Jene, die sich im Haus aufgehalten hatten, kamen, angelockt von dem Geschrei, ins Freie, wo sie geradewegs den Schwertbrüdern in die Arme liefen.

Von Culm und seine Männer waren Meister des Tötens. Sie mordeten planvoll, zielgerichtet und gründlich. Wer über die Äcker floh, wurde von den Armbrustschützen niedergeschossen, wer sich im Haus versteckte, nach draußen getrieben und erschlagen. Die wenigen Bauern, die sich zum Kampf stellten, fielen nach wenigen Augenblicken, und bald schon bedeckten die Leichen von Männern, Frauen, Alten und Kindern den Vorhof. Ardeshir stand reglos und statuengleich inmitten des Blutvergießens, kein Schwerthieb entging seinem Blick, und das erbärmliche Bild, das die Menschen noch im Tod abgaben, widerte ihn an.

Später, viele Stunden nach dem Morden, lag er neben seinem Wagen und blickte zum Nachthimmel auf. Klar und schön leuchteten die Sterne, und während er sich noch fragte, ob ihm die alten Götter gerade ihren Respekt für seine Tat erwiesen, schlief er ein. In seinem Traum führte man ihn durch nachtschwarze Tunnel im Herzen der Erde, eiserne Reifen banden seine Hände, er war noch schwach von der Bestrafung. Er war jetzt ein Krüppel, ein Djinn ohne die Gaben des Heilens und des Zweiten Gesichts, wertlos, ausgestoßen, doch zu gefährlich, um ihn gehen zu lassen. Man brachte ihn zu den gewaltigen Höhlen unter der Stadt aus Obsidian, wo die anderen lagen, und er sah sie immer noch vor sich, die reglosen Schläfer auf den Felspfeilern. Wie ihm die Flucht gelungen war, wusste er nicht mehr, aber er erinnerte sich noch genau an die endlose Jagd durch die Dunkelheit, an seine Furcht, seine Verzweiflung. In jenen Tagen hatte er gelernt, was Einsamkeit bedeutete, und während er unter dem Sternenhimmel inmitten seiner Männer lag, gefangen in seinem Traum, fühlte er sich wieder so einsam wie damals, so verloren wie ein Staubkorn in der Unendlichkeit des Alls.

ZWANZIG

Isaak zügelte sein Pferd auf der sandigen Anhöhe, wo sich das Gestrüpp aus Farnen, Heidelbeeren und dornigen Sträuchern lichtete. Raoul schloss zu ihm auf. Die ausladenden Äste einer Erle wölbten sich über ihnen, schwaches Sonnenlicht sickerte durch das Blätterdach. Dankbar für den Schatten überblickte er den Fluss, der sich wenige Schritte vor ihnen durch die Moränenhügel wälzte. Die Baumkronen spiegelten sich auf dem Wasser und färbten es grün. Grün waren auch die Uferhänge, die Büsche saftig und duftend. In den Gewächsen des Flusstales steckte so viel Kraft und Leben, dass die anhaltende Hitze ihnen nichts anhaben konnte. Unter dem Treibholz, das sich zwischen den Baumwurzeln verfangen hatte, schwamm ein Biber, unbeeindruckt von den beiden Reitern. Einen Steinwurf flussaufwärts konnte Raoul eine Holzbrücke erkennen, die zu einer Siedlung am gegenüberliegenden Ufer führte.

»Ein hübsches Fleckchen, was?«, sagte Isaak. »Man könnte den ganzen Tag am Ufer sitzen und zuschauen, wie das Wasser vorbeifließt und sich die Bäume im Wind wiegen.«

»Ist das da drüben Masowien?«

»Wir sind schon seit ein paar Stunden in Masowien. Die Weichsel fließt mitten hindurch.«

Raoul hielt nach den anderen Ausschau. Lange bevor Onkel Ismael zwischen den Bäumen erschien, hörte er, wie sich der Alte abwechselnd über die Mücken beschwerte und Jonas und Narses vorwarf, sie würden ihn unentwegt bevormunden.

Mit einem Lächeln auf den Lippen saß Raoul ab. Er hatte den steinalten Krieger ins Herz geschlossen, obwohl er anfangs befürchtet hatte, er würde sie aufhalten. Doch Onkel Ismael ritt so sicher und ausdauernd, dass man ihm sein unfassbares Alter keinen Augenblick anmerkte. Er genoss die Reise sichtlich, denn er hatte die letzten Jahre ausschließlich in Krakau verbracht. Die Familie hatte ihn zwar beschworen, zu Hause zu bleiben, da er ihrer Meinung nach entschieden zu alt für einen mehrtägigen Ritt sei, doch davon hatte er nichts hören wollen.

Raoul band sein Pferd an. Während er Isaak half, die Wegzehrung auszupacken, erreichten Narses, Onkel Ismael und Jonas die kleine Anhöhe. Narses wollte seinem Onkel beim Absteigen helfen, wofür er scharf zurechtgewiesen wurde.

»Behalt deine Hände bei dir, Bürschchen! Ich saß schon im Sattel, als dein Vater noch von seinem ersten Schaukelpferd träumte.«

Auf dem Rücken des riesigen Hengsts wirkte der Alte noch kleiner und magerer als sonst. Ächzend und langsam, aber mit geübten Bewegungen stieg er ab. Er zog seine Stöcke aus dem Halfter, das Narses für ihn am Sattel befestigt hatte, und stakste über die Lichtung. Jonas drohte er Prügel an, sollte der es wagen, ihm Hilfe anzubieten.

Sie saßen im Schatten unter der Erle, aßen Äpfel, trockenes Brot und kaltes Lammfleisch und tranken Bier aus einer Ziegenblase.

»Wie weit ist es noch bis zur Memel?«, fragte Raoul Isaak.

»Vier Tagesritte, wenn das Wetter so bleibt.«

Isaak verdiente sein Geld, indem er Reisende über die Karpaten führte. Er hatte sich bereit erklärt, Raoul und Narses zur Grenze zu begleiten. Seine Liebe galt den Bergen, aber er kannte sich auch in den Ebenen und Hügeln im Osten des

Königreichs aus. In den vergangenen Tagen hatte Raoul seine Ortskenntnis und sein untrügliches Gespür für sichere Wege zu schätzen gelernt. »Wieso bleibst du nicht noch ein paar Tage bei uns? Wir könnten deine Hilfe gut gebrauchen.«

»Ich muss zurück nach Krakau. Rahel braucht mich bei der Versammlung des Bundes.« Der Jude lächelte. »Außerdem bekomme ich Ärger mit Ismaels Familie, wenn ich ihn nicht bald zurückbringe.«

Onkel Ismael blickte missmutig drein. »Dieser ängstliche Haufen kann mir gestohlen bleiben. Städte sind nur was für Weiber und Krämer. Einen alten Krieger zieht es in die Wildnis. Aber das verstehen diese verzärtelten Muttersöhnchen nicht. Wenn es nach meinen Söhnen und Enkeln ginge, würde ich nur noch Brei löffeln und darauf warten, dass mich der Schlag trifft.«

»Er wird dich bald treffen, wenn du so weitermachst, Onkel«, sagte Jonas. Er war nur deshalb hier, weil die Familie es nicht hatte verantworten wollen, dass der Alte allein ritt.

»Na und? Dann sterbe ich wenigstens im Sattel, wie ich es mir anno zweiundvierzig geschworen habe, als ich –«

»Als du mit dem Herzog von Siebenbürgen gegen die Mongolen geritten bist, ich weiß«, meinte Jonas resigniert.

»Gar nichts weißt du. Das waren noch Zeiten. Damals hat mir keiner gesagt, was ich tun und lassen soll. Ich ritt im Banner des Herrn von Bistritz, und unser Haufen hat mehr Mongolen niedergemacht als die Männer des Herzogs und die kaiserliche Leibwache zusammen …«

»Lass gut sein, Onkel«, sagte Narses lachend. »Wir kennen die Geschichte.«

»Dein Freund kennt sie noch nicht«, sagte Onkel Ismael unbeirrt und gab sie zum Besten. Ihm gefiel es, einen aufmerksamen Zuhörer zu haben. Als er fertig war, tätschelte er Raoul das Knie.

»Von einem alten Soldaten kannst du noch was lernen, was? Allmächtiger, ich wünschte, ich könnte mit dir reiten. Ich würde Ardeshir und seinen Hurensöhnen tüchtig Manieren beibringen. Von Narses hast du ja keine Hilfe zu erwarten. Nichts als Weiber im Kopf, der Junge.«

»Genau wie du in meinem Alter«, erwiderte Narses.

»Nun ja«, räumte der Alte ein. »Ein Soldat braucht eben seine Zerstreuung. Das stärkt die Kampfkraft und die Liebe zur Heimat. Aber ich war klug genug, zu jeder Zeit immer nur mit einer anzubandeln. Und nicht mit mehreren gleichzeitig, wie gewisse junge Herren.«

Narses lachte. »Immer nur eine Frau? Wozu soll das gut sein?«

»Da haben wir's«, sagte sein Onkel. »Lange Beine und wippende Brüste, das ist alles, was ihn interessiert.«

Isaak verschloss den leeren Bierschlauch und wandte sich an Raoul. »Im Grenzland zwischen Masowien und Litauen gibt es eine Festung. Sie gehört einem polnischen Ritter und liegt an der Memel. Es ist der letzte Außenposten vor der Wildnis und der einzige Ort weit und breit, wo ihr Vorräte und Ausrüstung bekommen könnt.«

»Wie kommen wir dorthin?«

»Ihr reitet über die Brücke und dann immer nach Nordosten, bis zur Memel. Ihr könnt es nicht verfehlen.«

Raoul wusste nicht viel über Litauen. Es sei ein Land voller Sümpfe und undurchdringlicher Wälder, hieß es, wild, fremd und feindselig. »Erzähl mir von den Litauern.«

Onkel Ismael, der das Gespräch aufmerksam verfolgt hatte, antwortete an Isaaks Stelle. »Es sind wilde Krieger, die keinen Gott und kein Erbarmen kennen. Sie opfern den Geistern ihres Landes, und schon so mancher unvorsichtige Reisende hat sein Leben auf einem blutverkrusteten Altar ausgehaucht. Aber meistens scheren sie sich nicht um Fremde. Sie haben genug damit zu tun, sich die Ordensritter vom Hals zu halten, und auch ihr tut gut daran, diesen Kerlen aus dem Weg zu gehen.«

»Ordensritter?«

»Deutsche Ritter«, antwortete Isaak. »Sie versuchen seit Jahrzehnten, den Litauern mit dem Schwert das Christentum zu bringen.«

Raoul hatte vom Deutschen Orden gehört. Es waren fanatische Krieger, die einst wie die Templer gegen die Sarazenen gekämpft hatten. Als das Heilige Land verloren ging, hatten sie sich ins Abendland zurückgezogen und sich unabhängige Gebiete an der Ostsee gesichert. Fortan strebten sie nach einem eigenen Reich, und ihre Macht wuchs von Jahr zu Jahr.

»Die gefährlichsten Krieger der Welt«, sagte Onkel Ismael, und zum ersten Mal hörte Raoul Furcht in der Stimme des Alten. »Sie kennen nur Sieg oder Tod. Ich habe schon viele Schlachten geschlagen und die mutigsten Männer davonlaufen sehen, wenn die Übermacht groß genug war. Aber die Deutschen Ritter laufen niemals davon. Sie würden nicht einmal dann fliehen, wenn Satan selbst mit allen Heerscharen der Hölle vor ihnen stünde. Macht einen weiten Bogen um sie, wenn ihr könnt.«

Nach diesen Worten schwiegen sie eine Weile, bis Isaak begann, die restlichen Vorräte in den Sack zu stopfen. »Wir sollten aufbrechen.«

Damit war die Zeit für den Abschied gekommen. Raoul dankte Isaak für seine Hilfe und umarmte ihn, Jonas und Onkel Ismael. Der Alte versäumte nicht, ihm eine Reihe von Ratschlägen mit auf den Weg zu geben. Dann wandte er sich ab, damit Raoul nicht die Tränen in seinen Augen sehen konnte. Doch wenig später schimpfte er schon wieder, nämlich als Jonas Anstalten machte, ihm beim Aufsteigen zu helfen.

Schließlich ritten die drei Männer los. Raoul und Narses blieben auf der Anhöhe zurück und blickten ihnen nach. Raoul entging nicht, dass sich auch die Augen seines Gefährten mit Tränen füllten. »Immer diese Abschiede«, sagte der Byzantiner mürrisch und packte ihre Sachen zusammen.

»Du siehst sie ja bald wieder. Auf dem Rückweg. Wir besuchen sie, wenn alles vorbei ist.«

»Ja. Wenn Onkel Ismael dann noch da ist. So alt, wie er ist …« Narses verstummte. »Tut mir leid. Es kam mir gerade so vor, als hätte ich ihn zum letzten Mal gesehen.« Ärgerlich schüttelte er den Kopf und war während der nächsten Stunden so wortkarg und in sich gekehrt, wie Raoul ihn noch nie erlebt hatte.

Vier Tage nach ihrem Abschied von Isaak, Jonas und Onkel Ismael stießen sie auf die Grenzfestung.

Sie thronte auf einem Hügel, der vom Waldrand aus sanft anstieg und sich am Memelufer zu haushohen Klippen auftürmte. Die Bäume waren im Umkreis von einem Steinwurf gerodet worden; Wiesen bedeckten die Hänge. Ein mächtiger Rundturm aus Stein stand am Rand der Felswand, der Rest der Festung bestand gänzlich aus Holz: die Wehrmauern aus aufeinandergeschichteten Baumstämmen, die Gebäude aus Balken und Ästen, deren Zwischenräume mit festgestampfter Erde aufgefüllt worden waren. Tierhäute bedeckten die Dächer. Das Tor befand sich nicht im Außenwall, sondern am Fuß des Hügels. Ein kleiner Holzturm flankierte den von Stein eingefassten Rundbogen, durch den man erst in einen Erdtunnel und dann zur Festung gelangte.

Das Bollwerk lag weitab von jeder Siedlung und war umgeben von endlosen Wäldern, und so war das Erste, was Raoul auffiel, die Betriebsamkeit, die an diesem Ort herrschte.

Banner mit zwei Dutzend unterschiedlichen Wappen

zierten Turmspitzen und Dachfirste. Schilde in den Fenstern stellten weithin sichtbar die Farben ihrer Besitzer zur Schau. Dreißig, vierzig Pferde grasten auf einer Koppel am Fuß des Hügels. Bewaffnete gingen durch das Tor ein und aus.

Narses deutete auf die beiden Fußknechte, die die Pferde bewachten. Die Männer trugen schneeweiße Röcke mit einem schwarzen Balkenkreuz auf der Brust: das Wappen der Ritter vom Deutschen Orden.

»Komm«, sagte Raoul. »Wir sehen uns das aus der Nähe an.«

»Und was ist mit Onkel Ismaels Warnung?«, erwiderte Narses.

»Uns wird schon niemand etwas tun.« Raoul ritt zum Tor der Festung.

Eine Gruppe von Männern auf der Wiese belauerte sie neugierig. Es waren keine Deutschen Ritter; ihre Waffenröcke waren blau, rot, grün, gescheckt und mit unterschiedlichen Wappen versehen. Einer von ihnen hielt einen Falken auf der behandschuhten Faust.

Neben dem Tor stand ein Tisch, hinter dem ein magerer Mönch mit Hakennase und dünnem Haar saß. Vor ihm lag eine Wachstafel. Er blickte zu Raoul und Narses auf, nickte zum Gruß, zückte einen Griffel und sagte auf Latein: »Deutsche? Franzosen? Engländer? Polen?«

»Weder noch«, antwortete Raoul verwundert.

»Was soll das heißen, ›weder noch‹?«, meinte der Mönch unfreundlich. »Ihr müsst doch irgendwo herkommen.«

»Konstantinopel«, sagte Narses.

Der Mönch kniff die Augen zusammen und musterte sie misstrauisch. Seit sie in Kassa ihre Ausrüstung verloren hatten, trugen sie einfarbige Röcke über den Kettenpanzern. Als der hagere Geistliche keinerlei Wappen erkennen konnte, fragte er: »Was seid ihr? Soldritter?«

Raoul wollte keine Zeit mit diesem Mönch und seinen Fragen verschwenden. »Ja«, antwortete er in der Hoffnung, dass diese seltsame Prozedur damit beendet war. Doch als er durch das Tor reiten wollte, hob der Mönch die Hand.

»Ihr seid zum ersten Mal dabei, was? Zuerst eure Namen.«

Raoul nannte ihm zwei erfundene griechische Namen. »Lässt du uns jetzt endlich hinein?«

Der Mönch machte einen Vermerk auf seiner Tafel. »Meldet euch drinnen beim Komtur. Aber eure Pferde bleiben draußen.«

Raoul fühlte sich nicht wohl dabei, ihre Pferde aus der Hand zu geben. Dennoch brachten sie die Tiere zur Koppel und gingen durch den Erdtunnel zur Festung hinauf.

Im Innenhof empfing sie Schwerterklirren und anfeuernde Rufe. Zwei schwer gerüstete Männer umkreisten einander und hieben mit Zweihändern aufeinander ein. Einer der beiden, ein Krieger mit Vollhelm, dessen gebogene Hörner mit schwarz-gelben Drachenzacken versehen waren, stürzte unter dem höhnischen Johlen der Zuschauer zu Boden. Zwei Knappen halfen ihm auf, und der Schaukampf ging in die nächste Runde.

Der Hof war voll mit Rittern und Waffenknechten, die die Kämpfenden umringten oder im Schatten unter den Dachvorsprüngen saßen. Manche dösten, andere lungerten um ein Weinfass herum und tranken, wieder andere wetteten auf den Ausgang des Kampfs. Viele Männer gehörten dem Deutschen Orden an, doch bei Weitem nicht alle. Eine Vielzahl von Sprachen ertönte aus allen Winkeln der Festung, Deutsch, Französisch, Englisch, und Raoul sah Ritter aus zahlreichen Ländern des Abendlandes, die mit ihren Fußknechten und Knappen zu dieser Festung am Ende der Welt gekommen waren. Er erkannte ein kampfbereites Heer, wenn er eines vor sich sah. Diese Männer bereiteten sich auf einen Krieg vor.

In diesem Moment übertönte eine dröhnende Stimme das Waffengeklirr. »Raoul von Bazerat! Jesus am Kreuz, ich werd verrückt! Da soll noch mal einer sagen, es gibt keine Wunder mehr auf dieser Welt.«

Ein massiger Mann walzte über den Hof, stieß einen Knappen zur Seite und breitete grinsend die Arme aus. Ein sauber geschnittener schwarzer Bart umrahmte sein kantiges Gesicht. Schwarz war auch sein Waffenrock, den ein springender Fuchs und eine weiße Tanne zierten. Ein Lederriemen lief über die breite Brust und hielt ein Schild auf dem Rücken, die stämmigen Beine steckten in Reitstiefeln, und bevor Raoul wusste, wie ihm geschah, hatte der Mann ihn an den Schultern gepackt.

»Raoul von Bazerat!«, dröhnte der Mann noch einmal. »Bei allen Teufeln, wenn ich in diesem Loch jemanden nicht erwartet hätte, dann dich!«

»Konrad?«, fragte Raoul zögernd. »Konrad von Dornberg?«

»Kein Geringerer als der«, sagte der Mann lachend, ließ von ihm ab und hakte die Daumen hinter den Gürtel. »Du erkennst mich kaum wieder, was? Aber du hast dich auch ganz schön verändert.«

Es war nicht das Gesicht, das die Erinnerung zurückbrachte, sondern die Stimme, das Lachen, das noch genauso klang wie damals. Konrad von Dornberg stammte aus dem Deutsch-Römischen Reich, aus einer kleinen Grafschaft bei Köln. Raoul hatte ihn vor vierzehn Jahren kennengelernt, auf seinem ersten Kriegszug. Der Herzog von Oberlothringen hatte zu den Fahnen gerufen, um eine Bande von Raubrittern aus den Vogesen zu vertreiben, und bekam Hilfe aus den angrenzenden Grafschaften, die ebenfalls unter den Überfällen zu leiden hatten. Raoul und Konrad hatten sich tapfer geschlagen und waren nach dem Sieg zu Rittern geschlagen worden. Sie hatten sich während der Kämpfe angefreundet, aber seitdem nur noch selten gesehen.

»Konrad«, wiederholte Raoul. »Bei Gott. Wie lange ist es jetzt her? Neun Jahre?«

»Fast zehn. Es war neunundneunzig im Herbst. Auf dem Turnier in Clérvaux – das du übrigens gewonnen hast. Das kannst du doch nicht vergessen haben.«

»Ich habe viele Turniere gewonnen«, sagte Raoul lächelnd. »Da verliert man leicht den Überblick.«

»Immer noch der alte Aufschneider!«, dröhnte Konrad fröhlich. »Komm, lass uns trinken und reden. Und stell mir endlich deinen Freund vor!«

Raoul machte seinen alten Freund und Narses miteinander bekannt. Da Narses kein Deutsch sprach und Konrad nur wenig Latein, konnten sie jedoch nicht viel mehr tun, als die Hände zu schütteln und einander knapp zu begrüßen. Anschließend führte Konrad sie in einen schattigen Schuppen, in dem einige Fußknechte um ein Bierfass herumstanden. Der Deutsche füllte drei Krüge, mit denen sie sich draußen in die Sonne setzten.

Der Kampf war inzwischen zu Ende. Der Mann mit dem Drachenhelm hatte verloren und hockte benommen an einer Holzwand. Während ihm seine Knappen die ramponierte Rüstung abnahmen, stellten sich zwei neue Ritter auf. Sie begannen, gegeneinander zu kämpfen.

»Der Kerl mit dem Morgenstern«, sagte Konrad, »das ist Tristram von Southwark. Ein Teufel auf dem Schlachtfeld. Drück mir die Daumen, dass er auf dem Turnierplatz genauso gut ist. Hab zwei Silberlinge auf ihn gesetzt.«

»Ihr habt euch einen abgelegenen Ort für ein Turnier ausgesucht«, sagte Raoul.

»Irgendwie muss man sich ja die Zeit vertreiben. Der Komtur will noch bis morgen früh warten. Ein dänischer Ritter hat gemeldet, dass er mit seinem Banner im Moor festsitzt. Bernhard von Steinfort wurde in Masowien aufgehalten. Und wer weiß, wer noch alles auftaucht.«

»Und morgen früh, was geschieht da?«

»Du meinst, außer dass achtzig Männer am einzigen Donnerbalken Schlange stehen und nach Bier brüllen?« Konrad lachte schnaufend.

»Ich will wissen, warum du hier bist, Konrad.«

Der Deutsche sah ihn von der Seite an. »Du nimmst mich auf den Arm, oder?« Als Raoul schwieg, legte er den Kopf in den Nacken, und sein Mund öffnete sich zu einem schallenden Gelächter, während er sich mit der Hand klatschend auf den Schenkel schlug. »Das gibt's nicht! Reitet durch die halbe Welt und weiß nicht, warum. Was bist du, ein Schlafwandler? Oder hast du eine Wette verloren?«

»Ich habe meine Gründe, hier zu sein«, sagte Raoul ausweichend. »Aber es sind andere als deine.«

Konrad gluckste, dann beruhigte er sich wieder und wischte sich die Tränen aus den Augen. »Und ich nehme an, du hast auch deine Gründe, so geheimnisvoll zu tun«, sagte er schließlich, und Raoul erinnerte sich daran, dass sich hinter dem dröhnenden Gehabe seines alten Freundes ein überaus wacher Verstand verbarg.

Er nickte schweigend.

»Also gut, dann will ich es dir mal verraten. Siehst du den Kerl da drüben?« Konrad wies mit einem Kopfnicken auf einen hochgewachsenen Ordensritter, der seinen Helm unter den Arm geklemmt hatte und mit einem spitzbärtigen Edlen in einem bodenlangen Gewand sprach. »Das ist Kuno von Terweden, ein Komtur des Ordens. Er führt regelmäßig seine Ritter über den Fluss, um den Heiden auf der anderen Seite das Christentum zu bringen. Er sucht immer Männer, die sich ihm anschließen. Das hat sich herumgesprochen, sogar bis nach Frankreich und England. Ich war einer der Ersten, die mit ihm ritten. Damals waren wir ein lächerlich kleiner Haufen. Ein Dutzend Reiter, vielleicht zwanzig Fußknechte. Wir brannten ein paar Dörfer nieder, bis die Litauer aufwachten und ein ganzes Heer zusammenzogen. Wir mussten reiten, als sei der Teufel hinter uns her. Tja, das waren noch Zeiten. Heute haben es die Heiden nicht mehr so leicht mit uns. Wir werden von Jahr zu Jahr mehr. Im Winter sind so viele Ritter gekommen, dass von Terweden zum ersten Mal einen Kriegszug für den Sommer ansetzte.«

»Das hier ist ein Kreuzzug?«

»Wie man's nimmt. Seit es im Heiligen Land nichts mehr zu holen gibt, ist es schwierig geworden, zu Ruhm zu kommen.«

»Bist du deshalb hier? Des Ruhmes wegen?«

Konrad lachte auf. »Ruhm und Beute, was denn sonst! Und den Weibern gefällt ein Mann, der hin und wieder in Heidenblut badet.«

Es gefiel Raoul nicht sonderlich, wie sein alter Freund redete. Sein Vater war Kreuzritter gewesen und hatte gegen die Sarazenen gekämpft. Verbittert war er aus dem Heiligen Land zurückgekehrt und hatte seine Söhnen gelehrt, dass es falsch sei, das Christentum mit dem Schwert zu verbreiten. Und nun schwärmte Konrad von all diesen Dingen, die sein Vater am Ende seines Lebens verachtet hatte.

»Was ist los, alter Freund?«, dröhnte Konrad. »Warum so schweigsam?«

»Früher hast du dich nicht darum geschert, an welchen Gott die Leute glauben.«

»Es schert mich immer noch nicht. Aber Heiden zu töten, ist nun einmal der schnellste Weg zu Ruhm.« Die Augen des

Deutschen wurden klein, und als er weitersprach, lag Argwohn in seiner Stimme. »Was ich tue, gefällt dir nicht, richtig? Bist du etwa mit den Jahren zu einem Grübler geworden wie dein alter Herr?«

»Schon möglich.«

»Jetzt hör mir mal zu. Hast du schon einmal einen Litauer gesehen? Sie sind Tiere. Sie leben in stinkenden Löchern und beten zu Göttern mit Bocksköpfen. Und gnade dir Gott, wenn du ihnen in die Hände fällst. Sie verbrennen ihre Gefangenen bei lebendigem Leib oder ersäufen sie im Moor. Alles zu Ehren ihrer Götzen. Und falls du mir nicht glaubst, mein Wort darauf, dass ich all das mit eigenen Augen –« Konrad begann zu fluchen und vergaß Raoul augenblicklich, als der Engländer, auf den er gewettet hatte, von seinem Gegner niedergeschlagen wurde. Er brüllte, bis sich der Ritter mit der Hilfe seines Knappen aufgerichtet hatte, schwankend zum Stehen kam und den Sitz seines Schildes überprüfte.

Raoul beobachtete währenddessen den Komtur der Ordensritter. Er sprach immer noch mit dem spitzbärtigen Edlen. Offenbar stritten die beiden Männer. Der Edle hatte einen roten Kopf und redete heftig gestikulierend auf von Terweden ein.

»Unfähiger Hund«, knurrte Konrad, als der Engländer und sein Gegner den Kampf fortsetzten. »Wenn er sich von dem ungarischen Hurenbock verprügeln lässt, hole ich mir mein Silber von ihm wieder.«

Raoul hatte kein Interesse daran, ihre Unterhaltung über Konrads Heidenmission fortzusetzen. Er wusste jetzt, woran er bei seinem alten Freund war. »Der Mann neben von Terweden, wer ist das?«

»Ein polnischer Ritter. Er heißt Kazimir oder so ähnlich. Ihm gehört dieses Loch.«

»Warum streiten sie?«

»Der Pole ist nicht glücklich darüber, dass wir hier sind. Von Terweden hat ihn überredet, für eine Weile die Ordensritter zu beherbergen. Dass sich hier eine knappe Hundertschaft einfinden würde, hat er ihm verschwiegen. Aber was soll der Kerl dagegen tun? Hinauswerfen kann er uns schlecht.«

»Ich dachte, ihr versammelt euch hier jedes Jahr.«

»Hier sind wir zum ersten Mal. Im Winter kommen wir im Ordensland zusammen. Aber bei dieser Hitze sind die Sümpfe im Norden unpassierbar. Außerdem –«

Was Konrad noch sagen wollte, erfuhr Raoul nicht, denn in diesem Moment schlug der ungarische Ritter Tristram von Southwark ein zweites Mal nieder. Statt wieder aufzustehen, hob der Engländer die Hand und ergab sich, woraufhin Konrad seinen Bierkrug auf den Platz schleuderte und eine halbe Stunde lang fürchterliche Wortgebilde von sich gab.

Die Festung war so überfüllt, dass Raoul und Narses gar nicht erst versuchten, innerhalb der Wehrmauern einen Schlafplatz für die Nacht zu ergattern. Sie holten ihre Pferde und schlugen am Waldrand ihr Lager auf. Bei Einbruch der Dunkelheit kehrte Raoul noch einmal in die Festung zurück, um mit Konrad über die alten Zeiten zu reden. Doch rasch stellte sich heraus, dass sie sich fremd geworden waren und sich nichts mehr zu sagen hatten. Raoul trank sein Bier aus, verließ die Festung und legte sich früh schlafen.

Gebrüll und das Stampfen von beschlagenen Hufen weckten ihn im Morgengrauen. Er setzte sich verschlafen auf und blickte zur Wiese, auf der sich eine ansehnliche Schar von Reitern und Fußknechten versammelte. Offenbar waren über Nacht noch weitere Ritter eingetroffen.

Narses schlief trotz des Lärms tief und fest. Raoul entschied, ihn schlafen zu lassen, streifte die Decke ab, schlüpfte in seine Stiefel und machte sich auf den Weg zu dem Reitertrupp.

Es war nicht schwer, Konrad zu finden. Er stand inmitten einer Gruppe deutscher Ritter, in der Hand die Zügel seines Schlachtrosses, und lachte dröhnend über einen Scherz, den jemand gemacht hatte. Er trug einen Helm mit hochgeklapptem Visier, einen Brustpanzer und Arm- und Beinschienen, was ihn noch größer und massiger erscheinen ließ.

»Raoul«, rief er beim Anblick seines alten Waffenbruders, und es klang nicht unfreundlich. »Ich hätte nicht gedacht, dich noch einmal zu sehen, nachdem du gestern Nacht einfach davongeschlichen bist.«

Konrads Gesicht war verquollen, seine Stimme war rau, er stank. Offenbar hatte er bis spät in die Nacht mit seinen Gefährten gezecht und dabei seinen Ärger über das verlorene Silber in Wein ertränkt.

»Hast du erwartet, ich würde dich ziehen lassen, ohne mich zu verabschieden?«

»Du musst dich nicht verabschieden, alter Freund. Komm einfach mit uns. Wir könnten deinen Schwertarm gut gebrauchen.«

»Nein«, sagte Raoul lachend. »Heiden zu jagen, ist nichts für mich.«

Auch Konrad lachte. »Ich wusste es. Ein alter Grübler und Weltverbesserer bist du geworden. Einer, bei dem der Wein sauer wird, wenn er ihn nur anschaut.«

Die Ordensritter waren bereits aufgesessen. Ihr Komtur brüllte ein Kommando, woraufhin auch die freien Ritter in die Sättel stiegen und die Fußknechte in Zweierreihen Aufstellung nahmen. Der Mönch, der sie gestern empfangen hatte, ritt auf einem Maultier an ihnen vorbei, in den Händen einen Stab, an dessen Ende ein Kruzifix gebunden war, in den Augen ein fanatisches Glühen.

Als Konrad im Sattel saß, reichten sie einander die Hand.

»Wir haben uns verändert, alle beide«, sagte der Deutsche. »Vielleicht zu sehr, um noch Freunde zu sein. Dennoch wünsche ich dir Glück – was auch immer du tun musst.«

»Pass auf dich auf, Konrad«, sagte Raoul.

»Mach dir keine Sorgen um mich. Es braucht mehr als ein paar Heiden, um einen von Dornberg vom Sattel zu holen.«

Und damit setzte sich der Tross in Bewegung. Raoul blieb am Wegesrand stehen, während der Lindwurm aus gepanzerten Männern und schnaubenden Tieren über die Wiese walzte und das Gras zerstampfte. Er blickte Konrad nach, verspürte einen Kloß im Hals und wusste, dass er etwas verloren hatte, das er niemals würde zurückgewinnen können.

Als der letzte Fußknecht hinter dem Festungshügel verschwunden war, bemerkte er plötzlich, dass der spitzbärtige Edle neben ihm stand. Der Mann hatte immer noch ein rotes Gesicht, doch nicht weil er zornig war, wie Raoul jetzt feststellte, sondern weil er sich einen Sonnenbrand zugezogen hatte. Er starrte dem Tross hinterher, seine buschigen Augenbrauen waren zusammengerückt, und er murmelte: »Narren. Alles Narren. Reiten geradewegs in den Tod.«

Wie viele Polen sprach der Mann Deutsch, mit dem dunklen Akzent der slawischen Völker. Offenbar hielt er Raoul für einen Ritter des Trupps.

»Warum seid Ihr Euch da so sicher?«

Der Edle sah ihn an, als nehme er ihn erst jetzt bewusst wahr. »Was wollt Ihr noch hier?«, fragte er barsch. »Mein Haus steht Euch nicht länger offen.«

»Ich gehöre nicht zu diesen Rittern.«

»Ihr seht aber aus wie sie. Und Ihr redet wie sie.«

Raoul blickte zur anderen Seite des Flusses, wo das Ufer

in dicht bewaldete Hügel überging. Irgendwo, weit hinter den Bäumen, stieg Rauch auf: das einzige Anzeichen menschlicher Besiedlung weit und breit. »Wie komme ich nach Litauen?«

»Wenn Ihr klug seid, sucht Ihr Euch in Gardinas ein Schiff, das Euch ins Landesinnere bringt. Wenn Ihr ein Dummkopf wie Eure Freunde seid, reitet Ihr.«

»Was ist so gefährlich daran zu reiten?«

Der Pole zog sein Gewand zusammen, als friere er. »Die Moore«, sagte er. »Das ganze Land besteht nur aus Mooren. Im Winter sind sie zugefroren, aber im Sommer sind sie überall. Was wie eine Wiese aussieht, ist in Wahrheit ein bodenloser Sumpf, der Euch und Euer Pferd einfach verschluckt. Die Litauer machen sich das zunutze. Sie werden Eure Freunde hineinlocken und abschlachten.«

»Warum habt Ihr sie nicht gewarnt?«

Der Edle schnaubte verächtlich. »Ich habe sie gewarnt. Mehrmals. Aber von Terweden wollte nicht hören. Er hält die Litauer für rückständige Barbaren und glaubt, dass Gott ihn vor jeder Gefahr schützen wird.« Er wandte sich ab, um zum Tor zu gehen.

»Wartet«, sagte Raoul.

Der Edle blieb stehen und blickte ihn an.

»Ich suche eine Litauerin namens Svajonē. Habt Ihr von ihr gehört?«

Der Pole runzelte die Stirn. »Ich kenne niemanden, der so heißt«, sagte er und schlurfte zur Festung zurück.

Gardinas war ein Dorf mit vielleicht zweihundert Seelen – falls die heidnischen Bewohner dieses Landes überhaupt Seelen besaßen. Raoul und Narses erreichten es am Abend desselben Tages, nach einem Ritt am Flussufer entlang, bei dem sie von den Mücken schier aufgefressen worden waren.

Raouls Hand lag auf dem Schwertknauf, während sie durch das Tor ritten. Nach allem, was er über die Litauer gehört hatte, erwartete er eine Ansammlung stinkender Felslöcher voller blutgieriger Krieger, die um ihre Opferfeuer tanzten. Doch er sah weder Höhlen noch heidnische Kultstätten, sondern lediglich einige Hütten mit Strohdächern und Anlegestegen für Boote und kleine Schiffe, umgeben von einem Wall aus Erde und Holzpfählen. Hauptsächlich Flussfischer schienen hier zu leben; ihre Frauen saßen vor den Hütten, putzten Fisch, knüpften Netze und hüteten dabei die Kinder, die am Ufer mit kleinen Rindenbooten spielten. Wäre die fremdartige Sprache der Bewohner nicht gewesen, er hätte glauben können, er befinde sich irgendwo in Oberlothringen.

Nachdem sie auf dem Marktplatz abgestiegen waren, kam ein Alter mit einer mächtigen Zahnlücke auf sie zu, redete auf sie ein und deutete auf einen Korb mit Fisch, den er ihnen offenbar verkaufen wollte. Auf gut Glück fragte Raoul ihn, ob er eine Frau namens Svajonē kenne. Als der Mann die lateinischen Worte vernahm, grinste er und antwortete mit dem einzigen lateinischen Ausdruck, den er je in seinem Leben gehört hatte: »Deus vult.«

Gott will es. Der Schlachtruf der Ordensritter.

»Svajonē«, wiederholte Raoul. »Svajonē.«

Nun begriff der Alte. »Svajonē!«, rief er und nickte eifrig, bevor er den Namen über den Platz brüllte und mit beiden Händen winkte. Seinem Ruf folgten drei Fischfrauen, ein halbwüchsiges Mädchen und zwei Kinder, die sie aus großen Augen anstarrten.

Ratlos fuhr sich Raoul durch die Haare. Wenn dieser Name überall in Litauen so verbreitet war wie hier, wie sollte er Svajonē jemals finden? Er wusste ja nicht einmal, wie sie aussah.

Seine Suche kam ihm plötzlich abwegig und sinnlos vor.

»Komm«, sagte er zu Narses und griff nach den Zügeln seines Pferds. »Suchen wir ein Schiff.«

»Deus vult«, meinte der Alte und lächelte.

Wenigstens ein Schiff fanden sie auf Anhieb. Der bauchige Kahn gehörte zwei polnischen Händlern, Miezko und Wisław mit Namen. Die beiden schienen Brüder zu sein, was man ihnen jedoch nicht ansah. Wisław war untersetzt, bleich und schweigsam, und wenn er einen mit seinen wässrigen Augen anglotzte, dachte man schaudernd an einen Fisch in den Tiefen eines unterirdischen Sees. Miezko dagegen war ein kleiner, lebhafter Mann mit kurzen Fingern, denen ein Glied zu fehlen schien. Er lachte viel und entblößte dabei mehrere Zahnlücken, was sein von Narben und Falten zerfurchtes Gesicht nicht gerade ansehnlicher machte. Er sprach leidlich Latein und erklärte Raoul, er und Wisław würden die Flüsse Litauens befahren und Handel mit den Einheimischen treiben, was sie gelegentlich bis nach Novgorod führe. Für ein paar Silberstücke erklärte er sich bereit, sie nach Kaunas mitzunehmen, eine größere Stadt an der Memel, wo Raoul mehr über Svajonē herauszufinden hoffte.

Sie legten im Morgengrauen ab. Raoul und Narses waren gezwungen, ihre Pferde zurückzulassen, denn auf dem Kahn war nicht genug Platz für die Tiere. Sie teilten sich das Deck mit einem Ochsen, der das Schiff vom Ufer aus zog, wenn Wisław und Miezko flussaufwärts fuhren. Da Kaunas flussabwärts lag, blieb der Ochse in seinem winzigen Verschlag, während der Kahn mit der Strömung trieb, vom schweigsamen Wisław an der Ruderpinne in der Mitte des Flusses gehalten. Er lag tief im Wasser, denn die Brüder hatten zwei Dutzend Fässer mit Gerbsäure geladen, wie Miezko stolz berichtete. Der Gestank, der aus dem Rumpf heraufdrang, reizte mit der

Zeit den Rachen; allerdings sorgte er auch dafür, dass die Mücken dem Schiff fernblieben.

Schon wenige Stunden nach Sonnenaufgang lag die Hitze schwer und drückend über dem Memeltal, nahm dem Körper die Kraft, lähmte die Gedanken. Raoul saß schweißgebadet an der Bordwand, das Wams klebte ihm am Leib, das Haar an der Stirn. Die beiden Polen schienen den Fluss und jeden Handgriff auf dem Schiff im Schlaf zu kennen und hatten sein Angebot, ihnen zu helfen, ausgeschlagen, sodass es nichts für ihn zu tun gab.

Während der wilde, dampfende, nie enden wollende Uferwald an ihm vorüberzog, dachte er an Jada. In seiner Erinnerung war ihr Gesicht unversehrt. Er sah sie vor sich, wie sie reglos auf dem Dach ihres Hauses stand, die Hände auf der Brüstung, ihr Haar ein nachtschwarzer Schweif im Wind. Oft hatte er sich gefragt, warum ihre Liebe ausgerechnet ihm galt, ihm, einem menschlichen Mann, dessen Leben ihr so kurz und unbedeutend erscheinen musste. Vor tausend Jahren war sie von ihrem Volk verstoßen worden – wie viele menschliche Gefährten, Freunde und Geliebte mussten seitdem gekommen und gegangen sein? Eines Tages würde auch er sterben, während sie Jahr um Jahr um Jahr weiterlebte, bis er nur noch ein Schatten in ihrer Erinnerung wäre.

Ich lasse nicht zu, dass du mich vergisst, sagte er sich, *ich lasse es nicht zu.*

Narses dagegen war kein Mann, der sich Erinnerungen hingab; die erzwungene Untätigkeit machte ihm zu schaffen. Er polierte sein Kettenhemd und schärfte sein Schwert, und als er damit fertig war, versuchte er zu angeln, indem er einen Faden mit einem dicken Käfer am Ende in den Fluss warf. Er fing jedoch nichts und wurde dafür von Miezko ausgelacht. Eine Weile vertrieb er sich die Zeit damit, sich über Wisław lustig zu machen. Doch da der Pole keinen seiner Spottnamen verstand und nur stur geradeaus glotzte, verlor er bald die Lust und begann, unruhig auf dem Deck auf und ab zu gehen, über die Hitze und den Gestank schimpfend.

Irgendwann am Nachmittag legten sie an einem winzigen Dorf an, wo die Brüder Vorräte einkauften. Raoul vertrat sich etwas die Beine und ließ Wasser. Als er zum Anlegesteg zurückging, war Narses verschwunden. In der Annahme, er sei zum Dorf gegangen, machte Raoul kehrt. In diesem Moment streckte der Byzantiner seinen Kopf über die Bordwand und winkte ihn hektisch zu sich. Raoul ging zum Ende des Stegs und stellte fest, dass Narses in der offenen Ladeluke stand, die zuvor geschlossen gewesen war. Der Gestank war so durchdringend, dass die Augen tränten.

»Was wird das, Narses?«

»Komm runter. Das solltest du dir mal ansehen.«

Raoul war nicht versessen darauf, in den Rumpf hinabzusteigen, wo die giftige Gerbsäure lagerte. »Mach die Luke zu. Wisław und Miezko kommen jeden Moment zurück.«

»Es gibt keine zwei Dutzend Fässer«, sagte Narses unbeirrt. »Nur eins. Es ist offen, deshalb stinkt es so. Stattdessen ist dort unten eine Tür.«

»Wieso bist du überhaupt da hinuntergestiegen?«

»Ich habe ein Geräusch gehört. Eine Art Klopfen.«

»Das bildest du dir nur ein.« Raoul wandte sich zum Dorf um. Die Brüder standen vor einer Hütte, wo Miezko mit einem Litauer verhandelte. Narses hatte sie gesehen, kletterte aus der Öffnung und schloss die Luke.

»Mit unseren polnischen Freunden stimmt was nicht«, murmelte er, während Miezko und Wisław über den Steg kamen.

Raoul half ihnen, die Leinen loszumachen, und Wisław steuerte den Kahn in die Mitte des Flusses, wo er von der gemächlichen Strömung weiter Richtung Nordosten getrieben wurde. Die Bäume am Ufer wurden höher, das Gestrüpp wurde dichter, und in der Abenddämmerung verlor sich das dschungelartige Unterholz aus mächtigen Wurzeln, Farnen, Schlingpflanzen und aufgetürmtem Treibholz in grünlichem Zwielicht. Manchmal wichen die Bäume sumpfigen, von Tümpeln durchsetzten Grasflächen, die es unmöglich machten zu unterscheiden, wo der Fluss aufhörte und das Ufer begann.

Seine vermeintliche Entdeckung ließ Narses nicht los. Immer, wenn die Brüder gerade abgelenkt waren, presste er sein Ohr auf die Decksplanken. Er glaubte etwas zu hören, doch was die leisen Geräusche aus dem Innern des Kahns zu bedeuten hatten, vermochte er nicht zu sagen.

Bei Einbruch der Nacht ankerte Wisław in einem ruhigen Nebenarm des Flusses. Sie aßen mit den Polen gepökelten Fisch und leerten einen Schlauch mit dem dunklen, bitteren Bier dieses Landes. Wisław schob sich mit fetttriefenden Fingern Bissen um Bissen in den Mund, kaute mit vollen Backen und glotzte dabei an die Wand, während Miezko eine Geschichte über einen Kaufmann in Novgorod erzählte. Die entscheidenden Worte fehlten ihm, sodass Raoul sie nicht verstand. Sie schien jedoch sehr lustig zu sein, zumindest lachte Miezko ununterbrochen, während er sie zum Besten gab.

Obwohl es kühler geworden war und die Untätigkeit Raoul müde gemacht hatte, fiel es ihm schwer einzuschlafen. Nach dem Essen legte er sich neben dem Ochsenverschlag hin und blickte zu den Sternen auf, die klar und hell über diesem Land erstrahlten. Zum tausendsten Mal an diesem Tag fragte er sich, wo Naje und Jada gerade sein mochten, ob es ihnen gut ging oder ob sie Furcht und Schmerzen erleiden mussten. Schließlich fiel er in einen unruhigen Schlaf, wie er normalerweise nur über ihn kam, wenn er zu schwer gegessen und zu viel getrunken hatte.

Er schlief nicht tief, weshalb er sofort aufschreckte, als jemand ihn an der Schulter rüttelte. Es war immer noch tiefste Nacht. Kerzenschein drang aus dem Fensterschlitz der kleinen Kammer am Bug, und er hörte die leise, von gelegentlichem Kichern durchsetzte Stimme Miezkos.

Narses hockte neben ihm, ein gedrungenes Gebilde aus Schwärze in der Nacht. Seine Stimme klang schwer und belegt. »Komm«, flüsterte er, »ich muss dir etwas zeigen.«

Alles drehte sich um Raoul, als er sich aufsetzte. Stechender Schmerz sammelte sich hinter seiner Stirn und durchzuckte seinen Schädel. Er fasste sich an die Schläfe.

»Das Bier«, sagte Narses. »Ich glaube, sie haben etwas hineingemischt.«

»Sie haben doch auch davon getrunken«, erwiderte Raoul mit krächzender Stimme. Dann stellte er fest, dass er sich kaum noch an das gemeinsame Essen erinnern konnte. Miezkos Gelächter hallte in seinen Gedanken wider, und plötzlich war ihm, als habe es ihm gegolten.

Geduckt schlich Narses über das Deck. Immer wieder musste er sich festhalten, so unsicher waren seine Schritte. Taumelnd folgte Raoul ihm zu der Luke, die wieder offen stand, und stieg hinter dem Byzantiner die Leiter hinunter. Sein Körper schien doppelt so schwer zu sein, seine Arme waren schwach, und mehr als einmal griff er daneben und wäre um ein Haar abgestürzt.

Der Gestank der Gerbsäure raubte ihm den Atem, doch er bewirkte auch, dass sich die seltsame Trunkenheit etwas abschwächte. Er hielt sich am Leiterholm fest, spürte Narses neben sich und wartete, bis er in der Dunkelheit besser sehen konnte. Sie befanden sich in einem winzigen Raum, der nichts als das Fass mit der Säure enthielt. Narses ging zu der Tür, von der er gesprochen hatte. Der Riegel war bereits zurückgezogen, und er öffnete sie.

Ein anderer Geruch vermischte sich mit dem Säuredunst, ein Gestank, der Brechreiz erregte. Raoul versuchte, etwas zu erkennen, aber in seinem Kopf pochte es schmerzhaft, und er sah nichts als undurchdringliche Finsternis jenseits der Tür.

»Wir sind nicht allein auf dem Kahn«, sagte Narses leise.

Unwillkürlich griff Raoul nach seinem Schwert und stellte fest, dass es noch oben auf dem Deck lag.

EINUNDZWANZIG

Während Ardeshirs Wagen über die Holzbrücke rollte, sah Naje zum ersten Mal Burg Thorgast.

Es war keine jener Burgen aus den Geschichten, die ihr Vater ihr immer erzählte, mit farbenfrohen Wimpeln, silbrig schimmernden Turmspitzen, einladenden Toren, durch die Ritter in blitzenden Rüstungen ritten. Der Hügel, auf dem Burg Thorgast stand, war kahl und felsig. Die Banner zeigten weder Drachen noch Fabelwesen, sondern ein schlichtes Kreuz mit einem Schwert darunter; und Ritter waren auch keine zu sehen. Stattdessen überragten schwarze Wehrmauern die Baumkronen. Die Gestalten hinter den Zinnen wirkten vor dem Abendhimmel wie gesichtslose Statuen, die Zugbrücke war mit Eisendornen bewehrt, und aus den Schießscharten schienen unsichtbare Augen zu starren.

Naje versank noch tiefer in der Polsterung des Wagensitzes.

Ardeshir saß ihr gegenüber, mit mürrischer Miene, denn die feuchte Luft in den Wäldern machte ihm zu schaffen. Seine vom Wasser verletzte Hand lag auf seinem Schoß; die Blasen waren fast verheilt. Die ganze Zeit schon starrte er Naje an. Sie wippte nervös mit den Beinen und sah wieder aus dem Wagenfenster.

Sie hatten das andere Flussufer erreicht und fuhren durch ein Waldstück, das sich bald darauf lichtete und den Blick auf die Burg freigab. Die Zugbrücke senkte sich herab, und der Wagen rumpelte darüber, begleitet vom ohrenbetäubenden

Dröhnen der Pferdehufe. In einem Hof, eingezwängt zwischen rußig grauen Turm- und Wehrmauern, hielten sie an. Die Wagentüren wurden aufgerissen, und Marcoul von Culm forderte sie auf auszusteigen.

Auf dem Hof herrschte ein heilloses Gedränge. Wickbert und Gregor beeilten sich zwar, die Pferde zu den Ställen zu bringen, dafür strömten von den Gebäuden Dutzende von Männern herbei, Krieger in weißen Röcken mit demselben Wappen wie auf den Turmwimpeln. Naje wäre am liebsten davongelaufen und hätte sich irgendwo versteckt, doch Marcoul von Culm hielt ihre Hand so fest wie eine Eisenfessel.

Die Krieger machten Platz für einen hochgewachsenen Mann mit dünner werdendem Haar und kurz geschnittenem Vollbart, dessen Gewand über den Boden strich, während er sich ihnen näherte. Er und Ardeshir redeten miteinander, und den Blicken nach zu schließen, die der Mann ihr zuwarf, redeten sie über sie.

Ardeshir ging vor ihr in die Hocke. »Das ist Volkwin von Segewold«, erklärte er mit seiner sanften, melodischen Stimme. »Er ist der Hochmeister dieser Ritter und der Herr von Burg Thorgast. Solange du hier bist, wirst du ihm gehorchen. Hast du verstanden, mein Kind?«

Naje nickte.

Ardeshir richtete sich auf und sagte etwas zu Marcoul von Culm, woraufhin der Ritter sie an den weiß gewandeten Kriegern vorbei über den Hof führte.

Das Innere der Burg war noch beängstigender als der Anblick der schwarzen Türme zwischen den Bäumen. Sie gingen halbdunkle Treppenfluchten hinauf und durch Flure, in denen Fackeln brannten. In einer verwinkelten Nische, unter dem leidenden Blick einer Madonnenfigur mit gefalteten Händen, stieß Marcoul von Culm eine Tür auf und führte sie in eine Kammer, die nichts als ein Bett, einen kleinen Tisch und eine Truhe enthielt. Als Naje noch die kahlen Wände betrachtete, fiel hinter ihr dumpf die Tür ins Schloss, und Marcoul von Culm war fort.

Sie wusste nicht, wie lange sie in der Kammer stand, verwirrt und voller Furcht. Schließlich setzte sie sich auf das Bett, dachte an ihren Vater, der sich in der Gewalt von grimmigen Männern mit Eisenmasken befand, an ihre Mutter, die in der Stadt Kassa zurückgeblieben war, und fragte sich, ob sie sie jemals wiedersehen würde.

Ardeshir lümmelte sich in einem Lehnstuhl in von Segewolds Gemach und wärmte sich an dem Kaminfeuer. Nach den Tagen in den feuchten Flusswäldern genoss er die Hitze. Sie vertrieb die Erschöpfung, die zusehends Besitz von ihm ergriffen hatte. Sogar die Schmerzen in seinem vernarbten Arm, die ihn noch immer plagten, ließen allmählich nach. Er sehnte sich nach seiner Heimat, wo die Sonne stets heiß vom Himmel brannte und wo niemals Regen fiel. Für die Länder des Nordens waren die Djinn einfach nicht geschaffen.

Von Segewold dagegen konnte der Hitze überhaupt nichts abgewinnen. Kaum hatte er das Gemach betreten, bildeten sich bereits Schweißflecken unter seinen Achseln.

»Dieser Dummkopf von einem Pagen! Macht ein Feuer am heißesten Tag des Jahres …« Er griff nach einem Wassereimer und schickte sich an, die Flammen zu löschen.

»Ich habe ihn darum gebeten«, sagte Ardeshir.

Von Segewold ließ den Eimer sinken. »Ihr? Wieso um alles in der Welt –«

»Setzt Euch«, befahl Ardeshir ihm. »Wir haben Wichtigeres zu bereden.«

Widerwillig stellte der Ordensritter den Eimer ab und ließ sich in einem Lehnstuhl nieder. Er runzelte die Stirn. »Es gefällt mir nicht, dass Ihr einfach so aufgetaucht seid. Warum habt mir vorher keine Nachricht geschickt?«

»Ihr wusstet, dass ich kommen würde.«

»Ihr hättet unauffälliger sein müssen! Ihr seid in die Burg eingezogen, als würde sie Euch gehören.«

Ardeshir lächelte dünn. »Was gewissermaßen auch der Fall ist. Nicht wahr, Hochmeister?«

Von Segewold überging diese Bemerkung. »Die Brüder fangen an zu reden. Sie fragen sich, wer eigentlich die Geschicke der Bruderschaft lenkt. Und von Culms Leute werden diesen Gerüchten noch neue Nahrung geben.«

Natürlich gab es nicht den geringsten Zweifel daran, wessen Wünschen die Bruderschaft gehorchte. Ardeshir ließ von Segewold jedoch in dem Glauben, dass er es sei, der den Orden führte. Er brauchte diesen Mann – zumindest noch eine Weile. »Sollen sie reden. Es spielt ohnehin keine Rolle mehr.«

»Wie meint Ihr das?«, fragte von Segewold argwöhnisch.

»Dass einen Hochmeister das Geschwätz seiner Untergebenen nicht kümmern sollte«, log Ardeshir.

Dem Ordensritter war das Gespräch sichtlich zuwider. Er lehnte sich zurück, streifte das Feuer mit einem ärgerlichen Blick und wandte sich wieder seinem Gast zu. »Dieses Kind«, sagte er. »Ist es wirklich notwendig, seinetwegen eine Wache abzustellen?«

»Es ist kein gewöhnliches Kind.«

»Das sagen meine Männer auch. Sie nennen es ›Hexenkind‹.«

»Eure Männer sind Dummköpfe, die nicht einmal den eigenen Namen schreiben können.«

»Es sind gute Christen, die ihr Leben dem Herrn geweiht haben«, erwiderte von Segewold barsch.

Auf dem Bauernhof im polnischen Grenzland hatte Ardeshir gesehen, wozu diese guten Christen fähig waren.

»Sorgt dafür, dass das Kind Tag und Nacht bewacht wird. Und schärft Euren Männern ein, dass sie sich nicht von einem fünfjährigen Mädchen Angst einjagen lassen sollen.«

In diesem Moment öffnete sich die Tür, und Marcoul von Culm kam herein. Mit einem verwunderten Blick auf das Kaminfeuer überreichte er Ardeshir einen Leinenbeutel mit einem länglichen Gegenstand darin.

Ardeshir holte das Zepter aus dem Beutel. Es gleißte im Flammenschein. Die beiden Ritter schwiegen, während er es drehte, die Rubine betrachtete, Schwere und Glätte des Goldes und die Macht spürte, die darin wohnte. Es fühlte sich anders an als noch in Venedig – vollständiger. Es war jetzt seinem Zwilling ähnlicher, den er vor unendlich langer Zeit in den Händen gehalten hatte. Doch es glich ihm nicht. Es fehlte noch etwas.

»Habt Ihr meine Anweisungen ausgeführt, Hochmeister?«

»Natürlich.«

»Wie kommt es dann, dass das Zepter nicht gefüllt ist?«

»Gefüllt? Ich fürchte, ich verstehe nicht –«

»Habt Ihr die Gefangenen geheilt oder nicht?«, fragte Ardeshir scharf.

»Wir haben sie geheilt. Allerdings gab es … Schwierigkeiten.«

Ardeshir legte sich das Zepter auf den Schoß, blickte den Hochmeister an und wartete auf eine Erklärung.

»Die meisten sind gestorben«, sagte von Segewold.

»Ich habe Euch gewarnt, dass das passieren würde.«

»Wir haben nicht damit gerechnet, wie sehr das Zepter die Gefangenen schwächt. Meine Männer brauchten Zeit, bis sie einschätzen konnten, was man ihnen zumuten darf.«

»Auch in dieser Hinsicht waren meine Anweisungen überaus präzise«, erwiderte Ardeshir mit schneidendem Unterton.

»Eure Anweisungen haben uns überhaupt erst in diese Lage gebracht.«

»Wie darf ich das verstehen?«

Schweiß glitzerte auf von Segewolds Stirn. »Eure Befehle beruhten auf falschen Voraussetzungen. Habt Ihr schon einmal einen Mann gesehen, der zwei Dutzend Male geheilt wurde? Er hat weniger Leben in sich als ein vom Aussatz zerfressener Bettler. Mir blieb keine andere Wahl, als die Gefangenen zu schonen. Und dennoch sind sie uns unter den Händen weggestorben.«

Ardeshir verfiel in Schweigen. Von Segewold hatte nicht ganz Unrecht mit seinem Vorwurf. Er war bei seinen Berechnungen von einer gewissen Zahl an Gefangenen ausgegangen und hatte dem Hochmeister befohlen, sie jeden Tag so oft wie möglich zu heilen. Dass die Heilungen nicht nur den Männern des Ordens Kraft abverlangten, sondern auch den Gefangenen, diesen auf Dauer sogar in viel höherem Maß, hatte er nicht berücksichtigt. Wie hätte er auch darauf kommen sollen? Was die Männer in Burg Thorgast taten, war noch nie zuvor versucht worden.

»Na schön. Die Gefangenen sind also tot. Aber mit Toten kann das Zepter nicht gefüllt werden.«

Von Segewold nickte. »Von Culm wird einen Trupp zusammenstellen, der neue Gefangene macht.«

»Das hättet Ihr schon vor Wochen tun können.«

»Wie? Dank des Zepters liegt ein Drittel der Brüder entkräftet in den Betten. In der Umgebung der Burg gibt es keine Litauer mehr. Der Trupp muss groß genug sein, um gefahrlos ins Hinterland vorstoßen zu können. Ohne von Culms Männer konnte ich nichts unternehmen.«

»Seit wann fürchtet Ihr die Litauer so sehr?«

»Ich fürchte sie nicht«, erwiderte von Segewold kühl. »Aber ich habe gelernt, sie nicht zu unterschätzen.«

Ardeshir trommelte mit den Fingern auf der Armlehne. Dann wandte er sich an den Komtur. »Also gut, von Culm. Ihr bekommt eine Woche. Dann seid Ihr wieder hier – mit so vielen Gefangenen, dass der Kerker aus allen Nähten platzt. Habt Ihr verstanden?«

»Die Litauer sind inzwischen schwer zu finden«, meinte von Culm zögernd. »Ich weiß nicht, ob eine Woche ausreicht …«

»Sie reicht aus«, sagte Ardeshir unwirsch. »Jetzt geht endlich. Und wagt es nicht, mich zu enttäuschen.«

Nachdem der Komtur entschwunden war, blieb Ardeshir mit von Segewold allein in der Kammer zurück. Abermals betrachtete er das Zepter. Er konnte nicht genug bekommen von seiner Schönheit. Es war ein Wunderwerk der Handwerkskunst, sogar nach den Maßstäben seines Volkes. Seine Kräfte waren so unfassbar komplex, dass selbst viele Djinn nicht fähig waren, sie zu verstehen. Einst hatte es zwei Zepter gegeben, die einander glichen wie ein Ei dem anderen. Ardeshir dachte an all die menschlichen Narren, die das andere besessen und benutzt hatten, ohne auch nur zu ahnen, was es bewirken konnte. Allein Salomo, der König der Juden, hatte seine wahre Macht ansatzweise begriffen. Doch auch er hatte nicht gewusst, weshalb es einst erschaffen worden war. Im Lauf der Jahrtausende waren die Geschichten über die beiden Zepter in Vergessenheit geraten, was zur Folge hatte, dass inzwischen viele Djinn glaubten, Salomo hätte sie geschmiedet. Es amüsierte Ardeshir, wenn er so etwas hörte. Wie sollte ein Mensch in der Lage sein, einen solch wunderbaren und machtvollen Gegenstand zu schaffen?

Dank des Feuers wurde es immer heißer in der Kammer. Von Segewold tupfte sich den Schweiß von der Stirn, während sein Blick an dem Zepter haftete. Ihn schien eine Frage zu quälen.

»Habt Ihr etwas auf dem Herzen, Hochmeister?«, erkundigte sich Ardeshir sanft.

»Ihr habt mir noch nicht gesagt, was Ihr mit alldem beabsichtigt«, begann der Ordensritter. »Mit dem Zepter, meine ich. Mit den Gefangenen und dem Kind.«

»Seit wann bin ich Euch Erklärungen schuldig? Genügt Euch mein Silber nicht mehr?«

»Ich habe immer alles getan, was von mir verlangt wurde«, sagte der Hochmeister ungehalten. »Vier Jahre lang. Ich habe gute Männer für Euch geopfert und mich mit Sünden beladen. Ich habe ein Recht darauf zu erfahren, was in meiner Burg vor sich geht.«

»Ein Recht darauf, so. Warum habt Ihr das nicht gleich gesagt?« Ardeshir streichelte das Zepter, während von Segewold misstrauisch schwieg. Schließlich beugte er sich nach vorne und senkte die Stimme. »Das Zepter und das Kind sind Werkzeuge«, raunte er. »Sie sind Bestandteile eines uralten Plans. Eines Plans mit dem Ziel, die Welt zu vernichten.«

Er lehnte sich zurück und lächelte.

Der Hochmeister verzog den Mund. »Was soll das, Ardeshir? Wollt Ihr mich auf den Arm nehmen?«

»Bei allen Höllen, wie habt Ihr mich nur durchschaut? Wahrhaftig, Ihr seid ein kluger Mann. Glaubt mir kein Wort, von Segewold. Ich bin nichts als ein schäbiger Lügner und ein schlechter dazu. Die Welt vernichten … Man müsste schon ein Narr sein, um so etwas für möglich zu halten, nicht wahr?«

ZWEIUNDZWANZIG

Gestalten kauerten in der Dunkelheit des Schiffsrumpfs: nackte, schmutzstarrende Männer und Frauen, mehr tot als lebendig. Eiserne Reifen lagen um ihre Hand- und Fußknöchel, Ketten rasselten leise. Die Brühe aus Bilgewasser, Exkrementen und Erbrochenem zu ihren Füßen stank so sehr, dass Raoul gegen würgenden Brechreiz ankämpfen musste. Stumpfe Augen starrten ihn an. Ein Alter mit abstehendem weißem Haar reckte ihm die gefesselten Hände entgegen und flüsterte heiser ein Wort in der Sprache der Heiden, wiederholte es unentwegt.

»Sklaven«, murmelte Narses. »Damit handeln unsere Freunde. Nicht mit Gerbsäure.«

Novgorod, dachte Raoul. *Sie bringen sie nach Novgorod. Und uns auch* … Wenn er nur klar denken könnte! Aber was immer man ihnen ins Bier getan hatten, es vernebelte seinen Verstand. Er wich zwei Schritte zurück und stützte sich an der Wand ab. Der Dunst der Gerbsäure war giftig und griff seinen Rachen an, aber er war immer noch leichter zu ertragen als der Gestank von Tod und Elend, der aus dem Kielraum drang.

»Wir müssen von hier verschwinden«, sagte Narses.

In diesem Moment wurde die Leiter nach oben zur Luke gezogen.

Narses griff danach, doch er war zu langsam und bekam nur die unterste Sprosse zu fassen. »Hilf mir!«, brüllte er. »Los, mach schnell!«

Raoul taumelte vorwärts und packte die Leiter. Schwere Schritte trampelten über die Decksplanken. Als er spürte, dass seine Kraft nicht ausreichte, die Leiter nach unten zu ziehen, hängte er sich mit seinem ganzen Gewicht daran. Jemand fluchte grunzend. Etwas sirrte, er spürte einen Luftzug an seinem Gesicht, dann pochte es dumpf. Er hatte nicht das Geringste gesehen, doch er kannte dieses Geräusch: ein Armbrustbolzen, der im Boden stecken geblieben war.

Auch Narses hängte sich an die Leiter, woraufhin sie nachgab. Raoul fiel hin und glaubte, sich übergeben zu müssen, so schwindelig war ihm.

»Halt sie fest!«, schrie Narses.

Raoul gelangte auf die Knie und umklammerte die Leiterholme. Narses' Stiefel schrammte ihm über das Gesicht, als der Byzantiner die Sprossen erklomm.

»Vorsicht«, ächzte Raoul. »Sie haben eine Armbrust ...«

Narses zwängte sich durch die Luke. Die Decksplanken erzitterten dröhnend, ein erstickter Schrei erklang.

Raoul zog sich an der Leiter hoch; Lichtwürmchen kringelten sich vor seinen Augen. Er setzte einen Fuß auf die unterste Sprosse, zog den anderen nach. *Du schaffst es*, dachte er, *du musst es schaffen!* Als er den Kopf durch die Luke steckte, sah er Miezko vor sich stehen, der an der Spannkurbel seiner Armbrust herumfummelte. Er fluchte, das rostige Metall quietschte. Schließlich ließ er von der Kurbel ab, baute sich breitbeinig vor der Luke auf und hob die Armbrust zum Schlag. Raoul nahm all seine Kraft zusammen, stemmte sich durch die Öffnung und packte Miezko am Gürtel. Er war zu schwach, um den kleinen Mann umzuwerfen, doch Miezko taumelte nach vorne, trat in die Luke und damit ins Leere und schlug auf dem Deck auf.

Das verschaffte Raoul genug Zeit, die Beine aus der Öffnung zu ziehen und aufzustehen. Alles drehte sich um ihn, er hatte Mühe, nicht umzufallen, und wusste, dass er in diesem Zustand keinem Mann im Handgemenge gewachsen wäre, nicht einmal Miezko.

Narses wälzte sich mit Wisław über das Deck. Sein Gegner versuchte, ihn unter seinem feisten Leib zu begraben, aber Narses war schnell genug, sich wegzurollen und ihm einen Hieb ins Gesicht zu versetzen. Er kam auf die Füße und trat Wisław, der ebenfalls aufstehen wollte, gegen die Brust. Der Pole fiel auf den Rücken.

Raoul hörte das Scharren von Schritten und sah Miezko auf sich zukommen, in der Hand ein Messer mit breiter Klinge, die Zähne gebleckt.

»Schweinehund!«, keuchte der Flussschiffer und griff an.

Raoul warf sich über die Bordwand. Er fiel in den Fluss. Das warme Wasser schlug über ihm zusammen, er ruderte mit den Armen und kämpfte sich an die Oberfläche. »Narses!«, wollte er rufen, doch Wasser drang ihm in den Mund und erstickte seinen Schrei.

Ein Schemen löste sich von der Bordwand und tauchte im Fluss unter. Raoul hatte nur einen Gedanken: *Fort vom Schiff, fort von Miezko und seiner Armbrust!* Mit schwerfälligen Bewegungen schwamm er Richtung Ufer, darauf hoffend, dass Narses ihm folgte.

Wasserpflanzen strichen an seinen Beinen entlang. Er bekam eine armdicke Wurzel zu fassen und zog sich daran hinauf. Hinter ihm brüllte Miezko. Der Kahn war immer noch viel zu nah! Er kroch aus dem Wasser, durch den Schlamm, das Gras, die Farnwedel.

»Narses!«, keuchte er. »Narses!«

»Raoul!«, erklang ein schwacher Ruf nicht weit von ihm.

Er musste weiterkriechen, weiter, weiter. Doch das Ufer wurde immer steiler, und kurz darauf verließen ihn die Kräfte. Er wollte sich hinter eine Wurzel rollen, doch nicht einmal mehr dazu war er in der Lage. Sein Gesicht lag auf der feuchten Erde, er atmete schwer.

Der Farn teilte sich, und Narses' Kopf erschien. »Raoul«, sagte er, »bist du verletzt?«

Raoul versuchte ein Kopfschütteln, dann lag er wieder reglos und entkräftet da.

»Du musst aufstehen. Wir müssen fort.«

Ja, Aufstehen. Hier konnte er nicht liegen bleiben, so nah bei dem Schiff. Doch wie sollte er gehen, wenn er nicht einmal imstande war, sich aufzurichten?

Narses packte ihn am Wams und zog ihn hoch, sodass er ihm den Arm unter die Achsel schieben konnte. Auf den Byzantiner gestützt, gelang es Raoul aufzustehen.

Pfeifend flog ein Armbrustbolzen über das Wasser und sirrte gefährlich nah durch das Unterholz.

Gemeinsam schleppten sie sich durch das hüfthohe Farngestrüpp, bis der Kahn zwischen den Bäumen verschwunden war. Raoul lehnte sich gegen einen Birkenstamm und atmete tief ein und aus, bis das Schwindelgefühl schwächer wurde.

Narses spähte durch das Blättergewirr. »Sie folgen uns nicht«, sagte er leise. »Feiglinge!«

Raoul dankte Gott dafür. Er wollte weder fliehen noch sich verstecken, er wollte nichts als ausruhen. »Das Gift«, sagte er nach einer Weile, »scheint dir ja nicht viel auszumachen.«

»Spürst du es immer noch? Du wirst alt.«

Er schnaufte unwillig, rutschte am Stamm nach unten und schloss die Augen. Er musste schlafen, so lange, bis die tückische Substanz in seinem Blut endlich ihre Wirkung verlor.

»Hier können wir nicht bleiben«, sagte Narses. »Wer weiß, vielleicht klauben die beiden Bastarde doch noch ihren Mut zusammen und machen sich auf die Suche nach uns.«

Er hatte recht, und Raoul verfluchte ihn dafür. Als der Byzantiner ihm abermals helfen wollte, schüttelte er wütend dessen Hand ab und stand allein auf, so schwer es ihm auch fiel. Er war kein alter Mann. Er nicht!

Sie stapften durch den Wald, der lichter wurde, je weiter sie sich vom Flussufer entfernten, bis sich schließlich eine hügelige Wiese vor ihnen erstreckte. Den Sternen nach zu urteilen, gingen sie nach Osten, allerdings fragte Raoul sich, ob über ihnen überhaupt dieselben Sterne schimmerten wie in den Ländern, die er kannte.

Nach einer Weile, die ihm wie Stunden vorkam, entschied Narses, dass sie in Sicherheit waren. An einer Hügelflanke, zwischen mannshohen Büschen, fanden sie einen Schlafplatz. Sie besaßen nichts außer den nassen Kleidern am Leib und legten sich auf die nackte Erde, ohne Decken, ohne Feuer. Dennoch kam der Schlaf plötzlich und schwer.

»Gute Nacht«, murmelte Raoul, bevor er einnickte.

»Gute Nacht, Opa.«

Raoul erwachte und blinzelte. Er setzte sich auf und stellte fest, dass die Sonne bereits hoch am Himmel stand. Ein gewaltiger Krähenschwarm zog daran vorbei und verschwand hinter dem Hügel. Seine Kleider waren fast trocken. Er hatte Kopfschmerzen und einen üblen Geschmack im Mund. Er fühlte sich so, als hätte er die ganze Nacht lang getrunken.

Narses saß im Schneidersitz vor den Büschen und grinste ihn an. Er wirkte herausfordernd erholt und gut gelaunt. Vor ihm lag ein Stück Birkenrinde mit Waldbeeren darauf. Beim Anblick der Früchte spürte Raoul, wie hungrig er war.

»Woher hast du die?«, krächzte er, während er näher rückte und eine Handvoll davon nahm.

»Sie wachsen am Waldrand. Ich habe sie gesammelt, während andere in Ruhe ausgeschlafen haben.«

Raoul tat sich an den Beeren gütlich. Süß und sauer zerplatzten sie in seinem Mund, und ihr Saft vertrieb den widerwärtigen Nachgeschmack des Giftes, das ihn um ein Haar wehrlos gemacht hätte.

Als er die letzte Beere verzehrt hatte, fühlte er sich bedeutend besser. »Wo sind wir?«, fragte er.

»Woher soll ich das wissen? Die Gegend scheint nicht bewohnt zu sein. Jedenfalls habe ich keine Menschen gesehen.«

Raoul überdachte ihre Lage. Sie hatten ihre Kettenhemden, ihre Waffen, die gesamte Ausrüstung und das restliche Silber auf dem Kahn zurückgelassen. Weder er noch Narses kannten sich in diesem Landstrich aus. Sie mussten zurück zum Fluss und ihm weiter Richtung Nordosten folgen, in der Hoffnung, irgendwann auf Menschen zu treffen, die bereit waren, ihnen zu helfen.

Doch zuerst brauchten sie Waffen. Ohne Waffen waren sie wehrlos. Außerdem mussten sie auf die Jagd gehen, da sie nicht darauf hoffen konnten, überall Beeren zu finden. Er sah sich um und entdeckte einen Ast, der sich als Knüppel eignete. Besser als nichts. Er hatte seine Haut schon mit wenigerem verteidigt.

Mit dem Knüppel in der Hand legte er Narses seine Pläne dar. Der Byzantiner hörte ihm jedoch nicht zu. Er drehte den Kopf und sagte: »Riechst du das?«

Leichter Wind strich über die Wiese. Eben hatte er gedreht und kam von den Hügeln. Raoul hörte leises Krähengeschrei. Er atmete tief durch die Nase ein. Was er roch, kannte er nur zu gut: Blut, schweißgetränktes Leder, offene Wunden, aufgeschlitzte Bäuche. So stank es nur auf dem Schlachtfeld.

Geduckt schlüpften sie durch das Gebüsch, hinauf zur Hügelkuppe. Dort lichteten sich die Sträucher und gaben den Blick auf eine weite Ebene frei, die sich bis zum Waldrand im Osten und zu einem Nebenarm der Memel im Westen erstreckte.

Nein, es war keine Ebene – es war eines der Moore, vor denen der polnische Edelmann gewarnt hatte. Auf den ersten Blick eine harmlose Wiese, bis man plötzlich feststellte, dass der Boden unter den Füßen mehr aus Brackwasser als aus fester Erde bestand.

Für die Reiterschar war diese Erkenntnis zu spät gekommen. Ihre Pferde waren zu Dutzenden im Morast stecken geblieben und versunken; Kadaver, im Todeskampf grotesk verdreht, ragten aus dem Schlamm, von Pfeilen und Wurfspeeren durchbohrt. Die Reiter trieben auf den Tümpeln. Ihr Blut vermengte sich mit dem fauligen Wasser, die Leichen begannen, sich in der Hitze aufzublähen. Manche waren von ihren Rüstungen in die Tiefe gezogen worden und ertrunken: bleichgesichtige Schatten unter der Wasseroberfläche. Krähen hockten auf den Körpern von Mensch und Tier und fraßen sich satt, und überall ballten sich die Mücken zu schwarzen Wolken zusammen.

Raoul sah die weißen Waffenröcke mit dem schwarzen Kreuz des Deutschen Ordens, er sah den Stecken mit dem Kruzifix aus dem Sumpf ragen wie ein vergessenes Feldzeichen, und er hörte wieder die Worte des polnischen Edlen: *Narren. Alles Narren. Reiten geradewegs in den Tod …*

Er ballte die Rechte zur Faust. Zorn stieg in ihm auf, Zorn auf die Dummheit dieser Männer, auf ihre Blindheit den Gefahren dieses Landes gegenüber, aber auch auf ihre Feinde. Was sich hier abgespielt hatte, war keine Schlacht gewesen, sondern ein Gemetzel. Man hatte diese Männer in die Falle gelockt und abgeschlachtet, während sie wehrlos im Moor feststeckten.

Dann dachte Raoul: *Konrad!* und eilte die Hügelflanke hinunter. Der Hang war sandig und steil, und er rutschte mehr hinab, als dass er kletterte. Unten angekommen, setzte er einen Fuß auf eine grasbewachsene Fläche zwischen zwei

Tümpeln. Brackiges Wasser quoll unter seiner Stiefelsohle hervor, doch der Untergrund schien sein Gewicht zu tragen. Vorsichtig suchte er sich einen Weg durch das Moor, hielt nach festen Stellen Ausschau, überquerte unsichere mit einem Sprung. Viele der toten Männer auf seinem Weg hatte er in der Festung gesehen. Sie schwammen im Sumpf oder starrten zum Himmel empor, wenn die Krähen ihnen nicht längst die Augen ausgehackt hatten. Die Heiden hatten sie aus sicherer Entfernung mit Bögen, Schleudern und Wurfspießen niedergemacht. Nur Kuno von Terweden war im Nahkampf gefallen. Raoul fand seine Leiche auf einem kleinen Hügel, wo er sich offenbar einer Übermacht erwehrt hatte, bevor er mit dem Schwert in der Hand gefallen war, zerhackt von Äxten, zerschmettert von Keulen.

Konrad lag am Rand des Sumpfs, neben seinem toten Pferd. Er lebte noch. Seine Linke umklammerte den Schaft einer Lanze, die seine Brust durchbohrt hatte; mit der Rechten verscheuchte er eine Krähe, die hartnäckig versuchte, sich an seinen Kopf heranzupirschen. Blut sickerte aus seinem Mund und trocknete in seinem Bart. Seine Haut war fahl und fleckig.

Raoul ging neben ihm auf die Knie und nahm die Hand seines alten Freundes. »Konrad«, sagte er.

Der Ritter blinzelte gegen das Sonnenlicht. Seine Lippen bewegten sich, doch es kam kein Laut über sie.

»Konrad, alter Freund! Erkennst du mich?«

Die Krähe kam wieder hüpfend näher. Er warf einen Helm nach ihr, was sie aufflattern ließ. Schimpfend landete sie ein paar Schritte weiter, wagte es jedoch nicht mehr herzukommen.

Konrads Lippen formten ein lautloses Wort, während er Raoul anblickte.

»Warte, ich helfe dir. Ich bringe dich zum Ufer.«

Er wollte ihm die Arme unter Schultern und Beine schieben, um ihn hochzuheben. Doch Konrads Hand schloss sich um seinen Unterarm. Er wollte liegen bleiben.

»Hab … Erbarmen«, flüsterte er kaum hörbar.

Raoul wusste, was diese beiden Worte bedeuteten. Er hatte sie auf vielen Schlachtfeldern gehört, von Männern, die so schwer verwundet waren wie Konrad. Keine Macht der Welt konnte ihn jetzt noch retten, Konrad wusste das. Er hatte nur noch den Wunsch, dass man ihm ein qualvolles Sterben unter der glühenden Sonne ersparte.

Raoul nickte stumm. Bei ihrer letzten Begegnung hatten sie beide erkannt, dass sie sich zu sehr verändert hatten, um einander noch zu verstehen. Aber einst waren sie Freunde gewesen, und das erlegte ihm die Pflicht auf, Konrads Wunsch zu erfüllen.

Einem Mann das Sterben zu erleichtern, war niemals einfach. Bei einem alten Freund jedoch war es unermesslich schwer. Seine Hand zitterte, als sie sich um einen Dolch schloss, den die Leichenfledderer übersehen hatten.

»Du hattest recht«, sagte er leise. »Es sind Tiere. Ich werde dich rächen, Konrad.«

Er strich ihm über die Wange, dann zog er die Klinge durch. Blut sprudelte aus der klaffenden Wunde unter dem Kinn, dann fiel Konrads Kopf zur Seite. Raoul schloss ihm die Augen.

Er warf den Dolch fort, blieb neben dem Toten stehen und blickte über das Moor. Hätte er Konrad daran hindern können, sich den Ordensrittern anzuschließen? Hätte er ihn vor diesem Ende bewahren können? Raoul wusste es nicht. Wahrscheinlich nicht. Aber was spielte das jetzt noch für eine Rolle?

Irgendwann kam Narses zu ihm. Er schleppte ein Schwert, einen Streithammer, zwei Helme und ein Schild mit sich, das so zerschlagen war, dass man das Wappen darauf nicht mehr erkennen konnte. Er warf die Waffen auf das Gras und bedachte Konrad mit einem kurzen Blick. Falls ihm dessen Tod in irgendeiner Weise naheging, so zeigte er es nicht.

»Die Toten wurden gründlich ausgeplündert«, sagte er. »Mehr habe ich nicht gefunden.«

Raoul war froh, dass Narses ihn nicht auf Konrad ansprach. In ihm rangen die widersprüchlichsten Gefühle miteinander, und er wollte nicht darüber reden. Er probierte aus, ob ihm einer der Helme passte, und griff nach dem Streithammer. Das Schwert überließ er Narses, der ungern schwere Hiebwaffen benutzte.

»Hilf mir, Konrad zum Hügel zu bringen«, sagte er dann. »Ich will ihn begraben.«

Sie schoben sich die Waffen hinter die Gürtel und trugen den Toten zur Hügelflanke, nachdem Raoul ihm die Lanze aus der Brust gezogen hatte. Sie verwendeten ihre Helme, um ein Loch in den sandigen Boden zu graben.

Es war eine mühselige, schweißtreibende Arbeit. Als Raoul sich von der Sonne wegdrehte und sich das Gesicht abwischte, bemerkte er eine Gruppe von Männern, etwa zwanzig an der Zahl. Am Rand des Moors saßen sie auf ihren Pferden und beobachteten sie.

Raoul packte Narses warnend am Arm, woraufhin der Byzantiner den Kopf hob. »Litauer.«

Es war das erste Mal, dass Raoul die gefürchteten Krieger dieses Landes sah. Manche trugen pelzbesetzte Kappen und nietenverstärkte Steppwämser mit hochgestellten Kragen, die bis zu den Wangenknochen reichten, andere spitze Topfhelme und Panzerhemden aus Kettengliedern oder Metallplatten. In den Händen hielten sie seltsame rechteckige Schilde sowie Schwerter, Äxte, Kriegskeulen, Speere und Schlachtbeile mit breiten Klingen. Viele Reiter waren außerdem mit schussbereiten Kurzbögen bewaffnet. Einer von ihnen, ein Mann mit einer sechs Ellen langen Lanze, deren Spitze in der Sonne blitzte, verbarg sein Gesicht hinter einer goldenen Maske mit fratzenhaften Zügen.

Sechs der Krieger waren abgestiegen und marschierten ihnen mit grimmigen Mienen entgegen. Sie hatten breite Schnurrbärte, kantige Schädel und verfilztes dunkles Haar, das unter ihren Helmen und Mützen hervorschaute. Sie alle hatten ihre Waffen gezückt.

Narses warf Raoul einen Blick zu. Sie hatten so oft Seite an Seite gekämpft, dass sie sich wortlos verstanden. Dieser Übermacht waren sie nicht gewachsen. Sie mussten fliehen.

Narses fuhr herum und wollte zu den Hügeln laufen.

»Nein«, stieß Raoul hervor. »In den Sumpf!«

So schnell es der morastige Untergrund zuließ, rannten sie tiefer ins Moor, fort von den dünenähnlichen Hügeln. Die sechs Litauer brachen in Gebrüll aus und verteilten sich, sodass sie eine lange Kette bildeten. Sie versuchten, ihnen den Weg abzuschneiden. Dass sie den Sumpf kannten, kam ihnen dabei zugute. Einer von ihnen, ein gedrungener Mann mit einem Panzerhemd aus Eisenschuppen, kam nahe an Raoul heran und setzte mit einem Sprung über einen Schlammpfuhl hinweg. Raoul schwang den Streithammer, dessen Spitze sich in den Schild des Mannes bohrte. Holz splitterte, der Litauer warf den nutzlos gewordenen Schild weg, packte seine Axt mit beiden Händen und griff an. Raoul fing den Hieb mit dem eisenverstärkten Hammerschaft auf und trat seinem Gegner in den Bauch. Wasser spritzte, als dieser rücklings in den Sumpf fiel.

Das kurze Geplänkel hatte den anderen Litauern die Gelegenheit gegeben aufzuholen. Narses kämpfte gegen einen Krieger, dem er das Schwert durchs Gesicht zog. Der Mann, der in den Schlammtümpel gefallen war, versuchte verzweifelt, den Panzer auszuziehen, bevor er von der Rüstung in die Tiefe gezogen wurde. Einer seiner Gefährten kam ihm zu Hilfe. Die verbliebenen drei verfolgten Raoul und Narses, die über eine grasige Insel rannten.

Das Landstück beschrieb einen Bogen, und als sie sein Ende erreichten, stellte Raoul fest, dass sich der Reitertrupp aufgeteilt hatte: Eine Hälfte blieb bei ihrem maskierten Anführer, die Übrigen ritten über die Hügel zur anderen Seite des Moors, um ihnen den Fluchtweg abzuschneiden.

Verzweifelt blickte Raoul sich um. Weiter Richtung Fluss wurde der Sumpf unpassierbar. Am Waldrand oder bei den Hügeln würden die Reiter sie abfangen. Blieb nur ein schmaler, sandiger Steg, der halbwegs begehbar aussah und tiefer ins Moor führte.

Doch um dorthin zu gelangen, mussten sie an den drei Kriegern vorbei – die bald zu fünft sein würden, sowie sich der Mann aus dem Pfuhl gerettet hatte.

Raoul wandte sich zu den herannahenden Männern um. »Du nimmst den linken«, sagte er zu Narses, »ich die beiden anderen. Wir brechen durch und laufen zu dem Wiesenstück da, verstanden?«

Narses nickte. Dann rannten sie den Litauern entgegen.

Die drei Männer stimmten zorniges Gebrüll an, als Raouls und Narses' Waffen auf ihre Schilde trafen. Raoul schlug einem Gegner den Schaft ins Gesicht, und während dieser zurücktaumelte, schwang er den Hammer gegen das Bein des anderen und zerschmetterte dessen Knie. Der Mann brach mit einem Schrei zusammen und brachte sich kriechend in Sicherheit. Sein erster Gegner hatte sich schnell von dem Schlag auf das Nasenbein erholt und griff ihn umso wütender an. Die Axt streifte Raouls Oberarm, und er spürte einen brennenden Schnitt. Er packte den Streithammer mit beiden Händen und versuchte, den Litauer über den Haufen zu rennen. Der jedoch schwang seine Axt in einem weiten Bogen, sodass Raoul gezwungen war, den Hieb abzuwehren. Die beiden Waffen verkeilten sich ineinander, und plötzlich war sein Gesicht dicht an dem seines Gegners. Der Litauer schnaufte mit hochrotem Kopf und keuchte einen Fluch in seiner Sprache. Raoul packte ihn am Gürtel, bekam dessen Dolch zu fassen und stieß ihn dem Mann unter die Rippen.

Narses hatte seinen Gegner niedergestreckt und wollte ihm gerade zu Hilfe kommen. Gemeinsam spurteten sie zu dem Wiesenstück, wo der sandige Steg begann. Der andere Litauer hatte sich inzwischen mit der Hilfe seines Gefährten aus dem Tümpel gerettet. Sie verfolgten sie nicht, sondern wateten durch das Brackwasser zu den Reitern um den Goldmaskierten zurück. Offenbar hatten sie den Kampf beobachtet und wollten das Schicksal ihrer Gefährten nicht teilen.

Die Reiter hatten auf einer Hügelkuppe ihre Pferde gezügelt. Pfeile schwirrten heran, doch sie platschten wirkungslos ins Wasser. Raoul drückte einen dornigen Strauch zur Seite und betrat den Steg. Sein Fuß verschwand bis zum Knöchel im Morast und wäre noch tiefer eingesunken, wenn er ihn nicht rechtzeitig herausgezogen hätte.

Er hatte sich geirrt. Der Steg war nicht begehbar.

»Zurück!«, stieß er hervor, und sie liefen wieder zu der Stelle, wo sie gegen die drei Männer gekämpft hatten. Inzwischen hatten sich auch die Reiter um den Maskenträger in Bewegung gesetzt. Sie ritten am Rand des Moors entlang, dann brüllte der Anführer einen Befehl, woraufhin die Krieger abstiegen und mit gezückten Waffen durch das kniehohe Wasser marschierten.

Raoul blickte zu den Reitern auf dem Hügel. Wohin sie auch liefen, sie saßen in der Falle. Sie konnten nur noch kämpfen – gegen eine Übermacht von acht Männern.

Auch Narses hatte den Ernst ihrer Lage erkannt. Er hob

den Schild eines toten Litauers auf und presste die Lippen zu einer dünnen Linie zusammen, während er die heranstürmenden Krieger im Auge behielt.

In diesem Augenblick bemerkte Raoul eine Bewegung zwischen den Sträuchern. Er entdeckte den Litauer mit dem zerschmetterten Knie, der versuchte, sich in den Büschen zu verstecken.

Raoul dachte nicht lange nach. Er zog den Dolch aus der Leiche des Kriegers, den er niedergestochen hatte, lief zu dem Verwundeten und zog ihn aus den Büschen. Der Mann war bleich und kaum noch bei Bewusstsein und wehrte sich nicht. Raoul kniete sich hinter ihn, hielt ihm den Dolch an die Kehle und brüllte: »Halt!«

Die acht Litauer blieben stehen und zögerten. Doch als der Maskenträger am Ufer etwas brüllte, marschierten sie wieder los.

»Halt!«, rief Raoul abermals, riss den Kopf des Mannes an den Haaren zurück und presste ihm die Dolchspitze gegen das weiche Fleisch unter dem Kinn.

Die Litauer ließen sich nicht noch einmal einschüchtern. Sie rückten vor; zwei zückten ihre Bögen, legten Pfeile ein und zielten auf Narses.

Der Byzantiner warf Schild und Schwert auf das Gras und hob die Hände.

Raoul fluchte. Er stieß den Bewusstlosen von sich, warf den Dolch fort und stand langsam auf.

DREIUNDZWANZIG

Die Litauer töteten sie nicht sofort. Sie führten Raoul und Narses zu ihren Pferden, wo man sie zu Boden stieß und ihnen mit Lederschnüren, die tief ins Fleisch einschnitten, die Hände auf den Rücken fesselte. Vier Männer blieben zu ihrer Bewachung zurück, während die anderen auf Befehl des Maskenträgers die Gefallenen bargen. Die Toten wurden nicht an Ort und Stelle begraben oder verbrannt, sondern in Leinensäcke gehüllt und mit all ihren Waffen und Besitztümern auf den Sätteln ihrer Pferde verschnürt.

Raoul ahnte, was ihm und Narses bevorstand. Viele Krieger machten gefangene Feinde für den Tod ihrer Gefährten verantwortlich und ließen ihren Rachegelüsten freien Lauf, indem sie die Gefangenen schikanierten und quälten. Wenn er in die Gesichter der Männer blickte, die sie bewachten, sah er sogar mehr als das Verlangen nach Rache, er sah blanken Hass. Deshalb wunderte es ihn umso mehr, dass man sie nicht längst an Ort und Stelle erschlagen hatte.

Während er auf dem sandigen Boden lag und allmählich das Blut aus seinen Händen wich, beobachtete er die fremden Krieger und versuchte, ihre Absichten zu ergründen. Einer der Männer schlurfte unruhig um sie herum, spuckte gelegentlich aus und schien auf eine Gelegenheit zu warten, ihnen einen Tritt zu verpassen. Der Maskenträger auf seinem Pferd ließ ihn jedoch nicht aus den Augen, was ihn offenbar zögern ließ, ihnen etwas anzutun. Raoul verstand kein Wort von dem, was die Krieger sagten. Die Sprache dieser Heiden ähnelte weder Polnisch noch Ungarisch oder einer Sprache, die er kannte.

Nachdem alle Gefallenen auf den herrenlosen Pferden festgebunden waren, kam Bewegung in den kleinen Trupp. Die Männer stiegen in die Sättel. Zwei Reiter schlangen Raoul und Narses Stricke um Arme und Oberkörper und zogen sie hinter sich her, als die Schar aufbrach. Obwohl die Krieger nicht sonderlich schnell ritten, musste Raoul laufen, um Schritt zu halten. Narses hatte das Pech, an den Mann zu geraten, der sie getreten hätte, wenn der Maskenträger nicht gewesen wäre. Der Krieger trieb sein Pferd ohne Vorwarnung zum Galopp an, sodass Narses stürzte und mitgeschleift wurde. Irgendwie schaffte er es, wieder auf die Füße zu gelangen, bevor er sich verletzte. Auf einen barschen Befehl des Maskenträgers hin gliederte sich der Krieger schließlich in den Trupp ein.

Die Litauer ritten nach Nordosten, fort von der Memel. Die Moränenlandschaft ging in felsige, von Fichten und Tannen bewachsene Hügel über, zwischen denen sich Ebenen mit Wiesen und Mooren erstreckten. Manchmal sah Raoul in der Ferne einen Weiler mit Hütten aus Lehm und Holz, bevor er sich wieder darauf konzentrierte, nicht zu stürzen. Es war heiß, der Schweiß lief ihm über das Gesicht, seine gefesselten Arme waren taub, seine Beine bewegten sich mechanisch. Die Litauer gewährten ihnen keine Pause, dafür ritten sie im Hügelland, wo es keine Wege gab, ein wenig langsamer. Gegen Mittag schoben sich dunkle Wolken vor die Sonne, und kühler Wind kam auf; dennoch brannte Raouls Kehle vor Durst, und er hätte alles für einen Becher Wasser gegeben.

Sie mussten eine oder zwei Stunden unterwegs gewesen sein, als sie ein Dorf am Rand eines weitläufigen Moors erreichten. Es war größer als Gardinas und erstreckte sich von der Kuppe eines Hügels, auf dem ein hölzerner Wachturm neben einem Langhaus stand, bis zu einem Bach, der sich durch die Wiesen schlängelte und sich im Moor verlor. Außer dem Langhaus, das steinerne Wände aufwies, bestanden sämtliche Gebäude aus festgestampftem Lehm oder Holz. Ein Erdwall mit angespitzten Pfählen umgab die Siedlung. Die Torflügel aus geflochtenen Ästen standen offen, und ein Wachposten hob den Arm zum Gruß, bevor der Trupp mit dem Maskenträger an der Spitze in das Dorf ritt. Frauen, Kinder und Alte, mit einfachen Kitteln bekleidet, strömten zusammen und begafften Raoul und Narses. Eine kreischende Horde älterer Kinder rannte hinter ihnen her und bewarf sie mit Schlammklumpen.

Auf einem kleinen Platz am Fuß des Hügels stiegen die Krieger ab. Frauen liefen herbei und umarmten sie. Andere brachen in Tränen aus, als sie erfuhren, dass ihre Männer, Brüder oder Söhne unter den Toten waren. Eine junge Frau mit aschblondem Haar verfiel in ihrem Schmerz in solche Raserei, dass sie sich auf Raoul und Narses stürzen wollte. Der Maskenträger stellte sich ihr in den Weg und wäre angegriffen worden, wenn ein älterer Mann die tobende Frau nicht mit Gewalt weggezogen hätte.

Der Anführer legte die Goldmaske ab, unter der zu Raouls Überraschung das Gesicht eines Jünglings von höchstens achtzehn Jahren zum Vorschein kam. Er hatte schulterlanges braunes Haar und Bartflaum auf den Wangen, und seine Augen standen in merkwürdigem Kontrast zu seinen weichen Zügen: Sie waren hart und deuteten auf eine unerbittliche Natur hin. Er sprach einen der Krieger an, woraufhin dieser Raoul und Narses die Stricke abnahm und sie gemeinsam mit einem Gefährten den Hügel hinaufführte. Einer der Männer öffnete die Tür des Turms und forderte sie mit einer Geste auf hineinzugehen. Der Raum erstreckte sich bis zum Dach zwei Mannslängen über ihren Köpfen. Schwaches Tageslicht drang durch die Ritzen zwischen den Baumstämmen. Im Erdboden gähnte ein Loch. Obwohl es eine Leiter gab, stießen die Krieger sie dort hinein. Glücklicherweise war das Loch nicht sonderlich tief, und sie landeten auf fauligem, aber weichem Stroh. Die beiden Litauer zogen die Leiter nach oben, verließen den Turm und schlossen die Tür.

Flucht war aussichtslos, also fand sich Raoul mit seiner Lage ab, kauerte sich mit dem Rücken gegen die Erdwand und versuchte, seine gefesselten Hände zu bewegen, damit das Blut zurückfloss. Narses prüfte, ob er die Fesseln gar lösen konnte, gab jedoch bald auf. Schweigend lauschten sie dem heraufziehenden Gewitter. Wind fuhr durch die Ritzen des Turms und rüttelte an der Tür. In der Ferne rollte Donner über das Moor.

Es dauerte nicht lange, bis die Tür wieder geöffnet wurde. Vier Krieger kamen herein und schoben die Leiter ins Loch. Zwei stiegen hinunter, zückten die Messer und drehten Raoul grob zur Wand. Er machte sich darauf gefasst, notfalls mit gefesselten Händen um sein Leben zu kämpfen. Doch die Krieger versuchten nicht, ihm die Kehle aufzuschlitzen. Sie trennten lediglich seine und Narses' Fesseln auf und bedeuteten ihnen, die Leiter hinaufzuklettern.

Oben nahmen die vier Krieger sie in die Mitte und führten sie nach draußen, wo sich Dutzende, vielleicht sogar Hunderte von Litauern versammelt hatten: Krieger, Frauen mit Säuglingen, Greise, das ganze Dorf. Die Männer hatten ihre Gesichter mit Eisenmasken verhüllt, manche so schlicht wie die Goldmaske des Jünglings, andere geformt wie Tierfratzen, mit Eber- und Wolfsschnauzen, zahnbewehrten Mäulern, Schnäbeln und Hauern. Schweigend stand die Menge da und starrte Raoul und Narses an, bis ein zahnloses, buckliges Weib kreischend ihren Stecken in die Höhe reckte, zweimal damit aufstampfte und den Hang hinabhinkte.

Einer der Krieger stieß Raoul den Speerschaft in den Rücken, und er stolperte der Alten hinterher, gefolgt von der schweigenden Menge. Der Wind trieb Staubschwaden durch das Dorf und riss an seinem Wams, während zwei Krieger mit Ebermasken ihn an den Armen packten und zu einem offenen Tor im Erdwall führten. Das Moor erstreckte sich dahinter, eine Ebene aus Schlammtümpeln, totem Holz und dürren Sträuchern, über der schwefelgelbe Wolken brodelten. Die Krieger stießen ihn und Narses einen Knüppeldamm entlang, hinter ihnen die lange Reihe der Litauer, vor ihnen das Weib mit seinem knorrigen Stecken und dem Kittel aus Tierhäuten. Unentwegt murmelte die Alte vor sich hin, und mit dem Pochen des Stabes ergaben die Worte einen tonlosen Gesang, der sich schwer auf Raouls Verstand legte und sein Verlangen nach Flucht einschläferte. Hütten tauchten zwischen dem Strauchwerk und den abgestorbenen Bäumen auf, verlassene Behausungen, halb im Moor versunken. Aus dem schwarzen Wasser ragten Pfähle, und er glaubte Gesichter im Holz zu erkennen, lang gezogene Fratzen mit Hörnern und gierigen Mündern. Mechanisch setzte er einen Fuß vor den anderen, als wandle er durch eine trostlose Traumlandschaft.

Am Fuß des Hügels blieb die Alte stehen, fuhr zu ihm herum und pochte mit dem Stab auf den Boden, während sich die Augen in ihrem Ledergesicht zu Schlitzen verengten. Sie zischte die beiden Krieger an, woraufhin diese Raoul zum Ende des Knüppeldamms zerrten. Nun sah er, dass zwischen den Pfählen auf der Hügelkuppe eine Gestalt erschienen war, eine Frau, deren Haar wie ihr Gewand im Wind flatterte. Sie hob die Arme zu den Pfahlgesichtern empor, legte den Kopf in den Nacken und stieß einen Ruf aus, und die maskenbewehrte Kriegerschar antwortete mit ohrenbetäubendem Gebrüll.

Raoul kam Konrads Warnung in den Sinn: *Sie verbrennen*

ihre Gefangenen bei lebendigem Leib oder ersäufen sie im Moor … Doch seine Gedanken waren zu schwerfällig, als dass er hätte Grauen empfinden können.

Die Krieger stießen ihn in den Sumpf.

Fauliges Wasser umschloss ihn, seine Beine sanken in den Schlick am Grund des Tümpels. Er ruderte mit den Armen, hielt verzweifelt den Kopf oben und spuckte einen Schwall Brackwasser aus. Sein Verstand wurde augenblicklich klar, als wäre ein Bann von ihm abgefallen.

Und in diesem Moment rief jemand aus der Menge: »Svajonē! Svajonē, nicht!«

Jadas Stimme.

Er riss den Kopf herum, aber er konnte sie nirgendwo entdecken.

Dann wurde ihm bewusst, was er soeben gehört hatte.

»Svajonē!«, begann er zu brüllen. »Svajonē!«

Die Frau auf dem Hügel hatte sich zu ihm gewandt. Sie starrte ihn an, das gerstenhelle Haar umflatterte ihr Gesicht.

Der Schlick saugte an ihm, wollte ihn in die Tiefe ziehen. »Svajonē!«, schrie er erneut und reckte einen Arm in die Höhe, wodurch er bis zur Nase versank. Er kämpfte sich wieder nach oben und rief abermals ihren Namen.

Stimmengewirr erhob sich unter den Litauern. Die Alte kreischte voller Wut und stampfte mit ihrem Stecken auf. Svajonē tat einen zögernden Schritt, dann noch einen, und lief plötzlich den Hügel hinab. Sie schrie und ruderte mit den Armen, während sie das Ufer des Pfuhls entlangrannte. Die beiden Krieger mit den Ebermasken standen reglos da, bis der Jüngling mit der Goldmaske einen von hinten am Arm packte und anbrüllte. Als der Krieger ihn nur anstarrte, riss er ihm den Speer aus den Händen und hielt den Schaft über den Pfuhl. Raoul ergriff ihn, und der Jüngling zog ihn auf den Steg, wo er entkräftet liegen blieb.

Raoul konnte sich kaum noch an den Rückweg zum Dorf erinnern, als er sich auf dem Boden des Erdlochs wiederfand.

»Bist du in Ordnung?«, fragte Narses.

Raoul setzte sich schwerfällig auf. Die Kleider klebten an seiner Haut. In seiner Brust schmerzte es. »Jada ist hier.«

Der Byzantiner blickte ihn nur schweigend an.

»Sie hat gerufen. Du musst sie doch auch gehört haben.«

»Ich weiß nicht, was ich gehört habe. Der Gesang der Alten hat mich ganz wirr im Kopf gemacht.«

Raoul hustete und schmeckte fauliges Sumpfwasser.

»Die Frau auf dem Hügel«, sagte Narses, »das war das Weib, das wir suchen, oder?«

»Ja.«

»Warum hat sie dich gerettet?«

Darauf wusste Raoul keine Antwort. Er dachte an den Ausdruck in Svajonēs Gesicht, als er ihren Namen gerufen hatte. Wenn es keinen Zweifel daran gegeben hätte, dass sie sich nie zuvor begegnet waren, hätte er geglaubt, sie habe ihn erkannt.

Er stützte den Kopf gegen die Erdwand und schloss die Augen. *Jada*, dachte er. Es war ihre Stimme gewesen. Er hatte es sich nicht nur eingebildet.

Das Heulen des Sturmwinds schwoll an, als die Tür geöffnet wurde. Narses sprang auf und starrte angespannt zum Grubenrand. Raoul blieb sitzen. Falls die Litauer ihre Meinung geändert hatten und ihn nun doch hinrichten wollten, konnte er sie ohnehin nicht daran hindern.

Stimmen erklangen, und die Tür fiel wieder ins Schloss. Jemand schob die Leiter in die Grube. Sie knarrte unter dem Gesicht einer Person. Die Gestalt ließ die Holme los und schlug die Kapuze zurück. Es war dunkel in der Grube, doch dieses Gesicht hätte Raoul auch in tiefster Nacht erkannt.

»Jada«, sagte er und spürte, dass seine Stimme versagte.

Sie trug einen Umhang aus grobem Tuch wie die Frauen dieses Dorfs. Ihr Haar fiel glatt auf Schultern und Kapuze und verdeckte teilweise die entstellte Gesichtshälfte.

Er richtete sich auf, tastete an der Erdwand nach Halt. Ausgerechnet jetzt musste er so geschwächt sein, ausgerechnet während des Wiedersehens mit Jada, das er so herbeigesehnt hatte. In den Nächten nach ihrer Flucht hatte er wach gelegen und darüber gegrübelt, was er ihr sagen würde, wenn er sie endlich gefunden hatte. All das erschien ihm nun unpassend und falsch.

»Wie hast du mich gefunden?«, fragte sie.

»Rahel hat mir geholfen.«

»So«, erwiderte sie kühl.

»Ist … ist Naje bei dir?«

»Nein.«

Er machte einen Schritt nach vorne und wollte ihr die Hand auf die Wange legen, doch sie wich zurück.

»Svajonē schickt mich«, sagte sie abweisend. »Sie will mit dir sprechen.«

»Warum bist du einfach verschwunden?«

»Ich hatte meine Gründe.« Sie wandte sich ab und stieg die Leiter hinauf.

Raoul blickte ihr nach, und plötzlich erschien sie ihm weiter fort als in den vergangenen Tagen, als er nicht einmal gewusst hatte, ob sie noch am Leben war.

Er erklomm die Sprossen. Narses folgte ihm unaufgefordert. Als er über den Grubenrand stieg, schien Jada zu erwägen, ihn aufzufordern hierzubleiben. Doch sie ließ es dabei bewenden, streifte die Kapuze über, wie es ihr offenbar zur Gewohnheit geworden war, öffnete die Tür und trat ins Freie.

Raoul stemmte sich gegen die Windböen, während er ihr folgte. Wolken verdunkelten den Abendhimmel. Die meisten

Bewohner des Dorfs hatten sich vor dem heraufziehenden Sturm in ihre Hütten geflüchtet; die wenigen, die sich noch draußen aufhielten, waren damit beschäftigt, ihre Habseligkeiten in Sicherheit zu bringen. Niemand trug mehr Eisenmasken. Die beiden Wachposten vor dem Turm glotzten ihnen hinterher, allerdings war der Hass in ihren Blicken zurückhaltender Ehrfurcht gewichen.

Jada ging an der Mauer des Langhauses entlang, wo sie einigermaßen vor dem Wind geschützt waren. »Du solltest Svajonē dankbar sein«, sagte sie. »Ohne sie wärst du jetzt tot.«

»Du kennst sie?«

»Natürlich. Ich habe nach ihr gesucht. Genau wie du.«

»Was will sie von mir?«

»Das hat sie mir nicht gesagt«, antwortete Jada, ohne ihn anzusehen.

»Sie kennt mich, nicht wahr?«

»Sie ist eine Geisterseherin.«

Falls das eine Antwort war, so verstand er sie nicht. »Wohin gehen wir?«

»Svajonē ist bei Gintautas. Er will auch mit dir sprechen.«

»Ist das der Kerl mit der goldenen Maske?«

»Er ist der Stammesführer.«

»Er ist doch höchstens achtzehn Jahre alt.«

»Gintautas ist sechzehn. Christliche Ritter haben seine Eltern erschlagen. Deshalb musste er früh die Nachfolge seines Vaters antreten.«

»Er und seine Männer haben uns im Moor angegriffen.«

»Ich weiß«, sagte Jada knapp.

»Weshalb haben sie uns nicht an Ort und Stelle getötet?«

»Gintautas bewunderte euren Mut im Kampf. Er hielt euch für würdige Opfer für die Götter seines Stamms.«

»Opfer? Deswegen das Moor und die Eisenmasken und der ganze Mummenschanz?«, erwiderte Raoul verächtlich.

An der Ecke des Langhauses blieb Jada stehen und sah ihn an. »Ich rate dir, nicht so zu reden, wenn du vor Svajonē und Gintautas stehst.«

»Du sprichst von diesen Heiden, als wären sie deine Freunde.«

»Zumindest habe ich von ihnen mehr Respekt erfahren als von vielen anderen Menschen.« Und damit wandte sie sich ab und ging mit flatterndem Umhang zum Eingang des Langhauses.

Er hatte gehofft, sie würde sich irgendwann von den Qualen und der Erniedrigung, die sie in Abas Burg erlitten hatte, erholen und schließlich verstehen, dass sie ihn nicht zurückstoßen durfte. Doch die Wunden in ihrer Seele waren offenbar viel tiefer, als er befürchtet hatte, mochten die Verletzungen in ihrem Gesicht auch allmählich verheilen.

Was das für sie beide bedeuten mochte, wagte er sich nicht vorzustellen. Bedrückt zog er den Kopf ein und folgte ihr und Narses durch die niedrige Türöffnung.

Er teilte den Vorhang aus Tierhäuten, der die Eingangskammer vom Rest des Hauses abtrennte, und betrat die Halle im Innern des Langhauses. Felle verdeckten die kleinen Fenster und hielten den Wind draußen. Etwa zwanzig Krieger saßen im Fackellicht an klobigen Tischen, tranken Bier und unterhielten sich in ihrer seltsamen Sprache. Über einer Feuerstelle briet ein Wildschwein; ein junger Litauer drehte den Spieß, ein anderer fing das triefende Fett mit einer Pfanne auf und goss es über das zischende Fleisch. Öliger Rauch stieg von den Flammen zum Dachgebälk auf und zog durch eine Öffnung zwischen den Strohballen ab.

Die Gespräche der Männer verstummten, als Raoul und Narses an ihnen vorbeigingen. Er hatte immer noch die

Grausamkeit vor Augen, mit der die Litauer Konrad und die anderen Ritter abgeschlachtet hatten, und kam sich unter ihren Blicken ausgeliefert vor. Jada führte sie zur Stirnseite der Halle, wo Gintautas in einem Sessel aus geflochtenen Weidenästen lümmelte und an einem Krug nippte. Er hatte seine Goldmaske abgelegt und sein braunes, seidiges Haar am Hinterkopf zusammengebunden. An einem zweiten Feuer kauerte die Alte mit dem seltsam geformten Stock, der auf ihren Knien lag, und schnitt rohes Fleisch auf einer Platte aus Birkenrinde in Streifen, wobei sie vor sich hin murmelte.

Neben der Alten saß Svajonē. Als sie den Kopf hob, fiel Raoul zum ersten Mal auf, wie schön sie war. Unter dem Wollgewand verbarg sich eine schlanke, fast knabenhafte Gestalt mit kleinen Brüsten, ihre nackten Füße waren nicht viel größer als die eines Kindes. Langes, blondes Haar rahmte ein kantiges, aber ebenmäßig geformtes Gesicht ein; ihre helle Haut war leicht von der Sonne gebräunt. Aus den dunklen Augen sprachen Klugheit und Wärme, aber auch Vorsicht. Wie sie da auf dem Boden neben dem Feuer saß, hatte sie kaum noch etwas mit der Ehrfurcht gebietenden Gestalt auf dem Hügel zwischen den Pfahlgötzen gemeinsam. Dennoch spürte Raoul die Autorität, die von ihr ausging.

Sie starrte ihn durchdringend an, bevor sie einem der Krieger etwas zurief. Der Mann stand vom Tisch auf und kam mit zwei Kleiderbündeln in den Händen her.

»Zieht das an«, forderte Svajonē Raoul und Narses auf. Sie sprach Griechisch.

Raoul blickte fragend zu Jada, die nickte, dann nahm er die Kleider entgegen. Es handelte sich um eine Hose und ein Hemd aus Leinen, Letzteres mit Holzknöpfen, sowie einen breiten Gürtel, an dem ein Dolch in einer Lederhülle hing. Er zog die Klinge und betrachtete sie prüfend.

Warum gab man einem Gefangenen eine Waffe? Wollte man ihn auf die Probe stellen?

Während zwanzig Augenpaare sie beobachteten, zogen Raoul und Narses sich bis auf die Unterkleider aus. Raouls Waffenrock und die Hose waren nicht nur schlammverkrustet, sondern auch zerschlissen und an unzähligen Stellen durchlöchert. Er warf sie ins Feuer und schlüpfte in die neuen Kleider.

Gintautas sagte etwas, woraufhin die gesamte Halle in Gelächter ausbrach.

»Er fragt sich, ob ein christlicher Ritter Weihwasser pinkelt und Hostien scheißt«, übersetzte Svajonē.

Raoul schloss den Gürtel. »Hat er das auch die Männer am Fluss gefragt, bevor er sie abschlachten ließ?«

»Was dort geschehen ist, war nicht das Werk seines Stammes.«

»Er war also nur zufällig in der Nähe, was?«

»Der Großfürst hat die Ordensritter in den Hinterhalt gelockt. Gintautas hat seinen Rückzug gedeckt.«

»Einer der Ritter war mein Freund. Ich musste ihm das Sterben erleichtern.«

»Euer Freund ist in unsere Heimat eingedrungen, um zu morden und zu plündern«, sagte Svajonē ruhig. »Was hättet Ihr an unserer Stelle getan?«

Narses warf ihm einen warnenden Blick zu, und er schluckte eine zornige Erwiderung hinunter. Im gleichen Moment richtete der Jüngling das Wort an ihn und hob seinen Becher.

»Er möchte, dass Ihr euch setzt und mit ihm trinkt«, erklärte Svajonē.

»Tun wir, was er verlangt«, flüsterte Narses, als Raoul zögerte. Sie setzten sich zu drei Kriegern an einen Tisch in Gintautas' Nähe. Einer der Männer füllte drei Krüge an einem Bierfass und brachte sie ihnen.

Gintautas rief etwas, was die Männer in der Halle brüllend wiederholten, und setzte den Krug an die Lippen.

»Er trinkt auf Ažuolas, Jurgis und Kazimeras«, sagte Svajonē.

»Wer ist das?«

»Die Männer, die Ihr im Moor getötet habt.«

Raoul spürte abermals die Blicke auf sich ruhen. Als er den Krug hob und trank, ging die Anspannung in der Halle spürbar zurück. Gintautas nickte zufrieden.

Währenddessen war das Wildschwein fertig gebraten. Die Krieger drängten sich darum und schnitten mit ihren Messern Stücke herunter. Svajonē stand auf und sagte etwas zu der Alten, woraufhin diese nickte und ihr mit einer zärtlichen Bewegung über den Arm strich. Dann verschwand die junge Litauerin im Gedränge und kam kurz darauf mit einem Stück Birkenrinde zurück, auf dem ein Berg Fleisch lag. Sie stellte die Rinde und eine Schale mit Salz auf den Tisch und setzte sich zu ihnen.

»Esst«, sagte sie.

Beim Duft des gebratenen Fleischs spürte Raoul, wie hungrig er war. Vor ihrer Gefangennahme hatte er nichts als eine Handvoll Beeren gegessen. Er und Narses machten sich über das Fleisch her; Jada dagegen aß und trank nichts, sie saß nur schweigend da, das Gesicht unter der Kapuze verborgen. Raoul bemerkte, dass Narses Svajonē immer wieder verstohlen musterte. Er kannte diese Blicke bei seinem Gefährten: Svajonē gefiel ihm. *Als ob wir nicht schon genug Ärger hätten*, dachte Raoul und nahm sich das nächste Fleischstück.

»Wo habt Ihr Griechisch gelernt?«, wandte er sich an die Litauerin.

»Mein Vater war Fernhändler. Er hat mich viele Sprachen gelehrt.«

»Seid Ihr die Einzige in diesem Dorf, die uns versteht?«

»Ja.«

»Und Euer Vater?«

»Er ist tot«, antwortete sie, und für einen Herzschlag verschleierte Trauer ihre Augen.

Raoul fragte nicht, woran er gestorben war, denn er fürchtete, sie würde sagen: Christen haben ihn getötet. Er spülte den letzten Bissen mit einem Schluck aus seinem Krug hinunter. Das Bier dieses Dorfs war dunkler und stärker als das Gerstengebräu, das er kannte. Es schmeckte ihm.

»Wieso habt Ihr mich aus dem Moor gerettet?«, fragte er.

»Ich sah Euer Gesicht und wusste, dass Ihr der seid, auf den ich wartete.«

»Woher kennt Ihr mich?«

»Die Ahnen haben von Euch berichtet.«

»Svajonē spricht mit den Geistern der Toten«, sagte Jada leise. »Sie kann sie sehen, seit sie gestorben ist.«

Raoul blickte von ihr zu Svajonē. »Was heißt das, Ihr seid gestorben?«

»Ich war tot, für wenige Augenblicke«, sagte die Litauerin. »Aber es war noch nicht Zeit für mich, das Land der Zugvögel aufzusuchen. Deshalb schickten die Ahnen mich zurück. Sie gaben mir den Auftrag, Euch zu suchen. Euch, Jada … und Narses.«

Der Byzantiner sah sie an, als sie seinen Namen sagte, aber sie senkte den Blick.

»Ich habe auch nach Euch gesucht«, sagte Raoul.

»Ja«, erwiderte Svajonē. »Die Ahnen sagten, Ihr würdet kommen.«

Tausend Fragen marschierten in seinem Kopf auf, doch es gelang ihm nicht, seine Gedanken zu ordnen. Er drehte den Krug in der Hand und blickte zu der Alten am Feuer, zu Gintautas, der mit einem Krieger scherzte, zu den Männern, die versuchten, das restliche Fleisch zu ergattern.

»Warum?«, fragte er schließlich. »Warum bin ich hier?«

Svajonē schwieg. Er spürte die widersprüchlichen Gefühle, die in ihr miteinander rangen. Sie schien Angst und zugleich Respekt vor ihm zu haben und war offenbar nicht weniger verwirrt als er. Ihre Zerbrechlichkeit stand in seltsamem Gegensatz zu der Weisheit, die sie offenbar besaß.

»Ihr seid wegen Velnias hier«, sagte sie schließlich. »Ihr müsst uns in den Kampf gegen ihn führen.«

»Velnias? Wer ist das?«

Jada legte die Hand auf Svajonēs. »Er kann es nicht verstehen«, sagte sie. »Du musst ihm die ganze Geschichte erzählen.«

Bei der Erwähnung des Namens Velnias hatten die Krieger an ihrem Tisch aufgehorcht. Sie hörten auf zu reden und beobachteten erwartungsvoll Svajonē. Dadurch spürten auch die übrigen Männer, dass es angebracht war zu schweigen, und Stille breitete sich in der Halle aus. Draußen heulte der Sturmwind. Gelegentlich löste sich eines der Felle vor den Fenstern, und Regen wehte herein und brachte die Fackeln zum Zischen.

»Ich wuchs in einem Dorf zwei Tagesritte von hier in nördlicher Richtung auf«, begann Svajonē. »Wir ehrten die Götter und lebten in Frieden, denn die Christen wagten sich nicht so weit in unser Land vor, und andere Feinde kannten wir nicht. Eines Tages jedoch kamen Krieger, die noch grausamer waren als die Deutschen Ritter. Die Ritter vom Schwertbrüderorden.«

Raoul hatte von diesem Orden gehört. »Die Schwertbrüder sind vernichtet worden. Schon vor Jahrzehnten.«

»Wir haben sie besiegt, in der Schlacht von Saule«, bestätigte Svajonē. »Aber nicht vernichtet. Es gibt sie noch immer, wenngleich ihre Zahl klein ist. Velnias hat ihnen geholfen zu überleben.«

Die Gesichter der Krieger verfinsterten sich, als sie abermals diesen Namen hörten. Einige von ihnen murmelten Bannsprüche oder schlugen Schutzzeichen gegen das Böse.

»Velnias ist der Teufel«, fuhr Svajonē fort. »Er zeigt sich in Gestalt eines Mannes, doch im Herzen ist er eine Schlange. Er trachtet danach, mein Volk zu vernichten.« Sie machte eine Pause, in der sie Jada anblickte, und Raoul erschien es, als wolle die Litauerin ihre Erlaubnis für etwas einholen. Jada nickte. »Ihr habt einen anderen Namen für ihn«, sagte Svajonē daraufhin. »Barzin Ardeshir.«

»Ardeshir«, wiederholte Raoul, und sein Herz schlug schneller. »Wo ist er?«

»Auf Burg Thorgast. Der Burg der Schwertbrüder.«

Er starrte Jada an. »Hast du davon gewusst?«

»Ja.«

»Warum hast du nichts gesagt?«

»Hör dir an, was Svajonē zu sagen hat«, forderte sie ihn auf.

Er stand auf. »Wie kannst du seelenruhig hier sitzen, wenn du genau weißt, wo Naje ist?«, fragte er scharf.

»Wir können nichts für sie tun.«

Er wusste nicht, ob das Gelassenheit oder Hoffnungslosigkeit in ihrer Stimme war – so oder so, es stachelte seine Wut noch weiter an. »Woher willst du das wissen?«

»Weil ich dort war.«

Mit dieser Antwort hatte er nicht gerechnet. »Wann?«

»Vor drei Tagen, gleich nach meiner Ankunft. Gintautas und Svajonē haben mich hingeführt. Burg Thorgast ist uneinnehmbar. Man braucht ein Heer, um ihre Mauern zu bezwingen. Wir beide allein könnten gar nichts ausrichten.«

Wenn Jada so etwas sagte, gab es daran keinen Zweifel. Um Naje zu retten, würde sie ohne Zögern ihr eigenes Leben riskieren. Dass sie das nicht getan hatte, als sie bei der Burg war, bedeutete, dass es nichts genutzt hätte. Er beruhigte sich wieder, zumindest etwas. »Was hat Ardeshir mit Naje vor?«

Jada forderte Svajonē mit einem Nicken auf fortzufahren.

»Vor einigen Monaten begannen die Schwertbrüder, die Dörfer in der Umgebung ihrer Burg zu überfallen«, erzählte die Litauerin. »Wir glaubten, wir wären in Sicherheit, denn unser Dorf war mehr als einen Tagesritt entfernt. Wir irrten uns. Eines Tages griffen sie uns an. Wir kämpften, doch was konnten wir schon gegen ihre Rüstungen und gepanzerten Pferde ausrichten? Meine Eltern und meine Brüder und viele andere wurden getötet, die Überlebenden brachten sie zur Burg. Im Kerker quälten sie uns. Sie fügten uns Wunden zu, brachen uns Arme und Beine, stachen uns die Augen aus, warfen mit Geschwüren bedeckte Leichen in unsere Zellen, und wofür? Um uns zu heilen, nur damit sie uns von Neuem quälen konnten.«

»Sag ihm, womit sie euch geheilt haben«, bat Jada Svajonē.

»Es war ein Zepter aus Gold und Rubinen.«

Es dauerte einen Augenblick, bis Raoul begriff. »Das ist unmöglich«, sagte er. »Du hast es zerstört.«

»Es muss ein anderes Zepter sein«, sagte Jada. »Eines mit den gleichen Kräften wie das, das Antonius besaß.«

»Aber woher –«

»Ich weiß es nicht«, unterbrach sie ihn. »Bis vor wenigen Tagen wusste ich nicht einmal, dass es mehr als ein Zepter gab.«

Raouls Hand berührte unwillkürlich die Stelle, wo ihn vor sechs Jahren ein Pfeil getroffen hatte. Er wäre an der Verletzung gestorben, wenn Jada sie nicht mit dem Zepter geheilt hätte, kurz bevor sie es zerstörte. Mit der Pfeilwunde hatte sie auch die Krankheit geheilt, die ihn von innen heraus aufzehrte. »Wie konntet Ihr entkommen?«, fragte er Svajonē.

»Die Schwertbrüder verletzten mich so schwer, dass nicht einmal das Zepter mich noch retten konnte. Als ich starb, warfen sie mich in den Fluss unter der Burg. Draußen erwachte ich. Ich hatte den Tod besiegt, aber ich war einsam. Mein Dorf gab es nicht mehr; auch die anderen Dörfer im Umkreis von vielen Wegstunden waren verlassen. Wer nicht verschleppt worden war, war nach Osten geflohen. Ich wanderte umher, bis Gintautas' Krieger mich fanden.«

Erneut senkte sich Schweigen über die Halle. Der Sturm hatte weiter an Kraft gewonnen und heulte um das Dach. Die Alte war aufgestanden und schlurfte, auf ihren gekrümmten Stab gestützt, zu Svajonē. Offenbar spürte sie den Schmerz der jungen Litauerin, der durch die Geschichte wachgerufen worden war, denn sie rieb ihr über den Rücken und flüsterte beruhigende Worte.

Raoul versuchte, sich das unfassbare Grauen vorzustellen, das sich in der Burg der Schwertbrüder abgespielt hatte und vielleicht immer noch abspielte: Kerkerzellen voller ausgemergelter, verzweifelter Menschen, die mit Schwertern, Messern und Keulen verletzt wurden, um kurz darauf von dem Zepter geheilt zu werden. Ihn schauderte. »Was bezweckt Ardeshir mit diesem Irrsinn?«

»Er füllt das Zepter«, sagte Jada. »Er will in wenigen Monaten erreichen, wofür Antonius Jahrzehnte gebraucht hat.«

Er dachte daran, was damals geschehen war, als sie das Zepter zerstört hatte: Alle Leiden, die es jemals geheilt hatte, waren freigesetzt worden. Denn das Zepter nahm die zersetzende Kraft von Krankheiten und Verletzungen in sich auf und bewahrte sie jahrhundertelang. »Aber wofür? Und was hat Naje damit zu tun?«

Jada schwieg, denn sie kannte die Antwort so wenig wie er.

Während Raoul darüber nachdachte, fing Gintautas an zu sprechen.

»Er sagt, dass seine Späher Burg Thorgast beobachten«, übersetzte Svajonē. »Die Schwertbrüder haben sie verlassen. Sie suchen neue Gefangene. Er fürchtet, dass sie hierherkommen werden, wenn sie im Norden keine Gefangenen finden.«

»Was will er dagegen tun?«, fragte Raoul.

»Er fragt, ob Ihr bereit seid, uns in die Schlacht zu führen, wie es der Wille der Ahnen ist.«

Raoul betrachtete Gintautas' jugendliches Gesicht, und zum ersten Mal erkannte er dessen wahres Wesen hinter der Maske aus Härte und Unerbittlichkeit. Gintautas' Augen waren voller Hoffnung, flehten ihn an. Er mochte der Stammesführer sein, aber in Wahrheit war er ein verängstigter Junge, der unter der Bürde seiner Pflicht zugrunde zu gehen drohte.

»Ja«, antwortete er. »Ja, das will ich tun.«

VIERUNDZWANZIG

Raoul und Narses übernachteten in einer leer stehenden Hütte. Jada schlief nicht bei ihnen; sie wohnte bei Svajonē auf der anderen Seite des Dorfs.

Als Raoul aufwachte, hatte der Sturm aufgehört. Die Morgensonne schien durch den Fensterschlitz über seiner Bettstatt aus Fellen und Häuten. Die Litauer hatten ihnen einen Bottich mit Quellwasser gebracht, in dem er sich wusch. Das Wasser färbte sich braun von den Schlammresten, die immer noch in seinen Haaren und an seinem Körper klebten. Mit einem Wolltuch rieb er sich trocken und schlüpfte in Unterkleider, Hose, Wams und Stiefel.

Narses war schon wach. Während Raoul sich ankleidete, wühlte er in einer Truhe, dem einzigen Einrichtungsstück der kleinen Hütte neben den Betten und dem Wasserbottich. Außer einem Haufen Plunder förderte er einen Köcher mit Pfeilen und einen kurzen Jagdbogen zutage.

»Was hältst du von Svajonē?«, fragte er, während er die Bogensehne aufzog.

»Sie gefällt dir, was?«

Narses grinste. »Wundert dich das? Ein Mann müsste schon blind sein, um für ihre Schönheit unempfänglich zu sein.«

»Noch vor zwei Wochen hast du Krisztina Báthory nachgetrauert.«

»Tja, die Zeit heilt alle Wunden. Ich muss in die Zukunft blicken, statt vergangene Versäumnisse zu bedauern.«

»Und die Zukunft heißt Svajonē?«

»Die Zukunft heißt vor allem Morgenbrot.« Der Byzantiner ließ die straff gespannte Bogensehne singen. »Komm, lass uns etwas jagen. Ich habe Hunger.«

Er schulterte den Köcher mit den Pfeilen. Raoul folgte ihm nach draußen. Es war zwei oder drei Stunden nach Sonnenaufgang. Die Dorfbewohner waren schon lange auf den Beinen und beseitigten die Sturmschäden: Hie und da war ein Dach in Mitleidenschaft gezogen worden; die Wand eines Hühnerstalls war zusammengefallen; Stroh lag verstreut auf der gestampften Erde zwischen den Hütten; in der Palisade klaffte eine Lücke.

Der wolkenlose Himmel kündigte einen heißen Tag an. Narses blinzelte gegen die Sonne und entdeckte eine Ente, die auf dem Pfosten eines Gatters hockte. Er legte einen Pfeil ein und spannte den Bogen.

»Nicht«, sagte Jada.

Raoul wandte sich um. Sie kam den Weg entlang, die Kapuze wie immer tief ins Gesicht gezogen.

»Wasservögel sind den Litauern heilig. Die Ente könnte ein Seelentier sein.«

»Ein *was*?«, fragte Narses und ließ den Bogen sinken.

»Die Litauer glauben, dass manche Tiere Seelen beherbergen, die auf ihre Wiedergeburt warten. Wenn du diese Ente tötest, würdest du auch die Seele darin töten. Das könnte man dir übel nehmen.«

Narses blickte ratlos Raoul an, dann zuckte er mit den Schultern und schob den Pfeil wieder in den Köcher.

Es war Raoul schon gestern Abend aufgefallen, wie geschickt Jada sich in dieser auch für sie fremden Umgebung bewegte. Sie war erst wenige Tage hier und kannte bereits die Bräuche dieses Volkes. Sie war überaus anpassungsfähig, denn sie hatte den größten Teil ihres langen Lebens unter den Menschen gelebt und war daran gewöhnt, eine vertraute Umgebung zu verlassen und woanders neu anzufangen.

»Gintautas erwartet euch im Langhaus«, sagte sie. »Er bereitet ein Fest vor. Er will unsere Ankunft feiern.«

»Er scheint große Hoffnungen in uns zu setzen«, erwiderte Raoul.

»Er hat sonst niemanden.«

»Hat er die Boten ausgesandt?«

»Ja, bei Sonnenaufgang. Er will sämtliche Stämme in einem Umkreis von zwei Tagesritten benachrichtigen. Er hat sogar einen Boten zum Großfürsten geschickt.«

Es war Raouls Idee gewesen, die benachbarten Stämme um Hilfe zu bitten. Gintautas verfügte über etwa vierzig Krieger – viel zu wenig, um den Schwertbrüdern in einer Feldschlacht entgegenzutreten oder sie gar in ihrer Burg anzugreifen. Ob die anderen Stämme jedoch Gintautas' Ruf folgen würden, konnte er nicht einschätzen. Svajonē zufolge waren die Stämme dieser Gegend einander freundschaftlich verbunden. Doch Gintautas war ein Jüngling. Würden die anderen Stammesführer oder gar der Großfürst sein Ersuchen ernst nehmen?

»Er rechnet damit, dass sie in vier oder fünf Tagen hier sind«, fuhr Jada fort, während sie sich auf den Weg zum Langhaus machten.

»Vier oder fünf Tage! In der Zwischenzeit kann Naje weiß Gott was zustoßen.«

»Wir können es nicht ändern«, erwiderte sie leise.

Er wusste, dass Jada recht hatte. Sie brauchten die Hilfe der Litauer, ohne die sie machtlos waren. Aber er wurde schier verrückt bei dem Gedanken, tatenlos herumzusitzen, während sich Naje in Ardeshirs Gewalt befand. »Ich warte vier Tage. Wenn sie dann nicht da sind, reite ich allein zur Burg.«

Als sie beim Langhaus ankamen, war Raoul alles andere als

in Stimmung für ein Fest – ganz im Gegensatz zu den Dorfbewohnern, die lachten und miteinander scherzten, während sie das Langhaus und den Turm mit Blumen und farbigen Bändern schmückten, Bierfässer den Hügel hinaufrollten und Fackeln in die Erde steckten. Gintautas rief ihnen einen fröhlichen Gruß zu und führte sie zu einem Gehege, wo er ihnen stolz einen Ochsen zeigte. Zwei seiner Krieger schärften ihre Messer, dann packte einer den Ochsen bei den Hörnern, und der andere schnitt dem Tier die Kehle durch. Die Vorderbeine des Ochsen knickten ein, Blut schoss aus dem Schnitt. Die Männer fingen es in einer Schale auf und begannen, den Ochsen zu häuten, als er sich nicht mehr regte.

»Wohin gehst du?«, fragte Raoul, als Jada die Wiese überqueren wollte.

»Ich habe Svajonē versprochen, ihr zu helfen.«

»Wir müssen reden, Jada.«

»Nicht jetzt.«

Sie ließ ihn stehen und ging. Er wollte ihr folgen, doch im gleichen Moment legte ihm Narses den Arm auf die Schulter.

»Gintautas lädt uns zur Jagd ein«, sagte der Byzantiner.

»Ich komme nicht mit.«

»Bist du sicher? Das bringt dich vielleicht auf andere Gedanken.«

»Ja. Jetzt geh schon.«

Er klopfte Narses auf den Rücken und ging über die Wiese. Jada war nirgendwo zu sehen. Nach einer Weile gab er seine erfolglose Suche auf, schlenderte ziellos umher und wusste nichts mit sich anzufangen. Als der Mann, der das Feuerholz hackte, ins Langhaus gerufen wurde, nahm er kurzerhand die Axt und begann, die Birkenstämme zu handlichen Scheiten zu zerkleinern. Es musste Jahre her sein, dass er das letzte Mal Holz gehackt hatte, denn seit er in Konstantinopel lebte, hatten dies stets seine Diener getan. Früher hatte ihm körperliche Arbeit immerzu Freude bereitet und ihm dabei geholfen, seine Sorgen zu vergessen. Nun bewirkte sie nur, dass er mit jedem Hieb übellauniger wurde, bis er schließlich die Axt ins Gras warf und sich mit einem Krug Bier in den Schatten setzte.

Gegen Mittag kamen Gintautas und Narses zurück. Sie hatten ein halbes Dutzend Rebhühner und einen Hirsch geschossen, den die Krieger voller Anerkennung begutachteten. Er wurde gehäutet und ausgenommen, und wenig später brannten vor dem Langhaus zwei Feuer, über denen Hirsch und Ochse brieten.

Am Fuß des Hügels trugen die Männer spielerische Wettkämpfe aus, indem sie auf einem Balken balancierten, während eine lärmende Schar von Kindern und jungen Frauen sie mit Rüben bewarf. Viele der Krieger hatten in der Hitze des Nachmittags Unmengen von Bier und Apfelmost getrunken und waren so berauscht, dass sie unter dem Gelächter der Menge ins Heu stürzten, ohne auch nur von einer einzigen Rübe getroffen worden zu sein.

Narses versuchte, Raoul zu überreden, bei den Kampfspielen mitzumachen. Da Raoul ohnehin nur die Zeit totschlug, gab er dem Drängen seines Freundes irgendwann nach und maß sich mit Gintautas und einigen anderen Litauern im Bogenschießen. Sie schossen jedoch nicht auf eine Scheibe wie in Raouls Heimat, sondern auf einen Apfel, den ein Knabe, der rittlings auf einem Dach saß, hoch in die Luft warf. Sowohl Raoul als auch Narses waren recht gute Bogenschützen, doch gegen die Litauer hatten sie nicht den Hauch einer Chance. Ihre Pfeile verfehlten den Apfel stets um mehrere Ellen, während die Litauer die Frucht bei nahezu jedem Schuss trafen. Die Krieger, allen voran Gintautas, quittierten ihr schlechtes Abschneiden in dem Wettkampf jedoch nicht mit Hohn. Man klopfte ihnen aufmunternd auf die Schulter und zeigte ihnen geduldig die Handhabung der ungewohnten Kurzbögen. Die Herzlichkeit und Offenheit der Männer ließ Raoul vergessen, dass er kein Wort ihrer Sprache verstand. Die Krieger und er behalfen sich mit Gesten und Grimassen, was oftmals zu Missverständnissen und Gelächter führte. Narses setzte sich in den Kopf, den Litauern zu erklären, wie man in Byzanz Schlachten schlug. Mit großer Geste und Dramatik hüpfte er über den Platz, imitierte den Klang von Hörnern und das Stampfen von Pferdehufen und schlüpfte abwechselnd in die Rolle von angreifenden Osmanen, von Reitern, stürmenden Fußsoldaten, Verletzten und Sterbenden, sehr zur Erheiterung seiner Zuschauer, die lachten, bis ihnen die Tränen über die Wangen liefen.

Als der Abend hereinbrach, erklang Trommelschlag, woraufhin die Dorfbewohner zur Hügelkuppe strömten. Überall brannten Fackeln. Der Duft von Bier, Äpfeln und gebratenem Fleisch lag in der Luft. Die Krieger schoben Raoul und Narses zu einem der Feuer, neben dem zwei Männer mit Trommeln zwischen den Knien kauerten und einen langsamen, gleichmäßigen Rhythmus schlugen. Die Dorfbewohner bildeten einen weiten Kreis. Spannung lag in der Luft, und als ein Krieger mit vier Speeren in den Händen die Wiese betrat, ging ein erwartungsvolles Raunen durch die Menge. Er rammte die Speere nacheinander in den Boden, sodass sie ein Viereck mit dem Feuer in der Mitte markierten, und jedes Mal stießen zweihundert Kehlen einen begeisterten Ruf aus.

Die Sonne war untergegangen; im Westen über dem Memeltal glühte der Himmel rot und violett. Die Gesichter der Dorfbewohner leuchteten im Feuerschein, und Raoul, der dicht gedrängt von Körpern umgeben war, glaubte das erregte Pochen ihrer Herzen und die Hitze ihres Bluts zu spüren. Das Trommeln verstummte, als die Alte auf ihren knorrigen Stecken gestützt in die Vierung trat. Sie griff in ihren Umhang aus Tierhäuten und warf Salz ins Feuer, einmal aus jeder Himmelsrichtung, wobei sie mit ihrer krächzenden Stimme sang. Ehrfürchtig beobachteten die Dorfbewohner das Salzopfer, sie flüsterten den Namen von einem ihrer zahllosen Götter und küssten Amulette aus Holz und Kupfer, die sie an Lederbändern um den Hals trugen.

Raoul bemerkte, dass Svajonē neben ihm stand. »Wo ist Jada?«, fragte er sie.

»Da drüben.«

Er blickte an den Flammen vorbei, konnte Jada jedoch nicht entdecken. Als er sich einen Weg durch die Menge bahnen wollte, legte Svajonē ihm eine Hand auf den Arm.

»Nein. Stör nicht die Zeremonie.«

Die beiden Krieger schlugen abermals die Trommeln, und die Alte begann, den Kreis der Menge abzuschreiten. Gespanntes Schweigen breitete sich aus. Schließlich blieb die Alte vor Gintautas stehen und richtete ihren Stab auf ihn, woraufhin der junge Stammesführer in die abgesteckte Vierung trat und einen mannslangen Eichenstecken aufhob. Sein Blick fand Raoul, er schritt auf ihn zu, stellte den Stecken wie eine Lanze auf den Boden und nickte ihm auffordernd zu. Die Menge murmelte aufgeregt.

»Was muss ich tun?«, fragte Raoul Svajonē.

»Gintautas fordert dich heraus. Er will sich mit dir messen, zu Ehren von Perkunas, dem Herrn der himmlischen Wasser.«

»Auf Leben und Tod?«

Die Geisterseherin lächelte spöttisch. »Wir töten einander nicht bei jeder Gelegenheit. Wir sind keine Christen.«

Gintautas hob einen zweiten Stecken auf und warf ihn Raoul zu. Raoul fing ihn auf. Er war beinahe so dick wie sein

Unterarm und schwer. Mit einer solchen Waffe hatte er noch nie gekämpft. »Worum kämpfen wir dann?«

»Es genügt Perkunas, wenn du Gintautas zu Boden schlägst.«

Unter den erwartungsvollen Blicken der Dorfbewohner trat Raoul zum Feuer. Die Trommler und die Alte verließen die Vierung. Gintautas stellte sich ihm gegenüber breitbeinig auf und packte den Stecken mit beiden Händen. Mit der Stabspitze wies er auf die vier Speere, die im Erdboden steckten. Raoul verstand die Geste: Die Speerschäfte begrenzten den Kampfplatz. Wer ihn verließ, hatte den Kampf verloren, ob er am Boden lag oder nicht.

Sie begannen, einander zu umkreisen. Gintautas unternahm einen ersten Angriff, indem er vorsprang und mit dem unteren Ende des Steckens auf Raouls Knie zielte. Raoul wehrte den Hieb ab. Er war nicht sonderlich kraftvoll geführt worden, denn Gintautas hatte damit nur seine Schnelligkeit abschätzen wollen. Der nächste Angriff kam wuchtvoller, und klappernd prallten die Stecken aufeinander, als Gintautas eine Serie von Streichen gegen seinen Kopf und seine Beine führte. Raoul war dem Jüngling in Kraft, Geschicklichkeit und Erfahrung überlegen, doch er hatte keinerlei Übung in dieser Art des Kampfes, weshalb er an den Rand der Vierung zurückgedrängt wurde. Die Menge schrie auf, als er seinen Fuß bei einem Schritt nach hinten auf die Linie zwischen zwei Speeren setzte. Gintautas wollte ihn vom Kampfplatz drängen, doch Raoul stieß den Stammesführer zurück und setzte nach, was ihm anerkennende Rufe der anderen Krieger einbrachte.

Diesmal wartete Raoul nicht auf den nächsten Hieb, sondern griff seinerseits an. Er führte den Stecken so, wie er es sich von Gintautas abgeschaut hatte: Abwechselnd schlug er mit dem oberen und dem unteren Ende zu, was den Jüngling zurückdrängte und ihn zwang, Hieb um Hieb abzuwehren. Gintautas kam der Begrenzung des Kampfplatzes gefährlich nahe, wirbelte im letzten Augenblick herum und ging mit zusammengebissenen Zähnen zum Gegenangriff über.

Eine Weile wogte der Kampf hin und her, ohne dass einer der beiden einen Vorteil für sich gewinnen konnte. Raoul lief der Schweiß in die Augen, und er spürte die Hitze des nahen Feuers auf seinem Gesicht und seinen Armen. Plötzlich ließ sich Gintautas in die Hocke fallen und stieß mit dem Stecken wie mit einer Lanze nach seiner Brust. Raoul riss seinen Stab hoch, doch er war zu langsam und wurde getroffen. Der Stoß war so heftig, dass er keine Luft mehr bekam. Er taumelte zurück und spürte, dass die Flammen an seinem Unterschenkel leckten. Hastig zog er den Fuß zurück, wodurch sein Stand für einen Augenblick unsicher war. Dies versuchte Gintautas auszunutzen, indem er nach vorne sprang und ihm das Bein wegschlagen wollte. Er war jedoch zu ungestüm und vernachlässigte seine Deckung. Raoul wehrte den Hieb ab, drehte sich dabei vom Feuer weg und trat Gintautas gegen die Hüfte. Der Jüngling verlor das Gleichgewicht, Raoul versetzte ihm einen Schlag gegen die Schulter, woraufhin er zu Boden fiel. Raoul presste ihm das Ende des Steckens auf die Brust.

Für einen Augenblick herrschte atemlose Stille unter den Dorfbewohnern. Raoul fürchtete schon, man nähme ihm seinen Sieg über den Stammesführer übel, als plötzlich Jubel aufbrandete. Gintautas grinste ihn an. Raoul nahm den Stecken weg, reichte dem Jüngling die Hand und half ihm auf. So wie er Raoul nicht für seine Niederlage beim Bogenschießen verhöhnt hatte, war er jetzt nicht wegen seiner eigenen Niederlage gekränkt. Lachend klopfte er Raoul auf den Rücken und ging zu seinen Kriegern, die ihm ihre Anerkennung aussprachen für den guten Kampf, den er geliefert hatte.

Raoul hatte bemerkt, dass Jada ihn während des Kampfes

beobachtet hatte. Er entdeckte sie zwischen einigen Dorfbewohnern, warf den Stecken auf die Wiese und ging zu ihr. Sie wandte sich ab und schob sich durch die Menge, bevor er sie ansprechen konnte. Die Dörfler umringten ihn, schlugen ihm auf die Schultern und redeten fröhlich auf ihn ein, und als sie endlich von ihm abließen, weil der nächste Kampf begann, war Jada bereits in der Nacht verschwunden.

Narses bekam nur am Rande mit, wie Raoul sich gegen Gintautas schlug, denn er war voll und ganz damit beschäftigt, Svajonē zu beobachten. In der Dunkelheit und im Licht des Feuers erschien sie ihm noch begehrenswerter als gestern Nacht. Sie hatte ihr blondes Haar mit zwei Kupferspangen zurückgesteckt und trug eine Halskette aus geschliffenen Bernsteinen. Ihr Gewand aus gestärktem Leinen verhüllte ihren schlanken Körper vom Schlüsselbein bis zu den nackten Füßen, die weiten Ärmel endeten in bestickten Säumen mit blausilbernen Verzierungen. Sie bemerkte, dass er sie ansah, wandte hastig den Blick ab und beachtete ihn für den Rest des Kampfes nicht mehr.

Narses hatte schon viele Frauen geliebt, die weitaus schöner waren als Svajonē, und er konnte sich nicht recht erklären, was sie so anziehend für ihn machte. Ihre Gestalt konnte es nicht sein; sie war fast knabenhaft und wies kaum Rundungen auf, ihre Brüste waren alles andere als üppig. Vielleicht ihr Gesicht, das sich so sehr von den Gesichtern der Frauen seiner Heimat unterschied. Vielleicht auch ihr Wesen, das ihm rätselhaft und unergründlich erschien. Was auch immer der Grund für seine Begierde sein mochte, er war fest entschlossen, Svajonēs Herz zu gewinnen. Sie fühlte sich zu ihm hingezogen, er spürte es. Diese Gelegenheit würde er sich nicht entgehen lassen. Dass es ihm nicht gelungen war, Krisztina Báthory zu erobern, setzte ihm immer noch zu.

Als er darüber nachdachte, wie er sie ansprechen könnte, begann die Menge zu jubeln. Raoul hatte Gintautas besiegt, und Unruhe brach unter den Kriegern aus, als sie darum stritten, wer den nächsten Kampf schlagen durfte. Ein Mann namens Giedrius setzte sich durch. Er war klein, stämmig und breitschultrig und mochte etwa vierzig Jahre alt sein, dem kahlen Schädel und dem von grauen Strähnen durchsetzten Vollbart nach zu schließen. Narses hatte ihn beim Bogenschießen kennengelernt. Er mochte den Krieger, denn er hatte in ihm eine verwandte Seele erkannt. Giedrius lachte immerzu fröhlich, machte Scherze, liebte Bier und gutes Essen. Voller Verwunderung hatte Narses gesehen, dass sein neuer Freund ein ungewöhnliches Haustier besaß: eine Ringelnatter. Er trug sie in einem Beutel an seinem Gürtel herum, in dem sie zusammengerollt lag. Giedrius schien keine Angst davor zu haben, dass die Giftschlange ihn beißen könnte. Er fütterte sie mit Milch und kümmerte sich mit der gleichen Hingabe um sie wie andere Männer um ihren Jagdhund.

Jetzt übergab er den Beutel mit der Natter einem anderen Krieger und griff sich einen Eichenstecken. Zielstrebig ging er auf Narses zu, grinste und forderte ihn unter dem Jubeln der Dörfler zum Kampf auf.

Narses hatte eine Idee, wie er sich den Kampf zunutze machen konnte, um Svajonēs Aufmerksamkeit auf sich zu lenken. Er nahm die Herausforderung an, hob einen Stecken auf und bat Giedrius mit einer Geste, sich einen Augenblick zu gedulden. Dann überquerte er den Kampfplatz, beugte vor Svajonē ein Knie und stellte den anderen Fuß nach vorne, in der Hand den Eichenstecken wie ein Ritter, der seine Herzensdame um eine Gunst bat. Den Litauern war dieser Brauch offenbar unbekannt, und sie begannen zu kichern. Svajonē errötete.

»Was tut Ihr da?«, fragte sie peinlich berührt.

»Ich möchte für Euch kämpfen.«

»Ihr kämpft für Perkunas.«

»Ich kenne keinen Perkunas. Aber ich kenne mein Herz und weiß, dass es für Euch schlägt. Lasst mich Euch meine Zuneigung beweisen.«

»Dies ist eine Zeremonie für die Götter. Ihr macht eine Posse daraus!«

»Es ist mir ernst«, sagte Narses aufrichtig. »Ich bitte Euch, weist mich nicht zurück.«

Svajonē ließ die Schultern hängen. »Macht, was Ihr wollt«, erwiderte sie hilflos.

Er ergriff ihre Hand, und sie ließ es geschehen, dass er einen Kuss daraufhauchte, bevor er sich verneigte und auf den Kampfplatz zurückkehrte. Den Dorfbewohnern hatte diese unerwartete Abweichung von der Zeremonie offenbar gefallen. Er spürte, dass er ihre Sympathien gewonnen hatte.

Dass die Zuschauer auf seiner Seite standen, half ihm jedoch nicht das Geringste im Kampf, der begann, kaum dass er die Vierung betreten hatte. Giedrius griff ihn ohne Zögern an und nahm keine Rücksicht darauf, dass er keine Erfahrung im Kampf mit dem Eichenstecken besaß. Es gelang ihm, die Hiebe abzuwehren und zum Angriff überzugehen, doch es dauerte nicht lange, bis Giedrius ihm mit einem wuchtigen Streich beide Beine wegfegte und er der Länge nach auf den Rücken fiel.

Narses schämte sich nicht seiner Niederlage, denn er hatte gegen einen erfahrenen Kämpfer wie Giedrius sein Möglichstes getan. Giedrius lachte ihm aufmunternd zu und half ihm auf, und Arm in Arm schlenderten sie zu den anderen Kriegern zurück, unter dem begeisterten Gebrüll der Menge.

Während die Männer abermals um das Recht stritten, den nächsten Kampf beginnen zu dürfen, ging Narses zu Svajonē. Sie hatte die Hände in die Ärmel ihres Gewands geschoben und blickte ihn kühl an.

»Ihr habt Euch vor dem ganzen Dorf zum Narren gemacht«, sagte sie. »Und mich auch.«

»So zeigt in meiner Heimat ein Krieger einer Frau, dass er etwas für sie empfindet. Wenn ich Euch damit lächerlich gemacht habe, tut es mir sehr leid.«

Das schien sie ein wenig zu besänftigen. »Ihr könnt froh sein, dass Euer Schauspiel den Leuten gefallen hat. Andernfalls hätte man Euch vorgeworfen, die Götter zu verhöhnen.«

»Ich wollte Euch gefallen, nicht den Leuten. Ist mir das gelungen?«

»Es war mutig von Euch, Giedrius' Herausforderung anzunehmen«, antwortete sie ausweichend.

»Hier ist es laut und voller Menschen. Lasst uns woanders hingehen, an einen Ort, an dem wir ungestört sind.«

»Man erwartet von mir, dass ich da bin, wenn den Göttern gehuldigt wird.«

So leicht ließ Narses sich nicht entmutigen. Er bat sie, hier zu warten, und ging zu den Bierfässern, die vor dem Langhaus standen. Die ehrfürchtige Stimmung, die während der ersten beiden Kämpfe geherrscht hatte, war inzwischen verflogen. Ausgelassen drängten sich die Dorfbewohner um den Kampfplatz und feuerten lautstark ihre Favoriten bei den Stockkämpfen an.

Mit zwei gefüllten Bechern kehrte Narses zurück und gab einen Svajonē.

»Was geschieht nach den Kämpfen?«, fragte er.

»Wir tanzen«, antwortete Svajonē, die offenbar entschlossen war, es ihm nicht leicht zu machen.

»Erlaubt Ihr mir den ersten Tanz?«

»Unsere Tänze sind Euch fremd.«

»Dann bringt sie mir bei.«

»Nur wenn Ihr versprecht, nicht wieder eine Eurer Possen aufzuführen.«

»Keine Possen. Ihr habt mein Wort.«

In diesem Moment schlurfte die Alte an ihnen vorbei. Als sie Svajonē und Narses bemerkte, kam sie näher. Sie blickte zu ihm auf, und ein Lächeln erschien in ihrem furchigen Ledergesicht. Es war voller Wärme. Sie strich Svajonē zärtlich über den Arm, raunte ihr etwas zu und ging weiter ihres Weges.

»Wer ist sie?«, fragte Narses.

»Ihr Name ist Audra. Sie ist die Baba des Dorfes.«

»Baba?«

»Die Priesterin.«

»Was hat sie zu Euch gesagt?«

Svajonē zögerte, bevor sie antwortete. Narses glaubte, dass sie wieder errötete, konnte es jedoch wegen der Dunkelheit nicht genau erkennen. »Dass Ihr ein guter Mann seid«, sagte sie leise.

Er lächelte. »Glaubt Ihr das auch?«

»Ich kenne Euch nicht.«

»Das stimmt nicht. Die Ahnen haben Euch von mir erzählt.«

»Ja. Das haben sie.«

»Was haben sie gesagt?«

Widerwille erschien in ihren Augen, mehr noch: Furcht. Im selben Moment endete der letzte Stockkampf. Die Ordnung der Menge löste sich auf, die Trommler begannen wieder zu spielen, doch diesmal einen munteren Rhythmus. Eine Flöte und ein Instrument, das wie eine Schalmei klang, fielen ein und stimmten eine fröhliche Melodie an.

»Kommt, tanzen wir«, sagte Svajonē eilig, ergriff Narses' Hand und zog ihn zum Feuer, wo sich die Tänzer aufstellten.

Er kam nicht dazu, darüber nachzudenken, was sie ihm verheimlichte, denn nun war er vollauf damit beschäftigt,

Svajonė̄s Anweisungen für die richtigen Schritte und Drehungen zu befolgen. Die Ausgelassenheit der anderen Dorfbewohner steckte sie an, sie lachte und wirbelte mit ihm zum Klang der Musik um das Feuer. Es war das erste Mal, dass er sie lachen sah. Es machte ihr Gesicht noch schöner und ließ ihn die Kühle und Unnahbarkeit vergessen, die sie ihm zuvor entgegengebracht hatte.

Sie tanzten, bis Svajonės Gesicht vor Erschöpfung gerötet war und sie um eine Pause bat. Sie setzten sich an eines der kleineren Feuer und löschten ihren Durst mit Apfelmost. Von dem gebratenen Fleisch waren nur noch die Knochen übrig, um die sich die Hunde balgten. Viele Männer waren so betrunken, dass sie im Sitzen dösten oder sich in den Armen lagen und mit schwerer Stimme von ihren Heldentaten prahlten. Gelegentlich kam es zu Rangeleien, die jedoch stets damit endeten, dass sich die Streithähne nach einer kurzen Rauferei wieder versöhnten oder nebeneinander ins Gras sanken und einschliefen. Um Audra hatte sich eine Gruppe von Frauen, Kindern und Alten versammelt. Die Baba sah aus wie ein Haufen aus Lumpen, wie sie da in ihrem Mantel aus Tierhäuten saß, den Stecken auf den Knien. Sie sprach zu den Dörflern, die ihr gebannt lauschten.

»Was erzählt sie da?«, fragte Narses.

»Eine *Daina*«, sagte Svajonė. »Eine Geschichte aus der alten Zeit.«

»Wovon handelt sie?«

»Es ist die *Daina* von Linas und Ona.«

»Erzählt sie mir.«

»Ona war eine junge Kriegerin. Sie lebte im Memeltal, bei ihren Eltern und ihren Brüdern. Eines Tages griffen Žemaiten das Dorf an, töteten Onas Familie und verschleppten Ona in die Wildnis. Sie betete zu Dievas und Lada und opferte ihnen Ugno, ihren geliebten Jagdhund. Die Götter nahmen ihr

Opfer an und halfen ihr zu fliehen. Als sie in ihr Dorf zurückkehrte, fand sie niemanden mehr lebend. Viele Tage trauerte sie um ihren Vater, ihre Mutter, ihre Brüder, ihre Freunde.«

Svajonē schien in die Ferne zu blicken, während sie die Geschichte erzählte. Von ihrer Sorglosigkeit beim Tanz war nichts mehr zu spüren. Sie war wieder die Geisterseherin, jene ernsthafte Frau, die ein Geheimnis zu umgeben schien, das er niemals würde ergründen können, sosehr er sich auch bemühte.

»Sie aß nichts mehr und wäre verhungert, wenn ihr nicht die Ahnen erschienen wären und ihr gesagt hätten, dass sie noch nicht sterben könne«, fuhr Svajonē fort. »Die Ahnen erzählten ihr von den Aufgaben, die noch vor ihr lagen, sodass sie ihren Lebensmut zurückgewann und sich auf die Suche nach anderen ihres Volkes machte. Sie fand ein Dorf, in dem man sie freundlich aufnahm.«

Narses glaubte, dass Svajonē schon lange nicht mehr Onas Geschichte erzählte. Als sie in Schweigen verfiel, sagte er: »Dort traf sie Linas.«

»Ja.«

»Was geschah mit ihr und Linas?«

Es fiel ihr sichtlich schwer weiterzuerzählen. »Sie verliebten sich ineinander«, sagte sie schließlich. »Doch Ona konnte ihm ihre Liebe nicht zeigen. Die Žemaiten hatten auch ihren Verlobten erschlagen. Ihre Trauer um ihn war noch zu groß.«

Narses spürte sein Herz klopfen. »Was tat Linas, als er davon erfuhr?«

»Er war klug genug, sie nicht zu drängen. Er gab ihr Zeit. Er wartete, bis ihre Trauer verschwand.«

»Musste er lange warten?«

»Das weiß ich nicht«, sagte Svajonē, und sie konnte ihn dabei nicht ansehen.

FÜNFUNDZWANZIG

Unterhalb des Wachturms hatte der Sturm einen Teil der Palisade eingeknickt, sodass zur Ebene hin eine breite Lücke in der Befestigung klaffte, die es Feinden ermöglichte, das Langhaus anzugreifen. Raoul und ein Dutzend von Gintautas' Kriegern setzten die angespitzten Pfähle wieder in den Erdwall ein oder entfernten sie, wenn sie nicht mehr zu gebrauchen waren. Die Löcher füllten sie mit Erde, Steinen und Grassoden auf, was den Pfählen Halt verlieh; später verstärkten sie die Pfahlreihe mit Querverstrebungen, die sie mit langen Eisennägeln befestigten.

Sie begannen eine Stunde nach Sonnenaufgang, nachdem sie sich mit Bier und einem kräftigen Gersteneintopf gestärkt hatten, und arbeiteten bis zum späten Vormittag. Als es zu heiß wurde, machten sie eine Pause, zogen sich in den Schatten der Bäume zurück und kühlten die Füße im Bach ab. Die Frauen der Krieger brachten ihnen Birnenmost, ofenwarmes Brot und einen Kessel mit einer dicken Suppe, in der Rüben- und Fischstücke schwammen. Raoul aß sich satt. Als er keinen Bissen mehr hinunterbrachte, bot ihm eine der Frauen einen Nachschlag an. Er hob abwehrend die Hände, woraufhin die Frau nur lächelte und abermals seine Schale füllte.

Er war als Feind, als Gefangener hergekommen, doch seit dem Fest behandelten ihn die Dorfbewohner wie einen der ihren. Niemand trug ihm nach, dass er und Narses drei Männer des Dorfes getötet hatten. Offenbar hatten sie in den Augen der Litauer nichts Unrechtes getan, als sie die Männer erschlugen. Sie waren im Kampf gefallen, wie es sich für Krieger gebührte. Weder ihre Angehörigen noch ihre Kampfgefährten sannen deswegen auf Rache.

Außerdem maßen Gintautas und seine Krieger Svajonēs Wort großes Gewicht bei. Die Geisterseherin war davon überzeugt, dass Raoul von den Ahnen ausersehen war, sie gegen die Schwertbrüder in die Schlacht zu führen. Niemand zweifelte daran, am wenigsten Gintautas. Dass er den jungen Stammesführer im Stockkampf zu Ehren des Gottes Perkunas besiegt hatte, schien allgemein als Bestätigung für die Absichten der Ahnen angesehen zu werden. Und der Wille der Ahnen war heilig.

Nach dem Essen ruhten sie sich von der Arbeit aus. Einige der Männer dösten im Schatten, die anderen unterhielten sich, während sie von dem Most tranken. Raoul hörte ihnen zu und versuchte zu verstehen, worüber sie redeten. Ein paar Worte konnte er bereits: Ja, Nein, Essen, Gefahr, Durst, Schlafen, Kampf. Er lernte schnell eine neue Sprache, aber er ahnte, dass er viele Wochen brauchen würde, bis er mit Gintautas oder den Dorfbewohnern ein einfaches Gespräch würde führen können. Litauisch war eine fremdartige Sprache, schwieriger noch als Griechisch oder Latein.

Als er zum Fass mit dem Most schlurfte, um seinen Becher zu füllen, sah er Jada aus dem Dorf kommen. Sie verabschiedete sich von Svajonē, die sie zum Tor begleitet hatte, und ging über die Wiese neben dem Moor. Raoul stellte seinen Becher ab, zog seine Stiefel an und folgte ihr.

Das Fest war zwei Tage her, seitdem hatte er kaum mit ihr gesprochen. Sie ging ihm aus dem Weg. Auch von den Dorfbewohnern hielt sie sich fern. Sie wanderte durch die Hügel und Wälder in der Umgebung des Dorfes, meist allein, manchmal mit Svajonē. Die Geisterseherin schien der einzige Mensch zu sein, dessen Gegenwart sie duldete. Raoul hatte dennoch nicht versucht, Svajonē zu bitten, zwischen Jada und ihm zu vermitteln. Wenn Jada nicht mit ihm reden wollte, würde sie es nicht tun, gleichgültig, was Svajonē unternahm.

Doch aufgeben wollte er nicht. Als Jada eine Meile vom Dorf entfernt stehen blieb und über das Moor blickte, schloss er zu ihr auf. Sie bemerkte ihn, wandte sich jedoch nicht ab.

Er stieg die grasbewachsene Anhöhe zu ihr hinauf. Am Fuß der kleinen Erhebung wurde die Wiese schlammig und ging ins Moor über, das sich bis zum Hügel mit den Pfahlgötzen erstreckte. Im Sonnenschein wirkte es harmlos und hatte kaum noch Ähnlichkeit mit der trostlosen, sturmgepeitschten Sumpflandschaft, in der er ertrunken wäre, wenn Svajonē ihn nicht gerettet hätte.

»Svajonē hat erzählt, dass du den Männern geholfen hast, den Wall auszubessern«, sagte Jada, als er neben sie trat.

»Ja.«

»Du hilfst ihnen freiwillig?«

»Das ist besser als herumzusitzen.«

»Ich dachte, es sind Tiere. Blutrünstige Barbaren, die deinen Freund auf dem Gewissen haben.«

So hatte er von den Litauern gedacht, als sie ihn zu ihrem Dorf gebracht hatten. Inzwischen wusste er es besser. Die Christen, die Deutschen Ritter und nun auch die Schwertbrüder strebten ihre Vernichtung an. Sie kämpften um das nackte Überleben, um die Existenz ihres Volkes. Und wenn sie gegen die übermächtigen Ritterheere bestehen wollten, blieb ihnen nichts anderes übrig, als sie in Hinterhalte zu locken und bis zum letzten Mann niederzumachen. Konrad hatte gewusst, worauf er sich einließ, als er sich der Heidenmission anschloss. Die Schuld an seinem Tod lag allein bei ihm selbst.

»Ich habe meine Meinung geändert.«

»Das ist gut«, sagte Jada nur und blickte wieder in die Ferne, wie sie es immer tat, wenn sie ihren Gedanken nachhing.

Ihm war nicht entgangen, dass ihre Wunden allmählich verheilten. »Deinem Gesicht geht es besser.«

»Es werden Narben zurückbleiben.«

»Ich habe darüber nachgedacht«, sagte er zögernd. »Über die Narben, meine ich. Wenn Najes Kräfte weiter so schnell wachsen, wird sie dich bald heilen können. Oder wir benutzen Ardeshirs Zepter …«

Der Blick, mit dem sie ihn bedachte, war nicht gerade freundlich. »Ist das deine einzige Sorge? Dass ich wieder so schön werde wie früher?«

»Ich versuche dir nur zu helfen.«

»Du kannst mir nicht helfen.« Sie wandte sich ab, um die Anhöhe hinabzusteigen.

Raoul schalt sich einen Narren. Es war töricht gewesen, davon anzufangen. *Herrgott, warum ist das nur so schwer?* Er hielt sie am Arm fest. »Bitte, Jada. Lauf nicht wieder vor mir davon.«

Sie schüttelte seine Hand ab. »Was willst du denn noch?«, fuhr sie ihn an.

»Sag mir, warum du geflohen bist, nachdem du den Schrein geöffnet hast. Und sag nicht wieder, du hattest deine Gründe.«

»Ich habe euch Menschen nicht mehr ertragen.«

Damit gab er sich nicht zufrieden. »Was hat dir das Licht gezeigt?«

»Svajonē und Gintautas. Und ihr Dorf. Du weißt doch schon alles.«

»Du musst noch mehr gesehen haben. Sonst hätte Rahel nicht gesagt, dass du gerade dabei seist, einen Fehler zu begehen.«

Jada schwieg und senkte den Blick. »Danke, Hohe Hüterin«, murmelte sie bitter.

»Was hat sie damit gemeint?«

»Woher soll ich das wissen?«

»Lüg mich nicht an«, sagte Raoul. »Ich weiß, dass du mir etwas verschweigst. Wenn du schon Hals über Kopf vor mir fliehst, verrate mir wenigstens, warum.«

Sie hob den Kopf. Schmerz und Trauer verdunkelten ihre Smaragdaugen. »Es wird dir nicht gefallen.«

»Das ist mir gleich.«

Sie schwieg lange, ehe sie fortfuhr. »Ich habe gesehen, wie du alterst. Das Licht hat mir gezeigt, wie du Jahr für Jahr grauer und faltiger wirst, bis du eines Tages stirbst, während für mich nur ein Augenblick vergangen ist. Djinn und Menschen sind nicht füreinander geschaffen, Raoul. Ich hätte es nicht ertragen, dich anzuschauen und deinen Tod vor mir zu sehen.«

Es war noch nicht lange her, dass er über dieselben Dinge nachgedacht hatte, und ihre Worte machten ihm zu schaffen. »Du weißt schon lange, dass es eines Tages so kommen wird.«

»Ich habe mir etwas vorgemacht. Das ist mir dank des Lichts klar geworden.«

»Und was willst du jetzt tun?«

Sie blickte nach Süden, zu den Hügeln und Wäldern jenseits der Ebene, und die Kapuze legte einen undurchdringlichen Schatten über ihre Züge. »Ich habe einen Entschluss gefasst«, sagte sie. »Naje soll nicht unter Menschen aufwachsen. Wenn wir sie gefunden haben, kehre ich mit ihr zu meinem Volk zurück.«

»Und was wird aus mir?«

»Das musst du selbst entscheiden.«

»Dann komme ich mit euch.«

Jada sah ihn an. »Du weißt, dass das unmöglich ist. Mein Volk duldet keine Menschen in seiner Nähe.«

»Naje ist auch ein Mensch. Wenigstens zur Hälfte.«

»Sie werden sie bei sich aufnehmen, wenn ich sie darum bitte.«

Raoul konnte nicht glauben, was er gerade hörte. Was Jada beabsichtigte, war … ungeheuerlich. »Das kannst du nicht tun.«

»Ich bin es Naje schuldig«, sagte sie. »Sie soll nicht erleben müssen, was ich erlebt habe.«

Er war so erschüttert, dass er kaum ein Wort herausbrachte. »Du … willst ihr den Vater nehmen und ihr dann auch noch weismachen, es sei alles zu ihrem Besten?«

»Ich erwarte nicht, dass du das verstehst.«

»Ich werde das nicht zulassen, Jada. Du nimmst mir Naje nicht weg.«

»Und was«, erwiderte sie ruhig, »willst du dagegen tun?«

Narses ging geduckt unter den Ästen der Linde hindurch und blieb oberhalb der Böschung stehen, die das Wäldchen vom Moor trennte. Ein Steinwurf vor ihm verlief der Knüppeldamm. Obwohl der Hügel mit den Pfählen in der Mittagssonne alles andere als bedrohlich aussah, lief ihm ein Schauder über den Rücken, als er daran dachte, wie knapp Raoul und er vor wenigen Tagen einem grausigen Tod entronnen waren.

»Dort betet ihr zu euren Göttern, richtig?«, sagte er, als Svajonē neben ihn trat.

»Auf dem Hügel bringen wir ihnen Opfer dar.«

»Menschenopfer.«

»Hühner, Schafe, Waffen, Schmuck, Blumen, heilige Steine«, erwiderte Svajonē, »und ja, manchmal auch Menschen.«

»Warum habt ihr keine Synagogen oder Kirchen?«

Belustigung blitzte in ihren Augen auf. »Unsere Götter sind so gewaltig wie der Himmel und die Sterne. Wie soll man sie in einem Steinhaus einsperren?«

So hatte Narses es noch nie betrachtet. »Erzähl mir von ihnen. Von deinen Göttern, meine ich.«

Sie kehrten dem Moor den Rücken. Auf dem Pfad durch das Wäldchen hakte sie sich bei ihm ein.

»Der Herr des Himmels ist Dievas«, erklärte sie. »Er gebietet über die Zeit und das Schicksal und herrscht über alle Geschöpfe der Erde. Sein Weib ist Lada, die große Mutter, die uns Menschen in Gestalt einer prachtvollen Stute erscheint. Patrimpas bringt den Frühling, schützt das Vieh und die Felder und schenkt uns Frieden. Gabija wacht über das Herdfeuer, Kaupuole lässt die Pflanzen wachsen, Žemýna macht die Frauen fruchtbar. Giltine erlöst Kranke von ihrem Leid, damit sie ins Land der Zugvögel einziehen können.«

Narses wusste, dass Svajonē ihm nur von den wichtigsten Göttern erzählte. Die Litauer verehrten Dutzende von Göttinnen und Göttern, die sie bei jeder Gelegenheit anriefen; sie hießen Laime, Zemepatis, Pergubre, Menulis und Saule, und das waren nur jene, an die er sich erinnern konnte. »Auf dem Fest haben wir für Perkunas gekämpft.«

»Ja. Perkunas richtet die Bösen und zermalmt seine Feinde mit einer Axt aus Stein.«

»Ihr hofft, dass er euch im Kampf gegen die Schwertbrüder hilft.«

»Gegen die Schwertbrüder und gegen die Deutschen Ritter, die Žemaiten, die Pruzzen und die Semgallen. Mein Volk hat viele Feinde.«

Er spürte, dass sie darüber nicht reden wollte. Der Tag war zu schön, um über Krieg zu sprechen.

Sie gingen durch den heiligen Hain des Stammes, ein Wäldchen aus Eichen und Linden. Am Wegesrand standen, halb verborgen im Farngestrüpp, mächtige Steine mit Darstellungen der Götter, von denen sie erzählt hatte. In den Bäumen, so hatte sie ihm erklärt, lebten die Geister der Verstorbenen fort, denen der Weg ins Land der Zugvögel verwehrt war – weil sie Buße tun mussten oder den Lebenden mit ihrer Weisheit zur Seite stehen wollten. Ein Bach trennte den Hain vom Dorf, denn Giltine, die weiß gekleidete Göttin des Todes, konnte kein fließendes Wasser überqueren.

»Audra sorgt sich sehr um dich«, sagte er nach einer Weile des Schweigens.

»Ja.« Svajonē lächelte. »Das tut sie. Sie liebt mich, als wäre ich ihre Tochter. Dabei kennt sie mich erst wenige Wochen.«

»Ist sie nicht eifersüchtig auf dich? Ich meine, sie war die einzige Priesterin – bis du kamst.«

»Ich bin eine Geisterseherin, keine Priesterin. Was ich tue, hat nichts mit ihren Pflichten zu tun. Sie spricht für den Stamm zu den Göttern, wie sie es von Gintautas gelernt hat. Ich spreche mit den Ahnen.«

»Gintautas? Euer Stammesführer?« Narses war verwirrt. Es fiel ihm schwer, sich vorzustellen, dass Audra ihre priesterlichen Pflichten von einem Jüngling gelernt hatte.

»Sein Onkel. Er war vor Audra Priester des Stammes. Komm mit, ich zeige dir seinen Baum.« Sie ergriff seine Hand und führte ihn vom Pfad durch den hüfthohen Farn, bis sie zu einer gewaltigen Eiche kamen, die turmhoch vor ihnen aufragte.

»Das ist sie«, sagte Svajonē.

Er blickte an dem Baum empor. »Wann starb Gintautas?«

»Vor zwölf Sommern.«

»Erst? Dieser Baum muss ein paar Jahrhunderte alt sein.«

»Er wurde nicht für Gintautas gepflanzt. Gintautas hat ihn sich erwählt, als er sich entschloss, nicht ins Land der Zugvögel zu seinen Vorfahren zu gehen, sondern bei seinem Stamm zu bleiben.«

»Woher weißt du von seinem Entschluss?«

»Er hat es mir gesagt«, antwortete sie, und ihn schauderte erneut. Dass eine schöne Frau wie Svajonē mit den Toten sprach, machte ihm zu schaffen, weshalb er nach Möglichkeit nicht darüber nachdachte.

Sie ließ seine Hand los und ging über die Lichtung. »In jeder dieser Eichen wohnt die Seele eines großen Mannes. Das ist der Baum von Gintautas, dem Gründer des Dorfes. Ist er nicht wundervoll?«

»Noch ein Gintautas? Kommt ihr da nicht ständig durcheinander?«

»Niemals«, entgegnete Svajonē kühl.

Er hatte sie vor den Kopf gestoßen. Das geschah immer wieder, denn sie war überaus stolz, und er konnte seinen Mund nicht halten. Er ärgerte sich über sich selbst und folgte ihr über die Lichtung zu einer jungen Eiche, zwischen deren Wurzeln Kornblumen lagen. Schweigend blickte Svajonē zur dicht belaubten Krone auf, in der sich die Sonnenstrahlen verfingen.

»Wessen Baum ist das?«, fragte er behutsam, um sie nicht wieder zu beleidigen.

»Gintaras'«, sagte sie leise. Gintaras war ihr Verlobter gewesen. »Er ist mir hierher gefolgt, um über mich zu wachen.«

Narses hätte gerne ihre Hand genommen, doch er spürte, dass ihr die Berührung nicht willkommen gewesen wäre. Sie gab ihm deutlich zu verstehen, dass sie Zeit brauchte. »Er fehlt dir, nicht wahr?«

»Ja.«

»Hast du mich deshalb hergeführt? Um mir seinen Baum zu zeigen?«

Sie rieb sich die Arme, als fröstle sie trotz der Sommerhitze. Die Unbeschwertheit war von einem Augenblick zum nächsten von ihr abgefallen, und er sah Furcht in ihren Augen. »Ich muss dir etwas sagen, Narses. Du musst das Dorf verlassen. Reite zurück in deine Heimat, am besten noch heute.«

»Warum denn?«, fragte er verwundert.

»Du hast mich auf dem Fest gefragt, was mir die Ahnen über dich gesagt haben.« Sie stockte und brachte die nächsten Worte nur mit Mühe heraus. »Sie haben gesagt, dass du sterben wirst, wenn du bei mir bleibst.«

»Sterben?« Er lachte auf, aber es fiel ihm nicht leicht, fröhlich zu klingen. »Warum sollte ich sterben?«

»Ein Ritter des Schwertbrüderordens wird dich erschlagen«, antwortete sie rundheraus.

Er schluckte. Seine Kehle war plötzlich wie ausgedörrt. »Das haben die Ahnen gesagt?«

»Ja.«

»Und wenn sie sich irren?«

Svajonē blickte zu Boden, und als sie den Kopf hob, hatte sie ihre Gefühle wieder in der Gewalt. »Das ist möglich. Die Ahnen sind nicht allwissend.«

»Sie irren sich«, sagte er. »Ganz bestimmt. Außerdem kann ich nicht gehen. Raoul und Jada brauchen mich. Und du … du bist schließlich auch noch da.«

»Auf mich darfst du keine Rücksicht nehmen«, erwiderte sie mit leiser Stimme.

»Aber ich liebe dich.«

»Das hast du schon vielen Frauen gesagt, nicht wahr?«

»Nun ja –«, begann er, doch sie legte ihm die Fingerkuppen auf den Mund, woraufhin er verstummte.

»Psst, Narses. Die Ahnen hören zu. Und sie mögen keine Lügen.«

SECHSUNDZWANZIG

Wie so oft in den letzten Tagen war Raoul voller Unruhe aufgewacht, bevor die Sonne aufging. Er zog sich leise an, um Narses nicht zu wecken, verließ das Dorf und streifte im ersten Licht des Tages durch die Wiesen und Hügel. Er hatte einen Kurzbogen und einen Köcher mit Pfeilen mitgenommen, damit er ein Rebhuhn oder einen Hasen schießen konnte, wenn ihm danach war. Er entdeckte zwei Rehe, die aus dem Bach tranken, und verfolgte sie durch die seichten Randbereiche des Moors. Doch bevor er nahe genug herankam, verschwanden die beiden Tiere im Unterholz des heiligen Hains.

Er schob den Pfeil zurück in den Köcher und betrachtete den Hügel im Moor. Die Anhöhe übte eine eigentümliche Faszination auf ihn aus. Er war zu weit weg, um die Fratzen in den Pfählen erkennen zu können, dennoch war ihm, als spüre er die Blicke der hölzernen Gesichter auf sich ruhen. *Sterbende Götter*, kam es ihm in den Sinn. *In zweihundert Jahren erinnert sich niemand mehr an sie.*

Er wollte sich die Pfahlgötzen aus der Nähe anschauen und ging in Richtung des Knüppeldamms, da bemerkte er, dass sich ihm jemand vom Dorf näherte. Es war Narses. Der Byzantiner schien ihn zu suchen. Er winkte.

»Gibt es Neuigkeiten von den anderen Stämmen?«, fragte Raoul, als sie sich auf der Wiese trafen.

»Nichts. Auch keine Nachricht von Gintautas' Boten.«

Seit gestern wirkte Narses bedrückt. Etwas musste vorgefallen sein; Raoul vermutete, dass es mit Svajonē zu tun hatte. Er sprach Narses jedoch nicht darauf an. Wenn sein Gefährte reden wollte, würde er schon von sich aus anfangen.

Sie schlenderten über die Wiese. Das Dorf war inzwischen erwacht. Aus mehreren Schornsteinen stieg Rauch auf.

»Du bist immer noch entschlossen, allein aufzubrechen?«, fragte Narses.

Am Morgen des Festes hatte Raoul gesagt, er werde vier Tage warten. Wenn Gintautas' Verbündete dann nicht gekommen waren, wollte er allein zur Burg der Schwertbrüder reiten. Heute war der vierte Tag.

»Ich warte bis Mittag. Wenn sich dann immer noch nichts getan hat, reite ich.«

»Was ist mit Jada?«

Seit ihrem Streit hatte er nicht mehr mit ihr gesprochen. »Ich weiß es nicht. Vermutlich wird sie darauf bestehen, mich zu begleiten.«

Narses sah nicht gut aus. Er hatte offenbar schlecht geschlafen und wirkte müde und sorgenvoll, was bei ihm im Grunde nie vorkam. »Ich glaube, ich komme nicht mit.«

Raoul hatte von Anfang an nicht von Narses erwartet, dass dieser ihn auf seiner Reise begleitete, und er konnte ihm nicht verdenken, dass er nicht versessen darauf war, mit ihm zu Burg Thorgast zu reiten. Dennoch überraschte ihn Narses' Eröffnung. Es war das erste Mal, dass sein Gefährte vor Gefahren zurückschreckte.

»Svajonē hat gesagt, ich soll nach Hause gehen.«

»Hat sie dich abgewiesen?«

»Sie sagt, wenn ich hierbleibe, sterbe ich.«

Raoul blieb stehen. »Woher will sie das wissen?«

»Die Ahnen haben es ihr erzählt. Du weißt schon – die Geister, mit denen sie spricht.«

»Und was willst du jetzt tun?«

»Wenn ich das wüsste …«, sagte Narses. »Was, wenn diese Sache mit den Ahnen nur abergläubischer Unfug ist?«

»Es ist kein Unfug.«

Der Byzantiner ließ die Schultern hängen. Raoul hatte ihn noch nie so verzweifelt gesehen.

»Du solltest auf Svajonē hören«, sagte er.

»Aber ich kann nicht nach Hause gehen!«, erwiderte Narses. »Was ist dann mit Svajonē?«

»Bedeutet sie dir so viel?«

Narses schwieg. »Ich glaube, ich bin verliebt«, sagte er schließlich.

»Du *glaubst*?«

»Was ich für sie empfinde, habe ich noch nie für eine Frau empfunden. Krisztina Báthory wollte ich nur in mein Bett holen. Bei Svajonē ist das anders. Ich meine, natürlich will ich sie auch ins Bett holen. Aber nicht *nur*.« Er blickte Raoul ratlos an. »Verstehst du?«

Raoul verstand sehr gut. Mit Jada war es ihm einst genauso ergangen.

Narses machte seiner Verzweiflung Luft, indem er fluchend gegen einen Ast trat. Das Holzstück flog in hohem Bogen in einen morastigen Tümpel.

»Gehen wir zum Dorf. Wenn du willst, rede ich mit Svajonē.« Raoul glaubte nicht, dass das etwas an Narses' vertrackter Lage änderte, doch er wusste nicht, was er sonst für seinen Freund tun könnte.

In diesem Moment erschienen zwei Reiter auf dem Hügelkamm im Norden, litauische Krieger. Sie ritten, als sei der Teufel hinter ihnen her, und jagten Richtung Dorf.

Das mussten die Boten sein. Dass sie es so eilig hatten, erschien Raoul als ein schlechtes Zeichen. Er musste hören, was sie zu berichten hatten. Mit Svajonē konnte er auch später noch sprechen.

Narses und er eilten zum Dorf.

Die Boten waren zum Langhaus geritten. Als Raoul dort ankam, hatten sich bereits sämtliche Krieger des Dorfes darin eingefunden. Die aufgeregte Stimmung bestätigte seine Befürchtungen, dass die Boten keine guten Neuigkeiten gebracht hatten. Er schob sich durch die lärmende Menge, bis er Jada, Svajonē und Audra fand. Sie standen bei Gintautas, der mit den beiden Reitern sprach.

Raoul erkundigte sich bei Svajonē, was geschehen war, und erfuhr, dass es sich bei den Reitern nicht um die Boten handelte, auf die sie seit Tagen warteten, sondern um zwei der Späher, die in Gintautas' Auftrag die Ritter des Schwertbrüderordens beobachtet hatten.

»Was sagen sie?«

»Sie sind den Schwertbrüdern tagelang gefolgt«, übersetzte die Geisterseherin. »Es ist den Christen nicht gelungen, im Norden Gefangene zu machen. Deshalb sind sie jetzt auf dem Weg hierher.«

»Wie weit sind sie noch weg?«

»Einen halben Tagesritt. Höchstens.«

Gintautas sprach ihn an.

»Er will Euren Rat«, sagte Svajonē.

Raoul hatte erwogen, rasch aufzubrechen, bevor die Schwertbrüder das Dorf erreichten. Doch als er das Flehen in den Augen des jungen Stammesführers sah, wusste er, dass er das Dorf nicht im Stich lassen konnte.

»Fragt die Späher, wie groß die feindliche Streitmacht ist«, forderte er Svajonē auf.

»Es sind fast siebzig schwer gepanzerte Reiter«, antwortete die Geisterseherin, nachdem sie mit den beiden Kriegern gesprochen hatte.

Gegen eine Kampftruppe dieser Größe hatten Gintautas' Krieger in einer offenen Schlacht keine Chance. »Was unternehmt ihr normalerweise, wenn ihr es mit einer solchen Übermacht zu tun bekommt?«

Svajonē redete mit Gintautas und sagte dann: »Die Frauen, Kinder und Alten verlassen das Dorf und verstecken sich in den Wäldern. Die Krieger versuchen, die Feinde ins Moor zu locken.«

»Dann tut das.« Raoul wandte sich an Jada. »Hilfst du Svajonē und Audra, die Frauen und Kinder fortzubringen?«

Jada nickte schweigend. Svajonē übersetzte Raouls Vorhaben Gintautas. Der Stammesführer war einverstanden, woraufhin die drei Frauen das Langhaus verließen, um die Flucht der Dorfbewohner vorzubereiten, die sich nicht an den Kämpfen beteiligen würden.

Raoul wandte sich an Narses. »Ich reite mit Gintautas. Wenn du gehen willst, solltest du es jetzt tun.«

»Ich bleibe«, sagte Narses und sah elend dabei aus.

Die Dorfbewohner nahmen nur mit, was sie tragen konnten. Die wenigen Pferde, die Gintautas entbehren konnte, wurden mit Vorräten beladen oder trugen die Dörfler, die aufgrund von Alter oder Krankheit nicht gehen konnten. In drei Gruppen, jeweils angeführt von Jada, Svajonē und Audra, verließen sie die Siedlung und machten sich zu den Wäldern auf in der Hoffnung, dort vor den christlichen Rittern sicher zu sein.

Raoul saß inmitten der Krieger auf einem Pferd und blickte ihnen nach. Er machte sich kaum Sorgen um sie. Die Dörfler waren nicht so hilflos, wie es den Anschein hatte. Bei den Litauern konnten auch die Frauen kämpfen. Sollten sie auf die Schwertbrüder treffen, würden sie sich zu verteidigen wissen, zumindest so lange, bis Gintautas und seine Reiter ihnen zu Hilfe kamen.

Kopfzerbrechen bereitete ihm eher seine eigene Aufgabe;

außerdem fürchtete er um Narses' Leben. Der Byzantiner hatte ihm nicht gesagt, unter welchen Umständen er laut Svajonē sterben würde. Was, wenn es auf diesem Ritt geschehen würde? Narses war sein einziger Freund. Er wagte nicht daran zu denken, dass er ihn verlieren könnte.

Gintautas, der wieder seine goldene Maske angelegt hatte, reckte seinen Speer in die Höhe und stieß einen Kriegsruf aus, woraufhin die Reiter ihre Pferde antrieben und über die Wiesen preschten. Raoul ritt neben Gintautas. Seit der Stammesführer seine Waffen trug und im Sattel saß, machte er einen selbstsicheren Eindruck. Raoul hoffte, dass es dabei blieb. Sollte Gintautas wieder auf seinen Rat angewiesen sein, hatten sie keine Möglichkeit, sich zu verständigen.

Sie ritten durch die bewaldeten Hügel nach Norden. Das Moor war größer, als man vom Dorf aus sehen konnte. Bei dem Sumpfgebiet mit dem Kulthügel handelte es sich nur um den südlichsten Ausläufer. Einige Meilen vom Dorf entfernt ging der Sumpf in morastige Wiesen über, ähnlich jener, in der Konrad von Dornberg und die Ordensritter den Tod gefunden hatten. Die Memel war nicht weit entfernt; hin und wieder durchschnitt ein Nebenarm des Flusses die grüne Landschaft.

Sie waren etwa eine Stunde geritten, als sie in der Ferne die Schwertbrüder erblickten. Auf ihren gepanzerten Pferden donnerten die Ritter in loser Formation über die Ebene. Über ihren Helmen flatterte ihr Banner, das rote Schwert unter dem Tatzenkreuz.

Gintautas ließ seinen Trupp anhalten. Er rief die erfahrensten Krieger zu sich, darunter Giedrius, der wie immer seine Ringelnatter bei sich hatte, und gab ihnen Anweisungen. Raoul verstand nicht, was besprochen wurde; er vermutete aber, dass die Männer einen Weg ins Moor vereinbarten, wo sie den Schwertbrüdern einen Hinterhalt legen wollten.

Dies war der gefährlichste Teil ihres Plans: Sie mussten warten, bis die Schwertbrüder nahe genug bei ihnen waren, dass sie in dem litauischen Trupp eine Gefahr erkannten und die Verfolgung aufnahmen. Zu nah durften sie sie jedoch nicht kommen lassen, sonst wären sie gegen die Übermacht der Feinde verloren.

Inzwischen hatten die Schwertbrüder sie entdeckt, bildeten eine lanzenstarrende Schlachtformation und griffen im Galopp an, wie es die Ritter des Abendlandes seit Jahrhunderten taten. Gintautas wartete, bis sie in Bogenschussweite waren, dann hob er den Speer und brüllte. Sein Trupp setzte sich in Bewegung, schwenkte herum und jagte ins Moor.

Die Litauer mussten die Gegend wie ihre Westentasche kennen, denn sie fanden augenblicklich einen sicheren Weg durch die sumpfigen Wiesen. Raoul wusste, dass er ohne seine Gefährten nicht die geringste Aussicht auf Erfolg hatte, das Moor sicher zu durchqueren. Für ihn sah der Weg genauso schlammig und gefährlich aus wie der Rest der Umgebung.

Die Schwertbrüder setzten ihnen nach. Sie ritten langsamer, und da der Weg durch das Moor nicht sonderlich breit war, mussten sie ihre Formation aufgeben. Einer der Ritter entfernte sich zu weit von seinen Gefährten. Sein Pferd sank ein und geriet dabei in Panik, der Mann wurde aus dem Sattel geworfen und versank im Morast.

Erleichtert wandte Raoul sich ab und konzentrierte sich wieder auf sein Pferd. Ihr Plan war aufgegangen, Jada und die Dorfbewohner waren vorerst in Sicherheit.

Plötzlich stießen einige Krieger hinter ihm bestürzte Rufe aus. Raoul versuchte zu erkennen, was in den hinteren Reihen vor sich ging.

Die Schwertbrüder folgten ihnen weiterhin. Eine kleine Abteilung jedoch, zehn oder fünfzehn Mann, hatte kehrtgemacht und ritt in Richtung Dorf.

Narses ritt an der Seite seines neuen Freundes Giedrius. Sie und ein halbes Dutzend erfahrener Krieger bildeten die Nachhut. Als ein Teil der Schwertbrüder nun umkehrte, wusste Narses, dass es an ihnen lag, etwas zu unternehmen. Gintautas, Raoul und die restlichen Krieger waren zu weit entfernt.

Narses sagte sich immer wieder, dass sich die Frauen des Dorfes aufs Kämpfen verstanden, dennoch fürchtete er um Svajonē̃s Sicherheit. Sie war schon einmal Gefangene der Schwertbrüder gewesen und hätte beinahe mit dem Leben dafür bezahlt. Ein zweites Mal würde sie nicht überstehen.

Glücklicherweise war es nicht nötig, Giedrius zu überzeugen. Er zügelte sein Pferd und beobachtete mit zerfurchter Stirn den kleineren Rittertrupp, der soeben den Rand des Moors erreichte. Er strich über den Lederbeutel mit seiner Schlange, wovon er sich Glück versprach, und rief den anderen Männern etwas zu, woraufhin die Nachhut kehrtmachte.

Einerseits war Narses froh über Giedrius' Entscheidung, die Ritter nicht zum Dorf reiten zu lassen; andererseits war ihm nicht wohl in seiner Haut, denn sie ritten geradewegs dem Haupttrupp der Schwertbrüder entgegen. Beabsichtigte Giedrius etwa, mit acht Kriegern fünfzig gepanzerte Reiter anzugreifen?

Und wieder dachte er an Svajonē̃s Weissagung, er werde durch die Hand eines Ritters vom Schwertbrüderorden sterben. Ihm wurde kalt.

Doch Giedrius hatte nicht die Absicht zu kämpfen. Plötzlich verließen die Litauer den Pfad und ritten ins Moor hinein. Narses rechnete damit, jeden Augenblick zu versinken, aber zu seiner Überraschung befand sich unter dem spiegelnden Wasser fester Grund. Es schien also noch einen Weg durch das Moor zu geben, obwohl Narses ihn niemals gefunden hätte.

Den Schwertbrüdern schien das Risiko, sie durch das tückische Sumpfland zu verfolgen, zu groß zu sein. Sie schickten ihnen keine Reiter nach, sondern folgten weiter Gintautas' Trupp. Bald waren sowohl die Litauer als auch die christlichen Ritter außer Sicht, denn Giedrius führte sie in ein Waldstück voller Gestrüpp und abgestorbener Bäume. Dort endete auch das Moor, und Narses war froh, dass sein Pferd wieder über festen Boden trabte.

Ihr Umweg hatte dem kleinen Rittertrupp einen Vorsprung verschafft. Als sie aus dem Wald herausritten, sahen sie die Ritter in gut einer Meile Entfernung. Sie trieben ihre Pferde zum Galopp an, dennoch holten sie die Schwertbrüder erst in Sichtweite des Dorfs ein. Obwohl die Schwertbrüder in der Überzahl waren, legten sie es nicht auf einen Kampf an. Sie versuchten, den geringen Vorsprung, den sie noch hatten, zu halten und ritten zum Dorf.

Giedrius, Narses und die sechs Krieger zügelten ihre Pferde auf einer Hügelkuppe, von der aus sie einen guten Blick auf die Siedlung hatten. Die Ritter ritten durch das Tor zum Langhaus, offenbar auf der Suche nach Dorfbewohnern, die sie gefangen nehmen konnten. Als sie begriffen, dass die Siedlung verlassen war, kehrten sie um.

Giedrius und seine Gefährten hatten währenddessen zu ihren Reiterbögen gegriffen. Narses wusste, dass die Litauer eine feindliche Übermacht wirkungsvoll bekämpften, indem sie ihre Feinde aus sicherer Entfernung beschossen und flohen, wenn sie angegriffen wurden. Er war davon überzeugt, dass diese Taktik ihnen auch jetzt gute Dienste leisten würde, allerdings befürchtete er, wenig beitragen zu können. Zwar hatte Giedrius ihm in den vergangenen Tagen beigebracht, mit dem kurzen Reiterbogen umzugehen, doch er hatte noch nie damit geschossen, während er auf einem galoppierenden Pferd saß.

Trotzdem nahm er den Bogen in die Hand und legte einen Pfeil ein. Als die Ritter das Dorf verließen, gab Giedrius den Befehl zum Angriff, und die kleine Schar jagte in die Ebene hinunter. Diesmal wichen die Ritter ihnen nicht aus. Mit gezückten Schwertern und Streitäxten ritten sie ihnen entgegen.

Bei einer Entfernung von fünfzig Schritt schossen die Litauer. Sämtliche Pfeile fanden ihr Ziel, richteten jedoch gegen die schweren Rüstungen der Schwertbrüder wenig aus. Nur zwei Ritter fielen aus dem Sattel, die anderen preschten ihnen mit unverminderter Entschlossenheit entgegen.

Auch Narses schoss und lenkte dabei sein Pferd mit den Schenkeln. Sein Pfeil verfehlte die Angreifer weit. Er griff nach den Zügeln und folgte den Litauern, die bereits die Flucht ergriffen hatten.

Während sie über die Wiesen jagten, schossen Giedrius und seine Gefährten Pfeil um Pfeil ab, bis manche von den Schwertbrüdern regelrecht mit gefiederten Schäften gespickt waren. Doch die scharfen Spitzen waren, wenn sie die Rüstungen durchschlagen hatten, in den Kettenhemden und wattierten Wämsern darunter stecken geblieben, ohne Schaden anzurichten. Nur drei weitere Ritter waren gefallen. Narses hatte seine Bemühungen mit dem Reiterbogen nach mehreren Fehlschüssen aufgegeben und Schwert und Schild gezückt, um für den bevorstehenden Nahkampf gewappnet zu sein.

Da die Schlachtrösser der Schwertbrüder auf freiem Feld schneller als ihre Pferde waren, konnten sie einem Gefecht Mann gegen Mann schließlich nicht mehr entgehen. Am Waldrand stellten sie sich den gepanzerten Kriegern, deren Zahl inzwischen nur noch acht betrug. Es war der Wald, in den Svajonē einen Teil der Dorfbewohner geführt hatte, kam es Narses in den Sinn, kurz bevor er seinem Pferd die Stiefelabsätze in die Flanken trieb und den angreifenden Rittern entgegenritt.

Im Nahkampf gab es nur wenige Männer, die ihm gewachsen waren, ob sie nun undurchdringliche Rüstungen trugen oder nicht. Er fing den Hieb einer Streitaxt mit dem Schild auf und stieß dem Angreifer das Schwert in den Helmschlitz. Einem zweiten Ritter schlug er das Schwert aus der Hand und verletzte ihn schwer am Unterarm, bevor er sich seinem dritten Gegner zuwandte. Bei diesem handelte es sich um einen zähen, erfahrenen Kämpfer, den er nicht mit wenigen Schwerthieben ausschalten konnte. Der Ritter wehrte sämtliche Angriffe mit seinem Schild ab und schwang einen Streithammer, dem Narses' Holzschild nichts entgegenzusetzen hatte. Schon beim zweiten Hieb zersplitterte er.

Der Ritter drang daraufhin noch heftiger auf ihn ein. Ein Knurren ertönte aus dem Helmschlitz, als er seinen Streithammer in einem seitlichen Hieb schwang, der Narses den Brustkasten zerschmettert hätte, wenn er ihn nicht im letzten Moment mit dem Schwert pariert hätte. Doch es lag brachiale Kraft in dem Schlag. Das Schwert wurde ihm aus der Hand gerissen, er verlor das Gleichgewicht, und sein linker Fuß löste sich aus dem Steigbügel. In diesem Moment rammte der Ritter ihn mit seinem Schild, was Narses aus dem Sattel schleuderte. Da es ihm nicht gelang, rechtzeitig den rechten Fuß aus dem Steigbügel zu ziehen, verhedderte er sich darin und stürzte schmerzhaft auf den Waldboden. Sein Pferd wieherte und bäumte sich auf, und er konnte im letzten Moment den trampelnden Hufen ausweichen. Dann endlich war sein Fuß frei, er griff nach seinem Schwert und versuchte, auf die Füße zu kommen.

Da erschien der Ritter vor ihm, den Streithammer zum Schlag erhoben. Narses riss das Schwert hoch, um den Hieb abzuwehren, doch er wusste, dass er zu langsam sein und der

Streithammer seinen Schädel zermalmen würde. Mit einer seltsamen Klarheit wurde ihm bewusst, dass nun der Moment gekommen war, von dem die Ahnen Svajonē berichtet hatten: Er starb, erschlagen von einem Schwertbruder. Er fühlte keine Furcht, nur Traurigkeit, dass sein Leben endete und so vieles unerledigt blieb: Der Abschied von seiner Familie blieb ihm verwehrt. Er konnte Raoul und Jada nicht helfen, Naje zu finden. Und er konnte nicht mehr ergründen, was seine Gefühle für Svajonē bedeuteten.

Svajonē … In diesem Augenblick, der nur einen Wimpernschlag und gleichzeitig eine Ewigkeit währte, sah er ihr Gesicht vor sich. Liebte er sie? Er wusste es nicht, denn er hatte noch nie etwas Derartiges für eine Frau empfunden. Und dass er es nicht mehr herausfinden konnte, machte ihn trauriger als alles andere.

Doch der tödliche Hieb, auf den er wartete, wurde nie ausgeführt. Der Streithammer glitt aus der Hand, der Ritter neigte sich im Sattel zur Seite, und Narses sah, was geschehen war: Ein Pfeil ragte seinem Gegner aus dem Schlitz zwischen Helm und Brustpanzer.

Weitere Pfeile sirrten aus dem Wald heran, prallten gegen Helme und Brustpanzer, bohrten sich in die ungeschützten Stellen zwischen den Rüstungsteilen. Ein Ritter wurde von einem Hagel aus Schleudersteinen getroffen und duckte sich hinter seinem Schild. Sein Pferd stieg auf die Hinterbeine und warf ihn ab.

Narses rollte sich hinter einen Busch und versuchte, einen Überblick über die Lage zu bekommen. Giedrius war noch am Leben, außerdem drei seiner Gefährten. Drei andere lagen reglos am Boden. Die überlebenden Schwertbrüder rissen ihre Pferde herum und jagten in wilder Flucht vor dem Beschuss davon.

Zwischen den Bäumen erschienen die Frauen des Dorfes,

in den Händen Bögen, Schleudern und Armbrüste. Giedrius und seine Krieger lachten und riefen ihnen freudige Grüße entgegen. Narses stand auf und ließ seinen Blick über die grimmigen Gesichter der Frauen schweifen, die überall zum Vorschein kamen. Plötzlich brach tief in seinem Innern etwas auf, und Übermut und Glück durchströmten ihn mit solcher Heftigkeit, dass er glaubte, sein Körper könne so viel Lebenskraft auf einmal nicht fassen. Er warf das Schwert fort, ging über den Waldboden, ging immer schneller, bis er rannte, weil er anders dem Ansturm der Gefühle nicht Herr wurde.

Und plötzlich stand Svajonē vor ihm.

Narses atmete schwer, sein Herz pochte laut und pumpte heißes Blut in jede Zelle seines Körpers.

»Du lebst«, sagte sie leise.

»Ja. Die Geister haben sich geirrt.«

Er bemerkte, dass sie weinte. »Ich habe gesehen, was geschehen ist. Ich war mir sicher, du stirbst.«

Sie ging auf ihn zu, nahm sein Gesicht in die Hände und küsste ihn. Es war ein verlangender, gieriger, verzweifelter Kuss, sie drückte ihn zu Boden, setzte sich auf ihn und öffnete sein Wams. Er schmeckte ihre Tränen, spürte ihren heißen Atem, während ihre Lippen seinen Mund, seine Wangen, seinen Hals liebkosten und ihre Hände seine Brust berührten. Weit entfernt hörte er die Stimmen seiner Gefährten, doch hier, auf der Lichtung, gab es nur sie beide, Svajonē und Narses, Narses und Svajonē, niemand sonst.

Die Schwertbrüder fielen nicht auf die Falle herein.

Gintautas und seine Männer wollten sie weit ins Moor locken, wo das Gelände zu schwierig für die gepanzerten Schlachtrösser wurde, um sie dann aus sicherer Entfernung mit Bögen und Wurfspeeren niederzumachen. Die Schwertbrüder jedoch, die Erfahrung im Kampf gegen die Litauer hatten, schienen erkannt zu haben, was ihnen bevorstand. Kurz nachdem der kleinere Trupp davongeritten war und Narses und Giedrius die Verfolgung aufgenommen hatten, zügelten auch die anderen Schwertbrüder ihre Pferde. Vier Ritter, offenbar Hauptleute des Ordens, trafen sich in der vordersten Reihe und berieten über ihre Lage.

Raoul und die Litauer beobachteten den feindlichen Trupp aus zweihundert Schritt Entfernung. Raoul konnte nur Vermutungen darüber anstellen, was dort vor sich ging. Es hatte den Anschein, als hätten die Schwertbrüder nur aus einer plötzlichen Laune heraus die Verfolgung aufgenommen. Dergleichen geschah häufig. Ritterheere waren undiszipliniert, denn Ruhm im Kampf bedeutete den adligen Kriegern mehr als Erfolg versprechende Kriegsführung. Allerdings schien es unter den Schwertbrüdern Männer zu geben, die den eigentlichen Auftrag – Gefangene zu machen – nicht vergessen hatten, weshalb sie einen kleinen Trupp zurückgeschickt hatten. Und nun wurde dem Rest offenbar bewusst, dass im Moor nicht Ruhm und Ehre warteten, sondern nur der Tod.

Raouls Annahmen bestätigten sich, als die feindliche Streitmacht kurz darauf kehrtmachte und das Moor verließ. Gintautas starrte ihnen hinterher und schien nicht zu wissen, was er jetzt tun sollte. Trotz der Goldmaske, die sein Gesicht verhüllte, spürte Raoul die Ratlosigkeit des Jungen. Er an seiner Stelle hätte die Kriegerschar durch das Moor geführt, um den Schwertbrüdern anderswo einen Hinterhalt zu legen. Doch wie hätte er dies Gintautas begreiflich machen sollen? Als der Stammesführer schließlich den Befehl gab, weiter durch das Moor zu reiten, konnte er nur hoffen, dass der Jüngling wusste, was er tat.

Sie verließen das Sumpfgebiet und kamen in eine Gegend mit sanften Hügeln und lichten Birkenwäldern. Gintautas trieb den Reitertrupp unerbittlich an; offenbar hatte er einen

Plan. Sie trafen auf den heiligen Hain und ritten im Schutz der Bäume, bis das verlassene Dorf in Sicht kam. Dort warteten sie, verborgen hinter den mannshohen Sträuchern am Bachufer.

Kurz darauf zeigten sich die Schwertbrüder. Sie ritten über die Wiesen zu einem der Waldstücke, in dem sich die Dorfbewohner versteckt hielten. Dem Dorf selbst schenkten sie keine Beachtung.

Wussten sie, dass sie dort niemanden antreffen würden? Hatte der kleinere Trupp das Dorf ausgekundschaftet und ihnen Bericht erstattet? Falls ja, bedeutete das, dass es Narses und Giedrius nicht gelungen war, sie abzufangen. Voller Sorge fragte Raoul sich, ob seinem Freund etwas zugestoßen war.

Die Männer hatten die Bögen gezückt, denn Gintautas beabsichtigte, die Schwertbrüder zu beschießen, sowie sie in die Nähe des Dorfes kamen. Da sie nun zum Wald ritten, blieben sie außerhalb der Reichweite ihrer Pfeile. Zornig rammte Gintautas seinen Speer in den Waldboden.

Er hatte jedoch keine andere Wahl, als anzugreifen, denn er durfte nicht zulassen, dass die Schwertbrüder das Versteck der Dörfler entdeckten. Das wusste auch Gintautas, weshalb er seinen Speer ergriff, einen Schlachtruf ausstieß und durch den Bach ritt.

Als die Schwertbrüder den donnernden Hufschlag und das Kriegsgeschrei der Litauer hörten, schwenkten sie herum und jagten über die Ebene. Obwohl Raoul wusste, wie tollkühn und gefährlich dieser Angriff war, überkam ihn wie vor jeder Schlacht jenes eigentümliche Fieber, eine Mischung aus Furcht und Übermut, bei der er sich lebendig wie nie fühlte. Er schwang sein Schwert über dem Kopf und fiel in das Gebrüll der Litauer ein, während ihm der Wind ins Gesicht blies und sich die Muskeln des Pferdes hoben und senkten.

Die Litauer ritten in einem Bogen über die Ebene, um die Schwertbrüder auf Abstand zu halten, und beschossen sie unentwegt mit ihren Reiterbögen. Mehr als ein Dutzend Schwertbrüder stürzten aus den Sätteln, bevor sie ihre Taktik änderten und sich in zwei Gruppen aufteilten, die die Litauer in die Zange nahmen. Als Gintautas erkannte, dass er einem Nahkampf nicht mehr ausweichen konnte, führte er seine Männer im Galopp gegen eine der Gruppen. Raoul war stolz auf den Jungen, der trotz seiner sechzehn Jahre bereits über das Gespür eines erfahrenen Kriegers verfügte.

Ohrenbetäubendes Geschrei und das Klirren der Waffen erklang beim Aufeinanderprallen der beiden Reitertrupps. Raoul wehrte einen Lanzenstoß mit dem Schild ab und hieb dem Ritter mit aller Kraft gegen den Helm. Er blieb stets neben Gintautas, um ihn schützen zu können, falls er in Gefahr geriet. Gintautas jedoch hatte seine Hilfe nicht nötig. Mit seinem Speer hob er einen Schwertbruder aus dem Sattel, warf die zersplitterte Waffe fort und zückte seine Axt, um den nächsten Gegner anzugreifen.

Das Gefecht währte nicht lange, denn als die Litauer drohten, in der Flanke von dem zweiten feindlichen Trupp angegriffen zu werden, riss Raoul den Befehl an sich und brachte die Krieger dazu, ihm zum Wald zu folgen, indem er brüllte und sein Schwert schwenkte. Die litauischen Pferde mochten insgesamt langsamer als die Schlachtrösser der Schwertbrüder sein, aber auf kurzen Strecken waren sie bedeutend schneller, sodass die Schar mühelos den Schutz der Bäume erreichte.

Es war eine kluge Entscheidung gewesen, in den Wald zu reiten, denn dort konnten die Schwertbrüder nicht formiert angreifen, wodurch sie einen großen Teil ihrer Kampfkraft einbüßten. Gintautas führte seine Krieger nach Norden, fort von den Verstecken der Dorfbewohner. Immer wieder kam es zu Scharmützeln, die bewirkten, dass sich beide Trupps in viele kleine Gruppen auflösten, die die Wälder durchstreiften, auf der Suche nach dem Feind.

Raoul ritt, kämpfte, versteckte sich, kämpfte erneut und spürte nicht, wie die Stunden verstrichen. Als der Abend hereinbrach, glühte sein Körper, seine Zunge lag geschwollen und ausgetrocknet in seinem Mund, Blut floss aus unzähligen kleinen Schnitten. Gintautas hatte er schon vor einer Weile aus den Augen verloren, und er ritt mit vier Männern, deren Namen er nicht kannte. An einem Bach ruhten sie sich aus. Raoul stieg mit Stiefeln und Kleidern in das kühle Quellwasser, tauchte unter und warf prustend den Kopf in den Nacken. Dann trank er an der Quelle, bis sein Durst gelöscht war.

Derweil berieten die Männer, was sie tun sollten. Offenbar einigten sie sich darauf, Gintautas zu suchen, denn der Name des Stammesführers fiel mehrmals. Plötzlich unterbrachen sie ihr Gespräch. Raoul stieg aus dem Wasser und hörte den Grund für ihr Schweigen: Aus der Ferne erklang Geschrei. In dem abendlichen Wald war es schwierig, die Richtung festzustellen, aus der es kam, doch eines stand fest: Nicht dreißig oder vierzig Männer brüllten, sondern mindestens dreihundert.

Einer der Litauer kletterte auf den höchsten Baum in der Nähe und hielt Ausschau. Er blieb eine ganze Weile oben. Als er wieder herunterkam, war er aufgeregt und lachte freudig. Von den Worten, die er seinen Gefährten zurief, verstand Raoul nur ein einziges: Vytenis.

Der Großfürst der Litauer war gekommen.

Bei Einbruch der Nacht warfen die Litauer die toten Schwertbrüder ins Moor: ein Opfer für die Götter, die sie zum Sieg geführt hatten.

Mehrere Feuer brannten vor dem Erdwall des Dorfes, wo Vytenis' Krieger lagerten. Die Dorfbewohner hatten ihre Verstecke im Wald verlassen, brachten den Männern Wein und Essen und feierten die Ankunft ihres Großfürsten mit Freudentänzen und fröhlichen Liedern. Nach dem Ende der Kämpfe im Wald waren Raoul und seine Kampfgefährten zum Dorf geritten, wo er wenig später Jada, Narses, Gintautas und Svajonē fand, die zu seiner Erleichterung wohlauf waren. Von den Schwertbrüdern war weit und breit nichts zu sehen. Svajonē berichtete ihm, dass sie geflohen waren, nachdem Vytenis in die Schlacht eingegriffen hatte. Der Großfürst verfügte über zweihundert eigene Männer, Reiter, schwer gepanzerte Fußsoldaten und Bogenschützen, und hatte außerdem in den letzten Tagen die Krieger der benachbarten Stämme um sich geschart, um Gintautas' Hilferuf zu folgen, sodass er nun über mehr als dreihundert Mann verfügte: eine Streitmacht, die den Schwertbrüdern keine andere Wahl gelassen hatte, als sich zurückzuziehen.

Unter den Litauern waren die Verluste überraschend gering. Etwa ein Dutzend Krieger war gefallen oder so schwer verletzt, dass sie die Nacht nicht überleben würden. Während Raoul mit einem Becher Bier am Feuer saß, fiel ihm auf, dass auch einige Dorfbewohner fehlten.

»Wo ist Audra?«, fragte er Svajonē.

Die Stimme der Geisterseherin klang schwer vor Sorge. »Die Schwertbrüder haben sie verschleppt. Sie und einige andere.«

Gintautas hatte versucht, die Ordensritter von den Verstecken der Dorfbewohner wegzulocken. Doch offenbar waren die Christen während der Kämpfe zufällig auf einige versprengte Dörfler gestoßen. Raoul wollte sich gerade bei Svajonē nach den Einzelheiten erkundigen, als Gintautas zurückkam und einige Worte mit der Geisterseherin wechselte.

»Gehen wir zum Langhaus«, sagte sie und stand auf, als Gintautas davonschritt.

»Was ist dort?«

»Der Großfürst hält einen Bojarenrat ab.«

»Bojar« war eines der litauischen Worte, die Raoul kannte: So wurde Gintautas genannt; es war der Titel des Stammesführers.

Das Langhaus war bereits voller Krieger, als Raoul mit Jada, Svajonē und Narses eintraf. Es war heiß und drückend und roch nach Schweiß, Leder und dem Rauch der beiden Feuer. Die Männer umringten den Großfürsten und fünf Bojaren, darunter Gintautas. Falls sich der Jüngling inmitten der älteren Stammesführer unsicher fühlte, so verbarg er es unter einer Maske aus Stolz und Härte.

Vytenis war ein großer, breitschultriger Mann von etwa vierzig Jahren, der einen Schuppenpanzer trug. Ein silberner Stirnreif hielt das schulterlange, von grauen Strähnen durchsetzte Haar zurück. Sein vernarbtes Gesicht mit dem breiten Schnurrbart zeigte keinerlei Regung, während er einem Stammesführer zuhörte.

»Worüber reden sie?«, wandte sich Raoul mit leiser Stimme an Svajonē.

»Über den Kriegszug gegen die Schwertbrüder. Der Großfürst will den Rat der Bojaren hören, bevor er entscheidet, was zu tun ist.«

»Was gibt es da zu entscheiden?«

Vytenis hörte der Reihe nach alle Stammesführer an, zuletzt Gintautas, dessen hohe, jugendliche Stimme ein wenig fehl am Platz wirkte. Als er schließlich selbst sprach, war es in der Halle so still wie bei einer Andacht.

»Was sagt er?«, fragte Raoul angespannt.

»Er will einige Tage hier lagern, bis zwei weitere Stämme zu ihm gestoßen sind.«

»So viel Zeit haben wir nicht! Er muss die Schwertbrüder verfolgen, bevor sie sich von der Niederlage erholt haben!«

Das war noch nicht alles, was Vytenis zu sagen hatte. Als er weitersprach, starrte Gintautas ihn ungläubig an und fiel ihm plötzlich ins Wort. Auch Gintautas' Krieger in der Menge waren aufgebracht und redeten durcheinander.

»Das kann er nicht tun!«, murmelte Svajonē.

»Was?«, fragte Raoul, doch die Litauerin trat im gleichen Moment in den Kreis und erhob die Stimme.

Das Wort einer Geisterseherin hatte großes Gewicht, und sogar die Bojaren verstummten, als Svajonē den Großfürsten ansprach. Vytenis starrte sie zornig an, doch Svajonē verstummte erst, als er ihr mit einem scharfen Ausruf das Wort abschnitt. Er wandte sich an die Bojaren und verkündete seine Entscheidung, wobei er mit seiner dröhnenden Stimme den Tumult in der Halle mühelos übertönte.

Die Stammesführer verließen daraufhin mit ihren Kriegern das Langhaus, das Vytenis für die Zeit seines Aufenthalts beanspruchte. Während Jada und Narses nach draußen geschoben wurden, drängte Raoul sich zu Svajonē und Gintautas durch, die niedergeschlagen neben dem Feuer standen und leise miteinander redeten.

»Was ist geschehen?«

»Vytenis will mit seiner Streitmacht nach Westen ziehen, um die Ländereien des Deutschen Ordens zu überfallen.«

»Und die Schwertbrüder?«

»Er sagt, er fürchtet die Schwertbrüder nicht«, erwiderte Svajonē. »Er will sie nach seiner Rückkehr angreifen. Im Winter, wenn ihre Vorräte knapp werden und sie sich nicht länger in ihrer Burg verstecken können.«

SIEBENUNDZWANZIG

Die Glocke der Burgkapelle weckte Ardeshir.

Es war bereits später Vormittag, als er aufstand. Er ging früh zu Bett und schlief lange, seit er auf Burg Thorgast war. Die feuchte Luft und das wechselhafte Wetter Litauens zehrten an seinen Kräften, obwohl er sich Tag und Nacht in überhitzten Räumen aufhielt. Auch jetzt brannte ein Feuer im Kamin. Er hatte die Dienenden Brüder angewiesen, dafür zu sorgen, dass es niemals erlosch. Während er schlief, schlichen sie in die Kammer und legten stündlich Holz nach.

Naje kam mit den Wetterverhältnissen besser zurecht, dank ihrer menschlichen Hälfte. Zur Sicherheit ließ er auch in ihrer Kammer ständig ein Feuer brennen, denn er konnte es sich nicht erlauben, dass ihre Gesundheit Schaden nahm.

Er beschloss, nach ihr zu sehen, wie er es jeden Tag tat. Während er sein goldfarbenes Gewand zuknöpfte, warf er einen Blick aus dem Fenster. Dass die Glocke um diese Zeit schlug, war ungewöhnlich. Normalerweise versammelten sich die Schwertbrüder erst wieder mittags zum Gebet, denn der Vormittag gehörte der Arbeit in der Burg. War heute ein besonderer Tag? Er wusste es nicht, denn er hatte sich nie die Mühe gemacht, sich eingehend mit den Ordensregeln zu beschäftigen.

In diesem Moment erschienen zwei Männer auf dem Hof und gingen zur Kapelle. Der eine war von Segewold. Der andere Marcoul von Culm.

Also waren der Komtur und seine Männer wieder zurück.

Und niemand hatte es für nötig befunden, ihn, Ardeshir, darüber in Kenntnis zu setzen. Zornig warf er die Tür hinter sich ins Schloss und machte sich auf den Weg zur Kapelle.

Als er sie betrat, knieten die Ordensritter gerade und sangen ein Lied. Offenbar dankten sie Gott für die Rückkehr ihrer Brüder. Sie fanden immer einen Grund, um zu beten. Bei all ihrer Todesverachtung und Stärke im Kampf waren sie im Grunde verängstigte Seelen, die in einer chaotischen, von Zufälligkeiten gelenkten Welt nach Halt suchten, indem sie sich allerlei obskuren Ritualen unterwarfen.

Die letzten Töne des Liedes verklangen, und er schritt den Mittelgang zwischen den knienden Männern entlang. »Von Culm! Wieso habt Ihr mich nicht über Eure Rückkehr informiert?«

Schockiert starrten die Männer ihn an. Von Segewold wandte sich zu ihm und sagte verärgert: »Ihr habt nicht das Recht, unsere Messe zu stören!«

Er beachtete ihn nicht. »Ich rede mit Euch, von Culm! Wo seid Ihr?«

Der Komtur erhob sich aus der Masse der rot-weiß gekleideten Leiber. »Eure Diener sagten, Ihr würdet noch schlafen. Ich hielt es für falsch, Euch wecken zu lassen.«

Das war eine Ausrede. In Wahrheit fürchtete von Culm sich davor, Ardeshir unter die Augen zu treten. Der Grund dafür lag auf der Hand. »Ich habe Euch eine Woche gegeben«, fuhr er den Komtur an. »Eine Woche, nicht zehn Tage! Wieso habt Ihr so lange gebraucht?«

»Es gab Schwierigkeiten. Sämtliche Dörfer im Umkreis von zwei Tagesritten sind verlassen. Wir mussten weit nach Süden reiten, um Litauer zu finden.«

Es war Ardeshir nicht entgangen, dass die Reihen der Schwertbrüder gelichtet waren. Offenbar hatte von Culm nicht nur eine Ewigkeit gebraucht, um Litauer zu finden, er hatte sich auch noch auf Kämpfe mit ihnen eingelassen. »Ich hoffe doch sehr, Eure Bemühungen waren erfolgreich, von Culm.«

Er sah dem Gesicht des Ordensritters an, dass sie das nicht gewesen waren.

Von Segewold kam seinem Komtur zu Hilfe. Er hatte mit dem Kaplan vereinbart, dass die Messe verschoben wurde, und kam den Mittelgang entlang. »Der Komtur hat Gefangene gemacht, ganz wie es Euer Wunsch war«, sagte er.

»Wie viele?«, fragte Ardeshir den Hochmeister.

»Etwa ein Dutzend.«

»Ein Dutzend!«, schrie Ardeshir. »Und dafür hat er so viele Männer verloren? Wollt Ihr mich zum Narren halten?«

Die anwesenden Schwertbrüder lauschten wie gebannt. Es geschah nicht oft, dass sie Zeuge wurden, wie ihre Oberen sich rechtfertigen mussten.

»Wir sollten in meinem Gemach über diese Angelegenheit sprechen«, sagte von Segewold steif.

Ardeshir tat, als habe er ihn nicht gehört. »Kommt her«, befahl er Marcoul von Culm.

Mit versteinertem Gesicht gehorchte der Komtur. Schweiß glänzte auf seiner Stirn.

»Ich habe Euch eine eindeutige Anweisung gegeben«, sagte Ardeshir mit leiser Stimme, die vor Zorn zitterte. »Eine klare, einfache Anweisung. Wieso habt Ihr sie nicht ausgeführt?«

»Die Litauer waren auf unser Kommen vorbereitet«, erwiderte von Culm. »Außerdem waren Bazerat und sein Freund bei ihnen.«

Ardeshir war so verblüfft, dass er für einen Augenblick vergaß, wie wütend er war. Bazerat hier, in Litauen? Also hatte Amadeus Aba versagt, und Bazerat war ihm gefolgt. Aber was tat er bei den Litauern? Ardeshir gewann seine Fassung zurück. »Bazerat ist also dafür verantwortlich, dass Ihr versagt habt?«

»Nein. Aber als wir die Litauer schon so gut wie besiegt hatten, griff uns der Großfürst mit seiner Streitmacht an. Wir mussten fliehen. Zuvor war es uns glücklicherweise gelungen, eine Gruppe von fliehenden Dorfbewohnern gefangen zu nehmen.«

Ardeshir schlug von Culm mit dem Handrücken ins Gesicht. Der Schlag war hart, und der Kopf des Ordensritters schwang zur Seite. »Lügt mich nicht an!«

»Es ist die Wahrheit, Ihr habt mein Wort …«

Er hatte genug gehört. »Ihr beide!«, wandte er sich an zwei kniende Männer. »Schafft diesen Mann in den Kerker.«

Die beiden Schwertbrüder erhoben sich und blickten unschlüssig von Segewold an. Der Hochmeister sagte:

»Marcoul von Culm ist der Komtur dieses Ordens. Niemand rührt ihn an.«

»Er hat versagt!«, fauchte Ardeshir. »Ich enthebe ihn seines Amtes.«

»Die Entscheidung, ob ein Angehöriger der Bruderschaft bestraft wird, liegt allein in meiner Hand«, entgegnete von Segewold scharf.

»Ich warne Euch, Hochmeister. Denkt daran, wem Ihr die Existenz dieses jämmerlichen Ordens zu verdanken habt.«

Die Drohung verfehlte ihre Wirkung nicht. Von Segewold verstummte.

»Worauf wartet ihr noch?«, fuhr Ardeshir die beiden Dienenden Brüder an. »Ergreift ihn!«

Die Männer zögerten, doch als von ihrem Hochmeister kein anderslautender Befehl kam, packten sie von Culm an den Armen und brachten ihn aus der Kapelle.

»Führt mich zu den Gefangenen«, befahl Ardeshir von Segewold.

»Fahrt mit der Messe fort«, wies von Segewold den Kaplan an, bevor er und Ardeshir den beiden Dienenden Brüdern in den Kerker folgten.

In den Gewölben unter der Burg fühlte Ardeshir sich stets unwohl. Die Luft war kühl und feucht, niemals gelangte ein Sonnenstrahl in die finsteren Gänge und Kammern, und aus der Tiefe erklang das unangenehme Geräusch rauschenden Wassers: der Fluss, der unter den Grundmauern der Burg dahinfloss. Er befahl den Dienenden Brüdern, von Culm in die erstbeste Zelle zu werfen. Nachdem sich die Falltür im Boden geschlossen hatte, sagte von Segewold:

»In dieser Angelegenheit ist das letzte Wort noch nicht gesprochen.«

»Ich habe Euch nicht um Eure Meinung gefragt, Hochmeister. Wo sind die Gefangenen?«

Einer der Dienenden Brüder ging zu einer anderen Falltür. »Hier, Herr.«

»Aufmachen.«

Der Dienende Bruder schob den Riegel zurück und öffnete die Falltür. Ardeshir riss dem anderen die Fackel aus der Hand und leuchtete in die Öffnung. Vor Furcht verzerrte Gesichter blickten zu ihm auf. Es waren ein paar Frauen und Alte und eine Handvoll Kinder. Sein Zorn regte sich erneut. Wenn von Culm wenigstens ein Dutzend Krieger gefangen hätte … Die Kinder und Alten würden keine drei Heilungen überstehen. Sie würden so schnell sterben wie ein Schwarm Eintagsfliegen, und das Zepter würde niemals gefüllt werden.

»Fangt sofort an«, befahl er von Segewold. »Aber seid diesmal vorsichtig. Diese Gefangenen sind alles, was wir haben.«

Unter den Litauern war eine Alte mit ledrigem Gesicht, die einen Mantel aus Tierhäuten trug. Sie starrte ihn mit brennenden Augen an und zischte, als schleudere sie einen Fluch gegen ihn: »Velnias!«

»Sie zuerst«, sagte Ardeshir. »Und wenn sie nicht mehr kann, macht mit von Culm weiter. Er sollte einiges aushalten. Immerhin ist er ein Ritter im Dienste des Herrn. Nicht wahr, Hochmeister?«

ACHTUNDZWANZIG

Während der Großfürst auf die beiden Stämme wartete, versuchte Svajonē, ihn von seinen Plänen abzubringen.

Raoul wusste nicht, ob ihre Bemühungen Früchte trugen, denn er bekam kaum Gelegenheit, mit ihr zu sprechen. Wenn sie nicht bei Vytenis und Gintautas im Langhaus weilte, verbrachte sie die Tage und Nächte mit Narses.

Seit dem Angriff der Schwertbrüder hatte Raoul die Hütte für sich allein, denn Narses war zu Svajonē gezogen, und Jada zog es vor, in einem leer stehenden Haus auf der anderen Seite des Dorfs zu wohnen. Insgeheim war Raoul froh darüber, dass er Narses und Svajonē so selten zu Gesicht bekam. Sosehr er sich für seinen Freund freute, dass er endlich die Liebe gefunden hatte, so schmerzlich erinnerte ihn der Anblick der beiden an das, was er verloren hatte.

Seit Tagen schon lastete die Hitze über dem Dorf, ohne dass ein Gewitter oder eine Brise für Abkühlung sorgte. Raoul saß am Ufer des Baches, der zu einem spärlichen Rinnsal geworden war, schnitzte gedankenverloren an einem Ast herum und dachte an Naje. Jada war davon überzeugt, dass sie wohlauf war; sie sagte, sie hätte es gespürt, wenn ihr etwas zugestoßen wäre. Er selbst verspürte diese Gewissheit nicht. Er gab Svajonē noch einen Tag Zeit, dann wollte er zur Burg der Schwertbrüder reiten. Außer Jada wollten ihn Svajonē und Narses begleiten. Ob Gintautas ihm helfen würde, wusste er nicht. Wenn der Großfürst befahl, ihm auf seinem

Kriegszug gegen den Deutschen Orden zu folgen, musste er gehorchen.

Er hatte nie viel künstlerisches Geschick besessen, und seine Schnitzarbeit misslang. Er warf den Ast in den Bach und blickte über die Wiesen. Svajonē kam auf ihn zu. Zu seiner Überraschung war sie allein. In den letzten Tagen hatte er sie nie ohne Narses gesehen.

»Gibt es Neuigkeiten von den Stämmen?«, fragte er.

»Ihre Späher sind da. Die restlichen Krieger werden zur Mittagsstunde hier sein.«

»Bleibt Vytenis bei seiner Entscheidung?«

»Er will Euch sehen«, sagte Svajonē.

»Weshalb?«

Sie gab keine Antwort. »Kommt. Er erwartet Euch im heiligen Hain.«

Er schob seinen Dolch in die Hülle und folgte der Geisterseherin den Pfad entlang, der zu dem Wäldchen aus Eichen und Birken führte. Am Rande des Unterholzes blieb sie stehen.

»Ich soll allein gehen?«

»Es ist nicht nötig, dass ich Euch begleite«, sagte Svajonē.

Raoul ging in den Wald hinein. Die Morgensonne schien durch das Blätterdach und tauchte den Pfad in grünliches Zwielicht. Vor einem verwitterten, moosigen Felsen mit dem gehörnten Antlitz eines Gottes erwartete ihn Vytenis, allein. Seine sechsköpfige Leibwache, ohne die er üblicherweise keinen Schritt tat, war nicht zu sehen.

Er war unbewaffnet und trug ein blaues Gewand mit kostbaren Silberstickereien. Mit harter Miene musterte er Raoul, der vor ihm ein Knie beugte.

»Erhebt Euch«, sagte er.

Vytenis sprach Latein. Er bedeutete Raoul mit einer Handbewegung, ihm den Pfad entlang zu folgen. Sie gingen tiefer in den Hain hinein, wo die Birken allmählich den uralten Eichen wichen. Wildschweine hatten den Waldboden mit ihren Schnauzen und Hauern zerwühlt. Raoul schwieg. Er hatte den Großfürsten als einen herrischen Mann kennengelernt, der es nicht schätzte, wenn man ihn ansprach, bevor er seine Erlaubnis gab.

»Ihr habt den Dorfbewohnern Hoffnung und Mut gemacht«, sagte Vytenis schließlich. »Gintautas hält große Stücke auf Euch.«

»Gintautas ist noch jung. Er war für jede Hilfe dankbar.«

»Er würde Euch bis ans Ende der Welt folgen, wenn Ihr es wünschtet.«

Raoul spürte, dass dem Großfürsten Gintautas' Ergebenheit ihm gegenüber nicht gefiel. »Er glaubt, die Ahnen hätten mich geschickt.«

»Ja«, sagte Vytenis, »die Geisterseherin hat mir von ihrer Weissagung erzählt. Ihr seid ein Christ. Glaubt Ihr an das Wirken der Ahnen?«

»Svajonē wusste, wer ich bin, als Gintautas mich zum Dorf brachte«, erwiderte Raoul ausweichend.

»Das ist keine Antwort.«

Vytenis war klüger, als er gedacht hatte. Und er duldete keine Ausflüchte. »Ich habe schon viele Dinge gesehen, an die ein Christ nicht glauben darf. Wenn Svajonē sagt, die Ahnen sprächen zu ihr, wird es so sein.«

Der Pfad verbreiterte sich zu einer kleinen Lichtung, die von Felsen umstanden war. Vytenis legte die Hand auf einen Steinblock, der wie die anderen mit Gesichtern und Fratzen versehen war. »Die Ahnen sind mächtig«, sagte er und blickte Raoul dabei durchdringend an. »Aber die Götter stehen noch über ihnen. Ich habe deshalb vor langer Zeit beschlossen, nur noch ihrem Rat zu folgen.«

Raoul begann zu ahnen, worauf der Großfürst hinauswollte. Seinem Entschluss, nicht gegen die Schwertbrüder in den Krieg zu ziehen, lagen keine strategischen Überlegungen zugrunde – er war nicht mit der Rolle einverstanden, die Raoul dabei zukommen sollte. Svajonē sagte, es sei der Wille der Ahnen, dass er die Litauer in die Schlacht gegen Velnias führe. Vytenis betrachtete dies als Beschränkung seiner Macht, weshalb er nicht bereit war, dem Wunsch der Ahnen zu folgen.

»Was ist der Wille der Götter?«, fragte Raoul.

»Die Vertreibung der Christen aus meinem Land«, antwortete Vytenis mit harter Stimme.

»Auch die Schwertbrüder sind Christen. Sie haben Eurem Volk ebenso viel Leid angetan wie der Deutsche Orden.«

»Ja. Die Geisterseherin hat mir erzählt, was ihr und ihrem Stamm in der Burg widerfahren ist.«

Raoul wollte ihn beschwören, Burg Thorgast anzugreifen, solange die Schwertbrüder ihre Niederlage nicht verwunden hatten, doch das wäre genau der falsche Weg gewesen. Vytenis durfte nicht den Eindruck gewinnen, Raoul stelle in Frage, dass der Großfürst allein die Entscheidung traf. »Sie im Winter anzugreifen, könnte zu spät sein«, sagte er.

Zorn flackerte in Vytenis' Augen auf. Schon dieser vorsichtige Einwand bedeutete die Grenze dessen, was er zu dulden bereit war. »Ich bin mir über Eure Wünsche im Klaren«, sagte er harsch. »Die Geisterseherin hat mir keine Ruhe damit gelassen.«

»Verzeiht, Euer Gnaden.« Raoul deutete eine Verneigung an und sah Vytenis dann in die Augen. »Weshalb habt Ihr mich herbefohlen?«

»Ich wünsche, dass Ihr mir Gefolgschaft schwört.«

Nun war es ausgesprochen. Vytenis wollte sicherstellen, dass von Raoul keine Bedrohung für seine Macht ausging. Wenn das der Preis dafür war, dass der Großfürst Burg Thorgast angriff, wollte er ihn bereitwillig zahlen. »Wenn ich es tue«, erwiderte er, »zieht Ihr dann gegen die Schwertbrüder?«

»Ich bin nicht hier, um mit Euch zu handeln!«, fuhr der Großfürst ihn an.

Raoul verneigte sich abermals. »Ihr habt mein Schwert und meine Treue, Euer Gnaden.«

Am frühen Abend brach Vytenis' Streitmacht auf. Gintautas ließ die Hälfte seiner Krieger zurück, um das Dorf zu schützen, dennoch verfügte der Großfürst mit den beiden Stämmen, die im Lauf des Tages eingetroffen waren, über fast vierhundert Mann. Der Streitmacht hatte sich auch ein Dutzend Frauen angeschlossen: Ehefrauen der Krieger, die im Kampf gegen die Schwertbrüder gefallen waren und die nun Rache suchten. Bewaffnet mit Schleudern, Keulen und Dolchen ritten sie Seite an Seite mit den Männern.

Als sich auf der schmalen Straße am Memelufer der Heerwurm mehrere hundert Schritt auseinanderzog, wartete Narses am Wegesrand, bis Raoul, der mit der Nachhut geritten war, zu ihm aufschloss.

»Svajonē hat erzählt, du hast dem Großfürsten die Treue geschworen«, sagte der Byzantiner grinsend.

»Es musste sein«, erwiderte Raoul.

»Hat er deshalb seine Pläne geändert?«

Raoul wollte nicht den Verdacht aufkommen lassen, er hätte Vytenis beeinflusst, nicht einmal vor Narses. Zu viel hing davon ab, dass der Großfürst bei seiner neuen Entscheidung blieb. »Ich weiß es nicht.«

»Und wenn das alles vorbei ist? Hältst du ihm dann weiter die Treue?«

Die Frage war alles andere als unsinnig. In jedem Land galt ein Treueschwur, den man einem Fürsten geleistet hatte, bis zum Tod. »Er hat mir sein Wort gegeben, mich aus seinen Diensten zu entlassen, wenn die Schwertbrüder besiegt sind.«

Insgeheim war Raoul sogar froh darüber, dass es so gekommen war. Er hatte die Verantwortung für Gintautas und seinen Stamm als Last empfunden, die er tragen musste, obwohl er nur seine Tochter retten wollte. Nun war er sie endlich los.

Gemächlich ritten sie neben den Bogenschützen und Speerträgern her, die in loser Formation auf dem Weg marschierten. Raoul hatte bemerkt, dass Narses sich in den vergangenen Tagen verändert hatte. Er war ernster und nachdenklicher geworden, denn zum ersten Mal in seinem Leben sorgte er sich um das Wohlergehen eines anderen Menschen, den er bedingungslos liebte. Er hatte sogar versucht, Svajonē zu überzeugen, im Dorf zu bleiben, wo sie sicher war. Doch sie wollte davon nichts hören. Sie wollte bei ihm sein, wann immer sie konnte.

»Was wirst du tun, wenn dies hier vorüber ist?«, fragte Raoul. »Bleibst du bei Svajonē?«

»Ich weiß es nicht«, antwortete Narses. »Svajonē will ihre Heimat nicht verlassen. Sie sagt, sie gehört hierher, trotz allem, was geschehen ist. Wer weiß, vielleicht baue ich mit ihr ein Haus und werde Bauer.« Er lachte.

»Und ihre Weissagung?«

»Die Ahnen haben sich geirrt. Ich muss nicht sterben. Zumindest nicht so bald.«

»Hat Svajonē das gesagt?«

»Ja.«

Raoul sah keinen Grund, warum die Geisterseherin Narses anlügen sollte. Dennoch war er nicht vollständig beruhigt und wünschte, sein Freund konnte Svajonē davon überzeugen, dieses Land zu verlassen und irgendwo hinzugehen, wo die Ahnen der Litauer mit ihren dunklen Prophezeiungen keine Macht besaßen.

Ein einzelner Reiter auf einem schnellen Pferd brauchte etwa anderthalb Tage bis zur Burg Thorgast, eine Streitmacht mit vielen Fußsoldaten dagegen bedeutend länger. Drei Tage zogen sie nach Norden, durch eine menschenleere Gegend mit verlassenen Dörfern, bis die Memel schließlich einen weiten Bogen beschrieb und nach Westen Richtung Meer floss. Sie ritten nach Nordosten und überquerten auf einer Furt den Fluss Neris, der durch dichte Nadelwälder floss, bevor sie am frühen Nachmittag wieder auf die Memel stießen. Vytenis' Späher meldeten, dass die Burg etwa eine halbe Meile vor ihnen lag.

Feindliche Reiter waren ihnen keine begegnet, nicht einmal Kundschafter. Die Schwertbrüder schienen sich gänzlich in ihre Burg zurückgezogen zu haben.

Auf einem Hügel, von dem man die Türme der Burg sehen konnte, versammelte der Großfürst seine Hauptleute und Bojaren um sich, um den Angriff zu planen. Raoul durfte zugegen sein. Seit seinem Treueschwur betrachtete Vytenis ihn nicht mehr als Rivalen, und nachdem er erfahren hatte, dass Raoul in seiner Heimat den Titel eines Ritters trug, behandelte er ihn mit dem gleichen Respekt wie die Stammesführer.

Raoul ließ sich von Svajonė übersetzen, was die Männer sprachen. Vytenis' Plan sah vor, den Angriff auf das Tor zu konzentrieren und zu versuchen, es mit einer Ramme zu zerschmettern, während ein Teil der Krieger mit Sturmleitern auf die Wehrmauern eindrang und die Bogenschützen die Verteidiger beschossen. Raoul hatte dagegen keine Einwände; dies war die übliche Methode, eine Burg anzugreifen, wenn einem keine Belagerungsmaschinen zur Verfügung standen.

Zwar würde es fünfzig oder mehr Ordensrittern leichtfallen, die Türme und Wälle zu verteidigen, doch dafür konnte Vytenis eine erdrückende Übermacht ins Feld führen.

Raoul hatte jedoch einen Vorschlag zu machen. »Erlaubt Ihr mir zu sprechen, Euer Gnaden?«, wandte er sich an den Großfürsten.

Vytenis nickte.

»Svajonē hat die Burg, durch die ein unterirdischer Fluss fließt, durch einen Tunnel verlassen. Eine kleine Gruppe von Kriegern könnte versuchen, durch diesen Tunnel in die Burg einzudringen und die Tore zu öffnen.«

Der Großfürst wandte sich an die Geisterseherin. »Wäre das möglich?«

»Ich kann mich kaum an den Tunnel erinnern, Euer Gnaden«, antwortete Svajonē. »Ich war dem Tode nah, als ich nach draußen gespült wurde.«

»Wärt ihr bereit, diesen Trupp anzuführen und es zu versuchen?«, fragte Vytenis Raoul.

»Ja.«

»Dann wählt sechs Krieger aus, die Euch begleiten sollen.«

Der Erste, den Raoul auswählte, war Narses, den er bat, fünf Litauer auszusuchen, denn der Byzantiner kannte Gintautas' Krieger besser als er. Nach einer halben Stunde kam Narses mit fünf Männern zurück. Er hatte eine gute Wahl getroffen, zumindest machten die Krieger einen verlässlichen Eindruck. Einer von ihnen war Giedrius, der immerzu seine Ringelnatter bei sich trug.

»Was hat es eigentlich mit der Schlange auf sich?«, fragte Raoul.

»Sie heißt Žaltys«, antwortete Narses. »Giedrius hält sie für ein heiliges Tier. Er glaubt, sie könne ihm die Zukunft vorhersagen.«

Während sich die Streitmacht auf den Angriff vorbereitete, kehrte Raoul auf den Hügel zurück, wo die Litauer Bäume für eine Ramme und die Sturmleitern fällten. Er beobachtete die Burg und fragte sich, wo Naje gefangen gehalten wurde. Der bevorstehende Angriff konnte Ardeshir und den Schwertbrüdern nicht verborgen bleiben. Er betete, dass sie seiner Tochter nichts antaten.

Plötzlich bemerkte er, dass Jada neben ihm stand. Er war so in Gedanken versunken gewesen, dass er sie nicht kommen gehört hatte.

»Ich weiß jetzt, warum mir das Licht Burg Thorgast nicht zeigen konnte«, sagte sie unvermittelt.

Er blickte sie fragend an.

»Das Zepter«, erklärte sie. »Es ist so beschaffen, dass niemand es aufspüren kann. Nicht einmal mit der Hilfe des Schreins.«

»Wieso erzählst du mir das?«, fragte Raoul barsch. »Hast du nicht entschieden, dass wir von nun an getrennte Wege gehen?«

Jada blickte zur Burg. »Ich möchte etwas mit dir vereinbaren.«

»Obwohl ich ein Mensch bin? Das muss dir doch zuwider sein.«

Als sie sich ihm zuwandte, sah er, wie erschöpft sie war. Die ständige Angst um Naje hatte ihre Kräfte verzehrt. Sie war nicht auf Streit aus. »Ich weiß, dass du verletzt bist, Raoul. Deshalb bin ich hier. Ich möchte dich bitten, für eine Weile zu vergessen, was zwischen uns vorgefallen ist. Wenigstens so lange, bis Naje in Sicherheit ist.«

»Warum?«

»Weil wir zusammenhalten müssen, wenn wir sie vor Ardeshir schützen wollen.«

»Und wenn sie gerettet ist – was dann?«

»Du kennst meinen Entschluss«, erwiderte Jada.

Er starrte sie an, und die Worte, die in ihm aufstiegen, waren rau und hart. »Du erwartest von mir, in die Burg einzudringen, gegen Ardeshir und die Schwertbrüder zu kämpfen und Naje zu holen … nur damit du sie fortbringen kannst? Verstehe ich das richtig?«

»Ich erwarte, dass du an Najes Wohlergehen denkst. Alles andere ist jetzt unwichtig.«

»Was du verlangst, ist unmöglich.«

»Es ist vernünftig.«

Er packte sie an den Schultern, und für einen Augenblick war er so wütend, dass er ihr um ein Haar wehgetan hätte. Dann wandte er sich ab, stapfte über die Lichtung und blickte zu den Baumkronen auf, während sein Zorn allmählich kühler Klarsicht wich.

Jada hatte recht. So schwer es ihm auch fiel, dies einzusehen.

Worum sie ihn bat, mochte ihm kalt, sogar grausam erscheinen, für Naje war es das Beste. Die Bedrohung durch Ardeshir war so groß, dass sie zusammenhalten *mussten*, ganz gleich, ob sie noch etwas miteinander verband. Und er wusste, er wäre niemals fähig, Naje in Gefahr bringen, nur um Jadas Vorhaben zu durchkreuzen.

»Also gut«, sagte er. »Ich bin einverstanden. Aber ich habe eine Bedingung.«

»Und die wäre?«, fragte sie.

»Nachdem wir Naje gerettet haben, wirst du nicht sofort gehen. Du wirst eine Weile bei mir bleiben. Sagen wir einen Monat. Währenddessen denkst du noch einmal über deinen Entschluss nach.«

Mit ihrer jüngsten Auseinandersetzung vor Augen hatte er nicht viel Hoffnung, dass seine Wünsche für sie von Belang waren. Umso überraschter war er, als sie nickte.

»Einverstanden«, sagte sie. »Einen Monat.«

»Habe ich dein Wort?«

»Du hast mein Wort.«

Nun, da alles gesagt war, erwartete er, dass sie wieder gehen würde. Sie blieb jedoch. Nach einer Weile des Schweigens sagte sie: »Es kann sein, dass du gegen Ardeshir kämpfen musst. Deshalb solltest du einige Dinge über ihn wissen.«

Erst jetzt spürte Raoul, wie angespannt er durch den Streit gewesen war. Sein Körper schien zu glühen. Er streifte seinen Helm ab und klemmte ihn sich unter den Arm. »Ist er ein Djinn, wie du vermutet hast?«

»Er ist ein Ghilan.«

»Was ist das?«

Jada sprach nur ungern über ihr Volk, denn den Djinn war es nicht erlaubt, ihre Geheimnisse den Menschen preiszugeben. Obwohl sie seit vielen Jahrhunderten unter den Menschen lebte, nahm sie dieses Verbot sehr ernst und redete nur dann mit ihm über die Belange der Djinn, wenn die Umstände es erforderten. Deshalb zögerte sie, bevor sie antwortete. »Ein Ghilan gehört nicht mehr zu meinem Volk. Er ist ein Ausgestoßener.«

»So wie du einst?«

Sie streifte ihn mit einem ärgerlichen Blick. »Ich wurde nur verbannt. Ardeshir hätte für alle Zeiten unter der Obsidianstadt eingekerkert werden sollen.«

»Was hat er getan?«

»Vor über zweitausend Jahren gab es eine Gruppe von Djinn, die nicht bereit waren, sich mit der Vorherrschaft der Menschen abzufinden. Sie hielten sie für minderwertige Geschöpfe und glaubten, der Schöpfer habe sich geirrt, als er ihnen die Herrschaft über die Erde übertrug. Sie planten, die Menschheit zu vernichten.«

»Ardeshir ist einer von ihnen«, sagte Raoul.

Jada nickte. »Als die Ältesten meines Volkes von den Plänen erfuhren, bestraften sie alle, die daran beteiligt waren. Sie nahmen ihnen die Gaben des Heilens und des Zweiten Gesichts und verstießen sie. So wurden sie zu den Ghilan.«

Raoul dachte daran, dass man auch Jada einst diese Gaben genommen hatte. Es war eine der schlimmsten Strafen, die ihr Volk kannte. Ohne ihre Heilkräfte und das Zweite Gesicht war Jada in den Augen anderer Djinn ein Krüppel.

»Hundertfünfzig Jahre später kam es zum Krieg zwischen ihnen und meinem Volk«, fuhr sie fort. »Die Ghilan wurden besiegt und in ewigen Schlaf versetzt – alle bis auf Ardeshir. Es muss ihm gelungen sein zu fliehen.«

Die Sonne schien plötzlich noch heißer zu brennen, während er Jada zuhörte, und ihm war, als könne er in seinem Panzerhemd kaum noch atmen. »Hat er Naje und das Zepter deswegen in seine Gewalt gebracht? Weil er zu Ende bringen will, was ihm vor zweitausend Jahren nicht gelungen ist?«

»Ich weiß es nicht«, sagte Jada leise und blickte zu den fernen Türmen über den Baumkronen, als hoffe sie, Najes Gesicht in einem der schwarzen Fensterschlitze zu entdecken.

»Hat er Schwächen, die ich mir zunutze machen kann?«

»Er fürchtet Wasser, wie jeder Djinn.«

»Ist das alles?«

»Er ist uralt, Raoul. Falls er je Schwächen besessen hat, hatte er viele hundert Jahre Zeit, sie zu überwinden.«

In diesem Moment erschien Narses am Fuß des Hügels und rief nach ihm. Raoul blickte sich um und stellte fest, dass die Streitmacht bereit zum Angriff war.

»Komm. Es geht los«, sagte er und machte sich auf den Weg zu den Pferden.

Wenig später kroch der Heerwurm mit Vytenis, seiner Leibwache und den Bojaren an der Spitze durch den Wald, bis sich vor ihnen die gewaltige Lichtung mit dem Hügel auftat, auf dem Burg Thorgast stand.

Die Schwertbrüder wussten längst, dass ein feindliches Heer vorrückte. Sie hatten die Zugbrücke hochgezogen und Armbrustschützen auf den Wehrmauern postiert. Vytenis teilte seine Männer in vier Gruppen auf: Etwa fünfzig Kriegern fiel die Aufgabe zu, mit der Ramme, die aus dem Stamm einer gewaltigen Eiche bestand, das Tor anzugreifen, während die restlichen Fußsoldaten die Mauern mit Leitern erstürmen würden. Die dritte Gruppe, die Bogenschützen, sollten bei Beginn des Angriffs am Flussufer Aufstellung nehmen, um von dort aus die Burg zu beschießen. Die Reiter versammelten sich um Vytenis und die Bojaren am Waldrand. Sie würden eingreifen, wenn die Schwertbrüder das Tor öffneten und mit ihrer schweren Reiterei einen Ausfall machten.

Üblicherweise fanden vor einer Schlacht Verhandlungen statt, in der Hoffnung, dass ein Weg gefunden wurde, das Blutvergießen zu vermeiden. Doch hier und jetzt waren Verhandlungen überflüssig. Die Schwertbrüder wussten, dass die Litauer nichts anderes als ihre Vernichtung anstrebten.

Ein Krieger aus Vytenis' Leibwache ritt auf die Lichtung und stieß ins Horn. Nachdem der lang gezogene Ton verhallt war, begann der Angriff.

Die Fußsoldaten hoben die Ramme an den eisernen Griffen hoch, hielten mit dem anderen Arm die Schilde über die Köpfe und stürmten brüllend zum Tor, während es Pfeile und Armbrustbolzen von den Mauern regnete. Die Bogenschützen rannten zum Fluss und erwiderten den Beschuss. Da sie zahlreicher als die Männer auf den Wehrgängen waren, wurden die feindlichen Schützen gezwungen, sich hinter die Zinnen zurückzuziehen, was den anderen Fußsoldaten ermöglichte, ohne schwere Verluste mit den Leitern die Burgmauern zu erreichen. Kurz darauf erklommen die ersten Krieger die Sprossen, kamen jedoch nicht weit. Die Verteidiger stürzten die Leitern um, und die Litauer stürzten schreiend ab.

Raoul wartete, bis der Kampf in vollem Gange war, dann hob er die Hand, riss sein Pferd herum und galoppierte durch den Wald, gefolgt von Narses, Svajonē, den fünf Männern aus dem Dorf und, wie er überrascht feststellte, Jada. Svajonē setzte sich an die Spitze und führte sie um die Burg herum, bis sie zu einem befestigten Weg kamen, der von einer Brücke über den Fluss bis zum Burgtor führte. Im Schutz der Bäume stiegen sie ab und banden die Pferde an.

Aus dem Gestrüpp drang das Rauschen von Wasser. Svajonē schob einen Brombeerstrauch zur Seite, stieg eine Böschung hinab und geleitete sie zum Flussufer, durch das sich ein rauschender Bach schlängelte. Raoul stellte fest, dass der Bach hangaufwärts, gut verborgen von Büschen, totem Geäst und jungen Bäumen, einer höhlenartigen Öffnung entsprang.

Er erklomm die feuchten Felsen und warf einen Blick in die Öffnung, hinter der ein gemauerter Tunnel verlief, genau wie Svajonē gesagt hatte. Das Wasser darin schien nicht tief zu sein, aber es floss reißend, und zwischen Wasseroberfläche und Tunneldecke befand sich nur wenig Luft. Zur Sicherheit wies er die Männer an, ihre Panzerhemden abzulegen.

Als er zum Flussufer hinaufstieg, um sich seiner Rüstung zu entledigen, wurde er dort von Jada erwartet.

»Du kannst nicht mitkommen«, sagte er. »Sieh doch, das ganze Wasser …«

»Deshalb bin ich nicht hier«, erwiderte sie.

»Weshalb dann?«

»Um dir Glück zu wünschen.« Bevor er begriff, wie ihm geschah, legte sie ihm die Hand auf die Wange, so sanft wie früher. »Such Naje, wenn du in der Burg bist. Beschütze sie vor Ardeshir … und sei vorsichtig.«

Er legte seine Hand auf ihre, und in diesem Augenblick gab es unzählige Dinge, die er ihr sagen wollte. Dann rief Narses nach ihm, und er nahm ihre Hand fort und drückte sie zum Abschied, bevor er abermals zu der Felsenöffnung kletterte, in den Bach sprang und sich mit dem Schwert in der Hand gegen das reißende Wasser stemmte.

NEUNUNDZWANZIG

Mit jeder Stufe, die Ardeshir hinabstieg, wurde das Geschrei der Kämpfenden leiser, bis es schließlich nicht mehr zu hören war, als er das Ende der Wendeltreppe erreichte und den von Fackeln beleuchteten Gang entlangschritt. An dessen Ende befand sich eine Tür, vor der ein Posten stehen sollte. Der Mann war jedoch nicht mehr da; vermutlich war er seinen Brüdern auf den Mauern zu Hilfe geeilt. *Pflichtbewusster Narr*, dachte Ardeshir, stieß die Tür auf und betrat den Gewölbesaal tief unter den Fundamenten der Burg.

Der Gestank von Blut, Erbrochenem, verbranntem Fleisch und geöffneten Körpern schlug ihm entgegen, und er hielt sich ein mit Rosenwasser getränktes Taschentuch an die Nase. Ein halbes Dutzend Leiber, nackt, bleich und reglos, hing in den Ketten. Messer und Folterwerkzeuge lagen auf einem Tisch. Von den Schwertbrüdern keine Spur.

»Konrad! Winrich! Gregor!«, schrie Ardeshir. »Wo, bei allen Höllen, seid ihr?«

Er hörte ein leises Klirren aus einem der Nebenräume und schritt zu der offen stehenden Tür. In der Kammer legte ein Dienender Bruder gerade seinen Kettenpanzer an. Er hatte trübe Augen und ein verquollenes Gesicht – die unverkennbaren Anzeichen der Erschöpfung, die ein Mensch aufwies, wenn er das Zepter benutzt hatte. Mit schwerfälligen Handgriffen nestelte der Mann an den Verschlüssen seiner Rüstung herum.

»Herr«, murmelte er und versuchte vergeblich, Haltung anzunehmen.

»Wo sind deine Brüder?«, herrschte Ardeshir ihn an.

»Der Hochmeister hat uns nach oben beordert, Herr. Die Brüder brauchen uns dort.«

»Ich habe dem Hochmeister keine derartige Anweisung gegeben!«

Der Mann wusste nicht, was er sagen sollte. Er schwieg verlegen.

»Wo ist das Zepter?«, fragte Ardeshir mit mühsam beherrschtem Zorn.

»Hier, Herr. In der Schatulle.« Der Dienende Bruder zog das Kästchen unter dem Tisch hervor und schloss es auf. Ardeshir holte das in Samt eingeschlagene Zepter heraus.

»Verschwinde«, befahl er, woraufhin der Mann sein Schwert ergriff und davoneilte.

Ardeshir öffnete den Samtbeutel und berührte den goldenen Schaft. Die Kraft darin war stärker als vor einigen Tagen – aber genügte sie? Zwar hatten die Schwertbrüder unermüdlich gearbeitet, doch waren ihren Bemühungen durch die geringe Zahl der Gefangenen Grenzen gesetzt, zumal mehr als die Hälfte von ihnen bereits gestorben war. Überlebt hatten nur die Kräftigsten, darunter von Culm.

Und jetzt hatte er keine Zeit mehr. Deshalb musste er versuchen, das Zepter fertigzustellen, ob es gefüllt war oder nicht.

Er ging zurück in den Saal und betrachtete den nackten Leib von Marcoul von Culm. Die Dienenden Brüder hatten ihm unzählige Wunden zugefügt, dennoch war sein Körper dank des Zepters unversehrt, abgesehen von der bleiernen Erschöpfung, die ihn befallen hatte. Doch auch davon erholte sich der Komtur allmählich. Während Ardeshir vor ihm stand, erlangte er langsam das Bewusstsein zurück.

»Du bist wirklich zäh«, sagte Ardeshir. Er nahm eine Folterzange vom Tisch und hob damit von Culms Kinn an, denn die Berührung von menschlicher Haut widerte ihn an. Von Culm blinzelte müde, aber es bestand kein Zweifel daran, dass er Ardeshir erkannte.

Er warf die Zange weg, griff nach einem Messer und zog es von Culm über Brust und Bauch. Der Komtur stöhnte vor Schmerz, die Ketten klirrten, Blut quoll aus dem armlangen Schnitt. Ardeshir berührte ihn mit dem Zepter an der Schulter und verspürte ein wohliges Schaudern, während Hitze durch seinen Körper floss und der rubinbesetzte Kopf von Culms Schmerzen in sich aufnahm. Die Wunde war so schwer, dass ein Mensch nun vor Erschöpfung zusammengebrochen wäre; auf Ardeshir jedoch hatte die uralte Djinnmagie keine Wirkung. Er strich über den Kopf des Zepters und spürte, dass seine Kraft noch ein wenig größer geworden war. Vielleicht genügte sie nun.

Von Culm hing wieder reglos in den Ketten. Er hatte aufgehört zu atmen. Die Heilung hatte den letzten Rest seiner Lebenskraft aufgezehrt. Zurück blieb eine tote Hülle, die bald verwesen und zu Staub zerfallen würde, wie es das Schicksal aller Menschen war.

Mit dem Zepter in der Hand stieg Ardeshir die Treppe hinauf, dem Lärm der Schlacht entgegen. Oben angekommen, rannten zwei Ordensritter mit Armbrüsten in den Händen an ihm vorbei. Er schlug die entgegengesetzte Richtung ein, bis er zu einer Tür kam. Er schob den Riegel zurück, öffnete sie und betrat eine Turmkammer.

Naje kniete in der Fensternische und beobachtete die Männer, die gegen das Burgtor und die Mauern anrannten. Als Ardeshir die Tür schloss, fuhr sie herum und starrte ihn an. Doch der Schreck wurde sogleich von Trotz abgelöst.

»Meine Mada ist da«, sagte sie. »Sie kommt mich holen.«

Das Kind musste Jada unter den Litauern entdeckt haben. Ardeshir war nicht sehr überrascht. Wenn Bazerat Amadeus Aba entwischt war, konnte das auch Jada gelungen sein. »Diese Burg hat noch niemand eingenommen«, erwiderte er. »So bald wird dich mir keiner wegnehmen.«

Er setzte sich und legte das Zepter auf den Tisch. Naje schwieg und blickte ihn unfreundlich an.

»Komm her«, sagte er.

Sie rührte sich nicht von der Stelle.

»Du sollst herkommen«, wiederholte er schärfer.

Jetzt gehorchte sie. Vor dem Tisch blieb sie stehen und betrachtete das Zepter. »Das ist das Zepter der Ghilan«, sagte sie altklug.

Erstaunt musterte er sie. Wie alle Kinder seines Volkes besaß auch Naje ein intuitives Wissen über die Djinn. Er hatte jedoch noch nie von einer Fünfjährigen gehört, die etwas über die Ghilan wusste. Offenbar war sie anderen Djinn auch in dieser Hinsicht überlegen.

»Ihr wollt damit alles zu Wüste machen«, fuhr sie fort und blickte ihn mit einer Mischung aus Vorwurf und Furcht an.

»Woher weißt du das?«

»Ich habe es gesehen.«

»Hast du auch gesehen, warum ich das tun muss?«

Sie gab keine Antwort.

Da war etwas in ihrem Blick, das ihn herausforderte, vielleicht ihre kindliche Weisheit. Er wollte, dass sie verstand. »Berühr das Zepter«, forderte er sie freundlich auf. »Fass es an.«

Zögernd streckte sie die Hand aus und legte sie auf den goldenen Schaft.

»Was spürst du?«

»Es summt.«

Das Zepter gab nicht den kleinsten Laut von sich. Aber vermutlich wusste Naje nicht, wie sie das, was sie wahrnahm, anders beschreiben sollte.

»Das ist die Macht, die in dem Zepter wohnt. Weißt du, was sie bewirkt?«

»Sie macht Menschen gesund.«

»Das ist richtig. Aber sie kann noch etwas anderes bewirken, etwas viel Großartigeres.« Er nahm das Zepter in die Hände. »Wenn es fertig ist, kann der, der es benutzt, den Djinn alles befehlen, was er will. Und die Djinn müssen gehorchen.«

»Und wenn sie nicht wollen?«, fragte Naje.

»Ich fürchte, unser Volk hat schon vor langer, langer Zeit vergessen, was es will. Es versteckt sich in der Wüste und hat zugelassen, dass die Menschen die Erde beherrschen und sie mit ihrer Gier und Dummheit zerstören. Deshalb muss endlich jemand kommen und den Djinn helfen. Er muss das Zepter nehmen und ihnen befehlen, die Wüste zu verlassen und durch die Länder der Menschen zu wandern. Weißt du, was dann geschehen wird?«

Sie blickte ihn nur schweigend an. Er spürte, dass sie mehr Angst vor ihm hatte als je zuvor.

»Denk an das, was in der Herberge passiert ist, als deine Mutter, du und ich dort ankamen«, sagte er.

»Die Blume ist vertrocknet.«

»Ja. Und wenn das gesamte Volk der Djinn die Wüste verlässt, vertrocknen auf ihrem Weg alle Blumen. Auch alle Bäume, Büsche und Wiesen, bis es überall nur noch Wüste gibt. Dann haben die Menschen nichts mehr zu essen und sterben.«

»Ich will nicht, dass die Menschen sterben«, sagte Naje leise.

»Das macht nichts«, erwiderte Ardeshir sanft und strich

ihr über das Haar. »Denn wenn es geschieht, wirst du längst tot sein.«

Der unterirdische Bach durchfloss eine Kammer, in die durch eine Gangöffnung schwacher Lichtschein fiel. Raoul war der Erste, der aus dem Wasser kletterte. Nacheinander half er Narses, Giedrius und den anderen Litauern auf den Steinboden neben dem Kanal.

Das Wasser war eiskalt, und Raoul fror in seinen durchnässten Kleidern. Er spähte in den Gang, der offenbar zu den Kellern und Verliesen der Burg führte. Es war niemand zu sehen und zu hören. Er gab seinen Gefährten ein Zeichen, ihm zu folgen. Narses nahm die Fackel aus der Halterung.

Der gemauerte Tunnel endete an einer Tür, die Raoul aufstieß. Mit dem Schwert in der Hand stürzte er in den Raum, bereit, sofort anzugreifen, falls es notwendig sein sollte. Doch auch hier war kein Waffenknecht zu sehen. Er befand sich in einem großen Saal mit Tonnengewölbe, in dem mehrere Fackeln brannten. Es stank bestialisch. Nackte Menschen hingen an Ketten. Er vermochte nicht zu sagen, ob sie tot waren oder noch lebten.

Einer der Litauer, ein Mann namens Jurgis, stieß einen erstickten Schrei aus und lief zu einem angeketteten Gefangenen. Erst jetzt erkannte Raoul, dass es sich um Audra handelte. Die Litauer umringten die Baba, Giedrius stieg auf einen Hocker und durchschlug die Ketten mit seiner Axt, sodass die anderen Audra auf den Boden legen konnten. Jurgis fand eine Filzdecke, mit der er die nackte Frau bedeckte.

Anschließend befreiten die Litauer auch die anderen Gefangenen, drei ältere Männer und zwei Frauen, legten sie neben Audra und gaben ihnen zu trinken. Allmählich erlangten sie das Bewusstsein zurück. Die Krieger einigten sich offenbar darauf, Jurgis bei ihnen zurückzulassen, damit er auf sie aufpasste. Raoul war damit nicht einverstanden, denn wenn es zum Kampf käme, brauchten sie jeden Mann. Doch er wusste, dass er die Litauer nicht von ihrem Vorhaben würde abbringen können.

»Suchen wir eine Treppe«, sagte er zu Narses, und sie machten sich daran, die Nebenräume zu durchstöbern. Hinter einer Tür wurde Narses fündig: Dort befand sich eine Wendeltreppe, die sich in engen Windungen nach oben schraubte.

Raoul ging voraus, gefolgt von dem Byzantiner und den vier verbliebenen Litauern. Irgendwann hörte er leisen Kampflärm, was seine Vermutung bestätigte, dass die Treppe im Innern eines Turms zu den Mauerkronen führte, wo die Schwertbrüder sich den Angriffen von Vytenis' Streitmacht erwehrten.

Dorthin wollte er jedoch nicht. Er öffnete die erste Tür, zu der sie kamen, und gelangte in einen niedrigen Gang mit Fensterschlitzen, die auf den Innenhof der Burg wiesen. Auch dort war niemand zu sehen. Offenbar kämpften sämtliche Ritter und Waffenknechte gegen die Litauer.

Er wandte sich an Narses. »Führ die Männer zum Tor. Ich suche Naje.«

Narses nickte – und im gleichen Moment öffnete sich am Ende des Ganges eine Tür.

Ein Schwertbruder in Kettenpanzer und Brustharnisch erschien dort. Er starrte Raoul und seine Gefährten an, erholte sich augenblicklich von seiner Erstarrung und brüllte: »Litauer!«

Giedrius und seine Stammesbrüder griffen brüllend an. Der Ordensritter schoss mit seiner Armbrust, woraufhin ein Litauer getroffen zusammenbrach, dann warf er die Waffe weg, klappte sein Helmvisier herunter und zog sein Schwert. Durch die Tür drängte ein halbes Dutzend Waffenknechte in den weiß-roten Röcken des Ordens in den Gang.

Giedrius schlug einem Soldaten seitlich die Axt in den Hals und griff den Ordensritter an, der seinen nächsten Hieb mit dem Schwert auffing. Die anderen beiden Litauer wurden von den Waffenknechten schwer bedrängt. Narses kam ihnen zu Hilfe, rammte einem Gegner den Schild gegen die Brust und kreuzte mit einem zweiten die Klingen.

Raoul konnte seinen Gefährten nicht dieser Übermacht ausliefern. Er stürzte sich ins Gefecht, deckte einen Litauer, der seine Waffe verloren hatte, mit seinem Schild, schlug die Axt eines Soldaten zurück und hieb dem Mann mit dem Rückschwung das Schwert in die Schulter. Brüllend taumelte der Waffenknecht zurück und presste die Hand auf die Wunde. Raoul kämpfte sich den Weg zur Tür frei und sah, dass weitere Soldaten und Armbrustschützen im Laufschritt herandrängten. Er warf die Tür zu und legte den Balken vor.

Giedrius hatte seinen Gegner niedergestreckt und stürzte sich auf die verbliebenen Waffenknechte, die gegen Narses und einen Litauer kämpfen; der andere lag erschlagen im Gang. Raoul half dem Byzantiner, der von seinem zerschmetterten Schild behindert wurde und sich verzweifelt verteidigte. Er drängte den angreifenden Soldaten zurück, bis Narses den Schild abgestreift hatte.

Die Soldaten hatten vier erfahrenen Kämpfern kaum etwas entgegenzusetzen; wenig später waren sie tot oder so schwer verletzt, dass sie nicht mehr kämpfen konnten. Die Tür dröhnte. Offenbar versuchten die Waffenknechte, sie mit einer behelfsmäßigen Ramme zu zerschmettern.

»Dahinter ist das Torhaus«, sagte Raoul. »Wir müssen einen anderen Weg finden.«

»Geh Naje suchen«, erwiderte Narses. »Wir schaffen das auch ohne dich.«

Narses sagte das nicht so dahin. Er war ein erfahrener Soldat, der seine Lage stets einschätzen konnte. Raoul wusste aus zahlreichen Schlachten, dass er sich auf sein Urteil verlassen konnte. »Zieht euch in den Keller zurück, wenn das Tor offen ist. Sowie ich Naje gefunden habe, komme ich nach.«

»Viel Glück«, sagte Narses. Zum Abschied reichten sie einander die Hand.

»Es ist Zeit«, sagte Ardeshir. Er hielt Najes Hand fest und zog seinen Dolch. Die Augen des Kindes waren weit aufgerissen.

»Deine Mutter dachte, dass das menschliche Blut in deinen Adern deine Kräfte geschwächt hat. Sie hat sich geirrt. Deine Kräfte sind um ein Vielfaches größer als die eines jeden Djinn, dank deiner menschlichen Hälfte. Auch wenn es mir schwerfällt, das zu glauben. Ich bin gespannt, welche Wirkung dies auf das Zepter haben wird.«

Sie wand sich in seinem Griff und wimmerte vor Schmerz, als er sie zu sich zog.

»Ich verspreche dir, es wird schnell vorbei sein …«

Die Tür flog auf, und von Segewold stürmte herein. Naje machte sich seine Überraschung zunutze, befreite sich und schlüpfte unter den Tisch.

»Was wollt Ihr?«, fauchte Ardeshir den Hochmeister an.

Von Segewold wirkte erschöpft; das graue Haar klebte schweißnass an seiner Stirn. »Ihr solltet Euch für Eure Flucht bereit machen. Ich habe den Tunnel öffnen lassen. Meine Männer werden Euch den Weg freikämpfen, sollten die Litauer Euch entdecken.«

»Flucht? Was soll das heißen?«

»Ich weiß nicht, wie lange wir die Burg noch halten können.«

Ardeshir stand auf und knallte das Messer auf den Tisch. »Ihr habt über fünfzig Krieger! Wollt Ihr mir sagen, sie werden mit diesem Barbarenhaufen nicht fertig?«

»Ich habe weniger als vierzig kampffähige Männer«, erklärte von Segewold müde. »Die restlichen sind von der Arbeit mit dem Zepter so erschöpft, dass sie kaum ein Schwert heben können. Ich habe Euch gewarnt, dass das geschehen würde.«

»Ihr habt mir zugesichert, dass Eure Burg uneinnehmbar ist!«

»Wie hätte ich wissen sollen, dass die Litauer fünfhundert Mann zusammenziehen?«

Alles drohte auseinanderzufallen, nur weil von Segewold versagt hatte. Aber die Schuld lag auch bei ihm selbst, denn er hatte sich auf Menschen verlassen. Doch für Selbstvorwürfe war jetzt keine Zeit mehr. Ardeshir zügelte seinen Zorn und dachte nach. »Ich brauche nur noch eine Stunde«, sagte er schließlich. »Könnt Ihr mir so viel Zeit verschaffen?«

»Eine Stunde halten wir noch durch«, antwortete der Hochmeister.

Ardeshir griff nach dem Messer und blickte unter den Tisch.

Naje war nicht mehr da.

Es dauerte lange, bis Ardeshir bemerkte, dass sie geflohen war. Als er vor Wut zu brüllen anfing, war Naje schon zur Turmspitze hinaufgerannt, wo sie sich hinter zwei Fässern versteckte.

Sie hätte nicht gedacht, dass es so leicht sein würde. Ardeshir und der Hochmeister waren so damit beschäftigt gewesen zu streiten, dass sie Naje völlig vergessen hatten. Erwachsene waren so schrecklich unaufmerksam.

Sie machte sich hinter den Fässern klein und überlegte, was sie jetzt tun sollte. Auf der anderen Seite des Turms duckten sich zwei Soldaten hinter den Zinnen. Gelegentlich sprangen sie auf und schossen mit ihren Armbrüsten.

Naje hielt vor Schreck die Luft an, als Ardeshir auf der Treppe erschien. Er schrie die beiden Soldaten an, woraufhin sie ihm die Stufen hinunterfolgten. Offenbar sollten sie ihm helfen, sie zu suchen. Auf die Idee, sie könnte oben auf dem Turm sein, kam keiner von ihnen.

Nachdem Ardeshir und die Waffenknechte fort waren, rannte sie zu den Zinnen, stellte sich auf die Zehenspitzen und blickte nach unten. Von hier oben aus konnte sie ihre Mutter nicht sehen, denn sie wurde von den Bäumen verdeckt. Die Männer, die mit ihr gekommen waren, schossen mit ihren Bögen auf die Burg und kletterten an Leitern zu den Mauern empor. Keiner von ihnen kam jedoch oben an, denn die Schwertbrüder stürzten die Leitern um oder bewarfen sie mit Steinen.

Naje beschloss, ihnen zu helfen.

Sie lief zur anderen Seite des Turms, von wo aus sie eine bessere Sicht auf die Schwertbrüder hatte. Nicht weit unter ihr duckten sie sich hinter den Mauerzinnen, drückten mit Stangen gegen die Leitern, bis sie umfielen, und schossen auf die Freunde ihrer Mutter.

Es wäre gut, wenn sie Angst hätten, dachte Naje und überlegte, was diesen grimmigen Kriegern Furcht einflößen könnte.

Feuer. Vor Feuer hatten Erwachsene immer Angst. Es sei denn, sie waren Djinn. Allerdings bezweifelte Naje, dass sich unter den Schwertbrüdern Djinn befanden. Dafür stanken sie zu sehr.

Sie sah sich die Burg genau an. Hinter den Mauern und Türmen standen die Gebäude, in denen die Schwertbrüder schliefen, aßen und beteten. Die meisten hatten hölzerne Dächer.

Es war heiß und trocken, die Sonne schien von einem wolkenlosen Himmel herab – genau das richtige Wetter für eine

Fata Morgana. Seit sie die Hagia Sophia erschaffen hatte, hatte sie nicht mehr versucht, ein Trugbild herbeizurufen. Aber sie war davon überzeugt, dass sie es immer noch konnte.

Sie starrte auf das Dach eines Gebäudes auf der anderen Seite des Innenhofs. Die Küche und die Wohnräume befanden sich darin. Die Luft begann zu flimmern, dann erschienen Flammen auf den Balken. Naje war noch nicht zufrieden; es musste gefährlicher aussehen. Sie machte die Flammen größer, fügte Rauch hinzu und ließ die hölzernen Dachschindeln schwarz aussehen.

Die Schwertbrüder fingen an zu schreien.

Vytenis ließ seine Krieger wieder und wieder gegen die Mauern anrennen. Seine Bogenschützen deckten die Wehrgänge mit Pfeilen ein, doch gegen die gepanzerten Verteidiger im Schutz der Zinnen richteten sie kaum etwas aus. Die Ramme lag vor dem Tor, inmitten von toten Kriegern, die den Armbrustschützen im Torhaus zum Opfer gefallen waren. Als die Verluste zu groß wurden, hatte Vytenis die übrigen Männer zurückgerufen.

Inzwischen kamen nur noch die Sturmleitern zum Einsatz. Einigen Litauern war es bereits gelungen, zu den Wehrgängen vorzudringen. Dort hatten sie einige Schwertbrüder erschlagen, bevor sie niedergemacht worden waren. Meistens jedoch endeten die Angriffe damit, dass die Verteidiger die Leitern umstürzten oder den heraufkletternden Männern mit Steinen und kochendem Wasser zusetzten, bis sie abstürzten.

Jada wusste, dass es Vytenis irgendwann gelingen würde, die Mauern zu erstürmen, denn er hatte zehnmal so viele Krieger wie die Schwertbrüder. Doch wie lange würde es dauern? Und zu welchem Preis?

Sie dachte an Naje, und ihr Herz zog sich krampfhaft zusammen. Mit jeder Minute, die verstrich, wuchs die Gefahr, in der sie sich befand. Und Jada konnte nicht das Geringste tun.

Sie betete, Raoul möge Naje finden, bevor Ardeshir ihr etwas antat, als hinter den Wehrmauern plötzlich Flammen in die Höhe wuchsen. Sie kamen von einem Gebäude im Innern der Burg. Jada konnte sich nicht erklären, warum es zu brennen anfing, denn die Litauer hatten keine Brandpfeile verschossen oder auf andere Weise Feuer gelegt. War das Raouls Werk?

Als das Feuer größer wurde, fiel ihr auf, dass damit etwas nicht stimmte. Es wirkte täuschend echt, und der Unterschied zu richtigen Flammen war so winzig, dass ein Mensch ihn unmöglich bemerken konnte. Jada jedoch erkannte eine Fata Morgana, wenn sie eine sah.

Dahinter steckte Naje. Sie wusste nicht, wie und warum, aber sie zweifelte keinen Augenblick daran, dass ihre Tochter für dieses Trugbild verantwortlich war. Sie versuchte, ihnen zu helfen. Oder sie rief damit um Hilfe.

Jada musste zu ihr.

Inzwischen hatten auch die Schwertbrüder das Feuer bemerkt. Es war zu weit vom Wehrgang entfernt, weshalb ihnen entging, dass es keinerlei Hitze abstrahlte. Aus Furcht vor einer Feuersbrunst verließen die meisten von ihnen ihre Posten, um die Flammen zu löschen.

Die Mauern wurden kaum noch verteidigt.

Jada lief zu ihrem Pferd, stieg auf und jagte über die Wiese, den Burghügel hinauf. Vor den Mauern schwang sie sich aus dem Sattel und rannte zu den Sturmleitern. Überall lagen Tote und Verletzte, die vor Schmerzen schrien und wimmerten. Einer der Männer streckte die Hand nach ihr aus und flehte um Hilfe. Die unverletzten Krieger hatten inzwischen bemerkt, dass die Gegenwehr der Schwertbrüder deutlich nachgelassen hatte. Sie stellten die Leitern an die Mauern an und kletterten mit neu erwachtem Kampfesmut zu den Zinnen hinauf.

Jada folgte ihnen.

Ihre Hände schlossen sich um die Holme, und sie stieg Sprosse um Sprosse hinauf, dicht hinter einem Krieger, der sich ein breites Messer zwischen die Zähne geklemmt hatte. Pfeile schwirrten über ihr durch die Luft, zersplitterten an der Mauer, manche nur wenige Handbreit neben ihr.

Plötzlich zuckte der Krieger vor ihr zusammen und stieß ein schmerzerfülltes Keuchen aus, und Jada spürte einen feinen Sprühregen aus Blutstropfen auf ihrem Gesicht. Sie umklammerte die Leiter und presste sich gegen die Sprossen, als der Litauer den Halt verlor und mit einem Schrei in die Tiefe stürzte, wobei er sie um ein Haar mitriss. Jada schloss die Augen und konnte kaum noch atmen. Sie verbot sich, nach unten zu schauen. Sie durfte nicht daran denken, dass es ihr wie dem Krieger ergehen würde, wenn sie von einem Stein oder Armbrustbolzen getroffen wurde.

Sie wischte sich das Blut aus dem Gesicht und kletterte weiter. Die Männer über ihr wehrten den spärlichen Geschosshagel mit ihren Schilden ab und gelangten auf den Wehrgang, bevor die wenigen verbliebenen Verteidiger die Leiter umstürzen konnten. Als Jada die Zinnen erreichte, wurde überall gekämpft, die Luft war von Geschrei und dem Klirren der Waffen erfüllt. Sie zog ihren Dolch, kletterte über die Mauerkrone und suchte nach einer Lücke zwischen den Kämpfenden. Sie musste zu einem der Türme, wo sich vermutlich die Treppen ins Innere der Burg befanden.

Die Flammen waren wieder verschwunden, und die Schwertbrüder hatten begriffen, dass sie genarrt worden waren. Sie rannten über den Innenhof, um ihren bedrängten Gefährten zu Hilfe zu kommen. Gleichzeitig kletterten immer mehr Litauer über die Zinnen und stürzten sich brüllend auf die Ordensritter und Waffenknechte.

Und in all dem Geschrei und Getöse hörte Jada Najes Stimme.

Sie blickte zu einem der Türme auf und sah das Gesicht ihrer Tochter in der Lücke zwischen zwei Zinnen. Für einen Moment setzte ihr Herzschlag aus.

Naje lebte und war wohlauf. Und sie war frei.

Die verzweifelte Ungewissheit, die sie so viele Wochen gequält hatte, fiel mit einem Schlag von ihr ab, und ihr war, als ströme eine wilde, unbändige Kraft durch ihren Leib. Sie hastete an den Schwertbrüdern und Litauern vorbei, zur Tür des Turms, vor der ein gepanzerter Ordensritter gegen einen bärtigen Krieger in einem zerfetzten Kettenhemd kämpfte. Der Litauer, der im Gesicht blutete, hieb brüllend mit seiner Kriegskeule auf den Schild des Ritters ein, der ihn zurückstieß und ihm das Schwert in die ungeschützte Seite schlug, woraufhin der Krieger die hölzerne Brüstung durchbrach und in den Hof fiel. Der Ordensritter senkte sein Schwert und blickte ihm schwer atmend nach, taumelnd vor Erschöpfung. Bevor er Jada bemerkte, hatte sie ihm schon den Dolch in den Schlitz zwischen Helm und Brustpanzer getrieben. Er brach zusammen, und der Weg zur Tür war frei.

Jada riss sie auf und stürzte ins Innere. Von unten näherten sich weitere Schwertbrüder; sie hörte ihre trampelnden Schritte und Rufe. Sie lief nach oben, nahm mehrere Stufen gleichzeitig, bis sie ins Freie gelangte.

Naje rannte ihr entgegen, mit wehendem Haar und ausgebreiteten Armen. Jada fiel auf die Knie und presste sie an sich, so fest wie nie zuvor. Naje vergrub das Gesicht in ihrer Halsbeuge und zitterte am ganzen Körper.

»Mada«, sagte sie leise.

»Meine Prinzessin, mein Schatz, meine kleine Maus«, flüsterte Jada, und ihre Stimme brach. »Geht es dir gut? Hat Ardeshir … hat er dir wehgetan?« Sie hielt Naje an den Schultern fest und betrachtete sie von Kopf bis Fuß. In ihrem Kopf wurde es leicht, so leicht, dass sie glaubte, sich von innen heraus aufzulösen, denn plötzlich schien all die Angst und Verzweiflung, die sie nicht zugelassen hatte, um nicht die Hoffnung zu verlieren, über ihr zusammenzuschlagen wie eine gewaltige, tiefschwarze, alles verschlingende Woge.

»Was ist mit deinem Gesicht passiert?«, fragte Naje. Die Tapferkeit, mit der sie den Anblick der Wunden ertrug, versetzte Jada einen Stich.

»Ich bin gestürzt«, sagte sie. »Aber jetzt geht es mir schon wieder gut.«

»Und es tut nicht mehr weh?«

»Gar nicht.« Jada zwang sich zu einem Lächeln.

Doch Naje glaubte ihr nicht. Sie legte die Hand auf ihre Wange … und plötzlich strömte Hitze durch Jadas Gesicht, ihren Schädelknochen, den Hals hinab bis zur Brust. Es war unendlich lange her, dass sie diese Empfindung verspürt hatte, dennoch wusste sie sofort, was ihre Tochter tat.

Naje nahm die Hand von ihrer Wange und schaute sie zufrieden an.

Die Hitze verschwand und mit ihr der Schmerz. Zögernd berührte Jada ihr Gesicht, tastete mit den Fingerkuppen vom Kinn zum Kieferknochen und weiter zur Nase.

Kein wundes Fleisch. Keine verschorfte Haut. Nicht einmal die kleinste Narbe. Ihre Haut war makellos.

Sie fuhr Naje über das Haar und drückte sie abermals an sich, wollte sie nie wieder loslassen. Doch es war zu gefährlich hierzubleiben. Sie mussten fort, bevor irgendwer sie fand.

»Dein Vater ist in der Burg. Hast du ihn gesehen?«

Naje schüttelte den Kopf.

»Wo ist Ardeshir?«

»Er ist weggegangen.«

Naje war viel zu verwirrt, um ihr zu helfen. Sie musste allein versuchen, einen sicheren Ort zu finden. »Das mit dem Feuer hast du gut gemacht«, sagte Jada; dann nahm sie Najes Hand und führte sie zur Treppe.

Vorsichtig spähte sie in den Raum. Niemand hielt sich darin auf. Jada wagte nicht, hinab in den Innenhof zu steigen, denn sie wusste nicht, was sie dort erwartete. Aber es gab noch eine andere Tür, die in das angrenzende Gebäude führen musste. Dort wurde vermutlich nicht gekämpft, denn die Litauer hatten nur die Südseite der Burg angegriffen.

Mit Naje an der Hand eilte sie die Stufen hinab, öffnete die Tür und durchquerte einen leeren Saal, dessen Decke von Säulen getragen wurde. Durch die Fenster klang der Lärm der Schlacht herein. Sie entdeckte einen Durchgang mit einer anderen Treppe nach unten. Vielleicht gelang es ihr, den Keller zu finden und sich dort mit Naje zu verstecken, bis die Kämpfe vorüber waren.

Als sie an den Säulen vorbei zur Treppe lief, stieß Naje plötzlich einen Schrei aus und wurde von ihr weggerissen. Jada wirbelte herum und zog ihr Messer.

»Weg damit«, sagte Ardeshir. »Sonst schneide ich dem Kind die Kehle durch.«

Ihr Arm sank herab, der Dolch entglitt ihren Fingern. Ardeshir stand neben einer Säule und hielt Naje an den Schultern fest, die vor Schreck erstarrt war. Hinter seinem Gürtel steckte das Zepter – der Zwilling jenes Stabes, den sie vor sechs Jahren vernichtet hatte, damit er nicht in die Hände von Männern fiel, die Böses damit im Sinn hatten.

In seinen Augen loderte ein uraltes Feuer.

»Warum Naje?«, fragte Jada mit zitternder Stimme. »Was hat sie Euch getan?«

»Ich brauche sie.«

»Wofür? Sie ist doch nur ein Kind!«

Ardeshir zog Naje zu sich heran, seine langen Finger gruben sich in ihren Schultern. »Ihr habt es immer noch nicht begriffen, nicht wahr? Ein Geschöpf wie sie hat es nie zuvor gegeben. Ihre Lebenskraft kann dem Zepter eine Macht verleihen, die alles übersteigt, was Ihr Euch vorstellen könnt.«

Grauen packte Jada, als sie begriff, was Ardeshirs Worte bedeuteten. »Und was wollt Ihr jetzt tun?«

»Das beenden, weshalb ich hier bin.«

»Das lasse ich nicht zu.«

Ardeshir schwieg einen Moment. Er drohte ihr nicht. Er sagte nur: »Ich tue das nicht für mich. Ich tue es für unser Volk.«

Dann ergriff er Najes Hand und zerrte sie zur Treppe.

Raoul hatte den Palas, die Soldatenunterkünfte, die Kapelle und das Wirtschaftsgebäude durchsucht, ohne jemandem zu begegnen, abgesehen von einigen verängstigten Dienern, die sich in einer Kammer einschlossen, als sie ihn erblickten. Die Schwertbrüder kämpften allesamt auf den Türmen und Wehrgängen. Nur einmal wäre er um ein Haar in eine gefährliche Lage geraten: Er lief gerade einen Säulengang entlang, der an den Innenhof angrenzte, als plötzlich zwei Dutzend Männer über den Hof rannten und »Feuer!« brüllten. Er verbarg sich in einer Nische und wäre mit hoher Wahrscheinlichkeit entdeckt worden, wenn die Männer nicht kurz darauf umgekehrt wären, weil es offenbar kein Feuer gab.

Jetzt befand er sich in einem Bankettsaal im ersten Stock und beobachtete durch ein Fenster die Kämpfe auf den Mauern. Überall wimmelte es von Litauern, denen der falsche Feueralarm Gelegenheit gegeben hatte, die Wehrgänge zu erstürmen. Es konnte nicht mehr lange dauern, bis die Burg fiel, und er hoffte, dass Narses und seine Gefährten angesichts dieser neuen Lage keine törichten Heldentaten unternahmen, sondern sich in Sicherheit begaben.

Als er gerade darüber nachdachte, wo er seine Suche fortsetzen sollte, erblickte er Jada und Naje. Sie eilten über den Hof. Bei ihnen war ein Mann in goldfarbenem Gewand und mit rasiertem Schädel. Er zog Naje an der Hand hinter sich her.

Barzin Ardeshir. Raoul kannte ihn. *Jeder* in Konstantinopel kannte ihn.

Die Erleichterung, die er beim Anblick seiner Tochter empfand, wurde von sengender Wut weggespült, Wut auf Ardeshir, der Jada, Naje und ihm all dieses Leid zugefügt hatte. Er unterdrückte einen zornigen Schrei und rannte zur nächsten Treppe.

Er erreichte den Hof und sah die drei in einem Durchgang verschwinden.

»Jada!«, schrie er und setzte ihnen nach.

Hinter dem Durchgang befand sich eine Treppe, die in den Keller führte. Vor ihm erstreckte sich ein beleuchteter Gang. »Raoul!«, rief Jada, bevor sie im Halbdunkel verschwand.

Er hastete den Gang entlang, stieß eine Tür auf und gelangte in den Saal, wo sie die Gefangenen zurückgelassen hatten. Jurgis, der litauische Krieger, stürzte sich mit seiner Axt auf Ardeshir. Ardeshirs Gesicht war vor Zorn verzerrt. Ohne Naje loszulassen, zückte er seinen kurzen Säbel, wehrte Jurgis' Angriff ab und zog dem Litauer die Klinge über die Brust, so schnell, dass Raouls Augen der Bewegung kaum folgen konnten. Jurgis brach lautlos zusammen. Ardeshir warf Raoul einen hasserfüllten Blick zu, bevor er Naje durch eine Tür zerrte.

Jada starrte ihn flehend an, dann folgte sie Ardeshir.

Raoul setzte ihnen nach, durch weitere Kellergänge, bis er

sie schließlich in der Kammer mit dem unterirdischen Fluss einholte.

Dort wartete Ardeshir auf ihn. Er hatte Naje losgelassen; sie klammerte sich an Jada fest.

In der einen Hand hielt Ardeshir seinen Säbel, in der anderen Hand das Zepter. »Das ist also der Mann, von dem sich ein Djinnweib bespringen lässt«, sagte er.

Vorsichtig betrat Raoul den Raum. Er rechnete jederzeit mit einem Angriff. Er hatte gesehen, wie schnell Ardeshir mit seinem Säbel war. »Geh«, sagte er zu Jada, »bring Naje in Sicherheit.«

»Du darfst nicht gegen ihn kämpfen«, erwiderte sie. »Nicht allein.«

»Hör auf dein Weib, Mensch«, sagte Ardeshir. »Du kannst mich nicht besiegen. Niemand kann das. Selbst eure größten Schwertmeister sind mir nicht gewachsen. Wie sollten sie auch? Ich übe mich seit zweitausend Jahren mit dem Schwert.«

Raoul blieb zwischen Jada und Ardeshir stehen. »Ihr seid ein Feigling. Ein Kinderschreck. Sonst nichts.«

Ardeshir lächelte dünn. »Und du bist ein Narr. Ich muss nicht einmal gegen dich kämpfen, um dich zu töten. Das Zepter wird dies für mich tun.«

»Ich weiß, was das Zepter bewirkt. Ich habe keine Angst davor.«

»Das solltest du aber. Denn es vermag Krankheiten nicht nur zu heilen, es kann sie auch herbeirufen. Ich muss dich nur damit berühren, und deine Lunge füllt sich wieder mit Schleim, Blut und Geschwüren, wie damals, als du so glücklich dem Tod entronnen bist, der dir vorbestimmt war.«

»Ein Lügner seid Ihr also auch«, erwiderte Raoul.

»Er lügt nicht«, sagte Jada. »Das Zepter hat diese Macht.«

Raoul spürte, wie sein Mund trocken wurde. Es war Jahre her, dass er beinahe an dieser Krankheit zugrunde gegangen wäre, aber die Angst, sie könnte eines Tages wiederkommen, war niemals verschwunden.

»Am Boden liegen wie ein sabbernder Greis und an deiner eigenen Lunge ersticken, während dein Weib und dein Kind zuschauen«, sagte Ardeshir. »Das ist der Tod, der dir zusteht.«

»Ein Krieger stirbt durch das Schwert«, erwiderte Raoul und griff an.

Ardeshir bewegte sich so schnell wie in dem kurzen Kampf gegen Jurgis, vielleicht sogar noch schneller. Mühelos parierte er die Hiebe, die Raoul gegen seinen Schwertarm, seine Hüfte und seinen Hals führte, wirbelte herum und ließ den Säbel zucken. Raoul spürte einen scharfen Schmerz an der Schulter. Nie zuvor hatte er gegen einen Mann gekämpft, der so beweglich war, der das Schwert so präzise führte wie Ardeshir. Jada hatte recht: Er konnte ihn nicht besiegen. Er konnte den Djinn lediglich eine Weile aufhalten, wenn überhaupt.

»Lauft«, rief er Jada zu, bevor er mit Müh und Not einen Hieb gegen seinen Kopf abwehrte und zum Kanal zurückgedrängt wurde, wo Ardeshir ihm mit weiteren Angriffen zusetzte.

Als er das Schwert herumriss, um Ardeshirs Klinge aufzufangen, verlor er das Gleichgewicht und wäre um ein Haar in den Bach gestürzt. Er tauchte die Stiefelspitze hinein und schleuderte seinem Gegner einen Schwall eisiges Wasser entgegen. Ardeshir schrie vor Wut und Schmerz und taumelte zurück, was Raoul erlaubte, zum Angriff überzugehen.

Er hatte sein Ziel erreicht: Jada und Naje waren fort. Nun musste er Ardeshir noch so lange beschäftigen, dass sie sich in Sicherheit bringen konnten. Die Burg war bald gefallen. Er musste nur noch wenige Augenblicke durchhalten.

Raoul hatte erkannt, dass Ardeshir ihm zwar an Schnelligkeit überlegen war, nicht aber an Stärke. Er legte all seine Muskelkraft in jeden Hieb und zwang den Djinn, auf Abstand zu gehen, damit er nicht Gefahr lief, von einem der kraftvollen Schläge entwaffnet zu werden. Doch damit gewann er nur wenig Zeit. Ardeshir verstand sich wie jeder gute Schwertkämpfer darauf, selbst Hiebe mit brachialer Gewalt zu parieren. Er fing Raouls Schwert auf, schleuderte es mit einem Schwung seines Säbels herum und brachte ihm einen weiteren Schnitt an der Brust bei, der nur deshalb nicht tödlich war, weil das Kettenhemd den Schlag abmilderte.

Als Raoul abermals zurückgedrängt wurde, fiel ihm auf, dass Ardeshir sich eine Gelegenheit entgehen ließ, ihn zu töten. Spielte der Djinn mit ihm? Nichts deutete darauf hin; Ardeshir kämpfte wie ein Mann, der sich bei all seiner Überlegenheit darüber im Klaren war, dass ein Kampf auf Leben und Tod stattfand. Wenig später geschah es wieder: Raoul zielte auf Ardeshirs Kopf, Ardeshir wich dem Stoß aus, tauchte seitlich unter der Klinge hindurch und hätte ihm den Säbel in die Flanke stoßen können. Doch er tat es nicht, und als Raoul einen Blick in seine Augen erhaschte, begriff er, warum: Ardeshir fürchtete sich. Er fürchtete, bei einem Todesstoß seine Deckung zu öffnen und selbst getroffen zu werden.

Jada hatte sich geirrt; Ardeshir hatte eine Schwäche. Zweitausend Jahre lang hatte er seine Schwertkunst verfeinert. Aber wer so lange lebte, fürchtete den Tod mit jedem Jahr mehr, bis ihn die Angst schließlich nahezu lähmte.

Nun wusste Raoul, dass er Ardeshir besiegen konnte. Er ließ den Djinn angreifen und gab vor, allmählich zu ermüden. Ardeshir fiel darauf herein. Er lachte triumphierend und begann mit einer Serie von Hieben, die so schnell war, dass Raoul den zuckenden Säbel nur noch mit Mühe erkennen konnte. Er wich bis zur Wand zurück und täuschte eine Lücke in seiner Deckung vor. Wieder nutzte Ardeshir die Gelegenheit nicht aus, und in dem winzigen Moment, den er zögerte, schwang Raoul das Schwert nach oben und traf ihn am Arm.

Ardeshir schrie auf, sein Säbel fiel klirrend zu Boden. Blut spritzte aus dem Schnitt, färbte das goldene Tuch dunkel. Die Wunde war so tief, dass der Knochen des Oberarms aufblitzte, bevor weiteres Blut hervorquoll.

Raoul trat ihm die Beine weg und setzte nach, um ihm die Klinge in die Kehle zu stoßen. Da hob Ardeshir das Zepter und berührte ihn am Bein.

Es war wie ein fiebriger Schauer, der seinen Leib durchlief, erst heiß, dann kalt, dann wieder heiß. Sämtliche Kraft verließ seine Glieder, er ließ sein Schwert fallen, taumelte zur Seite und stürzte zu Boden. Ein Knoten bildete sich in seiner Brust. Er kannte dieses Gefühl, er würde es niemals vergessen; es verfolgte ihn in seinen Träumen. Seine Kehle verengte sich, und dann, dann kam der Husten. Sein Körper krümmte sich, er hustete einmal, zweimal. Ein übler Geschmack breitete sich in seinem Mund aus: der Geschmack von Fäulnis und Verfall. Blutstropfen glitzerten auf dem Steinboden.

Wie in seinen Träumen. Genau wie in seinen Träumen.

Nein, dachte er verzweifelt. *Nicht so. Bitte nicht so …*

Ardeshir lachte keuchend. Er lag auf der Seite und presste die Hand auf die Wunde, aus der immer mehr Blut quoll. Sein Gesicht war bleich. »Wie ein sabbernder Greis«, flüsterte er, »wie ein alter, schwacher, sabbernder Greis …«

Raoul sammelte den letzten Rest seiner Kraft, rollte sich auf die Seite und gab Ardeshir einen Tritt. Der Djinn rutschte über den Rand des Kanals und fiel in das eisige Quellwasser. Er schrie vor Entsetzen, dann wurde seine Stimme höher und schriller, erfüllt von unsagbaren Schmerzen, bis das Wasser seinen Mund füllte. Er ruderte mit den Armen und kämpfte gegen die reißende Strömung an, versuchte vergeblich, sich am Kanalrand festzuhalten. Seine Haut warf Blasen, schrumpelte und löste sich ab, und das Wasser färbte sich blutrot, bevor Ardeshir in die Dunkelheit gespült wurde.

Ein letztes Gurgeln erklang, dann herrschte Stille.

Die Tür erzitterte unter den Stößen der Ramme. Das Holz ächzte und begann, an den Angeln zu splittern. Narses hatte den Schild eines toten Litauers an sich genommen und presste sich neben der Tür gegen die Wand, während ihm das Herz bis zum Hals schlug. Er lauschte den Befehlsrufen der Schwertbrüder und versuchte abzuschätzen, wie viele Gegner sich hinter der Tür versammelt hatten. Fünf oder sechs. Auf jeden Fall zu viele für seine Gefährten und ihn. Doch Rückzug kam nicht in Frage. Sie mussten sich zum Tor durchkämpfen und es öffnen, gleichgültig zu welchem Preis.

Er blickte zu Giedrius und dem anderen litauischen Krieger, die wie er mit dem Rücken zur Wand standen und darauf warteten, dass die Schwertbrüder durchbrachen. Giedrius antwortete mit einem Nicken. Er wusste, was zu tun war. Und was auf dem Spiel stand.

Narses hörte, dass die Schwertbrüder abermals Anlauf nahmen. Als ihre Ramme mit voller Wucht gegen die Tür prallte, gab das Holz endgültig nach. Getragen von ihrem eigenen Schwung stolperten vier Fußknechte in den Gang, in den Händen eine massive Bank, und fielen zu Boden.

Narses und seine Gefährten stürzten sich auf sie. Die beiden Litauer brüllten »Perkunas!« und hieben mit ihren Äxten auf die Männer ein, bevor sie aufstehen konnten. Narses machte seiner Anspannung mit einem Schrei Luft und spaltete einem der Soldaten, der bei dem Sturz den Helm verloren hatte, den Schädel. Er zog sein Schwert aus dem erschlaffenden Leib, wirbelte mit zusammengebissenen Zähnen herum und erblickte auf der anderen Seite der Tür einen Schwertbruder, der mit der Armbrust auf ihn zielte. Im letzten Moment riss er den Schild hoch. Der Bolzen prallte gegen das Metall und schlug eine tiefe Delle hinein. Narses sprang über die erschlagenen Männer und stürmte durch die Tür. Der Schwertbruder warf die Armbrust weg, doch bevor er sein Schwert ziehen konnte, hatte Narses ihm bereits die Hand abgeschlagen. Der Mann taumelte rückwärts, blickte fassungslos auf den Stumpf, aus dem das Blut schoss, und stürzte schließlich zu Boden.

Narses blickte nach links, nach rechts, nach hinten. Giedrius trieb den letzten Waffenknecht mit kraftvollen Axthieben in die Enge. Der andere Litauer kauerte in einer Ecke, offenbar schwer verletzt.

Keine weiteren Feinde mehr. Der Weg zum Tor war frei.

Er schob das Schwert in die Scheide, warf den Schild fort und stemmte sich gegen den Balken, der das Tor verschloss. Die Muskeln an seinen Armen traten hervor, er atmete stoßweise, als Schmerz seinen Bauch durchzuckte, dann endlich rutschte der massive Riegel aus der Halterung und polterte zu Boden.

Narses gönnte sich keine Pause, obwohl seine Kräfte bereits erlahmten. Breitbeinig stellte er sich auf und drückte gegen den Torflügel, der sich langsam öffnete. Dann lief er nach draußen auf die Brücke und ruderte mit den Armen, bis Vytenis' Krieger am Waldrand auf ihn aufmerksam wurden und unter Jubelgeschrei über die Wiese stürmten.

Geschafft! Wir haben es geschafft!, dachte Narses und verspürte ein Gefühl des Triumphs, bis ihm einfiel, dass seine Gefährten möglicherweise seine Hilfe brauchten. Er zog sein Schwert und rannte zurück ins Torhaus.

Doch Giedrius hatte den Waffenknecht inzwischen erschlagen und kniete neben seinem verletzten Stammesbruder. Narses half ihm, den bewusstlosen Mann zu stützen. »In den Keller mit ihm«, sagte er, in der Hoffnung, dass Giedrius ihn verstand.

Als sie sich auf den Weg zur Treppe machten, hörte Narses Rufe und stampfende Schritte aus dem Torhaus. Er wandte sich um und entdeckte zwei Schwertbrüder, die aus dem Innenhof kamen und zum Tor rannten.

Er musste eingreifen, sonst würden die Soldaten das Tor schließen, bevor Vytenis' Streitmacht es erreichte. Sie legten den Verwundeten hin, zückten ihre Waffen und griffen die Waffenknechte brüllend an. Die beiden Männer ließen vom Tor ab, zogen ihre Schwerter und stellten sich ihnen zum Kampf.

Giedrius wurde von seinem Gegner am Arm verletzt, dennoch gelang es ihnen, die Soldaten rasch niederzustrecken. Allerdings rannten weitere über den Innenhof zum Torhaus. Offenbar hatten die Schwertbrüder erfahren, was geschehen war, und wollten nun um jeden Preis das Tor schließen.

Narses warf einen Blick nach draußen, bevor er den Soldaten entgegenlief. Die Litauer waren weniger als einen Steinwurf vom Tor entfernt. Sie mussten nur noch einen Augenblick aushalten.

In diesem Moment schoss heißer Schmerz durch seinen Arm. Narses schrie auf, taumelte gegen die Wand und sah einen Ordensritter aus dem Schatten springen, die Streitaxt zum Schlag erhoben.

Die beiden Dienenden Brüder warfen die Tür zu und legten den Riegel vor. Das Holz erbebte unter heftigen Schlägen; Gebrüll erklang.

»Sie sind überall, Hochmeister«, rief Winrich, einer der beiden Männer. Blut lief ihm aus einem Schnitt an der Stirn ins Gesicht. »Ihr müsst fliehen.«

Volkwin von Segewold stützte sich mit den Händen auf

einem Tisch ab. Ihm war schwindelig, und sein Kopf dröhnte von den Nachwirkungen des Schlages, den ein Litauer ihm versetzt hatte, bevor Winrich ihn erschlug. Hätte er keinen Helm getragen, hätte die Kriegskeule gewiss seinen Schädel zerschmettert. Doch schlimmer als der Schmerz war die Demütigung gewesen, vor seinen Männern niedergeschlagen zu werden. Was war ein Hochmeister wert, der im Zweikampf einem Heiden unterlag? Wenigstens hatte er zuvor zwei Litauer getötet. Er mochte sechsundfünfzig Jahre alt sein, mit dem Schwert in der Hand stand er immer noch seinen Mann.

Holz splitterte, als die Litauer mit Äxten auf die Tür einhieben.

»Wir bringen Euch zum Fluchttunnel«, drängte Winrich.

»Geht allein«, sagte von Segewold. »Wartet am Ausgang auf mich.«

»Aber Ihr dürft keine Zeit verlieren. Die Heiden können jeden Moment –«

»Ich habe dir einen Befehl gegeben, Winrich«, fuhr von Segewold den Dienenden Bruder an.

»Gewiss, Herr.« Die beiden Männer eilten die Treppe hinab.

Der Hochmeister verließ den kleinen Saal, verriegelte die Tür hinter sich und trat in einen Gang im höchsten Stock des Palas, von dessen Fenstern aus er den Burghof überblicken konnte. Das Bild, das sich ihm bot, war verheerend: Auf den Wehrgängen wimmelte es von Litauern, denen niemand mehr Widerstand leistete. Der letzte Rest seiner Brüder hatte sich ins Torhaus zurückgezogen, wo sie den Heiden einen verzweifelten Kampf lieferten. Auch im Hof wurde gekämpft. Von Segewold wusste nicht genau, was geschehen war. Wären die Heiden nur über die Mauern gekommen, hätte er sie vermutlich zurückschlagen können. Doch irgendwer hatte den

Litauern das Tor geöffnet, sodass sie ungehindert in die Burg eindringen konnten.

Burg Thorgast war gefallen. Alles, was er in den vier Jahren seiner Amtszeit bewahrt und geschaffen hatte, war verloren, zertrampelt unter den Stiefeln dieser gottlosen Barbaren. Und ihm blieb keine andere Wahl, als den Mann zu retten, der für all das die Verantwortung trug.

Er brauchte Ardeshir. Nur mit Ardeshirs Geld und Einfluss konnte es ihm gelingen, die Bruderschaft wiederaufzubauen, wenn Gott ihm in seiner Gnade eine zweite Chance gewährte – und wenn Ardeshir nicht längst über alle Berge war.

Ich war ein Narr, ihm zu vertrauen, dachte von Segewold, während er den Gang entlangeilte. *Er hat den Orden benutzt, meine Brüder, mich. Und das ist nun der Lohn für meine Torheit.*

Er hatte gesehen, dass Ardeshir zu den Verliesen gegangen war. Falls er sich noch dort aufhielt, würde es nicht einfach werden, zu ihm zu gelangen. Inzwischen mussten sich fast alle Zugänge zum Keller in der Hand der Heiden befinden. Vielleicht schaffte er es über die Kapelle.

Er lief durch die leeren Kammern und Flure des Palas, bis er zum großen Saal kam. Als er aus dem Fenster schaute, um sich einen Überblick über die Lage zu verschaffen, bemerkte er, dass er von einer Litauerin angestarrt wurde. Sie stand vor dem Torhaus, reglos, in der Hand einen Dolch, während um sie herum gekämpft wurde. Volkwin von Segewold hatte sie nie zuvor gesehen.

Er wandte sich ab und hatte sie kurz darauf vergessen, als er zur Treppe eilte. Dort war der Weg versperrt – er hörte Schreie und Kampfgeräusche. Er machte kehrt und lief in die andere Richtung, zur Treppe im Nordturm. Doch auch von dort ertönte das Geschrei der Heiden. Also blieb ihm keine andere Wahl, als sich den Weg freizukämpfen.

Er zog sein Schwert und näherte sich der Treppenflucht.

Bevor er hinabstieg, bat er den Allmächtigen um Mut und Stärke, wie er es vor jedem Kampf tat, seit vierzig Jahren.

Heißer Schmerz bohrte sich in seine Seite, grub sich wie ein glühender Dorn in sein Fleisch. Ächzend taumelte er gegen die Mauer. Ein Blutschwall spritzte auf seinen Oberschenkel. Er wirbelte herum und sah die Litauerin vor sich stehen, in der Hand den Dolch. Er schwang sein Schwert, doch der Hieb war kraftlos und ungezielt, und sie wich ihm aus.

Seine Beine gaben nach, und er brach zusammen. Jegliche Kraft verließ ihn, während das Blut aus der Wunde strömte. Er griff nach seinem Schwert, aber sein Arm gehorchte ihm nicht mehr.

Die Litauerin blickte voller Verachtung auf ihn herab.

Von einem Weib getötet, dachte er. *Was für eine Schande …*

»Du hast meine Eltern ermordet, meine Brüder, meine Freunde, den Mann, dem ich versprochen war«, sagte die Heidin mit leiser Stimme, die vor Hass bebte. »Ich bin Svajonē. Ich bin die Letzte meines Stammes.«

Sie stieß ihm das Messer in die Kehle und spuckte ihm ins Gesicht, bevor er starb.

Raoul lag auf dem Rücken und lauschte dem Rauschen des unterirdischen Flusses.

Er war so schwach, dass er sich kaum noch bewegen konnte. Fieberschweiß stand ihm auf der Stirn. Der Knoten in seiner Brust schnürte ihm die Luft ab, er atmete flach und unregelmäßig.

Seine Lippen formten die Namen von Jada und Naje. Er hatte keine Angst vor dem Tod, nicht mehr. Er wünschte sich nur, er könne sie noch einmal sehen, bevor er starb.

Ein Hustenanfall schüttelte seinen Leib. Als es vorüber war, schmeckte er Blut und fühlte sich noch schwächer als vorher. *Ardeshir, du Bastard*, dachte er. *Warum hast du mich nicht einfach getötet, als du es konntest?*

Je mehr ihn die Kraft verließ, desto unwirklicher wurde alles, was er hörte und sah. Ein fein gewebter Schleier aus schimmernden Lichtfäden schien sich über seine Augen zu legen, das Rauschen des Flusses rückte in weite Ferne, nicht einmal Schmerz spürte er mehr. Deshalb konnte er nicht sagen, ob er träumte, ob ihm sein Verstand angesichts des Todes eine barmherzige Illusion vorgaukelte, als Naje plötzlich erschien.

Auf ihren nackten Füßen durchquerte sie die Kammer. »Abu«, sagte sie mit ihrer hellen Stimme, in der so viel Zuversicht lag. »Du musst keine Angst haben.«

Er wollte ihren Namen sagen, wollte ihr über das Haar streichen, doch er war zu schwach. Er hustete abermals, und Blut rann aus seinen Mundwinkeln.

Sie legte ihm die Hand auf die Brust. Hitze floss durch seinen Körper, und er spürte, wie der Knoten in seiner Brust schrumpfte und schließlich verschwand. Auch der üble Geschmack in seinem Mund, das Brennen der Schwertwunden, die Schwäche in seinen Gliedern, all das war fort. Zurück blieb tiefe Müdigkeit. Er hob die Hand, legte sie Naje auf die Wange und lächelte.

Sie setzte sich neben ihn auf den Boden, als sei das, was sie gerade getan hatte, keine weitere Erwähnung wert. Dann legte sie ihren Kopf auf seine Brust und spielte mit den Verschlüssen des Kettenhemds.

»Wo ist Ardeshir?«, fragte sie.

»Fort. Du musst keine Angst mehr vor ihm haben.«

»Er ist ein böser Mann.«

»Ja«, sagte Raoul. »Ja, das ist er.«

»Erzählst du mir eine Geschichte?«

»Lass Abu zuerst eine Weile ausruhen, ja?«

»Na gut«, sagte Naje.

Er bemerkte, dass Jada im Eingang der Kammer stand. Sie musste ihnen die ganze Zeit zugesehen haben. Als sie zu ihm trat, schlug sie die Kapuze zurück.

»Dein Gesicht«, murmelte er.

Sie nahm Naje auf den Arm. Das Kind schmiegte sich an sie, offenbar tief erschöpft von den jüngsten Ereignissen.

Jada setzte sich neben ihn. Dass ihr Gesicht wieder heil war, erschien ihm noch unbegreiflicher als seine eigene Genesung. Er musste sich vergewissern, dass er sich alles nicht bloß einbildete, und berührte ihre Wange. Ihre Haut war weich, glatt und makellos.

»Hat sie das getan?«, fragte er.

»Ja.«

»Woher hat sie auf einmal diese Kraft?«

»Sie hat sich verändert in den letzten Wochen. Viel schneller, als ich dachte.« Sie strich Naje über das Haar, während sie schweigend neben ihm saß. So viel Unausgesprochenes stand zwischen ihnen, doch Raoul war zu müde, um den Anfang zu machen. *Später*, dachte er und gab sich damit zufrieden, dass sie bei ihm war.

Nach einer Weile fragte sie: »Als du Ardeshir angegriffen hast … da wusstest du, dass du sterben würdest, nicht wahr?«

»Ja.«

Jada vermied es, ihn anzusehen. »Du hattest recht«, sagte sie. »Nicht alle Menschen sind wie Aba und seine Brüder. Viele sind anders. Svajonē und Gintautas und die Leute aus dem Dorf. Rahel, Isaak und Narses' Familie … und du.«

»Das Licht«, sagte Raoul. »Was hat es dir wirklich gezeigt?«

»Dass es falsch ist, dich zu verlassen.«

»Nicht, wie ich alt werde und sterbe?«

»Nein.«

Er lächelte. »Freut mich zu hören.« Das kurze Gespräch hatte ihn erschöpft. Er schloss die Augen und atmete gleichmäßig, bevor er sagte: »Heißt das, du gehst nicht?«

Jada nickte nur, und für einen Moment glaubte er, in ihren Augen tiefe Erleichterung aufflackern zu sehen.

Raoul konnte nicht sagen, wie viel Zeit verging, während er auf dem Boden der Kammer lag. Plötzlich waren Schritte zu hören. Jada griff nach ihrem Dolch und blickte wachsam zum Durchgang. Sie entspannte sich, als zwei Krieger aus Gintautas' Dorf dort erschienen. Die beiden Männer lachten, glücklich, Jada und ihn wohlauf zu sehen. Dann verschwand ihre Fröhlichkeit, und sie redeten auf Jada ein.

»Was ist?«, fragte Raoul.

»Ich weiß es nicht. Irgendetwas mit Narses.«

»Wo ist er?«

»Sie wollen mich zu ihm bringen.«

Das klang nicht gut. »Ich komme mit«, sagte er und ächzte beim Versuch aufzustehen.

Einer der beiden Krieger half ihm. Er war immer noch müde, aber wenn er sich auf den Arm des Mannes stützte, konnte er gehen.

Er blickte sich in der Kammer um. Das Zepter war verschwunden. Offenbar war es mit Ardeshir in den Fluss gefallen und von der reißenden Strömung in den Tunnel gespült worden.

Sie verließen den Keller und betraten den Burghof. Während Raoul gegen die Ohnmacht angekämpft hatte, hatten die Litauer die Burg erstürmt. Die Kämpfe waren beendet. Auf den Wehrgängen und im Hof lagen Tote und Verletzte, es stank nach Blut und dem Grauen der Schlacht. Die wenigen Ritter und Waffenknechte des Schwertbrüderordens, die mit dem Leben davongekommen waren, wurden von Vytenis' Kriegern zusammengetrieben.

Narses lag im Torhaus. Bei ihm waren Svajonē, Gintautas und Giedrius, der seine Schlange in der Hand hielt und ihr sanft über den Kopf streichelte, während er leise vor sich hin murmelte. Svajonē hob den Kopf und blickte Raoul an, bevor sie sich wieder Narses zuwandte. Sie weinte.

Raoul ließ den Krieger los und ging unsicheren Schrittes zu seinem Freund. Narses lächelte schwach, als er sich neben ihn kniete.

»Die Ahnen … haben mich … hereingelegt«, murmelte der Byzantiner. »Diese … Lumpen.«

Mehrere Schwert- oder Axthiebe hatten sein Kettenhemd von der Schulter bis zur Hüfte zerfetzt. Er presste eine Hand auf die Wunden, aber sie waren viel zu groß und zahlreich, als dass er den Blutstrom hätte aufhalten können.

»Warum hilft ihm denn niemand?«, fuhr Raoul auf. »Verbindet die Wunde. Naje! Du musst ihn heilen, schnell!«

Seine Tochter ging neben Narses in die Hocke und legte ihm die Hand auf die Brust. Narses erschauerte, als die Hitze ihn durchströmte. Doch es schlossen sich nur die kleineren Wunden. Aus den übrigen strömte unvermindert das Blut.

Naje legte ihm die Hand auf die Stirn und versuchte es abermals. Diesmal geschah gar nichts. Sie wandte sich zu ihnen um, und die Verzweiflung in ihrem Gesicht brach Raoul das Herz.

»Warum schafft sie es nicht?«, fragte er Jada.

»Ihre Kräfte sind erschöpft. Auch ihre Macht hat Grenzen.« Sie drückte das Kind an sich.

Raoul fiel auf die Knie und zerriss sein Wams, um einen Verband anzufertigen, als ihn eine Hand am Arm berührte.

»Lass gut sein«, flüsterte Narses. »Es ist … vorbei.«

Raoul sank in sich zusammen und fühlte sich noch schwächer als zuvor. »Was ist geschehen?«, fragte er Svajonē.

Svajonēs Stimme klang schwer und belegt, als sie antwortete: »Giedrius und er haben das Tor geöffnet. Sie wurden angegriffen und konnten sich nicht rechtzeitig zurückziehen.«

Das Tor geöffnet … Raoul schloss die Augen, als Schmerz ihn überschwemmte. Hätten sie gewartet, hätten die Litauer die Burg auch ohne ihre Hilfe eingenommen. Narses hatte sein Leben geopfert – für nichts.

»Du hältst mich … für einen … Narren«, sagte der Byzantiner.

»Nein«, erwiderte Raoul. »Was du getan hast, war mutig.«

»Ich bin … ein Narr.« Narses wurde immer schwächer und sprach so leise, dass Raoul ihn kaum verstehen konnte. Dennoch lächelte er wieder. »Aber ein … glücklicher Narr. Ich hatte ein … gutes Leben. Und ich hatte … Svajonē. Onkel Ismael wäre … stolz … auf mich.«

»Das wäre er«, sagte Raoul.

»Wenn du ihn siehst … sag ihm … sag ihm …« Die nächsten Worte verklangen unhörbar. Narses' Brustkorb hob und senkte sich kaum noch. Seine Augen glänzten fiebrig, als er in die Runde blickte. Auf diese Weise nahm er Abschied, von Giedrius und Gintautas, von Jada und Naje, von Raoul und schließlich von Svajonē. Sie hielt seine Hand, und auf ihr ruhte sein Blick, bis das Leuchten in seinen Augen erlosch.

DREISSIG

Sie verbrannten Narses vor den Mauern der Burg, als die Nacht hereinbrach.

Raoul hatte eine kleine, von Birken umstandene Anhöhe am Flussufer ausgewählt und dort das Holz aufgeschichtet. Jada sprach das Totengebet, denn sie war die Einzige, die die Rituale der Juden kannte. Die anderen bildeten einen Kreis um den Leichnam und beteten im Stillen für Narses' Seele. Außer Jada, Naje und Raoul waren nur Giedrius und Svajonē gekommen. Gintautas und seine Krieger nahmen Abschied von den Männern aus dem Dorf, die in den Kämpfen ihr Leben gelassen hatten. Über vierzig Krieger aus Vytenis' Streitmacht waren beim Sturm auf die Burg gefallen, und jeder von ihnen hatte trauernde Brüder, Freunde und Waffengefährten hinterlassen. Die Nacht war erfüllt von Totengesängen.

Nachdem Jada die letzten Worte gesprochen hatte, übergab Raoul die Fackel an Svajonē. Lange stand die Litauerin reglos da, das blasse Gesicht in rotes Licht getaucht. Ihre Lippen formten unhörbare Worte, ein Gebet, vielleicht auch eine Bitte an die Ahnen, Narses auf seinem letzten Weg zu begleiten, und sie schloss die Augen, als die Trauer sie übermannte. Schließlich trat sie vor und hielt die Fackel an das Holz. Die Flammen sprangen von einem Scheit zum nächsten, und während sie immer höher schlugen, dachte Raoul an seine gemeinsamen Jahre mit Narses, an ihre Freundschaft, an ihre Erlebnisse, an die Gefahren, die sie gemeistert hatten, als sie in den Diensten des Kaisers standen. Es hatte Zeiten gegeben, die er ohne Narses' Witz, seinen Einfallsreichtum und seine Unbeschwertheit nicht ertragen hätte, besonders in den letzten Wochen.

Ohne dich hätte ich den Mut verloren und Jada und Naje niemals gefunden, dachte Raoul. Er wünschte, er hätte Narses dafür gedankt.

Die Flammen hüllten den Leichnam ein und sanken dann allmählich in sich zusammen. Ascheflocken stiegen mit der heißen Luft zu den Baumkronen auf. Giedrius war der Erste, der ging, gefolgt von Jada, die Naje zu Bett brachte, bis nur noch Raoul und Svajonē auf der Anhöhe standen. Als das Feuer fast heruntergebrannt war, sagte die Litauerin: »Es ist Narses' Wunsch, dass Ihr seine Asche nach Krakau bringt, zu seiner Familie.«

»Habt Ihr mit ihm gesprochen? Ich meine, nachdem er …« Raoul verstummte und wies mit der Hand auf das Feuer.

Svajonē nickte.

Ihre Gabe war ihm stets unheimlich gewesen, doch jetzt erfüllte sie ihn mit Trost. Es war beruhigend zu wissen, dass ein Mensch mit dem Tod nicht für immer verschwand. »Ist er noch da?«

»Er ist gegangen. Gerade eben.«

Raoul betrachtete die ersterbenden Flammen, die verkohlten Holzstücke und die Asche, die der Wind zerstreute, und sein Blick wanderte weiter zu den Bäumen, die Brombeerbüsche am Flussufer und zum Wasser der Memel, das schwarz und still unter dem Sternenhimmel dahinströmte. »Da, wo er jetzt ist«, sagte er mit brüchiger Stimme, »wie geht es ihm dort?«

»Er ist auf dem Weg in das Land *Dausos*, wo seine Ahnen ihn erwarten. Seine Seele hat Frieden gefunden.«

Er blieb noch eine Weile bei Svajonē, dann ging er zurück zur Burg, vorbei an den schwelenden Totenfeuern. Auf der

Wiese saßen die Litauer in kleinen Gruppen zusammen, ließen Weinschläuche kreisen und ehrten das Andenken an ihre Gefallenen, indem sie Geschichten von ihren Taten erzählten, alltägliche und heldenhafte, heitere und traurige. Er schlug Gintautas' Einladung aus, sich zu ihnen zu gesellen, und betrat die Burg. Vollkommene Stille lag über den Mauern, Sälen und Treppenfluchten, und die Dunkelheit verhüllte die Spuren der Schlacht. Er nahm die einzige Fackel, die im Torhaus brannte, und stieg zum obersten Stockwerk des Palas hinauf, wo keine Kämpfe getobt hatten. Dort fand er Jada, die an der Brüstung stand, die Hände auf den Zinnen, und in die Ferne blickte, wie es ihre Gewohnheit war. Er umfasste ihre Schultern und küsste ihr Haar, sie legte ihre Hände auf seine, eine Weile standen sie schweigend da und genossen die Stille und das ferne Murmeln der Krieger vor der Burg.

»Schläft sie schon?«, fragte er schließlich.

»Sie ist zu aufgeregt«, sagte Jada. »Ich habe ihr erlaubt, aufzubleiben und die Sterne zu betrachten, solange sie mag.«

Raoul ging zur Kammer, blieb in der Tür stehen und betrachtete seine Tochter, die in der Fensternische saß und so vollkommen in den Anblick des Himmels versunken war, wie es nur Kinder sein konnten. In den vergangenen Stunden hatte er so viel Neues über sie erfahren, beunruhigende Dinge, die er nicht verstand, und doch war sie für ihn in diesem Augenblick nur ein fünfjähriges Mädchen mit zerzaustem schwarzem Haar, das seinen Schutz und seine Liebe brauchte.

Er ging zu ihr und nahm sie auf den Arm.

»Du stinkst«, beschwerte sie sich und rümpfte die Nase.

Er lächelte. An ihm haftete immer noch der Geruch der schweißgetränkten Rüstung – den weder Jada noch sie besonders mochten. »Morgen nehme ich ein Bad. Versprochen.«

Sie legte ihm die Arme um den Hals und blickte wieder aus dem Fenster. »Hat jeder Stern einen Namen?«

»Ganz bestimmt. Aber sie verraten sie uns nicht.«

»Ist Narses jetzt auf einem Stern?«

»Svajonē hat gesagt, er wandert gerade ins Land der Zugvögel. Dorthin kommt man, wenn man diesen Sternen folgt. Svajonē und ihr Volk nennen es Vogelpfad. Wir nennen es Milchstraße.«

»Vogelpfad«, wiederholte Naje. Offenbar gefiel ihr dieses Wort besser als Milchstraße.

»Wenn er angekommen ist, trifft er seine Vorfahren wieder, die ihn mit einem Fest empfangen. Sie singen und tanzen ausgelassen, und am nächsten Morgen nimmt er seinen Platz im Himmel ein, beobachtet die Erde und lacht über unsere Dummheiten.«

»Gut«, sagte sie zufrieden und gähnte.

Raoul legte sie ins Bett, deckte sie zu und erzählte ihr eine ihrer Lieblingsgeschichten. Nachdem sie eingeschlafen war, blieb er am Bett sitzen und betrachtete ihr Gesicht, dann schlüpfte er zu ihr unter die Decke, legte den Arm um sie und lauschte dem Pochen ihres kleinen Herzens, bis der Morgen graute.

EPILOG

Der Wald wurde lichter, je weiter sie nach Osten ritten. Die Fichten, Birken, Heidelbeersträucher und Brombeerhecken wichen verwachsenen Kiefern und dürren Dornbüschen, die sich an die kargen, von Felsbrocken übersäten Hänge klammerten. Manchmal glaubte Raoul unter dem Moos und den Flechten steinerne Gesichter und Fratzen zu erkennen, doch falls sich im Gestrüpp eine Kultstätte verbarg, war es lange her, dass hier den Göttern geopfert worden war. Es gab keine Wege, keine Hütten, keine Feuerstellen, nichts, das darauf hindeutete, dass Menschen diesen Teil des Waldes besuchten.

Am Fuß einer Anhöhe band er sein Pferd an und folgte Jada den Hang hinauf. Die Sonne schien heiß von einem wolkenlosen Himmel herab, und die wenigen Grasbüschel zwischen den verstreuten Steinen waren vertrocknet und gelb. Auf der Hügelkuppe wandte Raoul sich um und schirmte seine Augen mit der Hand ab, während er über die Baumkronen blickte. Eine gewaltige Rauchsäule stieg im Westen auf, seit zwei Stunden schon. Die Litauer feierten den Tod des Dämons Velnias, wie sie Ardeshir nannten, und hatten Burg Thorgast angezündet: ein Freudenfeuer, das von ihrem Sieg über die Feinde ihres Volkes kündete, viele Meilen weit.

Jada rief nach ihm, und er schlenderte über das felsige Plateau. Sie stand am Rand einer Kluft, die mehrere Mannslängen tief abfiel und sich einen Steinwurf weit in den Wald hinein erstreckte, als wäre der Hügelkamm von einer gewaltigen Axt gespalten worden. Dürre Sträucher wuchsen auf den steilen Hängen bis zum Grund der Schlucht.

»Eine gute Stelle«, sagte er.

Jada öffnete den Beutel und holte das Zepter heraus. Das Gold und die Rubine gleißten in der Sonne. Ehrfurcht ergriff Raoul angesichts solcher Schönheit. Es glich dem Zepter, das ihm einst das Leben gerettet hatte, aufs Haar.

Sie hatten es am Fuß des Hügels entdeckt, wo der unterirdische Fluss in die Memel mündete, neben den Resten von Ardeshirs Leiche. Es hätte Narses nicht mehr retten können, selbst wenn sie es rechtzeitig gefunden hätten. Das Wasser hatte seine heilenden Kräfte zerstört.

»Du bist dir sicher, dass du das tun willst?«

»Es muss sein«, sagte Jada.

»Es könnte auch viel Gutes bewirken, wenn es uns gelingt, seine Kräfte wiederherzustellen.«

»Die Ghilan haben es erschaffen. Sein Zweck ist die Versklavung meines Volkes.«

Sie konnten nur Vermutungen darüber anstellen, was Ardeshir mit dem Zepter beabsichtigt hatte. Zwar deutete einiges darauf hin, dass er Naje seine Pläne enthüllt hatte, doch das Kind war viel zu verängstigt gewesen, um sich seine Worte zu merken, geschweige denn sie zu verstehen. Deshalb würde vieles im Dunkeln bleiben. Sicher war nur eines: Nicht Salomo hatte das Zepter und seinen Zwilling erschaffen, wie Jada immer gedacht hatte, sondern die Ghilan, als sie sich gegen ihr Volk auflehnten. Deshalb wusste Raoul, dass er Jada niemals würde umstimmen können. Sie hasste und fürchtete die Ghilan. Sie würde nicht zulassen, dass sich noch einmal jemand eines ihrer Werkzeuge zunutze machte.

Er nickte. »Was muss ich tun?«

»Warte hier auf mich.«

Raoul blickte ihr nach, als sie die Kluft hinunterkletterte

und im Zwielicht des Gestrüpps verschwand. Hinter einem Felsbrocken duckte er sich und wartete mit klopfendem Herzen. Er hatte nicht miterlebt, wie Jada das erste Zepter zerstört hatte. An die verheerenden Auswirkungen, die er später gesehen hatte, konnte er sich jedoch noch gut erinnern. *Zu* gut, für seinen Geschmack.

Lange Zeit geschah gar nichts. Und dann war die Luft plötzlich von bestialischem Gestank erfüllt. Es roch wie in einem Feldlazarett oder einem Siechenhaus, nach Fäulnis, Verfall, Krankheit, Blut und Tod. Raoul wagte nicht zu atmen. Er spähte an dem Felsen vorbei und sah, wie das Zepter seine Last entließ und die freigesetzten Krankheiten, Schmerzen und Verletzungen jedes Leben in der Schlucht vernichteten. Es war wie eine unsichtbare Wolke, die sich in der Kluft ausbreitete und Büsche und Gras verdorren ließ. Raoul bemerkte eine Maus, die gehetzt den Hang herauflief. Als der tödliche Dunst über sie hinwegstrich, fiel sie auf die Seite, zuckte und starb.

Nach wenigen Augenblicken war es vorbei, und der Gestank verflüchtigte sich im Wind. Raoul kam hinter seinem Versteck hervor und ging zum Rand der Kluft. Von den Büschen waren nur noch schwarze Stümpfe übrig, als hätte eine Feuersbrunst in der Schlucht gewütet. Felsen und Erdreich waren von grauer Asche bedeckt. Er hob einen Grashalm auf, der in seiner Hand zu Staub zerfiel. Schaudernd klopfte er die Hand an der Hose ab.

Kurz darauf kletterte Jada den Hang herauf. Obwohl er wusste, dass die Magie des Zepters ihr nichts anhaben konnte, war er erleichtert, sie wohlauf zu sehen. Er reichte ihr die Hand und half ihr die letzten Schritte.

»Wo ist das Zepter?«

»Ich habe es vergraben. Das, was davon übrig ist.«

Er spürte, dass sie nicht mehr darüber reden wollte, und

schweigend gingen sie zu den Pferden zurück. Sie stiegen auf und ritten gemächlich in die Richtung, aus der sie gekommen waren.

Zum ersten Mal seit unzähligen Tagen war Raoul nicht verzweifelt, erschöpft oder von quälender Unruhe erfüllt. Er genoss den kühlen Wind auf seinem Gesicht und ließ seine Gedanken treiben.

Nach einer Weile fragte er: »Naje wird sich weiter verändern, nicht wahr?«

Jada schien über ähnliche Dinge nachgedacht zu haben. »Ich weiß es nicht«, antwortete sie. »Ardeshir hatte recht, als er sagte, ein Kind wie sie habe es noch nie gegeben.«

»Ihre Kräfte sind gewaltig. Und sie ist erst fünf. Was wird geschehen, wenn sie erwachsen ist?«

»Sie wird mächtiger sein als jeder Djinn, der jemals gelebt hat.«

»Wir müssen etwas tun, Jada. Wir können nicht so weiterleben wie bisher. Naje kann ihre Kräfte nicht ewig verbergen. Wenn wir sie nicht beschützen, wird irgendwann wieder ein Mann wie Ardeshir kommen, der sie für seine Zwecke benutzen will.«

»Sie braucht einen Ort, wo sie sicher aufwachsen kann.«

»Und wo könnte das sein?«

»Nicht Konstantinopel.«

Raoul nickte. Auch er wollte nicht zurück. Nicht nach allem, was geschehen war. »Wir finden einen Ort«, sagte er. »Es gibt so viele Städte, wo niemand uns kennt.«

»Würdest du auch weit fortgehen? Nach Ägypten? Oder noch weiter in den Süden?«

»Es kümmert mich nicht, wohin wir gehen. Solange ich bei dir und Naje sein kann.«

Sie lächelte ihn an, und plötzlich trieb sie ihrem Pferd die Absätze in die Flanken, rief »Ho!« und preschte voraus.

Sie jagte wie der Wind unter den Bäumen entlang, sodass er Mühe hatte, ihr zu folgen. Zu seiner Überraschung ritt sie nicht zum Lager der Litauer zurück, sondern nach Osten, wo sich der Wald lichtete. Sanft gewellte Hügel, auf denen kleine Gruppen von Birken standen, erstreckten sich bis zu den Ausläufern der Berge. Über einem von blühenden Büschen gesäumten Bachlauf summten die Mücken.

Sie zügelte ihr Pferd, stieg ab und ging einige Schritte auf die Wiese. Raoul schwang sich aus dem Sattel und trat neben sie. »Was tun wir hier?«

»Ich habe ein Geschenk für dich«, sagte sie.

»Wofür?«

Sie gab keine Antwort, doch in ihren Smaragdaugen flackerte für einen winzigen Moment die Erinnerung an das Leid auf, das sie beide erfahren hatten und das beinahe alles zerstört hätte. Sie wandte sich wieder den Hügeln zu und strich sich eine Haarsträhne aus dem Gesicht. »Da. Schau genau hin.«

Raoul blickte über das Land und fragte sich, wovon sie sprach. Dann sah er es.

Über den Hügelkuppen flirrte die Luft. Reiter erschienen zwischen den Birken, Ritter in blitzenden Rüstungen, herrliche Schlachtrösser, ein Wald aus Lanzen, flatternde Banner. Er entdeckte Boril und die Männer seines *Bandums*, gefolgt von den Rittern des Schwertbrüderordens in ihren weiß-roten Röcken. Dahinter kamen Gintautas, Svajonē, Vytenis, Giedrius und die Krieger der litauischen Stämme mit ihren Tiermasken, dann polnische Reiter, ungarische Soldaten, Lanzenträger aus Siebenbürgen, Freund und Feind friedlich vereint in einer gewaltigen Prozession, die in stummer Pracht an ihnen vorüberzog. Narses erschien und hob seine Hand zum Gruß, bevor er sich wieder in den Zug einreihte. Und an der Spitze ritten Raoul und Jada, festlich gekleidet wie ein Königspaar.

»Es war Najes Idee«, sagte Jada. »Sie hat es für uns gemacht.«

Raoul schwieg, während die vergangenen Wochen und Monate an ihm vorbeizogen. Er erinnerte sich wieder an das Entsetzen, das er empfunden hatte, als Jada und Naje verschwunden waren, an seine Verzweiflung und seine Furcht, sie nie wiederzusehen – aber auch an seine trotzige Hoffnung, seinen Willen, sie zu finden, und an seine Liebe zu ihnen, die niemals größer gewesen war als während seiner Suche nach ihnen. Wieder einmal hatte eine Reise ihn verändert, hatte ihn stärker und weiser gemacht. Naje mit ihren fünf Jahren hatte das verstanden. Und sie wollte, dass er es ebenfalls verstand.

»Sie ist ein kluges Kind«, sagte er.

»Ja. Das ist sie.«

Jada nahm seine Hand, und sie blickten dem Reiterzug nach, bis er in der Ferne verschwand.

NACHWORT

Das oströmische Imperium – Byzanz – beherrschte die Welt des östlichen Mittelmeers mehr als tausend Jahre; dabei verging kaum ein Jahrzehnt, in dem es nicht gegen seine zahlreichen Nachbarn und fremde Invasoren Krieg führte. Der Niedergang des Großreiches und Vielvölkerstaates begann im 11. Jahrhundert mit dem Aufstieg der Turkvölker und endete im Jahr 1453 mit der Eroberung Konstantinopels durch die Osmanen. Ursache hierfür war unter anderem der fehlende Wille zur Anpassung an politische und gesellschaftliche Veränderungen im späten Mittelalter. Als Kaiser Andronikos II. Palaiologos die Kriegsflotte seines Reiches auflöste, gab er außerdem die militärische Vorherrschaft zur See aus der Hand – ein schwerer Fehler, der es zukünftigen Eroberern leichtmachen sollte, die byzantinischen Provinzen in Griechenland, Kleinasien und auf dem Balkan zu besetzen.

Siebenbürgen wurde im 12. Jahrhundert von deutschen Kolonisten besiedelt. Viele Siebenbürgener waren Fernhändler und Kaufleute; über ihre Handelsrouten, die von der Ostseeküste bis nach Konstantinopel reichten, verbreitete sich die deutsche Sprache in den Königreichen und Fürstentümern Osteuropas.

Amadeus Aba hat wirklich gelebt. Er war Palatin von Nordostungarn und herrschte mit harter Hand über die Stadt Kassa, bis er 1311 von den Bürgern Kassas gestürzt und getötet wurde. Seine Brüder, die Zwillinge Ladislas und František, sind jedoch meine Erfindung.

Der Schwertbrüderorden – die *Brüder der Ritterschaft Christi von Livland* – wurde Anfang des 13. Jahrhunderts nach dem Vorbild des Deutschen Ordens zur Missionierung des Baltikums gegründet. Im Jahr 1237 erlitt der Orden eine vernichtende Niederlage gegen die Litauer, woraufhin die wenigen verbliebenen Ritter und Dienenden Brüder in den wesentlich mächtigeren Deutschen Orden eingegliedert wurden. In den Folgejahren verschwand die Bruderschaft und existierte nicht, wie im Roman geschildert, als Geheimbund weiter.

Burg Thorgast ist ebenfalls meine Schöpfung; erste Burgen christlicher Ritter so weit im Gebiet der Litauer gab es frühestens 1313.

Heiden- bzw. Litauenreisen entstanden nach dem Ende der Kreuzzüge und fanden in der beschriebenen Form statt. Es gab zwei Varianten der Heidenreise: die Winter- und die Sommerreise. Viele Sommerreisen endeten damit, dass die schwer gepanzerten christlichen Ritter in den Mooren Litauens stecken blieben und von litauischen Kriegern aufgerieben wurden.

Allen Heidenreisen und den zahllosen Kriegszügen des Deutschen Ordens zum Trotz widersetzten sich die Litauer bis weit ins 14. Jahrhundert erfolgreich jedem Versuch der Christianisierung. Sie betrieben einen animistischen Ahnenkult und verehrten eine vielköpfige Götterschar, vergleichbar der der Germanen und Slawen der Spätantike. Menschenopfer waren Bestandteil dieser Religion.

Über Vytenis ist nur wenig bekannt. Er herrschte als Großfürst über Litauen ab 1295, wehrte die Eroberungszüge des Deutschen Ordens ab und hinterließ nach seinem Tod ein mächtiges Reich, das Ende des 14. Jahrhunderts im Verbund mit Polen zu einer europäischen Großmacht aufstieg.

Christoph Lode im Dezember 2008

DRAMATIS PERSONAE

BYZANZ

Raoul von Bazerat	Comes in den Diensten des Kaisers
Jada bint-Ghassan	Raouls Gemahlin
Naje	Raouls und Jadas Tochter
Ionnes	Diener in Raouls und Jadas Diensten
Damianos	Ehemaliger Sklave
Cyra	Ehemalige Sklavin
Narses Ben Jehuda	Byzantinischer Jude, Hauptmann
Boril	Bulgarischer Veteran, Hauptmann
Zenon	Soldat
Mircea	Soldat
Radu	Soldat
Basarab	Soldat
Jovian	Soldat
Jánozs	Soldat
Levente	Soldat
Timotheos	Soldat
Anatol	Soldat
Hasan Nazā'ir	Osmanischer Heerführer
Barzin Ardeshir	Persischer Kaufmann

Symeon	Ardeshirs Hausdiener
Andronikos II. Palaiologos	Kaiser von Byzanz, »der Purpurgeborene«
Basiliakos Opilio	Hüter des kaiserlichen Schlafgemachs
Hermongenes Maxentios	Oberbefehlshaber des byzantinischen Heers
Jovian Syagricos	Schatzkanzler
Gordian Phoebammon	Vorsteher der Diplomatie und der Post
Andrea Cataneo	Genuesischer Kaufmann
Allio	Genuesischer Kapitän in Cataneos Diensten

SCHWERTBRÜDERORDEN

Volkwin von Segewold	Hochmeister
Marcoul von Culm	Komtur, von Segewolds Stellvertreter
Ragnit	Ordensritter
Siegmund	Ordensritter
Albrecht	Dienender Bruder
Wickbert	Dienender Bruder
Gregor	Dienender Bruder
Konrad	Dienender Bruder
Winrich	Dienender Bruder

SIEBENBÜRGEN UND KÖNIGREICH UNGARN

Bence Zápolya	Leiter von Ardeshirs Handelsposten
Krisztina Báthory	Siebenbürgener Edelfrau
Nikolaus Báthory	Krisztina Báthorys Vater

György Bakócz	Szekler, König der Siebenbürgener Unterwelt
Vata Bakócz	György Bakóczs Sohn
Amadeus Aba	Ungarischer Palatin, Herr von Kassa
František	Jüngerer Bruder Abas
Ladislas	Jüngerer Bruder Abas

KÖNIGREICH POLEN

Chaya	Narses' Base
Jonas	Narses' Vetter
Ismael	Jüdischer Veteran
Rahel	Jüdische Seherin
Isaak Ben Joshua	Rahels Gefährte
Topór	Ardeshirs Bevollmächtigter
Konrad von Dornberg	Ritter aus Oberlothringen
Miezko	Polnischer Flussschiffer
Wisław	Polnischer Flussschiffer

GROSSFÜRSTENTUM LITAUEN

Svajonē	Litauische Geisterseherin
Gintautas	Stammesführer
Audra	Baba des Stammes
Giedrius	Litauischer Krieger
Jurgis	Litauischer Krieger
Vytenis	Großfürst der Litauer

GLOSSAR

Baba	Lit. Weise Frau
Bandum	Militärische Einheit, vergleichbar mit der römischen Zenturie
Bojar	Russisch-litauischer Adelstitel
Comes	Byzantinischer Offiziersrang
Daina	Lit. Ballade mit epischem oder religiösem Inhalt
Dausos	Das Jenseits der lit. Mythologie; Land der Zugvögel
Domestikoi	Kaiserliche Wachen
Dromone	Kriegsgaleere
Dynatoi	Angehörige der byz. Oberschicht
Kami'ah	Hebr. Amulett des Geheimbundes En Dor
Klibanion	Byz. Rüstung
Kossemet	Hebr. Zauberin
Miflat	Hebr. Zuflucht
Parakoimomenos	Byz. Hüter des kaiserlichen Schlafgemachs
Syrinx	Griech. Panflöte
Tefillin	Jüdischer Gebetsriemen
Theriak	Arzneimittel auf Opiumbasis
Trachi	Byz. Münze

DANKSAGUNG

Ich bedanke mich bei all jenen freundlichen Menschen, ohne deren Hilfe und Unterstützung dieser Roman nicht zustande gekommen wäre:

meinem Agenten Bastian Schlück und meinen Lektorinnen Barbara Heinzius und Kerstin von Dobschütz, für ihr Engagement und ihre Sachkenntnis;

Sonja Beck, Markus Opper, Monika Mann, Christoph Hardebusch, Katerina Timm, Volker Oberkircher und Irena Brauneisen, für die Rettung vor Infodump, Logikfehlern, Klischees und diversen Peinlichkeiten;

meinen Eltern, für tatkräftigen Beistand in allen Lebenslagen.

Und meiner Frau Sandra, immer wieder.